Los años con Laura Díaz

Carlos Fuentes

Los años con Laura Díaz

ALFAGUARA

LOS AÑOS CON LAURA DÍAZ
© 1999, Carlos Fuentes

De esta edición:
© D.R. 1994, Aguilar, Altea, Taurus, Alfaguara, S.A. de C.V.
Av. Universidad 767, Col. del Valle
México, 03100, D.F. Teléfono 688 8966

- Ediciones Santillana S.A.
  Calle 80 1023. Bogotá, Colombia.
- Santillana S.A.
  Torrelaguna, 60-28043. Madrid.
- Santillana S.A., Av. San Felipe 731. Lima.
- Editorial Santillana S.A.
  Av. Rómulo Gallegos, Edif. Zulia 1er, piso
  Boleita Nte. Caracas 1071. Venezuela.
- Editorial Santillana Inc.
  P.O. Box 5462 Hato Rey, Puerto Rico, 00919.
- Santillana Publishing Company Inc.
  2043 N.W. 87 th Avenue Miami, Fl., 33172, USA.
- Ediciones Santillana S.A. (ROU)
  Javier de Viana 2350, Montevideo 11200, Uruguay.
- Aguilar, Altea, Taurus, Alfaguara, S.A.
  Beazley 3860, 1437. Buenos Aires.
- Aguilar Chilena de Ediciones Ltda.
  Pedro de Valdivia 942. Santiago.
- Santillana de Costa Rica, S.A.
  Apdo. Postal 878-1150, San José 1671-2050 Costa Rica.

Primera edición en Alfaguara: febrero de 1999
Primera reimpresión: febrero de 1999

ISBN: 968-19-0531-8

© Cubierta: José Crespo, a partir del fragmento del mural "Arsenal" de Diego
Rivera. Reproducción autorizada por el Instituto Nacional de Bellas Artes
y Literatura (México).

Impreso en México

Índice

Dedico este libro de mi ascendencia
a mi descendencia
Mis hijos
Cecilia
Carlos
Natasha

I. Detroit: 1999

Conocía la historia. Ignoraba la verdad. Mi presencia misma era, en cierto modo, una mentira. Vine a Detroit para iniciar un documental de televisión sobre los muralistas mexicanos en los Estados Unidos. Secretamente, me interesaba más retratar la decadencia de una gran ciudad, la primera capital del automóvil, nada menos; el sitio donde Henry Ford inauguró la fabricación en serie de la máquina que gobierna nuestras vidas más que cualquier gobierno.

Entre las pruebas del poderío de la ciudad se cuenta que en 1932 invitó al artista mexicano Diego Rivera a decorar los muros del Detroit Institute of Arts y ahora, en 1999, yo estaba aquí —oficialmente, digo— para realizar una serie de TV sobre éste y otros murales mexicanos en los E.E. U.U. Empezaría con Rivera en Detroit y seguiría con Orozco en Dartmouth y California, para seguir con un misterioso Siqueiros que me encargaron descubrir en Los Ángeles y con las obras perdidas del propio Rivera: el mural condenado del Rockefeller Center porque allí aparecían Lenin y Marx; y la serie para la New School —varios grandes paneles, desaparecidos también.

Éste era mi encargo de trabajo. Insistí en comenzar en Detroit por un motivo. Quería fotografiar la ruina de una gran urbe industrial como digno epitafio a nuestro terrible siglo veinte. No me movían ni la moral de la advertencia ni cierto gusto apocalíptico por la miseria y la deformidad; ni siquiera el simple humanismo. Soy fotógrafo, pero no soy ni el maravilloso Sebastián Salgado ni la temible Diane Arbus. Preferiría tener, si fuese pintor, la claridad sin problemas de un Ingres o la tortura interior de un Bacon. Intenté la pintura; fracasé; no me rendí; me dije que la cámara es el pincel de nuestro tiempo y aquí me tienen, contratado para un propósito, pero presente —presentido acaso— para otro muy distinto.

Me levanté temprano para hacer lo mío antes de que el equipo de filmación se presentara frente a los murales de Diego. Eran las seis de la mañana y el mes de febrero. Esperaba la oscuridad. La atendía. Pero su prolongación me enervó.

—Si quiere ir de compras, si quiere ir a un cine, el hotel tiene una limo para llevarlo y traerlo —me dijeron en la recepción.

—El centro comercial está a dos cuadras de aquí —contesté entre asombrado e irritado.

—No nos hacemos responsables —sonrió afectadamente el recepcionista. Sus facciones no eran memorables.

Si el pobre supiera que iba a ir lejos, mucho más lejos que al centro comercial. Iba a llegar, sin saberlo, al centro del infierno de la desolación. Dejé atrás, a paso veloz, el conjunto de rascacielos, reunidos como una constelación de espejos —una nueva ciudad medieval y protegida contra el asalto de los bárbaros— y me bastaron diez o doce cuadras para perderme en un páramo oscuro y calcinado de terrenos baldíos tachonados por costras de basura.

A cada paso que daba —a ciegas, debido a la oscuridad persistente, porque mi ojo único era mi cámara, porque era un Polifemo moderno con el ojo derecho pegado al monóculo de la Leica y el ojo izquierdo cerrado, ciego, con mi mano izquierda extendida como un perro policía, a tientas, con mis pies tropezando a veces, otras hundidos, en algo que no sólo se olía, no se veía— me iba internando en una noche no sólo persistente, sino renaciente. En Detroit la noche nacía de la noche.

Solté por un instante la cámara sobre mi pecho, sentí el golpe seco sobre el diafragma —dos, el mío, el de la Leica— y refrendé mi sensación. Esto que me rodeaba no era la noche prolongada de un amanecer de invierno; no era, como la imaginación me lo daba a entender, una oscuridad naciente, compañera inquieta del día.

Era la oscuridad permanente, la tiniebla inseparable de la ciudad, su compañera, su espejo fiel. Me bastó girar en redondo y mirarme en el centro de un erial parejo, gris, engalanado aquí y allá de charcos, senderos fugitivos trazados por pies medrosos, árboles desnudos más negros que este paisaje después de la batalla. Lejana, espectralmente, se veían casas en ruinas, casas del siglo anterior con techumbres vencidas, chimeneas derrumbadas, ventanas ciegas, porches desnudos, puertas desvencijadas y, a veces, el acercamiento tierno e impúdico de un árbol seco a una claraboya mugrosa. Una mecedora se movía, soltera, rechinando, recordándome, sin ubicación, otros tiempos apenas presentidos en la memoria…

Campos de soledad, mustio collado, repitió mi memoria escolar mientras mis manos retomaban la cámara y la de mi mente iba de click en click, fotografiando México DF, Buenos Aires si no fuera por el río, Río si no fuera por el mar, Caracas del carajo, Lima la horrible, Bogotá sin fe santa o no, Santiago sin remedio. Retrataba los tiempos futuros de nuestras ciudades latinoamericanas en el presente de la urbe industrial más industrial de todas, la capital del automóvil, la cuna del trabajo en serie y del salario mínimo: Detroit, Michigan. Lo fui fotografiando todo, las carrocerías antiguas abandonadas en medio de los potreros más abandonados aún, las súbitas calles empedradas de vidrio roto, el parpadeo de luces en los expendios de... ¿qué?

¿Qué se vendía en las únicas esquinas iluminadas de este inmenso hoyo negro? Entré, casi deslumbrado, a pedir un refresco en uno de esos estanquillos.

Una pareja tan cenicienta como el día me miró con una mezcla de sorna, resignación y hospitalidad maligna, inquiriendo, ¿qué quiere? y contestándome, aquí hay de todo.

Estaba un poco atarantado, o será la costumbre, pero pedí en español una coca. Se rieron idiotamente.

—Los caldeos sólo vendemos cerveza y vino —dijo el hombre—. Droga no.

—Billetes de lotería sí —añadió la mujer.

Regresé casi por instinto al hotel, me cambié los zapatos embadurnados de todo el desperdicio del olvido, estuve a punto de darme el segundo regaderazo del día, miré el reloj. El equipo me esperaba en el lobby y mi puntualidad era no sólo mi prestigio sino mi mando. Miré, poniéndome la chamarra, el paisaje desde la ventana. La ciudad cristiana y la ciudad islámica convivían en Detroit. La luz iluminaba las cimas de los rascacielos y de las mezquitas. El resto del mundo seguía hundido en la oscuridad.

Llegamos con el equipo al Instituto de Artes. Primero atravesamos el mismo páramo interminable, cuadra tras cuadra de terrenos baldíos, aquí y allá la ruina de una mansión victoriana y al fin del desierto urbano (o más bien, en su mero centro) una construcción pompier de principios de siglo, pero limpia pero bien conservada pero amplia y accesible mediante anchas escalinatas de piedra y altas puertas de vidrio y fierro. Era como un memento feliz en el baúl de las desgracias, era una anciana erguida y enjoyada que ha sobrevivido a todos sus descendientes, una Raquel sin lágrimas. The Detroit Institute of Arts.

El enorme patio central, protegido por un alto tragaluz, era escenario de una exhibición de flores. Allí se amontonaba el público esta mañana. ¿De dónde las habrían traído?, le pregunté a un gringo del equipo, que me contestó encogiéndose de hombros, sin mirar siquiera la plétora de tulipanes, crisantemos, lirios y gladiolas exhibidas en los cuatro costados del patio que atravesamos con la prisa que el equipo se imponía y me imponía. La televisión y el cine son tareas que se quieren abandonar de prisa, apenas suena la hora de cortar. Por desgracia, quienes viven de ellas no conciben otra cosa que hacer con sus vidas sino seguir filmando uno y otro y otro día... Venimos a trabajar.

Allí estaba Rivera, Diego, Diego María de Guanajuato, Diego María Concepción Juan Nepomuceno Estanislao de la Rivera y Barrientos Acosta y Rodríguez, 1886-1957.

Perdónenme la risa. Es una buena risa, una carcajada irreprimible de reconocimiento y acaso de nostalgia. ¿De qué? Creo que de la inocencia perdida, de la fe en la industria; el progreso, la felicidad y la historia dándose la mano gracias al desarrollo industrial. A todas estas glorias había cantado Rivera, como se debe, en Detroit. Como los anónimos arquitectos, pintores y escultores de la Edad Media construyeron y decoraron las grandes catedrales para alabar al Dios único, invariable e indudable, Rivera vino a Detroit como los peregrinos de antaño a Canterbury y a Compostela: lleno de fe. Reí también porque este mural era como una postal a colores del escenario móvil, en blanco y negro, de la película de Chaplin, *Tiempos modernos*. Las mismas máquinas pulidas como espejos, los engranajes perfectos e implacables, las confiables máquinas que Rivera el marxista veía como signo igualmente fidedigno de progreso, pero que Chaplin vio como fauces devoradoras, máquinas de deglución como estómagos de fierro que se tragan al trabajador y lo expulsan, al final, como un pedazo de mierda.

Aquí no. Éste era el idilio industrial, el reflejo de la inmensamente rica ciudad que Rivera conoció en los años treinta, cuando Detroit le daba empleo y vida decente a medio millón de obreros.

¿Cómo los vio el pintor mexicano?

Había algo extraño en este mural de actividad hormiguienta y espacios repletos de figuras humanas sirviendo a máquinas pulidas, serpentinas, interminables como los intestinos de un animal prehistórico pero que tarda, arrastrándose, en regresar al tiempo actual. Yo también tardé en ubicar el origen de mi extrañeza. Tuve una sensación desplazada y excitante, de descubrimiento creativo, tan rara en tareas de televisión. Estoy detenido aquí frente a un mural de Diego Rivera en Detroit porque dependo de mi público como Rivera, acaso, dependió de sus patrocinadores. Pero él se burlaba de ellos, les plantaba banderas rojas y líderes soviéticos en las narices de sus bastiones capitalistas. En cambio, yo no merecería ni la censura ni el escándalo: el público me da el éxito o el fracaso, nada más. Click. Se apagó la caja idiota. Ya no hay patrocinadores y a nadie le importa un carajo. ¿Quién se acuerda de la primera telenovela que vio en su vida —o, lo que es lo mismo, de la última?

Pero esa sensación de extrañeza ante una obra mural tan conocida, no me dejaba en paz ni me permitía filmar a gusto. Escudriñé. Pretexté el mejor ángulo, la mejor luz. Los técnicos son pacientes. Respetaron mi esfuerzo. Hasta que di en el clavo. Había mirado sin ver. Todos los trabajadores norteamericanos pintados por Diego estaban de espaldas al espectador. El artista sólo pintó espaldas trabajando, salvo cuando los trabajadores blancos usaban goggles de vidrio para protegerse del chisporroteo de las soldaduras. Los rostros norteamericanos eran anónimos. Enmascarados. Como ellos nos ven a los mexicanos, así los vio Rivera a ellos. De espaldas. Anónimos. Sin rostro. Entonces Rivera no reía, no era Charlot, era sólo el mexicano que se atrevía a decirles ustedes no tienen rostro. Era el marxista que les decía su trabajo no tiene el nombre ni la cara del trabajador, su trabajo no es de ustedes.

¿Quiénes miraban, en contraste, al espectador? Los negros. Ellos tenían caras. Las tenían en 1932, cuando Rivera vino a pintar y Frida ingresó al Hospital Henry Ford y el gran escándalo fue una Sagrada Familia que Diego introdujo ostensiblemente en el mural para provocar, aunque Frida estaba embarazada y perdió al niño y en vez de niño dio a luz a una muñeca de trapo y al bautizo de la muñeca asistieron loros, monos, palomas, un gato y un venado… ¿Se burlaba Rivera de los gringos, o les tenía miedo y por eso no los pintaba de cara al mundo?

El artista nunca sabe lo que sabe el espectador. Nosotros conocemos el futuro y ese mural de Rivera, los rostros negros que sí se atrevió a mirar, que sí se atrevieron a mirarnos, tenían puños no sólo para construirle autos a Ford. Sin saberlo, por pura intuición, Rivera pintó en 1932 a los negros que el 30 de julio de 1967 —la fecha está grabada en el corazón de la ciudad— le prendieron fuego a Detroit, la saquearon, la balacearon, la redujeron a cenizas y le entregaron cuarenta y tres cadáveres a la morgue. ¿Ésos eran los únicos que miraban de frente en el mural, esos cuarenta y tres futuros muertos, pintados por Diego Rivera en 1932 y desaparecidos en 1967, diez años después de la muerte del pintor, cuarenta y cinco años después de ser pintados?

Un mural sólo en apariencia se deja ver de un golpe. En realidad, sus secretos requieren una mirada larga y paciente, un recorrido que no se agote, siquiera, en el espacio del mural, sino que lo extienda a cuantos lo prolongan. Inevitablemente, el mural posee un contexto que eterniza la mirada de las figuras y la del espectador. Me sucedió algo extraño. Tuve que dirigir mi propia mirada fuera del perímetro del mural para regresar violentamente, como una cámara de cine que del full-shot se dirige como flecha al acercamiento brutal, al detalle, a las caras de las mujeres trabajadoras, masculinizadas por el pelo corto y el overol, pero sin duda figuras femeninas. Una de ellas era Frida. Pero su compañera, no Frida sino la otra mujer de la pintura —sus facciones aguileñas, consonantes con su gran estatura, su mirada melancólica de cuencas sombreadas, sus labios delgados pero sensuales por su descarnamiento mismo, como si las líneas fugitivas de su boca proclamasen una superioridad estricta, suficiente, sin coloretes, sobria e inagotable por ello, abundante en secretos al decir, al comer, al amar…

Miré esos ojos casi dorados, mestizos, entre europeos y mexicanos, los miré como los había mirado tantas veces en un pasaporte olvidado en un cajón tan cancelado como el propio documento de viaje. Los miré igual que en fotos exhibidas, desparramadas o arrumbadas por toda la casa de mi joven padre asesinado en octubre de 1968. Esos ojos que mi recuerdo muerto no conoció pero que mi memoria viva conserva en el alma, treinta años más tarde, ahora que voy a cumplir treinta y cuatro y el siglo veinte se nos va a morir; esos ojos los miré temblando, con un azoro casi sagrado, tan largo sin duda que mis compañeros de trabajo se detuvieron, se acercaron, ¿me pasaba algo?

¿Me pasaba algo? ¿Recordaba algo? Yo miraba el rostro de esa bella y extraña mujer vestida de obrero y al hacerlo, todas las formas del recuerdo, la memoria o como se llamen esos instantes privilegiados de la vida, se agolparon en mi cabeza como un océano desatado cuyas olas son siempre iguales y nunca las mismas: acabo de mirar el rostro de Laura Díaz, esa cara descubierta en medio de la plétora del mural es la de una sola mujer y su nombre es Laura Díaz.

El camarógrafo Terry Hopkins, un viejo —aunque joven— amigo, le dio una iluminación final, filtrada de acentos azules, a la pared pintada, como un acto

de despedida, acaso —Terry es un poeta— pues su iluminación se confundía con la del ocaso real del día que
vivíamos en febrero de 1999.

—¿Estás loco? —me dijo—. ¿Vas a regresar a pie
al hotel?

No sé cómo lo miré, pero no me dijo nada más.
Nos separamos. Cargaron el latoso (y costoso) equipo de
filmación. Partieron en el minivan.

Me quedé solo con Detroit, la ciudad arrodillada. Me fui
caminando lentamente.

Libre, con la furia de una masturbación juvenil,
empecé a disparar mi cámara en todas las direcciones,
contra las prostitutas negras y las jóvenes patrulleras
negras de la policía, contra los niños negros con gorros
de estambre agujereados y chamarras friolentas, contra
los viejos pegados a un bote de basura convertido en ca-
lentador callejero, contra las casas abandonadas —sentí
que las penetraba todas— donde se hospedaban los miserables sin más hogares que éstos, contra los junkies
que se inyectaban placer y mugre en los rincones, a todos les fui disparando descarada, ociosa, provocativamente con mi cámara como si recorriese una galería ciega donde el hombre invisible no era ninguno de ellos
sino yo, yo mismo devuelto repentinamente a la ternura,
a la añoranza, al cariño de una mujer a la que no conocí
en mi vida, pero que la llenaba con todas esas formas
del recuerdo que son su parte involuntaria y su parte de
volición, sus privilegios y sus peligros: memoria que es
al mismo tiempo expulsión del hogar y regreso a la casa
materna; temerario encuentro con el enemigo y añoranza de la cueva original.

Un hombre con una tea encendida pasó gritando por los pasillos de la casa abandonada, prendiendo
fuego a todo lo inflamable; recibí un golpe en la nuca y
caí mirando un rascacielos solitario parado de cabeza,
bajo un cielo acatarrado; toqué la sangre ardiente del

verano que aún no llegaba, bebí las lágrimas que no borran la oscuridad de la piel, escuché el ruido de la mañana, pero no su anhelado silencio; vi a los niños jugando entre las ruinas, examiné la ciudad yacente, ofreciéndose a una auscultación sin pudor; me oprimió el cuerpo entero un desastre de ladrillo y humo, el holocausto urbano, la promesa de las ciudades inhabitables; un hogar para nadie en la ciudad de nadie.

Alcancé a preguntarme, cayendo, si se puede vivir la vida de una mujer muerta exactamente como ella la vivió, descubrir el secreto de su memoria, recordar lo mismo que ella.

La vi, la recordaré.

Es Laura Díaz.

II. Catemaco: 1905

El recuerdo, a veces, se puede tocar. La leyenda más citada de la familia tenía que ver con el coraje de la abuela Cósima Kelsen cuando, allá por los 1870, se fue a comprar los muebles y el decorado de su casa veracruzana a la ciudad de México y, al regresar, la diligencia en la que viajaba fue detenida por los bandidos que aún usaban el pintoresco atuendo del chinaco —sombrero redondo de ala ancha, chaquetilla corta de gamuza, pantalones con vuelo, bota breve y espuela sonora—. Todo botonado de plata antigua.

Cósima Kelsen prefería evocar estos detalles que contar lo que ocurrió. Después de todo, la anécdota resultaba mejor relatada y en consecuencia más increíble, más extraordinaria aunque más duradera y conocida, cuando la iban repitiendo muchas voces; cuando iba pasando —valga la redundancia— de mano en mano, ya que de manos (o más bien de dedos) se trataba.

Fue detenida la diligencia en ese extraño punto del Cofre de Perote donde en lugar de ascender a la bruma, el viajero desciende de la diáfana altura de la montaña a un lago de niebla. El grupo de chinacos, disfrazados de humo, surgió entre relinchos de caballo y trueno de pistolas. "La bolsa o la vida" era el santo y seña de los bandidos, pero éstos, más originales, pidieron "la vida o la vida", como si, agudamente, comprendiesen la altiva nobleza, la rígida dignidad que la joven doña Cósima les mostró apenas se mostraron ellos.

No se dignó mirarlos.

El jefe de la gavilla, un antiguo capitán del derrotado ejército imperial de Maximiliano, había rondado la corte de Chapultepec lo suficiente como para hacer diferencias sociales. Aunque era famoso en la región veracruzana por sus apetitos sexuales —el Guapo de Papantla era su mote— lo era también por la certeza con la que distinguía entre una señora y una piruja. El respeto del antiguo oficial de caballería, reducido al bandidaje por la derrota imperial que culminó con los fusilamientos de Maximiliano, Miramón y Mejía —¡las tres emes, mierda! —exclamaba a veces el supersticioso condotiero mexicano— hacia las damas de alcurnia, ya era instintivo y a la joven novia doña Cósima, viéndole primero los ojos brillantes como sulfato de cobre y enseguida la mano derecha ostensiblemente posada sobre la ventanilla del carruaje, el bandolero supo exactamente lo que debía decirle:

—Por favor, señora, déme sus anillos.

La mano que Cósima había mostrado provocativamente, fuera del carruaje, lucía una banda de oro, un zafiro deslumbrante y un anular de perlas.

—Son mis anillos de compromiso y de bodas. Primero me los cortan.

Cosa que sin mayor pausa, como si ambos conociesen los protocolos del honor, hizo el temible chinaco imperial: de un machetazo, le cortó los cuatro dedos sobresalientes de la mano derecha a la joven abuela doña Cósima Kelsen. Ella no respingó siquiera. El salvaje oficial del imperio se quitó la pañoleta roja que usaba, a la vieja usanza chinaca, amarrada a la cabeza, y se la ofreció a Cósima para que se vendara la mano. Él dejó caer los cuatro dedos en la copa del sombrero y se quedó como un mendigo altanero, con los dedos de la bella alemana a guisa de limosnas. Cuando al cabo volvió a ponerse el sombrero, la sangre le chorreó por la cara. En él, este baño rojo parecía tan natural como para otros zambullirse en un lago.

—Gracias —dijo la joven y bella Cósima, mirándolo, por una sola vez—. ¿Se le ofrece algo más?

Por toda respuesta, el Guapo de Papantla le dio un chicotazo en la grupa al caballo más próximo y la diligencia se fue rodando, cerro abajo, hacia la tierra caliente de Veracruz que era su destino más allá de la bruma montañesa.

—Que nadie vuelva a tocarme a esta señora —le dijo el jefe a su gavilla y todos entendieron que en ello, a ellos, les iba la vida, pero también que su jefe, por un instante y acaso para siempre, se había enamorado.

—Pero si se enamoró de la abuela, ¿por qué no le regresó los anillos? —preguntó Laura Díaz cuando pudo razonar.

—Porque no tenía otro recuerdo de ella —le contestaba la tía Hilda, la mayor de las tres hijas de Cósima Kelsen.

—Pero entonces, ¿qué hizo con los dedos?

—De eso no se habla, niña —le contestaba enérgica e irritada, la segunda del trío, la joven doña Virginia, soltando el libro en turno de los veinte que, orgullosamente, leía al mes.

—Cuídate de lo gitano —le dijo con su comelón acento costeño, avaro de eses, la cocinera de la hacienda—. Le cortan dedo a lo niño para hacé tamale.

Laura Díaz se miraba las manos —las manitas—, las extendía y movía juguetonamente los dedos, como si tocara un piano. Acto seguido, las escondía bajo el delantal escolar de cuadritos azules y miraba con terror creciente la actividad de los dedos en la casa paterna, como si todos, a todas horas, no hicieran otra cosa que ejercitar lo que el Guapo de Papantla le quitó a la entonces joven, y bella, y recién llegada, abuela doña Cósima. La tía Hilda tocaba, con una especie de fiebre disimulada, el piano Steinway llegado al puerto de Veracruz después de una largo viaje desde la Nueva Orleans que pareció corto porque, como notaron los viajeros y se lo contaron a la señorita Kelsen, las gaviotas acompañaron al vapor, o quizás al piano, de la Luisiana hasta la Veracruz.

—Más le hubiera valido a la Mutti ir a la Nouvelle-Orléans a comprar el ajuar de nozze —alardeaba y criticaba de un solo respiro la tía Virginia, para quien mezclar idiomas era tan natural como mezclar lecturas y desafiar, de modo irreprochable, cierta voluntad de su padre. La Nueva Orleans, de todas maneras, era el punto de referencia comercial civilizada más próximo a Veracruz y allí, exiliado por la dictadura del cojitranco Santa Anna, el joven liberal Benito Juárez había trabajado enrollando puros cubanos en una fábrica; ¿habría una placa conmemorativa, después de que Juárez derrotó a los franceses y mandó fusilar —tan feo, tan indito él— al guapísimo Habsburgo Maximiliano?

—Los Habsburgo han gobernado a México por más tiempo que nadie, no lo olvides. México es más austriaco que otra cosa —le decía la leída y escribida Virginia a su más joven hermana Leticia, la madre de Laura Díaz; para Leticia, las noticias del imperio eran inconsecuentes con lo único que a ella le importaba, su hogar, su hija, su cocina, su hacendosa atención a la vida diaria…

En cambio, la resonancia melancólica que los ágiles dedos de Hilda le daban a los Preludios de Chopin —sus piezas favoritas— aumentaban toda porción de tristeza, real, recordada o previsible, en la casa vasta pero simple en la colina sobre el lago tropical.

—¿Habríamos sido distintas si nos hubiéramos criado en Alemania? —preguntaba con añoranza la hermana Hilda.

—Sí —contestaba con prontitud Virginia—. Y de haber nacido en China, seríamos más distintas aún. Assez de chinoiseries, ma chère.

—¿No sientes nostalgia? —se dirigía entonces Hilda a la hermana menor, Leticia.

—¿Cómo? Yo nunca he estado allá. Sólo tú —la regañaba, interrumpiendo, Virginia, aunque dirigía su mirada a Leticia, la madre de Laura.

—Hay mucho que hacer en la casa —concluía Leticia.

Como todas las casas de campo que dejó España en el Nuevo Mundo, ésta, de un solo piso, se organizaba en cuatro costados enjalbegados alrededor de un patio central sobre el cual se abrían las puertas de comedores, sala y recámaras. Del patio entraba la luz a los lugares de estar; los muros externos eran todos ciegos, por razones de defensa eventual y de pudor permanente.

—Vivimos como si nos fueran a atacar los indios, los piratas ingleses o los negros rebeldes —comentaba con una sonrisa divertida la joven tía Virginia—. Aux armes!

El pudor, en cambio, lo agradecían. Los trabajadores de temporada, traídos a cosechar el café, eran curiosos, impertinentes, a veces respondones e igualados. Virginia les contestaba con una mezcla de injurias en español y citas en latín que los alejaba como si la joven de ojos negros, piel blanca y labios descarnados fuese una más de las brujas que, se decía, vivían en la otra ribera del lago.

Para llegar a la casa del patrón, había que entrar por la puerta grande como invitado. La cocina, hasta atrás, sí se abría a los corrales, las caballerizas, las bodegas y el campo; se abría a los molinos, las cañerías y el patio donde se beneficiaba el producto con la caldera y las máquinas para despulpar, fermentar, lavar y secar. Había pocas bestias en la hacienda bautizada por su fundador Felipe Kelsen, "La Peregrina", en honor de su mujer, la bravía pero mutilada Cósima: cinco caballos de silla, catorce mulas y cincuenta cabezas de ganado. Nada de esto le interesaba a la niña Laura, que nunca ponía los pies en esos lugares de trabajo que su abuelo regenteaba con disciplina, sin quejarse pero aduciendo a cada momento que la mano de obra para el cultivo del café era cara por lo frágil del producto y lo accidentado de su comercialización. Por ello, don Felipe se veía obligado a un cuidado constante para podar los árboles, asegurarles la sombra indispensable para que crecieran, cortar el cafeto, separarlo del retoño, limpiar el terreno y atender los asoleadores.

—El café no es como el azúcar, no es como la caña brava, que crece dondequiera, el café requiere disciplina —sentenciaba a cada rato el patrón don Felipe, vigilante cercano de los molinos, las galeras, los establos, y los famosos asoleadores, en un día dividido entre la minuciosa atención al campo y la no menor atención a las cuentas.

La niña Laura no tenía ojos para nada de esto. A ella le gustaba que la hacienda se prolongase en las lomas de café, y detrás de ellas, seguían la selva y el lago en un encuentro, al parecer, vedado. La niña Laura se encaramaba a la azotea para divisar, de lejos, el cristal azogado del lago, como lo llamaba su tía la lectora Virginia, y no se preguntaba por qué lo más bonito del lugar era, también, lo menos cercano, lo más alejado de la mano que la niña extendía como para tocar, dándole todo el poder del mundo a su deseo. Todas las victorias de su niñez se las entregaba a la imaginación. El lago. Un verso.

Del salón ascendían las notas melancólicas de un Preludio y Laura se sentía triste, pero contenta de compartir ese sentimiento con la tía mayor, una mujer tan bella y tan solitaria, pero dueña de diez dedos musicales.

Los trabajadores, por órdenes del abuelo y patrón del beneficio, don Felipe Kelsen, embadurnaban las paredes de la casa con las manos mojadas en una mezcla de cal y canto y baba de maguey, que le daba a los muros la tersura de una espalda de mujer desnuda. Eso le dijo el abuelo don Felipe a su siempre enhiesta aunque ya muy enferma esposa un día antes de que doña Cósima muriese:

—Cada vez que toque las paredes de la casa voy a pensar que recorro con mis dedos tu espalda desnuda, tu linda y delicada espalda desnuda, ¿recuerdas?

Cuando la abuela se murió de un suspiro a la mañana siguiente, su marido logró por fin, en la muerte, lo que doña Cósima siempre rehusó en vida: ponerle unos guantes negros con rellenos de algodón en los cuatro dedos ausentes de la mano derecha.

La mandó a la eternidad, dijo, completita, como la recibió cuando la novia por encargo llegó de Alemania a los veintidós años, igualita a su daguerrotipo, con la cabellera partida a la mitad y arreglada en dos grandes hemisferios que nacían de la perfecta raya con perfecta simetría y cubrían las orejas como para resaltar la perfección de los aretes de madreperla que pendían de los lóbulos ocultos.

—Las orejas son lo más feo de una mujer —gruñía Virginia.

—No haces más que encontrar defectos —le replicaba Hilda.

—Yo te hago recitar, Virginia, y te oigo tocar, con mis horrendas orejitas —se reía la mamá de Laura Díaz—. ¡Qué bueno que la Mutti Cósima no traía puestos los aretes en Perote!

Llegó de Alemania a los veintidós años con la cabellera muy negra como para resaltar aun más la blancura de la piel. En el retrato, apoyaba contra el pecho un abanico detenido entre los cinco dedos de la mano derecha.

Por eso Hilda tocaba con vergüenza y pasión el piano, como si, al mismo tiempo, quisiera suplir la deficiencia de su madre y ofenderla diciéndole yo sí puedo, tú no, con el rencor disimulado de la única hija Kelsen, la mayor, que en una sola ocasión regresó a Alemania con su madre y con ella escuchó, en Colonia, un recital del famoso pianista y compositor Franz Liszt. Era el retintín de muchos inmigrantes europeos. México era un país de indios y gañanes, donde la naturaleza era tan abundante y rica que las necesidades inmediatas se podían satisfacer sin trabajar. El fomento a la inmigración alemana quería remediar ese estado de cosas, introduciendo en México otra naturaleza, la naturaleza industriosa de los europeos. Pero éstos, invitados a cultivar la tierra, no soportaban la dureza y el aislamiento y se iban a las ciudades. Por eso era fiel Felipe Kelsen a su compromiso de trabajar la tierra, trabajarla duro y apartar dos tentaciones: el regreso a Alemania o los viajes a la ciudad de México, que le costaron tan caro a Cósima su mujer. A la salida del concierto, Hilda le dijo a su madre —Mutti, ¿por qué no nos quedamos a vivir aquí? ¡qué horrible es México!

Don Felipe prohibió entonces no sólo cualquier viaje de regreso a la vaterland; prohibió también el uso de la lengua alemana en la casa y con el puño cerrado, más severo porque, en reposo, no golpeó nada, sólo dijo que ahora todos ellos eran mexicanos, iban a asimilarse, no habría más viajes al Rin y nadie hablaría más que español. Philip era Felipe, y Cósima, pues ni modo, Cósima. Sólo Virginia, con ternuras traviesas, se atrevía a llamar Mutti a la madre y hacer citas en alemán. Don Felipe se encogía de hombros; la muchacha le había salido excéntrica...

—Hay bizcos, hay albinos, hay Virginia —decía ésta de sí misma, fingiendo estrabismo— Gesundheit!

Ni hablar alemán, ni ocuparse de otra cosa que la casa o, como se decía modernamente, de la economía doméstica. Las hijas se volvieron tan hacendosas para suplir, quizás, la deficiencia de la madre, que se sentó en su mecedora (otra novedad llegada de la Luisiana) a abanicarse con la mano izquierda y a mirar a lo lejos, hacia el Camino Real y la bruma de Perote donde, tan joven, dejó cuatro dedos y, dicen algunos, el corazón.

—Cuando una mujer conoce al Guapo de Papantla, ya no lo olvida nunca —decía la voz popular veracruzana.

Don Felipe, en cambio, no se guardaba de reprocharle a su joven novia el viaje de compras a México. —Ya ves. Te hubieras ido a Nueva Orleans y no te habría pasado esta desgracia.

Cósima adivinó desde el primer día que la voluntad de su marido era asimilarse a México. Ella era la última concesión que Philip Kelsen le hacía a la patria vieja. Cósima sólo se adelantó a la voluntad marital de ser para siempre de aquí, nunca más de allá. Y por ello se quedó sin cuatro dedos. —Prefiero comprar el ajuar en la capital mexicana. Somos mexicanos, ¿no es cierto?

Qué peligrosos eran los dedos, imaginaba Laurita al despertar de las pesadillas en las que una mano solitaria caminaba por el piso, subía por las paredes y se dejaba caer sobre la almohada, junto a la cara de la niña. Despertaba gritando y lo que había junto a su cara era una araña que Laura Díaz no se atrevía a matar de un manotazo, porque hubiera sido lo mismo que cortarle otra vez los dedos a la abuela ensimismada en su mecedora.

—Mamá, quiero un toldo blando cubriendo mi cama.

—La casa la tenemos muy limpia. Aquí no se cuela ni el polvo.

—A mí se me cuelan sueños muy feos.

Leticia reía y se acuclillaba para abrazar cariñosamente a su pequeñita, que mostraba desde ahora la aguda gracia de todos los miembros de la familia salvo la bella abuela Cósima, enferma de melancolía.

A los canallas que le achacaban pasiones platónicas a su mujer, Felipe les contestó con tres lindas hijas a cual más de bellas, inteligentes y hacendosas. "Con seis dedos basta para que una mujer ame a un hombre" se jactó groseramente una noche de cantina y enseguida se arrepintió como nunca antes o después en su vida. Era trabajador, estaba fatigado y un poco ebrio. Era el dueño de su propia finca cafetalera. Buscaba relajarse. Nunca volvió a decir lo que dijo esa noche. En secreto rogó que cuantos lo escucharon decir esa vulgaridad se muriesen pronto, o se fueran de viaje para siempre, que era lo mismo.

—Partir es morir un poco —repetía a cada rato Felipe, recordando un dicho de su propia madre francesa, cuando Felipe era Philip y su padre Heine Kelsen y su madre Letitia Lasalle, y la Europa que dejó en su estela Bonaparte se hacía y deshacía por todas partes, porque crecía la industria y disminuían los talleres, porque todos se iban a trabajar fuera de sus casas y sus campos, a las fábricas, no como siempre, cuando casa y trabajo estaban unidos; porque se hablaba de libertad y reinaban tiranos; porque se abría de pecho la nación y moría acribillada por el fusil autoritario; porque nadie sabía si su pie pisaba un surco nuevo o caminaba sobre antiguas cenizas, como había escrito Alfred de Musset, el maravilloso poeta romántico que juntaba en su lectura a novios y novias, exaltando a aquéllos, enamorando a éstas, conmoviendo a todo el mundo. Muchachos exaltados, muchachas desvanecidas: el joven Philip Kelsen, ojo azul y perfil griego, barba florida y capa dragona, sombrero de copa y bastón con puño de marfil y semblanza de águila, quería entender en qué mundo vivía y creyó comprenderlo todo en una gran manifestación en Düsseldorf donde se vio, se reconoció, se admiró y hasta se amó a sí mismo, con un reflejo turbador, en la figura maravillosa del joven tribuno socialista Ferdinand de Lasalle.

Philip Kelsen, a los veinticuatro años, se sintió tocado por un augurio oyendo hablar y mirando a ese hombre, casi su contemporáneo, aunque su mentor, que portaba el apellido de la madre de Philip, como ésta llevaba el de la madre de Napoleón, Letitia: los signos favorables arrastraban al joven alemán oyendo a Lasalle y evocando los párrafos de Musset: "Desde las esferas más altas de la inteligencia hasta los misterios más impenetrables de la materia y de la forma, esa alma y ese cuerpo son tus hermanos".

—Lasalle, mi hermano —le decía en silencio Philip a su héroe, olvidando alegre, tanto voluntaria como involuntariamente, los hechos fundamentales de la vida: Heine Kelsen, su padre, debía su posición al trato comercial y bancario supeditado pero respetuoso— con el viejo Johann Budenbrook, quien había hecho fortuna acaparando trigo y vendiéndolo caro a las tropas prusianas en la guerra contra Napoleón. Heine Kelsen representaba en Düsseldorf los intereses del viejo Johann, ciudadano de Lübeck, pero sus haberes —su dinero y su suerte— se duplicaron cuando se casó con Letitia Lasalle, ahijada del financiero francés Nucingen, quien se preocupó de darle a su protegida una renta vitalicia de cien mil libras al año como dote.

De todo esto se olvidó Philip Kelsen cuando a los veinticuatro años escuchó a Ferdinand de Lasalle por primera vez.

Lasalle hablaba con la pasión del romántico y la razón del político a los trabajadores renanos, recordándoles que en la nueva Europa industrial y dinástica, el gran Napoleón había sido sustituido por Napoleón el pequeño y la pequeñez de este tiranuelo ruin y procaz era que había aliado al gobierno y a la burguesía contra el trabajador: "El primer Napoleón —oyó Kelsen exclamar a Lasalle en el mitin— era un revolucionario, su sobrino es un cretino y sólo representa a la reacción moribunda".

¡Cómo admiró el joven Kelsen a ese otro joven fogoso, Lasalle, al que la propia policía de Düsseldorf describía como un muchacho de "extraordinarias cuali-

dades intelectuales, incansable energía, gran determinación, ideas salvajemente izquierdistas, un amplio círculo de amistades, gran agilidad práctica y considerables
recursos financieros"! Por todo esto era peligroso, dictaminó la policía; por todo esto era admirable, se convenció su joven seguidor Kelsen, porque Lasalle andaba bien
vestido (y Marx su rival tenía lamparones de grasa en el
chaleco), porque Lasalle iba a las recepciones de la misma clase a la que combatía (y Marx no salía de los más
miserables cafés de Londres), porque Lasalle creía en la
nación alemana (y Marx era un cosmopolita enemigo
del nacionalismo), porque Lasalle amaba la aventura (y
Marx era un aburrido paterfamilias de clase media incapaz de regalarle una sortija a su aristocrática señora von
Westphalen).

Toda su vida lucharía Philip Kelsen contra el
fervor lassaliano de su juventud socialista; toda su juventud la perdió en esa ilusión esplendorosa, que como el surco europeo del poeta, era, quizás, sólo un
hoyanco de cenizas. El socialista Lasalle acabó alián-
dose con el feudalista Bismarck, el junker prusiano
ultranacionalista y ultrarreaccionario, para dominar,
entre los dos, a los capitalistas voraces y sin patria, ésa
fue la razón de la incómoda alianza. La crítica del poder se convirtió en el poder sobre la crítica y Philip
Kelsen abandonó Alemania el mismo día en que su
héroe mancillado, Ferdinand de Lasalle, se convirtió
en su héroe ensangrentado, muerto en duelo en un
bosque cerca de Ginebra el 28 de agosto de 1864 por
un motivo tan absurdo y romántico como el apuesto
socialista: se enamoró apasionadamente de Helena
(von Doniger, informó la crónica), retó a duelo al novio de la bella Helena (Yanko von Racowitz, añadía la
nota de prensa) y éste, muy cumplidamente, le atravesó a Lasalle el estómago con una bala, sin la menor
consideración hacia la historia, el socialismo, el movimiento obrero o el Canciller de Hierro.

¿Qué más lejos del panteón de Breslau donde enterraron a Lasalle a los treinta y nueve años, podía irse, a los veinticinco, el socialista desilusionado, Philip Kelsen, que a costas de América, a Veracruz, donde agoniza el Atlántico tras una larga travesía desde el puerto de Hamburgo y, tierra adentro, hasta Catemaco, tierras calientes, abundantes, pródigas, ubérrimas se decía en los discursos, donde la naturaleza y el hombre se podían reunir y prosperar, fuera de la desilusión corrupta de Europa?

De Lasalle, Philip sólo conservó el recuerdo conmovido, el nacionalismo y el amor a la aventura, que lo trajo del Rin al Golfo de México. Sólo que aquí, esos atributos ya no iban a ser alemanes, sino mexicanos. El viejo Heine, en Düsseldorf, aplaudió la decisión de su hijo rebelde, le dio una dotación de marcos y lo embarcó en Hamburgo rumbo al Nuevo Mundo. Philip Kelsen hizo una escala de tres años en Nueva Orleans, trabajando con desgano en una fábrica de tabaco, le repugnó el racismo norteamericano, tan candente entre las ruinas incendiadas de la Confederación sureña, y siguió a Veracruz, explorando la costa desde Tuxpan en la verde Huasteca hasta los Tuxtlas sobrevolados por centenares de pájaros.

—Barriga llena, corazón contento —le dijo la primera mujer con la que se acostó en Tuxpan, una mulata que le daba igual sensualidad a la cama y a la cocina, alternando en la boca voraz del joven seductor alemán dos pezones morados y enorme cantidad de bocoles, pemoles y tamales de zacahuil… Mal acostumbrado, Philip Kelsen volvió a encontrar en Santiago Tuxtla su mulata y su merienda, ella se llamaba Santiaga como su ciudad y los platos que ofrecía al reposo del alemancito sensual y novedoso eran todos los caribeños, la yuca, el ajillo y el mogo-mogo de plátano macho. Pero más que cualquier platillo, sexual o gastronómico, Philip Kelsen fue seducido por la belleza de Catemaco, a un paso de los Tuxtlas: un lago que podía ubicarse en Suiza o Alemania, rodeado de montañas y tupida vegetación, terso como un espejo, pero animado por rumores invisibles de cascadas, sobrevuelo de aves y colonias de monos macacos rabones.

Plantado en una colina sobre el lago de azogue, Philip Kelsen, en un acto que lo conciliaba todo, su juventud y su porvenir, su espíritu romántico y su genealogía financiera, su idealismo y su pragmatismo, su sensualidad y su ascetismo, dijo: —Aquí me quedo. Ésta es mi patria.

La niña Laura sólo de lejos y de oídas empezaba a saber la historia de su erguido, disciplinado y hermoso abuelo alemán que únicamente hablaba español, aunque quién sabe si seguía pensando en alemán y cuál sería el lenguaje de sus sueños; para la niña, las fechas eran todas próximas, no lejanas, y el paso del tiempo, más que cualquier otra ocasión, lo marcaba el día de su cumpleaños, cuando, para que nadie se olvidase de agasajarla, salía dando saltitos graciosos por el patio, muy de mañana, aún de camisón, y cantando:

> el doce de mayo
> la virgen salió
> vestida de blanco
> con su paletó...

Toda la casa conocía este rito y pretendía, en los días anteriores al del cumpleaños, olvidar la celebración. Si Laura sabía que ellos sabían, ni ella misma lo daba a entender. Todos jugaban a la sorpresa y así era más bonito, sobre todo este doce de mayo del año quinto del siglo, cuando Laura cumplió siete años y su abuelo le regaló algo extraordinario, una muñeca china de cabeza, manos y pies de porcelana, cuyo cuerpecito de algodón era cubierto por un atuendo mandarín de seda roja, ribetes negros y bordaduras doradas de dragón. El atuendo exótico no alcanzaba a alejar a la niña agasajada del alborozo y su alborozo del amor instantáneo que sintió por los piececitos tan pequeños, cubiertos por medias de seda blanca y zapatillas de terciopelo negro; por la carita sonriente, chatita, de ojos orientales y altas cejas pintadas cerca del fleco de seda. Las manos diminutas, sin embargo, eran el aspecto más delicado de la muñeca y Laurita, al recibir el más lindo regalo de toda su niñez, tomó la mano de la muñeca y con ella saludó la mano de la tía pianista, Hilda, de la tía escritora, Virginia, de la Mutti cocinera, Leticia, del abuelo agricultor, Felipe, y de la abuela inválida, Cósima, que involuntariamente escondió el muñón derecho entre sus chales y con torpeza le dio la mano izquierda a su nietecita.

—¿Ya le tienes un nombre? —preguntó doña Cósima.

—Li Po —dijo canturreando Laurita—. Le pondremos Li Po.

La abuela la interrogó con la mirada tan sólo; Laura contestó con un movimiento de hombros que significaba "porque sí"; todos la besaron y la niña regresó a su cama para acomodar a Li Po entre almohadones, prometiéndole que aunque a ella la castigaran, Li Po nunca sería regañada; y aunque a Laura le fuera muy mal, Li Po siempre tendría su trono de cojines para reinar sobre la recámara de Laura Díaz.

—Descansa, Li Po, duerme, vive feliz. Yo te cuidaré siempre.

Cuando abandonaba a Li Po en la recámara y salía de la casa, el instinto infantil la llevaba a representar, como en un jardín, la hazaña del regreso al mundo natural, tan abundante, tan "pródigo" pero sobre todo tan minucioso, cercano y cierto a la mirada y al tacto de la niña que crecía rodeada de selva latente y lago impaciente y cafetales renacientes: así hablaba, con alta y sonora voz, la tía Virginia.

—Y ubérrimos —añadía, para que nada se le quedara en el tintero—. Most fertile.

Pero los dedos de la casa la retenían como las enredaderas al minucioso mundo del bosque tropical; tocaba el piano la tía Hilda (me aturdo y me exalto a la vez, me avergüenzo pero me da un placer secreto usar mis diez dedos para abandonarme, salirme de mí misma, sentir y decirle a todos que la música que escuchan no es mía ni soy yo, es de Chopin, yo soy la ejecutante, la que deja pasar este sonido maravilloso por mis manos, por mis dedos, a sabiendas que afuera, en su mecedora, me escucha mi madre que no me dejó quedarme en Alemania y estudiar y llegar a ser una pianista importante, una artista de verdad, y me escucha mi padre que nos ha encerrado en este pueblecito sin destino y a los dos los recrimino por la pérdida de mi propio destino, Hilda Kelsen, la que pude ser, la que nunca seré ya, por más que trate, por más que una buena suerte que yo no puedo controlar o decir: yo te hice, eres mía, me traiga fortuna; no será mi fortuna, será un accidente, un obsequio del azar: toco los tristísimos preludios de Chopin y no me consuelo, sólo me armo de paciencia y siento el íntimo regocijo de ofender a mi padre y a mi madre…), escribía un poema la tía Virginia (vivo rodeada de resignación, yo no quiero resignarme, quiero escapar un día y temo que mi afición a leer y escribir sea sólo eso, un escape y no una vocación que lo mismo puedo cumplir aquí que en Alemania o como les contesté un día, en China, a ver si no acabo como la muñeca de mi sobrinita, preciosa pero muda, acomodada para siempre en un almohadón), ayudaba la Mutti Leticia a preparar unos tamales costeños a la cocinera (qué bonito es rellenar la masa suave de carne de puerco y chile chipotle, cocinarla primero y hervirla después para terminar envolviendo cada tamal, cariñosamente, como a un niño, en su sábana de hoja de plátano, uniendo, conservando sabores y aromas, carne y picante, fruta y harina, qué deleite para

el paladar, me recuerda los besos de Fernando mi marido, pero en eso no debo pensar, los arreglos están hechos, es lo que más nos conviene a todos, está bien que
la niña crezca aquí en el campo conmigo, cada cual tiene sus obligaciones, no hay que agotar los placeres durante la juventud, hay que aplazarlos para el porvenir,
hay que recibir el placer como recompensa, no como
privilegio, la dádiva se gasta pronto como el capricho,
uno cree tener todos los derechos y acaba sin ninguno;
prefiero esperar, pacientemente, sólo tengo veintitrés
años, la vida por delante, la vida por delante...), se colocaba los espejuelos y recorría las cuentas el abuelo
Felipe (no me puedo quejar, todo ha salido bien, la finca prospera, las muchachas crecen, Hilda tiene su música,
Virginia sus libros, la que más podría quejarse sería Leticia, alejada de su marido por acuerdo entre ambos, no
por ninguna imposición o tiranía de mi parte, sino porque ellos quieren esperar al futuro, sin pensar que acaso ya lo han perdido para siempre porque las cosas hay
que tomarlas al instante, como se toman los pájaros al
vuelo o desaparecen para siempre, como yo me lancé
a la aventura socialista hasta que todo eso se agotó y
entonces me lancé a América que por lo visto es algo que
nunca se agota, un continente sin fondo, mientras los
europeos ya nos tragamos entera nuestra historia y ahora la rumiamos, la eructamos a veces, bah, la defecamos,
somos defecadores de historia y aquí hay que hacer historia primero, sin los errores de Europa, sin los sueños
y los desengaños de Europa, partiendo de cero, qué alivio, qué poder, partir de la nada, ser amo del destino
propio, entonces se pueden aceptar las caídas las desgracias los errores porque son parte del destino propio,
no de un lejano acontecer histórico, Napoleón, Bismarck,
Lasalle, Karl Marx... todos tenían menos libertad, en sus
tronos y en sus púlpitos, que yo aquí, sentado haciendo
las cuentas de un beneficio de café, himmel y carajo, pues)
y se mecía suavemente la abuela silenciosa, Cósima, en

la (rocking chair) llegada de la Luisiana en vez de la ciudad de México (quería decirle a Felipe que yo era también
de esta tierra, nada más; apenas llegué y lo conocí, entendí que yo era su última concesión al pasado alemán;
por qué me escogió, aún no lo sé; por qué me quiere tanto, espero que no sea para compensar mi desgraciada
aventura en la carretera de Perote; nunca me ha hecho
sentir que me compadece, al contrario, me ha amado con
verdadera pasión de hombre, nuestras hijas fueron crea-
das con una pasión desvergonzada, mal hablada, que
nadie que nos ha tratado podría imaginar. Él me trata de
puta, y me gusta, yo le digo que me imagino haciendo el amor con el chinaco que me mutiló, y le gusta a él,
somos cómplices de un amor intenso, sin rubor ni reticencia, que sólo él y yo conocemos y cuyo recuerdo nos
vuelve inmensamente dolorosa la muerte que se me
acerca y me dice, nos dice: ahora uno de los dos va a
vivir sin el otro y así, ¿cómo se van a seguir amando?; yo
no sé porque ignoro lo que viene después, pero él se queda y me puede recordar, imaginar, prolongar, creer que
no me morí, que sólo me fugué con el Guapo aquel al
que nunca volví a ver —porque si me lo vuelvo a encontrar, ¿qué le hago, lo mato o me voy con él?, no, sólo
pensaré siempre lo mismo que le digo a la gente: lo hice
para salvar a los demás pasajeros; pero cómo voy a olvidar esa mirada de animal, ese plantado de macho, esos
andares de tigre, ese deseo incumplido, el mío y el suyo,
nunca, nunca, nunca…).

Tocaba el piano la tía Hilda; escribía, aún con
pluma de ganso, la tía Virginia; cocinaba su madre Leticia
porque no sólo le gustaba, tenía genio para el arte costeño de unir arroz, frijol, plátano y cerdo, deshebrar y
alimonar los estambres del plato llamado ropa vieja,
ensalzar los pulpos en su tinta, y reservar para el final
los merengues, las natillas, los jocoques y el tocino del
cielo, el dulce más dulce del mundo, llegado de Barcelona a La Habana y de Cuba a Veracruz como para em-

palagar todas las amarguras de estas tierras de revolución, conquistas y tiranía.

—Nada de eso, no quiero saber del pasado de México, América es sólo porvenir —sentenciaba con firmeza el abuelo cuando se tocaban esos tópicos. Por eso salía cada vez menos a tertulias, a comidas, y a las cantinas nunca más, desde que perdió las formas aquella fatigada noche... Al principio tampoco iba a misa, a fuer de socialista primero y de protestante después; pero, pueblo chico, infierno grande, sucumbió al cabo a la costumbre de un Veracruz que creía en Dios y en los milagros, pero no en la iglesia y los curas. Eso le venía bien a Felipe, no por cinismo, sino por comodidad. Pero la comodidad la perdió el pueblo entero cuando llegó el señor cura don Elzevir Almonte, joven, moreno e intolerante párroco enviado desde la muy recatada y clerical ciudad de la Puebla de los Ángeles, con el encargo, distribuido entre una buena docena de sacerdotes de meseta por el Arzobispado de México, de implantar disciplina y buenas costumbres entre los relajados (y relajientos) fieles de la costa del Golfo.

Cósima Reiter, la novia postal traída de Alemania por Philip Kelsen, el socialista desencantado, a su primitivo beneficio de café en Veracruz, nació y se crió protestante. Philip-Felipe, que era agnóstico, se dio cuenta de que en México no encontraría esposa descreída; aquí, hasta los ateos creían en Dios y hasta las putas eran católicas, apostólicas y romanas.

Encargar una novia atea a la Alemania guillermina hubiese sonado, más que a ofensa, a broma tropical. Philip se conformó con los consejos de amigos y parientes, de aquí y de allá; lo cautivó, sobre todo, el daguerrotipo de la muchacha con la cabellera negra dividida en dos franjas por una estricta raya a la mitad y el abanico en la mano derecha.

No calculó el joven lasallista que llegando a Veracruz su aún más joven novia protestante, la vena conformista que es la regla, por notables que sean las excepciones, de las comunidades religiosas, se impondría a la nueva esposa por múltiples motivos. La presión social fue el menor de ellos. Más tuvo que ver el inevitable descubrimiento de que Philip, o Felipe, no había vivido como un santo durante su soltería veracruzana; este muchacho extranjero, de cabellera larga y ondulada, barba rubia y perfil griego, no iba a obedecer regla monacal alguna. Los rumores de la pequeña población del lago no tardaron en llegar a oídos de Cósima apenas desempacó y a las veintitrés horas de casados en ceremonia civil, la bella y erguida alemana le dijo a su estupefacto marido:

—Ahora quiero una boda religiosa católica.

—Pero tú y yo fuimos confirmados en el protestantismo. Tendremos que abjurar.

—Somos cristianos. Nadie tiene por qué saber más.

—No veo la razón.

—Es para que tu hija mulata sea mi dama de honor y me lleve la cola.

Así entró María de la O, casi desde el primer día, al hogar de los recién casados. Cósima se encargó de asignarle recámara a la señorita ordenando a la servidumbre que ese trato debían reservarle: señorita; le asignó lugar en la mesa, la trató de hija y lo ignoró todo sobre su origen. Nadie, salvo la propia María de la O, que entonces contaba con apenas ocho años de edad, oyó lo que Cósima Reiter le dijo a su verdadera madre. —Señora, escoja cómo quiere que crezca su hija. Váyase a donde mejor pueda vivir, Tampico o Coatzacoalcos, y no le faltará nada.

—Mas que el amor de mi nenita —dijo lloriqueando la negra conocida como La Triestina, no se sabe si por sus ojos tristes o porque, como presumía, había sido doncella de la emperatriz Carlota en el palacio de Mirman en Trieste.

—Eso ni tú te lo crees —tuteó enseguida, aprendiendo rápido los usos y costumbres, la nueva señora de Kelsen que ahora, ya vieja, se lo recordó un día a su marido, sin saber que Laurita los escuchaba atrás de una maceta de helechos.

María de la O Kelsen, así presentó Cósima a la linda mulatica, y así la aceptó don Felipe. Tampoco tuvo que implorar la señora de la casa que su marido fuese fiel a los principios humanistas de su juventud. Se impuso Cósima y empezó a ir a misa primero con la niña mulata y un misal detenido entre ambas manos; luego, con tres hijas más y el misal en una sola mano, orgullosa de su maternidad de a cuatro, indiferente a murmullos, asombros o maledicencias, aunque las malas lenguas dijeran que el Guapo de Papantla era el verdadero padre, con la dificultad de que el bandido era criollo, doña Cósima alemana y María de la O, en ese caso, sólo explicable como saltapatrás o tentenelaire.

Siete años mayor que la mayor de sus hermanas, Hilda; ocho más que Virginia y diez que Leticia, María de O era una niña mulata de facciones graciosas, sonrisa pronta y andar erecto: Cósima la había recibido agachadita, encojidita, le dijo, como un animalito apaleado y arrinconado, con unos ojos negros llenos de visiones más negras aún y, ni tarde ni perezosa, la madre por voluntad y razón, Cósima Reiter de Kelsen, la enseñó a María de la O a caminar derechita, llegando a obligarla:

—Ponte ese diccionario en la cabeza y camina hasta mí sin que se te caiga. Cuidadito.

La enseñó a usar los cubiertos, a asearse, la vistió con los vestidos blancos más lindos y almidonados para que contrastara dramáticamente su piel morena. Le impuso un moño de seda blanca sobre la cabellera que no era crespa como la de la madre, sino lacia como la de Philip su padre.

—A ti sí que te llevaría de regreso a Alemania —decía ufana Cósima. —Tú sí que llamarías la atención.

Fue a la iglesia y le dijo al padre Morales, voy a tener un bebé y luego por lo menos dos más.

—No quiero que ninguno de mis hijos se avergüence de su hermana. Quiero que los Kelsen por nacer lleguen al mundo y se encuentren con una Kelsen distinta pero mejor que ellos.

Posó una mano sobre el moño de María de O.

—Bautícela, confírmela, échele encima todas las bendiciones y por amor de Dios, rece por su honestidad.

Dudó un instante y regresó. —Que no nos salga puta.

Lo bueno fue que el párroco veracruzano don Jesús Morales era un bonachón pero no un paniaguado y todo en él —públicamente sus sermones, privadamente sus tertulias, secretamente sus confesiones— protegía y exaltaba la conducta cristiana de la, por demás, muy convertida al catolicismo romano doña Cósima Reiter von Kelsen.

—Señoras, no me arruinen los triunfos de la fe ni los de la caridad. Todas en orden, qué chingaos.

El cura Jesús Morales amaba a su grey. El cura sustituto Elzevir Almonte quiso reformarla. Los dedos que le faltaban a la abuela Cósima le sobraban al nuevo párroco y los usaba para amonestar, fustigar, condenar… Sus sermones traían al trópico un aire de altiplano, enrarecido, sofocante, intolerable e intolerante. La gente comenzó a contar las prohibiciones lanzadas desde el púlpito por el oscuro y juvenil cura Almonte: basta de camisolas sueltas que muestran las formas femeninas, sobre todo cuando llueve y se empapan; en consecuencia, ropa interior modesta y paraguas de rigor; basta de ordinarieces y leperadas veracruzanas; aunque no soy edil ni justicia, dictamino que quien diga malas palabras no recibirá en su boca sacrílega el santo cuerpo del salvador, eso sí que lo puedo hacer; se acabaron las serenatas, pretexto para excitaciones nocturnas y estorbo para el reposo cristiano; se cierran los burdeles, se cierran las cantinas y moralmente se ordena un toque de queda a las nueve de la noche, lo refrende o no la autoridad, que sí lo refrendará, cómo no, sí señor; se dice de ahora en adelante con las que camino, no se dice "piernas", se dice con las que me siento, no...

Todo esto lo proclamó el nuevo cura poblano con su elaborado juego de manos, ridículo e insolente, como si quisiera darle forma escultórica en el aire a sus prohibiciones tajantes. Los burdeles se mudaron a Santiago Tuxtla, las cantinas a San Andrés, los arpistas y guitarristas se largaron a Boca del Río y en medio de la desolación caída como una plaga sobre los comerciantes del lugar el padre Almonte colmó la copa con sus procedimientos de confesión.

—Niña, ¿te miras desnuda al espejo?

Felipe no le reprochó su nueva fe a Cósima. Sólo la miró de frente, cada vez que regresaba de misa los domingos y ella por primera vez bajaba la altanera cabeza.

—¿Te tocas en secreto, niña?

Laura se miró desnuda al espejo y no se asombró de ver lo que siempre había visto: creía que el cura había sembrado en su cuerpo algo insólito, una flor en el ombligo o una araña entre sus piernas, como la tenían sus tías cuando se bañaban en una orilla solitaria del río a la que dejaron de asistir apenas comenzó el cura Almonte a sembrar sospechas por todas partes.

—¿Te gustaría ver el sexo de tu padre, niñita?

Para ver si pasaba algo, Laura repitió ante el espejo los extraños movimientos y las palabras, más extraordinarias aún, del señor cura. Mimó asimismo la voz, engolándola aún más, del sacerdote:

—Una mujer es un templo construido sobre un albañal.

—¿Has visto desnudo a tu padre?

A su padre, Fernando Díaz, Laura no lo veía casi nunca, ni vestido ni desnudo. Era contador de un banco, vivía en Veracruz con un hijo de dieciséis años, fruto de su anterior matrimonio, y cuando su primera mujer,

Elisa Obregón, murió en el parto, Fernando se enamoró de la jovencita Leticia Kelsen durante una excursión a las fiestas de Tlacotalpan, ella se enamoró del extraño pájaro porteño, vestido siempre con saco, chaleco, corbata y fistol y la única concesión al calor, un carrete de paja, lo que los ingleses llamaban un straw boater, anotó la tía Virginia, encontrando eco en el anglófilo pretendiente de su hermana. Los abuelos Kelsen, casados por correspondencia, no impidieron un love match como lo llamó, con insistencia, el señor Díaz, hombre de lecturas e influencias inglesas, que al cabo le parecieron saludables a Felipe Kelsen para continuar borrando la influencia germana. El arreglo de vivir separados lo aceptó la propia Leticia y cuando vino al mundo Laurita, Felipe, abuelo, se congratuló cabalmente de que su hija y su nieta viviesen a su amparo en el campo y no lejos, en el puerto ruidoso y, acaso, tan pecaminoso —le dijo a Cósima— como decían las malas lenguas. Ella lo miró con ironía. Pueblo chico...

A su nueva familia (Leticia primero y, cuando llegó, a los nueve meses justos, Laurita), Fernando Díaz le había pedido una cosa.

—No puedo darles aún lo que ustedes se merecen. Vivan bien en casa de don Felipe. En Catemaco, yo nunca pasaría de contador. En Veracruz, puedo ascender y entonces las mandaré traer. De tu padre, no quiero recibir limosnas, ni compasión de tus hermanas. No soy un arrimado.

Incómoda y arrimada fue en verdad la situación inicial de la joven pareja en casa de los Kelsen en Catemaco y todo el mundo suspiró de alivio cuando Fernando Díaz tomó su decisión.

—¿Por qué nunca viene a vernos tu hijo Santiago? —le preguntaron las hermanas solteras.

—Estudia —contestaba secamente Fernando.

Laura Díaz ardía por saber más, cómo se conocieron sus padres, cómo se casaron, quién era ese misterioso medio hermano mayor que él sí tenía derecho a vivir con su padre en el puerto. ¿Cuándo se reunirían todos? Con razón era tan hacendosa su madre, como si se ocupara de dos casas a la vez, la de su padre presente y la de su marido ausente, como si cocinara para los que estaban allí y también para los que no... Era cierto. La soledad de madre e hija se extendía cada vez más a toda la casa, a las tres hermanas solteras. Hilda tocando el piano, Virginia escribiendo y leyendo, María de la O tejiendo chales de lana para los fríos cuando azotaba el viento del norte...

—No nos casaremos, Leticia, hasta que te reúnas con tu marido, como debe ser —decían, casi a coro, Hilda y Virginia.

—Lo hace por ti y por la niña. Ya no tarda, estoy segura —añadía María de la O.

—Pues que se apure, o las tres nos vamos a morir solteras —reía, solitaria, Virginia—. Que lo sepa el buen señor. Mein Herr!

Pero la verdadera soledad la encarnaba la abuela doña Cósima.

—Ya hice todo lo que tenía que hacer en la vida, Felipe. Ahora respeta mi silencio.

—Y tus recuerdos ¿qué?

—Ni uno solo me pertenece. Todos los comparto contigo. Todos.

—No te preocupes. Lo sé.

—Entonces cuídalos bien y no me pidas más palabras. Todas te las entregué ya.

Esto lo dijo doña Cósima ese mismo año de 1905 en que todo se precipitó.

Zandungueros, dicharacheros y bullangueros, los lugareños también podían ser (cuando los visitaba el santo) muy devotos, tanto como lo sabía el cura Morales y lo ignoraba el cura Almonte. Más que los ricos y riquillos de la comarca, eran los pobres, los sembradores y recolectores, los tejedores de redes, los pescadores y remeros, los albañiles y todas sus mujeres, los que le hacían las mejores ofrendas a la iglesia.

Don Felipe y otros cafetaleros de la región regalaban dinero o costales de alimentos; los más pobres, secretamente, llevaban joyas, piezas antiguas heredadas durante siglos y ofrecidas para agradecer bondad propia o desgracia ajena, ambas consideradas milagrosas, a Dios Nuestro Señor. Collares de ónix, peinetas de plata, brazaletes de oro, esmeraldas sin montar: pedrería lujosa sacada quién sabe de qué escondite, desván, morral o cueva; de qué piso de terraplén protegido por petates, de qué mina secreta.

Todo se fue acumulando celosamente, pues el padre Morales era escrupuloso en conservar para su grey lo que de ella era y vender en Veracruz una pieza valiosa sólo cuando sabía que necesitaba dinero la misma familia que, por principio de cuentas, le ofreció la joya al Cristo Negro de Otatitlán.

Como en todos los pueblos de la costa del Golfo, los santos eran celebrados con bailes sobre un tablado para que se oyera mejor el zapateado. El aire se llenaba de arpa, vihuela, violín y guitarra. Sucedió entonces, lo recuerdan todos en el año cinco, que el día de la fiesta del Santo Niño de Zongolica, el señor cura Elzevir Almonte no apareció, y yendo a buscarlo el sacristán a la iglesia, no halló ni párroco ni tesoro. El arca de las ofrendas estaba vacía y el cura poblano desaparecido.

—Con razón decía, "Puebla, semillero de santos; Veracruz, pila de pillos".

Fue el único comentario, irónico y suficiente, del señor don Felipe Kelsen. El pueblo fue más duro y de cabroncete y bandido no bajó al huidizo cura. Las cuatro hijas Kelsen no se inmutaron; la vida volvería a la normalidad sin el cura ratero, las cantinas y los burdeles volverían a operar, las serenatas se dejarían escuchar en medianoches tranquilas, los que se fueron regresarían... En cambio, a partir de ese día, declinó la ensimismada abuela Cósima Reiter, como si hubiera desperdiciado la vida en una fe que no la merecía y el amor (insistieron las malas lenguas) en un hombre honorable en vez de un bandido romántico.

—Laurita, niña —le dijo ya enferma, una vez, como si no quisiera que el secreto se perdiese para siempre—. Vieras qué hombre tan guapo, vieras qué brío, qué arresto…

No le dijo niña, déjate tentar siempre, no te asustes, no te amilanes, nada sucede dos veces, ni añadió a la gallardía y el brío, la tentación, porque era una señora decente y una abuela ejemplar, pero Laura Díaz, para siempre, guardó en el corazón esas palabras, esa lección que le entregó su abuela. No lo dejes pasar, niña, no lo dejes…

—Nada se repite…

Laura la niña se miró al espejo no para ver allí las tentaciones del odioso cura Almonte (que a ella, quién sabe por qué, nomás le daban risa) sino para descubrir, en su propia imagen, un rejuvenecer, o al menos una herencia, de su abuelita enferma. Nariz demasiado grande, se dijo desanimada, blandas facciones de postre, ojos chispeantes sin seducción que no fuese la muy simplona de tener siete años. Más personalidad tenía la muñeca china Li Po que su pequeña ama mofletuda y saltarina, sin pasión besable, sin ardor abrazable, sin…

El día que enterraron a su madre, las cuatro muchachas Kelsen —tres solteras y una casada, pero para el caso…— se vistieron de negro pero Leticia la madre de Laura vio pasar sobre la tumba abierta, casi como si escapara de su propio entierro, un ave maravillosa y exclamó, ¡miren!, ¡un cuervo blanco!

Las demás miraron pero Laura, como si obedeciera una orden de su abuela muerta, salió corriendo, siguiendo al pájaro blanco, sintiendo que ella misma podía volar, como si el cuervo albino la convocara, sígueme, niña, vuela conmigo, quiero enseñarte algo…

Es el día en que la niña se dio cuenta de dónde estaba, de dónde venía, como si la abuela, al morir, le hubiese dado alas para volver a la selva, jugueteando, sabia, sin llamar la atención, saltando como siempre, provocando suspiros en el grupo familiar que la vio alejarse, es muy niña, los niños qué saben de la muerte, no conoció a la abuela Cósima en su esplendor, no lo hace por mala...

Siguió al cuervo blanco más allá de los límites conocidos, reconociendo y amando desde entonces, para siempre, todo lo que veía y tocaba, como si este día de la muerte le hubiese sido reservado para saber algo irrepetible, algo que era sólo para ella y sólo para la edad que en ese instante tenía Laura Díaz, nacida un doce de mayo de 1898 cuando la virgen salió vestida de blanco con su paletó...

Reconoció y amó desde entonces, para siempre, las higueras, el tulipán de Indias, el lirio chino cuyas varitas, cada una, florecen tres veces al año: reconoció lo que ya sabía pero había olvidado, el lirio rojo, el palo rojo, la copa redonda del árbol del mango; reconoció lo que nunca había sabido y creía, ahora, recordar en vez de descubrir, la perfecta simetría de la araucaria, que en cada brote de cada una de sus ramas engendra enseguida su doble inmediato; el trueno de flor amarilla menuda, maravilloso árbol que lo mismo resiste el huracán o la sequía.

Iba a gritar de espanto pero se tragó el susto y lo convirtió en asombro. Se topó con un gigante. Tembló Laurita, cerró los ojos, tocó al gigante, era de piedra, era enorme, sobresalía en medio de la selva, más plantado en ella que el árbol del pan o las raíces mismas del laurel invasor que todo lo devora —drenajes, terrenos, cultivos.

Cubierta de lama, una gigantesca figura femenina miraba a la eternidad, aderezada con cinturones de caracol y serpiente, tocada con una corona teñida de verde por la selva mimética. Adornada de collares y anillos y aretes de brazos, nariz, orejas...

Laurita corrió de regreso, sin aliento, primero ansiosa de contar su descubrimiento, esa señora de la selva era la que le regalaba sus joyas a los pobres, esa estatua perdida era la protectora de los bienes del cielo robados por el antipático cura Almonte —císcalo, císcalo— y ella, Laura Díaz, ya conocía el secreto de la selva; y al saberlo, supo que a nadie se lo podía contar, no ahora, no a ellos.

Dejó de correr. Regresó despacio a la casa por el camino de colinas ondulantes y suaves laderas sembradas de café. En el patio de la casa, el abuelo Felipe le iba diciendo a sus administradores que no había más remedio que cortar las ramas del laurel, nos están invadiendo, como si se moviesen, los laureles se están comiendo el drenaje, van a devorarse la casa misma, hay nubes de tordos que se juntan aquí nomás en la ceiba fuera de la casa llenando de suciedad la entrada, no puede ser; además, viene la época en que los cafetales se cubren de telarañas.

—Va a haber que tumbar algunos árboles.

Suspiró la tía Virginia que había ocupado con naturalidad la mecedora de su madre, sin ser la primogénita.

—Nomás los oigo —les dijo a sus hermanas—. No se dan cuenta que no hay nadie vivo que tenga la edad de un árbol...

A ellas Laura no quería contarles nada, sólo al abuelo porque lo vio preocupado y quiso entretenerlo. Lo tiró de la levita negra, abuelo, hay una señora enorme en la selva, tienes que verla, niña, ¿de qué hablas?, yo te llevo, abuelo, si no nadie me va a creer, ven, si tú vienes no le tengo miedo, le doy un abrazo.

Imaginó: la abrazo y le devuelvo la vida, eso dicen los cuentos que me contaba mi abuelita, basta abrazar a una estatua para regalarle vida.

Se acusó: qué poco duró su resolución de guardarse el secreto de la gran señora de la selva.

El abuelo la tomó de la mano y sonrió, no debía sonreír en día luctuoso, pero esta linda niña con su cabellera larga y lacia y facciones cada vez más definidas, dejando atrás los mofletes, adivinada por el abuelo ese día, antes de que Laura lo viese en ningún espejo o lo soñase siquiera, como iba a ser de grande, con sus piernas y brazos muy largos y la nariz pronunciada y los labios más delgados que los de las demás niñas de sus años (labios como los de la tía escritora Virginia), esta niña era la vida vuelta a nacer, Cósima de regreso, una vida continuada en otra y él como guardián, albacea de un alma que requería el recuerdo amoroso de una pareja, Cósima y Felipe, para prolongarse y encontrar nuevo impulso en la vida de una niña, de esta niña, se dijo el viejo con emoción —¡tenía sesenta y seis años; Cósima cincuenta y siete años al morir!— y Laurita llegó al claro de la selva.

—Aquí está la estatua abuelo.

Don Felipe rió.

—Es una ceiba, niña. Ten cuidado. Mira qué árbol más bonito pero más peligroso. ¿Te das cuenta? Está tachonado de clavos, nada más que no son clavos, sino espinas puntiagudas como puñales que la ceiba genera para su propia protección, ¿no ves?, le salen espadas al cuerpo de la ceiba, el árbol se arma para que nadie se le acerque, para que nadie pueda abrazarlo —sonrió el abuelo—. ¡Qué ceiba más mala!

Luego vinieron las malas noticias, hubo una huelga de mineros en Cananea, otra en la fábrica textil de Río Blanco, aquí mismo en el estado de Veracruz, los cadáveres de los huelguistas reprimidos por el ejército federal pasaron de Orizaba al mar en furgones abiertos, para que todo el mundo los pudiera ver y escarmentara.

—¿Crees que se cae don Porfirio?

—Qué va. Esto demuestra que tiene la misma energía de siempre, aunque vaya a cumplir los ochenta.

—Patrón, va a ser necesario cortar los chala-
cahuites.

—Qué pena cortar un árbol que le da sombra al
café.

—Sí, cuando el café tiene buen precio. Ahora
los precios andan muy caídos. Más vale cortar los árboles y venderlos como madera.

—Ya estaría de Dios. Volverán a crecer.

III. Veracruz: 1910

Llegaba tarde. Llegaba temprano. Siempre, demasiado tarde o demasiado temprano. Aparecía inesperadamente a cenar. Otras veces, no llegaba.

Leticia, apenas la mandó traer su marido Fernando Díaz a Veracruz, estableció con toda naturalidad, sin sentir que se imponía, los mismos horarios y el orden de su vida anterior en la finca cafetalera de Catemaco. Por más bullicioso y deslavado que fuese el puerto, el sol salía a la misma hora junto al lago y a la orilla del mar. Desayuno a las seis, comida a la una, merienda a las siete, o cena, en casos especiales, a las nueve.

Veracruz le daba a Leticia Kelsen la variedad de sus mariscos y pescados, y la madre de Laura los combinaba de maravilla, los pulpos en su tinta y con arroz blanco, los tostones de plátano frito con frijoles, claro, refritos; el blanco huachinango del Golfo nadando entre cebolla, pimientos y aceitunas; la carne deshebrada en cilantro o cuajada de oscuras salsas manchamanteles; la repostería monjil y los cafés mundanos, pausados, conocedores del calor y el insomnio, amigos de las siestas y las lunas.

Podían tomarse a cualquier hora en el célebre Café de la Parroquia donde un avispero de mozos con delantal blanco y corbata de palomita corrían entre el zumbido de los clientes sirviendo molletes y huevos rancheros mientras combinaban, como magos mal remunerados en un carnaval sin horarios, el café y la leche servidos en vasos de vidrio y derramados con una simultaneidad asombrosa desde alturas acrobáticas. Todo lo presidía la gran cafetera de plata, importada desde Alemania, que ocupaba el centro y el fondo del café como una reina argentina condecorada de llaves, grifos, espuma, humos y sellos de fábrica. Lebrecht und Justus Krüger, Lübeck, 1887.

De Europa llegaban también las revistas ilustradas y las novelas que el padre de Laura, Fernando Díaz, esperaba con impaciencia cada mes, cuando el paquebote de Southampton y Le Havre entraba al puerto sólo para darle gusto, parecería, al contador público que allí lo aguardaba, con el carrete bien plantado para protegerse de un sol pesado como una sábana mojada. El bastón con empuñadura de marfil. El terno completo que tanto llamó la atención en Catemaco cuando Fernando cortejó y conquistó a Leticia. Con la otra mano, tomaba la de Laura, su hija de doce años.

—Las revistas, papá, primero las revistas.

—No. Primero los libros para tu hermano. Avísale que ya están aquí.

—Mejor se los llevo a su cuarto.

—Como gustes.

—¿Está bien que una niña de doce años visite la recámara de un muchacho mayor de veinte? —decía sin levantar la voz Leticia apenas salía, todavía saltando infantilmente, Laura del salón.

—Es más importante que se quieran y se tengan confianza —le contestaba, tranquilamente, su marido Fernando Díaz.

Leticia se encogía de hombros, se ruborizaba recordando el moralismo del cínico fugitivo padre Elzevir Almonte pero enseguida miraba con orgullo la sala de su nueva casa, que era el piso superior del Banco de la República que su marido, desde hacía apenas un mes, regenteaba.

—Cumplió con su palabra. A base de esfuerzo, como lo prometió, ascendió de cajero a contador a director de banco, sacrificándole, le decía a Leticia, once años de vida conyugal, de cercanía con Laurita y de orden en un hogar, si así se atrevía a llamarlo, de hombres solos —Fernando y su hijo Santiago, fruto del primer matrimonio con la difunta Elisa Obregón— que, por mejor servidos que estuviesen, dejarían el puro encendido aquí o apagado allá, el libro abierto en la cama, el calcetín perdido debajo de la misma y, en fin, el lecho deshecho durante demasiadas horas.

Ahora, estaba Santiago recostado en la cama del nuevo y cómodo, casi suntuoso, hogar. Su largo camisón con pechera de volantes parecía un nido de palomas. Juntó las piernas al entrar la Laurita su media hermana con la pila de libros detenidos sobre las manos unidas como un inestable columpio, formando una torrecilla de Pisa que Santiago se apuró a detener antes de que Anatole France y Paul Bourget dieran con sus letras en el suelo.

Apenas se conocieron, "congeniaron", como entonces se decía, y aunque el encuentro era inevitable, tanto Leticia como su marido Fernando tuvieron, cada uno por su parte, temores que se cuidaron, al principio, de comunicarse entre sí. La madre temía que una chica a las puertas de la adolescencia sufriese influencias, y hasta contactos, indebidos, debido, precisamente, a la cercanía de un joven nueve años mayor que ella. Su hermano, sí, pero de todos modos un desconocido, una novedad. ¿No era novedad suficiente el paso previsto siempre, aplazado tantas veces, de la vida rural y el patriarcado de don Felipe Kelsen, la abuela mutilada y las cuatro hacendosas hermanas, a la nueva vida separada de la mamá que dejó de dormir en la misma recámara que la niña para irse al lecho del padre que hasta entonces había dormido solo, dejando sola a la niña que no podía dormir (fue su primer, ingenuo de-

seo) con su medio hermano? ¿Se le pueden poner rejas
a las olas del lago?

—Las mujeres en el trópico maduramos muy
rápido, Fernando. Yo me casé contigo a los diecisiete.

No decía toda la verdad, en las caras de mis hermanas de sangre y de mi media hermana vi una vida
solitaria, las tres tenían destino de solteronas porque
querían otras cosas, Virginia escribir, Hilda ser concertista, y sabían que nunca iban a tenerlas pero nunca
iban a renunciar a ellas y esa devoción muda y dolorosa las iba a empeñar en escribir poemas y tocar el piano rodeadas de lectores y auditorios invisibles salvo
dos personas a quienes sus sonetos y sonatas iban di-
rigidas como un reproche: sus padres, Felipe y Cósima.
María de la O, en cambio, nunca se casaría por simple
gratitud. Cósima la había salvado de un destino desgraciado. María de la O sería fiel para siempre con la familia que le dio amparo. Leticia, una chica que aprendió
muy pronto las reglas de un silencio provechoso en
un hogar que dividía desigualmente la fortuna del padre don Felipe y los infortunios de Cósima la madre y
las otras hijas, decidió casarse cuanto antes y casi sin
condiciones, para escapar al destino de los sueños di-
sipados, borrados, grises, sin contorno, que convertían a las tres mujeres de Catemaco en actrices de una
pantomima en la niebla. Se casó con Fernando y se
salvó de la soltería. Tuvo una hija y se salvó de la infe-
cundidad. Permaneció al lado de los suyos y se salvó
—era su excusa— de la ingratitud. Fernando su marido la entendió y como él mismo tenía que contar con
tiempo para ascender y ofrecerle a Leticia y Laura una
buena vida, mientras le daba a su hijo, Santiago, los cuidados requeridos por un niño sin mamá, el acuerdo singular entre Fernando y Leticia le pareció a ambos no
sólo razonable, sino soportable.

Lo vino a consolidar la necesidad que Felipe
Kelsen llegó a tener de su yerno cuando la avanzada edad

del presidente Porfirio Díaz, las huelgas reprimidas con sangre, los brotes revolucionarios en el norte del país, la actividad anarcosindicalista aquí mismo en Veracruz, las inoportunas declaraciones de don Porfirio al periodista norteamericano Creelman ("México está maduro para la democracia") y la campaña antirreeleccionista de Madero y los hermanos Flores Magón, sembraron la inquietud en los mercados, Veracruz salió perdiendo en la competencia con la industria azucarera cubana restaurada después de la cruenta guerra entre España y los Estados Unidos, y la tradicional apelación de los empresarios alemanes en México a la Compañía Alemana de Minas en la ciudad de México tampoco fue escuchada. La guerra europea era posible. Los Balcanes se incendiaban. Francia e Inglaterra habían concluido la Entente Cordiale y Alemania, Italia y Austria-Hungría la Triple Alianza: sólo faltaba cavar las trincheras y esperar la chispa que incendiara a Europa. El capital se reservaba para financiar la guerra y encarecer los productos, no para dar crédito a fincas germanomexicanas...

—Tengo doscientas mil matas de café produciendo mil quinientos quintales —agregó don Felipe—. Lo que me falta es crédito, lo que me falta es circulante...

Que no se preocupara le dijo su yerno Fernando Díaz. Había ascendido a Gerente del Banco de la República en Veracruz y él se encargaría de otorgarle el crédito a don Felipe y a la bella finca "La Peregrina" recuerdo de la hermosa novia alemana doña Cósima. El Banco se resarciría entregando las cosechas a las casas comerciales del puerto, cobrando comisión por ventas y abonando las ganancias a favor de la finca de los Kelsen. Y Leticia, junto con la niña Laura, podrían al fin venirse a vivir con el paterfamilias don Fernando Díaz y su hijo Santiago, al cabo abrigados todos por el techo de la Gerencia del Banco de la República en Veracruz.

Qué distinto para Laura era vivir en una casa rodeada de calles, no de campo; ver pasar el día entero a gente desconocida bajo los balcones; vivir en segundo piso y tener el negocio abajo; lamer los barrotes del balcón porque sabían a sal y mirando el mar veracruzano, lento, plomizo, pesado, brillante cuando se recuperaba de la tormenta pasada aunque preparándose ya para la siguiente, despidiendo vapores calientes en vez de la frescura del lago... La selva presidida por la estatua de la giganta enjoyada que ella vio, no la soñó, no era una ceiba, el abuelo Felipe debió considerar a Laura como una verdadera boba...

—Muros espesos, rumor de agua que corre, corrientes de aire y mucho café caliente: ésa es la mejor defensa contra el calor —dictaminó, cada vez más segura de sí misma, Leticia, ahora que ya era ama de hogar, liberada al fin de la tutela paterna para encontrar en su marido lo mismo que le encantó en el novio, aquella vez que se conocieron en las fiestas de la Candelaria en Tlacotalpan.

Era un hombre tierno. Eficaz y concienzudo en su trabajo. Decidido a superarse. Leía inglés y francés, aunque era más anglófilo que afrancesado. Pero tenía conciencia de un extraño vacío que le impedía comprender los misterios de la vida, los secretos que son parte esencial de cada personalidad, sin prejuzgar a buenos o malos. Leía muchas novelas para suplir este defecto. Al cabo, sin embargo, para Fernando las cosas eran como eran, el trabajo puntual, la superación un mandato, los placeres una medida, y las personalidades, la propia o la ajena, un misterio que se debía respetar.

Indagar en el alma de los demás era para este hombre formado, de cuarenta y cinco años, chisme, fisgonería de viejas argüenderas. Leticia lo amaba porque, a los treinta años, aunque casada a los diecisiete, compartía todas sus virtudes con él, y, como él, se quedaba desamparada ante el misterio de los demás. Aunque la única vez que usó esa expresión —los demás— Fernando dejó caer la novela de Thomas Hardy y le dijo, nunca digas los demás, porque parece que estarían de más, sobrando.

—Te recomiendo que siempre nombres a las personas.

—¿Aunque no las conozca?

—Inventa. Las facciones o la ropa ya te dicen quién es una persona.

—¿El Bizco, el Fachas, el Barrendero? —se rió Leticia y su marido la acompañó, con su peculiar regocijo silencioso.

El Guapo. Ese mote Laura lo escuchó desde niña aplicado al chinaco que le cortó los dedos a la abuelita Cósima y ahora deseaba confiárselo (quiero decirlo en secreto, pensaba) a su hermoso medio hermano, vestido a las doce del día, todo de blanco, con cuello alto y tieso y corbata de seda, saco y pantalón de lino y altos botines negros de complicados enlaces de agujetas. Sus facciones, más que regulares, eran de una simetría llamativa que a Laura le recordaban la de las hojas de la araucaria en la selva tropical. En él, todo era exacto a su pareja y si tuviese, al levantarse de la cama, sombra, ésta le acompañaría como un perfecto gemelo, nunca ausente, nunca reclinado, siempre al lado de Santiago.

Como para desmentir la perfección de un rostro exacto a su otra mitad, usaba unas gafas frágiles, de marco plateado apenas perceptible, que ahondaban su mirada cuando las usaba, pero no la extraviaban cuando se las quitaba. Por eso podía jugar con ellas, esconderlas un minuto en la bolsa del saco, usarlas como rehiletes al siguiente, tirarlas al aire y pescarlas con displicencia antes de regresarlas a la bolsa. Laura Díaz nunca había visto un ser así.

—Terminé la preparatoria. Mi padre me concedió un sabático.

—¿Qué es eso?

—Un año de libertad para decidir seriamente mi vocación. Leo. Ya me ves.

—Pues no te veo mucho, Santiago. Siempre andas desaparecido.

El muchacho reía, se colocaba el bastón en el antebrazo y le mesaba el pelo a la hermanita furiosa por la condescendencia.

—Ya tengo doce años. Casi.

—Ojalá tuvieras quince, para raptarte —reía Santiago.

Don Fernando, desde la ventana de su despacho, veía pasar a su elegante y esbelto hijo, y a su vez temía que su mujer le reprochase, no tanto los doce años de separación y espera, no tanto la vida compartida de padre e hijo con exclusión de madre e hija… Éstas, después de todo, se habían acompañado felizmente, y la separación fue acordada y entendida como cimiento de valores permanentes, seguros, que le darían estabilidad, llegado el momento, a la vida en común.

Al contrario, don Fernando estaba convencido de que la prueba a la que se sujetaron no sólo no era excepcional en el tiempo que les tocó vivir, con sus noviazgos sempiternos, sino que le daría una especie de aureola retrospectiva (llamémosla más que prueba o sacrificio, anticipación, apuesta, felicidad sólo pospuesta) a su matrimonio.

Su temor era otro. Era Santiago mismo.

Su hijo era la prueba, a su vez, de que toda la voluntad formativa de un progenitor no basta para que el hijo se sujete al molde paterno. Fernando se preguntaba, ¿de haberle dado plena libertad, se habría conformado más; lo hice diferente al proponerle mis propios valores?

La respuesta se detenía al filo de ese misterio que Fernando Díaz no sabía vadear: la personalidad ajena. ¿Quién era su hijo, qué quería, qué hacía, qué pensaba? El padre no tenía respuestas. Cuando Santiago le pidió, al terminar la preparatoria, el año sabático antes de decidir la carrera universitaria, Fernando se lo concedió gustoso. Todo parecía coincidir en la ordenada mente del contador y gerente: la graduación del hijo y el arribo de la segunda mujer con la segunda hija. La ausencia "sabática" de Santiago (se dijo con cierta vergüenza Fernando) permitiría que el nuevo hogar se integrase sin accidentes.

—¿Adónde vas a pasar el sabático?

—Aquí mismo en Veracruz, papá. Mira qué chistoso. Es lo que menos conozco, este puerto, mi propia ciudad. ¿Qué te parece?

Había sido tan estudioso, tan lector, tan fino escritor desde la adolescencia. Había publicado en revistas juveniles: poesía, crítica literaria y de arte... El poeta Salvador Díaz Mirón, que le dio clases, lo exaltaba como joven promesa, ¿Quién me aseguró, se dijo Fernando Díaz, que todo esto auguraba continuidad, reposo acaso, pero continuidad al cabo? ¿No aseguraba la regularidad, más bien, si no la rebeldía, si la fatal excepción? Egresado de la Preparatoria, Fernando imaginó que su hijo, al pedirle el año de descanso, lo pasaría viajando —su padre había hecho los ahorros necesarios— y regresaría, purgada su curiosidad de hombre joven, a reanudar su carrera literaria, sus estudios universitarios, y a formar familia. Como en las novelas inglesas, habría hecho su grand tour.

—Me quedo aquí, papá, si no te importa.

—No, hijo, ésta es tu casa. No faltaba más.

No tenía nada que temer. La vida privada de Fernando Díaz era de una pulcritud ejemplar. De su pasado, era bien sabido que su primera mujer, Elisa Obregón, descendiente de inmigrantes canarios, había muerto en el parto de Santiago y que los primeros siete años de su vida, el ahora recién graduado poeta vivió acogido, casi, a la caridad de un cura jesuita de la ciudad de Orizaba, mientras su padre don Fernando volvía a casarse, mantenía alejada a su nueva familia en Catemaco pero traía a Santiago a vivir con él en Veracruz.

Llamado a explicarse en alguna tertulia jarocha, el recto, decente aunque poco imaginativo hombre de números dijo que a veces era necesario aplazar la satisfacción mientras se cumplía con el deber, duplicando así, al cabo, aquélla.

Estas razones, que parecieron convencer a los contertulios, sólo provocaron la sorna del poeta Salvador Díaz Mirón, que entre ellos se encontraba:

—Sin sospecharlo, don Fernando, es usted más barroco que el mismísimo Góngora.

Pero así que don Fernando no penetraba el misterio ajeno, nadie penetraba —acaso porque no existía— el suyo. Salvo la perfecta casada, su segunda mujer Leticia que, simplemente, era igual a él. Sin embargo, sí era barroco el arreglo inicial de la nueva pareja. Durante once años, Leticia, acompañada por su media hermana María de la O, venía a visitar a Fernando a Veracruz una vez al mes y él tomaba un cuarto en el Hotel Diligencias para estar solos, mientras María de la O desaparecía discretamente y sólo la abuela sin dedos, doña Cósima Kelsen, sospechaba a dónde iba. Cada tres meses, Fernando, a su vez, regresaba a Catemaco, saludaba al abuelo alemán y jugueteaba con la niña Laura.

En el puerto, padre e hijo ocupaban piezas contiguas en una pensión, Santiago en la recámara para que pudiera estudiar y escribir, Fernando en la sala, como de paso entre horarios de oficina. Cada cual su aguamanil y su espejo para el arreglo personal. El baño público estaba a dos cuadras. Una negra con pelo de nube se ocupaba de las bacinicas. Las comidas las hacían en pensión.

Ahora todo había cambiado. La residencia del gerente arriba del banco tenía todas las comodidades, una gran sala con vista a los muelles, sofá de mimbre para el fresco, mesas de barnizadas maderas con tapas de mármol, mecedoras, bibelots, lámparas eléctricas pero candelabros antiguos y cómodas cuyas vitrinas mostraban toda clase de figurines de Dresden, cortesanos en poses galantes, pastorcillas soñadoras y un par de cuadros ejemplares. En el primero, un pillete molestaba con una vara a un perro dormido; en el segundo, el perro le muerde las pantorrillas al muchachillo que no alcanza a saltar la pared y se suelta llorando...

—Let sleeping dogs lie... —decía invariablemente el señor Díaz cuando miraba así fuese de reojo, los cuadros de género.

El comedor con mesa para doce invitados y otra vez las vitrinas, esta vez repletas de vajillas decoradas a mano con escenas de las guerras napoleónicas y ribeteadas, en ocasión, con relieves dorados en forma de guirnaldas.

El antecomedor o pantry, como lo llamaba Fernando, intermedio entre el comedor y la cocina olorosa a hierbas, guisados, y frutos del trópico desangrándose por la mitad. Cocina de braseros y comales, donde el fuego debajo de los sartenes y las ollas requería manos incansables en el manejo de los abanicos de petate para mantenerse vivo. Nada satisfacía más a doña Leticia que recorrer las hornillas de ladrillo y fierro, abanicando con decisión los rescoldos de carbón que hacían burbujear mejor, atizados, los caldos, los arroces y los guisos, mientras las indias de la sierra de Zongolica echaban las tortillas y el negrito Zampaya regaba las macetas en los corredores, canturreando como un himno a sí mismo.

> El baile del negro Zampayita
> es un baile que quita, que quita,
> que quita el hipo ya...

A veces, Laurita, con la cabeza sobre el regazo de su madre, oía deleitada, por enésima vez, la historia del encuentro de sus padres en las fiestas de la Candelaria en Tlacotalpan, un pueblecito de juguete donde cada dos de febrero, todos, hasta los viejecitos, salen a bailar al son del requinto y la jarana sobre los tablados de las plazas junto al río Papaloapan, por donde pasa la Virgen de barco en barco mientras los lugareños apuestan si la Madre de Dios, este año, tiene puesto el mismo pelo usado del año pasado, que pertenecía a Dulce María Estévez, o el que ahora regaló, con gran sacrificio de su parte, María Elena Muñoz, pues la Virgen requería cada año una nueva y fresca cabellera y era un gran honor para las señoritas decentes sacrificar su pelo y dárselo a Santa María.

Hay filas de hombres a caballo que se quitan el sombrero al paso de la Virgen, pero el viudo veracruzano don Fernando Díaz, a sus treinta y dos años, sólo tiene ojos para la alta, esbelta, finísima señorita Leticia Kelsen (pregunta y se lo cuentan) vestida toda de una tela blanca tiesa como un pergamino y descalza, a los diecisiete años, no porque no tuvieran zapatos sino porque (como se lo dijo a Fernando cuando el viudo le ofreció el brazo para que no resbalara en el barro de la ribera) en Tlacotalpan el placer mayor es recorrer con los pies desnudos las calles de pasto, ¿él conocía otra ciudad con calles de pasto? No, rió Fernando, y se quitó él mismo, entre regocijos y asombros de los tlacotalpeños, los complicados botines de lazo y botonadura y unos calcetines a rayas rojas y blancas que mataron de la risa a la señorita Leticia.

—¡Son como de payaso!

Él se ruborizó y se culpó a sí mismo de haber hecho algo tan fuera de sus hábitos regulares y mesurados. Ella lo amó allí mismo nomás porque se quitó los zapatos y se puso colorado como sus calcetines.

—¿Qué más qué más? —decía Laurita que conocía de memoria la anécdota.

—Que ese pueblo no se puede describir, hay que verlo —añadía entonces su papá.

—¿Cómo, cómo?

—Como de juguete —continuaba doña Leticia—. Todas las casas son de un piso, parejitas, pero cada una tiene distinto color.

—Azul, rosa, verde, rojo, naranja, blanco, amarillo, violeta... —enumeraba la niña.

—Las paredes más lindas del mundo —concluía el papá, encendiendo un habano.

—Un pueblo de juguetería...

Ahora que tenían la casona en el puerto, venían a verlas las hermanas Kelsen y don Fernando las vacilaba, ¿no que se iban a casar apenas nos reuniéramos Leticia, Laurita y yo?

—Y entonces, ¿quién cuida a María de la O?

—Siempre tienen un pretexto —se reía don Fernando.

—Ésa es la pura verdad —le daba la razón María de la O—. Yo me quedaré a cuidar a mi padre. Hilda y Virginia pueden largarse y casarse cuando quieran.

—Yo no necesito marido —exclamaba riendo Virginia la escritora... Je suis la belle ténébreuse... no necesito que me admiren.

La risa de esta gracejada la interrumpía entonces la pianista Hilda, poniendo fin al tema con palabras que nadie entendía:

"Todo está escondido y nos acecha."

Fernando miraba a Leticia, Leticia a Laura y la niña remedaba a la tía más blanca de todas moviendo las manos como si tocara el piano hasta que la tía Virginia le daba un coscorrón bien feo y Laurita se aguantaba la muina y las lágrimas.

La visita de las tías era ocasión para invitar a gente de la sociedad jarocha. Sucedió una vez que estando reunido un grupo entró tarde la tía María de la O y una señora le dijo.

—Muchacha, qué bueno que llegaste. Abanícame un rato, por favor. No seas floja, negrita, mira que hace calor...

Las risas se congregaron, María de la O no se movió, Laura se puso de pie, tomó a su tía morena del brazo y la condujo a un sillón.

—Siéntate aquí, tiíta, que yo abanicaré con mucho gusto primero a la señora y después a ti, mi amor.

Laura Díaz cree que algo cambió para siempre en su vida una noche en que la despertó el gemido ronco en la recámara de su hermano Santiago, al lado de la suya. Se asustó pero no corrió de puntitas al pasillo y a la puerta del muchacho hasta que oyó por segunda vez el sofoco adolorido. Entonces entró sin tocar y el rostro de dolor de Santiago en la cama se juntó con un saludo increíble, único, en los ojos del muchacho, una gratitud por la presencia de la niña, aunque sus palabras la desmintieran, Laurita, no hagas ruido, regresa a tu cuarto, no vayas a despertar a la gente…

Tenía rasgada la camisa desde el hombro y con la mano derecha se apretaba el antebrazo izquierdo. ¿Podía la niña ayudarlo en algo?

—No. Sí. Vete a dormir y no le cuentes a nadie. Júralo. Yo me sé cuidar sólo.

Laura hizo la señal de la cruz. Por primera vez, aunque no lo dijera, alguien la necesitaba, no era ella la que pedía algo, a ella se lo pedían, con palabras que eran "no" pero eran "sí, Laura, ayúdame…".

A partir de esa noche salieron a pasear por el malecón todos los sábados, agarrados de la mano, que Laura sentía rígida, tensa, mientras se cerraba la herida del brazo. Era el secreto de ambos y él sabía que contaba con ella y ella se sentía nueva, orgullosa porque Santiago lo sabía. Y sólo entonces, también, en ese contacto con su hermano, Laura sintió que pertenecía a Veracruz, que el mar y el cielo se reunían aquí en una sola rada vibrante, cielo y mar juntos y soplando fuerte para que detrás de Veracruz el llano vibrara también, luminoso y barrido, hasta perderse en la selva. A él sí le podía contar las historias de Catemaco. Él sí le creería que la mujer de piedra detenida en medio de la selva era una estatua, no un árbol.

—Cómo no. Es una figura de la cultura del Zapotal. ¿No lo sabía tu abuelo?

Laura negaba con la cabeza, no, el abuelo, después de todo, no lo sabía todo, y los tirabuzones de la niña se agitaron, oscuros y olorosos a jabón.

—Con razón dice mi papá "Santiago acaparó toda la inteligencia de la familia y a los demás nos dejó puras limosnas".

Santiago excusó su risa diciendo que Laura sabía más que él de árboles, de pájaros, de flores, de la naturaleza entera. De eso, él no sabía nada; sólo tenía el deseo de desaparecer un día de esa manera, haciéndose selva, convertido en uno de esos árboles que la niña conocía de memoria, el palo rojo y la araucaria, el trueno de flor simétrica, el laurel…

—No, ése es malo.

—Pero es bello.

—Destruye todo, se lo come todo…

—Y la ceiba.

—No, la ceiba tampoco. Las ramas se llenan de tordos y lo cagan todo.

Muerto de risa, Santiago dijo entonces la higuera, el lirio morado, el tulipán de Indias y ella sí, esas sí, esas sí, Santiago, riendo ya no como niña, se dijo sorprendida riendo como una mujer, como otra cosa que ya no era la nena Laurita de tirabuzones oscuros y olor a jabón. Con Santiago, sintió que hasta ahora había sido igual a Li Po, la muñeca china. Ahora todo iba a ser diferente.

—No, la ceiba no se puede abrazar. Le nacen puñales en el cuerpo.

Miró el brazo herido de su hermano pero no dijo nada.

Empezó a esperarla cada sábado, a la puerta de la casa que compartían, como si él viniera de otra parte y le trajera a ella un regalo, un ramito de flores, una concha para oír el rumor del océano, una estrella de mar, una tarjeta postal, un barquito de papel, mientras Leticia miraba inquieta desde la azotea donde tendía personalmente la ropa (igual que en Catemaco; le encantaba la frescura de las sábanas recién lavadas contra el cuerpo) viendo alejarse a la pareja, sin saber que su marido Fernando hacía lo mismo desde el balcón de la sala.

Lo que Laurita recibía en esos paseos era algo más que conchas de mar y flores y estrellas. Su medio hermano le hablaba como si ella tuviese otra edad, no sus indecisos doce años, sino veintiuno como él, o más. ¿Necesitaba desahogarse con alguien o de veras la tomaba en serio? ¿Creía en todo caso, que ella podía entender todo lo que Santiago le contaba? Para Laura, la maravilla suficiente era que él la sacaba a pasear, le hacía llegar las cosas; no los regalitos sino las cosas que traía adentro, las cosas que le decía, lo que su compañía le entregaba.

Una tarde que él no se presentó a la cita, ella se quedó recargada contra la pared de la casa (que eran oficinas bancarias en la planta baja) y se sintió tan desprotegida en medio de la ciudad en siesta que estuvo a punto de regresar corriendo a su habitación y como eso le pareció una deserción, una cobardía (no sabía bien la palabra, sólo conocía, desde ahora, el sentimiento) pensó mejor que se perdía en la selva tropical, que allí podía esconderse y crecer sola, a su propio tiempo, sin este muchacho tan bello e inteligente que la llevaba con demasiada prisa a una edad que todavía no era la suya...

Caminó y encontró a Santiago recargado, a la vuelta de la esquina, contra otra pared. Se rieron. Se besaron. Se equivocaron. Se perdonaron.

—Estaba pensando que en el lago sería yo la que te llevaría a ver cosas.

—Sin ti, me perdería en la selva, Laura. Yo soy de aquí, de la ciudad, del puerto. La naturaleza me asusta.

Ella preguntó sin decir nada.

—Va a durar más que tú. O yo.

Caminaron hasta un punto de las dársenas donde él se detuvo muy concentrado, tanto que a ella le dio miedo verlo así como le había dado miedo oírlo decir que a veces le daban ganas de entrar a esa selva que tanto le gustaba a ella y perderse allí, no salir nunca y nunca más ver un rostro humano.

—¿Qué esperan de mí, Laura?

—Todos dicen que eres harto inteligente, que escribes y hablas muy bonito. Nuestro padre te llama siempre una promesa.

—El viejo es un buen hombre. Pero sólo expresa buenos deseos. Un día te enseño lo que escribo.

—¡Qué alboroto!

—No es genial. Es correcto. Es competente.

—¿No basta eso que dices Santiago?

—No, no lo es. Imagínate, si hay algo que detesto es ser parte del rebaño. Nuestro padre es eso, perdona que te lo diga, un buen borrego de la grey profesional. Lo que no se puede ser es parte de un rebaño artístico, ser uno más en el arte, en la literatura… Eso me mataría, Laura, prefiero ser nadie que ser mediocre…

—No lo eres, Santiago, no digas esas cosas, tú eres el mejor, te lo juro…

—Y tú eres la más bonita, te lo digo yo.

—Ay Santiago, no trates siempre de ser el mejor de los primeros, ¿por qué no eres mejor el mejor de los segundos?

Él le pellizcaba la mejilla y reían otra vez, pero regresaban en silencio a la casa y los padres no se atrevían a decir nada porque Fernando, sería una maldad atribuir pecado donde no lo hay, como hacía el cura Elzevir en Catemaco, que nomás arruinaba a la gente con culpas imaginarias, porque Leticia, reconozco que desconozco a mi hijo, para mí ese muchacho es un misterio, pero tú a Laura sí te la sabes y confías en ella, ¿verdad?

La volvió a llevar a ese punto del muelle el siguiente sábado y le dijo mira los rieles, aquí mismo llegaron los furgones cargados de cadáveres, los obreros de Río Blanco asesinados por órdenes de don Porfirio por declarar la huelga y aguantarla con valentía, aquí los trajeron y los echaron al mar, el dictador ya sólo se sostiene con sangre, a los yaquis rebeldes los arrojó encadenados de un buque al mar en Sonora, a los mineros de Cananea los mandó fusilar, en un lugar llamado Valle Nacional tiene esclavizados a centenares de trabajadores, aquí mismo en la fortaleza de Ulúa están encarcelados los liberales, los partidarios de Madero y de los hermanos Flores Magón, los anarcosindicalistas eran los parientes españoles de mi madre Elisa Obregón, la canaria, Laura, los revolucionarios. Laura, los revolucionarios, la gente que pide algo muy simple para México, democracia, elecciones, tierra, educación, trabajo, no reelección. Don Porfirio lleva treinta años en el poder.

—Perdóname. Ni a una niña de doce años le ahorro mis discursos.

Los revolucionarios. Esa palabra resonó en la cabeza de Laura Díaz esa noche y otra y más, nunca la había escuchado y cuando regresó de visita a los cafetales con su madre se lo preguntó al abuelo y la mirada anciana de Felipe Kelsen el antiguo socialista se nubló por un instante. ¿Qué es un revolucionario?

—Es una ilusión que se debe perder a los treinta años.

—Ay, Santiago apenas cumplió los veinte.

—Con razón. Dile a tu hermano que se apure.

Don Felipe jugaba ajedrez en el patio de la casa de campo con un inglés de sucios guantes blancos y la pregunta de la nieta le hizo perder un alfil y sufrir un enroque. No dijo más el viejo alemán. El inglés, en cambio, perseveró.

—¿Otra revolución? ¿Para qué? Ya todos están muertos.

—Pues desee usted, Sir Richard, que tampoco haya más guerras, porque entonces sí va a haber más muertos —don Felipe quiso desviar la atención de Laura al inglés de los guantes y a éste distraerlo del juego mismo.

—Y además, usted alemán y yo británico, para qué le cuento... ¡Hermanos enemigos!

Con lo cual don Felipe, protestando que él ya no era alemán sino mexicano, se dejó sitiar el rey, el inglés exclamó check mate, pero sólo cuatro años más tarde dejaron de hablarse don Felipe y don Ricardo y desprovistos de sus respectivos compañeros de ajedrez, se murieron de aburrimiento y de tristeza; sonaron los cañones de la batalla del Ypres, las trincheras fueron la carnicería de jóvenes ingleses y alemanes y sólo entonces el abuelo Felipe les reveló algo a sus hijas y a su nieta.

—Qué cosa. Usaba esos guantes blancos porque él mismo se rebanó las yemas de los dedos para purgar su culpa. En la India, los ingleses le cortaban las yemas a los tejedores de algodón para evitar la competencia con las fábricas de hilados de Manchester. No hay gente más cruel que los ingleses.

—La pérfida Albión —decía, por no dejar, la tía Virginia —. Perfidious Albion.

—¿Y los alemanes, abuelo?

—Bueno, nena. No hay gente más salvaje que los europeos. Tú vas a ver. Todos.

—Uber alles —canturreaba, prohibitivamente, Virginia.

No iba a ver nada. No iba a haber más que el cadáver de su hermano Santiago Díaz, fusilado sumariamente en noviembre de 1910 como conspirador con-

tra el gobierno federal y coaligado con los complotistas
veracruzanos, liberales, sindicalistas y maderistas como
los hermanos Carmen y Aquiles Serdán que el mismo mes fueron fusilados en Puebla.

No se le ocurrió a don Fernando Díaz, velando
el cadáver acribillado de su hijo en la sala encima del
Banco, que esa serenidad del joven vestido de blanco,
con el rostro más pálido que de costumbre, pero con las
facciones intactas y el pecho perforado, iba a ser perturbada una vez más por la intervención de la policía.

—Éste es un recinto oficial.

—Es mi casa, señor. Es la casa de mi muerto.
Exijo respeto.

—A los rebeldes se les vela en los panteones.
¡Ándele, fuera todos!

—¿Quién me ayuda?

Fernando, Leticia, el negro Zampayita, las criadas indias, Laura con una flor clavada entre los senos
nacientes, ellos cargaron la caja pero fue Laura la que
dijo, papá, mamá, él amaba el malecón, amaba el mar,
amaba Veracruz, ésta es su tumba, por favor, la niña se
prendió a la falda de su madre, miró implorante a su
padre y a los criados, y le hicieron caso, como si cada
uno temiera que enterrado Santiago, lo sacasen un día
para fusilarlo otra vez.

Con cuánta lentitud fue desapareciendo el blanco cuerpo del hermano blanco bajo la tumba del mar,
el cadáver sujeto al lecho acolchonado de la muerte, la
tapa del féretro abierta a propósito para que todos lo
vieran desaparecer lentamente en esa noche sin olas,
Santiago haciéndose cada vez más bello, más triste, más
añorado, más doloroso a medida que se hundía dentro
del féretro descubierto, con la cabeza a punto de ser coronada de algas y devorada por los tiburones junto con
todos los poemas no escritos, el rostro protegido por la
última voluntad del ajusticiado:

—A la cara no por favor.

Sin más descendencia que el mar, Santiago se fue perdiendo en el mar como en un espejo que no lo desfiguraba, sólo lo iba alejando, poco a poco, misteriosamente, del espejo del aire en el que inscribió sus horas en la tierra. Santiago se iba separando del horizonte del mar, de la promesa de la juventud. Suspendido en el mar, les pidió a los que lo quisieron déjenme desaparecer haciéndome mar, no pude hacerme selva como te lo dije un día Laura, sólo te mentí en una cosa, hermanita, sí tenía cosas que contar, si tenía cosas que decir, no iba a quedarme callado por temor a ser mediocre, porque te conocí a ti, Laura, y cada noche me acosté soñando, ¿a quién le contaré todo sino a Laura?, decidí en un sueño que iba a escribir para ti, niñita preciosa, aunque tú no te enteraras ni nos volviéramos a ver, todo sería para ti y tú lo sabrías a pesar de todo, tú recibirías mis palabras sabiendo que te pertenecían, tú serías mi única lectora, para ti ninguna palabra mía se perdería, ahora que me voy hundiendo en la eternidad del mar, expulso lo poco que me queda de aire en los pulmones, te regalo unas cuantas burbujas, mi amor, me despido de mí con dolor intolerable porque no sé a quién le voy a hablar de aquí en adelante, no sé...

Laura recordó que su hermano quería perderse para siempre en la selva, hacerse selva. Ella quiso entonces hacerse mar con él, pero sólo le vino a la cabeza describirle el lago donde ella creció, qué raro, Santiago, haber crecido junto a un lago y nunca haberlo visto en verdad, es cierto que es un lago muy grande, casi un mar chiquito, pero lo recuerdo a pedacitos, aquí se bañaban las tías antes de que llegara el cura Elzevir, aquí atracaban los pescadores, aquí descansaban los remos, pero el lago, Santiago, verlo como tú sabías ver el mar, eso no, voy a tener que imaginar el lugar donde crecí, hermanito, tú me vas a obligar a imaginarlo, el lago y todo lo demás, en este minuto, lo estoy sabiendo, de ahora en adelante ya no voy a esperar que las cosas pasen, ni las voy a dejar pasar sin poner atención, tú me vas a obligar a imaginar la vida que tú ya no viviste pero te juro que la vas a vivir a mi lado, en mi cabeza, en mis cuentos, en mis fantasías, no te dejaré escapar de mi vida, Santiago, tú eres lo más importante que me ha ocurrido nunca, voy a serte fiel imaginándote siempre, viviendo en tu nombre, haciendo lo que tú no hiciste, no sé cómo, mi lindo y joven y muerto Santiago, te soy sincera y no sé cómo, pero te juro que lo haré...

Fue lo último que pensó al darle la espalda al despojo bajo las olas y regresar a la casa de la calle junto a los portales, dispuesta a pesar de sus pensamientos a ser niña otra vez, acabar de ser niña, perder la madurez prematura que le dio, por un momento, Santiago. Pidió conservar los anteojos acribillados y lo imaginó sin lentes, esperando la descarga, guardándoselos en la bolsa de la camisa.

Al día siguiente, el negrito barría los corredores como si nada, cantando como siempre:

> Se baila, tomando a la pareja,
> del talle si se deja, se deja,
> que sí se dejará...

IV. San Cayetano: 1915

"—¿Crees que conociste bien a Santiago? ¿Crees que tu hermano te lo dio todo sólo a ti? Que poco sabes de un hombre tan complicado. A ti sólo te entregó una parte. Te dio lo que le sobraba de su alma de niño. Otra parte se la dio a su familia, otra a su poesía, otra a la política. ¿Y la pasión, la pasión amorosa, a quién se la dio?"

Doña Leticia, en silencio, quería terminar a tiempo el dobladillo del vestido de baile.

—No te muevas, niña.

—Es que estoy muy nerviosa, mamá.

—No hay motivo, un baile de largo no es nada del otro mundo.

—¡Para mí sí! Es la primera vez, Mutti.

—Ya te acostumbrarás.

—Qué pena —sonrió Laura.

—Silencio. Déjame acabar. ¡Muchacha ésta!

Cuando Laura se puso el vestido de color amarillo pálido, corrió al espejo y no vio el traje de baile moderno que su madre, hábil en la costura como en todo quehacer doméstico, copió del último número de *La Vie Parisienne*, la revista que ahora, con retraso por la guerra en Europa y la distancia entre Xalapa y el puerto, les llegaba a pesar de todo, regularmente. París había abandonado los complicados e incómodos atuendos del siglo diecinueve, con sus restos versallescos de crinolinas, varillas y corsets. Ahora, como decía don Fernando el anglófilo, la moda era streamlined, es decir, fluida como un río, simplificada y linear, ajustada a las formas reales del cuerpo femenino, tenue y reveladora alrededor de los hombros, el busto y la cintura, y súbitamente ampulosa de la cadera para abajo. El modelito parisino de Laura se recogía allí, entre la cadera y la pantorrilla, con lujo de drapeado, como si una reina hubiese recogido la cola de su manto para bailar, y en vez de enrollarse al antebrazo, la cola, por ímpetu propio, se hubiese drapeado en torno a las piernas de la mujer.

Laura se miraba a sí misma, no al traje de baile. Sus diecisiete años habían acentuado, sin resolverlos aún, los anuncios de los doce; tenía una cara fuerte, una frente demasiado amplia, una nariz demasiado grande y aguileña, labios demasiado delgados aunque, eso sí, le gustaban sus propios ojos; eran de un castaño limpio, casi dorado; a veces, en horas cuando el día apuntaba o se iba, dorados de verdad. Parecía que soñaba despierta.

—La nariz, mamá…

—Tienes suerte, ve a las actrices italianas de cine. Todas son narigonas… bueno, de perfil señalado. No me digas que quisieras ser una chatita cara de manazo, sin chiste…

—La frente, mamá…

—Si no te gusta, usa fleco y disimula.

—Los labios…

—Píntatelos del tamaño que gustes. Y mira nada más, mi amor, qué ojos más lindos te dio Dios…

—Eso sí, mamá.

—Vanidosilla —sonrió Leticia.

Laura no se atrevió a prevenir. ¿Y si la pintura de los labios se borra con los besos, no voy a parecer una farsante, me van a querer besar otra vez, o debo hundir los labios como una viejita, tocarme la barriga como si fuera a vomitar y salir corriendo al baño a rehacerme la boca? Que complicado es hacerse señorita.

—No te preocupes de nada. Estás preciosa. Vas a causar sensación.

No le preguntó a Leticia por qué no la acompañaba. Sería la única muchacha sin chaperón. ¿No daría mala impresión? Leticia ya había suspirado bastante pero se propuso no hacerlo más, recordando el hábito de su propia madre Cósima, sentada en la mecedora de la casa familiar de Catemaco. Ya había suspirado bastante. Como diría don Fernando, it never rains but it pours.

Las tres tías solteras estaban en Catemaco cuidando al abuelo Felipe Kelsen, cuyos achaques se iban juntando poco a poco, pero sin tregua, como él mismo lo predijo la única vez que le obligaron a ver un doctor en Veracruz. ¿Cómo te encontró, papá? —preguntaron las tres hermanas con una sola voz, hábito cada vez más arraigado del cual ellas mismas no se daban cuenta.

—Tengo cálculos biliares, arritmia cardiaca, la próstata del tamaño de un melón, divertículos en el estómago y un principio de enfisema pulmonar.

Las hijas lo miraron con miedo, emoción y asombro; él sólo se rió.

—No se preocupen. Dice el doctor Miquis que por separado ninguno de mis males me va a matar. Pero el día en que todos se junten, caeré fulminado.

Leticia no estaba con su padre enfermo porque la necesitaba su marido. Cuando Santiago murió fusilado, el gerente nacional del Banco mandó llamar a México a Fernando Díaz.

—No es puñalada de pícaro, don Fernando, pero usted comprende que el Banco vive de su buena relación con el gobierno. Ya sé que nadie es culpable de las acciones de sus hijos, pero el hecho es que son nuestros hijos —yo tengo ocho, sé de lo que le hablo— y somos, si no culpables, sí responsables, sobre todo cuando viven bajo nuestro techo…

—Abrevie, señor gerente. Esta plática me resulta penosa.

—Pues nada, que su sustituto en Veracruz ya ha sido nombrado.

Fernando Díaz no se dignó comentar. Miró con dureza al gerente nacional.

—Pero no se preocupe. Vamos a trasladarlo a la sucursal de Xalapa. Ya ve, no se trata de castigarlo, sino de obrar con prudencia, sin dejar de reconocer sus méritos, mi amigo. Mismo puesto, pero distinta ciudad.

—Donde nadie me asocie con mi hijo.

—No, los hijos son nuestros, en donde quiera...

—Está bien, señor gerente. Me parece una solución discreta. Mi familia y yo le quedamos muy agradecidos.

Arrancarse de la casa frente al mar y sobre los portales les costó a todos. A Leticia porque se alejaba de Catemaco, su padre y sus hermanas. A Laura porque le gustaba el calorcito del trópico donde nació y creció. A Fernando porque lo estaban penalizando cobardemente. Y a los tres, porque irse de Veracruz era separarse de Santiago, de su recuerdo, de su tumba marina.

Laura pasó un largo rato en la recámara de su hermano, memorizándola, evocando la noche en que lo oyó quejarse y lo descubrió herido, ¿debió la niña contarle a sus padres lo ocurrido, hubiera salvado a Santiago?; ¿por qué pudo más lo que el muchacho le pidió: no digas nada? Ahora, despidiéndose del cuarto, trató de imaginarse todo lo que Santiago pudo escribir allí, todo lo que dejó en blanco, un largo libro de hojas ciegas esperando la mano, la pluma, la tinta, la caligrafía insustituibles de un solo hombre...

—Mira, Laura, escribes solo, muy solo, pero usas algo que es de todos, la lengua. La lengua te la presta el mundo y se la regresas al mundo. La lengua es como el mundo: va a sobrevivirnos. ¿Me entiendes?

Don Fernando, sigilosamente, se había acercado a la niña. Le puso la mano sobre el hombro y dijo que él, también, echaba de menos a Santiago y pensaba en lo que pudo ser la vida de su hijo. Lo había dicho siempre, mi hijo es una promesa, es más inteligente que todos los demás juntos y ahora, aquí, se quedaba solitaria la recámara donde el muchacho iba a pasar su año sabático, el lugar donde iba a escribir sus poemas... Fernando abrazó a Laura y ella no quiso mirar los ojos de su padre; a los muertos se les lloraba una sola vez y luego se trataba de hacer lo que ellos ya no pudieron. No se podría amar, escribir, luchar, pensar, trabajar, con el llanto nublándonos los ojos y la cabeza; el luto prolongado era una traición a la vida del muerto.

Qué distinto era Xalapa. Veracruz, la ciudad de la costa, guardaba de noche, aumentándolo, el calor del día. Xalapa, en la sierra, tenía días cálidos y noches frías. Las tormentas veloces y estruendosas de Veracruz se convertían aquí en lluvia fina, persistente, llenándolo todo de verdor y colmando, sobre todo, uno de los puntos centrales de la ciudad, la presa de El Dique, siempre llena hasta los bordes, dando una impresión de tristeza y seguridad a la vez. De la presa ascendía la ligera bruma de la ciudad al encuentro con la espesa bruma de la montaña; Laura Díaz recuerda la primera vez que llegó a Xalapa y registró: aire frío-lluvia y lluvia-pájaros-mujeres vestidas de negro-jardines hermosos-bancas de fierro-estatuas blancas pintadas de verde por la humedad-tejados rojos-calles angostas y empinadas-olores de mercado y panadería, patios mojados y árboles frutales, perfume de naranjos y hedor de mataderos.

Entró a su nuevo hogar. Todo olía a barniz. Era casa de un solo piso, hecho que la familia hubo de agradecer muy pronto. Laura se dijo de inmediato que en esta ciudad de brumas intermitentes ella se dejaría guiar por el olfato, esa sería la medida de su tranquilidad o de su inquietud: humedad de los parques, abundancia de flores, cantidad de talleres, olor de cuero curtido y espesa brea, de talabartería y de tlapalería, de algodón en paca y de cuerda de henequén, olor de zapatería y de farmacia, de peluquería y de percal. Perfumes de café hervido y de chocolate espumoso. Se hacía la ciega. Tocaba las paredes y las sentía calientes, abría los ojos y los tejados lavados por la lluvia brillaban, peligrosamente inclinados, como si ansiaran que el sol los secara y la lluvia corriese por los canalizos, por las calles, por los jardines, del cielo al dique, todo moviéndose en una ciudad mustia dueña de una naturaleza incesante.

La casa repetía el patrón hispano de toda la América Latina. Los muros ciegos e impenetrables de cara a la calle, el portón sin adornos, el techo de dos aguas y los tejaroces en lugar de cornisas. Era la típica "casa de patio", con las estancias y recámaras distribuidas alrededor del cuadrángulo cuajado de macetones y geranios. Doña Leticia se trajo lo que consideraba suyo, los muebles de mimbre que estaban pensados para el trópico y aquí no protegían contra la humedad y las dos pinturas del pillete y el perro dormido que, ésos sí, los colocó en las paredes del comedor.

La cocina satisfizo a Leticia; era su dominio reservado, y al poco tiempo la dueña de casa adaptó sus costumbres costeñas a los gustos de la sierra, empezó a preparar tamales y pambazos cubiertos de harina blanca, y al arroz blanco de Veracruz añadió ahora el chileatole xalapeño, un sabroso compendio de masa, elote, pollo y queso de panela, preparado en forma de pequeñas trufas, casi como bocadillos.

—Cuidado —decía don Fernando—. La comida aquí engorda porque la gente se defiende del frío con la grasa.

—No te preocupes. Somos familia de flacos —le contestaba Leticia mientras preparaba, ante los ojos cariñosos y siempre admirativos de su marido, la molota xalapeña, quesadillas de masa suave y frita rellenas de frijol y carne picada. El pan se hacía en casa: la ocupación militar francesa había impuesto la baguette como el pan de moda, pero en México, donde el diminutivo es la forma de cariño para tratar a cosas y personas, se convirtió en el bolillo y la telera, porciones de baguette del tamaño de una mano. No se sacrificaron, sin embargo, los panes dulces de la tradición mexicana, el polvorón y la cemita, las banderillas y las conchas, sin olvidar el regalo más sabroso de la panadería española, los churros largos fritos, azucarados y remojados en chocolate.

Leticia tampoco renunciaba a los pulpos y a las jaibas de la costa que dejó de añorar porque ella, sin pensarlo demasiado, se adaptaba naturalmente a la vida, sobre todo cuando la vida le deparaba, como en esta nueva casa, una cocina importante, con horno grande y brasero redondo.

Casa de un solo piso, sólo contaba, al fondo de la entrada de atrás, que era la puerta cochera, con un altillo que Laura quiso reclamar para ella, intuitivamente, como un homenaje a Santiago, porque en algún lugar mudo de su cabeza, la muchacha creía que ella iba a cumplir su vida, la vida de Laura Díaz, en nombre de Santiago; o, quizás, era Santiago el que seguía cumpliendo, desde la muerte, una vida que Laura encarnaba en su nombre. En todo caso, ella asoció la promesa de su hermano a un espacio propio, un lugar alto y aislado en el cual él hubiese escrito y ella, misteriosamente, encontraría su propia vocación gracias a un homenaje al desaparecido.

—¿Qué vas a ser de grande? —le preguntaba su compañera de banca Elizabeth García, en la escuela de las señoritas Ramos.

Ella no sabía qué cosa contestar. ¿Cómo iba a decir lo secreto, lo incomprensible para los demás: yo quisiera cumplir la vida de mi hermano Santiago encerrada en el altillo?

—No —le contestó su madre—. Lo siento, allí arriba vive Armonía Aznar.

—¿Y ésa quién es? ¿Por qué tiene derecho al altillo?

—No sé. Pregúntale a tu padre. Parece que siempre ha vivido allí y es condición de la casa que se la acepte y que nadie la moleste o, mejor aún, que nadie le haga caso.

—¿Está loca?

—No seas simple, Laurita.

—No, recalcó don Fernando, la señora Aznar está allí porque es, en cierto modo, la dueña de la casa. Ella es española e hija de anarcosindicalistas españoles, ya ves que muchos se vinieron a México cuando Juárez derrotó a Maximiliano. Creían que aquí estaba el futuro de la libertad. Luego, cuando llegó al poder don Porfirio, se desilusionaron. Muchos se regresaron a Barcelona, habría más libertad allá con el turno pacífico de Sagasta y Cánovas que aquí con don Porfirio. Otros renunciaron a sus ideales y se hicieron comerciantes, agricultores y banqueros.

—¿Y eso qué tiene que ver con que esa señora viva en el altillo?

—La casa es de ella.

—¿Nuestra casa?

—Nosotros no tenemos casa propia, hijita. Vivimos donde el Banco nos deja. Cuando la institución decidió comprar esta casa doña Armonía no quiso venderla porque no cree en la propiedad privada. Entiéndelo como quieras y entiéndelo si puedes. El Banco le ofreció dejarla en su altillo a cambio del usufructo de la casa.

—Pero cómo vive, cómo come…

—El Banco le da todo lo necesario, diciéndole que es dinero que le envían de Barcelona sus camaradas.

—¿Está loca?

—No, es testaruda y cree que sus sueños son realidades.

Laura le agarró ojeriza a doña Armonía porque, sin saberlo, era la rival de Santiago: le vedaba al joven muerto un lugar para él solo en la nueva casa.

Armonía Aznar —a quien nadie veía jamás— huyó de la atención de Laura, cuando la muchacha fue inscrita en el colegio de las señoritas Ramos, dos jóvenes cultas pero empobrecidas que abrieron la mejor escuela privada de Xalapa y la primera, además, mixta. Aunque no eran mellizas, se vestían, peinaban, hablaban y se movían igual, de manera que todo el mundo las creía cuatas.

—¿Por qué lo creerán, si viéndolo bien son bien distintas? —le preguntó Laura a su compañera de banca Elizabeth García.

—Porque ellas quieren que las veamos así —contestó la joven rubia y radiante vestida siempre de blanco y que, a los ojos de Laura, podía ser muy boba o muy discreta, sin saberse a ciencia cierta si se hacía la tonta por cazurra, o si fingía ser inteligente para ocultar su tontería—. ¿Te das cuenta? Entre las dos saben más que cada una por separado; pero las juntas y la que sabe música pues también resulta matemática, y la que recita poesía te describe también cómo sopla el corazón, Laurita, pues ya ves cómo hablan los poetas del corazón por aquí y el corazón por allá, y resulta que no es más que un músculo bastante poco confiable, tú.

Laura se propuso distinguir a una señorita Ramos de la otra, viendo que en efecto una era así y la otra asado, pero a la hora de definir diferencias, la propia Laura se sentía confusa y se volvía muda, dudando: ¿Qué tal si de veras son la misma, qué tal si de veras lo saben todo, como la Enciclopedia Británica que mi papá tiene en su biblioteca?

¿Qué tal si se anuncian como las señoritas y sólo son una señorita? —insistió otro día, con una sonrisa perversa, la niña Elizabeth. Laura dijo que éste era un misterio como la Santísima Trinidad. Simplemente se creía en ella, sin averiguar más. Igual, las señoritas Ramos eran una que son dos que son una y sanseacabó.

Le costó a Laura resignarse a esta fe y se preguntó si Santiago hubiera aceptado la ficción de las profesoras duplicadas y unificadas, o si, audazmente, se habría presentado de noche en casa de las maestras, para sorprenderlas en camisón y asegurarse: —son dos—. Porque en la escuela buen cuidado se tomaban una y otra de jamás mostrarse juntas. Éste era el origen, bien pensado o fortuito, ¿quién sabe?, del misterio. Y Santiago también habría escalado la crujiente escalera que conducía al altillo de la cochera o, como ahora empezaba a decirse, del garaje. Pero en Xalapa, tan tarde ya, no se había visto todavía un coche sin caballos, un "auto-móvil", ni los caminos coloniales hubiesen permitido la circulación de motores. El tren y el caballo bastaban, en opinión de la escritora doña Virginia, para andar por tierra, y si por mar en buque de guerra, como decía la canción esa de los rebeldes…

—Y la diligencia, cuando le cortaron los dedos a la abuela.

Habían pasado por Xalapa los caballos y los trenes de la revolución, pero casi sin pensarlo. La meta de todos los bandos eran el puerto y la aduana de Veracruz; allí se controlaban los ingresos y se vestía y daba de comer a las tropas, aparte del valor simbólico de ser dueños de la capital alterna del país, el sitio donde se instalaban los poderes, rebeldes o constitucionales, para desafiar al gobierno de la ciudad de México: —Yo sí, tú no—. Veracruz fue ocupada por la infantería de marina norteamericana en abril de 1914 para presionar al vil dictador Victoriano Huerta, el asesino del demócrata Madero por el cual dio la vida el joven Santiago.

—Qué brutos son los yanquis —decía el anglófilo don Fernando—. En vez de perjudicar a Huerta, lo convierten en paladín de la independencia nacional contra los gringos. ¿Quién se atreve a luchar contra un dictador latinoamericano, por siniestro que sea, mientras los Estados Unidos lo estén atacando? Huerta se ha valido de la ocupación de Veracruz para intensificar la leva diciendo que los pelones van a ir a Veracruz contra los yanquis, cuando en realidad los manda al norte a combatir a Villa y al sur contra Zapata.

Los jóvenes estudiantes de la Escuela Preparatoria de Xalapa se formaron marcialmente con sus kepis franceses y sus uniformes azul marinos con botonadura dorada y pasaron marchando con sus fusiles rumbo a Veracruz para combatir a los gringos. No llegaron a tiempo; Huerta cayó y los gringos se fueron, Villa y Zapata se pelearon con Carranza, el primer jefe de la Revolución, y ocuparon la ciudad de México, Carranza se fue a refugiar a Veracruz hasta que Obregón, en abril de 1915, derrotó a Villa en Celaya y retomó la ciudad de México.

Todo esto pasaba por Xalapa como rumor a veces, noticia otras; como canción cantada en corridos y baladas, embargo de papel periódico, y sólo en una ocasión, cabalgata con gritos y fusiles tronando de algún grupo rebelde. Leticia cerró las ventanas, echó a Laura al suelo y la cubrió con el colchón de la cama. Ya en el año quince, parecía que la paz regresaría a México, pero los hábitos de la pequeña capital de provincia no habían sido perturbados excesivamente.

Hasta aquí llegaban rumores de la gran hambruna de ese mismo año en la ciudad de México, cuando el resto del país, convulso y atento a sí mismo, se olvidó de la lujosa y egoísta ciudad de México, dejó de enviarle a la capital carne y pescado, maíz y frijol, frutas tropicales y granos templados, reduciéndola al escuálido producto de las vacas lecheras del rumbo de Milpa Alta, y las hortalizas dispersas de Xochimilco a Ixtapalapa. Había, como siempre en el Valle, muchas flores, pero, ¿quién comía clavel y alcatraz?

Corrió el rumor: los comerciantes acaparaban el escaso producto. Entró a México el tremendo general Álvaro Obregón y lo primero que hizo fue poner a los tenderos a barrer las calles de la ciudad, como escarmiento. Vació sus almacenes y restableció las comunicaciones para la entrada del producto a la ciudad famélica.

Eran rumores. Doña Leticia, de todos modos, dormía con un puñal debajo de la almohada.

De la Revolución, quedaban imágenes foto- gráficas en los diarios y revistas que don Fernando consumía a pasto: Porfirio Díaz era un anciano con cara cuadrada y pómulos de indio, bigotes blancos y el pecho cubierto de medallas despidiéndose del "páis", como el dictador decía, en el vapor alemán Ipiranga, zarpando de Veracruz; Madero, un hombre- cito pequeño, calvo, con bigote y barba negros, ojos soñadores y asombrados por su triunfo al derrocar al tirano; eran ojos que anunciaban su propio sacrificio a manos del general Huerta, un verdugo con cabeza de calavera, anteojos negros y boca sin labios, como de serpiente; Carranza era un viejo con barba blanca y anteojos azules, con vocación de pater nacional; Obre- gón, un general joven, brillante, de ojos azules y bigo- tes altivos, al que le volaron un brazo en la batalla de Celaya; Zapata, un nombre de silencio y misterio, co- mo si fuese un fantasma al que se le concedió la gra- cia de encarnar por poco tiempo: Laura se fascinaba mirando los ojos enormes y ardientes de este señor al que los periódicos llamaban "el Atila del Sur" como llamaban "Centauro del Norte" a Pancho Villa, del cual Laura no conocía una sola foto en que no se sonriera mostrando blanca dentadura de mazorca y ojitos de chino astuto.

Sobre todo, Laura se recordaba a sí misma con el colchón encima y el tiroteo en las calles ahora que se miraba en el espejo, tan erguida, "tan chula ella", le de- cía su madre, disponiéndose a salir a su primer baile de largo.

—¿Estás segura que debo ir, mamá?

—Laura, por Dios, ¿en qué estás pensando?

—En mi papá.

—No te preocupes por él. Ya sabes que yo lo cuido.

Empezó don Fernando con un dolorcillo en la rodilla al que no le dio mayor importancia. Leticia le untó linimento de Sloane cuando el dolor se extendió de la cintura a la pierna, pero pronto su marido se quejó de dificultades para caminar y de brazos entumidos. Finalmente, una mañana se cayó al piso al levantarse de la cama y los doctores no tuvieron dificultad en diagnosticar una diaplegia que afectaría las piernas primero y más que los brazos.

—¿Es curable?

Los doctores negaron con la cabeza.

—¿Cuánto tiempo?

—Puede ser toda la vida, don Fernando.

—¿Y el cerebro?

—Nada, todo bien. Necesitará usted ayuda para moverse, es todo.

Por eso la familia entera agradeció que la casa fuese de un solo piso y María de la O se ofreció para viajar a Xalapa y ser la enfermera de su cuñado, atender a sus necesidades y llevarlo en silla de ruedas al Banco.

—Tu abuelo está bien cuidado en Catemaco por tus tías Hilda y Virginia. Lo discutimos y estuvimos de acuerdo en que yo vendría a ayudar a tu mamá.

—¿Cómo dice mi papá en inglés? Cuando llueve, truena, o algo así. En otras palabras, nos cayó el chahuistle, tiíta.

—Anda, Laura. Una cosa. No me vayas a defender si alguien me maltrata. Te meterías en dificultades. Lo importante es cuidar a tu padre y permitir que Leticia mi hermana lleve el hogar.

—¿Por qué lo haces?

—Yo le debo a tu padre tanto como a tu abuela que me llevó a vivir con ustedes. Algún día te contaré.

La doble preocupación que cayó sobre la casa, añadida al luto por Santiago, no amilanó a doña Leticia. Sólo se volvió más flaca y más activa; pero el pelo empezó a encanecer y las líneas de su bello perfil renano se cubrieron poco a poco de arrugas finísimas, como esas telarañas que cubrían los cafetales enfermos.

—Debes ir al baile. Ni lo pienses. No va a pasarle nada a tu padre, ni a mí.

—Júrame que si se pone malo me mandas buscar.

—Por Dios, hija, San Cayetano está a cuarenta minutos de aquí. Además, ni que fueras solita y tu alma. Elizabeth y su mamá te acompañan, recuerda; nadie podrá decir nada de ti… si algo pasara, te mando a Zampayita con el landó.

Elizabeth iba preciosa, tan rubia y bien formada como era a los dieciséis, aunque más baja y más llenita que Laura y más descotada también, metida con trabajos en un vestido anticuado ya, aunque acaso eterno también, de tafeta color de rosa, olanes y vuelos sin fin.

—Niñas, no vayan a enseñar las pechugas —les dijo la madre de Elizabeth, una Lucía Dupont que toda su vida luchaba por decidir si su nombre era tan corriente en Francia como aristocrático en los Estados Unidos, aunque cómo se fue a casar con un García, sólo los encantos masculinos de su marido lo sabrían explicar, aunque no la tozudez de su hija en llamarse sólo García y no García-Dupont, así con el distinguido hyphen angloamericano.

—Laura no tiene problemas porque es plana, mamá, pero yo…

—Elizabeth, hijita, me pones mal…

—Ni modo. Así me hizo Dios, con tu ayuda.

—Bueno, olvídense de las tetas —dejó caer sin pudor la mamá de Elizabeth—. Piensen que hay cosas más importantes. Busquen las conexiones más distinguidas. Pregunten familiarmente por los Olivier, los Trigos, los Sartorious, los Fernández Landero, los Esteva, los Pasquel, los Bouchez, los Luengas.

—Los Caraza —interrumpió la niña Elizabeth.

—No andes de ofrecida —relampagueó su madre—. Atesoren los nombres de la buena sociedad. Si los olvidan, ellos se olvidarán de ustedes.

Miró a las dos muchachas con compasión.

—Pobrecitas. Fíjense bien en lo que hacen los demás. ¡Imiten, imiten!

Elizabeth mimó con exageración. —¡Basta, mamá! ¡Me atarantas, me desmayo!

San Cayetano era una hacienda cafetalera pero era su casco central lo que todos llamaban "San Cayetano". Aquí, las tradiciones españolas fueron olvidadas y en cambio un petit château a la francesa se había levantado, desde los años setenta, en medio de un bosque de hayas cerca de una cascada espumeante y un río rumoroso y estrecho. La fachada neoclásica se sostenía sobre una columnata con remates de vid.

La casa grande era de dos pisos, con una higuera enorme y una fuente silenciosa a la entrada, quince escalones de terraplén para llegar a la puerta labrada de la planta baja que era —le advirtió Leticia a su hija— donde estaban las recámaras. Una escalinata de piedra elegante y amplia conducía al segundo piso que era la planta de recepción: salones, comedores, pero sobre todo —era la característica del lugar— una gran terraza equivalente en su dimensión a la mitad de la superficie de la casa, techada por la azotea pero abierta al fresco por los tres costados —el frente, la derecha y la izquierda de la construcción— que abarcaba, y demarcada sólo por las balaustradas que convertían a la terraza en un gran balcón abierto a las brisas de la noche y, en las tardes, en columpio dormilón de siestas asoleadas.

Aquí, las parejas podían descansar apoyadas contra la balaustrada de esta bellísima galería y conversar depositando las copas cuando decidían bailar aquí mismo, en las tres terrazas del segundo piso. Toda su vida, en la memoria de Laura, este lugar volvería una y otra vez como el sitio del encanto juvenil, el espacio de una alegría de saberse joven.

Allí esperaba a sus huéspedes doña Genoveva Deschamps de la Trinidad, la legendaria ama de esta hacienda y la figura tutelar de la sociedad provinciana. Laura esperaba encontrarse con una señora alta y dominante, incluso altanera, y en cambio encontró a una dama pequeña pero erguida, de sonrisa chispeante, hoyuelos en las mejillas color de rosa y ojos cordiales, grises como su atuendo de elegante monotonía. Por lo visto, la señora Deschamps de la Trinidad sí había visto *La Vie Parisienne* y portaba un atuendo aún más moderno que el de Laura, pues dispensaba con toda forma de falso abultamiento y seguía, con un brillo de seda gris, el contorno natural de la dama. Envolvía doña Genoveva sus hombros desnudos con un sutil velo de gasa color gris también y todo hacía juego con su mirada acerada, permitiendo que las joyas transparentes como agua lucieran todavía más.

A pesar de todo esto, Laura, agradecida de que su anfitriona fuese una mujer tan amable, se dio cuenta de que la señora Deschamps, antes y después de saludar cordialmente a cada invitado, los miraba con una frialdad extraña, cercana al cálculo, casi judicial. La mirada de la rica y envidiada dama era un sello de aprobación o desaprobación. Ya se sabría, en el siguiente baile anual de la hacienda, quiénes recibieron el plácet y quiénes fueron reprobados. Esa mirada fría —censura o aprobación— no duraba sino los escasos segundos entre el arribo de un invitado y el siguiente, cuando la mirada chispeante y la sonrisa afable volvían a brillar.

—Diles a tus padres que siento muchísimo no verlos aquí esta noche —dijo doña Genoveva, tocando ligeramente la cabellera de Laura, casi como si le arreglase un rizo despeinado—. Tenme al tanto de la salud de don Fernando.

Laura hizo una pequeña reverencia, lección de las señoritas Ramos, y se dispuso a descubrir el lugar tan mencionado y admirado por la sociedad xalapeña. Se unió al embeleso que le producían, es cierto, los plafonds pintados de un verde pálido, los florones de las paredes, los tragaluces multicolores y afuera, en el corazón de la fiesta, la terraza ceñida por sus balaustradas adornadas de urnas, la orquesta de músicos vestidos de smoking y la concurrencia, juvenil sobre todo, de muchachos de frac y muchachas con una variedad de modas, que en Laura produjeron la certeza de que un hombre vestido con un uniforme negro, una corbata blanca y una pechera de piqué siempre se vería elegante, nunca expondría nada —en tanto que cada mujer estaba obligada a exhibir peligrosamente su personal, excéntrica, conformista aunque siempre arbitraria, idea de la elegancia.

Aún no se iniciaba el baile y cada muchacha recibió de manos de un mayordomo un carnet con las iniciales de la dueña de la casa —DLT—, disponiéndose a esperar las solicitudes de baile de los galanes presentes. Laura y Elizabeth habían visto a algunos de ellos en las fiestas mucho menos extraordinarias del Casino de Xalapa, pero ellos no las habían visto a ellas cuando eran casi niñas sin gracia y con bustos muy planos, o de plano vacunos. Ahora, a punto de alcanzar la feminidad perfecta, bien vestidas, aparentando más seguridad en sí mismas de la que realmente tenían, Elizabeth y Laura saludaron primero a otras amigas de la escuela y de las familias y dejaron que se aproximaran los muchachos tiesos dentro de sus fracs.

Un joven con ojos de caramelo se acercó a Elizabeth a pedirle la primera pieza.

—Gracias. Ya estoy comprometida.

El muchacho se inclinó muy cortés y Laura le dio una patadita a su amiga.

—Mentirosa. Acabamos de llegar.

—A mí me saca a bailar primero Eduardo Caraza o francamente no bailo con nadie.

—¿Qué tiene tu Eduardo Caraza?

—Todo. Dinero. Good looks. Míralo. Ahí viene. Te lo dije.

A Laura no le pareció el tal Eduardo ni mejor ni peor que nadie. Había que admitirlo y hasta admirarlo; la sociedad xalapeña era más blanca que mestiza, y gente de color, como la tía María de la O, no había una sola, aunque uno que otro tipo indígena se dejaba ver por eso, porque era presentable. Laura se sintió atraída por un muchacho muy moreno y muy delgado, que parecía uno de esos piratas de la Malasia en las novelas de Emilio Salgari que le heredó Santiago junto con toda su biblioteca. Su piel oscura era perfecta, sin una mácula; totalmente rasurado y con movimientos lentos, ligeros y elegantes. Parecía Sandokan, un príncipe hindú de novela. Fue el primero en sacarla a bailar. Doña Genoveva programaba los valses en primer lugar, luego los bailes modernos y al final, regresando a una época anterior al vals, las polkas, los lanceros y el chotis madrileño.

El príncipe hindú no dijo una palabra, al grado que Laura se preguntó si su acento, o su estupidez, destruirían la ilusión de la elegancia de malayo extraviado. En cambio, su segundo compañero de vals, que pertenecía a una rica familia de Córdoba, hablaba hasta por los codos, mareándola con inanidades sobre la cría de gallinas y el cruce con gallos, todo ello sin la menor intención alusiva o pícara sino por mera estupidez. Y el tercero, un pelirrojo grandulón al que ya había visto en las canchas de tenis luciendo sus piernas fuertes, esbeltas y velludas, no tuvo reparos en abusar de Laura, apretándola contra el pecho, acercándole la entrepierna, masticándole el lóbulo de la oreja.

—¿Quién invitó a ese majadero? —le preguntó Laura a Elizabeth.

—Casi siempre se porta mejor que esta noche. Creo que lo alborotaste. O puede que se le subió el tepache. Si quieres quéjate con doña Genoveva.

—Y tú, Elizabeth —dijo Laura negando vigorosamente con la cabeza.

—Míralo. ¿No es un encanto?

Pasó valseando el tal Eduardo Caraza con la mirada perdida en el techo.

—Ya ves. Ni siquiera mira a la compañera.

—Quiere que lo admiren a él.

—Da igual.

—Baila muy bien.

—Qué hago, Laura, qué hago —tartamudeó Elizabeth a punto de llorar—. Nunca se va a fijar en mí.

Doña Genoveva se acercó a ella apenas terminó la pieza y la invitó a levantarse y seguirla hasta donde estaba, sonándose la nariz, Eduardo Caraza.

—Niña —le dejó caer en voz baja la anfitriona a la rubia lacrimosa—, no te muestres en público cuando estés enamorada. A todos les haces sentir que eres superior a ellos y te detestan. Eduardo, ahora vienen los bailes modernos y Elizabeth quiere que le enseñes a bailar el cake-walk mejor que Irene Castle.

Los dejó tomados del brazo y regresó a su puesto como un general obligado a pasar revista a sus tropas, repasando a cada invitado de pies a cabeza, uñas, corbatas, zapatos. Qué no hubiera dado la sociedad de provincia por conocer la libreta social de doña Genoveva, donde cada persona joven era calificada como en la escuela, aprobada o desaprobada para el año siguiente. Y sin embargo, suspiraba la anfitriona perfecta, siempre habrá gente a la que uno no puede dejar de invitar, aunque no den la medida, aunque no se corten bien las uñas, o combinen mal el zapato con el frac, o no sepan anudarse la corbata, o sean francamente groseros como el tenista ese.

"Se puede ser árbitro social, pero el poder y el dinero siempre tendrán más privilegios que la elegancia y las buenas maneras".

Las cenas de doña Genoveva eran famosas y nunca decepcionaban. Un mayordomo de peluca blanca y hábito dieciochesco anunció en francés: —Madame est servie.

A Laura le dio risa ver a este sirviente moreno, obviamente veracruzano, entonar tan perfectamente la única frase en francés que le había enseñado doña Genoveva, aunque la madre de Elizabeth, conduciendo a sus dos guardias al comedor, le dio otro giro al asunto:

—El año pasado tenía a un negrito con peluca blanca. Todo el mundo pensó que era haitiano. Pero disfrazar de Luis XV a un indio...

El desfile de rostros europeos que empezó a caminar hacia los comedores justificaba a la anfitriona. Éstos eran los hijos, nietos y biznietos de inmigrantes españoles, franceses, italianos, escoceses o alemanes, como Laura Díaz Kelsen o su hermano Santiago, descendientes de renanos y canarios, que pasaron por el puerto de ingreso veracruzano y aquí se quedaron a hacer fortuna, en el puerto y en Xalapa, en Córdoba y Orizaba, en el café, la ganadería y el azúcar, la banca y la importación, las profesiones y hasta la política.

—Mira esta foto del gabinete de don Porfirio. El único indio es él. Todos los demás son blancos, de ojo claro y traje inglés. Mira los ojos de Limantour el ministro de Hacienda, parecen de agua; mira la calva de senador romano del gobernador de la ciudad de México, Landa y Escandón; mira la barba de patricio godo del ministro de justicia, Justino Fernández; o la mirada de bandido catalán del favorito Casasús. Y del dictador, dicen que usaba polvos de arroz para blanquearse. Y pensar que fue un guerrillero liberal, un héroe de la Reforma —discurseaba un sesentón de gran porte, importador de vinos y exportador de azúcar.

—Y qué quiere usted, ¿que regresemos a tiempos de los aztecas? —le contestó una de las damas a las que, inútilmente, el exportador e importador dirigía sus palabras.

—No diga usted bromas sobre el único hombre serio que ha dado la historia de México, Porfirio Díaz —interjectó otro señor con mirada de arrebatada nostalgia: —lo vamos a echar de menos. Ya verá.

—Hasta ahora, no —respondió el comerciante—. Gracias a la guerra, exportamos más que nunca, ganamos más que nunca...

—Pero gracias a la revolución, vamos a perder hasta los calzones, con perdón de las damas —fue la contestación que obtuvo.

—Ay, es que los zuavos eran muy guapos —escuchó Laura decir a la dama enojada con los aztecas y perdió el resto de la conversación entre los invitados que avanzaban lentamente hacia las mesas colmadas de galantinas, patés, patos, jamones, rebanadas de rosbif...

Una mano muy pálida, casi amarilla, le ofreció un plato ya servido a Laura. Ella notó el anillo de oro con las iniciales OX y el puño almidonado de la camisa de frac, las mancuernas de ónix negro, la calidad de la tela. Algo le impedía a Laura levantar la mirada y encontrar la de esta persona.

—¿Crees que conociste bien a Santiago? —dijo la voz naturalmente grave pero aflautada a propósito; era evidente que sus palabras desmayadas salían de unas cuerdas vocales de barítono. ¿Por qué se resistía Laura a mirarle la cara? ...Él mismo le levantó la barbilla y le dijo, la terraza tiene tres costados, a la derecha podemos estar solos.

La tomó del brazo y ella, con las manos unidas en torno al plato, sintió a su lado una figura masculina esbelta, bien vestida, ligeramente perfumada con lavanda inglesa, que la guiaba sin pausa, con un paso regular, a la terraza más apartada, a la izquierda del templete de los músicos, donde éstos habían dejado los estuches de sus instrumentos. La ayudó a evitar esos escollos pero ella, torpemente, dejó caer el plato que se despedazó contra el piso de mármol, regando las galantinas y el rosbif...

—Voy por otro —dijo con voz súbitamente grave el galán inesperado.

—No, no importa. Ya no tengo hambre.

—Como gustes.

Había poca luz en ese rincón. Laura vio primero un perfil a contraluz, perfectamente recortado, y una nariz recta, sin caballete, que se detenía al filo del labio superior ligeramente retraído respecto al inferior y la mandíbula prominente como la de esos monarcas habsburgos que aparecían en el libro de historia universal.

El hombre joven no soltaba el brazo de Laura, asombrada y hasta temerosa por la declaración que de entrada le hizo. —"Orlando Ximénez. No me conoces pero yo a ti sí. Mucho. Santiago hablaba de ti con gran cariño. Creo que eras su virgen favorita".

Lanzó Orlando una carcajada silenciosa, echando la cabeza hacia atrás y Laura descubrió, cuando la luz de la luna la iluminó, una cabeza de rizos rubios y un rostro extraño, amarillento, de facciones occidentales pero con ojos decididamente orientales, como la piel que era del color de los trabajadores chinos en los muelles de Veracruz.

—Habla usted como si nos conociéramos.

—De tú, por favor, háblame de tú o me sentiré ofendido. ¿O quizás quieres que me retire y te deje cenar en paz?

—No entiendo, señor... Orlando... no sé de qué me estás hablando...

Orlando tomó la mano de Laura y le besó los nudillos perfumados de jabón.

—Te hablo de Santiago.

—¿Lo conociste? Yo nunca conocí a un amigo suyo.

—Et pour cause —rió Orlando con esa risa sin ruido que ponía nerviosa a Laura—. ¿Crees que tu hermano te lo dio todo a ti, sólo a ti?

—No, cómo lo voy a creer —balbuceó la muchacha.

—Sí que lo crees, no hay nadie que haya conocido a Santiago que no lo crea. Él se encargaba de convencernos a cada uno que éramos eso, únicos, insustituibles. C'etait son charme. Tenía ese don: soy sólo tuyo.

—Sí, era muy bueno…

—Laura, Laura, "bueno" c'est pas le mot! Si alguien lo hubiese llamado "bueno", Santiago no lo habría abofeteado, lo habría desdeñado, ésa era su arma más cruel…

—Él no era cruel, te equivocas, quieres molestarme nada más…

Laura hizo un movimiento para retirarse. Orlando la detuvo con una mano fuerte y delicada que contenía, sorpresivamente, una caricia.

—No te vayas.

—Me estás molestando.

—No te conviene. ¿Te vas a quejar?

—No, me quiero ir.

—Bueno, espero al menos haberte inquietado.

—Yo quise a mi hermano. Tú no.

—Laura, yo quise a tu hermano mucho más que tú. Aunque debo admitir que te envidio. Tú conociste la parte angelical de Santiago. Yo… bueno, debo admitir que te envidio. Cuántas veces no me habrá dicho… él… "¡Qué lástima que Laura sea una niña! Ojalá crezca pronto. Te confieso que la deseo locamente". Locamente. Eso nunca me lo dijo a mí. Conmigo era más severo… ¿Te parece que lo llame así, en vez de "cruel", Santiago el Severo en vez de Santiago el Cruel, o mejor, pourquoi pas, Santiago el Promiscuo, el hombre que deseaba ser querido por todos, hombres y mujeres, niños y niñas, pobres y ricos? ¿Y sabes por qué quería ser amado? Para no corresponderle al amor. ¡Qué pasión, Laura, qué hambre de vida; insaciable Santiago Apóstol! Como si supiera que iba a morir joven. Eso sí lo sabía. Por eso apuraba cuanto la vida le ofrecía. Y sin embargo, discriminaba. No creas que era como dicen aquí, ajonjolí de todos los moles. Il savait choisir. Por eso nos escogió a ti y a mí, Laura.

Laura no supo qué contestarle a este joven impúdico, insolente, bello; pero a medida que lo oía hablar, se iba enriqueciendo el sentimiento de Laura hacia Santiago.

Empezó por rechazar a este invitado (lagartijo, petimetre, dandy, volvió a sonreír Orlando, como si adivinara el pensamiento de Laura, la búsqueda de calificativos que los demás le colgaban repetidamente…) y acabó por sentirse atraída a su pesar, oyéndolo hablar, dándole a ella más de lo que sabía sobre Santiago: el rechazo inicial hacia Orlando iba a ser vencido por un apetito, la necesidad de saber más sobre Santiago. Laura luchó entre estos dos impulsos y Orlando lo adivinó, dejó de hablar y la invitó a bailar.

—Escucha. Han regresado a Strauss. No soporto los bailes modernos.

La tomó del talle y de la mano, la miró profundamente con sus ojos orientales hasta el fondo de los ojos de luz cambiantes de ella, la miró como nadie nunca la había mirado, y ella, bailando el vals con Orlando, tuvo una sensación estremecedora de que debajo de los atuendos de gala, los dos estaban desnudos, tan desnudos como podía imaginarlos el cura Elzevir, y de que la distancia entre los cuerpos, impuesta por el ritmo del vals, era ficticia: estaban desnudos y se abrazaban.

Laura despertó del trance apenas alejó su mirada de la de Orlando, y vio que todos los demás los miraban a ellos, se apartaban de ellos, dejaban al cabo de bailar para verlos bailar a Laura Díaz y Orlando Ximénez.

Todo lo interrumpió una parvada de niños desvelados y en camisón, que aparecieron armando gran algarabía con sombreros grandes entre las manos, llenos de naranjas robadas en el huerto.

—Vaya. Fuiste la sensación del baile —le dijo Elizabeth García a su compañera de escuela cuando rodaron de regreso a Xalapa.

—Ese chico tiene muy mala fama —añadió, apresurada, la madre de Elizabeth.

—Pues ojalá me hubiera invitado a bailar a mí —murmuró Elizabeth—. A mí ni me hizo caso.

—Pero tú querías bailar con Eduardo Caraza, era tu ilusión —dijo asombrada Laura.

—Ni siquiera me habló. Es un mal educado. Baila sin hablar.

—Otra vez será, m'ijita.

—No mamá, estoy desencantada para toda la vida —se soltó llorando la muchacha vestida de rosa en brazos de su madre quien, en vez de consolarla directamente, prefirió salirse por la tangente advirtiéndole a Laura.

—Siento la obligación de contárselo todo a tu madre.

—No se afane, señora. A ese muchacho no lo volveré a ver.

—Más te vale. Las malas compañías…

El negro Zampayita le abrió el portón y las García-Dupont, madre e hija, sacaron los pañuelos —seco el de la señora, bañado en lágrimas el de Elizabeth— para despedirse de Laura.

—Qué frío hace aquí, señorita —se quejó el negro—. ¿Cuándo nos vamos de regreso al puerto?

Hizo un pasito de baile pero Laura no lo miró. Sólo tenía ojos para el altillo ocupado por la señora catalana, Armonía Aznar.

Tuvieron que salir muy temprano, en el landó, a Catemaco: el abuelo se iba, anunció la tía morena. Laura miró con tristeza el paisaje tropical que tanto amaba, renaciendo ante su mirada cariñosa, previendo ya la tristeza de decirle adiós al abuelo Felipe.

Estaba en su recámara, la misma que había ocupado durante tantos años, primero soltero, luego con su amada esposa Cósima Reiter, y ahora, otra vez solo, sin más compañía que las tres hijas que lo tomaban, lo sabía bien, como pretexto para seguir solteras, obligadas por un padre viudo...

—A ver si ahora sí se casan, muchachas —dijo con sorna Felipe Kelsen desde su lecho de enfermo.

La entrada a la casa de Catemaco le pareció distinta a Laura, como si en su ausencia todo se hubiese hecho más pequeño pero también más largo y más estrecho. Regresar al pasado era entrar a un corredor vacío e interminable donde ya no se encontraban ni las cosas ni las personas acostumbradas que deseábamos volver a ver. Como si jugasen tanto con nuestra memoria como con nuestra imaginación, las personas y las cosas del pasado nos desafiaban a situarlas en el presente sin olvidar que tuvieron un pasado y tendrían un porvenir, aunque éste, precisamente, fuese sólo el del recuerdo, otra vez, en el presente. Pero cuando se trataba de acompañar a la muerte, ¿cuál sería el tiempo válido para la vida? Por eso le tomó tanto tiempo a Laura llegar hasta la recámara del abuelo, como si para hacerlo hubiese tenido que atravesar la vida misma del anciano, de una niñez alemana que ella desconocía, a la juventud apasionada por la poesía de Musset y la política de Lasalle, al desencanto político y la emigración a México, la fundación del trabajo y la riqueza cafetalera en Catemaco, el amor con la novia por correo, Cósima, el terrible incidente en el camino con el bandolero de Papantla, el nacimiento de las tres niñas, el abrazo a la hija bastarda, la boda de Leticia y Fernando, el nacimiento de Laura, el paso de un tiempo que en la juventud es lento e impaciente y que, en la vejez, nuestra paciencia no alcanza a detener en su velocidad a la vez burlona y trágica. Por eso le tomó tanto tiempo a Laura llegar hasta la recámara del abuelo. Llegar al lecho de un moribundo requería tocar todos y cada uno de los días de su existencia, recordar, imaginar, acaso suplir lo que nunca ocurrió y hasta lo inimaginable, con la mera presencia de un ser amado que representase todo lo que no fue, lo que fue, lo que pudo ser y lo que jamás pudo ocurrir.

Ahora, en este día exacto, cerca del abuelo, tomándole la mano de venas gruesas y pecas antiguas, acariciando la piel desgastada hasta la transparencia por el tiempo, Laura Díaz tuvo de nuevo la sensación de que vivía para otros; su existencia no tenía otro sentido que completar los destinos inacabados. ¿Cómo podía pensar esto acariciando la mano de un hombre moribundo de setenta y siete años, un hombre completo y una vida acabada?

Santiago fue una promesa incumplida. ¿Lo era también el abuelo a pesar de su edad? ¿Había una sola vida realmente terminada, una sola vida que no fuese promesa trunca, posibilidad latente, aún más...? No es el pasado lo que muere con cada uno de nosotros. Muere el futuro.

Miró Laura hasta la mayor profundidad posible los ojos claros y soñadores de su abuelo, vivos aún en medio del parpadeo de la muerte. Le hizo la misma pregunta que se hacía a sí misma. Felipe Kelsen sonrió penosamente.

—¿No te lo dije, niña?—, un día se me juntaron todos los achaques y aquí me tienes... pero quiero darte la razón antes de irme. Sí hay una estatua de mujer, llena de joyas, en medio de la selva. Me equivoqué a propósito. No quería que cayeras en supersticiones y brujerías. Te llevé a ver una ceiba para que aprendieras a vivir con la razón, no con la fantasía y los entusiasmos que tanto me costaron cuando era joven. Ténle prevención a todo. La ceiba estaba llena de espinas, filosas como puñales, ¿te acuerdas?

—Claro que sí, abuelo...

Abruptamente, como si sintiera que no tenía tiempo para otras palabras, sin importarle a quién las dirigía, e incluso si nadie las oía, el viejo murmuró:

—Soy un joven socialista. Vivo en Darmstadt y aquí he de morir. Necesito la cercanía de mi río y mis calles y mis plazas. Necesito el olor amarillo de las fábricas de química. Necesito creer en algo. Ésta es mi vida y no la cambiaría por otra.

—Por otra... —la boca se le llenó de burbujas color de mostaza y se quedó abierta para siempre.

Al terminar el baile, Orlando acercó sus labios —carnosos como de niña— a la oreja de Laura.

—Vamos a separarnos. Estamos llamando la atención. Te espero en el altillo de tu casa.

Laura se quedó suspendida entre el ruido de la fiesta, las miradas curiosas de los invitados y la asombrosa proposición de Orlando.

—Pero allí vive esa señorita Aznar.

—Ya no. Ella quería irse a morir a Barcelona. Le pagué el pasaje. Ahora el altillo es mío.

—Pero mis padres...

—Nadie sabe nada. Sólo tú. Allí te espero. Ven cuando quieras.

Y separó los labios del oído del Laura.

—Quiero darte lo mismo que a Santiago. No me decepciones. A él le gustaba.

Cuando regresó del entierro del abuelo, Laura vivió varios días con las palabras de Orlando repitiéndose como un ulular en su cabeza, ¿crees que conociste bien a Santiago, crees que tu hermano te lo dio todo a ti?, qué poco sabes de un hombre tan complejo, a ti sólo te entregó una parte de su existencia, ¿y la pasión, la pasión amorosa, a quién se la dio?

Miraba constantemente hacia el altillo. Nada había cambiado. Sólo ella. No entendía bien en qué consistía el cambio. Quizá era un anuncio que sólo se cumpliría si ella subía sigilosamente la escalera del altillo, cuidándose de que nadie la observase —su padre, su madre, la tía María de la O, el negro Zampayita, las criadas indias—. No tendría que tocar a la puerta porque Orlando ya la tendría entreabierta. Orlando la esperaba. Orlando era hermoso, extraño, ambiguo, a la luz de la luna. Pero quizás Orlando era feo, corriente, mentiroso, a la luz del día. Todo el cuerpo de Laura clamaba por el acercamiento al cuerpo de Orlando, por él, por ella, por el encuentro romántico en el baile de la hacienda, tan inesperado, pero también por Santiago, porque amar a Orlando era la forma indirecta pero autorizada de amar al hermano. ¿Eran ciertas las insinuaciones de Orlando? Si fuesen una mentira, ¿podría ella querer a Orlando por sí mismo, sin el espectro de Santiago? ¿Podía, en cambio, llegar a odiar tanto a Orlando como a Santiago? ¿Odiar a Santiago a causa de Orlando? Tuvo la sospecha friolenta de que todo podía ser una gran farsa, una gran mentira orquestada por el joven seductor. Laura no necesitaba las admoniciones diabólicas del cura Elzevir Almonte para alejarse de toda complacencia o facilidad sexual. Le bastó verse desnuda al espejo cuando tenía siete años y no ver allí ninguno de los horrores proclamados por el cura, para no caer en tentaciones que parecían, gracias a una intuición pronta y radical, inútiles si no se compartían con un ser amado.

El amor hacia todos los miembros de su familia, incluyendo a Santiago, era alegre, cálido y casto. Ahora, por vez primera, un hombre la excitaba de otra manera. ¿Era real ese hombre, o era una mentira? ¿Iba a satisfacerla, o corría Laura el riesgo de iniciarse sexualmente con un hombre que no valía la pena, que no era para ella, que era sólo un fantasma, una prolongación de su hermano, un farsante, bello, atractivo, tentador, acechante, diabólico, a la mano, cómodo, esperándola en su propia casa, bajo el techo de sus padres...?

Quizás la clave se la dio, sin proponérselo, el negro Zampayita cuando las condujo a las tres, Laura, Elizabeth y la señora Dupont de García, de regreso a Xalapa la noche del baile.

—¿Vieron sus mercés la higuera a la entrada de la jaula? —preguntó el negro.

—¿Cuál jaula? —emitió la señora Dupont de García—. Es la hacienda más elegante de la comarca, ignorante. El baile del año.

—Los buenos bailes son en la calle, doña, con su pelmiso.

—Allá tú —suspiró la señora.

—¿No te enfriaste afuera, Zampayita? —preguntó solícita Laura.

—No, niña. Me quedé mirando la higuera. Recordé la historia del Santo Felipe de Jesús. Era un niño altanero y malcriado, como algunos vi salir esta noche. Vivía en una casa con una higuera seca. Su nana se lo decía: el día que Felipillo sea santo, la higuera va'florecer.

—¿Por qué hablas así de los santos, morenito? —quiso resumir, indignada, la señora—. San Felipe de Jesús fue a Oriente a convertir a los japoneses, que lo crucificaron vilmente. Ahora es santo, ¿no lo sabes?

—Eso decía su nana, con respeto, doña dama. El día que mataron a Felipillo, la higuera floreció.

—La de aquí está seca —se rió pícaramente Elizabeth.

—La fuerza de Santiago consistió en que nunca necesitó a nadie —le había explicado Orlando en la terraza de San Cayetano—. Por eso estábamos tan a sus pies.

Un mes más tarde, dicen que encontraron en el altillo el cadáver de la señora Armonía Aznar. Dicen que lo descubrieron cuando el empleado del Banco llegó a traerle su cheque mensual antes de que Zampayita le dejara el diario portaviandas a la puerta. Llevaba muerta apenas dos días. Aún no apestaba.

—Todo está escondido y nos acecha— repitió Laura la misteriosa y acostumbrada frase de su tía Virginia. La dirigió a la muñeca china, Li Po, cómoda entre los almohadones de la cama y ella misma, Laura Díaz, decidió salvar el recuerdo de su primer baile, imaginándose esbelta y transparente, tan transparente que el vestido de baile era su cuerpo, no había nada debajo del vestido, y Laura giraba, flotaba en un vals de elegancia líquida, hasta que la cubría, agradecida, el velo del sueño.

V. Xalapa: 1920

"Te equivocaste, Orlando. Aquí no. Busca otra manera de vernos. Ten más imaginación. No te burles de mi familia ni me obligues a despreciarme a mí misma".

Laura reanudó su vida familiar, herida por la muerte del abuelo y la salud quebrantada del padre. La seducción por Orlando y la muerte de la señorita Aznar, Laura las expulsó, no de la memoria, sino del recuerdo; jamás se volvió a referir particularmente a ellas, nunca las mencionó a los demás, ni se las mencionó a sí misma. No las recordó, por más que la memoria las guardase, para siempre bajo la llave de lo que no se saca del cofre del pasado. Añadir "Orlando Ximénez" y "Armonía Aznar" a las penas y dificultades de su hogar, le resultaba insoportable, tanto como el contagio malsano que Orlando trajo a la memoria de Santiago; ésta, Laura sí la quería conservar pura y explícita. Lo que menos le perdonaba al "petimetre" era que hubiese dañado esa parte de la vida de Santiago que continuaba guardada en el alma de Laura.

¿Vive también Santiago en el alma de mi padre?, se preguntaba la muchacha de veintidós años mirando la figura vencida de Fernando Díaz.

Era imposible saberlo. La diaplegia del contador y banquero avanzaba a un ritmo maldito; rápido y parejo. A la pérdida de las piernas siguió la del resto del cuerpo y más tarde, la del habla misma. Laura no tenía cupo en su corazón para otra cosa que no fuese la intensa piedad que le inspiraba su padre, confinado por fin a una silla de ruedas, a ser alimentado como un niño, con babero, por la devota tía María de la O, y a mirar al mundo con unos ojos indescifrables en los cuales no era posible adivinar si oía, pensaba, o se comunicaba más allá del desesperado parpadeo y el intento, igualmente desesperado, de evitarlo, manteniendo los ojos abiertos, alertas, inquisitivos, más allá del aguante normal de una persona, como si un día, al cerrar los ojos, no los volvería a abrir nunca más. La mirada se le llenó de vidrio y agua. En cambio, don Fernando desarrolló un aventajado movimiento de cejas; de su posición habitual, las fue conduciendo a una expresividad que a Laura le daba miedo. Como dos arcos que sostuviesen lo único que le quedaba de su personalidad, las cejas del padre no se levantaban asombradas; se arqueaban aún más, como si fuesen a un tiempo interrogación y comunicación.

La tía morena se afanaba en atender al inválido mientras Leticia atendía el hogar. Pero era Leticia la que aprendió, poco a poco, a leer la mirada de su marido, a tomarle la mano, y comunicarse con él.

—Quiere que le pongas el fistol en la corbata, María de la O.

—Quiere que lo saquemos a pasear por Los Berros.

—Tiene antojo de moros con cristianos.

¿Decía su madre la verdad o creaba un simulacro de comunicación y por ende, de vida? María de la O se adelantaba a cualquier quehacer penoso para Leticia; ella se encargaba de limpiar al inválido con toallas tibias y jabones de avena, vestirlo todas las mañanas como si el amo del hogar fuese a la oficina, con traje completo, chaleco, cuello duro, corbata, medias oscuras y botines altos; y en desvestirlo de noche y colocarlo en la cama a las nueve, con la ayuda de Zampayita.

Laura no sabía hacer otra cosa que tomar la mano de su padre y leerle las novelas francesas e inglesas que él tanto amaba, aprendiendo ella misma esos idiomas como un homenaje al padre vencido. El derrumbe físico de Fernando Díaz se imprimió velozmente en sus facciones. Se hizo viejo, pero mantuvo el dominio de sus sentimientos, pues sólo una vez lo vio Laura llorar, cuando ella le leyó la emotiva muerte del niño Little Father Time, que se suicida cuando oye a sus padres decir que no pueden alimentar tantas bocas, en *Jude el oscuro* de Thomas Hardy. Ese llanto, sin embargo, regocijó a Laura. Su padre la entendía. Su padre escuchaba y sentía detrás del velo opaco de la enfermedad.

—Sal, hija, haz la vida propia de tu edad. Nada entristecería más a tu padre que saberte sacrificada por él.

¿Por qué usaba su madre esa forma verbal, el subjuntivo que según las señoritas Ramos era un modo que necesitaba juntarse a otro verbo para tener significación, un indicativo de hipótesis, decía la primera señorita Ramos; de deseo, amplificaba la segunda; algo como decir "si yo fuera tú…" decían las dos a un tiempo, aunque en lugares distintos. Vivir día a día con el inválido, sin prever desenlaces, era la única salud que podían compartir padre e hija. Si Fernando la entendía, Laura le contaría qué hacía diariamente, cómo era la vida en Xalapa, qué novedades se iban presentando… Y entonces Laura se daba cuenta de que no había novedades. Sus compañeras de escuela se habían graduado, se habían casado, se habían ido a la ciudad de México, lejos de la provincia, porque sus maridos se las llevaron, porque la revolución centralizaba el poder aún más que la dictadura, porque las leyes agrarias y obreras amenazaban a los ricos de provincia, porque muchos se resignaron a perder lo que tenían, abandonar la tierra y la industria en el interior devastado por la contienda y rehacer sus vidas en la capital a salvo del desamparo rural y provinciano; todo ello se llevó lejos a las amigas de Laura.

Quedaron atrás, también, las excitaciones de Orlando el dandy y de la anarquista catalana; incluso se apaciguó el culto ardiente hacia Santiago, para dar lugar a la mera sucesión de horas que son días que son años. Las costumbres xalapeñas no cambiaban, como si el mundo exterior no pudiese penetrar la esfera de tradición, placidez, satisfacción propia y, acaso, sabiduría, de una ciudad que por milagro, aunque también por voluntad, no había sido tocada físicamente por la turbulencia nacional de aquellos años. La Revolución en Veracruz era más que nada un temor de perder lo que se tenía, por parte de los ricos, y un anhelo de conquistar lo necesario, por parte de los pobres. Don Fernando hablaba vagamente, en Veracruz, de la influencia de las ideas anarcosindicalistas que entraban a México por el puerto, y luego la presencia en su propia casa de la jamás vista Armonía Aznar le daba vida a esos conceptos que Laura no entendía bien. El fin de los años escolares, la desaparición de sus amigas porque se casaron y Laura no, porque se fueron a la capital y Laura se quedó aquí, la obligaron, para asumir esa normalidad que le solicitaba su madre Leticia como alivio de las penurias familiares, a hacerse amiga de muchachas más jóvenes que ella, cuyo infantilismo resaltaba no sólo en comparación con la edad de Laura, sino con la experiencia de la niña —hermana de Santiago, la joven objeto de la seducción de Orlando, la hija del padre golpeado por la enfermedad y la madre inconmovible en su sentido del deber...

Quizás Laura, para adormecer su sensibilidad herida, se dejaba llevar sin demasiada reflexión a esa vida que era y no era la suya. Estaba a la mano, era cómoda, no importaba demasiado, ella no iba a pensar en imposibles, ni siquiera en algo, simplemente diferente a la vida cotidiana de Xalapa. Nada perturbaba el diario paseo por el jardín favorito, Los Berros, con sus altos álamos de hoja plateada y sus bancas de fierro, sus fuentes de agua verdosa y sus balaustradas cubiertas de lama, las niñas brincando la cuerda, las muchachas caminando en un sentido y los galanes en el contrario, todos coqueteando, mirándose descaradamente o evitando las miradas, pero sujetos todos a la oportunidad de verse sólo por unos segundos, aunque tantas veces como la excitación, o la paciencia, lo requiriesen.

—Cuídense de los señores con bastón al hombro en el Parque Juárez —advertían las mamás a sus hijas—. Tienen malas intenciones.

El parque era el otro sitio de reunión al aire libre preferido. Avenidas de hayas, laureles de Indias, araucarias y jacarandas formaban una bóveda fresca y perfumada para los menudos placeres de patinar en el parque, ir a la kermesse en el parque, y en días claros, ver desde el parque la maravilla del Pico de Orizaba, Citlaltépetl, la montaña de la estrella, el volcán más alto de México. El Citlaltépetl, poseía una magia propia asociada al movimiento que animaba a la gran montaña según la luz del día o la época del año: cercano en la madrugada diáfana, la calina solar del mediodía lo alejaba, la llovizna del atardecer lo velaba, el segundo nacimiento acordado a la jornada, el crepúsculo, le daba su más visible gloria, y en las noches todos sabían que el gran cerro era la estrella invisible pero inmóvil del firmamento veracruzano, su madrina.

Llovía constantemente y entonces Laura y sus nuevas y disparejas amigas (ya no recordaba sus nombres) corrían a buscar refugio fuera del parque, zigzagueando bajo los aleros de las casas y salvando los chorros de agua que se cruzaban a media calle. Pero era muy bello escuchar los aguaceros tibios en los techos y el susurro de las plantas. Las cosas pequeñas deciden vivir. Luego, al serenarse la noche, las calles recién bañadas se llenaban del olor de tulipanes y junicuiles. Los jóvenes salían a callejonear. De siete a ocho, era "la hora de la ventana", cuando los novios visitaban a las novias frente a los balcones abiertos a propósito y —cosa normal en Xalapa pero extraña en cualquier otra parte del mundo— los maridos volvían a cortejar, en "la hora de la ventana", a sus propias mujeres, como si quisieran renovar votos y alentar emociones.

En aquellos años que culminaban y terminaban, casi al mismo tiempo, la Revolución mexicana y la guerra europea, el cine se convirtió en la gran novedad. La revolución armada se apaciguaba: las batallas después de la gran victoria de Álvaro Obregón contra Pancho Villa en Celaya eran sólo escaramuzas; la poderosa División del Norte de Villa se desbarataba en bandas de forajidos y todas las facciones buscaban apoyos, acomodos, ventajas e ideales —en ese orden— tras el triunfo de Venustiano Carranza, el Ejército Constitucionalista y la entrada en vigor, en 1917, de la nueva Carta Magna —así la llamaban los periódicos— que era objeto de examen, debate y temores constantes entre los caballeros que se reunían todas las tardes en el Casino Xalapeño.

—Si la reforma agraria se aplica al pie de la letra, nos van a arruinar —decía el padre del joven bailarín cordobés que sólo hablaba de gallos y gallinas.

—No lo harán. El país tiene que comer. Sólo las grandes propiedades producen —concordaba el padre del joven tenista pelirrojo y abusivo.

—¿Y los derechos obreros? —terciaba el anciano marido de la señora que añoraba la ausencia de los guapísimos zuavos franceses—. ¿Qué me dicen de los derechos obreros ensartados en la Constitución como un par de banderillas en el lomo de un toro?

—Como un Cristo con pistolas, señor mío.

—Batallones Rojos, Casa del Obrero Mundial. Yo les aseguro que Carranza y Obregón son comunistas y van a hacer aquí lo mismo que Lenin y Trotsky en Rusia.

—Todo esto es inaplicable, ya lo verán sus mercedes.

—Un millón de muertos, señores míos, y todo ¿para qué?

—Le aseguro a usted que la mayoría no murieron en los campos de batalla, sino en los pleitos de cantina.

Esto provocaba la hilaridad general pero cuando pasaron en el Salón Victoria unas películas de las batallas revolucionarias hechas por los hermanos Abitia, el culto público protestó. Nadie iba al cine a ver huarachudos con rifles. El cine era el cine italiano, sólo italiano. La emoción y la belleza eran privilegio de las divas y vampiresas italianas de la pantalla de plata; la sociedad iba a sufrir y gozar con los dramas de Pina Menichelli, Italia Almirante Manzini y Giovanna Terribili González, mujeres estupendas de ojos brillantes, ojeras profundas, cejas inquietantes, cabelleras eléctricas, bocas devoradoras y ademanes trágicos. Cuando llegaron las primeras vistas americanas, todos protestaron en la sala. ¿Por qué escondían las caras al llorar las hermanitas Gish, por qué andaba vestida de limosnera Mary Pickford? Para ver pobreza, las calles; para evitar emociones, las casas.

Qué seguían siendo, en la vida de Laura y de toda la sociedad provinciana, sedes insustituibles de la vida en común. Se "recibía" constante aunque esporádicamente, casi por turno. En las casas privadas se jugaba a la lotería y al siete y medio, formando grandes ruedas alrededor de las mesas. Allí se conservaban las costumbres culinarias. Allí se enseñaba a las muchachas más jóvenes a bailar, dando pasitos por las salas, "se hace así, levantando la falda", preparándolas para los grandes saraos del Casino, así como para las fiestas de bautizos, del acostamiento del Niño Dios en Navidad, con sus exhibiciones de pesebres y magos y en el centro del salón el "barco francés" que se abría lleno de dulces después de la misa de gallo. Luego venían el carnaval y sus bailes de fachas, los cuadros plásticos de final de cursos en la escuela de las señoritas Ramos con sus representaciones del cura Hidalgo proclamando la Independencia o el indio Juan Diego en tratos con la Virgen de Guadalupe. Pero la fiesta principal era el baile del Casino cada diecinueve de agosto. Entonces se daba cita toda la sociedad local.

Laura hubiera preferido quedarse en casa, no sólo para estar cerca de sus padres, sino porque, condenado el altillo tras la muerte de la anarquista catalana, la muchacha empezó a darle un valor particular a cada rincón de su casa, como si supiera que el placer de vivir y crecer allí no era para siempre. La casa del abuelo en Catemaco, la casa encima del Banco y frente al mar en Veracruz y ahora la casa de un piso en la Calle Lerdo de Xalapa… ¿cuántas más le tocaría habitar durante los años de su vida? No podía prever ninguna. Sólo podía recordar las casas de ayer y memorizar la de hoy, creando los refugios que su vida incierta, nunca más previsible y segura como durante la infancia junto al lago, necesitaría para encontrar asidero en el tiempo por venir. Un tiempo que Laura, a los veintidós años, no podía imaginar, por más que se dijera, "Pase lo que pase, el futuro será distinto de este presente". No quería imaginar las peores razones para que la vida cambiara. La peor de todas era la muerte de su padre. Iba a decir que la más triste era quedarse perdida y olvidada en un pueblecito, como las tías Hilda y Virginia en la casa paterna, despojadas de la razón de su arraigo y de su soltería, que era cuidar a don Felipe Kelsen. El abuelo había muerto, Hilda le tocaba el piano a nada, a nadie; Virginia acumulaba cuartillas, poemas, que nadie conocería jamás; era preferible la vida activa, comprometida con otra vida, como era el caso de la tía María de la O, al cuidado constante de Fernando Díaz.

—¿Qué haría sin ti, María de la O? —decía seriamente, sin suspirar, la infatigable Mutti Leticia.

Laura, como otro día memorizó la recámara de Santiago en Veracruz, ahora recorrió con los ojos cerrados los patios, los corredores, los pisos de ladrillo marsellés, las palmas, los helechos, los roperos de caoba, los espejos, las camas con postes, los tinajos de agua filtrada, el tocador, el aguamanil, el ropero y en los dominios de su madre, la cocina olorosa a hierbabuena y perejil.

—No te vuelvas ensimismada como tu abuela Kelsen —le decía Leticia, quien no podía dominar ya la tristeza de su propia mirada—. Sal con tus amigas. Diviértete. Sólo tienes veintidós años.

—Ya tengo veintidós años, Mutti, eso quieres decir. A mi edad, tú llevabas cinco años de casada y yo ya había nacido —y no, Mutti, ni me lo preguntes: no me gusta ningún muchacho.

—Dime si te han dejado de buscar. ¿Por todo lo que ha pasado?

—No, Mutti, soy yo la que los evito.

Como si respondiesen a un aviso de cambio incomprensible, vibrando como hojas de un verano tardío, las muchachas, menores a ella, que ahora frecuentaba Laura, habían decidido prolongar sus infancias, aunque haciendo concesiones coquetas a una edad adulta que ninguna, desconcertada, deseaba. Se llamaban a sí mismas "las pingüicas" y continuaban haciendo travesuras impropias de sus dieciocho años. Brincaban a la cuerda en el parque para que les salieran chapas antes del paseo seductor; tomaban largas siestas antes de jugar al tenis en Los Berros; se burlaban inocentemente de sus novios disfrazados durante el carnaval.

—¿Eres cirquero?

—No me insultes. Soy príncipe, ¿no ves?

Patinaban en el Parque Juárez para perder los kilos que ganaban comiendo los "diablos", pasteles de chocolate por dentro y turrón blanco por fuera que eran la delicia de los golosos en esta ciudad con olor a panadería. Se prestaban a representar cuadros plásticos en los finales de cursos de las señoritas Ramos, única ocasión en que se hubiese podido ver que las profesoras eran dos personas distintas, sólo que mientras una presidía las representaciones, la otra andaba entre bambalinas.

—Me sucedió algo espantoso, Laura. Estaba representando el papel de la Virgen cuando me entraron las ganas. Tuve que hacer gestos terribles para que la señorita Ramos corriera el telón. Fui a hacer pipí y regresé a ser virgen otra vez.

—Pues en mi casa ya se aburrieron de mis comedias y disfraces, Laura. Mis padres han contratado a un solo espectador para que me admire, ¿qué te parece?

—Estarás muy ufana, Margarita.

—Es que he decidido ser actriz.

Entonces salían todas alborotadas al balcón para ver el paso de los cadetes de la Preparatoria con sus kepis franceses, sus fusiles, sus uniformes con botonadura de oro y sus braguetas muy apretadas.

El Banco les avisó que deberían abandonar la casa en septiembre, después del baile del Casino. Don Fernando recibiría su pensión, pero un nuevo gerente vendría a vivir en la casa, como era natural. También habría una ceremonia en el altillo develando una placa en honor de doña Armonía Aznar. Los sindicatos mexicanos habían decidido honrar a la valiente camarada que dio dinero, sirvió de correo a los Batallones Rojos y a la Casa del Obrero Mundial durante la Revolución y hasta guareció a sindicalistas perseguidos aquí mismo, en la casa del gerente del Banco.

—¿Tú sabías eso, Mutti?

—No, Laura. ¿Y tú, hermana?

—¡Qué va!

—Pues más vale no saberlo todo, ¿verdad?

Ninguna de las tres se atrevió a pensar que un hombre tan honorable como don Fernando, a sabiendas, hubiese tolerado una conspiración bajo su propio techo, sobre todo dado el antecedente del fusilamiento de Santiago el 21 de noviembre de 1910. Al pensar esto, Laura se imaginó que Orlando Ximénez sabía la verdad, era el intermediario entre el altillo y los anarcosindicalistas de doña Armonía. Desechó esta sospecha; Orlando, el dandy, el frívolo... ¿O quizás por eso mismo era el más indicado? Laura se rió con ganas; acababa de leerle a su padre *The Scarlet Pimpernel* de la Baronesa d'Orczy y se estaba imaginando al pobre de Orlando como un Pimpinela mexicano, dandy de noche y anarquista de día... salvando a los sindicalistas del paredón.

Ninguna novela preparó a Laura para el siguiente episodio de su vida. Leticia y María de la O se dieron a buscar una casa cómoda pero con renta adecuada a la pensión de Fernando. La media hermana declaró que, en vista de la situación, Hilda y Virginia deberían vender la finca cafetalera de Catemaco y, con el dinero, comprar una casa en Xalapa para vivir todas juntas y ahorrar gastos.

—¿Y por qué no regresar todos a Catemaco? Después de todo, allí vivimos... y fuimos felices —dijo, sin suspirar como su ensimismada mamá, Leticia.

Su pregunta se volvió baladí apenas se presentaron en la casa de Xalapa, cargadas de bultos, cajones con libros, baúles, maniquíes, jaulas con loros, y hasta el piano Steinway, las hermanas solteras, Hilda y Virginia.

La gente se reunió en la calle de Lerdo a ver el arribo de tan curioso equipaje, pues las pertenencias de las hermanas colmaban una carreta tirada por mulas y ellas mismas, cubiertas de polvo, parecían refugiadas de un combate perdido muchos años atrás, con sus grandes sombreros de paja atados a las barbillas por los velos de gasa que protegían los rostros contra los moscos, el sol y las polvaredas del camino.

Su historia fue breve. Los agraristas veracruzanos se armaron y, sin más, tomaron la finca de los Kelsen
y todas las demás propiedades de la región; las declararon cooperativas agrarias y corrieron a los dueños.

—Ni modo de avisarles —dijo la tía Virginia—.
Aquí nos tienen.

No sabían que la casa xalapeña sería desocupa-
da en septiembre, después del baile del Casino en agosto. Con las hermanas encima, el marido inválido y Laura
sin boda en el horizonte, Leticia al fin se quebró y se
soltó llorando. Las hermanas expropiadas se miraron
perplejas. Leticia pidió perdón, enjugándose las lágrimas con el delantal, las invitó a pasar y acomodarse y
esa noche, en la recámara de Laura, la tía María de la O
se acercó a la cama, se sentó y le acarició la cabeza a la
muchacha.

—No te desanimes, niña. Veme nomás a mí. A
veces has de pensar que mi vida me ha sido difícil, sobre todo cuando vivía sola con mi madre. Pero, ¿sabes
una cosa?, venir al mundo es una alegría, aunque te ha-
yan concebido en medio de la tristeza y de la miseria,
quiero decir tristeza y miseria de adentro, más que de
afuera; llegas al mundo y tu origen se borra, nacer es
siempre una fiesta y yo no he hecho más que celebrar
mi paso por la vida, sin importarme un comino de dónde vengo, qué pasó al principio, cómo y dónde me pa-
rió mi madre, cómo se portó mi padre… ¿Sabes?, tu abuela Cósima lo redimió todo, pero aun sin ella, sin todo lo
que le debo a tu abuela y lo mucho que la adoro, yo
celebro al mundo, yo sé que vine al mundo para celebrar la vida, en las duras y en las maduras, niña, y lo voy
a seguir haciendo, con mil carajos. Y perdóname que
hable como alvaradeña, pero allí me crié…

María de la O se apartó un momento de la cabeza de Laura para mirar a su sobrina con una sonrisa radiante, como si la tiíta trajera para siempre el calor y la
alegría en los labios y los ojos. ·

—Y algo más, Laurita, para completar el cuadro. Tu abuelo fue a salvarme y me trajo a vivir con ustedes y eso me salvó, me canso de repetirlo. Pero tu abuela no se preocupó más por mi madre, como si bastara con salvarme a mí y a ella que se la llevara el diablo mandinga. El que se preocupó fue tu padre Fernando. No sé qué habría sido de mi mamá si Fernando no la busca, la ayuda, le pasa dinero y le permite que se haga vieja con dignidad: perdóname la brusquedad, pero no hay cosa más melancólica que una puta vieja. Lo que quiero decirte es lo siguiente. Lo que importa es estar viva y dónde estás viva. Vamos a salvar esta casa y su gente, Laura, te lo jura María de la O, la tía a la que tú has sabido respetar más que nadie. ¡No lo olvido!

Estaba engordando y le costaba un poco moverse. Cuando llevaba a pasear al padre inválido en la silla de ruedas, la gente evitaba la mirada por temor a compadecer a la pareja de un hombre tullido y una mulata color ceniza y con tobillos gordos empeñados en pasearse y aguarle la fiesta a la gente joven y sana. La voluntad de María de la O era mayor que cualquier obstáculo y las cuatro hermanas, al día siguiente del arribo de Hilda y Virginia, decidieron no sólo encontrar casa para la familia, sino convertirla en casa de huéspedes, contribuir a sostenerla, cada una pondría de su parte, cuidarían a Fernando.

—Y a ti, Laura, te pido que no te preocupes —dijo la tía Hilda.

—No te faltará nada —añadió la tía Virginia.

(…no me preocupo, tiítas, Mutti, no me preocupo, sé que no me faltará nada, soy la niña de la casa, no tengo veintidós años, sigo teniendo siete, indefensa pero protegida, como antes de la primera muerte, antes del primer dolor, antes de la primera pasión, antes de la primera rabia, todo eso que ya pasé, ya tengo, ya dominé y ahora me dejo dominar por todo lo que ya ocurrió, ya sé vivir con el dolor, la pasión, la rabia y la muerte, con ellas yo creo que sé vivir, con lo que no puedo vivir es con la disminución de mí misma no por los demás sino por mí misma, achicada no por las niñas bobas o las tías protectoras o la Mutti que no quiere aceptar ninguna pasión para mantenerse lúcida y cumplir con la casa porque sabe que sin ella la casa se iría derrumbando como esos castillos de arena que hacen los niños en la playa de Mocambo y si esas tareas no las hace ella, ¿quién?, mientras yo me pienso, Laura Díaz, me observo tan lejana de mi propia vida, como si fuera otra, una segunda Laura que ve a la primera, tan separada del mundo que me rodea, tan indiferente a las personas fuera de mi casa, ¿es sano ser así?, pero tan preocupada por los que viven aquí conmigo pero en ambos casos tan separada y sin embargo tan culpable de ser una carga, como el niño de la novela inglesa de Thomas Hardy, soy querida por todos, pero ahora les peso a todos aunque no lo digan, soy la niñota que va para los veintitrés años sin traer pan a la casa donde le dan pan, la niña grande que se cree justificada porque le lee libros a su padre paralítico, porque los quiere a todos y todos la quieren a ella, voy a vivir del amor que doy y el amor que recibo, no basta, no basta amar a mi madre, llorar por mi hermano, compadecer a mi padre, no basta adoptar mi propio dolor y mi propio cariño como derechos que me liberan de otra responsabilidad, ahora quiero desbordar mi amor por ellos, exceder mi dolor por ellos, liberándolos de mí, quitándome de encima, dándoles la gracia de no preocuparse por mí sin que yo deje de preocuparme por ellos, papá Fernando, Mutti Leticia, tiítas Hilda y Virginia y María de la O, Santiago mi amor, no les pido ni comprensión ni ayuda, voy a hacer lo que debo hacer para estar con ustedes sin ser más de ustedes pero ser para ustedes…).

Juan Francisco López Greene era un hombre muy alto, excediendo los seis pies de estatura, muy moreno, con trazos tanto indígenas como negroides en su fisonomía, pues si los labios eran gruesos, el perfil era recto y si el pelo era crespo, la piel era lisa y dulce como la del piloncillo, y nocturna como la de los gitanos. Los ojos eran islas verdes en un mar amarillo. Sus hombros anchos y encaramados deslucían un cuello fuerte pero más largo de lo que parecía, como largos eran sus brazos y grandes sus manos devotamente obreras. El torso corto, las piernas largas y los pies más grandes que los zapatos mineros.

Era poderoso, era torpe, era delicado, era distinto.

Llegó al baile del Casino acompañado por Xavier Icaza, el joven abogado laborista, hijo de una familia de aristócratas que ahora servía a la clase obrera y fue quien llevó al baile a un hombre tan ajeno al perfil social de las buenas familias xalapeñas.

Icaza, un hombre brillante pero poco convencional, escribía poesía vanguardista y relatos picarescos; sus libros tenían viñetas cubistas con rascacielos y aviones y su poesía daba la sensación de velocidad moderna buscada por el autor en tanto que sus novelas traían la tradición de Quevedo y el Lazarillo a la moderna ciudad de México, una ciudad que se iba llenando —le explicaba Icaza a los grupos de invitados al baile anual del Casino— de inmigrantes del campo y que no haría sino crecer y crecer. Les guiñó un ojo a los hombres de empresa locales, ahora hay que comprar barato, la Colonia Hipódromo, la Colonia Nápoles, Chapultepec Heights, el parque de la Lama, hasta el Desierto de los Leones, van a ver cómo van a subir los bienes raíces, no sean guajes —reía con sus dientes alegres—, inviertan ahora.

Lo llamaban futurista, estridentista, dadaísta, nombres que nadie había oído mentar en Veracruz y que Icaza introducía, con un soplo casi insolente, en las ciudades de provincia a donde llegaba, por carreteras primitivas, manejando un Issota-Fraschini convertible y de color amarillo, como para establecer pronto y bien sus credenciales, exigiendo la mano de la señorita Ana Guido y como los padres de ésta manifestaran dudas, Xavier Icaza lanzó el poderoso automóvil italiano escalinata arriba en plena Catedral un domingo mientras se celebraba misa; el rugir del motor y la demencia misma del coche subiendo la escalinata empinada con el joven y brioso abogado liberando todo el h.p. posible para lograrlo y, apenas detenido peligrosamente el carro donde terminaba la escalera y comenzaba el atrio, proclamando en voz alta que había venido a casarse con Anita y nada ni nadie se lo impediría.

—Yo no vendo ilusiones —iba declarando el joven abogado Icaza a sus viejos conocidos en el baile del Casino—. Se trata de conveniencias mutuas. La revolución ha desatado a todas las fuerzas dormidas del país, los comerciantes e industriales nacionales ahorcados por la entrega del país a los extranjeros, los funcionarios obstaculizados en su ascenso por la anciana burocracia porfirista, y para qué hablar de los campesinos sin tierra y los obreros ansiosos de organizarse y tener una voz pública respetada. Oigan, ¿qué eran los rebeldes de las fábricas de Río Blanco y las minas de Cananea, los primeros que se levantaron contra la dictadura, qué eran sino obreros?

—Madero no les hizo concesiones —dijo el padre del joven gallero de Córdoba.

—Porque Madero no entendía nada —alegó Icaza—. En cambio, el siniestro Victoriano Huerta, el asesino de Madero, él sí buscó el apoyo de la clase obrera y permitió las mayores manifestaciones del Primero de Mayo jamás vistas. Concedió la jornada de ocho horas y la semana de seis días, pero cuando los sindicatos le pidieron la democracia, eso sí que no. Arrestó y deportó a los líderes. Uno de ellos es mi amigo Juan Francisco López Greene a quien les presento con mucho gusto. Lo de Greene no quiere decir que sea inglés: todos en Tabasco se llaman Graham o se llaman

Greene porque descienden de piratas ingleses, pero de madres indias y negras, ¿verdad, tú?

Juan Francisco sonrió y asintió. —Laura, tú que eres culta, ahí te lo dejo —habló con gracia y firmeza Icaza y se fue a otra cosa.

Laura sospechó que este recién venido, tan ajeno a las costumbres provincianas y que habría aparecido, en los saraos de la hacienda de San Cayetano, como ese "Cristo con pistolas" al que se refirió una vez el terrateniente cordobés, tendría una torpeza personal comparable a la de sus zapatones de minero, cuadrados, gruesos y con clavos en las suelas. Imaginó que su discurso sería una lluvia de piedras punteadas por el silencio. Le sorprendió, por eso, oír una voz tan pareja, serena y hasta dulce, en la que cada palabra poseía el peso de la convicción y por ello Juan Francisco López Greene se permitía ser tan suave y hablar tan "bajito".

—¿Tiene razón Xavier Icaza? —se lanzó a decir Laura buscando apoyos para iniciar la conversación.

Juan Francisco insistió. —Sí. Yo ya sé que todos tratan de usarnos.

—¿De usar a quién? —preguntó sin afectación Laura.

—A los trabajadores.

—¿Tú lo eres? —se lanzó Laura de nuevo, tuteando convencida de que no lo ofendía, desafiándolo un poco a tratarla igual, no de señorita o usted, buscando inciertamente el terreno común con el desconocido, husmeándolo, sintiéndose un poco bestia, un poco salvaje, como nunca se sintió con Orlando, que la obligaba a pensar cosas perversas, refinadas y tan sutiles que desaparecían como un perfume ponzoñoso, fuerte pero deletéreo pero fugaz.

No pudo. —Es el riesgo, señorita. Hay que aceptarlo.

(Que me hable de tú, rogó Laura, quiero que me hable de tú, que no me diga señorita, quiero por una vez sentirme diferente, quiero que un hombre me diga y me haga cosas que yo no sé o no espero o no puedo pedir, esto no se lo puedo pedir, tiene que salirle a él, y de eso va a depender todo lo que venga después, de un simple tú o usted...)

—¿Cuál riesgo, señor Greene? —Laura revirtió al usted formal.

—El de que nos manipulen, Laura.

Añadió, sin darse cuenta (o quizás fingiendo que no se enteraba) del cambio de color en la cara de la muchacha, que "nosotros" también podían sacarles ventajas a "ellos". Laura se acostumbró allí mismo a ese extraño plural que abrazaba, sin pretensiones, sin falsas modestias, a una comunidad de gente, trabajadores, luchadores, camaradas, sí, del hombre que hablaba con ella.

—Icaza no tiene ilusiones. Yo sí —sonrió por primera vez, con un dejo de malicia, pero más que nada con ironía propia, pensó Laura—. Yo sí.

Dijo que tenía ilusiones porque la Constitución le hizo concesiones que no tenía por qué hacerle a los campesinos y a los obreros mexicanos, Carranza era un antiguo hacendado al que la barba de chivo se le crispaba cuando tenía que tratar con trabajadores y con indios, Obregón era un criollo inteligente pero oportunista que lo mismo podía sentarse a cenar con Dios o con el Diablo y hacerle creer al Diablo que en efecto era Dios, y a Dios que no se preocupara, podía ser un Diablo y no tenía por qué envidiar tanto a Lucifer; pero en todo caso, el general Álvaro Obregón sería el juez, él dictaminaría: tú eres Diablo... La Constitución consagró los derechos del trabajador y de la tierra porque sin "nosotros" —dale y dale, se dijo Laura Díaz— "ellos" no ganan la Revolución ni se mantienen en el poder...

La sacó a bailar y ella soltó la risa con una mueca adolorida y las zapatillas pisoteadas, pidiéndole al dirigente obrero que mejor practicaran en el balcón y él también se rió y dijo que sí, ni Dios ni el Diablo me hicieron para los salones de baile... Pero si a ella le interesaba lo que "nosotros" hacían, le contaría en el balcón cómo se organizó la lucha obrera en la Revolución, la gente creía que la revolución era sólo una elite criolla seguida de guerrilleros campesinos, se olvidaban que todo empezó en las fábricas y en las minas también; en Río Blanco y en Cananea; los obreros organizaron los Batallones Rojos que salieron a luchar contra la dictadura de Huerta y fundaron la Casa del Obrero Mundial en el palacio de los Azulejos en la ciudad de México, en el antiguo Jockey Club de la aristocracia; cómo "nos" invadió la policía huertista, nos arrestó, le quiso poner fuego al palacio, "nos" obligó a huir y encontramos los brazos abiertos del general Obregón...

—Cuidado —dijo Icaza reuniéndose a Laura y Juan Francisco—, Obregón es un zorro. Quiere apoyo obrero para darle en la madre a los rebeldes campesinos, Zapata y Villa. Habla de un "México proletario" para azuzarlo contra el México campesino e indígena, que según los jefes criollos de la Revolución, cuidadito, siguen siendo el México reaccionario, retrasado, religioso, ahorcado entre sus escapularios y fumigado por el incienso de demasiadas iglesias, cuidado con el engaño, Juan Francisco, mucho cuidado...

—Pero es que es verdad —dijo con cierto calor Juan Francisco—. Los campesinos traen en los sombreros la imagen de la Virgen, van a misa de rodillas, no son modernos, son católicos y rurales, licenciado.

—Oye Juan Francisco, deja de llamarme "licenciado" o vamos a acabar a las patadas. Y no seas tan de a tiro ranchero. Cuando conozcas a una señorita de sociedad que te guste, trátala de tú, tarugo. No te portes como un campesino reaccionario, retardado y pre-moderno —lanzó una gran carcajada Xavier Icaza.

Pero Juan Francisco insistió, sin el menor humor, que los campesinos eran reaccionarios y los obreros de la ciudad eran los verdaderos revolucionarios, los quince mil trabajadores que lucharon en los Batallones Rojos, los ciento cincuenta mil adherentes a la Casa del Obrero Mundial, ¿cuándo se había visto eso en México?

—¿Quieres contradicciones, Juan Francisco? —lo cortó Icaza—. Piensa en los batallones de indios yaquis que se le unieron a Obregón para derrotar al muy agrario Pancho Villa en Celaya. Y vete acostumbrando, mi amigo. Las revoluciones son contradictorias, y si ocurren en un país tan contradictorio como México, pues es como para volverse loco —gimió Icaza— igual que cuando se mira a los ojos de Laurita Díaz. En pocas palabras, López Greene. Cuando la Revolución llegó al poder con Carranza y Obregón, ¿a poco aceptaron los caudillos la autogestión en las fábricas y la expulsión de los capitalistas extranjeros, como se lo prometieron a los Batallones Rojos?

No, protestó Juan Francisco, él sabía que "nosotros" íbamos a vivir en el estira y el afloja con el gobierno, pero "nosotros" no vamos a ceder en lo fundamental, "nosotros" hemos armado las huelgas más grandes de toda la historia de México, resistimos todas las presiones del gobierno revolucionario que quería convertirnos en títeres del obrerismo oficial, obtuvimos aumentos de salarios, negociamos siempre, volvimos loco a Carranza que no sabía por dónde cogernos, nos encarceló, nos llamó traidores, cortamos la luz de la ciudad de México, capturaron al líder de los electricistas Ernesto Velasco y con un revólver en la sien lo obligaron a decir cómo se restauraba la energía eléctrica, nos quebraron una vez y otra pero "nosotros" nunca nos rendimos, siempre regresamos a la lucha y siempre regresamos a la mesa de negociaciones, ganamos, perdimos, volveremos a ganar poco y perder mucho, no le hace, no le hace, no hay que arriar las banderas, nosotros sabemos apagar y prender la luz, ellos no, nos necesitan…

—Armonía Aznar fue una luchadora ejemplar —dijo Juan Francisco López Greene al develar la placa en honor de la catalana en la casa habitada por Laura y su familia—. Como todos los anarcosindicalistas, entró a Veracruz, llegó con el anarquista español Amedeo Ferrés y organizó a los impresores y tipógrafos, en la clandestinidad, siendo don Porfirio presidente. Luego, durante la Revolución, Armonía Aznar militó en la Casa del Obrero Mundial con heroísmo y lo más difícil, sin gloria, sirviendo de correo aquí mismo en Xalapa en secreto, llevando y trayendo los documentos del puerto de Veracruz a la ciudad de México, y de la capital al puerto…

Juan Francisco hizo una pausa en su discurso y buscó, entre un centenar de asistentes a la ceremonia, los ojos de Laura Díaz.

—Esto fue posible gracias a la generosidad revolucionaria de don Fernando Díaz, gerente del Banco, que aquí permitió a Armonía Aznar refugiarse y hacer su trabajo en secreto. Don Fernando está enfermo y yo me atrevo a saludarlo y darle las gracias a él, a su mujer y a su hija, gracias en nombre de la clase obrera. Este hombre discreto y valiente actuó así, nos lo hizo saber, en memoria de su hijo Santiago Díaz, fusilado por esbirros de la dictadura. Honor a todos ellos.

Esa noche, Laura miró intensamente a los ojos mudos de su padre inválido. Luego repitió lentamente lo que dijo en la ceremonia Juan Francisco López Greene y Fernando Díaz parpadeó. Cuando Laura escribió unas palabras en un pizarrón portátil con el que la familia apostaba a la comunicación con su padre, sólo puso GRACIAS POR HONRAR A SANTIAGO. Entonces Fernando Díaz, como acostumbraba, abrió desmesuradamente los ojos e hizo un esfuerzo inmenso por no parpadear. Todas ellas —las mujeres de la casa— conocían esas dos tesituras, parpadear repetidas veces o evitar el parpadeo hasta que las órbitas de los ojos parecían saltar de las cuencas, aunque ignoraban el significado de uno u otro acto. En esta ocasión, Fernando hizo un esfuerzo por levantar las manos y cerrar los puños, pero los dejó caer sobre el regazo, vencidos. Sólo arqueó las cejas como dos acentos circunflejos.

—Ya encontraremos una casa para instalarnos y recibir huéspedes, aquí en la calle Bocanegra —anunció pocos días más tarde la Mutti Leticia.

—Yo le leeré todas las noches a Fernando —dijo la tía escritora, Virginia, con los labios muy apretados y la mirada febril—. No te preocupes, Laura.

Laura pasó a despedirse de su padre mudo, le leyó durante media hora pasajes de *Jude el oscuro* y gracias a la novela de Hardy, pudo imaginar al padre muerto, el rostro embellecido por la muerte, la muerte lo iba a rejuvenecer, había que esperarla con confianza y hasta con alegría, la muerte le borraría a don Fernando las huellas del tiempo y Laura se llevaría para siempre la imagen de un hombre cariñoso pero fuerte cuando hacía falta.

—No dejes pasar la ocasión —le dijo esa misma noche la tía pianista, Hilda Kelsen—. Mira mis manos. Tú sabes lo que yo pude ser, ¿verdad, Laura? No quiero que nunca tengas que decir lo mismo.

Laura Díaz y Juan Francisco López Greene se casaron en un juzgado en Xalapa el 12 de mayo de 1920, la fecha del cumpleaños de Laura Díaz que cantaba el doce de mayo la virgen salió vestida de blanco con su paletó y el negro Zampayita barría y cantaba oralacachimbá-bimbá-bimbá ora mi negra baila pa'cá ora mi negra baila pa'llá, y Laura Díaz salió con su marido en el Interocéanico a la ciudad de México y a medio camino se soltó llorando porque olvidó a la muñeca china Li Po entre sus almohadones en Xalapa y en la estación de Tehuacán le avisaron a Juan Francisco que habían asesinado en Tlaxcalantongo al presidente Venustiano Carranza.

VI. México D.F.: 1922

No hay estaciones en la ciudad de México. Hay temporada de secas de noviembre a marzo y luego hay la temporada de lluvias de abril a octubre. No hay de dónde colgar el tiempo, sino del agua y del sol que son la verdadera raya y cruz de México. Ya es bastante. A Laura Díaz, la figura de su marido Juan Francisco López Greene se le fijó para siempre una noche de lluvia. Descubierto, en pleno Zócalo de la ciudad, hablándole a una multitud, Juan Francisco no tenía que gritar. Su voz era grave y fuerte, lo contrario de su voz baja en privado, su figura una estampa de combate, con el pelo lacio y empapado colgándole sobre la nuca, la frente y las orejas, el agua corriéndole por las cejas, de los ojos a la boca, con la manta de hule cubriéndole el cuerpezote al que ella, en sus noches de recién casada, se había acercado con miedo, respeto, recelo y gratitud. A los veintidós años, Laura Díaz había escogido.

Recordaba a los muchachos en los bailes de provincia y no podía distinguir a uno de otro, al primero del segundo o a éste del siguiente. Eran canjeables, simpáticos, elegantes...

—Laura, es que es muy feo.

—Pero no se parece a nadie, Elizabeth.

—Es prieto.

—No más que mi tía María de la O.

—Con ella no te vas a casar, tú. Habiendo tanto muchacho blanco en Veracruz.

—Éste es más extraño, o más peligroso, no sé.

—¿Por eso lo escogiste? ¡Qué loca estás! ¡Y qué peligrosa eres tú misma, Laura! Te envidio y te compadezco, tú.

Salieron de Xalapa los recién casados y apenas subieron a la meseta, Laura echó de menos la belleza y el equilibrio de la capital provinciana, las noches tan perfectas que le otorgaban vida nueva, cada atardecer, a todas las cosas. Recordaría su hogar y todos los infortunios parecían disolverse en la armonía envolvente de la vida vivida y recordada con sus padres, con Santiago y las tías solteras, con los abuelos muertos. Dijo la palabra "armonía" y se sintió turbada por la memoria de la heroica anarquista catalana a la que aludía en un discurso esta tarde de lluvia Juan Francisco, defendiendo la jornada de ocho horas, el salario mínimo, la maternidad pagada, las vacaciones con sueldo, todo lo prometido por la Revolución, decía con voz grave y resonante, hablándole a la plaza, a la multitud reunida para defender y hacer valer el artículo 123 de la Constitución este primero de mayo de 1922 bajo la lluvia nocturna, la primera vez en la historia de la humanidad que el derecho al trabajo y la protección al trabajador tenían rango constitucional, por eso la Revolución mexicana era de veras una revolución, no un cuartelazo, ni una rebelión, ni una asonada como sucedía en el resto de Hispanoamérica, lo de México era distinto, era único, todo aquí se fundaba de vuelta, de raíz, en nombre del pueblo, por el pueblo, le decía Juan Francisco a las dos mil personas reunidas bajo la lluvia, se lo decía a la lluvia misma, a la noche precipitada, al nuevo gobierno, a los sucesores del asesinado Venustiano Carranza que todos imaginaban ultimado por el triunvirato de la rebelión de Agua Prieta, Calles, Obregón y De la Huerta. A todos ellos les hablaba López Greene en nombre de la Revolución, pero le hablaba también a Laura Díaz, su joven esposa recién traída de la provincia, una muchacha bella, alta, extraña por sus facciones tan marcadas y aguileñas, hermosa por su extrañeza misma; me habla a mí también, a mí, yo soy parte de sus palabras, tengo que ser parte de su discurso...

Ahora llovía sobre el valle central y ella recordaba el ascenso en el tren de Xalapa a la estación de Buenavista en la ciudad de México. Estoy cambiando de la arena a la piedra, de la selva al desierto, de la araucaria al cacto. La subida a la meseta pasaba por un paisaje de brumas y tierras quemadas, luego por un llano duro de canteras de roca y trabajadores de la piedra, parecidos a la piedra; uno que otro álamo de hoja plateada. A Laura el paisaje le cortó el aliento y le dio sed.

—Te dormiste, muchachita.

—Me dio susto el paisaje, Juan Francisco.

—Pues te perdiste los bosques de pinos de la parte alta.

—Ah, por eso huele tan bonito.

—No vayas a creer que todo es llano pelón por aquí. Ya ves, yo soy tabasqueño, añoro el trópico, igualito que tú, pero ya no podría vivir sin el altiplano, sin la ciudad...

Cuando ella le preguntó por qué, Juan Francisco cambió el tono de voz, la impostó, quizás hasta la engoló un poquito para hablar de la ciudad de México que era el centro mismo del país, su corazón, como quien dice, la ciudad azteca, la ciudad colonial, la ciudad moderna, una encima de la otra...

—Como un pastel —rió Laura.

Juan Francisco no rió. Laura siguió comparando.

—Como una de esas portaviandas que le subían a la señorita Aznar tu heroína, mi amor.

Juan Francisco se puso todavía más serio.

—Perdón. Hablo en broma.

—Laura, ¿nunca sentiste curiosidad por ver a Armonía Aznar?

—Era muy niña.

—Ya tenías veinte años.

—Será que mi impresión infantil perduró, Juan Francisco. A veces, por más que crezcas, te siguen asustando los cuentos de fantasmas que te contaron de niña…

—Deja eso atrás, Laura. Ya no eres una niña de familia. Estás al lado de un hombre que lucha seriamente.

—Lo sé, Juan Francisco. Lo respeto.

—Necesito tu apoyo. Tú razón, no tu fantasía.

—Trataré de no decepcionarte, mi amor. Te respeto mucho, tú lo sabes.

—Empieza por preguntarte por qué nunca te rebelaste contra tu familia y subiste a ver a Armonía Aznar.

—Es que me daba miedo, Juan Francisco, te digo que era yo muy niña.

—Perdiste la oportunidad de conocer a una gran mujer.

—Perdóname, mi amor.

—Tú perdóname a mí —Juan Francisco la abrazó y le besó un puño cerrado nerviosamente—. Ya te iré educando en la realidad. Has vivido demasiado tiempo de fantasías infantiles.

Orlando no era una fantasía, quería decirle sabiendo que nunca se atrevería a mencionar al joven rubio e inquietante, Orlando que era un seductor, me dio cita en el altillo, por eso nunca fui después de que él me dio cita allí, además la señorita Aznar quería ser respetada, eso pidió, eso…

—Ella misma dio órdenes de que no la molestaran. ¿Quién era yo para desobedecer?

—En otras palabras, no te atreviste.

—No, hay muchas cosas que no me atrevo a hacer —sonrió Laura con cara de falso arrepentimiento—. Contigo sí me atreveré. Tú me enseñarás, ¿verdad?

Él sonrió y la besó con la pasión que le estaba entregando desde la noche de bodas pasada en el Tren

Interoceánico; era un hombre grande, vigoroso y amante, sin el misterio que rodeaba a su otro amor inminente, Orlando Ximénez, pero sin el aura de maldad del joven rubio y rizado del baile de San Cayetano. Al lado de Orlando, Juan Francisco era la llaneza misma, un ser abierto, casi primitivo en su apetito sensual directo. También por eso Laura lo iba amando más y más, como si su esposo confirmara la primera impresión que la joven mujer sintió en el Casino de Xalapa al conocerlo. Juan Francisco el amante era tan magnífico como Juan Francisco el orador, el político, el dirigente obrero.

(—No conozco otra cosa, no conozco nada más, no puedo comparar, pero puedo gozar y gozo, la verdad es que gozo en la cama con este hombrón este macho sin sutilezas ni perfumes como Orlando, Juan Francisco, mío...)

—Quítate la costumbre de decirme "mi amor" en público.

—Sí, mi amor. Perdón. ¿Por qué?

—Andamos entre camaradas. Andamos en la lucha. No es bueno.

—¿No hay amor entre tus camaradas?

—No es serio, Laura. Basta.

—Perdóname. Contigo a tu lado para mí todo es amor. Hasta el sindicalismo —rió, como siempre reía ella, acariciando la oreja larga y velluda de su macho, le salió decirle así, tú eres mi macho y yo soy tu esposita, mi amor es mi macho pero no debo decirle mi amor...

—Tú me dices "muchacha" siempre, nunca me has dicho "mi amor" y yo te lo respeto, sé que eso es lo que te sale natural, como a mí me sale decirte...

—"Mi amor"...

La besó pero ella se quedó con la desazón de una culpa, como si muy secretamente los dos se hubiesen dicho algo irrepetible, fundamental, de lo cual un día podían alegrarse o arrepentirse mucho. Todo se lo llevó lejos la certeza de que los dos, en verdad, se desconocían. Todo era sorpresa. Para ambos. Cada uno esperaba que poquito a poquito uno se revelara al otro. ¿Era un consuelo pensar esto? La razón inmediata de su desazón, la que registró en ese momento su cabeza, era que su marido la reprochaba por no haber tenido el coraje de subir la escalerilla y tocar a la puerta de Armonía Aznar. La presencia y la historia de Juan Francisco destruían su razón y la convertían en pretexto. La propia señorita Aznar había pedido aislamiento y respeto. Laura tenía esta excusa; la excusa escondía un secreto; el secreto era Orlando y de eso no se hablaba. Laura se quedaba con la culpa, una culpa vaga y difusa a la cual no sabía darle defensa propia, convirtiéndola, se dio cuenta repentinamente, en motivo de identificación con su marido, de solidaridad con la lucha, en vez de ser obstáculo entre los dos, alejamiento, no sabía qué nombre darle y lo atribuyó todo, al cabo, a su inexperiencia.

—No me digas "mi amor" en público.

—No te preocupes... mi amor —rió alto la joven casada y le arrojó una almohada a la cabeza revuelta, hirsuta, de su marido dormilón, desnudo, moreno, poderoso, sonriente ahora con una dentadura fuerte y amplia como un friso indígena; como un elote, se dijo Laura para no endiosar a su marido, "uy, tienes dientes de elote". Juan Francisco era la novedad de su vida, el principio de otra historia, lejos de la familia, de Veracruz, del recuerdo.

—No vayas a escogerlo sólo porque es diferente —le advirtió la tía María de la O.

—¿Quién es más diferente que tú, tiíta, y a quién quiero más que a ti?

Se abrazaban y besaban gozosamente la sobrina y la tía y ahora, cerca del rostro de Juan Francisco al hacer el amor, Laura sentía la oscuridad atractiva, la diferencia irresistible. El amor era como empacharse con piloncillo o embriagarse con ese perfume de canela que heredan los seres del trópico, como si a todos los hubieran concebido en una huerta salvaje, entre mangos, papayas y vainilla. En esto pensaba en la cama con su marido, en mangos, papayas y vainilla, sin poder evitarlo, recurrentemente, entendiendo que al pensar en esas cosas le prestaba menos atención a lo que hacía, pero también lo prolongaba, temiendo sin embargo que Juan Francisco notase su distracción, la tomase por indiferencia y confundiese la pasión de los cuerpos unidos en la cama con una comparación desfavorable para él, aunque haya comprobado que Laura era virgen, que él era el primero. ¿Sospecharía que no era ser primero en la cama lo que le inquietaba, sino ser otro, uno más, el segundo, el tercero, quién sabe si el cuarto, en la sucesión de los afectos de la mujer?

—Nunca me hablas de tus novios.

—Tú nunca me hablas de tus novias.

La mirada, el gesto, el movimiento de hombros de Juan Francisco significaba "los machos somos distintos". ¿Por qué no lo decía de plano, abiertamente?

—Los machos somos distintos.

¿Porque eso no era necesario explicarlo? ¿Porque la sociedad era así y nadie la iba a cambiar...? Oyéndolo hablar en la gigantesca plaza en el corazón de la ciudad, bajo la lluvia, con su vozarrón profundo, Laura se llenaba desde él, con él, para él, de palabras y razones a las que ella quería darles un significado para entenderlo a él, para penetrar su mente como él penetraba el cuerpo de Laura, a fin de ser su compañera, su aliada. ¿No incluía esta revolución un cambio en lo que los hombres mexicanos le hacían a sus mujeres, no abría un tiempo nuevo para las mujeres, tan importante como el nuevo tiempo para los obreros que defendía Juan Francisco?

No había pertenecido a ningún otro hombre. Escogió a éste. A éste quería pertenecerle entera. ¿Se dejaría tentar Juan Francisco, iba a tomarla tan totalmente como ella quería ser tomada por él? ¿No temía, él que nunca hablaba de sus novias, él que nunca le diría "mi amor" ni en público ni en privado, no tendría miedo de que ella también lo penetrase a él, lo invadiera en su persona, le arrebatase su misterio? ¿Existía una persona detrás del personaje que ella seguía de mitin en mitin, con la serena anuencia de él, que nunca le dijo quédate en casa, esto es cosa de hombres, te vas a aburrir? Todo lo contrario, él celebraba la presencia de Laura, la entrega de Laura a la causa, la atención de Laura a las palabras del líder su marido, al discurso de Juan Francisco. El discurso, porque era uno solo en defensa de los trabajadores, del derecho de huelga, de la jornada de ocho horas. Era un solo discurso porque era una memoria sola, la de la huelga de los textileros de Río Blanco, la de los mineros de Cananea, la de la lucha liberal y anarcosindicalista; una evocación sin cesuras, un río de causas y efectos perfectamente concatenados e interrumpidos solamente por llamaradas de rebeldía que podían incendiar el agua misma, el cobre y la plata de las minas.

Laura no se preguntó nada más. Todo lo interrumpió, a los nueve meses de la boda, el nacimiento del primer hijo. Que Santiago López Díaz resultó ser macho lo celebró tanto su padre que Laura se preguntó, ¿qué tal si es niña? El sólo hecho de parir a un hombrecito y de notar la satisfacción de Juan Francisco le permitió a Laura determinar el nombre del niño.

—Le pondremos Santiago, como mi hermano.

—Tu hermano murió por la Revolución. Será un buen augurio para el niño.

—Yo quiero que viva, Juan Francisco, no que muera, ni por la Revolución ni por nada.

Fue uno de esos momentos en que cada uno se guardó para sí lo que pudo haber dicho. El destino de la gente sobrepasa al individuo, Laura, somos más que nosotros mismos, somos el pueblo, somos la clase trabajadora. No puedes ser tan mezquina con tu hermano y encerrarlo en tu pequeño corazón como se prensa una flor muerta entre las páginas de un libro. Es un nuevo ser, Juan Francisco, ¿no lo aceptas simplemente como eso, una novedad en la tierra, algo que nunca ha existido antes ni volverá a existir?; así lo celebro yo a nuestro hijo, así lo beso y arrullo y amamanto, cantándole bienvenido m'ijito, eres único, eres insustituible, te voy a dar todo mi amor porque tú eres tú, voy a expulsar la tentación de soñarte como un Santiago muerto y ahora vuelto a nacer, un segundo Santiago que va a cumplir el destino interrumpido de mi adorado hermano…

—Cuando le digo Santiago a mi hijo pienso en el heroísmo de tu hermano.

—Yo no, Juan Francisco. Ojalá que nuestro Santiago no sea lo que tú dices. Duele mucho ser héroe.

—Está bien. Te comprendo. Creí que te gustaría ver en el nuevo Santiago algo así como una resurrección del primero.

—Perdón si te contrarío pero no estoy de acuerdo contigo.

Él no dijo nada. Se levantó y se fue a la ventana a ver la lluvia del mes de julio.

¿Cómo le iba a negar a Juan Francisco el derecho de ponerle Dantón al segundo hijo del matrimonio, nacido once meses después del primero, cuando el general Álvaro Obregón llevaba dos años en presidencia y el país regresaba poco a poco a la paz? A Laura le gustaba este presidente tan brillante, o por lo menos tan listo, que para todo tenía respuesta, que había perdido un brazo en la batalla de Celaya que aniquiló a Pancho Villa y sus Dorados y que era capaz de reírse de sí mismo.

—El campo de batalla era una carnicería. Entre tanto cadáver, ¿cómo iba a recuperar el brazo que me volaron? Señores, tuve una brillante idea. Arrojé al aire una moneda de oro y mi brazo salió volando a pescarla. ¡No hay general de la revolución que resista un cañonazo de cincuenta mil pesos!

—Tendrá una sola mano, pero la tiene bien dura —le oyó decir a uno de los dirigentes obreros que se reunían en su casa con Juan Francisco para discutir política.

Ella se iba mejor a recorrer una ciudad que desconocía y a descubrir parajes pacíficos, lejos del ruido que hacían los camiones pintados de acuerdo con su destino —ROMA MÉRIDA CHAPULTEPEC Y ANEXAS, PENSIL BUENOS AIRES PENITENCIARÍA SALTO DEL AGUA, COYOACÁN, CALZADA DE LA PIEDAD, NIÑO PERDIDO— y los tranvías amarillos que llegaban más lejos —CHURUBUSCO, XOCHIMILCO, MILPA ALTA— y los automóviles, sobre todo los "libres", los taxis que anunciaban su "libertad" con letreros encajados en los parabrisas, y los "fotingos", los coches Ford que confundían el Paseo de la Reforma con una pista de carreras.

Laura era la amante de los parques; así se llamaba, con una sonrisa, a sí misma. Primero un niño y luego dos, en el cochecito que Laura empujaba del hogar matrimonial en la Avenida Sonora al Bosque de Chapultepec donde olía a eucalipto, a pino, a heno y a lago verde.

Cuando nació Dantón, la tía María de la O se ofreció a ayudar a Laura y Juan Francisco no puso reparos a la presencia de la tía mulata, cada vez más gorda y con tobillos tan gruesos como sus brazos, y gruesas también, y tambaleantes, las piernas. La casa de dos pisos tenía un frente de ladrillos dispuestos en grecas en la planta baja y de estuco amarillento, en la alta. Se entraba por un garaje que Juan Francisco estrenó el día siguiente del nacimiento del segundo hijo con un Ford convertible que le regaló la Confederación Regional Obrera Mexicana, la CROM, la agrupación de trabajadores más poderosa en el nuevo régimen. El líder de la central obrera, Luis Napoleón Morones, le entregó el auto a

Juan Francisco, dijo, en reconocimiento de sus méritos sindicales durante la Revolución.

—Sin la clase obrera —dijo Morones, un hombre más que gordo, espeso, con labios gruesos, nariz gruesa, cuello y papadas gruesas, y párpados como cortinas de carne— sin la Casa del Obrero Mundial y los Batallones Rojos, no hubiéramos triunfado. Los obreros hicieron la Revolución. Los campesinos, Villa y Zapata, fueron un lastre necesario, el lastre reaccionario y clerical del negro pasado colonial de México.

—Te dijo lo que querías oír —le dijo Laura, sin interrogantes a Juan Francisco, que le puso la pregunta a sus palabras.

—No dijo más que la verdad. La clase obrera es la vanguardia de la Revolución.

Allí estaba sentado el Ford Modelo T, menos impresionante que el fastuoso Issota-Fraschini que Xavier Icaza llevó a Xalapa, pero comodísimo para una familia de cinco en excursión a las pirámides de Tenayuca o a los jardines flotantes de Xochimilco. Al fondo del garaje, ocupaban lugar de honor los boilers, unos tinacos necesarios para tener agua caliente y alimentados por pilas de leña y papel periódico. Por el garaje se entraba a la pequeña recepción con pisos de mosaicos y a la sala que daba a la calle, amueblada con sencillez y comodidad, pues Laura había abierto cuenta en el Palacio de Hierro y Juan Francisco le dio rienda suelta para comprar un ajuar de sofá y sillones de terciopelo azul y lámparas que imitaban la moda del art-deco tan mentado en las revistas ilustradas.

—No te preocupes, mi amor. Existe una nueva modalidad que es el pago a plazos, no hay que darlo todo de un golpe.

Por puertas de cristal se pasaba al comedor, con su mesa cuadrada sobre un pedestal de madera hueco, ocho sillas pesadas de caoba y respaldo rígido, un espejo que atesoraba la luz de la tarde y la puerta de acceso a la cocina con sus estufas de carbón y hieleras que requerían la visita diaria del vendedor de leña y del carbonero, del camión de la leche y del camión del hielo.

Era una bonita sala. Se levantaba varios metros sobre el nivel de la calle y tenía un balconcillo desde dónde se podía admirar el Bosque de Chapultepec.

Arriba, accediendo por una escalera pretenciosa para el tamaño de la casa, había cuatro recámaras y un solo baño con tina, retrete y —cosa que nunca había visto la tía María de la O— un bidet francés que Juan Francisco quiso retirar pero que Laura le rogó retener, por lo novedoso y divertido que era.

—Te imaginas a mis amigos del Sindicato sentados allí.

—No, me imagino al panzón de Morones. No les digas nada. Que se hagan bolas.

Los amigos de Juan Francisco a veces regresaban del baño con aire incómodo y hasta con pantalones mojados. Juan Francisco lo pasaba todo por alto con su digna seriedad innata que no admitía bromas o las apagaba con el relámpago de una mirada, a la vez, fogosa y fría.

Se reunían en el comedor y Laura se quedaba leyendo en la sala. La lectura en voz alta junto al lecho del inválido don Fernando en Xalapa, aventurada como una botella de náufrago arrojada al mar, con la esperanza de que su padre la entendiese, se convirtió para la mujer casada en hábito silencioso y placentero. Se iniciaba una literatura viva sobre el pasado reciente y Laura leyó *Los de abajo* de un doctor llamado Mariano Azuela, dándole la razón a los que hablaban de las tropas campesinas como una horda de salvajes, pero al menos vital, en tanto que los políticos citadinos, los abogados e intelectuales de la novela, eran sólo salvajes pérfidos, oportunistas y traidores. Se daba cuenta, sobre todo, de que la Revolución había pasado, casi, como un suspiro por Veracruz mientras rugía en el norte y en el centro del país. La compensación de estas lecturas fue para Laura el descubrimiento de un joven poeta tabasqueño de apenas veintitrés años. Se llamaba Carlos Pellicer y cuando Laura leyó su primer libro, *Colores en el mar*, no supo si hincarse y dar gracias, o rezar, o llorar porque ahora el trópico de su niñez estaba vivo y a la mano entre las tapas de un libro y como Pellicer era de Tabasco igual que Juan Francisco, leerlo la acercaba aún más a su marido.

> Trópico, ¿por qué me diste las manos
> Llenas de color?

Además, Laura sabía que a Juan Francisco le gustaba tenerla cerca, para servir a los amigos si la reunión se prolongaba, pero más que nada para que ella fuese testigo de lo que él les decía a sus compañeros mientras la tía cuidaba a los niños. Le costaba darle rostro a las voces que llegaban del comedor, porque una vez fuera de allí, éstos eran hombres silenciosos, distantes, como si hubiesen surgido muy recientemente de lugares oscuros y hasta invisibles. Algunos usaban saco y corbata, pero los había de camisa sin cuello y gorra de lana, y hasta uno que otro de overol azul y camisa rayada y enrollada hasta los codos.

Esta tarde llovía y los hombres fueron llegando mojados, algunos con gabardina, la mayoría desprotegidos. En México casi nadie usaba paraguas. Y eso que la lluvia era puntual y poderosa, abriéndose en cascadas hacia las dos de la tarde y continuando a ritmos alternos hasta la madrugada del día siguiente. Luego regresaba el sol mañanero. Los hombres olían fuerte a ropa mojada, a zapato embarrado, a calcetín húmedo.

Laura los veía desfilar en silencio al llegar y al salir. Los que usaban gorro se lo quitaban al verla pero se lo volvían a poner enseguida. Los que usaban sombrero lo dejaban a la entrada. Otros no sabían qué hacer con las manos cuando la veían. En el comedor, en cambio, eran elocuentes y Laura, invisible para ellos pero atenta a cuanto decían, creía escuchar voces mucho tiempo soterradas, dueñas de una elocuencia que había estado enmudecida durante siglos enteros. Habían luchado contra la dictadura de don Porfirio —era el resumen de lo que Laura escuchaba— habían militado, los más viejos, en el grupo anarcosindicalista Luz, luego en la Casa del Obrero Mundial fundada por el profesor anarquista Moncaleano y por fin en el Partido Laborista cuando la Casa fue disuelta por Carranza una vez que triunfó la Revolución y el viejo ingrato se olvidó de todo lo que debía a sus Batallones Rojos y a la Casa del Obrero. Pero Obregón (¿mandó matar a Carranza?) les ofreció a los trabajadores un nuevo partido, el Laborista, y una nueva central obrera, la CROM, para que continuaran sus luchas por la justicia.

—¿Otra vez atole con el dedo? Dense cuenta, compañeros, los gobiernos, todititos ellos, no han hecho más que engañarnos. Madero, dizque el apóstol de la Revolución, nos echó encima a sus "cosacos".

—¿Qué esperabas, Dionisio? El chaparrito no era un revolucionario. Nomás era un demócrata. Pero le debemos un gran favor, ahí donde ves. Madero creyó que iba a haber democracia en México sin revolución, sin cambios de a de veras. Su ingenuidad le costó la vida. Se lo cargaron los militares, los latifundistas, toda la gente que él no se atrevió a tocar porque bastaba con tener leyes democráticas. Asegún.

—Pero Huerta el asesino de Madero sí nos tomó en cuenta. ¿Tú has visto una manifestación más grande que la del primero de mayo de 1913? La jornada de ocho horas, la semana de seis días, todo lo aceptó el general Huerta.

—Puro atole con el dedo. Apenas empezamos a hablar de democracia, Huerta mandó incendiar nuestra sede, nos arrestó y deportó, no lo olvides. Es una lección. Una dictadura puede darnos garantías

de trabajo, pero no libertad política. Cómo no íbamos
a recibir como un salvador al general Obregón cuando
tomó la ciudad de México en 1915 y se soltó hablando de revolución proletaria, de someter a los capitalistas, de...

—Tú estabas allí, Palomo, tú recuerdas cómo
llegó Obregón a nuestro mitin y nos abrazó a uno por
uno, cuando todavía tenía dos brazos, y a cada uno
nos dijo tienes razón compadre, nos dijo lo que queríamos oír...

—Puro atole con el dedo, José Miguel. Lo que
quería Obregón era usarnos como aliados contra los
campesinos, contra Villa y Zapata. Y lo logró, nos convenció de que los campesinos eran reaccionarios, clericales, traían a la Virgen en los sombreros, qué sé yo,
eran el pasado...

—Puro atole con el dedo, Pánfilo. Carranza era
un hacendado que odiaba a los campesinos. Con razón Zapata y Villa empezaron a distribuir tierras sin
pedirle permiso al viejo barbas de chivo.

—Pero ahora ganó Obregón, él siempre nos
defendió, aunque fuera para ganar apoyos contra Zapata y Villa. Dense cuenta, camaradas. Obregón le ganó la
batalla a todos...

—Mató a todos, dirás.

—Ya estaría. La política es así.

—¿Tiene que ser así? Vamos a cambiarla, Dionisio.

—Ganó Obregón, ésa es la realidad. Ganó y se
va a quedar. México está en paz.

—Cuéntaselo a los generales levantiscos. Todos
quieren parte del gobierno, el poder todavía no acaba
de repartirse, Palomo, nos falta ver unas cuantas mara-
villas, a ver a cómo nos toca.

—Puro atole con el dedo, eso nos toca. Atole.
Babas de perico.

—Camaradas —puso fin a la discusión Juan Francisco—. A nosotros lo que nos importa son cosas muy

concretas, la huelga, los salarios, la jornada de trabajo y luego otras conquistas por lograr, como son las vacaciones pagadas, la maternidad compensada, la seguridad social. Eso es lo que nos importa obtener. No lo pierdan de vista, camaradas. No se extravíen en los vericuetos de la política.

Laura dejó de tejer, cerró los ojos y trató de imaginar a su marido en el comedor de al lado, de pie, cerrando el debate, diciendo la verdad, pero la verdad inteligente, la verdad posible: había que colaborar con Obregón, con la CROM y con su líder nacional, Luis Napoleón Morones. Arreció la lluvia y Laura aguzó el oído. Los compañeros de Juan Francisco usaron las escupideras de cobre que eran parte indispensable de un hogar bien instalado, de lugares públicos y, sobre todo, de salones donde se reunían hombres.

—¿Por qué las mujeres no escupimos?

Luego desfilaban fuera del comedor y saludaban a Laura sin decir palabra y ella trataba en vano de atribuir las razones que había escuchado a las caras que veía pasar, los ojos enterrados de éste (¿Pánfilo?) la nariz estrecha como la entrada a las puertas del cielo de aquél (¿José Miguel?), la mirada solar de uno (¿Dionisio?), el andar a ciegas de otro (¿Palomo?), el conjunto y sus detalles, el renguear disimulado, las ganas de llorar a algún ser amado, la saliva salada, el pasado catarro, el paso antiguo de horas recordadas porque nunca tuvieron lugar, la juventud queriendo ser más de una sola vez, las miradas hipotecadas con sangre, los amores pospuestos, el puñado de muertos, las generaciones ansiadas, la desesperanza sin poder, la vida exaltada sin necesidad de alegría, el desfile de las promesas, las migajas sobre las camisas, el hilo de pelo blanco sobre la solapa, la cornisa del desayuno de huevos rancheros en los labios, la premura por regresar a lo abandonado, la morosidad para evitar el retorno, todo esto vio Laura en el paso de los camaradas de su marido.

Nadie sonreía y esto la alarmó. ¿No tendría razón Juan Francisco? ¿Era ella la que no entendía nada? Quería darles palabras a los rostros que se iban yendo de su casa, despidiéndose sin decir palabra, se sintió inquieta, llegó a sentirse culpable de buscar razones donde quizás sólo había sueños y deseos.

Le caía bien el presidente Obregón. Era astuto, inteligente y aunque ya no se veía tan guapo como en las fotos de las batallas, tan rubio, joven y esbelto como cuando combatía con los dos brazos, ahora, manco y encanecido, había ganado peso como si le faltara ejercicio o la banda presidencial no supliese del todo la mano perdida. Pero mientras recorría los parques de mañana, antes de los aguaceros, con los niños en el carrito, Laura sentía que algo nuevo ocurría, un filósofo exaltado y brillante era el primer ministro de educación del gobierno revolucionario y le había entregado los muros de los edificios públicos a los pintores para que hicieran con ellos lo que se les antojara, ataques al clero, a la burguesía, a la Santísima Trinidad o, peor tantito, al propio gobierno que les pagaba el trabajo. ¡Había libertad!, exclamaba Laura, aprovechando la presencia de la tiíta encargada de los niños para excursionar a la Preparatoria donde Orozco pintaba y al Palacio Nacional donde pintaba Rivera.

Orozco era manco igual que Obregón, era cegatón y triste. Laura lo admiraba porque pintaba los muros de la Prepa como si fuera otro, con una mano vigorosa y la mirada puesta sin pestañear en el sol: pintaba con lo que le faltaba. La mirada sin nubes, otro Orozco habitando el cuerpo de este Orozco, guiándolo, iluminándolo, desafiando a Laura Díaz: imagínate cómo ha de ser el genio ígneo y fugaz que maneja el cuerpo del pintor, comunicándole un fuego invisible al artista tullido, cegatón, de labio severo y entrecejo agrio.

En cambio, apenas se sentó Laura con su nuevo traje de escote bordado de pedrería y falda corta en la escalera del Palacio Nacional a ver pintar a Diego Rivera, el artista se distrajo, y la miró a ella con tal intensidad que la ruborizó.

—Tienes cara de muchacho o de madona. No sé. Tú escoge ¿Quién eres? —le preguntó Rivera en un descanso.

—Soy muchacha —sonrió Laura—. Y tengo dos hijos.

—Yo tengo dos hijas. Vámolos casando a los cuatro para que ya libres de mocosos yo te pinte ni como mujer ni como hombre, sino como hermafrodita. ¿Sabes la ventaja? Te puedes amar a ti mismo, misma.

Era lo contrario de Orozco. Era un sapo inmenso, gordo, alto, con ojos saltones y adormilados y cuando ella se presentó otro día toda vestida de negro con una banda negra amarrada a la cabeza por la muerte de su padre Fernando Díaz en Xalapa, un ayudante del pintor le pidió que se retirara: el maestro tenía miedo a la jettatura y no podía pintar con las manos haciendo cuernitos para exorcizar la mala suerte...

—Ah, porque ando de luto. Cómo será usted supersticioso, maestro rojo, que le asusta una mujer negra.

No tuvo tiempo de llegar a Xalapa para el entierro. Su madre Leticia, la Mutti, le mandó un telegrama. Tienes tus obligaciones, Laura, un marido y dos hijos. No hagas el viaje. ¿Por qué no añadió algo más, tu padre pensó en ti antes de morir, pronunció tu nombre, volvió a hablar por última vez sólo para decir Laura, Dios le dio ese don al final, volvió a decir?

—Era un hombre decente, Laura —le dijo Juan Francisco—. Tú sabes cómo nos ayudó.

—Lo hizo por Santiago —le contestó Laura con el telegrama en una mano y con la otra apartando la cortina para mirar a lo largo de la lluvia casi negra de las seis de la tarde como si la mirada pudiese llegar hasta un cementerio de Xalapa. Las cimas de los dos volcanes del valle sobrenadaban a la tormenta con sus coronas blancas.

Cuando regresó la tiíta María de la O le dijo que Dios sabía lo que hacía, Fernando Díaz quería morirse para no estorbar, ella lo supo porque la mirada entre los dos era directa e inteligente, cómo no iba a serlo con el hombre que salvó a la madre de María de la O, la apoyó y le dio una ancianidad digna.

—¿Vive tu madre?

La tía se turbaba, negaba con la cabeza, decía no sé, no sé pero una mañana que Laura se quedó en casa a hacer las camas y la tiíta sacó a los bebés a dar la vuelta en el cochecito, encontró debajo de la almohada el viejo daguerrotipo de una negra garrida y esbelta, descotada y con lumbre en los labios, desafío en la mirada, una cintura de avispa y dos senos como melones duros. La escondió rápidamente cuando oyó a María de la O de regreso, cansada a las tres cuadras, tambaleándose sobre los tobillos hinchados.

—Uf, es la altura de esta ciudad, Laurita.

La altura y su aire sofocado. La lluvia y su aire refrescante. Era como el latido del corazón de México, sol y lluvia, lluvia y sol, sístole y diástole, todos los días. Menos mal que las noches eran lluviosas y las mañanas claras. Los fines de semana, Xavier Icaza los visitaba y les enseñaba a manejar el Ford que la CROM le regaló a Juan Francisco.

Laura resultó más diestra que su marido grandulón y torpe, que casi no cabía en el asiento y no tenía dónde poner las rodillas. Ella, en cambio, descubrió un talento instintivo para conducir y ahora podía llevar a los niños de excursión a Xochimilco a ver los canales, a Tenayuca a ver la pirámide y pasearse entre los establos de Milpa Alta y oler ese aroma único de ubre y paja y lomo mojado y beber leche tibia recién ordeñada.

Un día, guareciéndose del aguacero a la salida del Palacio donde Rivera la readmitió apenas dejó atrás el luto, Laura tomó el automóvil estacionado en la calle de La Moneda y manejó por la recién rebautizada Avenida Madero, que antes era la calle de Plateros, admirando las casonas coloniales de tezontles ardientes y marmolería mate y luego por la Alameda hasta el Paseo de la Reforma donde la arquitectura se volvía afrancesada, con bellas residencias de jardines formales y altas mansardas.

Se asentó en ella un sentimiento de comodidad, su vida de casada era cómoda, era satisfactoria, tenía dos lindos hijos y un marido fuera de lo común, difícil a ratos porque era un hombre recto y de carácter, un hombre que no transigía, pero amante siempre, preocupado, embargado por su trabajo, pero que a ella no le creaba problemas. Al girar a la izquierda de la glorieta de Niza para dirigirse a la Avenida de los Insurgentes y su casa de la Avenida Sonora, le incomodó su comodidad. Todo era demasiado tranquilo, demasiado bueno, algo tenía que ocurrir…

—Crees en los presentimientos, tiíta.

—Anda, creo en los sentimientos y tus tías me los hacen conocer en carta tras carta, Hilda y Virginia y tu madre allí juntas, atareadas con sus huéspedes, se sientan a escribir cartas y se vuelven distintas. Creo que no se dan cuenta de lo que me dicen y eso hasta me ofende, me escriben como si yo no fuera yo, como si escribiéndome se hablaran a sí mismas, chula, yo soy el pretexto, Hilda ya no puede tocar el piano por su artritis y entonces me cuenta cómo le pasa la música por la cabeza, toma, lee, qué bueno es Dios, o qué malo, no sé, que me permite recordar nota tras nota de los *Nocturnos* de Chopin en la cabeza, con toda exactitud, pero no me deja escuchar la música fuera de la cabeza, ¿has oído esa novedad de la Victrola?, Chopin rechina en esos discos o como se llamen, pero en mi cabeza su música es cristalina y triste, como si la pureza del sonido dependiese de la melancolía del alma, ¿no lo oyes, hermana, no me oyes? Si supiera que alguien oye a Chopin en su cabeza con la claridad con que yo lo oigo en la mía, sería feliz, María de la O, compartiría lo que más amo, no lo gozo igual yo solita, quisiera compartir mi alegría musical con otro, con otros, y ya no puedo, mi destino no fue el que yo quise aunque quizás sí es el que, sin quererlo, imaginé, ¿me escuchas, hermana?, sólo una oración humilde, un ruego impotente como el de Chopin que según dicen imaginó su último nocturno cuando una tormenta lo obligó a entrar a una iglesia, ¿entiendes mi súplica, hermana? y Virginia no me lo dice pero no se resigna a morir sin haber publicado nada, Laura, ¿tu marido no podría pedirle al ministro Vasconcelos que le publique sus poemas a tu tía Virginia?, ¿ha visto qué bonitos esos libros de tapas verdes que hizo en la Universidad?, ¿crees?, porque aunque Virginia no me hable nunca de estas cosas por puritito orgullo, lo que me escribe Hilda es lo mismo que siente Virginia, sólo que la poetisa no tiene palabras y la pianista sí porque como dice Hilda mi música son mis palabras y como le contesta Virginia mis palabras son mi silencio... Sólo tu mamá Leticia nunca se queja de nada, pero tampoco se alegra de nada.

Se sintió insuficiente. Iba a pedirle a Juan Francisco que la dejara trabajar en lo mismo que él hacía, junto a él, ayudándolo, por lo menos la mitad del día los dos juntos trabajando unidos, organizando a los trabajadores y él dijo está bien pero primero acompáñame unos días a ver si te gusta.

Fueron sólo cuarenta y ocho horas juntos. La ciudad antigua era un tumulto de quehaceres, zapateros remendones, herreros, tenderos, carpinteros, alfareros, baldados de la guerra revolucionaria, viejas soldaderas sin hombre vendiendo tamales y champurrado en las esquinas, murmurando corridos y nombres de

batallas perdidas, la ciudad virreinal con pulso proletario, los palacios convertidos en casas de vecindad, los
portones atrincherados con dulcerías y expendios de
billetes, misceláneas y talabarterías, los mesones antiguos transformados en casas de asistencia donde dormían vagos y maleantes, mendigos sin hogar, ancianos
desorientados, en medio de un olor colectivo repugnante, anterior al perfume de las calles de putas, reclinadas
sobre el medio zaguán abierto a la invitación y a la ins-
tigación, un perfume de puta que era igual al perfume
de las funerarias, gardenia y glande, tumefactos ambos,
las pulquerías hediondas a vómito y meados de perro
callejero, las infanterías de bestias sueltas, sarnosas, hur-
gando entre los basureros cada vez más extendidos, más
grises y purulentos como un gran pulmón canceroso que
le iba a cortar la respiración a la ciudad cualquiera de
estos días. La basura había desbordado a los pocos canales que quedaron de la ciudad india, la ciudad asesinada. Dijeron que los iban a drenar y taparlos con asfalto.

—¿Por dónde quieres empezar, Laura?

—Tú me dirás, Juan Francisco.

—¿Te lo digo? Por tu casa. Lleva bien tu casa,
muchacha, y vas a contribuir más que si vienes a estos
barrios a organizar y salvar gentes que además ni te lo
van a agradecer. Déjame el trabajo a mí. Esto no es para ti.

Tenía razón. Pero esa noche, de regreso en su
casa, Laura Díaz se sintió apasionada, sin entender muy
bien por qué, como si el descenso a una ciudad suya
y ajena le hubiese dado ímpetu a la pasión con la que,
en su infancia, amó y descubrió la selva y sus gigantas
de piedra cubiertas de lianas y joyas, los árboles y sus
dioses ocultos entre laureles, y en Veracruz, la pasión
compartida con Santiago y acrecentada a lo largo de los
años y a pesar de la muerte, y en Xalapa la pasión rechazada del cuerpo lánguido de Orlando, la pasión abrazada tenazmente al cuerpo vencido del padre. Y ahora
Juan Francisco, la ciudad de México, la casa, los niños y

una súplica aplastada por su marido como quien mata a una mosca: déjame apasionarme contigo y lo que tú haces, Juan Francisco.

—Puede que tenga razón. No me entendió. Pero entonces tiene que darle algo más a lo que se mueve en mi alma. Quiero todo lo que tengo, no lo cambiaría por nada. Quiero algo más también. ¿Qué es?

Él le pedía muda obediencia a un alma apasionada.

—¿Dónde está el coche, Juan Francisco?

—Lo devolví. No me mires con esa cara. Me lo pidieron los camaradas. No quieren que acepte nada del sindicato oficial. Lo llaman corrupción.

VII. Avenida Sonora: 1928

¿En qué pensaba él? ¿En qué pensaba ella?

Él era impenetrable, como una esfera de navajas. Ella sólo podía saber en qué pensaba él sabiendo en qué pensaba ella. En qué pensaba ella cuando él, con reiteración cada vez más irritante para ella y menoscabo para él, la acusaba de no haber subido al altillo de Xalapa a ver a la anarquista catalana, hasta que ella se fatigó, se dio por vencida, arrumbó sus propias razones y comenzó a anotar en un cuadernillo cuadriculado que usaba para llevar las cuentas de la casa las ocasiones en que él, sin provocación de parte de ella, la recriminaba por su omisión. Ya no era un regaño, era un hábito nervioso, como el guiño involuntario de unos ojos fijos sin luz propia. En qué pensaba ella cuando volvía a oír el mismo discurso escuchado durante nueve años, tan fresco, tan poderoso las primeras veces, luego cada vez más difícil de entender porque era más difícil de oír, era demasiado racionalista, ella esperaba en vano el sueño del discurso, no el discurso mismo, el sueño del discurso, sobre todo cuando empezaron a hablar los niños Santiago y Dantón, dándose cuenta como madre que a los hijos sólo podía hablarles en sueños, en fábulas. El discurso del padre había perdido el sueño. Era un discurso insomne. Las palabras de Juan Francisco no dormían. Vigilaban.

—Mamá, tengo miedo, mira por la ventana. El sol ya no está allí. ¿Dónde se fue el sol? ¿Ya se murió el sol? —preguntaba, con ojos de primer hombre, su hijo Santiago al atardecer y a la hora del desayuno, Laura interrumpía a su marido:

—Juan Francisco, no me hables como si fuera un auditorio de mil personas. Soy una sola persona. Laura. Tu mujer.

—Ya no me admiras como antes. Antes, me admirabas.

Quería quererlo, quería. ¿Qué le sucedía? ¿Qué cosa pasaba que ella ni sabía ni entendía?

—¿Quién entiende a las mujeres? Ideas cortas y cabellos largos.

No iba a perder el tiempo contándole lo que los niños entendían cada vez que contaban un cuento o hacían una pregunta, las palabras nacen de la imaginación y del placer, no son para un auditorio de mil personas o una plaza llena de banderas, son para ti y para mí, ¿a quién le hablas, Juan Francisco?, ella lo veía siempre en una tribuna y la tribuna era un pedestal en el que ella misma lo puso desde que se casaron; nadie lo había puesto allí más que ella, no la Revolución ni la clase obrera ni los sindicatos ni el gobierno, ella era la vestal del templo llamado Juan Francisco López Greene y le había pedido al esposo que fuese digno de la devoción de la esposa. Pero un templo es un lugar de ceremonias que se repiten. Y lo que se repite hastía si no lo sostiene la fe.

Laura no perdía la fe en Juan Francisco. Solamente era honesta consigo misma, registraba las irritaciones de la vida en común, ¿qué pareja no se irrita a lo largo del tiempo?, era normal después de ocho años de casados. Primero no se conocían y todo era sorpresa. Ahora ella quisiera recobrar el asombro y la novedad de antes sólo para darse cuenta de que la segunda vez el asombro era la costumbre y la novedad la nostalgia. ¿La culpa era de ella? Había comenzado por admirar a la figura pública. Luego había tratado de penetrarla, sólo para encontrar que detrás de la figura pública había otra figura pública y otra detrás de ésta, hasta que ella se dio cuenta de que esa figura, ese orador deslumbrante, el director de masas, era la figura real, no había ningún engaño, no había que buscar otra personalidad, había que resignarse a vivir con un hombre que trataba a su mujer y a sus hijos como público agradecido. Sólo que esa figura en la tribuna también dormía en la cama matrimonial y un día el contacto con los pies debajo de las sábanas la hizo, involuntariamente, retraer los suyos, los codos de su marido empezaron a causarle repulsión, miraba esa articulación de arrugas entre el brazo y el antebrazo y lo imaginaba a él entero como un enorme codo, un pellejo suelto de los pies a la cabeza.

—Perdóname. Estoy cansada. Esta noche no.

—¿Por qué no me lo habías dicho? ¿Quieres que tomemos una criada? Pensé que entre tú y la tía llevaban muy bien la casa.

—Así es, Juan Francisco. No hacen falta criadas. Nos tienes a María de la O y a mí. Tú no debes tener criados. Tú sirves a la clase obrera.

—Qué bueno que lo entiendes, Laura.

—Sabes tiíta —se atrevió a decirle a María de la O— a veces echo de menos la vida en Veracruz; era más divertida.

La tía no asentía, nada más miraba con atención a Laura y entonces Laura reía para no darle importancia al asunto.

—Tú quédate aquí con los chicos. Yo voy al mercado.

No le costaba; le divertía ir al Parián en la Colonia Roma, rompía la rutina de la casa, que en verdad no era rutina, ella quería a su tía, adoraba a sus niños, le encantaba verlos crecer… el mercado era una selva en miniatura, ahí estaban todas esas cosas que a ella le encantaban, las flores y las frutas, la variedad y abundancia de ambas en México, las azucenas y las gladiolas, las nubes y los pensamientos, el mango, la papaya y la vainilla en los que pensaba cuando hacía el amor, el mamey, el membrillo, el tejocote, la piña, la lima y el limón, la guanábana, la naranja, el zapote prieto y el chico zapote: el gusto, la forma, el sabor de los mercados la llenaba de alegría y de nostalgia por su niñez y su juventud.

—Pero si sólo tengo treinta años.

Regresaba pensativa de El Parián a la Avenida Sonora y se preguntaba, ¿hay algo más?, ¿esto es todo?, ¿quién te dijo que había algo más, quién te dijo que había otra cosa después del matrimonio y los hijos? ¿alguien te prometió algo más? Se contestaba a sí misma con un ligero encogimiento de hombros y redoblaba el paso sin pensar en el peso de las canastas. Si ya no había automóvil, era porque Juan Francisco era honrado y le había devuelto el regalo a la CROM. Recordó que no lo regresó por voluntad propia. Se lo pidieron los camaradas. No aceptes regalos del sindicato oficial. No te corrompas. No había sido acto voluntario de él. Se lo pidieron.

—Juan Francisco, ¿habrías devuelto el coche si no te lo piden tus compañeros?

—Yo sirvo a la clase obrera. Es todo.

—¿Por qué dependes tanto de la injusticia, mi amor?

—Ya sabes que no me gusta…

—Mi pobre Juan Francisco, qué sería de ti en un mundo justo…

—No me pobrées. A veces no te entiendo. Apúrate a prepararme el desayuno, que hoy tengo una junta importante.

—No hay día sin junta importante. No hay mes. No hay año. A cada minuto hay una junta importante.

¿Qué pensaba de ella? ¿Laura era sólo su costumbre, su rito sexual, su muda obediencia, la gratitud esperada?

—Quiero decir, qué bueno que tienes gente a la cual defender. Ésa es tu fuerza. La vacías hacia afuera. Me encanta verte regresar cansado…

—Eres incomprensible.

—Qué va, me gusta que te duermas sobre mis pechos y que yo te devuelva la fuerza. Tu trabajo te la quita, aunque tú no lo creas...

—Eres bien caprichosa, a veces me diviertes, pero en otras ocasiones...

—Te irrito... ¡Me encanta la idea!

Él se iba sin decir nada más. ¿Qué pensaba de ella? ¿Recordaría a la joven que conoció en el baile del Casino de Xalapa? La promesa que él le hizo a ella fue que la educaría, la enseñaría a ser mujer en la ciudad y en el mundo. ¿Recordaría a la joven madre que quiso acompañarle en su trabajo, identificarse con él, comprobar en la vida de la pareja que los dos compartían la vida del mundo, la vida del trabajo?

Esta idea se fue apoderando más y más de Laura Díaz; su marido la había rechazado, no había cumplido la promesa de ser juntos en todo, unidos en la cama, en la paternidad, pero también en el trabajo, en esa parte del cuadrante que se come la vida de cada día como los niños se comen los gajos de una naranja, convirtiendo todo lo demás, la cama y la paternidad, el matrimonio y el sueño, en minutos contados y al cabo en cáscaras desechables.

—La muda obediencia de las almas apasionadas.

Laura se culpaba a sí misma. Recordaba a la niña de Catemaco, a la muchachita de Veracruz, a la joven de Xalapa, y en cada una de ellas descubría una promesa creciente, culminando con su boda ocho años antes. A partir de entonces, me hice chiquita, en vez de crecer me fui haciendo enanita, como si él no me mereciera, como si él me hiciera el favor, él no me lo pidió, él no me lo impuso, me lo pedí y me lo impuse yo misma, para ser digna de él; ahora sé que quería ser digna de un misterio, no lo conocía a él, me impresionaba su figura, su manera de hablar, de imponerse al monstruo de la multitud, me impresionaba ese discurso que dijo en nuestra casa de Xalapa celebrando a la catalana invisible, de eso me enamoré para poder saltar de mi amor al conocimiento del ser amado, el amor como trampolín del saber, su laberinto, Dios mío, llevo ocho años tratando de penetrar un misterio que no es misterioso, mi marido es lo que parece ser, no es más que su apariencia, lo que aparece es lo que es, no hay nada que descubrir, se lo pregunto al auditorio al que le habla el líder López Greene, el hombre es de a deveras, lo que les dice es cierto, no hay nada escondido detrás de sus palabras, sus palabras son toda su verdad, toditita entera, crean en él, no hay hombre más auténtico, lo que ven es lo que es, lo que dice es *nada más*.

A ella, le exigía por costumbre lo que le satisfacía antes. Laura, poco a poco, dejó de sentirse satisfecha con lo que antes les satisfacía a los dos.

—Cuando te conocí, creí que no te merecía. ¿Qué te parece? ¿Por qué no me contestas?

—Yo creí que te podría cambiar.

—Entonces te parece poco cosa lo que compraste en Xalapa.

—No me entiendes. Todos progresamos, todos podemos mejorar o empeorar.

—¿Me estás diciendo que querías cambiarme?

—Para bien.

—Oye, dime algo claramente. ¿No soy buena esposa y buena madre? Cuando quise trabajar a tu lado, ¿no me lo impediste con aquel paseíto por el infierno que me organizaste? ¿Qué más querías?

—Alguien en quien confiar —dijo Juan Francisco y primero se levantó de la cama pero enseguida miró a Laura con ojos brillantes y luego, con una mueca de dolor, se arrojó en brazos de su mujer.

—Mi amor, mi amor…

Ese año el presidente era Plutarco Elías Calles, otro sonorense del triunvirato de Agua Prieta. La Revolución se había hecho al grito de SUFRAGIO EFECTIVO

NO REELECCIÓN porque Porfirio Díaz se perpetuó en la presidencia durante tres décadas con reelecciones fraudulentas. Ahora, el ex presidente Obregón quería borrarse la equis de la frente y volver a la silla del águila y la serpiente. Muchos dijeron que eso era traicionar uno de los principios de la Revolución. La razón del poder se impuso. La Constitución fue enmendada para permitir la reelección. Todos estaban seguros de que los sonorenses se alternarían hasta morirse de viejos, igual que don Porfirio, a menos que otro Madero, otra Revolución...

—Morones quiere que los sindicalistas apoyemos la reelección del general Obregón. Quiero discutirlo con ustedes —les dijo Juan Francisco a los dirigentes reunidos, una vez más, igual que todos los meses de todos los años, en su casa, mientras Laura interrumpía su lectura en la salita de al lado.

—Morones es un oportunista. No piensa como nosotros. Detesta a los anarcosindicalistas. Adora a los corporativistas que nomás le engordan el caldo al gobierno. Si lo apoyamos, acaba con nuestra independencia. Nos convierte en borregos o nos lleva al matadero, que para el caso da igual.

—Tiene razón Palomo, ¿qué vamos a ser, Juan Francisco, sindicatos independientes y luchadores, o sectores corporativos del obrerismo oficial? Ustedes díganme —dijo otra de esas voces sin facciones que Laura se esforzaba por identificar, a la entrada, a la salida, con los rostros que desfilaban por el saloncito, sin lograr asociar el rostro a la voz.

—Carajo, Juan Francisco, y con perdón de la señora en la sala, somos los herederos del grupo anarquista Luz, de la Tribuna Roja, de la Casa del Obrero Mundial, de los Batallones Rojos de la Revolución. ¿Vamos a acabar de lacayos de un gobierno que se sirve de nosotros para darse aires de muy revolucionario? Revolucionario chiles, digo yo.

—¿Qué nos interesa más? —Laura escuchó la voz de su marido—. ¿Lograr lo que queremos, una vida mejor para los trabajadores, o gastarnos luchando contra el gobierno, quemando la pólvora en infiernitos y dejando que sean otros los que hagan realidad las promesas que la Revolución le hizo a los trabajadores? ¿Vamos a perder la oportunidad?

—Vamos a perder hasta los calzones.

—¿Alguien aquí cree en el alma?

—Una revolución se legitima por sí sola y engendra derechos, camaradas —resumió Juan Francisco—. Obregón tiene el apoyo de los que hicieron la Revolución. Ahora hasta las gentes de Zapata y Villa lo apoyan. Ha sabido ganarse todas las voluntades. ¿Vamos a ser nosotros la excepción?

—Yo digo que sí, Juan Francisco, El movimiento obrero nació para ser la excepción. Chin, no nos quites el gusto de ser siempre los aguafiestas del gobierno, me lleva...

Toda su vida de joven casada escuchando la misma discusión: era como ir a la iglesia todos los domingos a oír el mismo sermón. La costumbre, pensó Laura una vez, tiene que tener sentido, debe convertirse en rito. Repasó los momentos rituales en su propia vida, el nacimiento, la infancia, la pubertad, el matrimonio, la muerte. Tenía treinta años y ya los había conocido todos. Era un conocimiento personal, un saber que tocaba a su familia. Se convirtió en un conocimiento colectivo, como si el país entero no pudiese divorciarse de su novia la muerte, el día de julio en que Juan Francisco regresó inopinadamente a la casa hacia las seis de la tarde, descompuesto, y declaró:

—Han asesinado al presidente electo Obregón en un banquete.

—¿Quién?

—Un católico.

—¿Lo mataron?

—¿A Obregón? Ya te lo dije.

—No, al que lo mató.

—No, está preso. Se llama Toral. Es un fanático.

De todas las coincidencias de su vida hasta entonces, ninguna alarmó tanto a Laura como el rumor, una tarde, de nudillos tocando suavemente a la puerta de la casa. María de la O había sacado al parque a los niños; Juan Francisco regresaba cada vez más tarde del trabajo. Las discusiones habituales en el comedor habían cedido el lugar a la necesidad de actuar, Obregón estaba muerto, entre él y Calles se repartían el poder, ahora sólo quedaba un hombre fuerte: ¿era Calles el asesino de Obregón?, ¿era México una cadena sin fin de sacrificios, uno engendrando al siguiente y éste seguro de su eventual destino: ser lo mismo que lo originó, la muerte para llegar al poder, la muerte para dejarlo?

—Ya ves, Juan Francisco, Morones y la CROM están felices con la muerte de Obregón. Morones quería ser candidato a la presidencia…

—Ese gordo necesita una silla doble ancho…

—No hagas bromas, Palomo. La no reelección era el principio sagrado…

—Cállate, Pánfilo. No uses palabras religiosas, me cae…

—Te digo que seas serio. El principio intocable, si prefieres, de la Revolución. Calles traicionó las aspiraciones presidenciales de Morones para beneficiar a su compadre Obregón. ¿Quiénes salen ganando con el crimen? Hazte siempre esa pregunta obvia. ¿Quién sale ganando?

—Calles y Morones. ¿Y quiénes son los chivos expiatorios? Los católicos.

—Tú siempre has sido anticlerical, Palomo. Les reprochas a los campesinos su catolicismo.

—Por eso mismo te digo que no hay mejor manera de fortalecer a la Iglesia que persiguiéndola. Es lo que me temo ahora.

—¿Por qué la persigue Calles entonces? El Turco no es ningún pendejo.

—Para taparle el ojo al macho, José Miguel. De alguna manera tiene que demostrar que es "revolucionario".

—Ya no entiendo nada.

—Entiende una cosa. En México hasta los tullidos son alambristas.

—Y tú no te olvides de otra cosa. La política es el arte de tragar sapos sin hacer gestos.

Era blanca como una luna y por eso resaltaban más sus cejas tan negras, pobladas y sin cesura que recorrían el ceño y sombreaban aún más las ojeras que a su vez eran como la sombra de los ojos inmensos, negros como dicen que es el pecado, aunque los de esta mujer nadaban en un lago de presentimientos. De negro venía vestida, con faldas largas y zapatos sin tacón, la blusa abotonada hasta el cuello y un chal negro también que le cubría nerviosamente la espalda, ceñido pero mal colocado, resbalándole hasta la cintura, cosa que la ruborizaba como si eso le diese aire de bataclana, obligándola a ajustarlo de nuevo sobre los hombros, nunca sobre la cabeza de cabellera estrictamente dividida por la raya mediana y reunida en chongo sobre la nuca de pelos largos, sueltos como si una parte secreta se rebelara contra la disciplina del atuendo. Los cabellos sueltos eran un poco menos negros que el apretado peinado de la mujer pálida y nerviosa, como si anunciasen algo, antenas de alguna noticia indeseada.

—Perdón, me dijeron que aquí solicitaban sirvienta.

—No, señorita, aquí no explotamos a nadie —sonrió, con su cada vez más irreprimible ironía, Laura: ¿era la ironía su única defensa posible contra el hábito, ni degradante ni exaltante, sólo llano y sin relieve, nada más, pero largo como el horizonte de sus años?

—Yo sé que usted necesita ayuda, señora…

—Mire, le acabó de decir…

No dijo más porque la mujer blanca y ojerosa vestida de negro entró a la fuerza al garaje de Laura, le imploró silencio con la mirada y las manos unidas y se abrazó de manera alarmante a Laura, cerrando los ojos como ante una catástrofe física, mientras por la banqueta pasaban corriendo, quebrando el pavimento con la fuerza de sus botas, unos soldados metálicos, que sonaban a fierro y marchaban sobre calles de fierro en una ciudad sin almas. La mujer tembló en brazos de Laura.

—Por favor, señora…

Laura la miró a los ojos.

—¿Cómo te llamas?

—Carmela.

—Pues no veo la razón de que toda una partida de soldados anden cazando por la calle a una sirvienta llamada Carmela.

—Señora, yo…

—Tú no digas nada, Carmela. Ven. Al fondo del patio hay un cuarto de criadas desocupado. Vamos a arreglarlo. Hay muchos periódicos viejos allí. Ponlos junto al boiler. ¿Sabes cocinar?

—Sé hacer hostias, señora.

—Yo te enseño. ¿De dónde eres?

—De Guadalajara.

—Di que tus padres son veracruzanos.

—Ya se murieron.

—Bueno, di que fueron veracruzanos entonces. Necesito temas para protegerte, Carmela. Cosas de qué hablar. Tú sígueme la corriente.

—Dios se lo pague, señora.

Juan Francisco se mostró extremadamente dócil a la presencia de Carmela. Laura no tuvo que darle explicaciones. Él mismo se llamó irreflexivo, poco alerta a las necesidades de la casa, a la fatiga de Laura, a su interés por los libros y la pintura. Los niños crecían y necesitaban que su madre los educara. María de la O se volvía vieja y cansada.

—¿Por qué no se van a Xalapa a descansar? Carmela me puede atender aquí en la casa.

Laura Díaz miraba hacia el altillo de su antigua casa en Xalapa, visible desde la azotea de la pensión donde vivían y trabajaban su madre Leticia y sus tías Hilda y Virginia. La gran edad ya no avanzaba hacia las hermanas Kelsen; las había atrapado, eran ellas las que dejaban atrás al tiempo mismo.

Las amaba, Laura se dio cuenta en la salita estrecha donde Leticia había reunido, de manera menos elegante, sus muebles personales, el ajuar de mimbre, la consola de mármol, los cuadros del pillete y el perro. A Hilda le colgaba una gran papada color de rosa adornada por pelos blancos, pero sus ojos eran siempre muy azules a pesar de los espejuelos gruesos que resbalaban de vez en cuando por la nariz recta.

—Me estoy quedando ciega, Laurita. Es una bendición para no ver mis manos, mira mis manos, parecen nudos de esos que hacían los marineros en el muelle, parecen raíces de árbol seco. ¿Cómo voy a tocar el piano así? Menos mal que tu tía Virginia me lee en voz alta.

Ella, Virginia, mantenía los ojos negros muy abiertos, casi como espantados, y sus manos posadas sobre una encuadernación de cabritillo como sobre la piel de un ser amado. Tamborileaba al ritmo del parpadeo de los ojos muy negros y alertas. ¿Esperaba la llegada de algo inminente o la entrada de un ser inesperado pero providencial? ¿Dios, un cartero, un amante, un editor? Todas estas posibilidades pasaban al mismo tiempo por la mirada demasiado viva de la tía Virginia.

—¿Nunca le hablaste al ministro Vasconcelos de publicar mi libro de versos?

—Tía Virginia, Vasconcelos ya no es ministro. Está en la oposición al gobierno de Calles. Además, yo nunca lo conocí.

—No sé nada de política. ¿Por qué no nos gobiernan los poetas?

—Porque no saben tragar sapos sin hacer gestos —rió Laura.

—¿Qué? ¿Qué dices? ¿Estás loca o qué? Nett affe!

Aunque las tres hermanas habían tomado la decisión de administrar la casa de huéspedes, en realidad sólo Leticia trabajaba. Enteca, nerviosa, alta, con la espalda muy derecha y el pelo entrecano, mujer de pocas palabras pero de fidelidades elocuentes, ella tenía listas las comidas, limpios los cuartos, regadas las plantas, con la ayuda activa del negro Zampayita que seguía alegrando la casa con sus bailes y canciones salidas de quién sabe dónde,

> ora la cachimbá-bimbá-bimbá
> ora la cachimbanbá,
> ora mi negra baila pa'cá
> ora mi negra baila pa'llá

Laura se asombró al ver las canas de alambre en la cabeza del negro. Estaba seguro de que Zampayita estaba en contacto secreto con una secta de brujas danzantes y un coro interminable de voces invisibles. Éstas son las personas que fuimos a entregar el cuerpo de Santiago mi hermano al mar, éstos somos los testigos… Entonces Laura miraba hacia el altillo, pensaba en Armonía Aznar aquí en Xalapa y quién sabe por qué pensaba en Carmela sin apellido en el cuarto de criados en México.

Leticia recibía sobre todo a viejos conocidos veracruzanos de paso por Xalapa pero ahora, con la visita de Laura, los niños y María de la O, más la presencia de las dos pensionadas vitalicias y sin blanca que eran las tías Hilda y Virginia, sólo había cupo para dos huéspedes y Laura se sorprendió de volver a ver al súbitamente envejecido rubio tenista grandulón y de piernas fuertes, esbeltas y velludas, que abusaba de las muchachas en los bailes de San Cayetano.

La saludó con un gesto de excusa y sumisión tan inesperado como su presencia. Era viajante de comercio, dijo, vendía llantas de automóvil en el circuito Córdoba-Orizaba-Xalapa-Veracruz. Menos mal que no lo habían mandado a ese infierno que era el puerto de Coatzacoalcos. Le daban coche propio —su rostro se iluminó, como cuando bailaba frenéticamente el cakewalk en 1915— aunque no era de él, sino de la compañía.

Las luces se apagaron.

El otro huésped era un anciano, le dijo Leticia, no sale de su cuarto, allí le llevo las comidas.

Una tarde, Leticia se distrajo en la puerta y dejó la charola de la comida del huésped enfriándose en la cocina. Laura tomó la bandeja y la llevó tranquilamente al cuarto del huésped que nunca se dejaba ver.

Estaba sentado al filo de la cama, con algo entre las manos que escondió apenas oyó los pasos de Laura; ella alcanzó a distinguir un rumor inconfundible, las cuentas de un rosario. Al depositar la bandeja al lado del huésped, Laura sintió un temblor en todo su cuerpo, un calosfrío de reconocimiento súbito a través de velos y más velos de olvido, tiempo, y en este caso, desprecio.

—Usted, señor cura.

—Tú eres Laura, ¿verdad? Por favor, calla. No comprometas a tu propia madre.

El recuerdo de Laura tuvo que dar un gigantesco salto hacia atrás para ubicar al joven cura poblano, moreno e intolerante, que un día desapareció con el cofre de las ofrendas.

—Padre Elzevir.

El cura tomó las manos de Laura.

—¿Cómo te acuerdas? Eras una niña.

No hacía falta preguntarle qué hacía escondido allí. "Por favor calla. No comprometas a tu propia madre". Dijo que ella no tenía que preguntarle nada. Él le contaría que no llegó muy lejos con su robo. Era un cobarde. Lo admitía. Cuando la policía estaba a punto de capturarlo, pensó que más valía ofrecerse a la piedad de la Iglesia, pues la gendarmería del porfiriato no tenía ninguna.

—Pedí perdón y me lo dieron. Confesé y fui absuelto. Me arrepentí y entré de nuevo a la compañía de mi Iglesia. Pero sentí que todo eso era demasiado fácil. Cierto y profundo, pero fácil. Tenía que pagar el mal que hice, mi tentación. Mi engaño. Dios Nuestro Señor me hizo el favor de mandarme este castigo, la persecución religiosa de Calles.

Miró con sus ojos de indio vencido a Laura.

—Ahora me siento más culpable que nunca. Tengo pesadillas. Estoy seguro que Dios me castigó por mi sacrilegio haciendo caer esta persecución contra su Iglesia. Creo que soy responsable por mi acto individual de un mal colectivo. Lo creo profundamente.

—Padre, conmigo no tiene usted que confesarse.

—Oh sí, sí que tengo —Elzevir apretó las manos de Laura que nunca había soltado—. Sí que debo. Tú eras una niña, ¿a quién mejor que una niña puedo pedirle perdón por el escándalo del alma? ¿Tú me perdonas?

—Sí padre, yo nunca lo acusé, pero mi madre...

—Tu madre y tus tías entendieron. Ellas me perdonaron. Por eso estoy aquí. Sin ellas, ya me habrían fusilado...

—Le digo que a mí usted no me hizo ningún daño. Perdone, pero ya me había olvidado de usted...

—Ése fue el daño, ¿ves?, el olvido es el daño. Yo sembré el escándalo en mi parroquia y si mi parroquia lo olvida, es que el escándalo penetró tan hondo que hasta se olvidó y fue perdonado...

—Mi madre lo ha perdonado —intervino Laura, un poco confusa ante las razones del cura.

—No, ella me mantiene aquí, me da un techo y me da de comer, para que yo conozca la misericordia que yo mismo no tuve con mi grey. Tu madre es un reproche vivo que yo agradezco. No quiero que nadie me perdone.

—Padre, mis hijos no han hecho la primera comunión. Ve usted, mi marido se... escandalizaría... si yo se lo pidiese. ¿No quisiera usted...?

—¿Por qué me pides esto, realmente?

—Quiero ser parte de un rito excepcional, padre, la costumbre me mata. —Laura se alejó de un gemido intermedio entre la rabia y el llanto.

Sintió en verdad una satisfacción grave, cumpliendo con esa ceremonia que le faltaba en su vida de casada, dándose cuenta que contrariaba la voluntad implícita de su marido. Juan Francisco ni iba a misa ni hablaba de religión. Laura y los niños tampoco. Sólo María de la O guardaba unas estampas viejas encajadas en su espejo y eso Juan Francisco, sin decirlo, lo consideraba reliquia de vieja mocha.

—No tengo nada en contra, pero insisto, ¿por qué? —preguntó Leticia.

—El mundo se vuelve demasiado plano sin ceremonias que marquen el tiempo.

—¿Tanto miedo te da que se te pierdan los años?

—Sí, Mutti. Temo el tiempo sin horas. Así debe ser la muerte.

Leticia, sus tres hermanas y Laura se reunieron en la recámara del cura con los niños Santiago y Dantón.

—Éste es mi cuerpo, ésta mi sangre —entonó Elzevir con dos pedazos de pan que puso en las bocas de los niños de ocho y siete años, divertidos de que se les llevase a una recámara oscura a comer pedacitos de bolillo y oír palabras en latín. Preferían correr por los jardines de Xalapa, Los Berros y el Parque Juárez, vigilados como siempre por la tía morena, posesionados de una ciudad tranquila que hicieron suya como de un espacio sin peligros, un territorio propio que les daba la libertad prohibida en la capital con sus calles llenas de carros y su escuela pública llena de provocadores y valentones de los que Santiago tenía que proteger al hermano menor.

—¿Por qué miras tanto al techo de esa casa, mamá?

—Nada, Santiago. Allí viví de jovencita con tus abuelos.

—Me gustaría tener en la casa una periquera como esa. Yo sería el dueño del castillo y te defendería contra los malos, mamá.

—Santiago, tomé una criada en México antes de salir a Xalapa: ustedes ya estaban aquí con la tía. Ahora que regresen respeten mucho a Carmela.

—Carmela. Cómo no, mamá.

Tuvo Laura una sensación premeditada. Le pidió a María de la O que se quedase unos días más en Xalapa con los niños mientras que ella regresaba a México a arreglar la casa. Ha de ser un batidillo, con Juan Francisco solo allí y tan ocupado con su política. En cuanto tenga todo en orden, los mando llamar.

—Laura.

—Sí, Mutti.

—Mira lo que olvidaste cuando te casaste.

Era la muñeca china Li Po. Era cierto. No había vuelto a pensar en ella.

—Ay mamá, qué pena me da olvidarla.

Cubrió la auténtica tristeza con una risa falsa.

—Creo que se debe a que yo me convertí en la Li Po de mi marido…

—¿Quieres llevártela?

—No, Mutti. Mejor que me espere aquí en su lugar para mi regreso.

—¿Crees que vas a regresar, hija?

Ni Carmela ni Juan Francisco estaban en la casita de la Avenida Sonora cuando Laura llegó desde la estación de Buenavista, con el retraso acostumbrado de los trenes, hacia las doce del día.

Sintió algo distinto en la casa. Un silencio. Una ausencia. Claro, los niños, la tiíta, eran el rumor, la alegría de la casa. Recogió el periódico metido debajo de la puerta cochera. Planeó su día solitario. ¿Iría al Cine Royal? A ver qué estaban pasando.

Abrió *El Universal* y encontró la foto, frontal, de "Carmela". Gloria Soriano, monja carmelita, había sido arrestada por complicidad en el asesinato del presidente electo Álvaro Obregón. Fue descubierta en una casa cercana al Bosque de Chapultepec. Al darse a la fuga, la policía le disparó en la espalda. La religiosa murió instantáneamente.

Todas las horas del día las pasó Laura sentada en el comedor de las reuniones políticas con el periódico abierto sobre la mesa, mirando fijamente la foto de la mujer muy blanca de ojeras profundas y ojos muy negros. Llegó el crepúsculo y aunque ya no podía ver el retrato, no encendió la luz. Se sabía ese rostro de memoria. Era el rostro de un rescate moral. Si Juan Francisco le había echado en cara, todos estos años, la culpa de no haber visitado a la anarquista catalana en el altillo, ¿cómo podría reprocharle que ahora le diese asilo a la monja perseguida? Claro que no se lo reprocharía, se sentirían al fin semejantes en su humanidad combatiente se dijo Laura repitiendo la palabra, combatiente.

Juan Francisco regresó a las once de la noche. La casa estaba a oscuras. El hombrón moreno arrojó el sombrero sobre el sofá, suspiró y prendió la luz. Se sobresaltó visiblemente cuando vio a Laura sentada allí con el periódico abierto.

—Ah, ya regresaste.

Laura asintió con la cabeza.

—¿Ya viste lo de la monja Soriano? —le preguntó López Greene.

—No. Ya vi lo de la anarquista Aznar.

—No te entiendo.

—Cuando fuiste a Xalapa a revelar la placa en el altillo, elogiaste a mi padre por haber protegido a Armonía Aznar. Fue cuando te conocí y me enamoré de ti.

—Claro. Era una heroína de la clase obrera.

—¿No me vas a elogiar a mí por darle asilo a una heroína de la persecución religiosa?

—Una monja que asesina presidentes.

—¿Una anarquista que asesina zares y príncipes?

—No, Armonía luchaba por los obreros, tu "Carmela" por los curas.

—Ah, es mi Carmela, no tuya.

—No, no mía.

—No humana, Juan Francisco, alguien de otro planeta...

—De otra época sobrepasada, nomás.

—Indigna de tu protección...

—Una criminal. Además, si se hubiera quedado tranquila aquí como se lo pedí, no le aplican la ley fuga.

—No sabía que los policías de la Revolución matan igual que los de la dictadura, por la espalda.

—Le hubieran dado un proceso, se lo dije, como al asesino Toral y a su cómplice, la madre Conchita, otra mujer, ya ves.

—¿Con quién quisiste quedar bien, Juan Francisco? Porque conmigo ya quedaste mal para siempre.

No quiso oír explicaciones, ni Juan Francisco se atrevió a darlas. Laura empacó una maleta, salió a la avenida, paró un "libre" y dio la dirección de su amiga de juventud Elizabeth García-Dupont.

Juan Francisco la siguió, abrió violentamente la puerta del taxi, la jaló del brazo, trató de arrastrarla fuera del coche, le golpeó la cara, el taxista se bajó y le dio un empujón a Juan Francisco, lo tiró al suelo y arrancó lo más rápido que pudo.

Laura se instaló con Elizabeth en un apartamento moderno de la Colonia Hipódromo. La amiga de adolescencia la recibió con alegría, abrazos, cortesía, cariño, besos, todo lo que Laura esperaba. Luego, las dos en camisón, se contaron sus respectivas historias. Elizabeth se acababa de divorciar del famoso Eduardo Caraza que la trajo de un ala en los bailes de la hacienda de San Cayetano y la siguió trayendo de un ala cuando se casaron y se vinieron a México porque Caraza era amigo del ministro de Hacienda Alberto Pani que estaba arreglando milagrosamente las finanzas después de la inflación de la época revolucionaria, cuando cada bando imprimía su propio papel moneda, los famosos "bilimbiques". Eduardo Caraza se sentía irresistible, se llamaba a sí mismo "el regalo de Dios a las mujeres", y le dio a entender a Elizabeth que casándose con ella le había hecho el gran favor.

—Eso me saco por andar de rogona, Eduardo.

—Date por bien servida, amorosa. Me tienes a mí pero yo necesito a muchas. Más vale que nos entendamos.

—Pues yo te tengo a ti pero también necesito a otros.

—Elizabeth, hablas como una puta.

—Y tú, en ese caso, como un puto, mi querido Lalo.

—Perdón, no quise ofenderte. Hablaba en broma.

—Nunca te he oído más serio. Me has ofendido y sería muy bruta si después de escuchar tu filosofía de la vida, querido, me quedo a sufrir más humillaciones. Porque tú tienes derecho a todo y yo a nada. Yo soy puta pero tú eres macho. Yo soy una perdida pero tú eres lo que se dice un gentleman, pase lo que pase, ¿no? Abur, abur.

Por fortuna, no habían tenido hijos; ¿cómo, si el tal Lalo se agotaba en parrandas y llegaba a las seis de la mañana más guango que un chicloso derretido?

—No, Juan Francisco eso no, siempre me respetó. Hasta hoy en la noche que quiso pegarme.

—¿Quiso? Mírate el cachete nomás.

—Bueno, me pegó. Pero él no es así.

—Laura de mi corazón, ya veo que a este paso se lo perdonas todo y dentro de una semana estás de regreso en la jaula. Mejor vamos a divertirnos. Te invito al Teatro Lírico a ver al panzón de Roberto Soto en "El Desmoronamiento". Es una sátira del líder Morones y dicen que te ríes con ganas. Se mete con todo el mundo. Vamos antes de que lo cierren.

Tomaron un palco para estar más protegidas. Roberto Soto era idéntico a Luis Napoleón Morones, con doble todo, papada, panza, labios, cachetes, párpados. La escena era la finca del líder sindical en Tlalpam. Aparecía vestido de monaguillo y cantando "Cuando yo era monaguillo". Lo rodeaban enseguida nueve o diez chicas semidesnudas con taparrabos de plátanos como lo había puesto de moda Josephine Baker en el Follies Bergère de París y con estrellitas pegadas a los pezones. Le quitaban la casuya al panzón, cantando "Viva el proletariado" mientras un hombre alto, prieto, con overol, le servía champaña a Soto-Morones.

—Gracias, hermanito López Greene, tú me sirves mejor que nadie. Nomás cámbiate el nombre a López Red, para no desentonar, ¿sabes? ¡Aquí todos somos viejos rojos, no viejos verdes, verdad chamacas, ah que la…!

"Mutti, cuídame a los niños hasta que te diga. Que se quede la tiíta contigo. Les mandaré dinero. Tengo que reorganizar mi vida, mi Mutti adorada. Ya te contaré. Te encargo a Li Po. Tenías razón".

VIII. Paseo de la Reforma: 1930

"Hay mexicanos que sólo se ven bien en su cajón de muerto".

La gracejada de Orlando Ximénez fue celebrada por todos los asistentes al coctel ofrecido por Carmen Cortina para develar el retrato de su prima, la actriz Andrea Negrete, realizado por un joven pintor de Guadalajara, Tizoc Ambriz, quien en un dos por tres se había convertido en el retratista de sociedad más solicitado por todos aquellos que no querían entregar su imagen a la posteridad —comunista y monstruosa— de Rivera, Orozco o Siqueiros, llamados despectivamente "los moneros".

Carmen Cortina, de todos modos, se burlaba de las convenciones e invitaba a sus cocteles a los que ella misma llamaba "la fauna capitalina". La primera vez que Elizabeth llevó a Laura a una de estas fiestas tuvo que identificarle a los invitados, aunque éstos no se distinguían de los "colados", tolerados por la anfitriona como homenaje a sus poderes de convocatoria, pues ¿quién que era alguien no quería ser visto en las soirées de Carmen Cortina? Ella misma, vanidosa y cegatona, no distinguía muy bien quién era quién, y se decía de ella que había elevado los sentidos del olfato y del tacto a la categoría de gran arte, pues le bastaba acercar su miopía al cachete más próximo para decir, "¡Chata, qué encanto eres!" o tocar el casimir más fino para exclamar, "¡Rudy, felices los ojos!".

Rudy era Rudy, pero Orlando era rudo, "watch out!" le dijo Carmen a la agasajada Andrea, una mujer con cutis de nácar y ojos siempre adormilados, cejas invisibles y una perfecta simetría facial acentuada por su cabellera partida a la mitad y, a pesar de la juventud sensual de su figura eterna, audazmente engalanada por dos mechones blancos en las sienes. Razón por la cual, irrespetuosamente, la llamaban "La Berrenda", sobre todo tomando en cuenta su pericia en el arte de cornear, decía el irreprimible Orlando. Andrea iba a ser, cualquier día de éstos, lo que se llamaba una mujer opulenta, comentó Orlando, but not yet; era como una fruta en plenitud, recién cortada de la rama, desafiando al mundo.

—Cómeme —sonrió Andrea.

—Pélame —dijo muy serio Orlando.

—Lépero —se rió muy fuerte Carmen.

El cuadro de Tizoc Ambriz estaba cubierto por una especie de cortinilla en espera de ser develada en el momento cumbre de la noche, cuando Carmen, y sólo Carmen, lo determinara en cuanto las cosas llegaran a su punto culminante, un momento antes del hervor, cuando toda la "fauna" estuviera reunida. Carmen hacía listas en su cabeza, ¿quién está, quién falta?

—Eres una estadígrafa de la high life —le dijo al oído Orlando, pero con voz alta.

—Oye, si no estoy sorda —gimió Carmen.

—Lo que estás es buena —Orlando le pellizcó el trasero.

—¡Lépero! ¿Qué es "estadígrafa"?

—Una ciencia nueva pero menor. Una manera novedosa de contar mentiras.

—¿Qué, qué? Me muero por saberlo.

—Averígüelo Vargas.

—¿Pedro Vargas? Es la sensación del radio. ¿Lo has oído? Canta en la "W".

—Carmen querida, acaban de inaugurar el Palacio de Bellas Artes. No me hables de la "W".

—¿Qué, ese mausoleo que dejó a medio hacer don Porfirio?

—Tenemos una sinfónica. La dirige Carlos Chávez.

—¿Qué Chávez?

—Muchas cochitas.

—Oh, vete al demonio, eres imposible.

—Te conozco, estás haciendo listas en tu coco.

—I'm the hostess. It's my duty.

—Apuesto a que te leo el pensamiento.

—Orlando, no hay más que ver.

—¿Qué ves, divina ciega?

—The mixture, darling, the mixture. Se acabaron las clases sociales, ¿te parece poco? Dime si hace veinte años, cuando yo era niña...

—Carmen, te vi coqueteando —sin éxito— en el Baile del Centenario de 1910...

—Ésa era mi tía. Anyway, echa un vistazo. ¿Qué ves?

—Veo un sauce. Veo una ninfa. Veo una aureola. Veo la melancolía. Veo la enfermedad. Veo el egoísmo. Veo la vanidad. Veo la desorganización personal y colectiva. Veo poses bellas. Veo cosas feas.

—Baboso. Eres un poeta frustrado. Dame nombres. Names, names, names.

—What's in a name?

—¿Qué, qué cosa?

—Romeo y Julieta, esas cosas.

—¿Cómo? ¿Quién los invitó?

Laura había resistido las solicitudes de su amiga Elizabeth, te estás comportando como una viuda sin serlo, Laura, en buena hora te libraste de López Greene como yo de Caraza, le decía caminando por la Avenida Madero en busca de "gangas", expediciones organizadas por Elizabeth a la caza de precios reducidos para las ropas y adornos que empezaban a regresar a México después de la Revolución en las tiendas de Gante, Bolívar y 16 de Septiembre, jornadas iniciadas con un desayuno en Sanborn's, continuadas con una comida en Prendes y culminando con una película en el cine Iris de la calle de Donceles —donde Laura prefería ir porque daban "vistas" americanas de la Metro con los mejores actores, Clark Gable, Greta Garbo, William Powell— mientras que Elizabeth favorecía el cine Palacio de la Avenida del Cinco de Mayo, donde daban puras películas mexicanas y a ella le encantaba reír con el Chato Ortín, llorar con Sara García o admirar el arte histriónico de Fernando Soler.

—¿Recuerdas cuando fuimos a ver al panzón Soto al Follies? Allí cambió tu vida.

—Un matrimonio muerto lo mata todo, Elizabeth.

—¿Sabes lo que te pasó? Que eras más inteligente que tu marido. Igual que yo.

—No, yo creo que él me quería.

—Pero no te comprendía. Te largaste el día que entendiste que eras más inteligente que él. No me digas que no.

—No, simplemente sentí que Juan Francisco no estaba a la altura de sus ideales. Quizás yo era más moral que él aunque pensarlo hoy me fastidia un poco.

—¿Recuerdas la farsa del panzón Soto? Para ser considerado inteligente en México, tienes que ser pillo. Yo te recomiendo, amor mío, que te hagas mujer liberada y sensual, una "pilla", si te parece. Anda, termina tu ice-cream soda, sorbe bien los popotes y vamos de compras y luego al cine.

Laura dijo sentirse apenada de que Elizabeth le "disparara" tantas cosas, como empezaba a decirse en una jerga capitalina que abundaba en neologismos disfrazados de arcaísmos y arcaísmos disfrazados de neologismos. Imperaba, sin embargo, una especie de sublimación lingüística de la pasada lucha armada en que "disparar" era regalar, "carrancear" era robar, "sitiar" era cortejar, todo esfuerzo era "librar batallas", "me vale

Wilson" era pasarse por el arco del triunfo al presidente americano que ordenó el desembarco de los marines en Veracruz y la expedición punitiva del general Pershing contra Pancho Villa. La fatalidad era como *La Valentina*: si me han de matar mañana, que me maten de una vez; la determinación amorosa como *La Adelita*, que si se fuera con otro, la seguiría por tierra y por mar. El contraste entre el campo y la ciudad era como cantar cuatro milpas tan sólo han quedado o se acabaron las pelonas se acabó la presunción, o como comparar al horrendo charro lépero, el Cuatezón Beristáin, que se decía general sin haber librado más batallas que contra su suegra, con la añoranza de un refinamiento y una gracia evaporadas, las de La Gatita Blanca, María Conesa, que sin embargo, al cantar Ay ay ay ay mi querido Capitán dicen que evocaba a un temible militar, su amante, que capitaneaba la gavilla de asaltantes conocida como "la banda del automóvil gris", y fusilar era copiar. Y Maderear era lo que ellas hacían en estos momentos, pasearse por la Avenida Madero, la principal arteria comercial del centro, antigua calle de Plateros rebautizada para honrar al Apóstol de la Revolución y de la Democracia.

—Leí un libro muy gracioso de Julio Torri. Se llama *De fusilamientos* y se queja de que el principal inconveniente de ser fusilado es que hay que madrugar, —dijo Laura mirando las vitrinas.

—No te preocupes. Mi marido el pobre Caraza decía que en la Revolución murieron un millón de gentes, pero no en los campos de batalla, sino en los pleitos de cantinas. Laura —Elizabeth se detuvo frente a la Cámara de Diputados en la calle Donceles—, te gusta venir al cine Iris porque tu marido está de diputado, ¿verdad?

Compraron los boletos para ver *A Free Soul* con Clark Gable y Norma Shearer y Elizabeth dijo que la exaltaba el olor de muégano y sidral a la entrada de los cines.

—Manzana fresca y miel pegajosa —suspiró la joven señora cada vez más rubia y rolliza, al salir de la función—. ¿Ya ves? Norma Shearer lo deja todo, posición, novio aristocrático —¡qué distinguido es ese inglés Leslie Howard!— por un gángster más sexy que...

—Clark Gable ¡Divino orejón! ¡Me encanta!

—Pues yo prefiero al rubio, a Leslie Howard, que además es húngaro, no inglés.

—Imposible, los húngaros son gitanos y usan anillos en las orejas. ¿Dónde lo leíste?

—En el *Photoplay*.

—Pues preferirás al güero ese, inglés o robachicos lo que sea, pero te casaste con el prieto Juan Francisco. Chula, tú a mí no me engañas. Te gusta el cine Iris porque está al lado de la Cámara de Diputados. Con suerte y lo ves. Digo, se ven. Digo. Nomás digo.

Laura negó aventuradamente con un movimiento de cabeza pero no le explicó nada a Elizabeth. A veces, sentía que su vida era como los solsticios, sólo que su matrimonio había pasado de la primavera al invierno, sin las estaciones intermedias, que son las de la floración y la cosecha. Quiso a Juan Francisco, pero un hombre sólo es admirable cuando admira a la mujer que lo ama. Fue eso, al cabo, lo que le faltó a Laura. Elizabeth quizás tenía razón, le hacía falta probar otras aguas, bañarse en otros ríos: aunque no encontrase el amor perfecto, podía construirse una pasión romántica, así fuese "platónica", palabra que Elizabeth no entendía pero ponía en práctica en las fiestas a las que asistía constantemente:

—Mírame pero no me toques. Si me tocas, te contagias.

No se entregaba a nadie: su amiga Laura imaginaba que una pasión podía crearse voluntariamente. Por eso vivían juntas sin problemas y sin hombres, evitando a los abundantes tenorios liberados de sus hogares por el mitote de la Revolución y buscando amantes cuando lo que querían eran madres.

El vernissage del cuadro de Andrea Negrete por Tizoc Ambriz fue, por fin, el pretexto para que Laura saliera de su viudez sin fiambre, como decía, con cierto dejo macabro, Elizabeth, y asistiese a una función "artística", ya bastaba de rumiar el pasado, imaginar amores imposibles, contar historias de Veracruz, añorar a los hijos, sentir vergüenza de ir a Xalapa porque se sentía culpable, porque era ella la que abandonó el hogar, como abandonó a los hijos, y no sabía de qué manera justificar sus abandonos, no quería rebajar la imagen de Juan Francisco ante los hijos, no quería admitirles a la Mutti y a las tías que se había equivocado, que mejor hubiera buscado un muchacho de su clase en los bailes de San Cayetano y el Casino Xalapeño, pero sobre todo no quería hablar mal de Juan Francisco, quería que todos siguiesen creyendo que ella puso la fe en un hombre luchador y valiente por encima de todo, un líder que resumía cuanto había sucedido en México en este siglo, no quería decirle a su familia me equivoqué, mi marido es un corrupto o un mediocre, mi marido es un ambicioso indigno de su ambición, tu padre, Santiago, no puede vivir sin que le reconozcan sus méritos, tu padre, Dantón, es derrotado por el convencimiento de que los demás no le dan su lugar —mi marido, Elizabeth, no es capaz de reconocer que ya perdió sus méritos. Sus medallas ya mostraron todas el cobre.

—Tu padre no ha hecho nada salvo delatar a una mujer perseguida.

¿Cómo decírselo a Santiago y a Dantón, que iban a cumplir, uno, diez años y el otro, nueve? ¿Cómo explicarse ante la Mutti y las tías? ¿Cómo explicar que el prestigio ganado durante años de lucha se evaporase en un instante, porque solamente una cosa se hizo mal? Era mejor, se decía Laura en su voluntaria soledad, que Juan Francisco pensara que ella lo juzgaba y lo condenaba. No le importaba, con tal de que él creyera que sólo ella lo juzgaba; nadie más, ni el mundo, ni sus hijos, ni unas viejas sin importancia para él, escondidas en una casa de huéspedes de Xalapa. El orgullo del marido quedaría intacto. El pesar de la mujer sería sólo de la mujer.

No sabía decirle todo esto a la insistente Elizabeth, como no podía explicárselo a la familia veracruzana con la que se carteaba como si nada hubiese ocurrido; las cartas llegaban a la Avenida Sonora. La nueva criada de Juan Francisco se las entregaba a Laura cada semana. Laura iba a su vieja casa matrimonial al mediodía, cuando él no estaba. Laura confiaba: si María de la O sospechaba algo, callaría. La discreción nació junto con la tiíta.

La invitación a develar el cuadro de Andrea Negrete resultó irresistible porque un día antes, Elizabeth habló de gastos con su huésped.

—No te preocupes de nada, Laura. El sombrero, los trajes, me los pagas cuando puedas.

—Se ha retrasado la mesada de Juan Francisco.

—¡No alcanzaría! —rió cariñosamente la rubia color de rosa—. Tienes un ajuar como Marlene.

—Me gustan las cosas bonitas. Quizás porque no tengo, por el momento, otra compensación por tanta... ausencia, diría yo.

—Ya te caerá alguna cosa. No te afanes.

La verdad es que no gastaba demasiado. Leía. Iba a conciertos y museos sola, al cine y a comer con Elizabeth. La situación que la separó de su marido era para ella un duelo. Había de por medio una delación, una muerte —una muerta—. Pero el perfume Chanel, el sombrerito Schiaparelli, el traje sastre de Balenciaga... Había cambiado tanto, en tan poco tiempo, la moda —cómo iba a mostrarse Laura con falda corta de flapper bailarina de Charleston y corte de pelo a la Clara Bow, cuando había que vestirse como las nuevas estrellas de Hollywood. Bajaron las faldas, se onduló la cabellera, los bustos se engalantaron con grandes solapas de piqué, las que se atrevían usaban trajes de noche de seda entallada al cuerpo, como Jean Harlow la rubia platino, y un sombrero a la moda era indispensable. Una mujer sólo se quitaba el sombrero para dormir o jugar tenis. Hasta en la piscina, la gorrita de hule se imponía, había que proteger el ondulado Marcel.

—¡Ándale, anímate!

Antes de saludar a la anfitriona Carmen Cortina, antes de apreciar el penthouse de severas líneas Bauhaus decorado por Pani, antes de admirar a la homenajeada Andrea Negrete, dos manos le taparon los ojos a Laura Díaz, un coqueto guess who? al oído y por el ojo entreabierto de Laura el pesado anillo de oro con las iniciales OX.

Por un momento, no quiso verlo. Detrás de las manos de Orlando Ximénez estaba el joven al que tampoco quiso mirar en el acto de conocerlo, en el comedor de la Hacienda de San Cayetano. Olió de nuevo la lavanda inglesa, escuchó de nuevo la voz de barítono aflautada a propósito como hacían, al parecer, los ingleses, imaginó la tenue luz de la terraza tropical, adivinó el perfil recortado, la nariz recta, la cabellera de rizos rubios…

Abrió los ojos y reconoció el labio superior ligeramente retraído respecto al inferior y la mandíbula prominente, un poco como los reyes Habsburgos. Pero esta vez ya no había rizos, sino una calvicie recalcitrante y un rostro maduro, y esa piel declaradamente amarillenta como la de los trabajadores chinos de los muelles de Veracruz.

Orlando vio el asombro triste en la mirada del Laura y le dijo:

—Orlando Ximénez. No me conoces pero yo a ti sí. Santiago hablaba de ti con gran cariño. Creo que eras —¿qué te dije…?

—Su virgen favorita.

—¿Ya no?

—Dos hijos.

—¿Marido?

—Ya no existe.

—¿Se murió?

—Haz de cuenta.

—Y tú y yo vivos siempre. Uff. Mira lo que son las cosas.

Orlando miró alrededor como si buscara otra vez el balcón de San Cayetano, el rincón donde estar solos, volverse a hablar los dos. La marea agridulce de la ocasión perdida invadió el pecho de Laura. Pero Carmen Cortina no permitía frívolas intimidades ni soledades vergonzantes en sus fiestas; como si intuyera que una situación particular —es decir, excluyente— se estaba fraguando, interrumpió el momento de la pareja, presentó a este y al otro, al Nalgón del Rosal, un viejo aristócrata que usaba un monóculo y cuyo chiste era quitarse el cristal de la cara y —miren ustedes— deglutirlo como una hostia, era de mentiras, era de gelatina, seguido de Onomástico Galán, un español gordo y chapeteado, que asistía a las fiestas, tradicionalmente con camisón, un gorro de dormir de listas rayadas y borla roja, y en la mano una vela, por si había apagón en este país desorganizado y revolucionario que lo que le hacía falta era una buena dictablanda como la de Primo de Rivera en España, seguido de una pareja de marinero él, con calzón corto y un gorro azul inscrito con la palabra BÉSAME y ella de Mary Pickford, con una peluca de abundantes rizos rubios, tobilleras blancas, zapatos de charol, calzoncillos de olanes y una falda hampona color de rosa, amén del consabido macromoño en la testa rizada, seguidos a su vez por un crítico de arte con impecable traje blanco más un corolario despectivo en los labios, repetido sin cesar:

—¡Todos son una faaaacha!

Iba tomado de la mano de su hermana, una bella y alta estatua de piloncillo que repetía como eco fraternal, una facha, todos somos una facha, mientras que un viejo pintor con halitosis invisible, aguda y omnívora,

se declaraba maestro del nuevo pintor Tizoc, enseñan-
za que le era disputada por otro pintor de melancólica y
desengañada estampa, famoso por sus cuadros funerarios
en blanco y negro y por su amante y discípulo puramente negro y apodado, por el pintor, la ciudad y el
mundo 'Xangó', aunque, para taparle el ojo al macho
—es un decir, decía Carmen Cortina— el fornido negro tenía una esposa italiana a la que presentaba como la modelo de la Gioconda.

Todo este circo era visto de lejos y con displicencia clínica por una pareja de ingleses a los que Carmen presentó como Felicity Smith, una mujer altísima
que no podía observar lo que ocurría sin bajar la mirada con aire de desprecio y, cortés como era, prefería
fijarla en lontananza, pues su compañero era bajo, bar-
bado y elegante, presentado por Carmen como James
Saxon y, en voz baja, como hijo bastardo de Jorge V de
Inglaterra, refugiado en una hacienda tropical de la
Huasteca potosina que el susodicho bâtard convirtió en
una follie, comentó su compañera Felicity, digna del rey
de los excéntricos literarios William Beckford:

—Vivir en casa de James es un perpetuo abrir-
se paso entre orquídeas, cacatúas y cortinas de bambú.

El problema —le susurró Carmen a Orlando y a
Laura— es que aquí todos están enamorados los unos
de los otros, Felicity de James que es homosexual y le
tiene ganas al crítico que dice "facha" quien andan loco
por el negro Xangó que es un falso joto que le da gusto
al pintor melancólico por razones de estado pero que
en verdad la goza con su napolitana aunque ella —la
dizque Mona Lisa— se ha propuesto convertir a la he-
terosexualidad al melancólico pintor, formando un
ménage-à-trois no sólo placentero sino económicamente
conveniente en tiempo de crisis, querido, cuando nadie, absolutamente nadie, compra un cuadro de caballete y el gobierno es el único patrón de los moneros,
quelle horreur!, sólo que Mary Pickford está enamorada

de la italiana y la italiana secretamente, se acuesta con el marinero que también es de la otra costa pero la italiana quiere probarle que en verdad es muy macho, cosa que es cierta, sólo que nuestro Popeye sabe que pasando por puto atrae el instinto maternal de las señoras que desean protegerlo y aprovecharse de ellas sorprendiéndolas, sólo que la Gioconda, sabiendo que su marido en verdad es Lotario y no el Mago Maravilla, quisiera verse en el papel de Narda —¿me siguen, amores míos, no leen los monitos del domingo en *El Universal*?— y ensayar con Xangó la conversión a la normalidad del melancólico pintor a fin de integrar, como ya les dije, el trío que amenaza, como van las cosas, en convertirse en cuarteto y hasta quinteto si incluimos a Mary Pickford, ¡qué lío y qué problema para una hostess, después de todo, de familia decente, como yo!

—Carmen —observó con resignación Orlando—. Deja a todo mundo en paz. Imagínate, si Dostoyevski se psicoanaliza, capaz que no escribe *El idiota*.

—Señor Orlando —refunfuñó Carmen con dignidad—, yo sólo invito a gente de I.Q. elevado, no a ningún idiota. ¡Faltaba más!

La perorata dejó sin aire a Carmen Cortina, quien todavía tuvo tiempo de presentar a Pimpinela de Ovando, aristócrata venida a menos, y a Gloria Iturbe, sospechosa de ser espía del canciller alemán Franz von Papen, ¡lo que no se decía!, ¡pero todo era ya tan internacional, muchachos, que las culpas de la Malinche ni quien las mentara más!

Las cascadas verbales de Carmen Cortina se multiplicaban en cataratas parecidas desde las bocas de todos sus invitados menos el cadavérico pintor de blanco y negro ("he eliminado de mis cuadros todo lo superfluo"), que fue quien propició la frase célebre de Orlando, "Hay mexicanos que sólo se ven bien en su cajón de muerto", palabras musitadas un segundo antes de que se presentara el secretario de Educación Publica del actual gobierno, dando ocasión a la anfitriona y a su protegido el pintor tapatío para develar el cuadro, cosa que hicieron al alimón, culminando la excitación y el escándalo de la velada cuando lo que todos vieron fue la vera imagen de la actriz de *Amapola, ya no estés tan sola,* en toda su espléndida desnudez, recostada en un sofá azul que hacía resaltar la blancura de sus carnes y la ausencia de sus pilosidades, recatadas éstas, alardeantes aquéllas, pero unidas ambas por el arte del pintor en una sublime expresión de totalidad espiritual, como si la desnudez fuese el hábito de esta monja dispuesta a la flagelación como forma superior de la fornicación, pronta al sacrificio de su placer en aras de algo más que el pudor o, como lo resumió Orlando, mira Laura, es como el título de una novela del siglo pasado, *Monja, Casada, Virgen y Mártir.*

—Es el retrato de mi alma —le dijo Andrea Negrete al ministro de Educación.

—Pues tiene pelillos su alma —le contestó éste, quien con buen ojo se percató de que el pintor no había depilado el pubis de doña Andrea, sino que le había pintado el vello de blanco, canoso como las sienes de la estrella.

Con lo cual la fiesta culminó como una ola encrestada y las aguas, como se dice, enseguida se calmaron. Las voces bajaron al murmullo del asombro, la maledicencia o la admiración, era imposible saber qué se opinaba del arte de Tizoc o de la audacia de Andrea; el ministro se despidió con cara impávida y un comentario en voz baja a Carmen,

—Me dijo usted que era un evento cultural.

—Como la Maja de Goya, señor ministro. Un día se la presentaré, es la Duquesa de Alba, muy mi amiga…

—Pura princesa piruja —dijo secamente el miembro del gabinete de Ortiz Rubio.

—Ay qué ganas de ver los miembros de todos los miembros en todos los gabinetes —dijo el marinerito con el gorro de BÉSAME.

—Adiós —inclinó la cabeza el señor ministro cuando el marinero de calzón corto infló un globo con la inscripción BLOW JOB y lo lanzó al techo.

—Esto se acabó —dijo con alborozo el minipopeye—. ¿A dónde la seguimos?

—El Leda —gritó Mary Pickford.

—Las Veladoras —sugirió el pintor con halitosis.

—Los Agachados —suspiró el crítico vestido de blanco.

—Qué facha —entonó su hermana.

—El Río Rosa —alentó la italiana.

—El Salón México —dictaminó el inglés de la main gauche.

—México lindo y querido —bostezó la altísima inglesa.

—Afriquita —gruñó un cronista de sociales.

—Voy por un high-ball —le dijo Orlando a Laura.

—Nos llamamos igual —le sonrió a Laura una mujer muy hermosa sentada en un sofá y tratando de acomodar la luz de la lámpara en la mesita de al lado. Rió: —Después de cierta edad, una mujer depende de la luz.

—Es usted muy joven —dijo con cortesía provinciana Laura.

—Hemos de ser iguales, los treinta pasaditos, ¿no?

Laura Díaz asintió y aceptó la invitación sin palabras de la mujer de melena rubia ceniza que acomodó un cojín a su lado y con la otra volvió a tomar su vaso de whisky.

—Laura Rivière.

—Laura Díaz.

—Sí, me lo dijo Orlando.

—¿Se conocen?

—Es un hombre interesante. Pero se quedó sin pelo. Le digo que se rape completamente. Entonces sería no sólo interesante, sino peligroso.

—¿Le confieso una cosa? A mí él siempre me dio miedo.

—Tutéame, por favor. A mí también. ¿Sabes por qué? Déjame contarte. Nunca hubo primera vez.

—No.

—No te lo pregunté querida. Te lo afirmé. Nunca me atreví con él.

—Yo tampoco.

—Pues atrévete. Nunca he visto una mirada como la que te dirige a ti. Además, te juro que es más peligroso cerrar las puertas que abrirlas—. Laura Rivière se acarició el cuello adornado de piedras vivas—. ¿Sabes? Desde que me separé de mi marido, tengo una tienda de antigüedades. Pasa a verme un día.

—Vivo con Elizabeth.

—No para siempre, ¿verdad?

—No.

—¿Qué vas a hacer?

—No lo sé. Ése es mi problema.

—Te aconsejo que no prolongues lo imposible, tocayita. Mejor transforma las cosas a tu gusto y a tiempo. Atrévete. Mira, allí viene tu amiga Elizabeth.

Laura Díaz miró a su alrededor, no quedaba nadie, hasta Carmen Cortina se había ido a otros pagos con su corte, ¿a dónde?, ¿a oír mariachis al Tenampa?, ¿a contratar un show de putas en La Bandida?, ¿a beber ron en veladoras bajo un techo agachado?, ¿a bailar con la orquesta de Luis Arcaraz en el nuevo Hotel Reforma?, ¿a oír a Juan Arvizu, el Tenor de la Voz de Seda, en el viejo Hotel Regis?

Laura Rivière se arregló la cabellera para que le cubriera la mitad del rostro y Elizabeth García-Dupont ex de Caraza le dijo a Laura Díaz ex de López Greene, de veras que me apena, chulita, pero tengo plan esta noche en casa, tú me entiendes, a toda capillita le llega su fiestecita, jajá, una vez nada más, pero pensé en ti, te tomé un cuarto en el Hotel Regis, aquí tienes la llave, ve tranquila y llámame mañana...

No le sorprendió encontrar a Orlando Ximénez desnudo, con una toalla amarrada a la cintura, cuando abrió la puerta del hotel. Le sorprendió saber de inmediato que a ella podía gustarle otro, no tanto que ella le gustara a otro, esto podía suponerlo, su espejito no le devolvía simplemente una imagen, la prolongaba mediante una sombra de belleza, un espectro parlante que la animaba —como en este preciso momento— a ir más allá de ella misma, entrar al espejo, como Alicia, sólo para descubrir que cada espejo tiene otro espejo y cada reflejo de Laura Díaz otra imagen pacientemente en espera de que ella alargue la mano, la toque y la sienta huir hacia el siguiente destino...

Miró a Orlando desnudo en la cama y hubiera querido preguntarle, ¿cuántos destinos tenemos?

Él la esperaba y ella imaginó una infinita variedad masculina, la misma que los hombres imaginan en las mujeres pero que a ellas les es prohibido expresar públicamente, sólo en la intimidad más secreta: me gusta más de un hombre, me gustan varios hombres porque soy mujer, no porque sea puta.

Comenzó por quitarse los anillos, quería llegar con las manos limpias y ágiles y ávidas al cuerpo del Orlando que trataba de descifrar desde el lecho a Laura con el puño cerrado y el anillo de oro con las iniciales OX desafiándola, sí, reprochándole los años perdidos para el amor, la cita aplazada, esta vez sí, ahora sí, y ella diciéndole también que sí al quitarse sus propios anillos, sobre todo el de su boda con Juan Francisco y el diamante heredado por la abuela Cósima Kelsen que se quedó sin dedos debido al machetazo amoroso del Guapo de Papantla, Laura dejando caer los anillos en la alfombra, en el camino hacia el lecho de Orlando como la Caperucita perdida en el bosque va dejando migajas que los pájaros, todos sin excepción aves de rapiña, todos ellos hermosos depredadores, se irán comiendo, borrando las pistas, diciéndole a la niña perdida, "no hay regreso, estás en la cueva del lobo…".

IX. Tren Interoceánico: 1932

En el mismo tren que la llevó, recién casada, de Xalapa a la ciudad de México, Laura Díaz viajaba ahora de regreso. Esta vez era de día, no de noche. E iba sola. Su última compañía antes de llegar a la Estación Colonia fue una jauría de perros que la siguió y precedió, amenazante sobre todo por su novedad. No se había dado cuenta de dos cosas. La ciudad se había secado. Uno tras otros, los lagos y los canales —Texcoco, La Viga, La Verónica, los tributarios moribundos de la laguna azteca— se fueron llenando de basura primero, de terregales después, de asfalto al final; la ciudad lacustre murió para siempre, inexplicablemente para la imaginación de Laura que a veces soñaba con una pirámide rodeada de agua.

La invadieron, en cambio, los perros, los cruzados sin cruzada, perdidos, desorientados, objeto parejo de miedo y de compasión, a veces collies finos, daneses galopantes o degenerados pastores alemanes, confundidos todos, al fin, en una vasta jauría sin collar, sin rumbo, sin dueño, sin raza. Las familias que tenían perros finos se fueron todas de México con la Revolución y dejaron sueltos a los animales, a que se fugaran o a que se murieran, por fidelidad, de hambre. En varias casas ricas de la Colonia Roma y del Paseo de la Reforma se encontraron cadáveres de perros atados a sus postes, encerrados en sus casetas, incapaces de comer o de huir. Apostaron —los perros y sus amos— a la deslealtad con tal de sobrevivir.

"Se han criado entre sí, sin lección alguna, pues ningún can sabe que tiene pedigrí, Laura, y si sus dueños regresan —que ya empiezan a volver, casi todos de París, unos cuantos de Nueva York, un montón de La Habana— ya no les podrían recuperar...".

Esto le advirtió Orlando. En el tren, ella trató de olvidar la imagen de los perros perdidos, pero era una visión que se encimaba a todas las de su vida con Orlando durante los pasados dieciocho meses desde que se acostaron por primera vez en el Hotel Regis y ya se quedaron allí para siempre, Orlando pagaba la habitación y el servicio y juntos iniciaron la vida social que Orlando llamaba "observación para mi novela", aunque Laura se preguntaba, a veces, si su amante realmente gozaba de esta fácil frivolidad apoderada de una ciudad de vuelta a la paz después de veinte años de sobresaltos revolucionarios, o si el recorrido de Orlando por todos los medios urbanos era parte de un plan secreto, como su relación de intermediario con la anarquista catalana Armonía Aznar.

Nunca se lo preguntó. Jamás se atrevió. Era la diferencia con Juan Francisco que contaba cuanto le ocurría, hasta convertirlo en oratoria, y Orlando, que jamás comentaba lo que hacía. Laura estaba sujeta a conocer lo que venía, nunca lo que ya había pasado. Ni la relación con la vieja anarquista del altillo de Xalapa ni la relación con el hermano fusilado en Veracruz. Qué fácil le habría sido a Orlando jactarse de la primera, redituarse de la segunda. En ambas, una aureola heroica tocaba a cuantos tocaron a Armonía Aznar y a Santiago Díaz. ¿Por qué no aprovechaba ese resplandor Orlando?

Mirándolo dormir, exhausto, indefenso ante los ojos de la mujer despierta, Laura imaginaba muchas cosas. El pudor público, en primer lugar: él lo llamaría reserva, distinción, aunque con abundantes dardos satíricos dirigidos contra él mismo y epigramas envenenados ofrecidos a la sociedad. Ella no dudaba en llamarlo así, el pudor de este hombre intensamente impúdico en su sexualidad: su compromiso, acaso, con el secreto necesario para avanzar una causa política —¿cuál, la anarquía, el sindicalismo, la no reelección, la revolución, o más bien a la Revolución así, con mayúscula, el hecho que todo lo había puesto de cabeza en México, el inmenso mural en medio del cual habían vivido todos, un mural como los que pintaba Diego Rivera, cabalgatas y asesinatos, riñas y batallas, heroísmos sin fin y ruindades equiparables en número; fugas y acercamientos, abrazos y puñaladas...? Recordó cuando, joven casada, descubrió el nuevo arte mural y visitó a Diego pintando en Palacio.

—Me corrió, Orlando, porque iba vestida de negro por la muerte de mi padre.

—¿No sientes nostalgia de Xalapa?

—Te tengo a ti, ¿cuál nostalgia, pues?

—Tus hijos. Tu madre.

—Y las viejas tías —sonrió Laura porque Orlando le hablaba con solemnidad desacostumbrada—. Pensar que Diego Rivera es supersticioso.

—Sí, las viejas tías, Laura...

¿Era un héroe misterioso? ¿Era un amigo discreto? Pero además, ¿era un niño sentimental? Todo lo que Laura podía imaginar sobre el "verdadero" Orlando cada mañana, lo destruía el "verdadero" Orlando cada noche. Como un vampiro, el ángel del alba, candoroso y amante, se convertía en un diablo ofensivo, con lengua envenenada y mirada cínica, apenas se ponía el sol. Es cierto, a ella jamás la maltrató y Laura, en su rostro, aún sentía el golpe de su marido Juan Francisco cuando la arrastró fuera del taxi aquella noche. Nunca lo olvidaría. Nunca lo perdonaría. Un hombre no sabe lo que significa un golpe en la cara para una mujer, el abuso impune, la ofensa del más fuerte, la cobardía, la injuria a la belleza que toda mujer, sin excepción, guarda y expone en su rostro… Orlando jamás la hizo objeto de ironías o bromas crueles; aunque sí la obligaba a asistir de noche a la negación del Orlando diurno, discreto, sentimental, erótico, sobrio en su trato del cuerpo femenino como si fuera el suyo propio, Orlando que podía ser a un tiempo apasionado y respetuoso con el cuerpo femenino unido al suyo…

—Prepárate —le dijo sin mirarla, tomándola del brazo con la determinación de dos cristianos que entran al circo de los leones—. Brace yourself, my dear. Es el Circo Máximo, pero en vez del rugir de los leones, oye el mugido de las vacas, oye el balar de los corderos. Y sí, distingue el aullido de los lobos. Avanti, popolo romano… Allí viene nuestra anfitriona. Mírala bien. Mírala. Es Carmen Cortina. Bastan tres palabras para definirla. Bebe. Fuma. Envejece.

—Darlings! ¡Qué alegría verlos otra vez… y verlos juntos todavía! Milagros, milagros…

—Carmen. Deja de beber. Deja de fumar. Te haces vieja.

—¡Orlando! —lanzó una carcajada la dueña de la casa—. ¿Qué haría sin ti? Me dices las mismas verdades que mi mamá, que Dios tenga en su gloria…

Era noche tormentosa afuera y enervada adentro.

—Piensa lo que quieras y no esperes que yo hable bien de mis amigos —le dijo el pintor lúgubre al crítico vestido de blanco, quien entonó su consabido "todos somos unas fachas".

—No es eso lo que quiero decir. Es que yo sólo tengo amigos indefensibles. Si son dignos de mi amistad, no pueden serlo también de mi defensa. Nadie merece tanto.

—Puras fachas.

—No es ese el problema —terció un joven profesor de filosofía con bien ganada fama de seductor indiscriminado—. Lo que importa es tener mala fama. Ésa es la virtud pública en el México de hoy. Te llames Plu-

tarco Elías Calles o Andrea Negrete —dijo Ambrosio
O'Higgins, que tal era el nombre del alto, rubio, acon-
gojado especialista en Husserl cuya fenomenología
personal era una mueca permanente de desagrado y
dos ojos, aunque adormilados, llenos de clara intención.

—Pues a ti ni quien te gane —le dijo la resucitada
y aludida Andrea Negrete, que después del fracaso de
su última película *La vida es un valle de lágrimas*, sub-
titulada "Pero la mujer sufre más que el hombre", se
había recluido en un convento de su provincia natal,
Durango, dominado por la tía abuela de la actriz y habi-
tado solamente por doce primas de ésta.

—Ni mi tía la abadesa ni mis primas las monjas
se dieron cuenta de que conmigo eran trece a la mesa
del refectorio. Son unas santas sin asomo de malicia. La
que se moría de miedo era yo. Temía que se me atra-
gantara el mole. Porque eso sí, el mejor restorán de
México es el convento de mi tía Sor María Auxiliadora,
se los juro por ésta...

Se besaba los dedos en cruz y Laura cerraba los
ojos para imaginarse, de nuevo, el machetazo amoroso
del Guapo de Papantla, los dedos cortados de la abuela
Cósima, las uñas mutiladas chorreando sangre bajo el
sombrero del chinaco...

—Pues a ti ni quién te gane —le decía la actriz
al filósofo.

—Sí. Tú —le contestó el joven de apellido irlan-
dés y ceja paralíticamente arqueada.

—Entonces a ver si juntos nos emparejamos
—le sonrió Andrea.

—Para eso tendría que encanecer tantito —sacó
la pipa O'Higgins—. Aquí y allá. Canas, digo, no ganas.

—Ay niño, eres tan bueno que la moral no te
hace falta.

Andrea les dio la espalda sólo para encontrarse
al marinero de calzón corto y a la estrella infantil coronada de bucles. Intercambiaban sutiles amenazas.

—Un día, voy a sacar mi puñalito y te voy a dejar como coladera…

—¿Sabes tu problema, querida? Tienes un solo culo y quieres cagar en veinte bacinicas…

—¿Te das cuenta, Orlando? Mira a ese muchacho guapísimo.

Orlando estuvo de acuerdo con Laura, ambos miraron al joven mejor parecido de la reunión.

—¿Sabes que desde que llegamos sólo se mira intensamente al espejo?

—Todos nos estamos mirando al espejo, Laura. Lo malo es que a veces no vemos el reflejo. Mira a Andrea Negrete. Lleva veinte minutos posando sola, como si todo el mundo la admirase, pero nadie le hace caso.

—Más que tú, que te fijas en todo —Laura le acarició la barbilla a su amante.

—Y el muchacho guapo que se mira al espejo todo el tiempo y no habla con nadie… Andrea —Orlando hizo un gesto abrupto— colócate detrás de ese chico.

—¿El Adonis?

—¿Lo conoces?

—No habla con nadie. Sólo se mira al espejo.

—¿Colócate detrás de él? ¿Por favor?

—¿Qué me dices?

—Aparécete. Sé su reflejo. Es lo que busca. Sé su fantasma. Apuesto a que esta noche te acuestas con él.

—Querido, me tientas…

Laura Rivière entró acompañada de un hombre altivo, moreno, en "la fuerza de la edad", le dijo Orlando a Laura Díaz, es un millonario y político muy poderoso, Artemio Cruz, es el amante de Laura, se acercó a chismearles Carmen Cortina, y nadie se explica por qué no deja a su mujer, una poblana bien cursi y provinciana —perdón, Laurita, no es indirecta— cuando posee, subrayo, posee a una de las mujeres más distinguidas de nuestra sociedad, c'est fou, la vie!, alcanzó a exclamar, exasperada, Carmen la Ciega, como le decía Orlando cuando el tedio se apoderaba de su humor alicaído.

—Laura querida —se acercó a decirle Elizabeth a su compañera de bailes xalapeños—. ¿Viste quiénes llegaron? ¿Ves cómo se hablan al oído? ¿Qué quiere decirle Artemio Cruz a Laura Rivière que no se atreve? Ah, y un consejo, querida, si quieres conquistar a un hombre, no hables: respira, nada más respira, jadeando tantito, así... Te lo digo porque a veces te oigo alzar la voz demasiado.

—Pero Elizabeth, ya tengo un hombre...

—Nunca se sabe, you never know... Pero no vine a darte clases de respiración, sino a decirte que me sigas mandando las cuentas de todo, del peluquero, de la ropa, no te midas, chulita, el bembo de Caraza me dejó bien armada, gastar es mi placer y no quiero que nadie diga que mi amiga es la mantenida de Orlando Ximénez...

Laura, con el dibujo de una sonrisa agria, le preguntó a Elizabeth: —¿Por qué me estás ofendiendo?

—¿Ofenderte yo? ¿A mi amiga de siempre? ¡Jesús!

Elizabeth se secó el sudor que perlaba la división de sus ya muy prepotentes senos.

—Bueno, me estás cortando.

—No lo tomes así.

—Te he prometido pagarte. Conoces mi situación.

—Esperemos a la siguiente revolución, mi amor. A ver si a tu marido le va mejor entonces. ¿Diputado por Tabasco? No me hagas reír. Ése es un estado de comecuras y bebedores de tepache, no de señores que paguen la renta.

Laura le dio la espalda a Elizabeth y tomó la mano de Orlando con una urgencia de fuga. Orlando acarició la de Laura, sonriente.

—¿No quieres toparte con el terrible Artemio Cruz en el elevador? Dicen que es un tiburón y a ti, mi amor, sólo te mastico yo.

—Míralo. Qué tipo arrogante. Ha dejado plantada a Laura.

—Te digo que es un tiburón. Y los tiburones nunca dejan de moverse. Si se detienen, se hunden y se mueren en el fondo del mar.

Las dos Lauras se atrajeron espontáneamente.

—Las dos Lauras tienen cara de tristeza, ¿qué tendrá la tristeza que está tan princesa? —susurró Orlando y se fue a buscarles copas a todos.

—¿Por qué toleramos la vida social? —preguntó sin más la mujer rubia.

—Por miedo, yo creo —le contestó Laura Díaz.

—¿Miedo a hablar, miedo a decir la verdad, miedo a que se rían de nosotros? ¿Te das cuenta? No hay nadie aquí que no venga armado de bromas, chistes, wit. Son sus espadas para defenderse en un torneo en el que el premio es la fama, el dinero, el sexo y sobre todo sentirse más listo que el prójimo. ¿Tú quieres eso, Laura Díaz?

Laura negó con énfasis, no.

—Entonces sálvate pronto.

—¿..............?

—Yo ya no puedo. Estoy capturada. Mi cuerpo está capturado por la rutina. Pero te juro que si pudiera escaparme de mi propio cuerpo… lo detesto —exhaló Laura Rivière con un gemido inaudible—. ¿Sabes a qué conduce todo esto? A una cruda moral permanente en la que acabas odiándote a ti misma.

—Mira —se acercó Orlando balanceando tres manhattans en la copa de sus manos reunidas—. Ya hicieron click la Máxima Actriz y el Máximo Narciso. Tuve razón. Las mujeres famosas fueron inventadas por hombres inocentes.

—No —tomó la copa la Rivière—. Por hombres maliciosos que nos condenan a la teatralidad.

—Queridos —interrumpió Carmen Cortina—. ¿Ya les presenté a Querubina de Landa?

—Nadie se llama Querubina de Landa —le dijo Orlando a Carmen, al aire, a la noche, a la prolongada y proclamada señorita Querubina de Landa colgada del brazo del filósofo galán, a quien de paso Orlando le espetó: —Con razón te dicen El Gran Pepenador.

—En esto de los nombres, mi querido aunque iletrado Orlando, nadie ha dicho mejor que Platón: hay nombres convencionales, hay nombres intrínsecos a las cosas y hay nombres que armonizan a la naturaleza y a la necesidad, como por ejemplo Laura Rivière y Laura Díaz. Buenas noches.

O'Higgins se inclinó ante la compañía y le pegó una nalgada a la convencional, natural, armoniosamente llamada Querubina de Landa: —Let's fuck.

—Apuesto a que en realidad se llama Petra Pérez —dijo la cordial anfitriona y corrió a saludar a una insólita pareja que entraba al salón del penthouse sobre el Paseo de la Reforma, un señor muy anciano tomado del brazo de una señora perpetuamente temblorosa.

Los tacones de Laura Díaz sonaban a martillo sobre la banqueta de la avenida. Sonrió tomada del brazo de Orlando. Le dijo que se habían conocido en una hacienda de Veracruz para acabar en un penthouse del Paseo de la Reforma, pero con las mismas reglas y aspiraciones: ser admitidos o desaprobados por la sociedad y sus emperatrices, doña Genoveva Deschamps en San Cayetano, Carmen Cortina en México.

—¿No podemos escapar? Llevamos ya dieciocho meses en esto, mi amor.

—Para mí el tiempo no cuenta si estoy contigo —dijo el ya no tan joven y ahora alopécico Orlando Ximénez.

—¿Por qué nunca usas sombrero? Eres el único.

—Por eso, para ser único.

Caminaron por la parte arbolada de la avenida esa noche fría de diciembre. El sendero de tierra suelta estaba hecho para jinetes madrugadores.

—Sigo sin saber nada de ti —se atrevió a decirle Laura, apretándole más la mano.

—Yo no te escondo nada. Sólo ignoras lo que no quieres saber.

—Orlando, noche tras noche, como hoy, sólo escuchamos frases hechas, preparadas, esperadas...

—No te quedes corta. Desesperadas.

—¿Sabes? He acabado por darme cuenta que en este mundo al que me has introducido no importa cómo terminemos. Hoy fue una noche interesante para mí. Los que más se importaban entre sí eran Laura Rivière y Artemio Cruz. Ya ves. Él se fue, la noche terminó mal. Eso es lo más importante que pasó esta noche.

—Déjame consolarte. Tienes razón. No importa cómo terminemos. Lo bueno es cuando no nos damos cuenta de que todo se acabó.

—Oh mi amor, siento que me estoy cayendo por una escalera quebradiza...

Orlando detuvo un taxi y dio una dirección desconocida para Laura. El chofer miró con asombro a la pareja.

—¿De veras, jefe? ¿Está seguro?

En 1932, la ciudad de México se vaciaba temprano, las meriendas caseras tenían horarios puntuales, congregaban a toda la familia y ésta estaba muy unida, como si la prolongada guerra civil —veinte años sin sosiego— le hubiese enseñado a los clanes a vivir asustados, abrazados entre sí, aguardando lo peor, el desempleo, la expropiación, el fusilamiento, el rapto, la violación, los ahorros esfumados, la moneda de papel inservible, la arrogante confusión de las facciones rebeldes. Una sociedad había desaparecido. La nueva sociedad aún no se perfilaba claramente. Los citadinos tenían un pie en el surco y otro en la ceniza, como dijo Musset de la Francia posnapoleónica. Lo malo es que a veces la sangre cubría tanto al surco como a la ceniza, borrando los linderos entre el terreno para siempre yermo y el grano que, para dar sus frutos, primero debe morir.

Fiestas como las de la célebre y cegatona Carmen Cortina eran el alivio de una elite mundana que contaba entre sus protagonistas Semillas y Cenizas, los que sobrevivieron a la catástrofe revolucionaria, los que vivieron gracias a ella y los que murieron en ella pero aún no se enteraban. Las fiestas de Carmen eran una excepción, una rareza. Las familias decentes se visitaban entre sí temprano, se casaban entre sí aún más temprano, usaban lupa y coladera para dejar pasar a la nueva sociedad revolucionaria... Si un bárbaro general sonorense se casaba con una linda señorita sinaloense, allí estaban los parientes y allegados de Culiacán para aprobar o desaprobar. La familia del general Obregón no tenía pretensiones sociales y el Manco de Celaya mejor hubiera hecho de quedarse en su finca de Huatabampo a cuidar guajolotes que empeñarse en la reelección y la muerte. Los Calles, en cambio, querían relacionarse, figurar, presentar a sus hijas en el Country Club de Churubusco y luego casarlas a todas por la iglesia, ¡no faltaba más!, aunque en ceremonias privadas. El caso más notable y respetado, sin embargo, fue el del general Joaquín Amaro, la estampa misma del cabecilla revolucionario, un jinete sin par que parecía más bien centauro, un indígena yaqui de paliacate y arracada, piel de ébano, gruesos labios sensuales y desafiantes y mirada perdida en el origen de las tribus, que se casó con una señorita de la mejor sociedad norteña cuyo regalo de bodas fue obligar al general a aprender francés y urbanidad.

Muchachos parranderos los hubo siempre, aunque ya no había dinero para estudiar en el extranjero y

ahora todos iban a la Escuela de Derecho en San Ilde-
fonso, a la Escuela de Medicina en Santo Domingo, los
más humildes a las vocacionales, los más fifís a Arquitectura: todo ocurría en el viejo centro, rodeado de cantinas, cabarets y prostíbulos. La vida popular hormi-
gueaba invisible, de día y de noche, y México era aún
ciudad de sombrerudos y huarachudos, de overol y rebozo: es lo que me enseñó mi marido Juan Francisco
cuando me llevó a ver los barrios populares y me convenció de que los problemas eran tan gigantescos que
mejor debía quedarme en casa y cuidar a mis hijos...

—Tu marido no te enseñó nada —dijo con fero-
cidad desacostumbrada Orlando Ximénez, tomando a
Laura Díaz de la muñeca y obligándola a bajar en medio de un erial construido, ése era el choque brutal, la
paradoja, éstas eran las calles, éstas eran las casas, y sin
embargo éste era el desierto en medio de la ciudad, ésta era una ruina construida de polvo, concebida como
ruina, una pirámide de arena por cuyos costados aparecían, invisibles a primera vista, siluetas incompletas,
formas difíciles de nombrar, un mundo a medio hacer y
ellos avanzaban en medio de este misterio urbano gris,
Orlando llevando de la mano a Laura como Virgilio a
Beatriz, no a Dante; a otra Laura, no a Petrarca; obligándola a mirar, mira, los ves, van saliendo de los hoyos,
van emergiendo de la basura, dime Laura, ¿qué puedes
hacer por esa mujer a la que llaman La Rana que salta
con el tronco aplastado contra los muslos, mírala, obligada a saltar como un batracio en busca de basura comestible, qué puedes hacer Laura, míralo, qué puedes
hacer por ese hombre que se arrastra por la calle sin
nariz ni brazos ni piernas, como una serpiente humana?; y míralos ahora porque es de noche, porque sólo
aparecen cuando no hay luz, porque le tienen miedo al
sol, porque de día viven encerrados por miedo, para
no ser vistos, ¿qué son, Laura? Míralos bien, ¿son enanos,
son niños, son niños que ya no van a crecer más, son

niños muertos que se quedaron rígidos, de pie, a medio enterrar en el polvo, dime Laura, esto te lo enseñó tu marido, o sólo te mostró la parte bonita de la pobreza, los obreros con camisa de mezclilla, las putas bien polveadas, los organilleros y los cerrajeros, las tamaleras y los talabarteros?, ¿ésa es su clase obrera?, ¿quieres rebelarte contra tu marido, lo odias, no te dio oportunidad de hacer algo por los demás, te menospreció?, pues ahora yo te la doy, yo te tomo de los hombros, Laura, te obligo a abrir los ojos y preguntarte, Laura, ¿que, qué puedes contra todo esto?, ¿por qué no pasamos tú y yo nuestras noches aquí, con La Rana y La Culebra y los niños que no van a crecer y tienen miedo de ver el sol, en vez de pasarlas con Carmen Cortina y Querubina de Landa y el Nalgón del Valle y la actriz que se pinta el pubis de blanco, por qué?

Laura se abrazó muy fuerte a Orlando y soltó un llanto que venía guardando, dijo, desde que nació, desde que perdió al primer muerto y se preguntó, por qué se muere la gente que yo amo, para qué nacieron entonces...

—¿Qué se puede hacer? Son miles, millones, quizás Juan Francisco tenga razón, ¿por dónde empiezas?, ¿qué se puede hacer por toda esta gente?

—Dímelo tú.

—Escoge al más humilde entre todos. A uno solo, Laura. Escoge a uno y salvarás a todos.

Laura Díaz mirando el paso de la meseta calcinada desde la ventanilla del pullman de regreso a casa, de regreso a Veracruz, lejos de la pirámide de arena por la que se abrían paso, como orugas, cucarachas, cangrejos, en vericuetos invisibles que de noche brotaban de hoyos como chancros, las mujeres ranas, los culebras hombres y los niños raquíticos.

Hasta esa noche no creía realmente en la miseria. Vivimos protegidos, condicionados para ver sólo lo que queremos ver. Esto le dijo Laura a Orlando. Ahora, rumbo a Xalapa, ella misma sintió la necesidad angustiosa de ser compadecida: experimentó un ansia de piedad, sabiendo que lo que ella pedía para sí, su parte de compasión, es lo que de ella se esperaba en la casa de la calle Bocanegra, un poco de compasión, un poco de atención por todo lo olvidado —la madre, la tía, los dos hijos— para no decirles la verdad, para mantenerlos en la ficción original, era mejor que Dantón y Santiago crecieran en una ciudad de provincia, bien cuidados, mientras Laura y Juan Francisco arreglaban sus vidas, sus carreras, en la difícil ciudad de México, en el dificilísimo país que emergía del surco, de la ceniza, de la sangre de la Revolución... Sólo la tiíta María de la O sabía la verdad pero sobre todo sabía que la discreción es la verdad que no hace daño.

Estaban sentadas las cuatro en los viejos sillones con respaldo de mimbre que la familia venía arrastrando desde el puerto de Veracruz. Le abrió el zaguán el negro Zampayita y éste fue el primer asombro de Laura: el alegre saltarín tenía la cabeza blanca y la escoba ya no le servía para bailar "tomando a la pareja del talle si se deja"; era un báculo sobre el cual el viejo servidor de la familia apoyó su exclamación mutilada, su "¡Niña Laura!" apagada por el chitón impuesto por el gesto de Laura, en el dedo contra los labios mientras el negro tomaba la maleta de la niña y ella lo dejó hacer para que se siguiera respetando a sí mismo, aunque apenas podía con la petaca.

Laura lo que quería era verlas primero desde la puerta de entrada al salón, sin que la vieran a ella, detrás de las cortinillas raídas, las cuatro hermanas sentadas en silencio, la tía Hilda moviendo nerviosamente los dedos artríticos como si tocara un piano sordo, la tía Virginia murmurando en silencio un poema que no tenía fuerzas para consignar al papel, la tiíta María de la O mirándose ensimismada los tobillos gordos y sólo Leticia, la Mutti, tejiendo una gruesa chambra que se extendía sobre sus rodillas, protegiéndola, en el acto de tejer, del frío decembrino de Xalapa, cuando las nieblas del Cerro de Perote se juntan con las de las presas, las fuentes, los riachuelos que se dan cita en la zona subtropical fértil entre las montañas y la costa.

Al levantar la vista para apreciar su labor, Leticia encontró la mirada de Laura y exclamó hija, hija mía, incorporándose con pena mientras Laura corría a abrazarla, no te muevas, Mutti, no te canses, nadie se levante, por favor, y de haberse levantado, ¿se habría ahorcado a sí misma la tía Hilda con el sofocante que le ceñía la papada y le angostaba aún más los ojos cegatones detrás de espejuelos espesos como un muro de acuario? ¿Se habría descascarado la tía Virginia cuyo rostro pambaseado de arroz no era ya una arruga polveada, sino un polvo arrugado? ¿Se habría derrumbado la tiíta María de la O sobre la losa recién trapeada del piso sin alfombra, perdido el soporte de los tobillos hinchados?

Pero Leticia se incorporó, recta como una flecha, paralela a las paredes de la casa, su casa, suya, esto le decía a Laura la actitud toda de su madre, la casa es mía, yo la mantengo limpia, ordenada, activa, modesta pero suficiente. Aquí no falta nada.

—Nos haces falta, hija. Le haces falta a tus hijos.

Laura la abrazó, la besó, se quedó callada. No iba a recordarle que ellas, madre e hija, vivieron doce años separadas en Catemaco del padre Fernando y el hermano Santiago y que las razones del pasado podrían invocarse en el presente. El presente de ayer, sin embargo, no era el pasado de hoy. Las fiestas de Carmen Cortina pasaron velozmente por el entrecejo de Laura, a la carrera, como los perros sueltos alrededor de la estación de ferrocarril; acaso los perros admiraban secretamente la velocidad de las locomotoras; acaso los invitados de Carmen Cortina eran otra jauría de animales sin dueño.

—Los niños están en la escuela. Ya no tardan.

—¿Cómo van sus estudios?

—Están con las señoritas Ramos, claro.

Iba a decir, ¡Dios mío, no se han muerto!, pero eso hubiese sido otro desacierto, un faux pas como diría Carmen Cortina, cuyo mundo parecía desaparecer, ahora, en la irrealidad más lejana e invisible. Laura sonrió por dentro. Ése había sido durante el año y medio de sus amores con Orlando Ximénez, su mundo, el mundo diario, o más bien nocturno, de Laura y Orlando juntos.

Laura y Orlando. Qué diferente sonaba esa pareja aquí en la casa de Xalapa, en Veracruz, en la memoria resucitada de Santiago el primero. Se sorprendió pensando esto porque su hermano fue fusilado a los veintiún años de edad, pero el nuevo Santiago que entraba ahora a la sala con su mochila al hombro era un caballerito de doce años de edad, serio como un retrato y directo en su anuncio preliminar:

—Dantón se quedó castigado. Tiene que llenar veinte páginas sin una sola mancha de tinta.

Las señoritas Ramos serían siempre las mismas, pero Santiago no había visto a su mamá en cuatro años. Sin embargo, enseguida supo quién era. No corrió a abrazarla. Dejó que ella viniese hasta él, se hincase para besarlo. No cambió el semblante del niño. Laura pidió auxilio con la mirada a las mujeres de la casa.

—Así es Santiago —dijo la Mutti Leticia—. No he conocido niño más serio.

—¿Puedo retirarme? Tengo mucha tarea.

Besó la mano de Laura —¿quién le habría enseñado eso, las señoritas Ramos, o era innata la cortesía, la lejanía?— y salió saltando. Laura celebró este gesto infantil; su hijo entraba y salía saltando, aunque hablase como un juez.

La cena fue lenta y penosa. Dantón mandó decir con una sirvienta que iba a dormir en casa de un amigo y Laura no quería jugar a la capitalina activa y

emancipada, ni turbar la siesta ambulante que pasaba por vigilia de sus tías, ni ofender, por el contrario, la
admirable y nerviosa actividad de su madre, pues Leticia era quien cocinaba, corría, servía, mientras que el
negro Zampayita canturreaba en el patio y a falta de
conversación un olor peculiar, el olor de la casa de huéspedes, se iba apoderando de todos los espacios; era el
aroma muerto de muchas noches solitarias, de muchas
visitas apresuradas, de muchos rincones donde pese al
esfuerzo de la Mutti y la escoba del negrito se iban
acumulando el polvo, el tiempo, el olvido.

Porque huéspedes no había en esta ocasión,
aunque siempre pasaban uno o dos por semana que
permitían mantener la pensión modestamente, más
la ayuda de Laura para los niños, escuchaba la hija a la
madre con creciente zozobra, ansiosa de estar a solas
con ella, su madre Leticia, pero también con cada una
de las mujeres de esta casa sin hombres —sacudirlas de
la apatía de una siesta eterna. Pero pensar esto no sólo
era una ofensa para ellas; era una hipocresía para Laura
que durante dos años había vivido de la caridad de
Elizabeth, dividiendo la mesada de Juan Francisco diputado de la CROM entre pagos a Elizabeth, gastos personales y un poco para los niños acogidos en Xalapa
mientras Laura dormía hasta las doce del día después
de desvelarse hasta las tres de la mañana, nunca oía a
Orlando levantarse más temprano y salir a sus misteriosas ocupaciones, Laura se había engañado leyendo en
la cama, diciéndose que no estaba perdiendo el tiempo,
que se educaba a sí misma, leía lo que le había falta-
do leer de adolescente, después de descubrir a Carlos
Pellicer, leer a Neruda, a Lorca, y atrás a Quevedo, a
Garcilaso de la Vega... con Orlando iba a Bellas Artes
a oír a Carlos Chávez dirigiendo obras que para ella eran
todas nuevas, pues en su memoria sólo flotaba como
un perfume Chopin tocado por la tía Hilda en Catemaco,
y ahora se juntaban en una vasta misa musical Bach,

Beethoven y Berlioz; Ponce, Revueltas y Villalobos; no, no había perdido el tiempo en las fiestas de Carmen Cortina, al leer un libro o escuchar un concierto dejaba, al mismo tiempo, correr su pensamiento personal más interior y profundo con el propósito —se decía a sí misma— de situarse en el mundo, comprender los cambios en su vida, proponerse metas firmes, más seguras que la fácil salida —le parecía ahora, recostada de vuelta en la cama de su adolescencia abrazada de nuevo a Li Po— de la vida matrimonial con Juan Francisco o incluso la muy placentera vida bohemia con Orlando —algo mejor para sus hijos Santiago y Dantón, una madre más madura, más segura de sí…

Ahora estaba de vuelta en el hogar y esto era lo mejor que pudo haber hecho, regresar a su raíz y sentarse tranquilamente a beber espumosas en La Jalapeña de don Antonio C. Báez, quien aseguraba a sus clientes: "Esta fábrica no endulza sus aguas con sacarina", mirando los aparadores de la casa de Ollivier Hermanos ofreciendo todavía los corsets "La Ópera" y hojeando en la librería La Moderna de don Raúl Basáñez las revistas ilustradas europeas que tanto aguardaba su padre Fernando Díaz cada mes en el muelle de Veracruz. Entró a la Casa Wagner y Lieven, frente al Parque Juárez, para comprarle a la tía Hilda las partituras de un músico que acaso ella desconocía, Maurice Ravel, escuchado por Orlando y Laura en un concierto de Carlos Chávez en Bellas Artes.

Ellas actuaban como si nada hubiese pasado. Ésa era su fuerza. Estaban para siempre en el beneficio cafetalero de don Felipe Kelsen natural de Darmstadt en la Renania. Movían las manos en la mesa como si los cubiertos fuesen de plata, no de estaño; los platos de porcelana, no de barro; el mantel de lino, no de manta; había algo concreto a lo que no habían renunciado, sin embargo. Cada mujer tenía su propia servilleta de lino almidonada, cuidadosamente enrollada y protegida por un anillo de plata con la inicial de cada una de ellas, una V, un H, una MO, una L gravadas con arte y relieves garigoleados. Era lo primero que cada una tomaba al tomar sus lugares en la mesa. Era el orgullo, el salvavidas, el sello de alcurnia. Era la casta de los Kelsen, antes de los maridos, antes de las solterías confirmadas, antes de las muertes. El anillo de plata de las servilletas era la personalidad, la tradición, la memoria, la afirmación de todas ellas y de cada cual.

Un anillo de plata con una servilleta enrollada, limpia, crujiente de almidón; en la mesa actuaban como si nada hubiese pasado.

Laura empezó a buscarlas una por una, por separado, con una sensación de que las cazaba, eran las aves nerviosas y huidizas de dos temporadas pasadas, la de Laura y la de cada una de ellas… Virginia e Hilda se parecían más de lo que ellas mismas sabían. A la tía pianista, una vez relatada por enésima vez la queja contra el padre Felipe Kelsen que no le permitió quedarse a estudiar música en Alemania, Laura le sustrajo la queja más profunda, soy una vieja quedada, Laurita, una solterona sin remedio, ¿y sabes por qué?, porque me pasé la vida convencida de que todos los hombres me habrían preferido si yo les hubiera negado la esperanza. En la fiesta de la Candelaria en Tlacotalpan me asediaban, allí se conocieron tus padres ¿recuerdas?, y yo me encargué, por puro orgullo, de hacerles saber a mis pretendientes que yo, en cambio, era inaccesible.

—Lo siento, Ricardo. El sábado entrante regreso a Alemania a estudiar piano.

—Eres muy dulce, Heriberto, pero yo ya tengo novio en Alemania. Nos carteamos diario. Cualquier día viene a mí, o yo regreso a él…

—No es que no me gustes, Alberto, pero no estás a mi altura. Puedes besarme si quieres. Pero es un beso de adiós.

Y como en la siguiente fiesta de la Candelaria ella reaparecía sin novio, Ricardo se burlaba de ella, Heriberto se presentaba con novia local y Alberto ya estaba casado... Los ojos de un azul acuamarino de la tía Hilda se llenaban de lágrimas que le rodaban bajo los gruesos espejuelos empañados como la brumosa carretera a Perote y terminaba con el consabido consejo, Laurita, no te olvides de los viejos, ser joven no es ser piadoso, es olvidarse de los demás...

La tía Virginia se obligaba a sí misma a pasear por el patio —ya no podía salir a la calle, tenía el temor explicable de los viejos de caerse, romperse una pierna y no levantarse hasta el día de la Santa Resurrección de las Almas. Pasaba horas polveándose y sólo cuando se sentía perfectamente arreglada salía a dar sus rondas por el patio, recitando en voz inaudible poemas propios o ajenos: era imposible saberlo.

—¿Te acompaño en tus vueltas, tía Virginia?

—No, no me acompañes.

—¿Por qué?

—Lo haces por caridad. Te lo prohibo.

—No. Por puritito cariño.

—Anda, no me acostumbres a la compasión. Tengo pavor de ser la última de esta casa y morirme sola aquí. Entonces, si te llamo a México, ¿vendrás a verme para que no me muera sin compañía?

—Sí, te lo prometo.

—Papera. Ese día vas a tener un compromiso inaplazable, estarás lejos, bailando el fox-trot y te importará un bledo si vivo o muero.

—Tía Virginia, yo te juro.

—No jures en vano, sacrílega. ¿Para qué tuviste hijos si no los cuidas? ¿No prometiste cuidarlos?

—La vida es difícil, tía: a veces...

—Pamplinas. Lo difícil es querer a la gente, a la gente de uno, ¿me entiendes?, no abandonarla, no obligar a nadie a mendigar un poco de caridad antes de morirse, sacre bleu!

Se detuvo y miró a Laura con unos ojos de diamante negro aún más notables por la cantidad de polvo que los rodeaba.

—Nunca lograste que el ministro Vasconcelos publicara mis poemas. Así cumples tus promesas, malagradecida. Me voy a morir sin que nadie haya recitado mis poesías más que yo.

Le dio la espalda, con un movimiento temeroso, a la sobrina.

Laura le contó la conversación con la tía Virginia a María de la O, quien sólo le dijo, piedad, hija, un poco de piedad para los viejos sin amor y respeto ajeno…

—Tú eres la única que sabe la verdad, tiíta. Dímelo, ¿qué debo hacer?

—Déjame pensar. No quiero meter la pata.

Se miró los tobillos hinchados y le dio un ataque de risa.

De noche, Laura sentía dolor y miedo, le costaba conciliar el sueño y se paseaba sola por el patio, como la tía Virginia durante el día, descalza para no hacer ruido y para no interrumpir los sollozos y los gritos memoriosos que se escapaban, sin saberlo, de cada recámara donde dormían las cuatro hermanas…

¿Quién sería la primera en irse? ¿Quién, la última? Laura se juró a sí misma que, estuviera donde estuviese, ella se encargaría de la última hermana, se llevaría a la que sobreviviese a vivir con ella, o se vendría a acompañarla aquí, no le daría la razón a la tía Virginia, "tengo pavor de ser la última y morirme sola".

Un patio nocturno donde se daban cita las pesadillas de cuatro ancianas.

A Laura le costaba incluir a su madre, Leticia, en ese coro del miedo. Se recriminó a sí misma cuando admitió que si alguna de las cuatro se quedaba sola, ojalá fuera la Mutti o la tiíta. Las tías Hilda y Virginia se habían vuelto maniáticas e insoportables y eran ambas, la sobrina estaba convencida de ello, vírgenes. María de la O no.

—Mi madre me obligó a acostarme con sus clientes desde los once años...

Laura no sintió ni horror ni compasión cuando la tiíta le confesó esto; sabía que la generosa y cálida mulata se lo decía para que Laura entendiese cuánto le debía la hija bastarda del abuelo Felipe Kelsen a la simple humanidad, pareja de la suya propia a pesar de las diferencias de edad, de clase y de raza, de la abuela Cósima Reiter y a la generosidad, también, del padre de Laura, Fernando Díaz.

La sobrina se acercó a abrazar y besar a la tía cuando le dijo esto, años atrás, en la casa de la Avenida Sonora, pero María de la O la detuvo con un brazo extendido, no quería compasión y Laura sólo besó la palma abierta de la mano admonitoria.

Quedaba Leticia, y Laura, de vuelta en el hogar, deseaba con toda su alma que la Mutti fuese la última en morir, porque era ella la que nunca externaba una queja, ni se dejaba vencer, era ella la que mantenía limpia y operante la casa de huéspedes y sin ella Laura se imaginó a las otras tres desamparadas, vagando por los pasillos como almas en pena mientras los platos sucios se acumulaban en la cocina de braseros, las hierbas crecían despeinadas en el patio, las despensas se vaciaban muertas de hambre, los gatos entraban a vivir en la casa y las moscas verdes cubrían con una máscara zumbante los rostros dormidos de Virginia, de Hilda, de Leticia y de María de la O.

—Sí, todos tenemos un futuro sin cariño —le dijo inopinadamente Leticia una tarde en que Laura la ayudaba a lavar los platos de la comida, añadiendo, tras una breve pausa, que se sentía contenta de tenerla aquí de vuelta, en su casa.

—Mutti, sentía mucha nostalgia de mi niñez, de los interiores sobre todo. Cómo se te van quedando, aunque se vayan dejando al mismo tiempo, una recámara, un ropero, un aguamanil, ese horrible par de cuadros del mocoso y el perro que no sé para qué los guardas...

—Nada me recuerda tanto a tu padre, no sé por qué, él no era así para nada...

—¿Pícaro, o pictórico? —sonrió Laura.

—No tiene importancia. Son cosas que asocio a él. No puedo sentarme a comer sin verlo a él en la cabecera, con esos cuadros detrás de su cabeza...

—¿Se quisieron mucho?

—Nos queremos mucho, Laura.

Tomó las manos de su hija y le preguntó si creía que el pasado nos condenaba a la muerte.

—Vas a ver un día cómo cuenta el pasado para seguir viviendo y para que las personas que se quisieron, pues se sigan queriendo.

Aunque logró restablecer la intimidad con su pasado, Laura no pudo, en cambio, establecer contacto verdadero con sus propios hijos. Santiago era todo un caballerito, cortés y prematuramente serio. Dantón era un diablillo que no tomó a su madre ni en serio ni en broma, como si fuese una tía más de este gineceo sin sultán. Laura no supo hablarles, ni atraerlos y sintió que la falla era de ella, de una insuficiencia emocional que a ella, y no a sus hijos, le correspondía llenar.

Más bien dicho, el hijo más joven, a sus once años de edad, se comportaba como si el sultán fuese él, un príncipe del hogar que no necesitaba probar nada para actuar caprichosamente y exigir, obteniéndola, la aquiescencia de las cuatro mujeres que lo miraban con un poco de miedo, así como a su hermano lo miraban con verdadero cariño. Dantón parecía ufanarse de la reticencia casi medrosa con que sus tías y su abuela lo trataban, aunque María de la O murmuró una vez este mocoso lo que requiere es un par de nalgadas y otra vez que ni siquiera anunció que no regresaría a dormir, la abuela Leticia se encargó de dárselas, a lo cual el niño contestó que no olvidaría el insulto.

—Yo no te insulto, mequetrefe, yo sólo te doy de nalgadas. El insulto me lo guardo para la gente importante, baboso.

Es la única vez que Laura vio a su madre violentarse y en ese acto todos los vacíos de autoridad, todas las ausencias que empezaban a marcar su propia existencia, se hicieron presentes, como si fuese Laura la que mereciese las nalgadas de su madre por no ser Laura la que disciplinaba a su hijo rebelde.

Santiago todo lo miraba con seriedad y a veces, parecía que el niño se reservaba un suspiro resignado pero desaprobatorio hacia su hermano menor.

Laura quiso reunirlos para pasear o jugar con ellos. Encontró una resistencia testaruda de parte de ambos. No se ofendió, no la rechazaron a ella, se rechazaban entre sí, parecían rivales de dos bandos contrarios. Laura recordó la vieja rencilla familiar entre proaliados y pro-germanos durante la guerra, pero esto nada tenía que ver con aquello, ésta era una guerra de carácter, de personalidades. ¿A quién se parecía Santiago el mayor, a quién Dantón el menor (deberían nombrarse al revés, Dantón el mayor, Santiago el menor; el segundo Santiago, ¿sería como su joven tío fusilado después de cumplir los veinte años?, ¿sería Dantón como su padre Juan Francisco, un hombre ambicioso pero fuerte el hijo, no débil como el padre, Juan Francisco era un ambicioso débil, se contentaba con tan poco?).

No supo hablarles; no supo atraerlos y sintió que la falla era de ella, de una insuficiencia emocional que a ella, y no a sus hijos, le correspondía llenar.

—Te prometo, Mutti —le dijo a Leticia al despedirse— que voy a arreglar mi vida para que los niños puedan regresar con nosotros.

Subrayó el plural y Leticia arqueó una ceja con sorpresa fingida, reprochándole a su hija el "nosotros" mentiroso, diciéndole sin palabras "ésa fue la diferencia con tu padre y conmigo, nosotros toleramos la separación porque nos quisimos mucho...". Pero Laura tuvo una premonición aguda, indeseada, cuando repitió, "Nosotros. Juan Francisco y yo".

Cuando tomó el tren de regreso a México, sabía que había mentido, que iba a buscar un destino para ella y sus hijos sin Juan Francisco, que reconciliarse con su marido era la salida fácil y la peor para el futuro de los niños.

Bajó la ventanilla del pullman y los vio sentados en el Isotta-Fraschini que Xavier Icaza, inútil pero elegantemente, le había regalado de bodas a Juan Francisco y a Laura y con el cual se habían quedado, inútilmente también, las cuatro hermanas Kelsen que ya no salían de su casa, dejando que el negro Zampayita se luciera manejándolo de tarde en tarde, o llevando de excursión a los niños. Las vio sentadas allí a las cuatro hermanas Kelsen, que habían hecho el supremo esfuerzo de venir a despedirla, junto con los niños. Dantón no la miraba; fingía, con ruidos estrambóticos de la nariz y la boca, que conducía el automóvil. La mirada de Santiago el niño no la olvidaría. Era el fantasma de sí mismo.

El tren arrancó y Laura sintió una angustia repentina. No eran cuatro las mujeres de la casa de Xalapa. ¡Li Po! ¡Olvidó a Li Po! ¿Dónde estaba la muñeca china, por qué nunca la buscó, ni pensó en ella? Quiso gritar, quiso preguntar, el tren se alejó, los pañuelos se agitaron.

—¿Te imaginas un líder obrero con un automóvil europeo de lujo estacionado en el garaje? Olvídalo, Laura. Dáselo a tu mamá y a tus tías.

X. Detroit: 1932

La nota que dejó Orlando en la conserjería del Hotel Regis la esperaba a su regreso de Xalapa. La esperaba.

LAURA MI AMOR, NO SOY LO QUE DIGO NI LO
QUE PAREZCO Y PREFIERO GUARDAR MI SECRETO.
TE ESTÁS ACERCANDO DEMASIADO AL MISTERIO
DE TU

ORLANDO

Y SIN MISTERIO, NUESTRO AMOR CARECERÍA DE
INTERÉS. TE QUIERO SIEMPRE...

La administración le informó que no había prisa en abandonar el cuarto, la señora Cortina había dejado todo pagado hasta la semana entrante.

—Sí, doña Carmen Cortina. Ella paga por la habitación que ocupan usted y su amigo el señor Ximénez. En fin, desde hace tres años, ella le paga al señor Ximénez.

¿Amigo de quién?, iba a preguntar estúpidamente, ¿amigo en qué sentido?, ¿amigo de Laura, amigo de Carmen, amante de cuál, amante de ambas?

Ahora, en Detroit, recordaba el sentimiento terrible de desamparo que la abrumó en ese momento, la necesidad apremiante de ser compadecida, "mi hambre de piedad", y su reacción inmediata, tan abrupta como la desolación que le impulsó, de presentarse en la casa de Diego Rivera en Coyoacán y decirle aquí estoy, ¿me recuerdas?, necesito trabajo, necesito techo, por favor recíbeme maestro.

—Ah, la chamaca vestida de negro.

—Sí, por eso volví a ponerme de luto. ¿Me recuerdas?

—Pues me sigue pareciendo espantoso y me cisca. Dile a Frida que te preste algo más colorido y luego hablamos. De todos modos, me pareces muy distinta y muy guapa.

—A mí también —dijo una voz melodiosa a sus espaldas y Frida Kahlo entró con un estrépito de collares, medallas y anillos, sobre todo un anillo en cada dedo, a veces dos: Laura Díaz recordó el incidente de la abuela Cósima Kelsen y se preguntó, viendo entrar al estudio a la mujer insólita de cejas negras sin cesura, pelo negro trenzado con listones de lana y amplia falda campesina, si el Guapo de Papantla no le había robado los anillos a la abuela Cósima sólo para entregárselos a la amante Frida, pues la aparición de la mujer de Rivera convenció a Laura de que ésta era la diosa de las metamorfosis que ella, junto con el abuelo Felipe, descubrió en medio de la selva veracruzana, la figura de la cultura del Zapotal que el abuelo Felipe Kelsen quiso desmitificar, convirtiéndola en mera ceiba, para que la niña no anduviera creyendo en fantasías… una maravillosa figura femenina mirando a la eternidad, aderezada con cinturones de caracol y serpiente, tocada con una corona teñida por la selva, adornada de collares y anillos y aretes en brazos, nariz, orejas… La ceiba, a pesar de lo dicho por el abuelo, era más peligrosa que la mujer. La ceiba era un árbol tachonado de espinas. No se le podía tocar. No se le podía abrazar.

¿Era Frida Kahlo el nombre pasajero de una deidad indígena que encarnaba de tarde en tarde, reapareciendo aquí y allá para hacer el amor con los guerrilleros, los bandidos y los artistas?

—Que trabaje conmigo —dijo imperiosamente Frida, descendiendo la escalera del estudio sin apartar la mirada de los ojos saltones de Rivera, de las cuencas sombreadas de Laura, que en ese momento, mirándose en Frida, se miró a sí misma, miró a Laura Díaz mirando a Laura Díaz, se vio transformada, con un carácter nuevo a punto de nacer en las facciones conocidas pero también a punto de transformarse y, acaso, de ser olvidadas por la propia Laura Díaz, con su rostro esculpido, delgado y fuerte, su nariz alta, fuerte, larga, de poderoso caballete escoltado por ojos cada vez más melancólicos a cada lado, ojeras como lagos de incertidumbre detenidos al filo de las mejillas pálidas felices de encontrar el carmín de los labios delgados, ahora más severos, como si la figura entera de Laura se hubiese vuelto, en el mero contraste con la de Frida, más gótica, más estatuaria frente a la vida vegetativa, de flor exhausta pero en expansión, de la mujer de Diego Rivera.

—Que trabaje conmigo… voy a necesitar ayuda en Detroit, mientras tú trabajas y yo, pues ya sabes…

Pisó en falso y perdió pie; Laura corrió a socorrerla, la tomó de los brazos pero le tocó sin querer el muslo, ¿no se hizo usted daño?, y lo que palpó fue una pierna seca, descarnada, compensada o confirmada, en un acto simultáneo de desafío y vulnerabilidad, por la mirada de ensoñación que, extrañamente, cruzaron las dos mujeres. Rivera rió.

—No te preocupes. No pensaba tocarla, Friducha. Es toda tuya. Imagínate, también esta chica es alemana como tú. Con una Valkiria me basta, te lo juro.

Laura le gustó inmediatamente a Frida, la invitó a su recámara y lo primero que hizo fue sacar un espejo de marco esmaltado y pintado de azul añil, ¿te has visto, muchacha, sabes qué linda eres, te sacas provecho, sabes que eres rara, no se dan muchas bellezas altas, de perfil cortado como a machetazos, de nariz prominente, ojos hundidos, profundos y ojerosos? ¿Piensa tu Orlando que te puede quitar el luto de la mirada? Déjatelo. A mí me gusta.

—¿Cómo sabe usted?

—Corta el turrón, tú. Esta ciudad es una aldea. Todo se sabe.

Acomodó las almohadas de su cama de postes coloridos y enseguida le dijo, mientras Laura la ayudaba a empacar, nos vamos mañana a Gringolandia. Diego va a pintar un mural en el Instituto de Artes de Detroit. Una comisión de Henry Ford, imagínate. Ya sabes a lo que se presta. Los comunistas de aquí lo atacan por recibir dinero capitalista. Los capitalistas de allá lo atacan por ser comunista. Yo nomás le digo que un artista está por encima de esas pinches pendejadas. Lo importante es la obra. Eso queda, eso ni quién lo borre y eso le habla al pueblo cuando los políticos y los críticos se han ido a empujar margaritas.

—¿Tienes tu propia ropa? No quiero que me imites. Ya sabes que yo me disfrazo de piñata por fantasía personal pero también para disfrazar mi pierna enferma y mis andares de coja. La que coja, que escoja, digo yo, cojón —dijo Frida, acariciándose el bozo oscuro del labio superior.

Laura regresó con su petaca mínima, ¿le gustarían a Frida los modelitos de Balenciaga y Schiaparelli, comprados con Elizabeth y gracias a la generosidad de Elizabeth, o debía revertir a una moda más simple? Una intuición inmediata le dijo que a esta mujer tan elaborada y decorativa lo que le importaba, precisamente por eso, era la naturalidad en los demás. Ésta era su manera de que los demás aceptaran la naturalidad de lo extraordinario en ella misma, en Frida Kahlo.

Se despidió con besos de sus pelones perros ixcuintles y todos tomaron el tren a Detroit.

El largo viaje por los desiertos del norte de México acompañados por las hileras de magueyes le hizo a Rivera recordar un verso del joven poeta Salvador Novo, "los magueyes hacen gimnasia sueca de quinientos en fondo", pero Frida dijo que ese tipo era un mal bicho, que se cuidaran de él, era una lengua rayada, un maricón malo, no como los putos tiernos y cariñosos que ella conocía y que eran miembros de su pandilla, Rivera se rió. —Si es malo, entonces mientras más malo, mejor.

—Cuídate de él. Es uno de esos mexicanos que venden a su madre con tal de hacer un chiste cruel. ¿Sabes lo que me dijo el otro día en la exposición del tal Tizoc? "Adiós, Pavlova". "Adiós, Nalgador", le contesté y se quedó de a cuatro.

—Cómo serás rencorosa, Friducha. Si te pones a hablar mal de Novo, autorizas a Novo a que hable mal de nosotros.

—¿A poco no lo hace? De cornudo no te baja Diego y a mí me dice "Frida Kulo".

—No importa. Eso es el resquemor, el chisme, la anécdota. Queda el escritor, Novo. Queda el pintor, Rivera. Queda la vida. Se evapora la anécdota.

—Está bien. Diego, pásame el ukelele. Vamos a cantar la *Canción Mixteca*. Es mi canción favorita para ver pasar a México.

Qué lejos estoy del suelo donde he nacido,
Inmensa nostalgia invade mi pensamiento…

Cambiaron de tren en la frontera, otra vez en St. Louis Missouri y de allí ya fueron directo a Detroit, Frida cantando con el ukelele, contando chistes colorados y luego al anochecer, cuando Rivera se dormía, mirando el paso de las infinitas llanuras de Norteamérica y hablando de los latidos de la locomotora, ese corazón de fierro que le excitaba con su pulso a la vez animoso y destructivo, como todas las máquinas.

—De jovencita me vestía de hombre y armaba relajo con mis cuates en las clases de filosofía. Nos llamábamos el grupo de Los Cachuchas. Y yo me sentía a gusto, liberada de las convenciones de mi clase, con ese grupo de muchachos que amaban a la ciudad tanto como yo, que recorríamos interminablemente, por los parques, por los barrios, aprendiéndonos la ciudad de México como si fuera un libro, de cantina en cantina, de carpa en carpa, una ciudad pequeña, bonita, azul y rosa, una ciudad de parques dulces y desorganizados, de amantes silenciosos, de avenidas anchas y callejones oscuros y sorpresivos...

Toda su vida le contaba Frida a Laura mientras dejaban correr las llanuras de Kansas y las anchuras del Mississipi; buscó a la ciudad oscura, descubriendo sus olores y sabores, pero buscando sobre todo la compañía, la amistad, la manera de mandar la soledad a la chingada, ser parte de la chorcha, protegerse de los cabrones, Laura, pues en México basta que asomes la cabeza para que un regimiento de enanos te la corte.

—El resentimiento y la soledad —repetía la mujer de ojos dulces bajo las cejas agresivas, encajándose cuatro rosas en la cabeza en vez de corona y buscando, en el espejo del camarote, la unción de su peinado de flores y la puesta de sol sobre el gran río de las praderas, el "padre de las aguas". Olía a carbón, a légamo, a estiércol, a tierra fértil.

—Con el grupo de Los Cachuchas hacíamos locuras como robarnos tranvías y poner a la policía a corretearnos como en las películas de Buster Keaton, que son mis favoritas. Quién me iba a decir que un tranvía se iba a vengar de mí por andarme volando a sus polluelos, porque Los Cachuchas robábamos tranvías solitarios, abandonados de noche en Indianilla. A nadie le quitábamos nada y nosotros ganábamos la libertad de recorrer medio México de noche, a nuestro propio impulso, Laurita, siguiendo nuestra fantasía pero metidos a güevo en los rieles, de los rieles no te sales nunca, ése es el secreto, admitir que hay rieles pero usarlos para escapar, para liberarte…

El gran río ancho como un mar, el origen de todas las aguas de la tierra perdida por los indios, las aguas en las que te puedes bañar, la materia que te recibe alborozada, te abraza, te acaricia, te refresca, distribuye los espacios exactamente como los soñó Dios: las aguas son la materia divina que te acoge en contra de la materia dura que te rechaza, te hiere, te penetra.

—Fue en septiembre de 1925, hace siete años. Yo iba en camión desde la casa de mis padres en Coyoacán cuando un tranvía se estrelló contra nosotros y me rompió la columna vertebral, el cuello, las costillas, la pelvis, el orden entero de mi territorio. Se me dislocó el hombro izquierdo —¡qué bien me lo disfraza mi blusa de mangas amponas!, ¿no te parece?—. Bueno, una pata se me estropeó para siempre. Un pasamano me entró por la espalda y me salió por la vagina. El impacto fue tan bárbaro que se me cayó toda la ropa, ¿te imaginas?, la ropa se me evaporó, me quedé allí sangrante, encuerada y rota. Y entonces, Laura, pasó lo más extraordinario. Me llovió oro encima. Mi cuerpo desnudo, roto, yacente, se cubrió de polvo dorado.

Encendió un cigarrillo Alas y soltó una carcajada de humo.

—Un artesano llevaba unos paquetes con polvo dorado en el camión a la hora del chingadazo. Quedé rota, pero cubierta de oro. ¿Qué se te hace?

A Laura se le hacía que el viaje a Detroit en compañía de Frida y Diego le llenaba de tal modo la existencia que no le quedaba tiempo para nada más, ni para pensar en Xalapa, su madre, sus hijos, las tías, Juan Francisco su marido, Orlando su amante, Carmen la amante de su amante, Elizabeth su "amiga", todo iba quedando tan lejos como la frontera triste y pobre de Laredo y el

desierto anterior y la meseta donde todo el chiste, repetía Frida, consistía en "defenderse de los cabrones".

Mirándola dormir, Laura se preguntaba si Frida
se defendía sola, o si necesitaba la compañía de Diego,
el hombre imperturbable, dueño de su verdad propia,
pero también de su propia mentira. Quiso imaginar qué
dirían de un hombre así todos los hombres de la vida de
Laura, los varones del orden y la moral como el abuelo
Felipe y el padre Fernando, los pequeños ambiciosos
como su marido Juan Francisco, las promesas quebra-
das como su hermano Santiago, las promesas inédi-
tas como sus hijos Dantón y el segundo Santiago, el enigma perpetuo que era Orlando y, para cerrar y reiniciar
el círculo, el hombre inmoral que también fue el abuelo, capaz de abandonar a una hija ilegítima, mulata: ¿qué
habría sido de la tierna, adorable tiíta María de la O si
no la salvan la voluntad firme de la abuela Cósima y la
misericordia igualmente tenaz del padre, Fernando?

En Rivera (sentado junto a la ventana del carro
comedor, contando mentiras fabulosas sobre su origen
físico —a veces era hijo de una monja y un sapo enamorado, a veces de un capitán del ejército conservador y de
la enloquecida emperatriz Carlota—, evocando su fa-
bulosa vida parisina al lado de Picasso, Modigliani y
el ruso Ilya Ehrenburg, que publicó una novela sobre la
vida de Diego en París titulada *Aventuras del mexicano
Julio Jurenito*, detallando sus gustos culinarios aztecas
por la carne humana, tlaxcalteca de preferencia —los
muy traidores merecían ser fritos en manteca de cerdo— mentiras, todo el tiempo, diseñaba sobre grandes
papeles extendidos en la mesa del salón comedor el trazo
gigantesco y detallado del mural de Detroit, el canto a
la industria moderna), Laura encontraba la novedad
excitante de un hombre creativo, a la vez fantástico y
disciplinado, tan trabajador como un albañil y tan soña-
dor como un poeta y tan divertido como un cómico de
carpa y tan cruel, en fin, como una artista que necesita

ser el dueño tiránico de todo su tiempo, sin contemplación alguna para las necesidades de los demás, sus angustias, sus gritos de auxilio... Diego Rivera pintaba y la puerta hacia el mundo y los hombres se cerraba para que en la jaula del arte volasen libremente las formas, los colores, los recuerdos, los homenajes de un arte que, por muy social o político que se declare, es ante todo parte de la historia del arte, no de la historia política, y añade o resta realidad a una tradición y, a través de ella, a la realidad que el común de los mortales juzga autónoma y fluyente. El artista sabe mejor: su arte no refleja la realidad. La funda. Y para cumplir esa obra, nada importan la generosidad, la preocupación, el contacto con los demás, si todo ello interrumpe o ablanda la obra. En cambio, la mezquindad, el desdén, el egoísmo más flagrantes son virtudes del artista si gracias a ellos hace su trabajo.

¿Qué buscaba en un hombre así una mujer tan frágil como Frida Kahlo? ¿Cuál era su fuerza? ¿Le daba Rivera el poder que necesitaba su fragilidad, o lo importante era la suma de dos fuerzas para darle su sitio independiente y doloroso a la fragilidad física? Y el propio Diego, ¿era tan fuerte como su apariencia física, gigantón, robusto, o tan débil como ese mismo cuerpo desnudo, sin vello, color de rosa, gordinflón, con un pene infantil, que Laura descubrió una mañana al abrir accidentalmente la puerta del camarín? ¿No sería ella, Frida, la víctima, quien le daba fuerza a él, el hombre del vigor y las victorias?

Frida fue la primera en notar la cualidad de la luz, antes que Diego, pero se lo dijo como si él lo hubiese descubierto, sabiendo ella que él le agradecería la mentira primero y enseguida la haría verdad original, propia de Diego Rivera.

—Falta luz, falta sombra en Gringolandia. Qué bien lo adivinaste, mi chiquito lindo... —brillaba ella, mientras él regresaba, pretendiendo olvidar, pues para tu chiquito lindo, tu espejo de la noche, sólo hay dos luces en el mundo, la del atardecer parisino donde me hice pintor y la del altiplano mexicano donde me hice hombre, no entiendo ni la luz del invierno gringo ni la del trópico mexicano, y por eso mis ojos son espadas verdes dentro de tu carne y se transforman en ondas de luz entre tus manos, Frida…

Por eso los dos llegaron de la estación al hotel dispuestos a contrastar, a dar guerra, a no permitir que nada pasara desapercibido o tranquilo. Detroit les dio gusto en todo, los alimentó desde un principio, les ofreció la ocasión del escándalo para él y el humor para ella. Hicieron cola para registrarse en el hotel. Una pareja de viejos, delante de ellos, fue rechazada por el recepcionista con una respuesta cortante.

—Lo sentimos mucho. Aquí no se admiten judíos.

La pareja se retiró desconcertada, murmurando, sin encontrar quién los ayudara con las maletas. Frida pidió llenar las tarjetas de entrada y en ellas puso con letras grandotas MR AND MRS DIEGO RIVERA y debajo su dirección en Coyoacán, su nacionalidad mexicana y con letras aún más grandotas su religión JUDÍA. El recepcionista los miró azorado. No supo qué decir. Frida lo dijo por él.

—¿Qué le pasa, señor?

—Es que nosotros no sabíamos.

—¿No sabían qué?

—Perdone, señora, su religión…

—Más que la religión. La raza.

—Es que…

—¿No admiten judíos?

Se volteó en redondo sin escuchar a la respuesta del recepcionista. Laura contuvo la risa y escuchó los comentarios de la clientela blanca, ellas con sombreros de paja de alas anchas para el verano, ellos con esos extraños trajes gringos de seersucker, una popelina blanca, de rayas azules, y sombreros panamá, ¿serán gitanos, de qué anda disfrazada esa mujer?

—Vámonos, Diego, Laura, fuera de aquí.

—Señora Rivera —urgió temblando el manager extraído de la oficina olorosa a goma de borrar y con el periódico abierto en la página de los monitos—. Perdón, no sabíamos, no importa, usted es el huésped del señor Ford, acepten nuestras excusas...

—Vaya y dígale al par de viejitos que los aceptan aunque sean judíos. A esos que van por la puerta. Step on in it, shit! —ordenó Frida y luego, en la suite, se dobló de la risa, tocando yes we have no bananas today en el ukelele; ¡No sólo nos admitieron, admitieron al par de rucos y nos bajaron la renta!

Diego no perdió un minuto. Al día siguiente ya estaba en el Detroit Institute examinando los espacios, preparando los alfrescos, instruyendo a los asistentes, extendiendo los dibujos y recibiendo periodistas.

—Pintaré a una nueva raza de la edad de acero.

—Un pueblo sin memoria es como una sirena bien intencionada. No sabe cuándo porque no tiene cómo.

—Voy a darle una aureola de humanidad a una industria deshumanizada.

—Le enseñaré a recordar a los Estados Unidos de Amnesia.

—Cristo corrió a los mercaderes del templo. Yo les voy a dar a los mercaderes el templo que les hace falta. A ver si se portan mejorcito.

—Mister Rivera, está usted en la capital del automóvil. ¿Es cierto que no sabe conducir?

—No, pero sé quebrar huevos. Viera qué bien me salen mis omelettes.

No paraba de hablar, bromear, ordenar, pintar mientras hablaba, hablar mientras pintaba, como si un mundo de formas y colores necesitase la defensa y distracción externas del alboroto, del movimiento y las palabras para gestarse lentamente detrás de sus ojos adormilados y saltones. Regresaba, sin embargo, vencido al hotel.

—No entiendo los rostros gringos. Los escudriño. Los quiero querer. Palabra que los miro con simpatía, rogándoles: díganme algo, por favor. Es como ver bolillos en una panadería. Todos iguales. No tienen color. No sé qué hacer. Me están saliendo preciosas las máquinas y horrendos los hombres. ¿Qué hago?

¿Cómo nos salen las caras, cómo se gesta un cuerpo?, le repetía Frida a Laura cuando Diego se marchaba muy temprano para vencer el calor en ascenso del verano continental.

—Qué lejos estoy del suelo donde... —canturreaba Frida—. ¿Sabes por qué hace tanto calor?

—Estamos lejísimos de los dos océanos. No llegan hasta acá las brisas marinas. Sólo nos alivian los vientos del polo norte. ¡Bonito alivio!

—¿Por qué sabes todo eso?

—Mi padre era banquero pero leía mucho. Recibía revistas cada mes. Íbamos al muelle en Veracruz a recibir libros y revistas de Europa.

—¿Y también sabes por qué siento tanto calor, sea cual sea la temperatura en el termómetro?

—Porque vas a tener un hijo.

—¿Y eso cómo los sabes?

Por la manera de caminar, le dijo. Pero soy coja. Pero ahora tus plantas han tocado el suelo. Antes caminabas de puntas, incierta, como si estuvieras a punto de volar. Ahora es como si echaras raíces a cada paso.

Frida la abrazó y le dio las gracias por acompañarla. Desde el primer momento le agradó Laura; viéndola, tratándola, le dijo, supo, que la joven mujer se sentía inútil, o inutilizada.

—Nunca vi pasar por mi puerta a una mujer con una ansia más desesperada de trabajo. Creo que ni tú misma lo sabías.

—No, no lo sabía, sólo me obsesionaba la necesidad de inventarme un mundo y supongo que eso supone inventarse un trabajo.

—O un hijo, que también es una creación —Frida miró inquisitivamente a Laura.

—Tengo dos.

—¿Dónde están?

¿Por qué tuvo Laura Díaz la sensación de que sus conversaciones con Frida Kahlo, tan íntimamente femeninas, sin recovecos y torceduras, sin una gota de mala leche, eran, por una parte, una recriminación que Frida le dirigía a una maternidad irresponsable, no porque no era convencional, sino porque no era lo suficientemente rebelde ante los hombres —el marido, el amante— que habían alejado a la madre de los hijos? A Laura le dijo con toda franqueza que ella le era infiel a Rivera porque Rivera le fue infiel primero; sólo compartían un acuerdo; Diego se acostaba con mujeres, Frida también, porque acostarse con hombres hubiera enfurecido a Diego, pero no una simetría del gusto compartido por el sexo femenino. El problema no era ése, le confesó una noche la mujer inválida a Laura. La infidelidad a veces no tiene nada que ver con el sexo. Se trata de establecer intimidad con otra persona, pero la intimidad puede ser secreta y el secreto requiere mentiras para proteger a la intimidad y el secreto a veces se llama "sexo".

—No importa con quién te acuestas, sino en quién confías y a quién le mientes. Se me hace que tú no confías en nadie, Laura, y le mientes a todo el mundo...

—¿Tú me deseas?

—Ya te dije que me gustas. Pero en las circunstancias actuales, te necesito sobre todo de compañía y de enfermera. Si complicamos las cosas sentimentalmente, puede que por angas o por mangas me quede sola y sin nadie que me lleve al hospital a la hora de los arrechunchos. ¡Ay nanita!

Se rió mucho, como siempre, pero Laura le insistió, ¿y la otra razón?, sólo dijiste "por una parte...", entonces por otra parte, ¿qué?

—No te lo digo. Puedo necesitar que mañana me des lo mismo que te recrimino hoy. Hablemos de cosas prácticas.

Estaban en julio. El bebé era esperado en diciembre. Si Diego terminaba en octubre, tendrían tiempo de regresar juntos a tiempo y sin peligro para tener el niño en México. Pero si Diego se retrasa, ¿cómo voy a tener el hijo aquí, en el frío, sin amigos, sin nadie que me ayude más que tú?, y si me voy antes a México, ¿puedo perder al niño en el camino, en el jaleo del tren, como me lo han advertido mis doctorcitos?

Entonces Laura miraba a una mujer terriblemente vulnerable, casi encogida, empequeñecida, nadando entre los amplios ropajes campesinos que disfrazaban no sólo su disminución física sino su miedo, su temblor imperceptible, el segundo temor, un miedo de hasta adentro que no sólo extendía o duplicaba el temor físico de la mujer baldada, sino que lo sustituía por otro, inédito y compartido con el ser en gestación. Había una complicidad entre la madre y el hijo que se hacía en su vientre. Nadie podía entrar a ese círculo secreto.

Frida lanzaba la carcajada, le pedía a Laura que la ayudase a arreglarse las trenzas, a acomodarse las faldas y la blusa, a cruzarse el rebozo, a peinarse el bigotillo. Laura le daba la mano y salían a Gringolandia, a las cenas y fiestas ofrecidas al "pintor más famoso del mundo and Mrs Rivera", a bailar con los millonarios de la industria, desafiándolos a inquirir sobre los traspiés de inválida que Frida disfrazaba diciendo que eran pasos de baile del folclor oaxaqueño, bailes indios asombrosos, tan asombrosos como la cara del antisemita Henry Ford cuando ella le preguntó en voz alta y en medio de una cena, señor Ford, ¿es cierto que es usted judío?, escandalizando a la buena sociedad de Michigan con su fingida ignorancia de la grosería en lengua inglesa, diciendo con la sonrisa más cortés shit on you al levantarse de un banquete o en medio de una partida de cartas con señoras de sociedad, I enjoy fucking, don't you?, acompañada de Laura en los cines ardientes pero refrigerados de la ciudad a cien grados Fahrenheit, Chaplin en *Luces de la Ciudad*, Laurel y Hardy, los pastelazos, las casas vandalizadas, las corretizas por la policía, un plato de espagueti derramado por el escote de una matrona, todo esto la mataba de risa, le tomaba la mano a Laura, lloraba de la risa, lloraba, reía, lloraba, gritaba de la risa, gritaba...

La camilla rodó bajo las luces que eran como ojos sin párpados y los doctores le preguntaron a Laura, ¿cómo se ha sentido?, siente mucho calor, le salen manchas en la piel, siente náuseas, le duele el útero, un riel le salió por la vagina, se la cogió un tranvía, ¿qué comió hoy?, dos vasos de crema, verdura, los vomitó, es la mujer que fue desflorada por un tranvía, ¿saben ustedes?, su marido pinta máquinas limpias, relucientes, aceradas, pero ella fue violada por una máquina vieja, herrumbrosa, indecente, pita y pita y caminando, gritó en el cine, se puso azul, comenzó a arrojar sangre, la recogieron en un lago de sangre, rodeada de coágulos perdidos por la risa, ¿saben ustedes?, el Gordo y el Flaco.

La niña de doce años acostada en una cama con el pelo mojado por el llanto, reducida, enjuta, silenciosa.

—Quiero ver a mi hijo.

—Es sólo un feto, Frida.

—No le hace.

—Los doctores no lo permiten.

—Diles que es por razones artísticas.

—Frida, nació desintegrado. Se te deshizo en el vientre. No tiene forma.

—Entonces yo se la daré.

Dormía. Despertaba. No soportaba el calor. Se levantaba. Quería huir. La recostaban. Pedía ver al niño. Diego pasaba a verla, cariñoso, comprensivo, lejano, urgido de regresar al trabajo; la mirada en el muro ausente, no en la mujer presente.

Entonces, una noche Laura escuchó un ruido olvidado que la retrajo a los días de su infancia en la selva de Catemaco. Dormía en un catre en el mismo cuarto de hospital de Frida y la despertó el ruido. Vio a Frida en la cama completamente desnuda con el cuerpo roto, una pierna más flaca que la otra, la vagina sangrando eternamente un manantial de claveles, la espalda atornillada como una ventana ciega y la cabellera creciéndole, visiblemente, por segundos, cada vez más larga, los pelos brotando como medusas del cráneo, arrastrándose como arañas por la almohada, descendiendo como culebras por el colchón, echando raíces alrededor de las patas de la cama, mientras Frida alargaba las manos y le mostraba la vagina herida, le pedía que se la tocara, que no tuviera miedo, las mujeres somos color de rosa por dentro, sácame del sexo los colores, embárramelos en los dedos, tráeme pinceles y un cuaderno, Laura, no me mires así, ¿cómo ve una mujer desnuda a otra mujer desnuda?, porque tú estás desnuda también, Laura, aunque no lo sabes, yo sí, yo te veo con la cabeza llena de listones y cien cordones umbilicales enredados entre tus muslos: yo sueño tus sueños, Laura Díaz, veo que estás soñando con caracoles, lentísimos caracoles que van recorriendo tus años con una lentitud frágil y babosa sin darse cuenta que están en un jardín que también es un cementerio y que las plantas de ese jardín lloran y chillan y piden leche, piden teta, tienen hambre las niñas plantas, son sordos los caracoles niños y no les hacen caso a sus madres, sólo yo los veo, los oigo y los entiendo, sólo yo veo los colores reales del mundo, de los niños caracol, de las niñas plantas, de la selva madre, son azules, son verdes, son amarillos, son solferinos, son amarantos... la tierra es jardín es tumba y lo que ves es cierto, el cuarto de hospital es la única selva pródiga en este páramo de cemento llamado Detroit, la pieza de hospital se llena de loros amarillos y gatos grises y águilas blancas y monos negros, todos me traen regalos menos tú, Laura, ¿tú que me vas a regalar?

Diego la vio y le pidió a Laura que le trajera cuadernos, lápices y acuarelas. Le bastaron una mirada y unas cuantas palabras cruzadas.

—Mi chiquito lindo, no eres feo como dicen, bien visto...

—Friduchita, te amo más y más.

—¿Quién te dijo que eres feo, mi amor?

—Mira, un recorte de México. Me llaman el Huichilobos obeso.

—¿Y yo?

—Una Coatlicue en decadencia.

Ella se rió, tomó la mano de Laura, todos se rieron mucho, ¿y Laura?

—Yo te bautizo mariposa de obsidiana —dijo Diego—. Digo yo.

Con Laura al lado pasándole lápices, pinceles, colores, papeles, Frida empezó a pintar hablando, igual que su marido, como si ninguno de los dos pudiese crear sin la sombra protectora del verbo, a la vez ajeno al artista y su sombra indispensable. Frida le hablaba a Laura pero se hablaba a sí misma pero le hablaba a Laura, le pidió que la dejase verse en un espejo y Laura, mirando a la mujer reducida, encogida en la cama con el pelo embadurnado y las cejas en rebeldía y el bigote sin recortar, no pudo hacer nada y Frida le dijo que lo pensara bien, una cosa era ser cuerpo y otra cosa era ser bella, a ella le bastaba por ahora saber que era cuerpo, que había sobrevivido, la belleza vendría después, lo primero era darle forma al cuerpo que amenazaba a cada rato y cada vez más con desintegrársele como ese feto que sólo pudo expulsar a carcajadas: dibujó cada vez más rápido y febril, como sus palabras que Laura ya no olvidaría nunca, lo feo es el cuerpo sin forma, ayúdame a reunir todo lo disperso, Laura, para darle forma propia, ayúdame a coger al vuelo la nube, el sol, la silueta de gis de mi vestido, el listón rojo que me une a mi feto, la sábana ensangrentada que es mi toga, el cristal coagulado de las lágrimas que me corren por los cachetes, todo junto, por favor, ayúdame a reunir todo lo disperso y darle forma propia, ¿quieres?, no importa el tema, dolor, amor, muerte, nacimiento, revolución, poder, orgullo, vanidad, sueño, memoria, voluntad, no importa qué cosa anime al cuerpo con tal de darle forma y entonces deja de ser feo, la belleza sólo le pertenece al que la entiende, no al que la tiene, la belleza no es otra cosa más que la verdad de cada uno de nosotros, la de Diego al pintar, la mía la estoy inventando desde esta cama de hospital, a ti te falta descubrir la tuya, Laura, tú entiendes por todo lo que te he dicho que yo no te la voy a revelar, a ti te toca entenderla y encontrarla, tu verdad, puedes mirarme sin pudor, Laura Díaz, decir que me veo horrible, que no te atreves a mostrarme el espejo, que a tus ojos hoy no soy bella, en este día y en este lugar no soy bonita, y yo no te contesto con palabras, te pido en cambio unos colores y un papel y convierto el horror de mi cuerpo herido y mi sangre derramada en mi verdad y en mi belleza, porque sabes, amiga mía de verdad, de verdad mi cuata mía a toda madre, ¿sabes?, conocernos a nosotros mismos nos vuelve hermosos porque identifica nuestros deseos; cuando desea, una mujer siempre es bella...

El cuarto de hospital se fue llenando de cuadernos primero, papeles sueltos más tarde, láminas cuando Diego trajo unos retablos de iglesia de Guanajuato y le recordó a Frida cómo pintaba la gente de las aldeas y los campos, sobre láminas de latón y tablas de madera abandonadas que se convertían, tocadas por manos pueblerinas, en ex-votos dando gracias al Santo Niño de

Atocha, a la Virgen de los Remedios, al Señor de Chal-
ma, por el milagro concedido, el milagro cotidiano que
salvó al niño de la enfermedad, al padre del derrumbe en la mina, a la madre de ahogarse en el río donde se
bañaba, a Frida de morirse atravesada por un riel, a la
abuela Cósima de sucumbir a machetazos en el camino
a Perote, a la tiíta María de la O de quedarse abandonada en un prostíbulo de negros, al abuelo Felipe de morir en una trinchera del Marne, al hermano Santiago
de morir fusilado al amanecer en Veracruz, a Frida otra
vez de desangrarse en el parto y a Laura de qué, ¿de qué
debía agradecer ella la salvación?

—Léele este poema a Frida —Rivera le entregó una plaquette muy esbelta a Laura—. Es el mejor
poema mexicano desde Sor Juana. Lee lo que dice en
esta página,

> Lleno de mí, sitiado en mi epidermis
> por un dios inasible que me ahoga,

y más adelante,

> ¡Oh inteligencia, soledad en llamas,
> que todo lo concibe sin crearlo!

y al final,

> con Él, conmigo, con nosotros tres...

—¿Ven cómo lo entiende todo Gorostiza? Sólo somos
tres, siempre tres. Padre, madre e hijo. Mujer, hombre y
amante. Cámbialo todo como quieras, al cabo siempre
te quedas con tres, porque cuatro ya es inmoral, cinco
es inmanejable, dos es insoportable y uno es el umbral
de la soledad y la muerte.

—¿Por qué ha de ser inmoral el cuarteto, tú?
—se asombró Frida—. Laura se casó y tuvo dos hijos.

—Mi marido se fue —sonrió tímidamente
Laura—. O mejor dicho yo lo dejé.

—Y siempre hay un hijo preferido, aunque tengas una docena —añadió Frida.

—Tres, siempre tres —salió musitando el pintor.

—Algo se trae el muy cabrón —juntó las cejotas Frida—. Dame acá esas láminas, Laura.

Cuando el hospital se quejó del desorden creciente del cuarto, los papeles regados por todas partes y el olor de los colores, Diego apareció como Dios en las tragedias clásicas, Júpiter tonante, y dijo en inglés que esta mujer era una artista, ¿no se daban cuenta estos idiotas?, los regañaba a ellos pero se lo decía a ella, con amor y con orgullo, esta mujer que es mi mujer pone toda la verdad, el sufrimiento y la crueldad del mundo en la pintura que el dolor le ha obligado a hacer: ustedes, rodeados del sufrimiento rutinario del hospital, jamás han visto tanta poesía agónica y por eso no la entienden...

—Mi chiquito lindo —le dijo Frida.

Cuando ella ya pudo moverse, regresaron al hotel y Laura clasificó los papeles pintados por ella. Un día por fin fueron las dos a ver a Diego pintando en el Instituto. El mural estaba muy adelantado pero Frida se dio cuenta del problema y cómo lo había resuelto el pintor. Las máquinas relucientes y devoradoras se trenzaban como grandes serpientes de acero y proclamaban su primacía sobre el mundo gris de los trabajadores que las manejaban. Frida buscó en vano los rostros de los obreros norteamericanos y entendió. Diego los había pintado a todos de espaldas porque no los entendía, porque eran rostros de pambazo crudo sin personalidad, caras de harina. En cambio, había introducido rostros morenos, negros y mexicanos, que ellos, sí, le daban la cara al publico. Al mundo.

Las dos mujeres le llevaban todos los días una comida sabrosa y decente en canasta y se sentaban a verlo trabajar en silencio mientras él dejaba correr su río de palabras. Frida chupaba cucharadas de cajeta de Celaya que había traído para empacharse a gusto con el dulce de leche quemada, más ahora que recuperaba fuerzas. Laura iba vestida muy simplemente con un tra-

je sastre y Frida, en cambio, llegaba cada vez más engalanada con rebozos verdes, morados, amarillos, trenzas
de colores y collares de jadeíta.

Rivera había dejado tres espacios en blanco en
su mural de la industria. Empezó a mirar cada vez más a
la pareja femenina sentada a un lado de los andamios
mirándolo trabajar, Frida chupando cajeta y sonando
collares, Laura cruzando cuidadosamente las piernas
ante la mirada de los ayudantes del pintor. Un día,
las dos entraron y se vieron convertidas en hombres, dos
obreros de pelo corto y overol largo, con camisas de
mezclilla y manos enguantadas empuñando herramien-
tas de fierro, Frida y Laura acaparando la luz del mural
en un extremo bajo de la pared, Laura con sus facciones
angulares acentuadas, el perfil de hachazo, las ojeras, el
pelo ahora más corto que la permanente rehusada por
la veracruzana de fleco y corte de paje, Frida también
con pelo corto y patillas de hombre, las cejas espesas
pero su detalle más masculino, el bozo del labio superior, eliminado por el pintor, ante el estupor divertido
de la modelo: —Yo sí me pinto los bigotes, tú.

Quedaba otra área en blanco en el centro del
muro y en toda la parte superior del fresco y Frida miraba inquieta esas ausencias, hasta que una tarde tomó a
Laura de la mano, le dijo vámonos, tomaron un taxi, llegaron al hotel y Frida arrancó un papelote, lo extendió
sobre la mesa y comenzó a dibujar una y otra vez, insa-
ciablemente, el sol y la luna, la luna y el sol, apartados,
yuxtapuestos.

Laura miraba por la alta ventana del hotel en
busca del astro y el satélite, elevados por Frida a un rango idéntico de estrellas diurnas y nocturnas, sol y luna
paridos por Venus la primera estrella del día y la última
de la noche, luna y sol iguales en rangos pero opuestos
en horas, vistos por los ojos del mundo, no por los del
universo, Laura, ¿con qué va a llenar Diego esos espacios en blanco de su mural?

—Me da miedo. Nunca se ha guardado un secreto así.

Sólo lo supieron el día de la inauguración. Una sagrada familia obrera presidía el trabajo de las máquinas y los hombres blancos de espaldas al mundo, los hombres morenos de cara al mundo y, en el extremo del fresco, las dos mujeres vestidas como hombres mirando a los hombres y encima de la depicción del trabajo y las máquinas una virgen de humilde vestido de percal y bolitas blancas como cualquier empleada del almacén de Detroit, levantando a un niño desnudo, con aureola también, y buscando en vano el apoyo de la mirada de un carpintero que le daba la espalda a la madre y al niño. El carpintero sostenía los instrumentos de su trabajo, el martillo y los clavos, en una mano, y dos maderos en cruz en la otra. Su halo se veía desteñido y contrastaba con el carmesí brillante de un mar de banderas que separaba a la sagrada familia de las máquinas y los obreros.

El murmullo creció cuando cayeron los velos.

Burla, parodia, burla de los capitalistas que lo emplearon, parodia del espíritu de Detroit, sacrilegio, comunismo. Otro muro, este de voces, comenzó a levantarse frente al de Diego Rivera, los asistentes comenzaron a dividirse, la gritería fue creciendo. Edsel Ford, el hijo del magnate, pidió calma, Rivera se subió a una escalera de mano y proclamó el nacimiento de un nuevo arte para la sociedad de futuro y tuvo que descender pintado de amarillo y rojo por los cubetazos que le empezaron a arrojar provocadores preparados de antemano por el propio Rivera mientras otra brigada de obreros, también preparada con anticipación por Diego, se plantó frente al mural y proclamó una guardia permanente para protegerlo.

Diego, Frida y Laura salieron la mañana siguiente por tren a Nueva York para iniciar el proyecto de los murales del Rockefeller Center. Rivera iba eufórico, limpiándose la cara con gasolina, feliz como un niño travieso que prepara su siguiente broma y las gana todas: atacado por los capitalistas por comunista y por los comunistas por capitalista, Rivera se sentía puro mexicano, mexicano burlón, travieso, con más púas que un puercoespín para defenderse de los cabrones de aquí y de allá, ayuno de los rencores que vencían de antemano a los cabrones de aquí y de allá, encantado de ser el blanco del deporte nacional de atacar a Diego Rivera que ahora sería visto como una tradición nacional frente al nuevo deporte gringo de atacar a Diego Rivera, Diego el Puck gordo que en vez de las enramadas del bosque de una noche de verano, se reía del mundo desde el bosque de tablas de su andamio de pintor un minuto antes de caer al suelo y descubrir que tenía una cabeza de asno pero encontraba un regazo amoroso donde acogerse y ser acariciado por la reina de la noche que no veía al burro feo sino a un príncipe encantado, la rana convertida en el príncipe enviado por la luna para amar y proteger a su Friducha, mi chiquita, mi niñita adorada, quebrada, adolorida, todo es por ti, tú lo sabes, ¿verdad que sí?, y cuando te digo, Frida, "déjame ayudarte, pobrecita", ¿qué te estoy diciendo sino ayúdame, pobrecito de mí, ayuda a tu Diego?

Le pidieron a Laura que regresase a México con las maletas de verano, las cajas de cartón llenas de papeles, que pusiera todo en orden en la casa de Coyoacán, que se quedara a vivir allí si le cuadraba, que no necesitaban decirle más porque Laura vio que ellos se necesitaban más que nunca después del aborto, que Frida no iba a trabajar durante un rato y que en Nueva York no la necesitaría a Laura, saldría sobrando, tenía muchos amigos allí, le encantaba salir con ellos de tiendas y al cine, había un festival de películas de Tarzán que ella no quería perderse, las películas con gorilas le parecían maravillosas, había visto King Kong nueve veces, le devolvían el buen humor, la mataban de risa.

—Sabes que a Diego le cuesta mucho dormirse en invierno. Ahora tengo que pasar todas las noches con él para que tenga reposo y energía para el nuevo mural. Laura, no te olvides de llevarme una muñeca a mi cama en Coyoacán.

XI. Avenida Sonora: 1934

Un buen día, las tías Hilda y Virginia desaparecieron.

Su hermana Leticia se levantó a las seis de la mañana, hora habitual en que preparaba los desayunos para colocarlo todo —mangos y membrillos, mameyes y melocotones, huevos rancheros, pan de cemita, café con leche— a las siete en los lugares marcados por las servilletas enrolladas en aros de plata.

Miró con tristeza que luego juzgó premonición los sitios reservados para sus tres hermanas y las iniciales de plata, H, V, MO. Cuando a las siete y cuarto ninguna había aparecido, fue a la pieza de María de la O y la despertó.

—Perdóname. Tuve sueños muy pesados.

—¿Qué soñaste?

—Que una ola. No sé —dijo casi avergonzada la tiíta—. Malditos sueños, ¿por qué se despiden tan rápido?

Enseguida Leticia tocó a la puerta de Hilda y no obtuvo respuesta. La entreabrió y vio que la cama estaba perfectamente tendida. Abrió las puertas del ropero y notó que sólo un gancho colgaba desnudo, y era el que normalmente se revestía del largo camisón blanco con pechera de olanes que más de mil veces Leticia había lavado y planchado. Pero las hileras perfectamente ordenadas de zapatillas y botines estaban completas, como un ejército en reposo.

Apresuró con angustia el paso al cuarto de Virginia, segura ya de que allí tampoco encontraría una cama revuelta. En cambio, había una nota escrita dentro de un sobre dirigido a Leticia y apoyado contra el espejo:

"HERMANITA: Hilda no pudo ser lo que quiso y yo tampoco. Ayer nos vimos al espejo y pensamos lo mismo. Es mejor la muerte que la enfermedad y la decadencia. ¿Para qué esperar con paciencia "¿cristiana?" la hora fatal, por qué no tener la valentía de ir hacia la muerte en vez de darle el gusto de que ella nos toque a la puerta una noche? Sentadas aquí en Xalapa, atendidas a tus bondades y a tus esfuerzos, nos estábamos apagando como dos velas menguadas. Quisimos, las dos, hacer algo equivalente a lo que no pudimos realizar en vida. Nuestra hermana se miró los dedos artríticos y tarareó un Nocturno de Chopin. Yo me miré las ojeras y conté en cada una de mis arrugas un poema que nunca se publicó. Nos miramos y supimos lo que cada una pensaba —¡tantos años de vivir juntas, imagínate, desde que nacimos no nos hemos separado, nos adivinamos los pensamientos!—. La noche anterior, recordarás, nos sentamos las cuatro a jugar al tute en el salón. Me tocó barajar (a Hilda la excusamos por el estado de sus dedos) y me empecé a sentir mal, como debe sentirse alguien que entra en agonía y lo sabe, pero por muy mal que me sintiese, no podía dejar de barajar, seguí barajando sin ton ni son, hasta que tú y María de la O me miraron extrañadas y yo seguía barajando ahora frenéticamente, como si de mezclar las cartas dependiese mi vida y tú, Leticia, pronunciaste la frase fatal, repetiste ese dicho gracioso y viejo y terrible, '—Una viejita se murió barajando'.

"Entonces miré a Hilda y ella a mí y nos entendimos. Tú y nuestra otra hermana estaban en otra parte, fuera de nuestro mundo.

"Mirando las cartas. Tú ofreciste sobre la mesa el rey de bastos.

"Hilda y yo nos miramos desde el fondo del alma… no nos busques. Desde ayer en la noche las dos nos pusimos los camisones blancos, nos dejamos los pies descalzos, despertamos a Zampayita y le ordenamos que nos llevara en el Issota al mar, al lago, donde nacimos. No se resistió. Nos miró como locas por salir en camisón. Pero él siempre seguirá las órdenes de cualquiera de nosotras. Así que cuando despiertes y leas esta carta, no nos encontrarás ni a Hilda ni a mí ni al negrito ni al coche. Zampayita nos soltará donde le indiquemos y las dos nos perderemos descalzas por la selva, sin rumbo, sin dinero, sin una canasta de pan, descalzas y con nuestros camisones puestos sólo por pudor. Si nos quieres, no nos busques. Respeta nuestra voluntad. Hemos querido hacer de la muerte un arte. El último. El único. No nos arrebates este gusto. Te quieren tus hermanas

VIRGINIA E HILDA".

—Tus tías no reaparecieron —le dijo Leticia a Laura—. El coche lo encontraron en una curva del camino de Acayucan. Al negrito lo hallaron cosido a puñaladas en el mismo prostíbulo, perdóname hija, donde creció María de la O. No me mires así. Son puros misterios y no voy a ser yo quien los aclare. Bastantes quebraderos de cabeza tengo con lo que ya sé, para aumentarlos con lo que ignoro.

Laura viajó a Xalapa apenas supo de la desaparición de las tías solteras, pero ignoraba la terrible suerte del fiel servidor de tantos años. Era como si el espíritu malvado de la madre de María de la O "la Triestina", hubiese regresado, tan negro como su piel, para vengarse de todos los que tuvieron un destino que, según su propia hija, la madre exaltaba localmente:

—Tan feliz que era yo de puta. ¡Chinguen a su madre los que me volvieron decente!

Leticia, anticipadamente, le dijo a Laura lo que ésta sabía desde siempre. La Mutti no andaba en chismes y averiguaciones. Iba enfrentando las cosas según acontecían. No necesitaba inquirir porque lo entendía todo y como lo acababa de decir, lo que no entendía lo imaginaba.

De regreso en el hogar veracruzano, Laura, como si mirase un desconcertado reloj de sol, entendió retrospectivamente, a causa del destino de sus tías y la actitud de su madre, que Leticia lo sabía todo sobre Laura, el fracaso de su matrimonio con Juan Francisco, su rebeldía contra el marido disuelta en la cómoda aceptación del trato protector de Elizabeth y de allí a la vacía, prolongada y al cabo inútil relación con Orlando; y sin embargo, ¿no habían sido indispensables estas etapas, en sí tan dispensables, para acumular instantes de percepción aislados pero que, sumados, la estaban conduciendo a una nueva conciencia, aún vaga, aún brumosa, de las cosas? El reloj de sol era inseparable del reloj de sombra.

Leticia aprovechó la fuga de las solteronas para mirar a fondo los ojos de Laura y pedirle lo que Laura le dijo, es muy pesado para ti y la tiíta cuidar a dos muchachos que ya van para los ocho y los nueve años, voy a llevármelos conmigo a México, tú y la tiíta también…

—Nos quedamos aquí, hija. Nos acompañamos. Tienes que rehacer tú sola tu hogar.

—Sí, Mutti. Juan Francisco nos espera a todos en la casa de la Avenida Sonora. Pero ya te lo dije, si tú y tu hermana quieren venir con nosotros, buscaremos una casa más amplia, no faltaba más.

—Resígnate a vivir sin nosotras —sonrió Leticia—. Yo no quiero salir del estado de Veracruz en toda mi vida. La capital me espanta.

¿Era necesario explicarle cómo, abandonada por Orlando, decidió rehacer su hogar con Juan Francisco, no por la flaqueza, sino por un acto de voluntad fuerte e indispensable que resumió para ella las lecciones de su vida con Orlando? Le había reprochado a su marido una falta de sinceridad básica, por no decir una cobardía por no decir una traición que para siempre lo volvería odioso a los ojos de la mujer y a ella odiosa ante sí misma, pues las excusas que pudo darse cuando se casó con el líder obrero, le parecían ahora insuficientes, por más que las justificasen la juventud y la inexperiencia.

Esta tarde, cercana a su madre en la vieja ciudad de su adolescencia, Laura hubiese querido decirle esto a la Mutti, pero la detuvo la propia Leticia con una conclusión contundente:

—Si quieres, puedes dejar aquí a los niños hasta que arregles tus asuntos con tu marido y vuelvan a acomodarse a la vida matrimonial. Pero eso tú ya lo sabes.

Las dos estuvieron a punto de decir al unísono "dime", pero ambas se dieron cuenta de que sin necesidad de cruzar palabra lo sabían todo, Leticia del fracaso matrimonial de Laura y Laura de la decisión de regresar, a pesar de todo, con Juan Francisco y darle una segunda oportunidad a su hogar y a sus hijos. Luego recordó que sí, estuvo a punto de decir que había perdido los años más recientes de su vida engañándose salvajemente, que la desilusión flagrante la había conducido a la mentira: ella misma se sintió justificada en romper con el hogar y entregarse a lo que dos mundos, el interno de su propio rencor y el externo de la sociedad capitalina, consagraban como aceptable vendetta para una mujer humillada: el placer, la independencia.

Laura no sabía ahora si una u otra cosa —goce, libertad— habían sido alguna vez suyos. Arrimada a Elizabeth hasta que la generosidad se convirtió en patronazgo, éste en irritación y al cabo en desprecio. Entregada al amor de Orlando hasta que la pasión se reveló como juego y engaño. Exploradora de una nueva sociedad de artistas, gente de abolengo viejo o de fortuna reciente, arribistas que, eso sí, nunca la engañó porque en las fiestas de Carmen Cortina la apariencia era la esencia y la realidad era su máscara.

Útil, sentirse útil, imaginar que servía para algo, la llevó bajo el techo del clan Kahlo-Rivera, pero toda su gratitud hacia la extraordinaria pareja que la acogió en un mal momento y la trató como amiga y compañera, no disfrazaba el hecho de que Laura era ancilar al mundo de los dos artistas; era una pieza sustituible dentro de una geometría perfectamente lubricada como esas máquinas de acero reluciente que Diego celebró en Detroit, pero una máquina de frágiles pilares, como las piernas heridas de Frida Kahlo. Ellos se bastaban a sí mismos. Laura los querría siempre pero no se hacía ilusiones: ellos también la querían pero no la necesitaban.

—¿Qué necesito, mamá, quién me necesita? —remató Laura después de decirle a Leticia todo lo anterior, todo lo que se había jurado no decirle y que ahora, habiéndolo dicho apresurada y vertiginosa, agarrada a las manos fuertes y hacendosas de su madre, no sabía si en verdad lo había dicho o si Leticia, una vez más, había adivinado los sentimientos y las ideas de su hija, sin que Laura pronunciara palabra.

"Dime", pidió Leticia y Laura supo que sabía.

—¿Entonces los niños deberían seguir aquí?

—Sólo mientras vuelves a encontrarte con tu marido.

—¿Y si no nos entendemos, como es muy posible?

—Es que no se van a entender nunca. Ésa es la cosa. Lo importante es que tú tomes a tu cargo algo verdadero y te decidas a salvarlo tú, en vez de esperar a que te salven. Como hasta ahora, perdóname que te lo diga.

—¿Aunque sepa que va a salir mal otra vez?

Leticia asintió con la cabeza. —Hay que hacer ciertas cosas a sabiendas de que vamos a fracasar.

—¿Qué salgo ganando, Mutti?

—Yo diría que la oportunidad de llegar a ser tú misma, dejando atrás tus pruebas fallidas. Ya no las volverás a pasar.

—¿Ir con los ojos abiertos al desastre, mamá, eso me pides?

—Hay que consumar las cosas. Estás dejando demasiados pendientes, lo que se llama cabos sueltos.

Sé tú misma, no el juguete de los demás, aunque ser un poquito más auténtica te salga caro.

—¿No fue "auténtico" todo lo que me pasó desde que dejé a Orlando?

Esta vez, Leticia se limitó a entregarle la muñeca china a su hija.

—Toma. La última vez que viniste la olvidaste. Ahora le hace falta a la señora Frida.

Laura tomó a Li Po, besó a Dantón y Santiago mientras dormían y regresó a lo que ya estaba consumado desde antes de viajar a Xalapa alarmada por la desaparición de las tías.

Pasaron la primera noche juntos acostados lado a lado, como en una tumba, sin calor, sin recriminación pero sin tacto, de acuerdo en decirse algunas cosas, en llegar a determinados compromisos. No le negarían oportunidades al amor carnal, pero tampoco lo pondrían por delante como obligación. En vez, partirían, acostados de nuevo lado a lado, de algunas preguntas y afirmaciones tentativas, tú entiendes, Juan Francisco, que antes de conocerte ya te conocía por lo que se decía de ti, tú nunca te jactaste de nada, no puedo acusarte de eso, al contrario, apareciste en el Casino Xalapeño con una simplicidad que me resultó muy atrayente, tú no me presumiste para impresionarme, yo ya estaba impresionada de antemano por el hombre valiente y excitante de mi imaginación, en ella suplías el heroísmo sacrificado de mi hermano Santiago, tú sobreviviste para continuar la lucha en nombre de mi sangre, no fue tu culpa si no estuviste a la altura de mis ilusiones, la culpa fue mía, ojalá que esta vez podamos vivir juntos tú y yo sin espejismos, yo nunca sentí amor de tu parte, Laura, sólo respeto y admiración y fantasía, no pasión, la pasión no dura pero el respeto y la admiración, sí, y si eso se pierde, ¿qué nos queda, Laura?, vivir sin pasión y sin admiración, diría yo, Juan Francisco, pero con respeto sí, respeto por lo que realmente somos, sin ilusiones y por nuestros hijos que no tienen la culpa de nada y a los que echamos al mundo sin pedirles permiso, ¿ése es el pacto entre tú y yo?, no, algo más, trata de quitarme el miedo, te tengo miedo porque me pegaste, júrame que nunca me volverás a pegar, pase lo que pase entre tú y yo, tú no puedes imaginar el terror que siente una mujer cuando uno hombre se le va encima a golpes. Ésa es mi principal condición, no te preocupes, creí tener más fuerza de la que realmente tengo, perdóname.

Y luego tiempo, para algunas caricias tristes de parte de él y ella consintiéndole algunos cariños de gratitud, antes de reaccionar con vergüenza y erguirse en la cama, no te debo engañar, Juan Francisco, tengo que empezar por esto, quiero contarte todo lo que me pasó desde que delataste a la monja Gloria Soriano y me golpeaste la cara en la calle cuando me fui, quiero que sepas con quien me acosté; a quien desee; con quien gocé; quiero que te entre bien en la cabeza todo lo que he hecho lejos de ti para que finalmente puedas contestarme una pregunta para la que aún no tienes respuesta, ¿por qué me juzgaste por mi voluntad de amarte, en vez de condenarme por haberte engañado?, te lo pregunto ahora, Juan Francisco, antes de contártelo todo antes de que vuelva a ocurrir todo lo que ya pasó, ¿vas a juzgarme esta vez por mi voluntad de amarte otra vez, de regresar contigo? ¿O desde ahora estás dispuesto a condenarme si te engaño de nuevo?, ¿te atreves a contestarme?, soy una cabrona bien hecha, de acuerdo, pero fíjate lo que te estoy preguntando, ¿vas a tener el coraje de no juzgarme si te engaño —por primera vez o la siguiente vez, eso tú no lo sabes, verdad?, tú nunca vas a saber si lo que te confieso es cierto o si lo acabo de inventar para vengarme de ti, aunque yo puedo darte nombres y direcciones, puedes averiguar si te miento o te digo la verdad sobre mis amores desde que te dejé, pero eso no cambia en nada lo que te acabo de pedir, ¿ya no me volverás a juzgar, nunca más?, te lo pido como retribu-

ción en nombre de la monja que delataste y la causa
que traicionaste, yo te perdonaré eso, ¿me perdonarías
tú a mí?, ¿eres capaz de eso? ....
....

El largo silencio que siguió a las palabras de Laura no lo
rompió su marido sino hasta que se levantó abotonán-
dose el pijama de rayas azules y blancas, fue al tocador
y tomó un poco de agua del garrafón, la bebió y se sentó al filo de la cama. El cuarto, en temporada de aguaceros, estaba frío y en el techo tamborileaba el granizo
cada vez más tupido e inesperado. Por la ventana abierta entraba un olor recién resucitado de jacarandas, venciendo con sensualidad la agitación de las cortinas y el
mínimo charco de agua formándose al pie de la ventana. Entonces, las palabras de Juan Francisco salieron muy
lentas, como si fuese un hombre sin pasado —¿de dónde venía, quiénes eran sus padres, por qué nunca revelaba sus orígenes?

—Yo siempre supe que era fuerte por fuera y
débil por dentro. Desde jovencito lo supe. Por eso hice
un esfuerzo tan grande de mostrarme fuerte ante el
mundo. Ante ti sobre todo. Porque conocía desde niño
mis temores y debilidades de adentro. ¿Has oído hablar
de Demóstenes, cómo venció su tartamudez tímida pa-
seándose a la orilla del mar hasta vencer con su voz el
rumor de las olas y convertirse en el más famoso orador
público de Grecia? Así me pasó a mí. Me hice fuerte
porque era débil. Lo que nunca sabes, Laura, es cuánto
tiempo vas a ganarle la partida al miedo. Porque el miedo es canijo y cuando el mundo te ofrece regalos para
tranquilizarlo —dinero, poder o sensualidad, juntos o
separados, no le hace— pues ni modo, agradeces que
el mundo te tenga lástima y le vas entregando la fuerza
real que ganaste cuando no tenías nada a la falsa fuerza del mundo que comienza a hablarte. Entonces acaba
ganándote la debilidad, casi sin darte cuenta. Si tú me
ayudas, puede que alcance un equilibrio y ya no sea tan

fuerte como tú creías al conocerme, ni tan débil como creías al abandonarme.

Ella no iba a discutir quién dejó a quién. Si él persistía en creerse el abandonado, ella, con compasión, se resignaría a verle interpretar ese papel y se resistiría a perderle aún más el respeto. Pero él, a cambio, iba a tener que aguantarle todas las verdades a ella, aun las más crueles, pero no por crueldad sino para que los dos vivieran de allí en adelante en la verdad, por desagradable que fuese y sobre todo para que Dantón y Santiago pudiesen vivir en una familia sin mentiras. Laura recordó a Leticia su madre y quiso ser como ella, tener el don de entenderlo todo sin pronunciar palabras innecesarias.

Cuando regresó de Xalapa, le llevó la muñeca china a Frida Kahlo. La casa de Coyoacán estaba vacía. Laura entró al jardín y dijo en voz alta, "¿Hay alguien en casa?" y la voz pequeña de una sirvienta le contestó, "No, señorita, no hay naiden". La pareja continuaba en Nueva York y Rivera trabajaba en los frescos del Rockefeller Center, así que Laura puso a Li Po sobre la cama de Frida y no quiso añadir nada, una nota, nada; Frida entendería, era el regalo de Laura al niño perdido. Trató de imaginar la pureza de marfil de la muñeca oriental en medio de la maleza del trópico que pronto habría de invadir la recámara: monos, dijo Frida, pericos, mariposas, perros pelones, ocelotes y una espesura de lianas y orquídeas.

Mandó traer a los niños desde Xalapa. Muy formales, Santiago y Dantón siguieron las instrucciones precisas y prácticas de la abuela Leticia y tomaron solos el Interocéanico a la estación de Buenavista, donde los esperaban Laura y Juan Francisco. El carácter de los muchachos, que Laura ya conocía, fue una sorpresa para Juan Francisco, aunque también para Laura, en el sentido de que cada uno de los niños iba acentuando velozmente sus perfiles personales, Dantón chocarrero y audaz, le dio dos besos apresurados a sus padres en las mejillas y corrió a comprarse unos dulces diciendo en voz alta —para qué nos dio dinero la abuela si en el tren no había chocolates Larín ni paletas Mimí aunque de todos modos la muy coda nos dio poquísimos tostones— y velozmente siguió a un puesto de periódicos y pidió los números más recientes de *Pepín* y el *Chamaco Chico*, pero al darse cuenta de que el dinero no le alcanzaría se limitó a adquirir el último cuaderno de *Los Supersabios* y cuando Juan Francisco se metió la mano al bolsillo para pagar las revistas, Laura lo detuvo, Dantón les dio la espalda y corrió hacia la calle, adelantándose a todos.

Santiago, en cambio, saludó de mano a sus padres y estableció una distancia infranqueable contra todo intento de besuqueo. Dejó que Laura le pusiera la mano en el hombro guiándolo hacia la salida y no tuvo empacho en que Juan Francisco cargara las dos pequeñas maletas hasta el Buick negro estacionado en la calle. Los dos muchachos se notaban incómodos, pero como no querían atribuir su desazón al encuentro con sus padres, se pasaban el dedo índice por los cuellos tiesos y encorbatados del atuendo formal dispuesto por doña Leticia: saco ribetado con tres botones, pantalones knickers hasta la rodilla, altos calcetines de rombos; zapatos cafés cuadrados de agujeta.

Todos guardaron silencio en el trayecto de la estación de ferrocarril a la Avenida Sonora, Dantón embebido en los comics, Santiago mirando impávido el paso de la ciudad majestuosa, el Monumento a la Revolución recién inaugurado y que la gente comparaba a una gasolinera gigante, el Paseo de la Reforma y la sucesión de glorietas que parecían respirar en nombre de todos, del Caballito en el cruce con Juárez, Bucareli y Ejido, Colón y su círculo impávido de frailes y escribas, al altivo Cuauhtémoc, lanza en alto, en el cruce con Insurgentes; a lo largo de la gran avenida bordeada de

árboles, calzadas peatonales y apisonadas para los jinetes matutinos que a esta ahora ya la recorrían lentamente a caballo y suntuosas mansiones privadas de fachadas y remates parisinos. Al Paseo desembocaban
las elegantes calles de la Colonia Juárez con casas de
piedra de dos pisos, garajes en la planta baja y salones
de recepción entrevistos gracias a los balcones de
marco blanco abiertos para que las sirvientas de trenza
complicada y uniforme azul airearan los interiores y
sacudieran los tapetes.

Santiago iba leyendo los nombres de las calles
—Niza, Génova, Amberes, Praga— hasta llegar al Bosque de Chapultepec —ni allí levantó Dantón la mirada
de los monitos— y seguir al hogar de la Avenida Sonora. A Santiago le quedó como un ensueño la entrada
al gran parque de eucaliptos y pinos, flanqueado por
leones yacentes y coronado por el castillo afabulado
donde Moctezuma tuvo sus baños, desde donde se
arrojaron los Niños Héroes del Colegio Militar antes
que rendir el Alcázar a los gringos en 1848 y donde vivieron todos los gobernantes, desde Maximiliano de los
Habsburgos hasta Abelardo de los Casinos hasta que el
nuevo presidente, Lázaro Cárdenas, decidió que estos
fastos no eran para él y se trasladó, republicanamente, a
una modesta villa al pie del Castillo, Los Pinos.

Sentados a un segundo desayuno, los muchachos escucharon impávidos el nuevo orden de sus vidas, aunque la chispa de la mirada de Dantón anunciaba en silencio que a cada obligación él contestaría
con una travesura imprevista. La mirada de Santiago se
rehusaba a admitir ni extrañeza ni admiración; ese vacío lo llenaba, en la lectura acertada de Laura, la nostalgia por Xalapa, por la abuela Leticia, por la tía María de
la O: ¿tendrían que quedar las cosas atrás de él para que
Santiago el joven las extrañara? Laura se sorprendió pensando esto mientras observaba la cara seria, de finas facciones, el pelo castaño de su hijo mayor, tan parecido a

su tío muerto, tan contrastante con la apariencia trigueña, la piel de canela, las cejas oscuras y pobladas, el pelo negro aplacado con gomina, de Dantón. Sólo que Santiago el rubio tenía ojos negros, y Dantón el moreno ojos verdes pálidos, casi amarillos como la córnea de un gato.

Laura suspiró; el objeto de la nostalgia era siempre el pasado, no había nostalgia del porvenir. Sin embargo, en la mirada de Santiago era eso precisamente lo que se encendía y apagaba como uno de esos nuevos anuncios luminosos de la Avenida Juárez: tengo añoranza de lo que va a venir...

Irían al Colegio Gordon de la Avenida Mazatlán, no lejos de la casa. Juan Francisco los llevarían en el Buick en la mañana y regresarían a las cinco de la tarde en el camión anaranjado de la escuela. La lista de útiles había sido satisfecha, los lápices Ebehard suizos, las plumas sin marca ni ciudadanía destinadas a ser mojadas en los tinteros del pupitre, los cuadernos cuadriculados para la aritmética, los de a rayas para los ensayos, la Historia Nacional del comecuras Teja Zabre como para compensar las matemáticas del hermano marista Anfossi, las lecciones en inglés, la gramática castellana y los verdes libros de historia universal de los franceses Malet e Isaac. Las mochilas. Las tortas de frijol, sardina y chiles serranos entre las dos mitades de una telera; la consabida naranja, la prohibición de comprar dulces que nomás picaban los dientes...

Laura quería llenar el día con estos nuevos quehaceres. La noche la acechaba, la madrugada le tocaba a la puerta y en medio de ella no podía decir: la noche es nuestra.

Se recriminaba: "No puedo condenar lo mejor de mí misma a la tumba de la memoria". Pero la callada solicitud nocturna de su marido —"Qué poco te pido. Déjame sentirme necesitado"— no alcanzaba a calmar la irritación recurrente de Laura en las horas solitarias cuando los niños iban a la escuela y Juan Francisco al sindicato, "Qué fácil sería la vida sin marido y sin hijos". Regresó a Coyoacán cuando los Rivera regresaron también, precedidos de las nubes negras de un nuevo escándalo en Nueva York, donde Diego introdujo los rostros de Marx y Lenin en el mural del Rockefeller Center, concluyendo con la solicitud de Nelson del mismo apellido para que Diego borrara la efigie del líder soviético, Diego se negara pero ofreciese equilibrar la cabeza de Lenin con la cabeza de Lincoln, doce guardias armados le ordenaran al pintor que dejara de pintar y en cambio le entregaran un cheque por catorce mil dólares ("Pintor Comunista se Enriquece con Dólares Capitalistas"). Los sindicatos trataron de salvar el mural pero los Rockefeller lo mandaron destruir a cincelazos y lo arrojaron a la basura. Qué bueno, dijo el Partido Comunista de los Estados Unidos, el fresco de Rivera es "contrarrevolucionario" y Diego y Frida regresaron a México, él tristón, ella mentando madres contra "Gringolandia". Regresaron todos, pero para Laura ya no había cupo exacto: Diego quería vengarse de los gringos con otro mural, éste para el New School, Frida había pintado un cuadro doloroso de sí misma con un vestido de tehuana deshabitado colgado en medio de rascacielos sin alma, en la mera frontera entre México y los Estados Unidos, hola Laurita, qué tal, ven cuando quieras, nos vemos pronto...

La vida sin el marido y los hijos. Una irritación solamente, como una mosca que se empeña en posarse una y otra vez sobre la punta de nuestra nariz, ahuyentada y pertinaz, pues Laura ya sabía lo que era la vida sin Juan Francisco y los niños, Dantón y el joven Santiago, y en esa alternativa no había encontrado nada más grande ni mejor que su renovada existencia de esposa y madre de familia —si sólo Juan Francisco no mezclara de una manera tan obvia la convicción de que su mujer lo juzgaba, con la obligación de amarla. El marido se estaba anclando en una rada inmóvil. Por un lado, la excesiva adoración que había decidido mostrarle a Laura como para compensar los errores del pasado irritaba a ésta, porque era una manera de pedir perdón, pero se resolvía en algo muy distinto, "No lo odio, me fatiga, me quiere demasiado, un hombre no debe querernos demasiado, hay un equilibrio inteligente que le falta a Juan Francisco, tiene que aprender que hay un límite entre la necesidad que tiene una mujer de ser querida y la sospecha de que no lo es tanto".

Juan Francisco, sus mimos, sus cortesías, su aplicada preocupación paterna para con los niños que no había visto en seis años, su nuevo deber de explicarle a Laura lo que había hecho durante el día sin pedirle nunca a ella explicaciones, su manera insinuante y morosa de requerir el amor, acercando un pie al de Laura bajo las sábanas, apareciendo súbitamente desnudo desde el cuarto de baño, buscando como un tonto su pijama, sin darse cuenta de la llanta que se le había formado en la cintura, la pérdida de su esencial esbeltez morena, mestiza, hasta obligarla a ella a tomar la iniciativa, apresurar el acto, cumplir mecánicamente con el deber conyugal...

Se resignó a todo, hasta el día en que una sombra empezó a manifestarse visiblemente, primero inmaterial en el tráfico de la avenida, luego cobrando cuerpo en la banqueta de enfrente, al cabo exhibiéndose, unos pasos detrás de ella, cuando Laura iba y venía del Parián con el mandado del día. No quiso tomar una criada. El recuerdo de la monja Gloria Soriano le dolía demasiado. El quehacer doméstico le llenaba las horas solitarias.

Lo sorprendente de este descubrimiento es que Laura, al saberse vigilada por un achichincle de su marido, no lo tomó en serio. Y esto la afectó más que si le hubiera importado. Le abrió, en vez, a Juan Francisco, una calle tan estrecha como ancha era la avenida donde vivían. Decidió, a cambio, no vigilarlo físicamente

—como él, estúpidamente, lo hacía— sino con un arma más poderosa. La vigilancia moral.

Lázaro Cárdenas, un general de Michoacán, ex-gobernador de su estado y dirigente del partido oficial, había sido electo presidente y todo el mundo pensaba que sería uno más de los títeres manejados sin pudor por el Jefe Máximo de la Revolución, el general Plutarco Elías Calles. La burla llegó al grado que durante la presidencia de Pascual Ortiz Rubio un espíritu chocarrero colgó un letrero a la puerta de la residencia oficial de Chapultepec: AQUÍ VIVE EL PRESIDENTE. EL QUE MANDA VIVE ENFRENTE. El siguiente presidente, Abelardo Rodríguez, considerado un pelele más del Jefe Máximo, reprimió una huelga tras otra, la de los telegrafistas primero, enseguida la de los jornaleros de Nueva Lombardía y Nueva Italia en Michoacán, agricultores de ascendencia italiana acostumbrados a las luchas del Partido Comunista de Antonio Gramsci, y al cabo el movimiento nacional de los trabajadores agrícolas en Chiapas, Veracruz, Puebla, Nuevo León: el presidente Rodríguez ordenó despidos de huelguistas, sustituyéndolos por militares; los tribunales dominados por el Ejecutivo declararon "injustificada" huelga tras huelga; el ejército y las guardias blancas asesinaron a varios trabajadores de las comunidades italo-mexicanas, y a los dirigentes huelguistas nacionales que luchaban por el salario mínimo los envió Abelardo al desolado penal de las Islas Marías, entre ellos al joven escritor José Revueltas.

La vieja CROM de Luis Napoleón Morones, incapaz de defender a los trabajadores, se fue debilitando cada vez más, a medida que ascendía la estrella de un nuevo líder, Vicente Lombardo Toledano, un filósofo tomista primero y ahora marxista, de aspecto ascético, mirada triste, flaco, despeinado y con una pipa en la boca: al frente de la Confederación General de Obreros y Campesinos de México, Lombardo creó una alternati-

va para la lucha obrera real; los trabajadores que luchaban por la tierra, por el salario, por el contrato colectivo, empezaron a agruparse bajo la CGOCM y como en
Michoacán el nuevo presidente Cárdenas había apadri-
nado la lucha sindical, todo debería, ahora cambiar: ya
no Calles y Morones, sino Cárdenas y Lombardo...

—¿Y la independencia sindical, dónde, Juan
Francisco? —oyó Laura decir una noche al único viejo
camarada que seguía visitando a su marido, el ya muy
vencido Pánfilo que no encontraba donde escupir, porque Laura mandó retirar esos adefesios de cobre.

Juan Francisco repitió algo que ya era como su
credo: —En México las cosas se cambian desde adentro, no desde fuera...

—¿Cuándo aprenderás? —le contestó con un
suspiro Pánfilo.

Cárdenas comenzaba a dar señas de independencia y Calles de impaciencia. En medio, Juan Francisco parecía desconcertado sobre el rumbo que tomaría
el movimiento obrero y su propia posición dentro de él.
Laura captó esta desazón y comenzó a preguntarle rei-
teradamente a su marido, con aire de preocupación le-
gítima, si viene una ruptura entre Calles el Jefe Máximo
y Cárdenas el Presidente, ¿de qué lado te vas a poner?, y
él no tenía más remedio que recaer en su defecto anterior a la reconciliación con Laura, la retórica política, la
Revolución está unida, nunca habría ruptura entre sus
dirigentes, pero la Revolución ya rompió con muchos de tus ideales de antes, Juan Francisco, cuando eras
anarcosindicalista (y la imagen del altillo de Xalapa y la
vida amurallada de Armonía Aznar y su relación misteriosa con Orlando y la oración fúnebre de Juan Francisco regresaban todas en cascada) y él decía como un
beato que repite el credo, hay que influir desde adentro, desde afuera te aplastan como una chinche, las batallas se libran en el interior del sistema...

—Hay que saber adaptarse, ¿no es cierto?

—Todo el tiempo. Claro. La política es el arte del compromiso.

—Del compromiso —repetía ella con la mayor seriedad.

—Sí.

Había que anochecer el corazón para no admitir lo que ocurría; Juan Francisco podía explicar que la necesidad política lo obligaba al compromiso con el gobierno…

—¿Todo gobierno? ¿Cualquier gobierno?

…ella no podía preguntarle si su conciencia no lo condenaba; él hubiese querido admitir que no tenía miedo a la opinión ajena, le tenía miedo a Laura Díaz, a ser juzgado de nuevo por ella, hasta que una noche volvieron a estallar los dos.

—Estoy harto de que me juzgues.

—Y yo de que me espíes.

—No sé a qué te refieres.

—Has encerrado mi alma en un sótano.

—No te tengas tanta lástima, me das pena.

—No me hables como el santo a la pecadora, ¡dirígete a mí!

—Me indigna que me pidas resultados que no tienen nada que ver con la realidad.

—Deja de imaginar que te juzgo.

—Con tal de que sólo me juzgues tú, pobrecita de ti, me tiene sin cuidado, y ella quería decirle, ¿crees que regresé contigo sólo para hacerme perdonar mis propios errores?, se mordió la lengua, la noche me acecha, la madrugada me libera, se fue a la recámara de los niños a mirarlos dormir, a apaciguarse.

Viéndolos dormir.

Le bastaba mirar las dos cabecitas hundidas en las almohadas, cubierto hasta la barbilla Santiago, descubierto y despatarrado Dantón, como si hasta en el sueño se manifestasen las personalidades tan opuestas de los muchachos y se preguntó si ella, Laura Díaz, en este punto preciso de su existencia, tenía algo que enseñarles a sus hijos o por menos el coraje de preguntarles, ¿qué quieren saber, que les puedo decir?

Sentada allí frente a las camas gemelas, sólo podía decirles que vinieron al mundo sin ser consultados y por eso la libertad de los padres al crearlos no los salvaba a ellos, las criaturas de una herencia de rencores, necesidades e ignorancias que los padres, por más que lo intentasen, no podrían disipar sin dañar la libertad misma de los hijos. A ellos les tocaría combatir por sí mismos los males de la heredad en la tierra y ella la madre no podía sin embargo retirarse, desaparecer, convertirse en el fantasma de su propia descendencia. Estaba obligada a resistir en nombre de ellos sin demostrarlo nunca, permanecer invisible al lado de los hijos, no disminuir el honor de la criatura, la responsabilidad del hijo que necesitaba creer en su propia libertad, saberse la fragua de su propio destino. ¿Qué le quedaba a ella sino vigilar discretamente, soportar mucho y pedir, a la vez, mucho tiempo para vivir y poco para sufrir, como las tías Hilda y Virginia?

Pasaba, a veces, toda la noche mirándolos dormir, decidida a acompañar a sus hijos por dondequiera como un larguísimo litoral donde el mar y la playa son distintos pero inseparables; aunque el viaje durase sólo una noche, pero con la esperanza de que no terminase nunca, dejando suspendida sobre la cabeza de sus hijos la pregunta, ¿cuánto tiempo, cuánto tiempo les darán Dios y los hombres a mis hijos sobre la tierra?

Viéndolos dormir hasta que sale el sol y la luz les toca a los niños la cabeza porque ella misma puede tocar el sol con las manos, preguntándose cuántos soles soportarían ella y sus hijos. Por cada parcela de luz había una silueta de sombra.

Entonces Laura Díaz se apartaba de las camas donde dormían sus hijos, se levantaba agitada por una turbia marea y se decía (casi se los decía a ellos) para que entendieran a su propia madre y no la condenaran a la piedad primero y al olvido después, les decía para ser una madre odiada y liberada por el odio de los hijos, odiada si cabía pero fatalmente inolvidable, necesito ser activa, ferviente y activa, pero aún no se cómo, no puedo regresar a lo que ya hice, quiero una revelación auténtica, una revelación que sea una elevación no una renuncia. ¡Qué fácil sería la vida sin hijos y sin marido! ¿Otra vez? ¿Esta vez sí? ¿Por qué no? ¿A la primera se agota la libertad, un fracaso anterior nos cierra las puertas de la posible felicidad fuera de las paredes del hogar? ¿He agotado mi destino? Santiago, Dantón, no me abandonen. Déjenme seguirles por dondequiera, pase lo que pase. No quiero ser adorada. Quiero ser esperada. Ayúdenme.

XII. Parque de la Lama: 1938

En 1938, las democracias europeas se hincaron ante Hitler en Munich y los nazis ocuparon Austria y Checoslovaquia, la república española se batió, replegándose, en todos los frentes, Walt Disney estrenó *Blanca Nieves y los siete enanos*, Sergei Eisenstein *Alejandro Nevsky* y Leni Riefenstahl *La Olimpiada de Berlín*. Durante la "Noche de Cristal" las sinagogas, tiendas, hogares y escuelas judías fueron incendiadas por las tropas SS en Alemania, el Congreso de los E.E. U.U. estableció el Comité de Actividades Antiamericanas, Antonin Artaud propuso una "teatro de la crueldad", Orson Welles convenció a todo el mundo de que los marcianos habían invadido New Jersey, Lázaro Cárdenas nacionalizó el petróleo en México y, también en México, dos compañías de teléfonos rivales —la sueca Ericsson y la nacional Mexicana— prestaban servicios separados, de tal suerte (mala suerte) que el abonado a la Ericsson no podía comunicarse con el abonado a la Mexicana y viceversa. Todo este enredo obligaba a la persona poseedora de un aparato Ericsson a acudir a un vecino, amigo, oficina o estanquillo para hablarle a otra persona cuya línea era de la Mexicana y, otra vez, viceversa.

—En México, hasta los teléfonos son barrocos —decía Orlando Ximénez.

La extensión de las urbes modernas dificulta las relaciones amorosas; nadie quiere viajar una hora en autobús o automóvil para gozar de minuto y medio de sexo. El teléfono concierta los puntos intermedios de encuentro. En París, el neumático o "*petit bleu*" servía de enlace entre parejas; esos sobrecitos azules podían contener todas las promesas del amor; los novios los recibían con más sobresalto que un telegrama. Pero en México, el año de la expropiación petrolera y la defensa de Madrid, si los amantes no eran vecinos y uno tenía Ericsson y el otro Mexicana, estaban condenados a inventar redes de comunicación foráneas, complicadas o, como diría Orlando, barrocas.

Sin embargo, la primera comunicación entre ellos, el primer mensaje personal, no pudo ser más directo. Fue, simplemente, el encuentro de las miradas. Más tarde, ella se diría que estaba predispuesta a lo que ocurrió, pero cuando lo vio, era como si nunca hubiese pensado en él. No cruzaron miradas; las anclaron uno en los ojos del otro. Ella se preguntó, ¿por qué es ese hombre distinto de todos los demás?, y él le contestó en silencio, separados ella y él por la centena de invitados a la fiesta, porque sólo te miro a ti.

—Porque sólo me mira a mí.

Ella sintió deseos de irse de allí; la asustó una atracción tan repentina pero tan plena, la alarmó la novedad del encuentro, la inquietó imaginar las consecuencias de un acercamiento, pensó en todo lo que podía ocurrir, la pasión, la entrega, la culpa, el remordimiento, el marido, los hijos; no es cierto que todo eso ocurriese después de los hechos, los precedió involuntaria, instantáneamente; todo se hizo presente como en una sala donde sólo los fantasmas de la familia se sentasen a conversar y a juzgarla serenamente.

Pensó en irse de allí. Iba a huir. Él se acercó como adivinándola y le dijo,

—Quédate un rato más.

Se miraron directamente a los ojos; él era tan alto como ella, menos alto que su marido, pero aun antes de dirigirle la primera palabra sintió que él la trataba con respeto y el tuteo era sólo la costumbre en el trato español. El acento era castellano y la apariencia física también; él no podía tener más de cuarenta años, pero su cabellera era totalmente cana, contrastando con la frescura de la piel sin más arruga notable que en el entrecejo. La mirada, la sonrisa blanca, el perfil recto, los ojos corteses pero apasionados. La tez muy blanca, los ojos muy negros. Quiso verse como él la veía.

—Quédate un rato más.

—Tú mandas —dijo ella impulsivamente.

—No —rió él—. Yo sugiero.

Desde el primer momento ella le concedió al hombre tres virtudes. Reserva, discreción e independencia, junto con un trato social impecable. No era un mexicano de clase acomodada, como tantos que había frecuentado en la Hacienda de San Cayetano y en los cocteles de Carmen Cortina. Era un español y era de buena clase, pero había en su mirada una melancolía y en su cuerpo una inquietud que no sólo la fascinaron; la inquietaron, la invitaron a penetrar un misterio y ella se preguntó si ésta no era la trampa más sutil del hidalgo —así lo motejó enseguida—: presentarse ante el mundo como un enigma.

Trató de penetrar la mirada del hombre, los ojos hundidos en el cráneo, cerca del hueso, cerca del cerebro. El pelo cano aclaraba la mirada oscura, como aclaraba, entre nosotros, los rostros mestizos en México; un joven moreno podía convertirse gracias al pelo blanco, en un anciano color papel, como si el tiempo deslavase la piel.

El "hidalgo" le regaló una mirada de adoración y destino. Esa noche, acostados juntos en la recámara del Hotel L'Escargot junto al Parque de la Lama, los dos acariciándose lentamente, muchas veces, las mejillas, las cabelleras, las sienes, él le pidió a ella que lo envidiara porque él podía ver el rostro de ella en posiciones diversas y sobre todo, iluminado por los minutos que pasaban juntos, ¿qué le hace la luz al rostro de una mujer, cómo depende el rostro de una mujer de las horas del día, de la luz del amanecer, la mañana, el mediodía, la tarde, el ocaso, la noche, qué le dice en el rostro de una mujer, a cualquier hora, la luz que la enfrenta o la perfila, la sorprende desde abajo o la corona desde arriba, la ataca brutalmente sin advertencia en pleno día o la acaricia suavemente en las penumbras?, le preguntó él a ella y ella no tenía respuestas ni quería tenerlas, ella se sentía admirada y envidiada porque él le hacía en la cama todas las preguntas que ella siempre quiso que le hiciera un hombre sabiendo que eran las preguntas que toda mujer quería que le hiciera por lo menos una vez en la vida un solo hombre.

Ella no pensaba más en minutos ni en horas, ella vivía con él, a partir de esa noche, el tiempo sin tiempo de la pasión amorosa, un remolino de tiempo que arrojaba lejos de la conciencia todas las demás preocupaciones de la vida. Todas las escenas olvidadas. Aunque en el amanecer de esa noche, ella temía que el tiempo, que esa noche se había devorado todos los momentos anteriores de su vida, se tragase también éste. Se prendió al cuerpo del hombre, lo abrazó con la tenacidad de la hiedra, imaginándose sin él, ausente pero inolvidable, se vio a sí misma en ese momento posible pero totalmente indeseado: el momento en que él ya no estuviese allí pero su memoria sí, el hombre ya no estaría con ella pero su recuerdo la acompañaría para siempre. Ese precio lo pagó la mujer desde entonces y le dio gusto, le pareció barato en comparación con la plenitud del instante. No podía dejar de preguntarse, angustiada, ¿qué significan ese gesto —esa mirada— esa voz sin inicio ni fin? Desde el primer momento, no quiso perderlo más.

—¿Por qué eres tan distinto de todos los demás?

—Porque sólo te miro a ti.

Amaba el silencio que seguía al coito. Amó ese silencio desde la primera vez. Era la promesa esperada de una soledad compartida. Amaba el lugar escogido porque era un lugar, también, predestinado. El lugar de los amantes. Un hotel junto a un parque umbrío, fresco y secreto en medio de la ciudad. Así lo deseaba. Un lugar que siempre sea desconocido, una sensualidad misteriosa en un lugar que todos los demás juzgan normal, salvo los amantes. Amó para siempre el contorno del cuerpo de su hombre, esbelto pero fuerte, proporcionado y apasionado, discreto y salvaje, como si el cuerpo del hombre fuese un espejo de transformaciones, un duelo imaginario entre el dios creador y su bestia inevitable. O el animal más la divinidad que nos habita. Ella nunca había conocido metamorfosis tan súbitas, de la pasión al reposo, de la tranquilidad al incendio, de la serenidad a la desmesura. Una pareja húmeda, fértil el uno para el otro, adivinándose sin fin el uno al otro. Ella le dijo que lo habría reconocido dondequiera.

—¿A tientas, en la oscuridad?

Ella asintió. Los cuerpos volvieron a unirse, con la obediencia libre de la pasión. Afuera amanecía, el parque rodeaba al hotel con una guardia de sauces llorones y era posible perderse en los laberintos de setos altos y árboles aún más altos cuyas voces susurrantes desorientaban, haciendo perder el camino con el rumor de sus copas agitadas en el oído de los amantes, tan lejanos de lo próximo, tan cercanos de lo ausente.

—¿Desde cuándo no pasas una noche fuera de tu casa?

—Nunca, desde que volví.

—¿Vas a dar una excusa?

—Creo que sí.

—¿Estás casada?

—Sí.

—¿Qué excusa vas a dar?

—Me quedé a pasar la noche con Frida.

—¿Tienes que explicar?

—Tengo dos hijos pequeños.

—¿Conoces el dicho inglés: never complain, never explain?

—Creo que es mi problema.

—¿Explicarte o no?

—Me voy a sentir mal conmigo misma si no digo la verdad. Pero voy a herir a todo el mundo si la digo.

—¿No has pensado que esto entre tú y yo es parte de nuestra vida íntima y nadie tiene por qué saber de ella?

—¿Lo dices por los dos, tú también tienes que callar o contar?

—No, sólo te pregunto si no sabes que una mujer casada puede conquistar a un hombre.

—Lo bueno es que Frida tiene Mexicana y nosotros Ericsson. A mi marido le será difícil controlar mis movimientos.

Él se rió de este enredo telefónico pero ella no quiso preguntarle si él estaba casado, si tenía a otra. Lo oyó decir eso, una mujer casada puede conquistar a un hombre que no sea su marido, una mujer casada puede seguir conquistando a los hombres y sus palabras bastaron para que una turbación excitante, casi una tentación inédita, la devolviese ardiente a los brazos fuertes pero esbeltos, al vello oscuro, a los labios hambrientos del español su hidalgo, su amante, su hombre compartido, lo supo enseguida, él sabía que ella era casada, pero ella también imaginó que él tenía a otra mujer, sólo que esa intuición de la otra ella no alcanzaba a comprenderla, a visualizarla, ¿qué clase de relación tendría Jorge Maura con la mujer que estaba y no estaba allí?

Laura Díaz optó por la cobardía. Él no le decía quién o cómo era la otra. Ella sí le diría a él quién y cómo era su marido, pero a Juan Francisco no le diría nada hasta que Jorge no le hablara de la otra. Su nuevo amante (Orlando pasó por la calle de su recuerdo) tenía dos pisos. A la entrada de la casa era reservado, discreto y con un trato impecable. En el segundo piso era entregado, abierto, como si sólo la exclusión le colocase a mitad de la intemperie, sin reserva alguna para el tiempo del amor. No pudo resistir la idea de esa combinación, una manera completa de ser hombre, sereno y apasionado, abierto y secreto, discreto vestido, indiscreto desnudo. Admitió que siempre deseó a un hombre así. Aquí estaba, al fin, deseado desde siempre o inventado ahora mismo pero revelador de un anhelo eterno.

Mirando por la ventana del hotel hacia el parque, aquel primer amanecer juntos, Laura Díaz tuvo la convicción de que, por primera vez, ella y un hombre iban a verse y conocerse sin necesidad de decirse nada, sin explicaciones o cálculos superfluos. Cada uno lo comprendería todo. Cada instante compartido los acercaría más.

Jorge volvía a besarla, como si le adivinara todo, la mente y el cuerpo. Ella no podía arrancarse de él, de la carne, de la figura acoplada a la suya, quería medir y retener el orgasmo, proclamaba como algo suyo las miradas compartidas del orgasmo, quería que todas las parejas del mundo gozasen como ella y Maura en estos momentos, era su deseo más universal, más fervoroso. Nadie, nunca, en vez de cerrar los ojos o apartar el rostro, la había mirado al venirse, apostando por el sólo hecho de verse las caras los dos que se vendrían juntos y así ocurría cada vez, por medio de la mirada apasionada pero consciente se nombraban el uno al otro mujer y hombre, hombre y mujer, que hacen el amor dándose las caras, los únicos animales que cogen de frente, viéndose, mira mis ojos abiertos, nada me excita más que verte viéndome, el orgasmo se convirtió en parte de la mirada, la mirada en el alma del orgasmo, cualquier otra postura, cualquier otra respuesta se quedó en tentación, la tentación rendida se volvía promesa de la verdadera, la mejor y la siguiente excitación de los amantes.

Darse la cara y abrir los ojos al venirse juntos.

—Vamos a desearle esto a todos los amantes del mundo, Jorge.

—A todos, Laura mi amor.

Ahora él se paseaba entre el desorden de su cuarto de hotel como un gato. Ella nunca había visto tanto papel regado, tanto portafolio abierto, tanto desorden en un hombre tan pulcro y bien gobernado en todo lo demás. Era como si Jorge Maura no amase ese papeleo, como si cargase en los maletines algo desechable, desagradable, posiblemente venenoso. No cerraba los portafolios, como si quisiera ventilarlos, o esperando que los papeles se fuesen volando a otra parte, o que una recamarera indiscreta los leyese.

—No entendería nada —dijo él con una sonrisa agria.

—¿Qué?

—Nada. Ojalá salga bien.

Laura volvió a ser como antes o como nunca con él; lánguida, tímida, descuidada, mimosa, fuerte. Volvió a serlo porque sabía que todo esto lo derrotaría el pulso del deseo y el deseo era capaz de destruir al propio placer, volverse exigente, descuidado de los límites de la mujer y los del hombre, obligando a las parejas a volverse demasiado conscientes de su felicidad. Por eso ella iba a introducir el tema de la vida diaria, para aplacar la borrasca destructiva que desde la primera noche acompañaba fatalmente al placer, asustándolos en secreto. Pero no tuvo que hacerlo, él se le adelantó. ¿Se le adelantó, o era previsible que uno de los dos descendiera de la pasión a la acción?

Jorge Maura estaba en México como representante de la República Española, reducida ya, en marzo de 1938, a los enclaves de Madrid y Barcelona y los territorios mediterráneos de Valencia al sur. El gobierno mexicano de Lázaro Cárdenas le había prestado ayuda diplomática a los republicanos, pero no podía compensar con la ética la ayuda material aplastante de los regímenes nazifascistas al rebelde Franco, ni el abandono pusilánime de las democracias europeas, Inglaterra y Francia.

Berlín y Roma intervenían con toda fuerza a favor de Franco, París y Londres dejaban sola a la "república-niña", como la llamó María Zambrano. Esa florecilla de la democracia española era pisoteada por todos, sus amigos, sus enemigos y, a veces, sus partidarios...

Laura Díaz le dijo que quería serlo todo con él, compartirlo todo, saberlo todo, estaba enamorada de él, locamente enamorada.

Jorge Maura no se inmutó al oír esta declaración y Laura no supo si era parte de su seriedad escucharla sin comentar nada, o si el "hidalgo" sólo hacía una pausa antes de empezar su narración. Quizás había un poco de las dos cosas. Él quería que ella escuchase antes de tomar decisiones.

—Te juro que me muero si no lo sé todo de ti —se adelantó a su vez, ella.

El pensamiento de España lo ensimismaba. Dijo que España para los españoles es como México para los mexicanos, una obsesión dolorosa. No un himno de optimismo como su patria para los norteamericanos, ni una broma flemática como lo es para los ingleses, ni una locura sentimental —los rusos—, ni una razonable ironía —los franceses—, ni un mandato agresivo, como la ven los alemanes, sino un conflicto de mitades, de partes opuestas, de jaloneos del alma, España y México, países de sol y sombra.

Empezó por relatar historias, sin comentario alguno, mientras los dos caminaban entre los setos y pinos del Parque de la Lama. Lo primero que le dijo durante estos paseos, es que estaba asombrado del parecido entre México y Castilla. ¿Por qué habían escogido los españoles una meseta como la castellana para establecer su primer y principal virreinato americano?

Miraba las tierras secas, las montañas pardas, los picos nevados, el aire frío y transparente, la desolación de los caminos, los burros y los pies descalzos, las mujeres vestidas de negro y cubiertas por chales, la dignidad de los mendigos, la belleza de los niños, la compensación florida y la abundancia culinaria de dos países muertos de hambre. Visitaba los oasis, como éste, de fresca vegetación, y sentía que no había cambiado de sitio, o que era ubicuo, y no sólo física, sino históricamente, porque nacer español o mexicano convierte la experiencia en destino.

La amaba y quería que lo supiera todo sobre él. Todo sobre la guerra como él la vivió. Era un soldado. Obedecía. Pero se rebeló primero para obedecer mejor más tarde. Por su origen social quisieron utilizarlo desde un principio en misiones diplomáticas. Había sido discípulo de Ortega y Gasset, descendiente del primer ministro reformista de la vuelta de siglo, Antonio Maura y Montaner, y graduado de la universidad alemana de Friburgo: él exigió primero vivir la guerra para saber la verdad y luego defenderla y negociarla si era preciso; pero primero saberla. La verdad de la experiencia primero. La verdad de las conclusiones después. Experiencia y conclusión, le dijo a Laura, ésa quizás sea la verdad completa, hasta que la conclusión misma sea negada por otras experiencias.

—No sé. Tengo al mismo tiempo una fe inmensa y una inmensa duda. Creo que la certidumbre es el fin del pensamiento. Y temo siempre que un sistema que ayudamos a construir acabe por destruirnos a nosotros mismos. No es fácil.

Estuvo en el Jarama, en las batallas del invierno de 1937. ¿Qué recordaba de aquellos días? Las sensaciones físicas ante todo. La bruma te salía de la boca. El viento helado te vaciaba los ojos. ¿Dónde estamos? Esto es lo más desconcertante en la guerra. Nunca sabes exactamente dónde estás. Un soldado no tiene un mapa en la cabeza. Yo no sabía dónde estaba. Nos ordenaban movimientos de flanco, avances hacia la nada, esparcirnos para que las bombas no nos tocaran. Éste era el gran desconcierto de la batalla. El frío y el hambre eran lo constante. La gente era siempre distinta. Era difícil fijar un rostro o unas palabras más allá del día en que lo viste o las escuchaste. Por eso me dispuse a concentrarme en alguna persona para que la guerra tuviese un rostro. Pero sobre todo para que yo tuviera compañía. Para no estar solo en la guerra. Tan solo.

Recuerdo un día a una linda muchacha vestida con un mono azul. Tenía cara de monja pero lanzaba los peores improperios que he escuchado en mi vida. La recordaré siempre porque nunca la volveré a ver. Tenía el pelo tan negro que parecía azul como una medianoche. Las cejas muy pobladas se le juntaban en el ceño enojado. Tenía un parche en la nariz y ni así disimulada su perfil de águila bravía. Pero su boca de insultos constantes disimulaba la oración que pronunciaba en silencio. De eso quedé convencido, se lo mandé decir con mi mirada y lo entendió, turbándose. Me dijo un par de majaderías y le contesté "Amén". Era blanca como una monja que nunca ha visto el sol y tenía bigotes de gallega. Y era preciosa con todo eso, para todo eso. Sus palabras eran un desafío, no sólo a los fascistas, sino a la muerte misma. Franco y la Muerte eran la pareja de los grandes hijos de puta. A veces se me quiere borrar la imagen de la mujer bella con el mono azul pálido y la cabellera azul noche. Rió, necesitaba a alguien tan diferente de ella como tú para recordarla hoy. No, las dos eran, o son, mujeres altas.

Pero ella iba rumbo al Guadarrama y yo estaba atrincherado en el Jarama. Recuerdo a los niños con los puños en alto a lo largo de las carreteras, serios y guiñando contra el sol, todos con cara de memoria (¿sabes que los huérfanos enviados de Guernica a hogares franceses e ingleses gritan y lloran cada vez que oyen pasar un avión?). Después sólo recuerdo lugares abandonados y tristes por los que las gentes pasaban de prisa.

Junto a un río amarillo y veloz.

Dentro de una cueva húmeda llena de picos y laberintos.

Abrazado al frío y al hambre.

Comenzaron los bombardeos de la Luftwaffe.

Sabíamos que los alemanes nunca bombardeaban objetivos militares.

Se los querían conservar íntegros a Franco.

Los stukas se iban contra las ciudades y los civiles, eso causaba más destrucción y desánimo que volar un puente.

Por eso lo más seguro era pararse en un puente.

El objetivo era Guernica.

El escarmiento.

La guerra contra la población.

¿Dónde estamos?

¿Quién ganó?

No importa: ¿quién sobrevivió?

Jorge Maura se abrazó a Laura Díaz, "Laura, nos equivocamos de historia. No quiero admitir nada que rompa nuestra fe…".

Empezaron a llegar las Brigadas Internacionales. El franquista Mola sitiaba a Madrid con cuatro columnas afuera de la ciudad y la "quinta columna" de espías y traidores adentro. Lo que vigorizó la resistencia fue el flujo de inmigrantes que venían huyendo de Franco. La capital estaba llena de refugiados. Es cuando cantaban aquello de "Madrid qué bien resistes" y "con las bombas de esos cabrones se hacen las madrileñas tirabuzones". No era totalmente cierto. Había mucho franquista en la ciudad. La mitad de Madrid había votado contra el Frente Popular en 1936. Y los "paseos" de los gamberros republicanos que recorrían la ciudad en automóviles robados asesinando a fascistas, a curas y monjas, le habían robado simpatías a la República. Creo que el flujo de inmigrantes fue la mayor defensa de Madrid. Y si no los tirabuzones, entonces un cierto desafío suicida pero elegante le daba el tono a la ciudad. Los escritores

se habían refugiado en un teatro y allí Rafael Alberti y
María Teresa León organizaban todas las noches bailes a oscuras para disipar el miedo que sembraba la
Luftwaffe. Fui a uno de ellos y allí estaban, además
de los españoles, muchos hispanoamericanos, Pablo
Neruda, César Vallejo, Octavio Paz y Siqueiros, el pintor
mexicano que se había dado a sí mismo el grado de
"Coronelazo" y se hacía seguir de un limpiabotas para
tenerle siempre lustrosas las federicas. Neruda era lento
y soñoliento como un océano, Vallejo traía la muerte
ojerosa amortajada entre los párpados, Paz tenía los ojos
más azules que el cielo y Siqueiros era, él solo, un desfile militar. Todos disfrazados con los trajes del teatro,
ropajes del Tenorio y de *Las Leandras*, de *La Venganza
de Don Mendo* y de *El Alcalde de Zalamea*, de todo
había, todos bailando en un techo de Madrid bajo las bombas, iluminados inconscientemente por los stukas alemanes, bebiendo champán. ¿Qué locura, qué alegría,
qué fiesta era ésta, Laura? ¿Es risible o condenable o
magnífico que un grupo de poetas y pintores celebre la
vida en medio de la muerte, mande al demonio al enemigo solemne y enclaustrado que se nos venía encima
con su infinita tristeza fascista y reaccionaria y su eterna
lista de prohibiciones: pureza de sangre, pureza religiosa, pureza sexual? Ya sabíamos cómo eran. Si desde que
se instaló la República en 1931, ellos se opusieron a la
educación mixta, mandaron a sus hijos a la escuela con
crucifijos al pecho cuando se estableció la educación
laica, eran la gazmoñería de la falda larga y el sobaco
apestoso, eran los godos enemigos de la limpieza árabe
y del ahorro judío, bañarse era prueba morisca, la usura
pecado hebreo. Eran los corruptores del lenguaje, Laura,
tenías que oírlos para creerlo, hablaban sin rubor de los
valores que ellos defendían, el soplo ardiente de Dios,
el noble solar de la Patria, la mujer casta y digna, el surco fecundo de la espiga, en contra de los eunucos republicanos y francmasones judíos, la sirena marxista que

introduce en España ideas exóticas, sembrando la ciza-
ña en el campo de la fe robusta de los católicos españoles: cosmopolitas apátridas, renegados, turbas sedien-
tas de sangre española y cristiana, ¡canalla roja!, y por
eso los bailes de disfraces de Alberti en el techo de un
teatro iluminado por las bombas era como el desafío de
la otra España, la que siempre se salva de la opresión
gracias a la imaginación. Allí conocí a dos muchachos
de las Brigadas Internacionales, dos norteamericanos.
El comunista italiano Palmiro Togliatti y el comunista
francés André Marty eran los encargados de formarlas.
Desde julio del 36 unos diez mil voluntarios extranjeros
cruzaron los Pirineos y para principios de noviembre
había unos tres mil en Madrid. La frase del momento era
"No pasarán". No pasarán los fascistas, pasarán los
brigadistas, recibidos con los brazos abiertos. Los cafés
se llenaron de brigadistas y de periodistas extranjeros.
A todos ellos la gente les gritaba, "Vivan los rusos". Allí
andaba un alemán comunista pero aristócrata, no olvido su fabuloso nombre, Arnold Friederich Wieth von
Golsenau. Se acercó a mí como si me reconociera, dijo
"Maura" y mis demás apellidos, como para asimilarnos
él y yo, convocándome a su lado, a esa especie de superioridad impregnable que era ser aristócrata y comunista. Vio mi reticencia y sonrió: "En nosotros se puede
confiar, Maura. No tenemos nada que ganar. Nuestra
honradez está fuera de toda duda. Una revolución la
deberían hacer sólo aristócratas pudientes, gente sin
complejos de inferioridad o necesidades económicas.
Entonces no habría corrupción. Es la corrupción lo que
acaba con las revoluciones y hace pensar a la gente que si
el antiguo régimen era detestable, más lo es el nuevo
régimen, porque si los conservadores ya no engendra-
ban esperanza, los izquierdistas la traicionaron". "Eso
pasa —le contesté en tono de conciliación— porque
las revoluciones siempre las pierden los aristócratas y los
trabajadores, pero las ganan los burgueses." "Sí —conce-

dió— ellos siempre tienen algo que ganar. "Y nosotros —le recordé— siempre tenemos algo que perder". Se rió mucho. El cinismo de Von Golsenau, que era conocido en las Brigadas por su nombre de guerra, "Renn", no era el mío. Había dos niveles de esta guerra, el nivel de sus habladores, teorizantes, pensadores y estrategas, y el de la inmensa gente del común, que era todo menos común, era extraordinaria y daba pruebas diarias de una valentía sin límites, Laura, la primera línea de fuego de todas las grandes batallas, Madrid y el Jarama, Brunete y Teruel, la derrota de Mussolini en Guadalajara. La primera línea nunca estaba vacante. Los republicanos del pueblo se peleaban por ser los primeros en morir. Niños con el puño en alto, hombres sin zapatos, mujeres con la última hogaza de pan entre los pechos, milicianos con el fusil oxidado en alto, todos luchando en la trinchera, en la calle, en el campo, nadie cejó, nadie se acobardó. No se ha visto nada igual. Yo estaba en el Jarama cuando la batalla se intensificó con el arribo de mil tropas africanas al mando del general Orgaz protegidas por tanques y aviones de la Legión Cóndor de los nazis. Los tanques rusos del lado republicano contuvieron el avance fascista y entre las dos fuerzas la línea de combate iba y venía, encarnizada, llenando los hospitales de heridos y también de enfermos por la malaria que trajeron los africanos. Era una combinación graciosa, hasta cierto punto. Moros expulsados de España por los Reyes Católicos en nombre de la pureza de sangre luchando ahora al lado de racistas alemanes contra un pueblo republicano y demócrata auxiliado por los tanques de otro déspota totalitario, José Stalin. Casi intuitivamente, por una simpatía liberal, por antipatía hacia los Renn y Togliatti, me hice amigo de los brigadistas norteamericanos. Se llamaban Jim y Harry. Harry era un chico neoyorquino, judío, al cual motivaban dos cosas simples: el odio al antisemitismo y la fe en el comunismo. Jim era más complejo. Era hijo de un periodista y escritor de fama en Nueva York y había llegado muy joven —tendría en ese momento veinticinco años— con credenciales de prensa y amparado por dos corresponsales famosos, Vincent Sheean y Ernest Hemingway. Sheean y Hemingway se disputaban el honor de morir en el frente español. No sé para qué vas a España, le decía Hemingway a Sheean, el único reportaje que vas a sacar es el de tu propia muerte y no te serviría de nada porque lo escribiré yo. Sheean, un hombre brillante y bello, le contestaba a Hemingway rápidamente: más famosa va a ser la historia de tu muerte, y ésa la escribiré yo. Detrás de ellos venía el joven alto, desgarbado y miope, Jim, y detrás de Jim el pequeño judío de saco y corbata, Harry. Sheean y Hemingway se fueron a reportear la guerra pero Jim y Harry se quedaron a pelearla. El chico judío compensaba su debilidad física con una energía de gallo de pelea. El neoyorquino alto y desgarbado perdió por principio de cuenta sus anteojos y se rió diciendo que era mejor pelear sin ver a los enemigos que ibas a matar. Los dos tenían ese humor neoyorquino entre sentimental, cínico y sobre todo autoburlón. "Quiero impresionar a mis amigos", decía Jim. "Necesito hacerme de un curriculum que compense mis complejos sociales", decía Harry. "Quiero conocer el miedo", decía Jim. "Quiero salvar mi alma", decía Harry. Y lo dos: "Adiós a las corbatas". Con barba, de alpargatas, con uniformes cada vez más raídos, cantando a toda voz canciones del Mikado de Gilbert y Sullivan, (!), el par de americanos eran realmente la sal de nuestra compañía. No sólo perdieron las corbatas y los anteojos. Perdieron hasta los calcetines. Pero se ganaron la simpatía de todos, españoles y brigadistas. Que un miope como Jim exigiese salir al frente de un pelotón de exploradores una noche te prueba la locura heroica de nuestra guerra. Harry era más cauto, "Hay que vivir hoy para seguir peleando mañana". En el Jarama, a pesar de los aviones alemanes y los tanques rusos y las

brigadas internacionales, éramos nosotros, los españoles, los que habíamos dado la pelea. Harry lo admitía
pero me hacía notar: son españoles comunistas. Tenía razón. A principios del año 37, el Partido Comunista
había crecido de veinte mil a doscientos mil miembros,
y en verano, ya tenía un millón de adherentes. La defensa de Madrid les dio esos números, ese prestigio. La
política de Stalin acabaría por quitárselos. No ha tenido
el socialismo peor enemigo que Stalin. Pero en el 37,
Harry sólo veía la victoria del proletariado y su vanguardia comunista. Discutía el día entero, se había leído toda
la literatura del marxismo. La repetía como una Biblia y
terminaba sus oraciones con la misma frase, "We'll see
tomorrow"; era su Dominus Vobiscum. Para él, el juicio
y la ejecución de un comunista tan recto como Bujarin
era un accidente del camino hacia el glorioso futuro.
Harry, Harry Jaffe, era un hombre pequeño, inquieto, intelectualmente fuerte, físicamente débil y moralmente indeciso porque no conocía la debilidad de una
convicción política sin crítica. Por todo ello contrastaba con el gigantón de Jim, para quien la teoría no tenía
importancia. "Un hombre sabe cuándo tiene razón",
decía. "Entonces hay que luchar por lo que está bien. Es
muy simple. Aquí y ahora, la República tiene razón y
los fascistas no. Hay que estar con la República, sin más".
Eran como un Quijote y un Sancho cuyos campos de
Montiel se llamaban Brooklyn y Queens. Bueno, más
bien parecían Mutt y Jeff sólo que jóvenes y serios. Recuerdo que Harry y yo fumábamos y discutíamos recli-
nados contra los barandales a la mitad de los puentes,
de acuerdo con la teoría de que los fascistas no atacaban
las vías de comunicación. Jim, en cambio, buscaba siempre la acción, pedía los puestos más arriesgados, iba
siempre a la primera línea de fuego "a buscar mis anteojos perdidos", bromeaba. Era un gigantón sonriente,
increíblemente cortés, delicado al hablar ("las malas palabras se las dejo a mi padre, se las escuché tantas veces

que ya perdieron su carga para mí, en Nueva York hay un lenguaje público del periodismo, el crimen, la apuesta ruda, y otro lenguaje secreto de la sensibilidad, del aprecio delicado y la soledad venturosa; yo quiero regresar de aquí a escribir en el segundo lenguaje, George old boy, pero en realidad mi padre y yo nos complementamos, él me agradece mi lenguaje y yo el suyo, what the fuck!", reía el gigantón desgarbado y valiente). Con él me subía a las ramas de los árboles a ver el campo de Castilla. En medio de las heridas que la guerra deja sobre el cuerpo de la tierra, los dos lográbamos distinguir el rebaño, los molinos, los atardeceres de clavel, los amaneceres de rosa, las piernas bien plantadas de las muchachas, los surcos esperando que las trincheras se cerrasen como cicatrices; ésta es la tierra de Cervantes y de Goya, le decía yo, nadie la puede matar. No, es también la nueva tierra de Homero, me contestaba él, una tierra que nace parejamente con la aurora de dedos rosados y la cólera fatal y arruinada de los hombres… Un día, Jim ya no regresó. Lo esperamos Harry y yo toda la noche, mirándonos sin hablar primero, luego bromeando, a ese gringo lo puede matar el whisky pero nunca la pólvora. Nunca regresó. Todos sabíamos que había muerto porque en un frente como el del Jarama el que no regresaba en dos días era dado por muerto. Los hospitales no tardaban más de cuarenta y ocho horas en informar sobre los heridos. Dar cuenta de los muertos tomaba más tiempo y en el frente las pérdidas diarias sumaban cientos de hombres. Pero en el caso de Jim todos siguieron pidiendo noticias de él como si sólo estuviese perdido o ausente. Harry y yo nos dimos cuenta entonces de cómo querían a Jim todos los demás brigadistas y la tropa republicana. Se había hecho querer por mil motivos, nos dijimos en ese acto retrospectivo que nos permite ver y decir, en la muerte, lo que nunca supimos ver o decir en la vida. Somos siempre malos contemporáneos y buenos extemporáneos, Laura. Llegué a convencerme de que sólo yo sabía que Jim había muerto y que yo lo mantenía vivo para no desanimar a Harry y a los demás camaradas que tanto querían al americano grandulón y bien-hablado. Pero luego me di cuenta de que todos sabían que estaba muerto y que todos estaban de acuerdo en mentir y decir que nuestro camarada seguía vivo.

"—¿No has visto a Jim?

"—Sí, se despidió de mí al amanecer.

"—Llevaba órdenes. Una misión.

"—Ojalá hubiera manera de decirle que lo estamos esperando.

"—Me dijo que lo sabía.

"—¿Qué te dijo?

"—Sé que todos vosotros me esperáis.

"—Él tiene que estar seguro de eso. Aquí lo esperamos. Que nadie diga que está muerto.

"—Mira, en el correo de hoy llegaron los espejuelos que estaba esperando".

Jorge Maura se abrazó a Laura Díaz, "Nos equivocamos de historia, no quiero admitir nada que destruya nuestra fe, qué ganas de que todos fuéramos héroes, qué ganas de mantener la fe...".

Laura Díaz caminó esa mañana por todo Insurgentes hasta su casa en la Colonia Roma. El temblor emocionado de Maura le seguía recorriendo el cuerpo como una lluvia interna. No importaba que el español no le dijeran nada sobre su vida privada. Se lo había dicho todo sobre su vida pública: qué ganas de que todos los nuestros fueran héroes. Qué ganas de ser, ella misma, heroica. Pero después de oír a Jorge Maura, sabía que el heroísmo no es un proyecto voluntario sino una respuesta a circunstancias imaginables pero imprevistas. Nada había heroico en su propia vida; quizás algún día, gracias a su amante español, ella sabría responder al desafío de la heroicidad.

Juan Francisco... sentado en la cama matrimonial, esperándola quizás, o acaso no esperándola más, dueño de la recriminación evidente... Santiago y Dantón, nuestros hijos, los he debido atender solo, no te pregunto dónde has andado —pero atado a sí mismo, al último poste de su honor por la promesa de nunca volverla a espiar ¿qué le diría después de cuatro días de ausencia, inexplicada, inexplicable, sino por lo que nadie salvo Laura Díaz y Jorge Maura podían explicar: el tiempo no cuenta para los amantes, la pasión no se cronometra...?

—Le dije a los muchachos que tu mamá se puso mala y tuviste que viajar a Xalapa.

—Gracias.

—¿Nada más?

—¿Qué prefieres?

—El engaño es más difícil de tolerar, Laura.

—¿Crees que me siento con derecho a todo?

—¿Por qué? ¿Porque un día delaté a una mujer y otro día te pegué y otro día te mandé seguir por un detective?

—Nada de eso me da derecho a engañarte.

—¿Entonces qué?

—Tú pareces tener todas las respuestas hoy. Contéstate a ti mismo.

Juan Francisco le daría la espalda a su mujer para decirle con voz lastimada que sólo una cosa le daba a ella todos los derechos del mundo, el derecho de hacer su propia vida y engañarlo y humillarlo, no una especie de partida deportiva en que cada uno le metía goles al otro hasta emparejarse, no, nada tan simple, diría insoportablemente el hombrón moreno, corpulento, envejecido, sino una promesa rota, una decepción, no soy el que tú creíste que era cuando me conociste en el baile del Casino, cuando llegué con esa fama de revolucionario valiente.

No soy un héroe.

Pero lo fuiste un día, quería afirmar y preguntar a la vez Laura, ¿verdad que lo fuiste un día? Él entendería y le contestaría como si ella hubiese hecho la pregunta, ¿cómo mantener el heroísmo perdido cuando la edad y las circunstancias ya no lo autorizan?

—No soy muy distinto de todos los demás. Todos luchamos por la Revolución y contra la injusticia, pero también contra la fatalidad, Laura, no queríamos seguir siendo pobres, humillados, sin derechos. No soy excepción. Velos a todos. Calles era un pobre maestro rural, Morones un telefonista, ahora este Fidel Velázquez un lechero y los demás líderes eran campesinos, carpinteros, electricistas, ferrocarrileros, ¿cómo no quieres que se aprovechen y cojan la oportunidad por el rabo? ¿Tú sabes lo que es crecer con hambre, durmiendo seis juntos en una choza, la mitad de la camada de hermanitos muertos en la infancia, las madres ancianas a los treinta años? ¿Dime si no te explicas que un hombre nacido con el techo a un metro de su petate en Pénjamo no quiera un techo a diez metros de su cabeza en Polanco? ¿Dime si no tenía razón Morones en regalarle a su mamacita un caserón californiano aunque estuviera lado a lado con la casa donde el líder mantenía a su harén de putas? Caramba, para ser un revolucionario honrado, ya ves, como ese Roosevelt en los Estados Unidos, primero hay que ser rico... pero si vienes del petate y el comal, no te conformas, chata, no quieres regresar nunca más al mundo de las pulgas, hasta te olvidas de los que dejaste atrás, te instalas en el purgatorio con tal de no regresar nunca al infierno y dejas que los demás piensen lo que quieran en el cielo que traicionaste, ¿qué piensas tú de mí?, la mera verdad, Laura, la mera verdad...

Que no tenía respuestas, sino puras preguntas. ¿Qué hiciste, Juan Francisco? ¿Fuiste un héroe y te cansaste de serlo? ¿Fue una mentira tu heroísmo? ¿Por qué nunca me has hablado de tu pasado? ¿Querías empezar desde cero conmigo? ¿Creías que me iba a ofender de que hicieras tu propio elogio? ¿Esperabas, como sucedió, que otros lo hicieran por ti? ¿Que otros me llenaran

los oídos con tu leyenda, sin que tú tuvieras que subra-
yarla o rectificarla o negarla? ¿Te bastaba que yo oyera
lo que los demás decían de ti, ésa era mi prueba, dar
crédito a los demás y creer en ti con algo más que conocimiento, con puro amor ciego? Porque así me tra-
taste al principio, como tu mujercita fiel y callada, tejiendo en la sala de al lado mientras tu planeabas el futuro de
México con los demás líderes en el comedor, ¿te acuerdas? Dímelo, ¿cuál de tus mitos le voy a transmitir a nuestros hijos, la verdad completa, la verdad a medias, la parte
que me imagino buena de tu vida, la parte que imagino
mala, cuál parte de su padre le va a tocar a Dantón y cuál
a Santiago?

      —¿Qué le sirve más de tu vida a la vida de tus
hijos?

      —¿Sabes, Laura? En el catecismo te dicen que
hay pecado original y por eso somos como somos.

      —Yo sólo creo en el misterio original. ¿Cuál se-
ría el tuyo?

      —No me hagas reír, bobita. Si es misterio, ni
modo de saberlo.

      Sólo el tiempo, disipado como humo, revelaría
la verdad de Juan Francisco López Greene, el líder obrero
tabasqueño, imaginaría Laura caminando desde el Parque de la Lama esa mañana de marzo, envuelta aún en
el amor de un hombre completamente distinto, deseado
con fervor, Jorge Maura es mi marido verdadero, Jorge Maura debió ser el padre verdadero de mis hijos, decidida a llegar a su casa y decirle a su marido, tengo un
amante, es un hombre maravilloso, lo doy todo por él,
lo dejo todo por él, te dejo a ti, a mis hijos...

      Se lo diría antes de que los muchachos regre-
saran de la escuela, les dieron asueto, todos iban al
Zócalo a festejar la nacionalización del petróleo por
el presidente Cárdenas, un revolucionario valiente que
se había enfrentado a las compañías extranjeras man-
dándolas a volar, recuperando la riqueza del país

el subsuelo

los veneros del diablo

las compañías inglesas que se robaron las tierras ejidales de Tamaulipas

las compañías holandesas que usaban matones a sueldo como guardias blancas contra los sindicatos

los gerentes gringos que recibían sentados a los trabajadores mexicanos y dándoles la espalda

gringos, holandeses, ingleses, se fueron con sus ingenieros blancos y sus planos azules y llenaron de agua salada los pozos

el primer ingenierito mexicano que llegó a Poza Rica no supo qué decirle al trabajador que se acercó a preguntarle, "Jefe, ¿ya le echo la cubeta de agua al tubo?"

y por eso estaban los cuatro, Juan Francisco y Laura, Dantón y Santiago, apretujados esa tarde entre la muchedumbre del Zócalo, entre la Catedral y el Ayuntamiento, con los ojos puestos en el balcón principal del Palacio y en el presidente revolucionario, Lázaro Cárdenas, que había metido en cintura a los explotadores extranjeros, los eternos chupasangres del trabajo y la riqueza de México, ¡El petróleo es nuestro!, el mar de gente en la plaza vitoreó a Cárdenas y a México, las señoras ricas entregaron sus joyas y las mujeres pobres sus gallinas para pagar la deuda de la expropiación, Londres y La Haya cortaron relaciones con México, el petróleo es de los mexicanos, pues que se lo beban, a ver quién se los compra, Cárdenas boicoteado tuvo que venderle el petróleo a Hitler y Mussolini mientras le mandaba fusiles a la República Española y entre la muchedumbre Jorge Maura miró de lejos a Laura Díaz con su familia, Laura lo reconoció, Jorge se quitó el sombrero y los saludó a todos, Juan Francisco miró con curiosidad a ese hombre y Laura le mandó decir en silencio, no pude, mi amor, no pude, perdóname, vuélveme a ver, yo te llamo, tu tienes teléfono Mexicana y yo Ericsson…

XIII. Café de París: 1939

—Tengo que hablarte de Raquel Alemán.

También le habló de sus compañeros de la causa republicana que estaban en México con misiones distintas a la suya. Acostumbraban reunirse en un lugar muy céntrico, el Café de París en la Avenida Cinco de Mayo, a donde concurría la intelectualidad mexicana de la época, encabezada por un hombre de gran ingenio y sarcasmo ilimitado, el poeta Octavio Barreda, que estaba casado con una hermana de Lupe Marín, la mujer de Diego Rivera anterior a Frida. Carmen Barreda se sentaba en el Café de París y escuchaba las ironías y burlas de su marido sin inmutarse. Nunca lo celebraba y él parecía agradecérselo; era el mejor comentario al humor seco, el dead-pan humour de su marido, traductor, al cabo, de *La Tierra Baldía* de Eliot al español.

Todos esperaban de él una obra mayor que nunca llegaba; era un crítico mordaz, un animador de revistas literarias y un hombre de gran distinción física, alto, delgado, con facciones de héroe de la Independencia, tez morena clara y ojos muy verdes y chispeantes. Estaba en una mesa con Xavier Villaurrutia y José Gorostiza, dos maravillosos poetas. Villaurrutia, abundante en su disciplina misma, daba la impresión de que su poesía, por ser tan desnuda, era escasa. En realidad, reunía un grueso volumen en el que la ciudad de México cobraba una sensibilidad nocturna y amorosa que nadie, antes que él, había conseguido:

Soñar, soñar la noche, la calle, la escalera
y el grito de la estatua desdoblando la esquina.
Correr hacia la estatua y encontrar sólo el grito,
querer tocar el grito y hallar sólo el eco,
querer asir el eco y encontrar sólo el muro,
y correr hacia el muro y tocar un espejo.

Villaurrutia era pequeño, frágil, a punto de ser dañado por fuerzas misteriosas e innombrables. La vida se le iba en la poesía. En cambio, Gorostiza, sólido, socarrón y callado, era autor de un solo gran poema largo *Muerte sin fin*, que muchos consideraban el mejor poema mexicano desde los de la monja Sor Juana Inés de la Cruz en el siglo XVII. Era un poema de la muerte y la forma, la forma —el vaso— aplazando la muerte —el agua que se impone, trémulamente, como la condición misma de la vida, su flujo. En medio, entre la forma y el flujo, está el hombre contenido en el perfil de su vital mortalidad, "lleno de mí, sitiado en mi epidermis por un dios inasible que me ahoga".

Había atracciones y rechazos serios entre estos escritores mexicanos, y el punto de la discordia parecía ser Jaime Torres Bodet, un poeta y novelista indeciso entre la literatura y la burocracia, que al cabo optó por ésta, pero nunca renunció a su ambición literaria. Barreda posaba a veces como un lavandero y espía chino de su invención, el Doctor Fu Chan Li y le decía a Gorostiza:

—Cuídate de toles.

—¿Qué toles?

—Toles Bodet.

Es decir que Jorge Maura y sus amigos se sentían como en su casa en esta réplica mexicana de la tertulia madrileña —un nombre, recordó Villaurrutia, derivado de Tertuliano, el Padre de la Iglesia que allá por el siglo segundo de la cristiandad gustaba de reunir a sus amigos en grupos de discusión socrática— aunque era difícil concebir una discusión con un dogmático como

Tertuliano, para quien la Iglesia, siendo dueña de la verdad, no tenía necesidad de argumentar nada. Barreda improvisaba o recordaba en su honor un verso cómico,

Vestida como para una tertulia,
Salió Judith rumbo a Betulia…

Nuestras discusiones quisieran ser socráticas, pero a veces se vuelven tertulianas, le advirtió Jorge Maura a Laura Díaz antes de entrar al Café. Los otros contertulios, o socráticos, eran Basilio Baltazar, un hombre joven de una treintena de años, moreno, de cabellera abundante, cejas oscuras, ojos brillantes y sonrisa como un sol, y Domingo Vidal, cuyo rostro parecía fabricado a hachazos, igual que su edad. Parecía salido de un calendario de piedra. Se rapaba la cabeza y dejaba que sus facciones se expandiesen en forma agresiva y móvil, como para compensar una dulzura soñolienta en la mirada de gruesos párpados.

—¿No les molesta a tus camaradas que esté allí, mi hidalgo?

—Quiero que estés, Laura.

—Adviérteles, por lo menos.

—Ya saben que vienes conmigo porque tú eres yo y sanseacabó. Y si no lo entienden, que digan misa.

Esta tarde iban a discutir un tema: el papel del Partido Comunista en la guerra. Vidal, le advirtió Jorge a Laura cuando entraron al Café, asumía el papel del comunista y Baltazar el del anarquista. Era algo convenido.

—¿Y tú?

—"Óyeme y decide tú misma."

Los dos contertulios le dieron la bienvenida a Laura, sin reticencias. A ella le sorprendió que tanto Baltazar como Vidal hablasen de la guerra como si viviesen uno o dos años atrás antes de que ocurriera lo que ya estaba ocurriendo. La República no sólo le miraba la cara a la derrota. Era la derrota. En cambio, desde lejos, la cara de Octavio Barreda era la de la simple curiosidad, ¿con quién andaba esta chica, Laura Díaz, que había acompañado a los Rivera a Detroit cuando Frida perdió el niño? Villaurrutia y Gorostiza se encogieron de hombros.

Se inicio un diálogo que a Laura, instantáneamente, le pareció en efecto programado o previsible, como si cada uno de los "contertulios" tuviese asignado su papel en un drama. Se culpó a sí misma diciéndose que su impresión ya estaba determinada por lo que le dijo Maura. Vidal arrancó, como por indicación de un apuntador invisible, argumentando que ellos, los comunistas, salvaron a la República en el 36 y el 37. Sin ellos, Madrid habría caído en el invierno del 37. Ni las milicias ni el ejército popular hubieran resistido el desorden callejero de la ciudad capital, la falta de comida, de transportes y de fábricas, sin el orden impuesto por el Partido.

—Se te olvidan todos los demás —le recordó Baltazar—. Los que estaban de acuerdo en salvar a la República pero no estaban de acuerdo con ustedes.

Vidal frunció el entrecejo pero soltó una carcajada, no se trataba de estar de acuerdo, sino de hacer lo más eficaz para salvar la República, los comunistas impusimos la unión contra los que querían un pluralismo anárquico en plena guerra, como tú, Baltazar.

—¿Era preferible una serie de subguerras civiles, anarquistas por un lado, milicianos por el otro, comunistas contra todos y todos contra nosotros, dándole la victoria al enemigo que ése sí, actúa unido? —Vidal se rascó el mentón sin rasurar.

Basilio Baltazar guardó silencio por un momento y Laura pensó, este hombre trata de recordar sus líneas, pero su turbación es auténtica y quizás la falta es mía y se trata de un dolor que no conozco.

—Pero el hecho es que hemos perdido —dijo después de un rato, con melancolía, Basilio.

—Hubiéramos perdido más pronto sin la disciplina comunista —dijo en un tono demasiado neutro Vidal, como si respetase ese dolor ausente de Basilio, adelantándose a la probable pregunta del anarquista, ¿se cuestionan ustedes si perdimos porque el Partido Comunista puso sus intereses y los de la URSS por encima del interés colectivo del pueblo español?, pues yo te digo que el interés del PC y el del pueblo español coincidían, los soviéticos nos ayudaron a todos, no sólo al PC, con armas y con dinero. A todos.

—El Partido Comunista ayudó a España —concluyó Vidal y miró detenidamente Jorge Maura, como si todos supieran que a él le correspondía el siguiente diálogo, sólo que Basilio Baltazar se interpuso con un súbito impulso. Imprevisto por todos, más llamativo que un grito porque hizo su pregunta en voz baja.
—Pero ¿qué era España?, yo digo que era no sólo los comunistas, era nosotros los anarquistas, era los liberales, los demócratas parlamentarios, el PC fue aislando y aniquilando a todos los que no eran comunistas, se fortaleció e impuso su voluntad debilitando a los demás republicanos y burlándose de toda aspiración que no fuera la del PC, predicaba la unidad pero practicaba la división.

—Por eso perdimos —dijo Baltazar después de una pausa, con la mirada baja, tan baja que Laura adivinó primero y sintió enseguida algo más personal que un argumento político.

—Estás muy callado, Maura —se volteó a decirle Vidal, respetando el silencio de Baltazar.

—Bueno —sonrió Jorge— veo que yo tomo un cortado, Vidal una cerveza pero Basilio ya se aficionó al tequila.

—Yo no quiero ocultar las desavenencias.

—No —dijo Vidal.

—Ninguno —dijo con cierta precipitación Baltazar.

Maura pensaba que España era más que España. Eso siempre lo había sostenido. España era el ensayo de la guerra general de los fascistas contra el mundo entero, si se perdía España se perdía Europa y el mundo...

(—Tengo que hablarte de Raquel Alemán...)

—Perdona que sea el abogado del diablo —sonrió de su peculiar manera Vidal, el primer hombre que entraba a un café de la muy formal ciudad de México con un jersey —un suéter, decían los mexicanos— de lana peluda, como si viniera de una fábrica—. Imagínate que triunfa la revolución en España. ¿Qué pasaría? Pues que nos invadía Alemania, dijo el Diablo.

—Pero es que Alemania ya nos invadió —interrumpió con su quieta desesperación Basilio Baltazar—. España ya está ocupada por Hitler. ¿Qué defiendes o a qué le temes, camarada?

—Le temo a un triunfo republicano desorganizado que sólo aplace el verdadero triunfo, para siempre, de los fascistas.

Vidal tomó el vaso de cerveza como un camello que acaba de descubrir agua en el desierto.

—Quieres decir que es mejor que Franco gane para luego combatirlo en una guerra general contra los italianos, los alemanes y los españoles fascistas —se gastó con un grado aún más alto de desesperación Basilio.

—Eso dice mi diablo, Basilio. Los nazis tienen engañado al mundo. Se van apropiando de toda Europa y nadie los resiste. Los franceses y los ingleses creen ingenua o cobardemente que se puede pactar con Hitler. Sólo aquí los nazis no engañan a nadie...

—¿Aquí? ¿En México? —sonrió Laura para aliviar la tensión.

—Pardon, pardon mille fois —se rió Vidal—. Sólo en España.

—Perdóneme a mí —volvió a sonreír Laura—. Entiendo su "aquí", señor Vidal, yo diría "aquí, en México", si estuviese en España, perdóneme a mí.

—¿Qué bebe? —le preguntó Basilio.

—Chocolate. Es una costumbre nuestra. Se hace con molinillo y aguado. Mi Mutti, es decir, mi madre...

—Bueno —volvió a su argumento Vidal—, las cuentas claras y el chocolate espeso, con perdón sea dicho. Si los nazis ganan en España, quizás Europa despertará. Verá el horror. Nosotros ya lo sabemos. Quizás, para ganar la gran guerra, tengamos que perder la batalla de España para alertar al mundo contra el mal. España, la guerrita, la petite guerre d'Espagne —torció los labios y suprimió la risa Vidal.

Jorge durmió inquieto, habló en sueños, se levantó a beber agua, luego a orinar, luego se quedó sentado en un sillón con la mirada perdida, observado por Laura desnuda, inquieta también, satisfecha del sexo que le dio Jorge pero sintiendo con alarma que no era para ella, que era un desahogo...

—Háblame. Quiero saber. Tengo derecho a saber, Jorge. Te quiero. ¿Qué pasa? ¿Qué pasó?

Es un pueblo bello e inhóspito como si estuviera muriéndose poco a poco y no quisiera que nadie viese su agonía pero también deseara un testigo de su belleza mortal. Los sellos de los siglos se estampan uno sobre otro en su faz, desde la fundación ibérica que es un salvaje casco de oro con igual valor que una olla de barro. La puerta romana que perdura carcomida por el tiempo y las tormentas como un hito de poder y una advertencia de legitimidad. La gran muralla medieval, la cintura del burgo castellano y su defensa contra el Islam, que sin embargo se cuela por todas partes, en la palabra almohada y en la palabra azotea, en la alberca de limpieza y placeres abominables, en la alcachofa deshojable como un clavel comestible, en el arco de medio punto de la iglesia cristiana y en el decorado morisco de puertas y ventanas cercanas a la sinagoga despoblada, derruida, perseguida internamente por el abandono y el olvido.

Ceñido por la muralla del siglo XII, el pueblo de Santa Fe de Palencia tiene un centro único, una especie de ombligo urbano en el que confluye toda la historia de la comunidad. Su plaza central es un coso taurino, un redondel de arena muy amarilla esperando que se derrame en ella el otro color de la bandera de España, una plaza que en vez de gradas de sol y sombra se encuentra rodeada de casas con enormes ventanales de celosías que se abren los domingos para ver las corridas de toros que le dan pálpito y nervio a la comunidad. Sólo hay una entrada a la gran plaza cerrada.

Los tres soldados de la República han entrado hasta ese centro singular del pueblo donde los espera el alcalde don Álvaro Méndez, comunista. Es un hombre sin uniforme, de chaleco corto y barriga grande, camisa sin cuello y botas sin espuela. Su atuendo es su rostro de cejas abundantes y arqueadas como la entrada a una mezquita; sus ojos se velaron hace tiempo con los párpados de la edad, hay que adivinar un brillo duro y secreto en el fondo de esa mirada invisible. En cambio, las miradas de los tres soldados son abiertas, francas y asombradas. El viejo las lee y les dice no hago sino cumplir con mi deber, ¿vieron la puerta romana?, no es cuestión de partido, es cuestión de derecho, esta ciudad es legal porque es republicana, no es una ciudad sublevada con el fascismo, es una ciudad gobernada legítimamente por un alcalde comunista electo que soy yo, Álvaro Méndez, que debe cumplir con su deber, por terrible y doloroso que sea.

—Es injusto —dijo con los dientes muy cerrados Basilio Baltazar.

—Voy a decirte una cosa, Basilio, y no la voy a repetir más —dijo el alcalde en medio del coso de arenas amarillas y ventanas cerradas, por cuyos visillos, sin embargo, miraban curiosas las mujeres vestidas de negro—. Hay fidelidad en obedecer las órdenes justas, pero hay mayor fidelidad aun en obedecer las órdenes injustas.

—No —retuvo el grito que le hervía en la garganta Basilio—. La mayor fidelidad consiste en desobedecer las órdenes injustas.

Ella nos traicionó, dijo el alcalde. Ella dio aviso al enemigo de las posiciones republicanas en la sierra. Ven ustedes esas luces en la sierra, miran esos fuegos en las montañas que vuelan de cima en cima, mantenidos por todos en nombre de todos, ven esos fuegos como lunas instantáneas, esas antorchas de paja y leña, esas luces pariéndose unas a otras, esa pelambre de fuego: pues son las barbas incendiadas de la República, el cerco que nos hemos impuesto a nosotros mismos para protegernos de los fascistas.

—Ella se los dijo —tembló con cólera más ardiente que las cimas del monte la voz del alcalde—. Ella les dijo que si lograban apagar esas luces nos engañarían y bajaríamos las defensas. Ella les dijo, apaguen los fuegos del monte, maten uno a uno a los antorcheros republicanos y entonces podrán tomar este pueblo engañado, indefenso, en nombre de Franco nuestro salvador.

Sus párpados de ofidio interrogaron a cada uno de los soldados. Quería ser justo. Oía las razones. Los interrumpió el balcón abierto con ruidos y un grito desgarrador; apareció allí una mujer de rostro color de luna y ojos color de mora, toda vestida de negro, la cabeza cubierta, una piel adelgazada hasta la transparencia por el uso, como un papel sobre el cual se ha borrado más de lo que se ha escrito. Méndez, el alcalde de Santa Fe de Palencia, no le hizo caso. Reiteró: hablen.

—Sálvela en nombre del honor —dijo Jorge Maura.

—Yo amo a Pilar —gritó, más fuerte que la mujer del balcón, Basilio Baltazar—. Sálvela en nombre del amor.

—Ella debe morir en nombre de la justicia —plantó el alcalde la bota sobre la arena inmaculada y miró, buscando apoyo, al comunista Vidal.

—Sálvela a pesar de la razón política —le dijo éste.

—Vientos desfavorables —trató de sonreír el viejo pero se mantuvo, al fin, hierático—. Desfavorables.

Entonces gritó la mujer del balcón, ¡Ten piedad!, y el alcalde les dijo a todos, que no se confunda mi deber justiciero con la cólera de mi esposa, y la mujer gritó otra vez desde el balcón, ¿sólo tienes deberes de alcalde y de comunista?, y el viejo volvió a ignorarla, hablándole sólo a Vidal, Baltazar y Maura, no obedezco a mis sentimientos, obedezco a España y al Partido.

—¡Ten compasión! —gritó la mujer.

—Es tu culpa, Clemencia, tú la educaste como católica contra mi voluntad —le contestó al fin el alcalde, dándole la espalda.

—No me amargues lo que me queda de vida, Álvaro.

—Bah, la discordia de una familia no se puede imponer a la ley.

—La discordia a veces no nace del odio, sino del amor excesivo —gritó Clemencia despojándose del manto que le cubría la cabeza revelando la cabellera blanca revuelta y las orejas desbordadas de profecías.

—Nuestra hija está a la intemperie, a las puertas de la ciudad, ¿qué vas a hacer con ella?

—Ya no es vuestra hija. Es mi mujer —dijo Basilio Baltazar.

Alguien dejó entrar, esa noche, los bueyes a la plaza de Santa Fe. Los fuegos se empezaron a apagar en la montaña.

—El cielo está lleno de mentiras —dijo con voz opaca Clemencia antes de cerrar los visillos del balcón.

(—Tengo que hablarte de Pilar Méndez…)

El tema de la siguiente reunión en el Café de París parecía uno solo, la violencia, sus semillas, sus gestaciones, sus partos, su relación con el bien y con el mal. Maura tomó el argumento más difícil, no se les puede poner todo el mal a cuenta de los fascistas, no olvidemos la violencia republicana, el asesinato por los anarquistas del cardenal Soldevilla en Zaragoza, los socialistas matando a golpes a los falangistas que hacían ejercicios en la Casa de Campo en 1934, les vaciaron los ojos y se orinaron en las cuencas, eso hicieron los nuestros, camaradas.

—Eran los nuestros.

—¿Y no mataron luego los fascistas a la muchacha que se orinó en sus muertos?

—Ése es mi argumento, camaradas —dijo Maura tomando la mano de su amante mexicana—. La escalada de la violencia española nos lleva siempre a la guerra de todos contra todos.

—Con razón los escamots catalanes cortaron las vías de ferrocarril en el 34 para separar eternamente a Cataluña de España. —Basilio miró las manos unidas de Jorge y Laura—. ¡En buena hora! —pero sintió dolor y envidia.

Vidal lanzó una carcajada tan peluda como su jersey. —¡Así que todos nos matamos a puerta cerrada, alegre y regionalmente, coño, y que el mundo se vaya a hacer puñetas!

Jorge soltó la mano de Laura y la puso sobre el hombro de Vidal, no olvido las matanzas en masa ordenadas por los franquistas en Badajoz, ni el asesinato de Federico García Lorca, ni Guernica. Es mi prólogo, camaradas.

—Mis amigos, olvídense de las violencias políticas del pasado, olvídense de las supuestas fatalidades políticas españolas, ésta es una guerra pero ni siquiera es nuestra, nos la quitaron, somos el teatro donde se ensaya, nuestros enemigos vienen de afuera, Franco es un títere y si no los derrotamos, Hitler va al derrotar al mundo. Recuerden que yo estudié en Alemania y vi cómo se organizaron los nazis. Olvídense de nuestras miserables violencias españolas. Esperen a ver la verdadera violencia, la violencia del Mal. El Mal, así con mayúscula, organizado como una fábrica del Ruhr. Entonces la nuestra va a parecer la violencia de un tablado flamenco o de una plaza de toros... —dijo Jorge Maura.

(—Tengo que hablarte de Raquel Alemán...)

—¿Y tú, Laura Díaz? No has abierto el pico.

Ella bajó la cabeza un instante, luego fue mirando cariñosamente a cada uno, finalmente habló:

—Me llena de gusto ver que la disputa más encarnizada entre los hombres siempre revela algo que les es común.

Los tres se ruborizaron al mismo tiempo. Basilio Baltazar salvó la situación que ella no acababa de entender. —Se ven ustedes muy enamorados. ¿Cómo miden el amor en medio de todo esto que está ocurriendo?

—Dilo mejor así —terció Vidal—. ¿Sólo cuenta la felicidad personal, no la desgracia de millones de seres?

—Yo, le hago otra pregunta, señor Vidal —regresó Laura Díaz.

—Vidal a secas, oye. Qué formalistas son los mexicanos.

—Bueno, Vidal a secas. ¿Puede el amor de una pareja suplir todas las infelicidades del mundo?

Los tres se miraron entre sí con pudor, compasión y también con compasión.

—Sí, supongo que hay maneras de redimir al mundo, seamos los hombres tan solitarios como nuestro amigo Basilio o tan organizados como yo —aceptó con una mezcla de humildad y arrogancia Vidal.

(—Tengo que hablarte de Pilar Méndez...)

Eso que dijo al final el comunista, Laura, le dijo Jorge a su amante cuando los dos se fueron caminando solos por la Avenida del Cinco de Mayo, es cierto pero es conflictivo.

Ella le advirtió que lo notó reticente, elocuente sí, pero reticente casi siempre. Era otro Jorge Maura, uno más, y le gustaba, palabra que sí, pero quería detenerse un rato en el Maura del café, entender sus silencios, compartir las razones del silencio.

—Sabes que ninguno se atrevió a externar sus verdaderas dudas —revirtió Maura caminando hacia la construcción veneciana del edificio de Correos de la ciudad de México—. Los más fuertes son los comunistas porque son los que tienen menos dudas. Pero al tener menos dudas cometen con más facilidad delitos históricos. No me malentiendas. Los nazis y los comunistas no son la misma cosa. La diferencia es que Hitler cree en el Mal, el Mal es su Evangelio, la conquista, el genocidio, el racismo. En cambio Stalin tiene que decir que cree en el Bien, en la libertad del trabajo, en la desaparición del Estado y en dar a cada quien según sus necesidades. Recita el Evangelio del Dios Civil.

—¿Por eso engaña a tanta gente?

—Hitler recita el Evangelio del Diablo. Comete sus crímenes en nombre del Mal: éste es su horror. Esto nunca se ha visto antes. Quienes lo siguen tienen que compartir su voluntad maligna, todos, Goering, Goebells, Himmler, Ribbentrop, los aristócratas como Papen, los lumpen como Ernst Röhm, los junkers prusianos como Keitel. Stalin comete sus crímenes en nombre del Bien y yo no sé si éste es un horror más grande, porque quienes le siguen actúan de buena fe, no son fascistas, son gente comúnmente buena que cuando se da cuenta del horror stalinista, es eliminada por el propio Stalin, Trotsky, Bujarin, Kamenev, todos los camaradas de la época heroica. Los que se negaron a seguir a Stalin porque prefirieron seguir al verdadero comunismo hasta la muerte. ¿No son héroes —Bujarin, Trotsky, Kamenev? ¿Dime un solo nazi que haya abandonado a Hitler por fidelidad al nacional socialismo?

—¿Y tú, Jorge mi amorcito gachupín?

—Yo, Laura mi amorcito jarocho, yo un intelectual español y si quieres, está bien, un señorito, un aristó de ésos que Robespierre mandaba guillotinar.

—Tienes el alma dividida, mi gachupincito señorito...

—No, sí me doy cuenta del mal nazi y de la traición estalinista. Pero también soy consciente de la nobleza de la República Española, de cómo trata, simplemente, de hacernos un país normal, moderno, de respeto y convivencia y solución de problemas, coño, que vienen desde los godos. Y a esa nobleza esencial de la República, yo le sacrifico mis dudas, Laura mi amor. Entre el mal nazi y la traición comunista, me quedo con el heroísmo republicano del joven "gringo", como dicen ustedes, aquel Jim que se fue a morir por nosotros al Jarama.

—Jorge, no soy idiota. Alguien más sufrió por ustedes. Hay algo más que los une a Baltazar, a Vidal y a ti.

(—Tengo que hablarte de Pilar Méndez...)

De pie frente a la muralla de Santa Fe de Palencia, envuelta en un manto de pieles negras, salvajes, con el pelo rubio agitado por el viento arremolinado de la sierra, Pilar Méndez miraba apagarse una a una las fogatas del monte pero no sonreía atestiguando su triunfo, traición para su padre, victoria para ella, fortaleciéndose en su convicción de que ayudaba a los suyos que era como ayudar a Dios, aunque la hiciesen flaquear los pasos de los tres soldados de la República que avanzaban desde la puerta romana hasta ese espacio de tierra levantisca y mugidos de bueyes que ella, Pilar Méndez, ocupaba en nombre de su Dios, más allá de cualquier fe política, porque los Nacionales y la Falange estaban con Dios y ellos, los otros, su padre don Álvaro y los tres soldados, eran víctimas del Diablo, sin saberlo, creyéndose del buen lado, eran ellos, todos ellos, los rojos, los que incendiaban iglesias y fusilaban curas y violaban monjas: Domingo Vidal, Jorge Maura y Basilio Baltazar, su amor, su cariño ardiente, el hombre de su vida, su esposo ya sin necesidad de sacramento, caminando entre el polvo y los bueyes y el viento y los fuegos muertos, hacia ella, la mujer plantada frente al muro de la

ciudad moribunda envuelta en una larga manta de animales muertos, negros, una española rubia, una diosa
visigoda de ojos azules y melena amarilla como las arenas del coso taurino.

¿Qué le iban a decir los tres hombres?

¿Qué le podían decir?

Ninguna palabra. Sólo la visión de Basilio Baltazar
como una doble flecha de placer y dolor de la vida, inseparables. Su amante sentido como un precio, el precio de
trastocar el orden de la vida, eso era el amor, pensó Pilar
Méndez viendo acercarse a los tres hombres.

Basilio cayó de rodillas y abrazó las de Pilar, repitiendo sin cesar mi amor mi amor ni amor mi coño
mis tetas no me quites nada tesoro mío, Pilar te adoro…

—¿Tú, Domingo Vidal, comunista, enemigo?
—dijo Pilar para fortalecerse ante el dolor amatorio
de Basilio Baltazar.

Vidal asintió con la cabeza rapada, el gorro de
miliciano entre las manos, como si Pilar fuese una virgen, La dolorosa.

—¿Tú, Jorge Maura, señorito traidor, pasado a
los rojos?

Jorge la abrazó y ella gritó como una animal capaz de repugnancia, pero Maura le dijo no te suelto,
tienes que entender, estás condenada a muerte, ¿me
entiendes?, te van a fusilar al amanecer, tu propio padre
te ha mandado fusilar, tu padre el alcalde tu padre llamado Álvaro Méndez, él te va a matar a pesar de nuestras
súplicas, a pesar de tu madre…

La carcajada de loca de Pilar Méndez puso de
pie, horripilado, a Baltazar, ¿mi madre, se reía Pilar
como un animal salvaje, una hiena hermosísima, una
Medusa sin mirada propia, mi madre, hay alguien que
desee mi muerte más que mi madre mal llamada
Clemencia la guarra, ella que me hizo devota hasta
la muerte, ella que me implantó la idea del pecado y el
infierno?, esa mujer no desea mi vida, desea mi muerte

de mártir, muerte de virgen cree la muy bruta, virgen, Basilio, la oyes, qué ganas de que Clemencia mi madre nos hubiera visto la tarde que me arrancaste el virgo, me lo comiste a mordiscazos, escupiste mi membrana sangrienta como si fuera un moco o una hostia podrida, Basilio, te acuerdas, y me penetraste como se penetran un lobo y una loba por detrás, por el culo, sin verme la cara, te acuerdas de eso, en la casa vieja y sin muebles donde yo misma te conduje, mi amor adorado, mi único hombre, te crees tú con derecho a salvarme cuando mi propia madre me desea muerta, mártir del Movimiento, santa que salve su propia conciencia, Clemencia la bien nombrada, la madre que me odia porque no me casé como ella quería, me entregué a un chico pobre y de ideas sospechosas, mi bello, mi adorado Basilio Baltazar, qué vienes a hacer aquí, qué pretenden tú y tus amigos, se han vuelto locos, no sabéis que sois todos mis enemigos, no sabéis que yo estoy en contra de vosotros, que os mandaría fusilar a todos en nombre de España y Franco, que no quiero que crezcan espinas en los viejos senderos de la muerte española, que quiere limpiarlos con mi sangre…

Vidal, brutalmente, le tapó la boca como si cerrase una cloaca, Maura la obligó a cruzar los brazos, Baltazar volvió a hincarse a sus pies. Todos tuvieron sus palabras propias pero todos le dijeron lo mismo, te queremos salvar, ven con nosotros, mira las fogatas que aún no se apagan en el monte, allí obtendremos refugio, tu padre habrá cumplido con su deber, ha dado la orden de fusilarte al amanecer, nosotros vamos a faltar al nuestro, ven con nosotros, déjanos salvarte, Pilar, aunque el precio sea nuestra propia muerte.

—¿Por qué, Jorge? —le preguntó Laura Díaz.

A pesar de la guerra. A pesar de la República. A pesar de la voluntad del padre. Mi hija debe morir en nombre de la justicia, dijo el alcalde de Santa Fe de Palencia. Debe ser salvada en nombre del amor, dijo

Basilio Baltazar. Debe ser salvada a pesar de la razón
política, dijo Domingo Vidal. Debe ser salvada en nombre del honor, dijo Jorge Maura.

—Mis dos amigos miraron y me entendieron. No
tuve que explicarles. No nos basta reclamarnos del amor
o de la justicia. Es el honor lo que nos daba la razón. ¿El
honor por la justicia?, es el dilema que miré en la cara
de Domingo Vidal. ¿La traición o la belleza?, es lo que
me decían los ojos enamorados de Basilio Baltazar.
Los miré a los tres, desposeídos de todo lo que no fuese
la piel desnuda de la verdad, en el anochecer de aquella
jornada fatal frente a los muros medievales y la puerta
latina, rodeados de montes que se iban apagando, los
tres, Pilar, Basilio, Domingo, vi a los tres como un grupo emblemático, Laura, la razón que nadie entendería
sino yo entonces y ahora tú porque te la digo. Ésta es la
razón. La necesidad de la belleza supera la necesidad
de la justicia. El trío entrelazado de la mujer, el amante y
el adversario no se resolvía en la justicia ni el amor; era
un acto de belleza necesaria, fundado en el honor.

¿Cuál puede ser la duración de una escultura
cuando la encarnan no estatuas, sino seres vivos amenaza-
dos de muerte?

La perfección escultórica —honor y belleza, triun-
fando sobre traición y justicia— se disolvió cuando Jorge
le murmuró a la mujer, huye con nosotros a la montaña,
sálvate, porque si no, los cuatro vamos a morir aquí juntos y ella respondió entre dientes apretados, soy humana, no he aprendido nada, aunque Basilio rogara, no se
puede ganar nada sin compasión, ven con nosotros,
huye, hay tiempo, y ella que soy como una perra de la
muerte, que la huelo y la sigo hasta que me maten, que
no les voy a dar gusto a ustedes, que puedo oler la muerte, que todas las tumbas de este país están abiertas, que
ya no nos queda otro hogar más que el sepulcro.

—Tu padre y tu madre al menos, sálvate por
ellos.

Pilar los miró a los tres con un asombro en llamas y comenzó a reír enloquecida.

—Pero vosotros no entendéis nada. ¿Creéis que muero sólo por fidelidad al Movimiento?

La risa la mantuvo separada varios segundos.

—Muero para que mi padre y mi madre se odien para siempre entre sí. Que nunca se perdonen.

(Tengo que hablarte de Pilar Méndez)

—Yo creo que tú eres uno de esos hombres que sólo son leales a sí mismos si son leales a sus amigos —dijo Laura apoyando la cabeza sobre el hombro de Jorge.

—No —suspiró él con cansancio—, sólo soy un hombre enojado conmigo mismo porque no sé explicarte la verdad y evitar siempre la mentira.

—Quizás eres fuerte porque dudas, mi gachupín. Creo que eso sí lo saqué en claro esta noche.

Cruzaron Aquiles Serdán para pasar bajo el pórtico de mármol del Palacio de Bellas Artes.

—Lo acabo de decir en el café, mi amor, todos estamos condenados. Te confieso que odio a todos los sistemas, el mío y el de los demás.

VIDAL: ¿Ya ves? El triunfo no se va a obtener sin orden. Ganemos o perdamos ahora, victoriosos hoy o derrotados mañana, vamos a necesitar orden y unidad, jerarquías de mando y disciplina. Si no, ellos nos van a ganar siempre, porque ellos sí tienen orden, unidad, mando y disciplina.

BALTAZAR: Entonces, ¿cuál es la diferencia entre la implacable disciplina de Hitler y la de Stalin?

VIDAL: Los fines, Basilio. Hitler quiere un mundo de esclavos. Stalin quiere un mundo de hombres libres. Aunque los medios sean igualmente violentos, los fines son totalmente distintos.

—Tiene razón Vidal —rió Laura—. Estás más cerca del anarquista que del comunista.

Jorge se detuvo abruptamente frente a uno de los carteles de Bellas Artes.

—Nadie desempeñó un papel esta tarde, Laura. Vidal es realmente comunista, Basilio es verdaderamente anarquista. No te dije la verdad. Pensé que los dos, tú y yo, podríamos obtener así cierta distancia frente al debate.

Se quedaron un rato en silencio mirando la oferta en papel amarillo y letras negras, mal pegado a un marco de madera indigno de los mármoles y bronces del Palacio. Jorge miró a Laura.

—Perdóname. Qué linda te ves.

Carlos Chávez iba a tocar con la Sinfónica Nacional su propia *Sinfonía India* y *El amor de tres naranjas* de Prokofieff, y el pianista Nikita Magaloff interpretaría el concierto número uno de Chopin, el que ensayaba sin resultados la tía Hilda en Catemaco.

—Qué ganas de que los nuestros no hubiesen cometido un solo crimen.

—Así ha de haber sido Armonía Aznar. Una mujer que conocí. O más bien, que desconocí. Tuve que adivinarla. Te agradezco que tú me lo entregues todo sin misterios, sin puertas cerradas. Gracias, mi hidalgo. Me haces sentir mejor, más limpia, más clara en mi cabecita.

—Perdón. Es casi un sainete. Nos reunimos y repetimos las mismas frases trilladas, como en una de esas comedias madrileñas de Muñoz Seca. Ya lo viste hoy. Cada uno sabía exactamente lo que debía decir. Quizás así exorcizamos nuestra desazón. No sé.

Se abrazó a ella en el pórtico de Bellas Artes, rodeados de la noche mexicana parda, súbita y viciosa. —Me canso de esta pelea interminable. Quisiera vivir sin más patria que el espíritu, sin más patria...

Dieron media vuelta y se regresaron abrazados del talle a Cinco de Mayo. Se fueron apagando sus palabras como se iban apagando los aparadores de dulcerías, librerías, maleterías. Se encendían, en cambio, los faroles de la avenida abriendo un sendero de luz hasta el costado de la gran catedral herreriana, donde el 18 de

marzo del año pasado habían celebrado la nacionalización del petróleo, ella con Juan Francisco, Santiago y
Dantón y Jorge de lejos, saludándola con el sombrero
en la mano y en alto, un saludo personal pero también
una celebración política, por encima de las cabezas de
la muchedumbre, saludando y despidiendo al mismo
tiempo, diciéndole te quiero y adiós, ya regresé y te sigo
queriendo...

En el Café de París, Barreda, que los había estado observando, le dijo a Gorostiza y Villaurrutia que
adivinaran de qué hablaban los españoles en una tertulia. ¿De política? ¿De arte? No, de jabugos. Les recitó otro
par de líneas de la Biblia puesta en verso por un chifla-
do español, la descripción del Festín de Baltazar,

> Borgoña, Rin, Valdelamasa:
> El salchichón sin tasa.

Villaurrutia dijo que no le hacían gracia las bromas mexicanas acerca de los españoles y Gorostiza se preguntó,
más bien, el porqué de ese ánimo mexicano contra un país
que nos dio su cultura, su lengua y hasta el mestizaje...

—Pregúntale a Cuauhtémoc cómo le fue con los
gachupines a la hora de la merienda —rió Barreda—.
¡Tostada de patas!

—No —sonrió Gorostiza—, lo que sucede es que
no nos gusta darle la razón a los victoriosos. Los mexicanos hemos sido derrotados demasiadas veces.
Nos gusta querer a los derrotados. Son nuestros. Somos
nosotros.

—¿Hay victoriosos en la historia? —preguntó
Villaurrutia, derrotado él mismo por el sueño o la lan-
guidez o la muerte, vaya usted a saber, pensó la guapa,
inteligente y callada Carmen Barreda.

XIV. Todos los sitios, el sitio: 1940

— 1 —

Viajaba a La Habana, Washington, Nueva York, Santo
Domingo, le mandaba telegramas al Hotel L'Escargot,
a veces llamaba al teléfono mexicano de su casa y
sólo hablaba si oía la voz de ella y ella decía, "No, no es
Ericsson, es Mexicana"; era la clave acordada, "no había moros en la costa", ni marido, ni hijos, aunque a
veces a Jorge Maura no le importaba, hablaba y ella se
quedaba callada o decía tonterías porque el marido o
los hijos andaban cerca, no, necesito el plomero hoy
mismo, o ¿cuándo estará listo el vestido?, o ¡qué caro
se ha puesto todo! es que ya viene la guerra, mientras
Jorge le decía: éstos son los mejores días de nuestra vida,
¿no crees?, ¿por qué no contestas?, y ella reía nerviosamente y él comenzaba, qué bueno que fuimos im-
pacientes mi amor, ¿te imaginas si nos hubiéramos
aguantado aquella primera noche?, ¿en nombre de qué
íbamos a ser pacientes?, se nos va la vida, mi mujer
adorada, mi fembra placentera y ella silenciosa mirando a su marido leer *El Nacional* o a los chicos hacer la tarea, queriendo decirle a Maura, diciéndole en
silencio, nada calmaba mi ansiedad de vida hasta encontrarte a ti, y ahora me siento satisfecha. No pido nada
más, mi hidalgo, sólo que vuelvas sano y salvo y nos
juntemos en nuestro cuartito y me pidas que lo deje
todo por todo y eso lo haré sin dudarlo, ni hijos ni

marido ni madre me lo van a impedir, sólo tú porque junto a ti siento que no he agotado mi juventud, ¿permites que te lo diga con franqueza?, ayer cumplí cuarenta y dos años y sentí que no estuvieras aquí para celebrarlo juntos, a Juan Francisco y a Dantón se les olvidó por completo, sólo Santiago se acordó y le dije "Es nuestro secreto, no les digas a ellos" y mi hijo me indicó con un abrazo que éramos cómplices, ésa sería mi felicidad completa, tú y yo y mi hijo predilecto, ¿por qué negarlo?, qué necedad pretender que queremos por igual a todos los hijos, no es cierto, no es cierto, hay hijos en los que adivinas lo que te falta, hijos que son alguien más que ellos mismos, hijos como espejos del tiempo pasado y por venir, así es mi Santiago que no se olvidó de mi cumpleaños y me hizo pensar que tú me has dado ese indulto que necesita una mujer de mi edad, y si no tomo, mi hidalgo, la vida que tú me das no tendré vida que darle yo misma, en el tiempo por venir, a mis hijos, a mi pobre marido, a mi madre...

— 2 —

La muerte de Leticia, la Mutti magnífica y adorada, la imagen femenina central de la vida de Laura Díaz, la columna a la que se trenzaban todas las hiedras masculinas, el abuelo don Felipe, el padre don Fernando, el igualmente adorado hermano Santiago, y el doloroso y doliente Orlando Ximénez, el marido Juan Francisco, los niños criados por la abuela mientras la vida del país se calmaba después de una revolución tan larga, tan cruenta (tan lejana ya), mientras Laura y Juan Francisco se buscaban inútilmente, mientras Laura y Orlando se disfrazaban para no verse ni ser vistos, todos eran trepadoras que subían hasta el balcón de la madre Leticia, todos salvo Jorge Maura, el primer hombre independiente del tronco veracruzano nutrido por la madre, poderosa gracias a su integridad, su cuidado, su minuciosa atención a las labores de cada día, su inmensa capacidad de ofrecer confianza, de estar allí y de no comentar nada; su discreción...

Se fue Leticia y con su muerte llegaron todas las memorias de la infancia. La muerte hoy da presencia a la vida ayer. Laura no podía recordar, sin embargo, una sola palabra dicha por su madre. Era como si la vida entera de Leticia hubiese sido un largo suspiro disimulado por el cúmulo de actividades para que todo marchara bien en las casas del puerto y de Xalapa. Su discurso era su cocina, su limpieza, su ropa almidonada, sus roperos bien ordenados y olorosos a lavanda, su tinas de baño de cuatro patas y sus tibores de agua hirviente y sus aguamaniles de agua fría. Su diálogo era su mirada, su sabio silencio para entender y hacer entender sin ofensa ni mentira, sin regaño inútil. Su pudor era entrañable porque dejaba adivinar un amor protegido en la entraña, sin necesidad, jamás, de exhibirse. Tuvo una dura escuela: la separación de los primeros años, cuando don Fernando vivía en Veracruz y ella en Catemaco. Pero esta distancia impuesta por las circunstancias, ¿no permitió a Laura, niña aún, llegar a la compañía de su hermano Santiago el Mayor justo cuando el encuentro debió ocurrir, cuando los dos pudieron, unidos, ser un poco niños y un poco adultos, jugar primero y llorar después, sin otro contacto que enturbiase la pureza de ese recuerdo, el más hondo y bello de la vida de Laura Díaz? No pasa noche sin que ella sueñe con el rostro de su joven hermano fusilado, enterrado en el mar, desapareciendo bajo las olas del Golfo de México.

El día del entierro de Leticia su madre, Laura vivió dos vidas al mismo tiempo. Automáticamente, cumplió con todos los ritos, dio todos los pasos de la velación y el entierro, ambos muy solitarios. De las viejas familias, ya ninguna quedaba en Xalapa. La pérdida de las fortunas, el temor a los nuevos gobernadores expropiadores, comecuras y socialistas, el imán de la ciudad de México, la promesa de nuevas oportunidades fuera del solar provinciano, la ilusión y la desilusión, lanzaron a todos los viejos amigos y conocidos lejos de Xalapa. Laura visitó la Hacienda de San Cayetano. Era una ruina y sólo en la memoria de Laura se escuchaban los valses, las risas, el trajín de los meseros, el chocar de copa contra copa, la figura erguida de doña Genoveva Deschamps...

La Mutti descendió a la tierra pero en la segunda vida de su hija ese día, el pasado se hacía presente como una historia sin reliquias, la ciudad de la sierra aparecía súbitamente a orillas del mar, los árboles mostraban, viejos, sus raíces, las aves pasaban como relámpagos, los ríos desembocaban en el mar llenos de cenizas, las estrellas mismas eran de polvo, y la selva era un grito huracanado.

Dejaron de existir la noche y el día.

El mundo sin Leticia amaneció decimado.

Sólo el perfume de la eterna lluvia de Xalapa despertó de su ensoñación a Laura Díaz para decirle a María de la O:

—Ahora sí, tiíta, ahora sí tienes que venirte con nosotros a México.

Pero María de las O no dijo nada. Nunca volvería a decir nada. Afirmaría. Negaría. Con la cabeza. La muerte de Leticia la dejó sin palabras y cuando Laura tomó la maleta de la tiíta para salir de la casa de Xalapa, la anciana mulata se detuvo y giró en redondo, lentamente, como si otra vez ella, y sólo ella, pudiese convocar a todos los fantasmas del hogar, darles un sitio, confirmarlos como miembros de una familia... Laura sintió una gran emoción viendo a la última de las hermanas Kelsen despedirse de la casa veracruzana, ella que llegó, desposeída y marcada, a que la redimiera un hombre bueno, Fernando Díaz, para quien hacer el bien era tan natural como respirar.

Pronto la picota se llevaría la casa de Xalapa en la calle Bocanegra con su portón inservible para inservibles coches tirados por caballos o vetustos Issotta-Fraschini devoradores de gasolina. Desaparecerían los aleros protectores contra el chipichipi pertinaz de la montaña, el patio interior con macetones de porcelana y vidriecillos incrustados, la cocina de carbones como diamantes en fuego y metates humildes y abanicos de palma, el comedor y los cuadros del pillete mordido por un perro... María de la O sólo rescató los anillos de plata para las servilletas de sus hermanas. Pronto vendría la picota...

María de la O, último testigo del pasado provinciano de su estirpe, se dejó llevar mansamente por Laura a la estación del Tren Interoceánico, tan mansamente como el cadáver de Leticia fue conducido al camposanto de Xalapa junto al cuerpo de su marido. ¿Qué iba a hacer la tiíta sino imitar a su hermana desaparecida y pretender que ella, María de la O, seguía animando a su línea de la única manera que le quedaba: tan inmóvil y silenciosa como una muerta pero tan discreta y respetuosa como lo había sido su inolvidable hermana la Mutti, que todos los días de su cumpleaños se vestía de blanco, cuando era niña, y salía a bailar al patio de la hacienda en Catemaco:

El doce de mayo
la Virgen salió
vestida de blanco
con su paletó

Porque en la memoria de María de la O se confundieron, a la hora de la muerte, los recuerdos de la hermana Leticia y de la sobrina Laura.

— 3 —

Un día, hacía un año, Jorge Maura regresó apresurada-
mente de Washington y Laura Díaz lo atribuyó todo
—la prisa, la tristeza— a lo inevitable: el 26 de enero,
los franquistas tomaron Barcelona y avanzaron hacia
Gerona; la población civil emprendía la diáspora por
los Pirineos.

—Barcelona —dijo Laura—. De allí venía Armonía Aznar.

—¿La mujer que vivía en tu casa y a la que nunca viste?

—Sí. Mi propio hermano, Santiago, estaba con
los anarcosindicalistas.

—Me has hablado muy poco de él.

—Es que no me caben dos amores tan grandes en la boca —sonrió—. Era un chico muy brillante,
muy guapo y muy valiente. Era como el Pimpinela
Escarlata —ahora rió nerviosamente—, posaba como
un fifí para proteger su actividad política. Es mi santo, dio la vida por sus ideas, lo fusilaron cuando tenía
veinte años.

Jorge Maura guardó un silencio inquietante.
Por primera vez, Laura lo vio bajar la cabeza y se dio
cuenta de que esa cabeza ibero-romana siempre se había mantenido levantada y orgullosa, incluso un poco
arrogante. Ella lo atribuyó a que los dos iban entrando
a la Basílica de Guadalupe, a donde Maura insistió en
llevarla como un acto de homenaje a doña Leticia, la
madre de Laura a quien él no llegó a conocer.

—¿Eres católico?

—Creo que en España e Hispanoamérica has-
ta los ateos son católicos. Además, no quiero irme de
México sin entender por qué la Virgen es el símbolo
de la unidad nacional mexicana. ¿Sabes que las tropas
realistas españolas fusilaban la imagen de la Virgen de
Guadalupe durante la guerra de independencia?

—¿Te vas de México? —dijo muy neutralmente Laura—. Entonces la Virgen no me protege.

Él hizo un gesto de hombros que quería decir, "como siempre, voy y vengo, ¿de qué te asombras?". Estaban hincados lado a lado en la primera fila de bancas de la Basílica, frente al altar de la Virgen cuya imagen enmarcada y protegida por cristal, le explicó Laura a Jorge, había quedado estampada, según la creencia popular, en el sayal de un humilde indio, Juan Diego, un tameme o cargador, al cual la Madre de Dios se le apareció un día de diciembre de 1531, apenas consumada la Conquista española, en la colina del Tepeyac, donde antes se adoraba a una diosa azteca.

—Qué listos eran los españoles del siglo dieciséis —sonrió Maura—. Consuman la conquista militar y en seguida se dedican a la conquista espiritual. Destruyen —bueno, destruimos— una cultura y su religión, pero les devolvemos a los vencidos nuestra propia cultura con símbolos indios —o quizás les devolvemos su propia cultura, pero con símbolos europeos.

—Sí, aquí la llamamos la Virgen morena. Ésa es la diferencia. No es blanca. Es la madre que necesitaban los indios huérfanos.

—Lo es todo, ¿te das cuenta qué cosa más genial? Es una virgen cristiana e indígena, pero también es la Virgen de Israel, la madre judía del Mesías esperado, y tiene un nombre árabe, Guadalupe, río de lobos. ¡Cuántas culturas por el precio de una estampa!

El diálogo fue interrumpido por el himno soterrado que nacía a espaldas de ellos y avanzaba desde la puerta de la Basílica como un eco antiquísimo que no brotaba de las voces de los peregrinos, sino que los acompañaba o quizás los recibía desde los siglos anteriores. Jorge miró hacia el coro pero en lugar del órgano no había nadie, ni organista ni niños cantores. La procesión venía acompañada de su propia cantata, sorda y monótona como toda la música india de México. No alcanzaba sin embargo a silenciar el rumor de las rodillas penosamente arrastradas por el pasillo. Todos avanzaban de rodillas, algunos con cirios encendidos en las manos, otros con los brazos abiertos en cruz, otros más con los puños apretados contra el rostro. Las mujeres portaban escapularios. Los hombres, pencas de nopal sobre pechos desnudos y sangrantes. Algunos rostros entraban velados por máscaras de gasa atadas a la nuca que convertían a las facciones en meros esbozos pugnando por manifestarse. Las oraciones en voz baja eran como cantos de pájaro, trinos altibajos totalmente ajenos, adivinó Maura, al tono parejo de la lengua castellana, una lengua que se mide neutralmente para que suenen más fuerte sus cóleras, sus órdenes, sus discursos: aquí no había una sola voz que pudiese, concebiblemente, enojarse, mandar o hablarle a los demás en un tono que no fuese el del consejo apenas, el del destino acaso, pero tienen fe, levantó Maura la voz, sí, se adelantó Laura, tienen fe, ¿qué te pasa, Jorge, por qué hablas así?, pero ella no podía comprender, tú no puedes comprender Laura, entonces explícamelo, cuéntamelo tú, Maura, revirtió Laura, dispuesta a no dejarse vencer por el temblor de duda, la cólera apenas dominada, el humor irónico de Jorge Maura en la Basílica de Guadalupe, viendo entrar a una procesión de indios devotos, portadores de una fe sin interrogantes, una fe pura sostenida por una imaginación abierta a todas las sugerencias de la credulidad: es cierto porque es increíble, repetía Jorge arrebatado súbitamente del lugar y de la persona donde estaba, con la cual estaba, la Basílica de Guadalupe, Laura Díaz, ella sintió esto con una fuerza incontenible, ella no tenía nada que hacer, le correspondía nada más oír, no iba a detener el torrente pasional que la entrada de una procesión de indígenas mexicanos descalzos desató en Maura, quebrando en mil pedazos su sereno discurso, su reflexión racional, para lanzarlo a un torbellino de recuerdos, premoniciones, derrotas que giraban en torno a una sola palabra, fe, la fe, ¿qué es la fe?, ¿por qué tienen fe estos indios?, ¿por qué tuvo fe en la filosofía mi maestro Edmundo Husserl?, ¿por qué tuvo fe en Cristo mi amante Raquel?, ¿por qué tuvimos fe en España Basilio, Vidal y yo?, ¿por qué tuvo Pilar Méndez fe en Franco?, ¿por qué tuvo su padre el alcalde de Santa Fe de Palencia fe en el comunismo?, ¿por qué tuvieron los alemanes fe en el nazismo?, ¿por qué tienen fe estos hombres y mujeres desvalidos, muertos de hambre, que jamás han recibido una recompensa del Dios al que adoran?, ¿por qué creemos y actuamos en nombre de nuestra fe a sabiendas de que no seremos recompensados por los sacrificios que la fe nos pone como pruebas?, ¿hacia dónde avanzan estos pobrecitos del Señor?, ¿quién era, qué era, la figura crucificada en la que se fijaba Jorge Maura, porque la procesión no venía a ver a Cristo, sino a su Madre, convencidos a pie juntillas que concibió sin pecado, que la preñó el Espíritu Santo, no un carpintero cachondo verdadero padre de Jesús?, ¿sabía uno solo de los penitentes que avanzaban arrodillados hacia el altar de Guadalupe que la concepción de María no fue inmaculada?, ¿por qué él, Jorge Maura, y tú, Laura Díaz, no creemos en esto?, ¿en qué creemos tú y yo?, ¿podemos creer juntos en Dios porque se despojó de la impunidad sagrada de Jehová haciéndose hombre en Cristo?, ¿podemos creer en Dios porque Cristo volvió a Dios tan frágil que los seres humanos nos pudimos reconocer en él?, ¿encarnó Cristo para que nos reconociéramos en él, Laura?, pero para ser dignos de Cristo ¿tuvimos que rebajarnos aún más para no ser más que Él?, ¿es esa nuestra tragedia, es esa nuestra desgracia, que para tener fe en Cristo y ser dignos de su redención, tenemos que ser indignos de él, menos que él, pecadores, asesinos, concupiscentes, orgullosos, que la prueba verdadera de la fe es aceptar que Dios nos pide hacer lo que no permite?, ¿hay un solo indio en este templo que piense esto?, no, Jorge, ninguno, no puedo imaginarlo, ¿tenemos que ser tan buenos y simples y ajenos a la tentación como estos seres humildes para ser dignos de Dios, o tenemos que ser tan racionales y vanidosos como tú y yo y Raquel Mendes-Alemán y Pilar Méndez y su padre el alcalde de Santa Fe de Palencia para ser dignos de lo que no creemos?, ¿la fe del indio mexicano o la fe del filósofo alemán o la fe de la judía conversa o la fe de la militante fascista o del militante comunista?, ¿cuál será, para Dios mismo, la mejor, la más verdadera fe de todas? —dímelo Laura, cuéntamelo, Jorge...

—Baja la voz. ¿Qué te pasa hoy?

—Sabes —contestó intensamente Maura—. Estoy mirando a ese pobre indio descalzo y vestido de manta y lo estoy viendo al mismo tiempo con un uniforme rayado y un triángulo verde en el pecho porque es criminal común y un triángulo rojo porque es un agitador político y un triángulo rosa porque es un maricón y un triángulo negro porque es un antisocial y una estrella de David porque es judío...

Se llama Raquel Mendes-Alemán. Fueron estudiantes juntos en Friburgo. Tuvieron el privilegio de asistir a las clases de Edmundo Husserl, no sólo un gran maestro sino un compañero filosófico, una presencia que guiaba el pensamiento independiente de sus alumnos. La relación de simpatía entre Raquel y Jorge se estableció en seguida porque ella era descendiente de judíos sefarditas expulsados de España en 1492 por los Reyes Católicos. Hablaba el español del siglo XV y sus padres leían periódicos sefardíes en el español del Arcipreste de Hita y Fernando de Rojas y cantaban canciones hebreas en honor de la tierra española. Tenían, como todos los sefardíes, las llaves de sus antiguas casas castellanas colgando de un clavo en sus nuevas casas alemanas, en espera del día anhelado —después de más de cuatro siglos— de su regreso a la península ibérica.

—España —rezaban a coro en las noches los padres y familiares de Raquel—, España, madre ingrata, expulsaste a tus hijos judíos que tanto te amábamos, pero no te guardamos rencor, tú eres nuestra madre muy amada y no queremos morirnos sin regresar un día a ti, España querida...

Raquel no se unía a la oración porque había tomado una decisión muy severa al año de inscribirse en los cursos de Friburgo. Se convirtió al catolicismo. Se lo explicó así a Jorge Maura:

—Me criticaron mucho. Hasta en mi casa me criticaron. Creían que me había hecho católica para evitar el estigma judío. Los nazis se organizaban para asaltar el poder. No cabía duda, en la Alemania de Weimar, quién iba a ganar en un país empobrecido y humillado. Los alemanes querían un hombre fuerte para un país débil. Les expliqué que yo no evitaba ningún estigma. Era todo lo contrario. Era un desafío. Era una manera de decirle al mundo, a mi familia, a los nazis: miren, todos somos semitas. Me hago católica por una diferencia fundamental con mis padres. Creo que el Mesías ya llegó. Se llama Jesucristo. Ellos lo siguen esperando y esta esperanza los ciega y los condena a la persecución, porque el que espera la llegada del Redentor es siempre un revolucionario, un factor de desorden y de violencia. En las barricadas como Trotsky, en el pizarrón como Einstein, cámara en mano como Eisenstein, en la cátedra como nuestro maestro Husserl, el judío trastorna y transforma, inquieta, revoluciona... No puede evitarlo. Está en espera del Redentor. En cambio, si admites como yo, Jorge, que el Redentor ya vino al mundo, puedes cambiar el mundo en su nombre sin paralizarte ante la expectativa chiliástica, la esperanza del milenio que todo lo cambiará apenas ocurra.

—Hablas como si los herederos del mesianismo judío fuesen los progresistas modernos, incluyendo a los marxistas —exclamó Jorge.

—Es que lo son, ¿no te das cuenta? —dijo Raquel con premura— Y está bien. Son los que esperan el cambio milenario y entretanto su impaciencia los lleva, por una parte, a descubrir la relatividad, el cine o la fenomenología, pero por la otra parte los expone a cometer todos los crímenes en nombre de la promesa. Sin darse cuenta, son los verdugos del mismo futuro que tanto anhelan.

—Pero los peores enemigos de los judíos son estos nazis que se andan paseando vestidos de café y con sus suásticas por todas las calles…

—Es que no puede haber dos pueblos elegidos. O son los judíos o son los alemanes.

—Pero los judíos no matan alemanes, Raquel.

—Ésa es la diferencia. El mesianismo hebreo se sublima creativamente en el arte, la ciencia, la filosofía. Se vuelve un mesianismo creativo porque de otra manera es inerme. Los nazis no tienen ningún talento creativo. Su genio es sólo uno: la muerte, son los genios de la muerte. Pero teme el día en que Israel decida armarse y pierda su genio creativo en nombre del éxito militar.

—Quizás los nazis no les dejen, como pueblo, otra salida. Quizás los judíos se cansen de ser las eternas víctimas de la historia. Los borregos.

—Ruego que no se conviertan nunca, a su vez, en verdugos de nadie. Que los judíos no tengan sus judíos.

—La iglesia católica no se quedaba atrás en cuanto crímenes, Raquelita. Recuerda que soy español, y tú, en cierto modo, también.

—Prefiero el cinismo de la iglesia católica al fariseísmo de la iglesia comunista. Los católicos juzgamos…

—Bravo por el plural obsesivo. Te beso, mi amor…

—No seas payaso, Jorge. Te digo que nosotros juzgamos los crímenes de la iglesia porque traicionan una promesa ya cumplida, que es una obligación: imitar

a Cristo. Los comunistas en cambio no pueden juzgar los crímenes de su iglesia porque sienten que traicionan una promesa que está en el futuro. Que aún
no encarna.

—¿Entrarías entonces a una orden religiosa? ¿Voy
a tener que convertirme en un Don Juan para seducirte
en el convento?

—Oh, no bromees. Quietas las manos, don Juan.

—No, si no hablo en broma. Si te entiendo bien,
esa pureza cristiana implica una obediencia a la lección de
Jesús que sólo se puede cumplir enclaustrándose en un
convento. Get thee to a nunnery, Rachel!

—No. Se debe cumplir en el mundo. Además,
¿cómo me voy a hacer monja después de conocerte a ti?

Habían seguido juntos los cursos de Husserl con
una devoción casi sagrada. Estudiaban con el maestro,
pero sin darse cuenta, porque Husserl encauzaba las
cosas con discreción, con independencia de él, con estudiantes motivados por él pero libres gracias a las alas
que él les regalaba.

—A ver, George, ¿qué quiere decir el maestro
cuando habla de "sicología regional"?

—Creo que se refiere a la manera de ser concreta de las emociones, de los actos, del conocimiento. Lo
que él nos pide es suspender nuestra opinión mientras
no veamos todas esas evidencias como fenómenos originales, como él dice, "en carne y hueso"... Primero los
ojos bien abiertos para mirar lo que nos rodea en nuestra "región", allí donde realmente estamos. Después, la
filosofía.

Caminaban mucho de noche por la vieja ciudad
universitaria a las puertas de la Selva Negra, explorando
los costados de la catedral gótica, perdiéndose en los
pasajes medievales, cruzando los puentes del Dreisam
apresurado por unirse al Rin.

Friburgo era como una antigua reina de piedra con los pies en el agua y una corona de pinos y la

pareja de estudiantes la recorría elaborando y reelaborando las lecciones del día, admirados él y ella —tomados del brazo primero, ahora de las manos— de que el propio maestro estuviese elaborando él mismo, nervioso y noble, con su altísima frente aclarando el ceño preocupado y las cejas amenazantes, su recta nariz olfateando ideas y sus grandes barba y bigote cubriendo unos labios largos, tan largos como los de un animal filosófico, un mutante que saliese del agua nutritiva de la primera creación a una tierra ignorada, empeñado en dar voz a más ideas de las que caben en un discurso. Las palabras de Husserl no alcanzaban a la rapidez de su pensamiento.

Todos lo llamaban "el maestro". Desnudo ante los ojos de sus alumnos, les proponía una filosofía sin dogmas, sin conclusiones, abierta en cada momento a la rectificación y a la crítica del profesor y de sus alumnos. Todos sabían que el Husserl de Friburgo no era el de Halle, cuando inventó la fenomenología a partir de una simple propuesta: primero se acepta la experiencia, luego se piensa. No era ya el Husserl de Gotinga, centrado en la atención a lo que aún no es interpretado porque en ello puede residir el misterio de las cosas. Era el Husserl de Friburgo, el maestro de Jorge y Raquel, para quien la libertad moral del ser humano dependía de una sola cosa: reivindicar la vida contra todo lo que la amenaza. Era el Husserl que había visto desplomarse la cultura europea en la primera guerra mundial.

—No entiendo, George. Nos pide reducir los fenómenos a la conciencia pura, a una especie de sótano más abajo del cual ya no hay nada reducible. ¿No podemos excavar debajo, ir más hondo?

—Bueno, creo que en ese sótano como tú lo llamas están la naturaleza, el cuerpo y la mente. Ya es mucho. ¿E doppo? ¿A dónde nos quiere llevar el viejo?

Como si leyese los pensamientos de sus alumnos gracias a sus ojos de águila, tan salvajemente contrastados con su tieso cuello de paloma, su plastrón, su chaleco cruzado por una leontina, su anticuada levita negra, sus pantalones con tendencia a colgarse sobre los botines negros, Husserl les dijo que después de la Gran Guerra, el mundo espiritual europeo se había desplomado y si él predicaba una reducción del pensamiento a las bases mismas de la mente y la naturaleza, era sólo para renovar mejor la vida de Europa, su historia, su sociedad y su lenguaje.

—No concibo al mundo sin Europa y a Europa sin Alemania. Una Alemania europea que sea parte de lo mejor que Europa le ha prometido al mundo. No hago una filosofía abstracta, caballeros y señoritas. Estoy enraizado en lo mejor que hemos hecho. Lo que puede sobrevivirnos. Nuestra cultura. Lo que puede inspirar a los hijos y nietos de ustedes. Yo no lo veré. Por eso lo enseño. Me adelanto a mi muerte.

Entonces los dos salieron a celebrar en un alegre keller estudiantil que generalmente evitaban por su ruidosa camaradería pero esta noche todos se asombraron o rieron por los brindis que hacían Raquel y Jorge con los tarros de cerveza en alto, ¡por la intersubjetividad!, ¡por la sociedad, el lenguaje y la historia que todo lo relacionan! ¡no estamos separados! ¡somos un nosotros ligado por lengua, comunidad y pasado!

Causaron risa, simpatía, alboroto y gritos de ¿cuándo se casan?, ¿pueden dos filósofos llevarse bien en la cama?, ¿es cierto que su primer hijo se va a llamar Sócrates?, ¡oh, intersubjetividad, ven a mí, déjame interpenetrarte!

Entraron a la catedral después de recorrer sus costados con la mirada maravillada, inteligente y sensual de descubrir allí mismo, en esta famosa Münster terminada en el albor del siglo XVI, una ilustración perfecta de lo que les preocupaba, como si las lecciones del maestro regresasen, no a complementar, sino a renacer en el tímpano del pecado original que aquí, en un costado de la catedral, precedía a la Creación descrita en la arquivolta, diciéndonos que era la Creación lo que redimía el pecado, lo dejaba atrás. La Caída no era la consecuencia de la Creación, no hay Caída, se dijeron los amantes de Friburgo, hay Origen y luego hay Creación.

En el lado occidental del edificio, en cambio, Satanás, posando como "Príncipe del Mundo", encabeza una procesión que se aleja no sólo del pecado original, sino de la Creación divina. Frente al desfile satánico se abre, sin embargo, la puerta principal de la catedral y es allí, no afuera sino adentro, o más bien en el ingreso mismo al recinto, donde se describe y declara la Redención.

Entraron por esa puerta y casi como en comunión, sentados lado a lado de rodillas, sin temor alguno al ridículo, oraron en voz alta,

vamos a regresar a nosotros mismos
vamos a pensar como si fundáramos el mundo
vamos a ser sujetos vivos de la historia
vamos a vivir el mundo de la vida

Los nazis corrieron a Husserl de Friburgo y de Alemania. El viejo exiliado continuó enseñando en Viena y en Praga, con la Wehrmacht siempre pisándole los talones. Lo dejaron regresar a morir en su amado Friburgo pero el filósofo ya había dicho que "en el fondo de todo judío hay un absolutismo y un amor del martirio". En cambio, su discípula Edith Stein, ella sí ingresada como monja al Carmelo después de renunciar a Israel y convertirse al cristianismo, diría ese mismo año, "Las desgracias caerán sobre Alemania, cuando Dios vengue las atrocidades cometidas contra los judíos". Fue el año de La Noche de Cristal organizada por Goebbels para destruir las sinagogas, los comercios judíos, y a los judíos mismos. Hitler anunció su propósito de aniquilar para siempre a la raza judía en Europa.

Fue el mismo año en que Jorge Maura conoció en México a Laura Díaz y en que Raquel Mendes-Alemán, con la estrella de David pegada al pecho, saludaba a los SS en las calles con el grito "¡Alabado sea Cristo!" y lo repetía en el suelo, sangrante, pateada y golpeada, "¡Alabado sea Cristo!"

El 3 de marzo de 1939, el vapor Prinz Eugen de la Lloyd Triestino zarpó de Hamburgo con doscientos veinticuatro pasajeros judíos a bordo, convencidos de que serían los últimos en salir de Alemania después del terror de la Kristalnacht del 9 de noviembre de 1938 y debido a una serie de circunstancias, algunas atribuibles a la demencia aritmética de los nazis (¿quién es judío?, ¿el hijo del padre y madre judía, o también el de un solo progenitor hebreo, o los descendientes de menos de tres abuelos arios, etcétera, etcétera hasta la generación de Abraham?), otras a la riqueza de los judíos acomodados que pudieron comprar su libertad entregándoles a los nazis dinero, cuadros, residencias, muebles (como la familia de Ludwig Wittgenstein en la Austria anexada al Reich), otras a amistades viejas que ahora eran nazis pero que guardaban un recuerdo cálido de sus amigos hebreos de antes, otras, porque le dieron sus caricias a un jerarca del régimen para salvar, como Judith, a sus padres y hermanos: pero este Holofernes era inmortal: 卐 otros, en fin, debido a funcionarios consulares que, con o sin autorización de sus gobiernos, intercedieron a favor de judíos individuales.

Raquel empezó a usar, el mismo día que los SS la golpearon, la cruz de Cristo al lado de la estrella de David ✝ ✡ y acabó encerrada en su pequeño estudio de Hamburgo, porque esa doble provocación significó que la esperarían a la puerta de su casa, con perros salvajes sin bozal y cachiporras en los puños, advirtiéndole, sal, atrévete, puta judía, semilla podrida de Abraham, peste eslava, piojo levantino, chancro gitano, sal, atrévete, hetaria andaluza, trata de encontrar comida, escarba en los rincones de tu pocilga, marrana, come polvo y cucarachas, si un judío puede comer oro también puede comer ratas.

Les advirtieron a los vecinos que si me daban de comer, ellos mismos se quedarían sin raciones primero y si reincidían, los mandarían a un campo: yo, Raquel Mendes-Alemán, decidí morirme de hambre por mi raza judía y por mi religión católica; decidí, George, ser testigo absoluto de mi tiempo y supe que no tendría salvación cuando el partido nazi declaró que "nuestros peores enemigos son los judíos católicos". Es cuando abrí mi ventana y grité a la calle, "San Pablo dijo: ¡Soy hebreo! ¡Soy hebreo! ¡Soy hebreo!" y mis propios vecinos me apedrearon y a los dos minutos una ráfaga de metralla destruyó mis vidrios y tuve que acurrucarme en un rincón, hasta que llegó con un salvoconducto el cónsul mexicano, el señor Salvador Elizondo, y me dijo que tú habías intercedido por mí para embarcarme en el Prinz Eugen y salir a la libertad de América. Yo me había jurado quedarme en Alemania y morirme en Alemania como testigo de mi fe en Cristo y en Moisés. Cedí entonces, mi amor lejano, y sabía por qué, no por miedo a ellos, no por temor a que me llevaran a esos lugares cuyos nombres todos conocíamos ya —Dachau, Oranienburg, Buchenwald— sino por la vergüenza de que mi propia iglesia y mi propio Padre, el Papa, no levantasen la voz para defendernos, a los judíos todos, pero también a los judíos católicos como yo. Roma me dejó huérfana, Pío XII nunca habló en defensa del género humano, George, no de los judíos solamente; el Santo Padre nunca le dio la mano al género humano. Me la diste tú, me la dio México. No había mejor oportunidad que embarcarse en el Prinz Eugen que nos iba a llevar a América. El presidente mexicano, Lázaro Cárdenas, iba a hablar con Franklin Roosevelt para que nos dejaran desembarcar en la Florida.

Durante la travesía de nueve días, hice amistad con los demás fugitivos judíos, algunos se extrañaron de mi fe católica, otros me comprendieron pero todos pensaron que era una treta fallida de mi parte para escapar a los campos de concentración. No hay comunidades uniformes, pero Husserl tenía razón al preguntarnos, ¿no podemos todos juntos regresar a un mundo donde pueda volverse a fundar la vida, y reencontrarnos allí a nosotros mismos como semejantes?

Quise comulgar, pero el pastor luterano de a bordo se negó a atenderme. Le recordé que su función legal en un barco era ser no denominacional y cuidar por igual a toda fe. Se atrevió a decirme, Hermana, éstos no son tiempos legales.

Soy una provocadora, George, lo admito. Pero no me acuses de orgullo, de la hibris griega que nos explicaban en Friburgo. Soy una provocadora humilde. Todos los días durante el desayuno colectivo en el comedor, lo primero que hago es tomar un pedazo de pan con una mano, hacer la señal de la Cruz con la otra y decir con voz pareja, "Éste es mi cuerpo" antes de llevarme la migaja a la boca. Escandalizo, irrito, enojo. El capitán me dijo, pone usted en peligro a sus propios compañeros de raza. Me reí en sus barbas. "Es la primera vez que nos persiguen por razones raciales, ¿se da usted cuenta, Herr Kapitän? Siempre nos han perseguido por razones religiosas". Mentira. Isabel y Fernando nos corrieron por proteger su "pureza de sangre". Pero el capitán tenía su respuesta. "Señora Mendes, hay agentes del gobierno alemán a bordo. Nos vigilan a todos. Están dispuestos a frustrar este viaje con el menor pretexto. Si lo han permitido, es para ofrecerle una concesión a Roosevelt a cambio de que los Estados Unidos mantenga sus cuotas restringidas de admisión de judíos alemanes. Cada parte se está poniendo a prueba. Usted debe entenderlo. Así ha procedido siempre el Führer. Tenemos una pequeña oportunidad. Contrólese. No eche usted a perder la oportunidad de salvarse y salvar a los suyos. Contrólese".

George, mi amor, todo fue en vano. No nos permitieron desembarcar en Miami las autoridades americanas. Le pidieron al capitán retirarse a La Habana y esperar aquí el permiso americano. No va a llegar. Roosevelt está atado por la opinión pública adversa a que entren más extranjeros a los Estados Unidos. Las cuotas, dicen, ya están saturadas. Nadie habla por nosotros. Nadie. Me han dicho que el anterior papa, Pío XI, tenía lista una encíclica sobre la "unidad del género humano amenazado por racistas y antisemitas". Murió antes de promulgarla. Mi iglesia no nos defiende. La democracia no nos defiende. George, dependo de ti. George, por favor, sálvame. Ven a La Habana antes de que tu Raquel no pueda ni siquiera ya llorar. ¿No le dijo Jesús: "Cuando seas perseguido en una ciudad huye a otra ciudad distinta"? ¡Alabado sea Cristo!

— 4 —

MAURA: Te pregunto una cosa, Vidal: ¿No se vuelve imposible el ideal que tú sostienes, cada vez que se aniquila a un solo individuo por el pecado de pensar con nosotros pero distinto de nosotros? Porque todos los republicanos estamos a favor de la República y en contra del fascismo, pero somos distintos entre nosotros, no es lo mismo Azaña que Prieto, ni Companys que Durruti, ni José Díaz que Largo Caballero, ni Enrique Lister que Juan Negrín, pero ninguno de ellos ni todos juntos son Franco, Mola, Serrano Suñer o el represor asturiano Doval.

VIDAL: No hemos rechazado a nadie. Todos tienen cabida en el frente amplio de las izquierdas.

MAURA: Cuando la izquierda aspira al poder. Pero cuando llega el poder, el PC se encarga de eliminar a todos los que no piensan como ustedes.

VIDAL: Por ejemplo.

MAURA: Bujarin.

VIDAL: Otro hombre, aparte de un traidor.

MAURA: Victor Serge. Y una pregunta, ¿es revolucionario no interesarse por la suerte de un camarada despojado de su posición pública, deportado sin juicio, separado para siempre de los suyos, únicamente porque es "sólo un individuo" y un individuo singular y solitario no cuenta en la gran epopeya colectiva de la historia? Yo no veo la traición de un Bujarin que quizás habría salvado a Rusia del terror estalinista con su proyecto de un socialismo plural, humano, libre, y más fuerte por todos esos motivos.

VIDAL: Concluyamos ya y "revenons à nos moutons". ¿Qué debió hacer la República, según ustedes, Maura y Baltazar, para conciliar la victoria y la ética?

MAURA: Hay que cambiar la vida, dijo Rimbaud. Hay que cambiar al mundo, dijo Marx. Los dos están equivocados. Hay que diversificar la vida. Hay que pluralizar al mundo. Hay que abandonar la ilusión romántica de que la humanidad sólo será feliz si recupera la unidad perdida. Hay que abandonar la ilusión de la totalidad. La palabra lo dice, hay sólo un paso entre el deseo de totalidad y la realidad totalitaria.

VIDAL: Tienes todo el derecho de desdeñar la unidad. Pero sin unidad no se gana una guerra.

MAURA: Se gana en cambio una sociedad mejor. ¿No es lo que queremos todos?

VIDAL: ¿Cómo, Maura?

MAURA: Dándole el valor a la diferencia.

VIDAL: ¿Y la identidad?

MAURA: La identidad la fortalece una cultura de diferencias. ¿O crees que una humanidad liberada sería una humanidad perfectamente unida, idéntica, uniforme?

VIDAL: No tiene lógica lo que dices.

MAURA: Es que la lógica es sólo una cosa, es una manera de decir: sólo esto tiene sentido. Tú que eres marxista deberías de pensar en la dialéctica que es, por lo menos, una opción, un "esto o aquello".

VIDAL: Que te da la unidad de la síntesis.

MAURA: Que en seguida se vuelve a dividir en tesis y antítesis.

VIDAL: Entonces, ¿tú, en qué crees?

MAURA: En un ambos y más. ¿Te parece una locura?

VIDAL: No. Me parece políticamente inútil.

BALTAZAR: ¿Puedo decir algo, mis socráticos amigos? Yo no creo en un milenio feliz. Creo en las oportunidades de la libertad. A cada hora. Todos los días. Déjalas pasar, y no volverán, como las golondrinas de Bécquer. Y si debo escoger entre el menor de los males, prefiero quedarme sin ninguno. Creo que la política es secundaria a la integridad personal, porque sin ésta no vale la pena vivir en sociedad. Y temo mucho que si nosotros, la República que somos todos, no damos prueba de que ponemos la moral por encima del recurso, el pueblo nos va a dar la espalda y se va a ir con el fascismo porque el fascismo no tiene dudas sobre la inmoralidad, y nosotros sí.

MAURA: ¿Y tu conclusión, Basilio?

BALTAZAR: Que el verdadero revolucionario no puede hablar de revolución porque nada merece ese nombre en el mundo actual. Conoceréis a los verdaderos revolucionarios porque nunca hablan de revolución. ¿Y la tuya, Jorge?

MAURA: Que me encuentro entre dos verdades. Una es que el mundo va a salvarse. La otra, que está condenado. Ambas son verdaderas en un doble sentido. La sociedad corrupta está condenada. Pero la sociedad revolucionaria también lo está.

VIDAL: ¿Y tú, Laura Díaz? Tú no has abierto el pico. ¿Qué piensas de todo esto, compañera?

Laura bajó la cabeza un instante, luego miró cariñosamente a cada uno, finalmente habló:

—Me llena de alegría ver que la disputa más encarnizada entre los hombres siempre revela algo que les es común.

—Se ven ustedes muy enamorados —dijo Basilio Baltazar mirando a Jorge y a Laura—. ¿Cómo miden el amor en medio de todo esto que está ocurriendo?

—Dilo mejor así —terció Vidal—. ¿Sólo cuenta la felicidad personal, no la desgracia de millones de seres?

—Yo le hago otra pregunta, señor Vidal —dijo Laura Díaz—. ¿Puede el amor de una pareja suplir todas las infelicidades del mundo?

—Sí, supongo que hay maneras de redimir al mundo, seamos los hombres tan solitarios como nuestro amigo Basilio o tan organizados como yo —dijo con una mezcla de humildad y arrogancia Vidal.

Esa mirada no escapó a Basilio ni a Jorge. Tampoco a Laura que no supo comprenderla. Lo que su intuición le dijo esa noche era que ésta era la tertulia de los adioses. Que había una tensión, una tristeza, una resignación, un pudor y, abarcándolo todo, un amor en esas miradas, que preludiaban una separación fatal, y por eso los argumentos eran tan contundentes como una lápida. Eran adioses: eran visiones perdidas para siempre, eran las mentiras del cielo que en la tierra se llaman "política". Entre las dos mentiras, hacemos una verdad dolorosa, "la historia". Y sin embargo, ¿qué había en la mirada brillante y triste de Basilio Baltazar sino un lecho con sus huellas de amor, qué había en la mirada ceñuda de Domingo Vidal sino un desfile de visiones perdidas para siempre? ¿Qué había en la mirada melancólica y sensual de su propio Jorge, Jorge Maura…? ¿Y qué había, yendo hacia atrás, en la mirada del alcalde de Santa Fe de Palencia sino el secreto público de mandar fusilar a su hija para probar que amaba a una patria, España, y a una ideología, el comunismo? ¿Y en la mirada de Clemencia ante el espejo, había sólo la repugnante visión de una vieja beata satisfecha de suprimir la belleza y la juventud de su posible rival, su propia hija?

Basilio abrazó a Jorge y le dijo, hemos llorado tanto que conoceremos el futuro cuando llegue.

—La vida sigue —se despidió Vidal abrazando al mismo tiempo a los dos camaradas.

—Y la fortuna pulsa, hermano —dijo Maura.

—Cojamos la ocasión por la cola —se separó, riendo, Vidal—. No nos burlemos de la fortuna y dejemos de lado los placeres intempestivos. Nos vemos en México.

Pero estaban en México. Se despedían en el mismo lugar en donde se encontraban. ¿Hablaban los tres en nombre de la derrota? No, pensó Laura Díaz, hablaban en nombre de lo que ahora empezaba, el exilio, y el exilio no tiene patria, no se llama México, Argentina o Inglaterra. El exilio es otra nación.

— 5 —

Le vendaron la boca y mandaron cerrar todas las ventanas que rodeaban la plaza de Santa Fe. Sin embargo, como si nada pudiese silenciar el escándalo de su muerte, la persiguieron de la puerta romana al coso taurino grandes gritos, gritos bárbaros que quizás sólo la condenada a muerte podía escuchar, a no ser que los vecinos todos mintiesen, pues todos, esa madrugada, juran que oyeron gritos o cantos que venían del fondo de la noche moribunda.

Las ventanas cerradas. La víctima amordazada. Sólo los ojos de Pilar Méndez gritaban, ya que su boca estaba cerrada como si el fusilamiento ya hubiese ocurrido. "Séllale la boca —pidió Clemencia la madre al alcalde justiciero, su marido—, lo único que no quiero es oírla gritar, no quiero saber que gritó". "Será una ejecución limpia. No te afanes, mujer".

Puedo oler la muerte, se iba diciendo Pilar Méndez a sí misma, despojada de su manto de pieles, vestida sólo con un sobrepelliz carmelita que no ocultaba las puntas de sus senos, descalza, sintiendo con los pies y el olfato, puedo oler la muerte, todas las tumbas de España están abiertas, ¿qué quedará de España sino la sangre que beberán los lobos?, los españoles somos mastines de la muerte, la olemos y la seguimos hasta que nos maten.

Quizás esto pensó ella. O quizás lo pensaron los tres amigos, soldados de la República los tres, que se quedaron fuera de las puertas de la ciudad, todo oído ellos, atentos sólo al tronar de los fusiles que anunciarían la muerte de la mujer por cuya vida estaban dispuestos a dar algo más que las suyas, su honor de militares republicanos, pero también su honor de hombres unidos para siempre por la defensa de la mujer amada por uno de ellos.

Dicen que al final fue arrastrada por la arena del coso, levantando con los pies arrastrados el polvo de la plaza, hasta que ella misma se vistió de tierra y desapareció en una nube granulada. Lo cierto es que esa madrugada el fuego y la tormenta, enemigos mortales, sellaron un pacto y cayeron juntos sobre la villa de Santa Fe de Palencia, silenciando el trueno de los fusiles cuando Basilio, Domingo y Jorge se arraigaron en el mundo como un homenaje final a la vida de una mujer sacrificada, se miraron entre sí, y corrieron a la montaña, para avisarles a los heraldos que no apagaran el fuego, que la Ciudadela de la República no estaba vencida.

¿Qué prueba traen?

Un puñado de cenizas en las manos.

No vieron el río otoñal ahogado de hojas, pugnando ya por renacer del seco estío.

No imaginaron que el hielo del invierno próximo paralizaría las alas de las águilas en pleno vuelo.

Ya estaban muy lejos cuando la multitud azotó como un látigo, con su gritería, la plaza donde Pilar Méndez fue fusilada y donde su padre el alcalde le dijo al pueblo yo actué por el Partido y por la República sin atreverse a mirar la celosía por dónde lo miraba con odio satisfecho Clemencia su mujer, diciéndole en secreto, diles, diles de verdad, tú la mandaste matar, pero la que la odiaba era su madre, yo la maté a pesar de quererla, su madre quiso salvarla a pesar de que la odiaba, a pesar de que las dos éramos franquistas, del mismo partido, católicas las dos, pero de edad y belleza disímiles: Clemencia corrió al espejo de su recámara, trató de recuperar en su rostro envejecido los rasgos de su hija muerta, muerta Pilar sería menos que una mujer vieja, insatisfecha, plagada de calores súbitos y los rumores que se le quedaban sepultados entre las piernas. Sobrepuso las facciones de su hija joven a las suyas, vieja.

—No apaguen los fuegos. La ciudad no se ha rendido.

Laura y Jorge se fueron caminando por Cinco de Mayo, rumbo a la Alameda. Basilio arrancó en sentido contrario, hacia la Catedral. Vidal chifló para detener un camión Roma-Mérida y lo pescó al vuelo. Pero cada uno volteó a verse por última vez, como si se enviasen un postrer mensaje. "No se abandona al amigo que nos acompañó en la desgracia. Los amigos se salvan o se mueren juntos".

XV. Colonia Roma: 1941

Cuando Jorge Maura se fue, Laura Díaz regresó a su hogar y ya no salió nunca de noche, ni desapareció durante jornadas eternas. Estaba desconcertada. No le había dicho la verdad a Juan Francisco y primero se recriminó a sí misma, "Hice bien, todo acabó mal. Hice bien en ser cauta. ¿Fui cobarde? ¿Fui muy lista? ¿Debí decirle todo a Juan Francisco, apostando a que me lo iba a aceptar, exponiéndome a una ruptura y luego hallándome sola otra vez, sin ninguno de ellos, sin Jorge, sin Juan Francisco? ¿No dijo Maura que se trataba de nuestra vida íntima y eso era sagrado, no había razón alguna, moral alguna, que nos obligara a contarle a nadie nuestra intimidad?".

Se veía mucho en el espejo al regresar a la casa de la Avenida Sonora. Su cara no cambiaba por más tormentas que la agitasen por dentro. Hasta ahora. Pero a partir de este momento, a veces era la muchacha de antes y otras veces era una mujer desconocida —una cambiada. ¿Cómo la verían sus hijos, su marido? Santiago y Dantón no la miraban, evitaban sus ojos, caminaban de prisa, a veces corrían como corren los jóvenes saltando como si todavía fuesen niños, pero no con alegría, sino alejándose de ella, para no admitir ni su presencia ni su ausencia.

—Para no admitir que no fui fiel. Que su madre fue infiel.

No la miraban pero ella los escuchaba. La casa no era grande y el silencio aumentaba los ecos; la casa se había convertido en un caracol.

—¿Por qué diablos se casaron papá y mamá?

Ella no tenía más compañía que los espejos. Se miraba y no sólo veía dos edades. Veía dos personalidades. Veía a Laura razonable y a Laura impulsiva, Laura vital y Laura menguada. Miraba su conciencia y su deseo batallando sobre una superficie de vidrio, lisa como esos lagos de las batallas en las películas rusas. Se habría ido con Jorge Maura; si él se lo pide, se va con él, lo deja todo...

Una tarde se sentó frente al balconcillo abierto de la casa sobre la Avenida Sonora. Puso cuatro sillas más y ella ocupó la quinta al centro. Al rato la tiíta María de la O llegó arrastrando los pies y se sentó junto a ella, suspirando. Luego regresó López Greene del sindicato, las miró y se sentó junto a Laura. Al rato los chicos volvieron de la calle, miraron la inusitada escena y tomaron las dos sillas que sobraban en los extremos.

No los convoca su madre, decía la propia Laura, nos convoca el lugar y la hora. La ciudad de México un atardecer del año 1941, cuando las sombras se alargan y los volcanes parecen flotar muy blancos sobre un lecho incendiado de nubes y el cilindrero toca "Las Golondrinas" y empiezan a escarapelarse los carteles de la pasada contienda electoral, ÁVILA CAMACHO/ALMAZÁN, y esa primera tarde el reencuentro silencioso de la familia contiene todas las tardes por venir, las tardes de tolvanera y las tardes de la lluvia que aplaca el polvo inquieto y llena de perfumes el valle donde se asienta la ciudad indecisa entre su pasado y su futuro, el cilindrero toca amor chiquito acabado de nacer, las criadas tendiendo ropa en las azoteas cantan voy por la vereda tropical y los adolescentes en la calle bailan tambora y más tambora pero qué será, pasan los fotingos y los libres, los neveros y los vendedores de jícamas rociadas de limón y polvo de chile, se instala el puesto de dulces, chiclets Adams y paletas Mimí, jamoncillo y camotes, se cierra el puesto de periódicos con sus noticias alarmantes de la guerra que están perdiendo los Aliados y sus historietas del *Chamaco* y el *Pepín* y sus exóticas revistas argentinas para damas, el *Leoplán* y *El Hogar*, y para los niños, el *Billiken*, los cines de barrio anuncian películas mexicanas de Sara García, los hermanos Soler, Sofía Álvarez, Gloria Marín y Arturo de Córdoba, los muchachos compran a escondidas cigarrillos Alas, Faros y Delicados en la tabaquería de la esquina, los niños juegan rayuela, apuntan con huesos de durazno a hoyos improvisados, intercambian corcholatas de Orange Crush, de Chaparritas de uva, juegan carreras los camiones verdes de Roma-Piedad con los camiones marrón y crema de Roma-Mérida: el Bosque de Chapultepec se levanta detrás de las residencias mexicanas Bauhaus con un aire de musgo y eucalipto, ascendiendo hasta el milagro simbólico del Alcázar donde los muchachos, Dantón y Santiago, suben cada tarde antes de regresar a casa como si conquistasen en verdad un castillo abrupto, misterioso, al que se llega por sendas empinadas y caminos asfaltados y rutas encadenadas que guardan la sorpresa de la gran explanada sobre la ciudad, su vuelo de palomas y sus misteriosas salas de mobiliario decimonónico.

Sentados los muchachos junto a Laura y Juan Francisco y la vieja tía, agradecidos de que la ciudad les ofrezca este repertorio de movimiento, color, aromas, canción, y la corona de México, un castillo que les recuerda a todos, hay más de lo que nos imaginamos en el mundo, hay más...

Jorge Maura se fue y algo que ella convendría en llamar "la realidad", muy entre comillas, reapareció detrás de la bruma romántica. Su marido era la primera realidad. Él es el que reaparece primero, diciéndole a los muchachos (Santiago tiene veintiún años, Dantón uno menos):

—La amo.

Me acepta, dijo ella con crueldad y falta de generosidad, me acepta aunque nunca le dije la verdad, me acepta porque sabe que mi libertad me la otorgaron la propia crueldad y torpeza de él, "debí casarme con un panadero al que no le importan los bolillos que fabrica". Luego se dio cuenta de que declarar ante los hijos que la amaba era al mismo tiempo la prueba del fracaso de Juan Francisco, pero también la de su posible nobleza. Laura Díaz se adhirió a la idea de una regeneración de todos, padres de hijos, a través de un amor que ella vivió con tal intensidad que ahora le sobraba para regalárselo a los suyos.

Despertaba junto a su marido —volvieron a dormir juntos— y oía las primeras palabras del hombre, cada mañana.

—Algo anda mal.

Esas palabras lo salvaban a él y la reconciliaban a ella. Juan Francisco, para contentarla gracias a una nobleza redescubierta y acaso inherente a él, era el que les hablaba a Dantón y a Santiago sobre su madre, recordando cuándo se conocieron, cómo era, qué inquieta, qué independiente, que trataran de entenderla… Laura se sintió ofendida al oír esto; debía agradecerle la intercesión a su marido, pero en realidad la ofendió aunque la ofensa duró muy poco porque en la ceremonia vespertina de sentarse en el atardecer del Valle de México frente al Castillo de Chapultepec y los volcanes, que era ya la manera de decir a pesar de todo estamos juntos, ella dijo en voz alta una tarde.

—Me enamoré de un hombre. Por eso no venía a la casa. Estaba con ese hombre. Hubiera dado la vida por él. Los habría abandonado a ustedes por él. Pero él me dejó a mí. Por eso estoy aquí de vuelta con ustedes. Pude haberme quedado sola, pero sentí miedo. Regresé a buscar protección. Me sentía desamparada. No les pido perdón. Les pido que a su edad, muchachos, empiecen a comprender que la vida no es fácil, que todos cometemos faltas y herimos a quienes queremos porque nos queremos más a nosotros mismos que a cualquier otra cosa, incluyendo al ser que nos apasiona en un momento dado. Cada uno de ustedes, Dantón, Santiago, va a preferir, cuando la ocasión se presente, seguir su propio camino y no el que su padre o yo quisiéramos. Piensen en mí cuando lo hagan. Perdónenme.

No hubo palabras ni emociones. Sólo María de la O permitió que por sus ojos nublados por las cataratas pasaran viejos recuerdos de una niña en un prostíbulo jarocho y de un caballero que la rescató del desamparo y la integró a esta familia, por encima de todos los prejuicios de raza, de clase y de una moral, inmoral, porque en el nombre de lo que conviene, quita vida en vez de darla.

Laura y Juan Francisco se invitaron a rendirse y los muchachos dejaron de correr, luchar, rodar, todo por no verle la cara a su madre. Santiago dormía y vivía con la puerta de su recámara abierta, cosa que su madre no sabía e interpretó como un acto de libertad y transparencia, aunque quizás también como una rebeldía culpable: no tengo nada que ocultar. Dantón se reía de él, ¿cuál es tu siguiente desplante, mano?, ¿te vas a hacer puñetas a media calle?, no, le contestó el hermano mayor, quiero decir que nos bastamos, ¿quiénes, tú y yo?, eso me gustaría, Dantón; pues yo me basto a mí mismo pero con la puerta cerrada, por si las moscas; ven a ver mi colección de la revista *Vea* cuando quieras, puras viejas bichis, bien cachondas…

Así como Laura, al regreso, se miraba al espejo y creía casi siempre que su cara no cambiaba por más vicisitudes que la agitaran, descubrió que Santiago se miraba también, sobre todo en las ventanas, y que parecía sorprenderse a sí mismo y de sí mismo, como si descubriese constantemente a otro que estaba con él. Quizás eso lo pensaba sólo la madre. Santiago ya no era un niño. Era algo nuevo. Laura misma, ante el espejo, confirmaba que a veces era la mujer de antes, pero a veces, era la desconocida —una cambiada. ¿Se vería así su hijo? Ella iba a cumplir cuarenta y cuatro años.

No se atrevió a entrar. La puerta abierta era una invitación aunque también, celosa, paradójicamente, una prohibición. Mírame, pero no entres. Dibujaba. Con un espejo redondo para mirarse de reojo y crear —no copiar, no reproducir— el rostro del Santiago que su madre reconoció y memorizó sólo al ver el autorretrato que su hijo dibujaba: el trazo se convirtió en el rostro verdadero de Santiago, lo reveló, obligó a Laura a darse cuenta de que ella se había ido, había vuelto y no había mirado en verdad a sus hijos, con razón ellos no la miraban a ella, corrían, se escurrían, si ella no los miraba tampoco, ellos le reprochaban más que el abandono del hogar, el abandono de la mirada: querían ser vistos por ella y como ella no los veía, Santiago se descubrió primero en un espejo que parecía suplir las miradas que hubiera querido recibir de sus padres, de su hermano, de la sociedad hostil siempre al joven que irrumpe, con su insolente promesa e ignorante suficiencia, en ella. Un retrato y luego un autorretrato.

Y Dantón, seguramente, se descubrió a sí mismo en la vitrina encendida de la ciudad.

Ella regresó como si ellos no existiesen ni se sintieran olvidados o dañados o ansiosos de comunicarle lo que Santiago hacía en este momento: un retrato que ella pudo haber conocido en la ausencia, un retrato que el hijo pudo enviarle a la madre si Laura, como lo deseó, se hubiera ido a vivir con su español, su "hidalgo".

Mira madre. Éste soy yo. No regreses más.

Laura imaginó que no tendría nunca otro rostro que darle a su hijo sino el que el hijo le daba ahora a ella: la frente ancha, los ojos ambarinos muy separados, no oscuros como en la realidad, la nariz recta y los labios delgados y desafiantes, el pelo lacio, revuelto, de un rico castaño lustroso y acascarado, la barbilla temblorosa; hasta en el autorretrato temblaba el mentón que quería dispararse fuera de la cara, valiente pero expuesto a todos los golpes del mundo. Era Santiago el Menor.

Tenía varios libros abiertos y parados alrededor. Van Gogh y Egon Schiele.

¿Dónde los conseguiste? ¿Quién te los dio?

La Librería Alemana aquí en la Colonia Hipódromo.

Laura iba a decir, de casta le viene al galgo, le salió lo alemán, pero él se le adelantó, no te preocupes, son judíos alemanes que se exiliaron en México.

Muy a tiempo.

Sí, mamá, muy a tiempo.

Describió las facciones de Santiago que el autorretrato le traducía y le facilitaba, pero no daba cuenta del espesor del trazo, de la luz sombría que le permitía al espectador asomarse a ese rostro trágico, predestinado, como si el joven artista hubiese descubierto que un rostro revela la necesidad trágica de cada vida, pero también su posible libertad para sobreponerse a los fracasos. Laura miró ese retrato de su hijo por su hijo y pensó en la tragedia de Raquel Mendes-Alemán y en el drama de Jorge Maura con ella. ¿Había una diferencia entre la fatalidad sombría del destino de Raquel, compartido con todo el pueblo judío, y la respuesta dramática, honorable, pero al cabo dispensable del hidalgo español Jorge Maura que se fue a salvar a Raquel a La Habana, como antes quiso salvar a Pilar en España? Santiago con su autorretrato le daba a Laura una luz, una respuesta que ella quiso hacer suya de ella. Hay que darle tiempo a lo ocurrido. Hay que permitir que el dolor se vuelva, de alguna manera, conocimiento. ¿Por qué presagiaba estas ideas el autorretrato de su hijo?

Entonces él y ella eran iguales. Santiago la miró y aceptó normalmente que ella lo mirase a él desde el umbral de la recámara.

Ella no los separó. Eran distintos. Santiago lo asimilaba todo, Dantón rechazaba, eliminaba las cosas que se cruzaban en su camino o le estorbaban, podía reducir al ridículo en clase a un maestro pomposo o sacarle el mole en el recreo a un condiscípulo que le caía gordo. Y sin embargo, era Santiago quien resistía mejor los arreglos del mundo y Dantón, al cabo, quien los aceptaba después del desplante de un rechazo violento. Era Dantón el que protagonizaba las escenas de la independencia, el Grito de Dolores de la pubertad, ya estoy grande, es mi vida, no la de ustedes, regreso a la hora que quiera, yo mando en mi tiempo, y era el que regresaba borracho, era el de las trompadas y las gonorreas y la solicitud avergonzada de lana; era el más libre pero el más dependiente. Se revelaba para sucumbir con más facilidad.

Santiago, cuando estudiaba, obtuvo trabajo en la restauración de los frescos de José Clemente Orozco y luego Laura lo mandó con Frida y Diego a que asistiera al pintor en los murales que iniciaba en el Palacio Nacional. Le entregaba puntualmente el dinero a su madre, como un niño de Dickens explotado en una curtiduría. Ella reía y le prometía guardarlo sólo para él.

—Será nuestro secreto.

—Ojalá no sea el único —dijo Santiago besando impulsivamente a su madre.

—Tú lo quieres más porque te perdonó —dijo con insolencia Dantón y Laura le dio una bofetada irreprimible.

—Mejor me callo —dijo Dantón.

Laura Díaz había ocultado su pasión por Jorge Maura, su pasión con Jorge Maura, y ahora decidió no ocultar su pasión por y con Santiago su hijo, casi como una compensación inconsciente por el silencio que rodeó el amor con Maura. No iba a negar que prefería a Santiago por encima de Dantón. Sabía que eso no era convencionalmente aceptable. "O todos hijos o todos entenados". No le importaba. Cerca de él, mirándolo trabajar en casa, salir, regresar a tiempo, entregarle el dinero, contarle sus proyectos, se fue tejiendo una complicidad entre madre e hijo que tenía también el nombre de preferencia, que significa poner por delante, ese lugar comenzó a ocupar Santiago en la vida de Laura, el primer lugar. Era como si, desvanecido el amor de Jorge Maura que la reveló ante su propia mirada como Laura Díaz, mujer única, inconfundible, insustituible pero pasajera y al cabo mortal, pero mujer amada, mujer apasionada, mujer que lo dejaría todo por su amante, ahora toda la pasión se hubiera trasladado a Santiago, no la pasión de la madre hacia el hijo porque eso era sólo amor y hasta preferencia, sino la pasión del muchacho por la vida y la creación: esto es lo que Laura empezaba a hacer suyo de ella porque Santiago se lo entregaba independientemente de sí, libre de vanidad.

Santiago, su hijo, el segundo Santiago, era lo que hacía, amaba lo que hacía, entregaba lo que hacía, progresaba velozmente, asimilaba lo que veía sólo en reproducciones, libros y revistas, o estudiando los murales mexicanos. Descubre al otro que está en él. Su madre lo descubre al mismo tiempo. El muchacho temblaba de anticipación creativa apenas se acercaba a un papel en blanco primero, a un caballete más tarde, cuando Laura se lo regaló para sus diecinueve años.

Transmite su temblor. Emociona a la tela que hace suya como emociona a quien lo mira trabajar. Es un ser entregado.

Laura empezó a vivir demasiado del temblor artístico de su hijo. Viéndole trabajar y progresar, se dejó contagiar por la anticipación, porque ésta era como una fiebre que el muchacho traía adentro. Pero era un joven alegre. Le gustaba comer, pedía toda clase de antojitos mexicanos, invitaba a Laura a los banquetes yucatecos del Círculo del Sureste en las calles de Lucerna con las salsas de huevo y almendra del papadzul o el empalago del queso napolitano, la invitaba al patio del Bellinghausen en las calles de Londres durante la temporada de gusanos de maguey mojados en guacamole y los flanes de rompope, la invitaba al Danubio en las calles de Uruguay a gustar de los callos de hacha con un toque de limoncito y otro de salsa de chile chipotle gruesa, aromática y más padre que todas las madres de todas las mostazas.

Yo pago, mamá, yo disparo.

Los perseguía la mirada de rencor de Dantón, los perseguía el paso arrastrado de las chanclas de Juan Francisco, a ella la tenía sin cuidado, la vida con Santiago era la vida sin más para Laura Díaz este año de 1941 cuando recuperó su hogar pero prolongó, a veces con sentimientos de culpa, su amor por Maura en el amor por Santiago, dándose cuenta de que éste, Santiago Segundo, era también la continuación de su amor por el primer Santiago, como si no hubiera poder en el cielo o en la tierra que la obligase a una pausa, a una soledad, culpable o redentora, era lo de menos. El hiato entre el hermano, el amante y el hijo fue imperceptible. Duró el tiempo de un par de atardeceres en un balcón mirando el bosque vibrante y los volcanes apagados.

—Voy a La Habana a rescatar a Raquel Mendes-Alemán. El Prinz Eugen no ha sido admitido en los Estados Unidos y los cubanos hacen lo que manden los americanos. O por lo menos lo que se imaginan que desean los americanos. El barco va a zarpar de regreso a Alemania. Esta vez, nadie saldrá vivo. Hitler le puso, una vez más, una trampa a las democracias. Les dijo, cómo no, vean ustedes, allí les mando un barco cargado de judíos, denles asilo. Ahora dirá, ya ven, ni ustedes los quieren, yo mucho menos, todos a la cámara de gases y se acabó el problema. Laura, si llego a tiempo, salvaré a Raquel.

¿Nunca haremos las paces, Juan Francisco?

¿Qué más quieres de mí? Te he recibido en mi casa. Le he pedido a nuestros hijos que te respeten.

¿No te das cuenta de que alguien más vive en esta casa con nosotros?

No. ¿Quién es ese fantasma?

Dos fantasmas. Tú y yo. Antes.

Ya no se me ocurre nada. Estáte sosiega, mujer. ¿Cómo va tu trabajo?

Bien. Los Rivera no saben manejar papeles, necesitan quien les conteste cartas, archive documentos, revise contratos.

Ta'bien. Te felicito. ¿No te quita mucho tiempo?

Tres veces por semana. Quiero dedicarme mucho a la casa.

El "ta'bien" de su marido quería decir "ya era hora", pero Laura lo pasó por alto. A veces pensaba que casarse con él fue como darle la otra mejilla al destino. Convirtió en realidad cotidiana lo que era y quizás siempre debió ser un enigma, una lejanía: la vida verdadera de Juan Francisco López Greene. No iba a preguntarle en voz alta lo que tantas veces se preguntó a sí misma. ¿Qué hizo su marido? ¿Dónde falló? ¿Fue heroico y se cansó de serlo?

—Más tarde entenderás —decía él.

—Más tarde entenderé —repetía ella, hasta convencerse de que la frase era suya.

Laura. Estoy cansado, recibo buenos emolumentos de la CTM y del Congreso de la Unión. No falta nada en la casa. Si quieres ocuparte de Diego y Frida, es tu asunto. ¿Quieres que además vuelva a ser el héroe de 1908, de 1917, de la Casa del Obrero Mundial y los Batallones Rojos? Te puedo hacer una lista de los héroes de la Revolución. A todos se nos ha hecho justicia, salvo a los muertos.

No, quiero saberlo. ¿Tú fuiste de veras un héroe?

Juan Francisco empezó a reír en grande, con flemas y rugidos.

No hubo héroes, y si los hubo, los mataron rapidito y les levantaron sus estatuas. Bien feas, además, para que no se anden creyendo. En este país hasta la gloria es pinche. Todas las estatuas son de cobre, apenas les rascas lo doradito. ¿Qué esperas de mí? ¿Por qué no respetas lo que fui y ya, carajo?

Estoy haciendo un esfuerzo por entenderte, Juan Francisco. Ya que no me dices de dónde provienes, dime al menos qué eres hoy.

Un vigilante. Un guardián del orden. Un administrador de la estabilidad. Ganamos la Revolución. Nos costó mucho tener paz y un proceso de sucesión en el poder sin asonadas militares, distribuyendo tierras, educación, caminos… ¿Te parece poco? ¿Quieres que me oponga a eso? ¿Quieres que acabe como todos los insatisfechos, Serrano y Arnulfo Gómez, Escobar y Saturnino Cedillo, el filósofo Vasconcelos? Ni a héroes llegaron. Se quedaron en puritito ardido. ¿Qué quieres de mí, Laura?

Es que busco una rendijita por dónde te pueda amar, Juan Francisco. Así de tonta.

Pues a buena coladera te arrimas. ¡Faltaba más!

Quiso explicarle a Santiago, mientras el muchacho pintaba, que le encantaba su ánimo artístico. Se lo dijo con las razones del padre muy frescas en su atención.

—Diego usa la palabra élan. Vivió mucho en Francia.

Santiago estaba pintando descarnadamente a un hombre y una mujer desnudos pero separados, de pie, mirándose, explorándose con la mirada. Tenían los brazos cruzados. Laura le dijo que quererse siempre era muy difícil porque el ánimo de dos personas casi nunca es igual, hay un momento de identificación total que nos apasiona, hay un equilibrio entre los dos que por desgracia es sólo el anuncio de que uno de los dos lo va a romper.

—Quiero que entiendas eso sobre tu padre y yo.

—Te le adelantaste nomás, mamá. Le hiciste saber que tú no ibas a ser la triste, ese papel se lo dejaste a él.

Santiago limpió sus pinceles y miró a su madre.

—Y el día que él se muera, ¿quién se le adelanta a quién?

Cómo pude abandonar a un hombre tan débil, se dijo Laura, antes de reaccionar con fuerza y pudor, no, lo que hay que cambiar son las reglas del juego, las reglas hechas por los hombres para los hombres y para las mujeres, porque sólo ellos legislan para ambos sexos, porque las reglas del hombre valen lo mismo para la vida fiel y doméstica de una mujer, que para su vida infiel y errante; ella siempre es culpable de sumisión en un caso, de rebeldía en otro; culpable de la fidelidad que deja pasar la vida recostada en una tumba fría con un hombre que no nos desea, o culpable de la infidelidad de buscar el placer con otro hombre igual que el marido lo busca con otra mujer, pecado para ella, adorno para él, él Don Juan, ella Doña Puta, por Dios, Juan Francisco, por qué no me engañaste en grande, con un gran amor, no nada más con la huilas de tu patrón el panzón Morones? ¿Por qué no tuviste un amor con una mujer tan grande, tan fuerte, tan valiente como Jorge Maura, mi propio amor?

Con Dantón tenía Juan Francisco la relación paralela a la de Laura con Santiago: dos partidos. El viejo —había cumplido cincuenta y nueve años, pero se veía de setenta— le perdonaba todas sus trapacerías al hijo menor, le daba el dinero y lo sentaba a que se vieran las caras, porque ninguno de los dos abría la boca, por lo menos en frente de los rivales de la casa, Laura y Santiago. La madre, a pesar de todo, tenía una intuición de que Juan Francisco y Dantón se decían cosas. Lo confirmó la tiíta muda por volición, una tarde en que se repetía la ceremonia saludable del balcón, el rito unificador de la familia. María de la O se sentó a la fuerza entre el padre y el hijo menor, los separó pero sin apartar la mirada de Laura. Sólo entonces, cuando la anciana mulata siempre vestida de negro tenía fijada la atención de Laura, María de la O movió rápidamente los ojos, como si fuese una oscura águila de mirada partida por la mitad, capaz de ver simultáneamente en dos direcciones, miró de Juan Francisco a Dantón y del hijo al padre, varias veces, diciéndole a Laura algo que podría significar "se entienden", cosa que Laura ya sabía, o "son iguales", cosa que era difícil de concebir: el ágil, parrandero y desenfadado Dantón parecía todo lo contrario del parsimonioso, retraído y angustiado Juan Francisco. ¿Dónde está la relación? Las intuiciones de María de la O rara vez fallaban.

Una noche, cuando Santiago se quedó dormido junto a su recién adquirido caballete —un regalo de Diego Rivera— Laura, que tenía permiso de verlo pintar, lo cubrió con una manta y le acomodó la cabeza lo mejor que pudo, acariciándole la frente despejada muy suavemente. Al salir, oyó risas y cuchicheos en la recámara matrimonial, entró sin tocar y encontró a Juan Francisco y Dantón sentados con las piernas cruzadas en el piso, escudriñando un desplegado mapa del estado de Tabasco.

—Perdón —interrumpió Laura—. Es tarde y tú tienes clases mañana, Dantón.

El joven rió. —Mi mejor escuela está aquí, con mi papá.

Habían bebido. La botella de Ron Potrero estaba medio vacía y la pesantez alcohólica de Juan Francisco le impedía separar la mano extendida sobre el mapa de su estado natal.

—A la cama, caballerito.

—Oh, qué lata. Tan chicho que estábamos.

—Pues mañana vas a estar bien gacho si no duermes.

—Chicho, gacho, tatanacho, hijo de Ávila Camacho —tarareó Dantón y se retiró.

Laura miró intensamente a su marido y al mapa.

—¿Dónde tienes puesto el dedo? —sonrió Laura—. Deja ver. Macuspana. ¿Es puro azar? ¿Te dice algo?

—Es un lugar escondido en la selva.

—Me lo imagino. ¿Qué te dice?

—Elzevir Almonte.

Laura no pudo hablar. Volvió como un hachazo a su mente la figura del sacerdote poblano que llegó un día a Catemaco a sembrar la intolerancia, a imponer ridículas restricciones morales, a perturbar la inocencia en el confesionario, y a fugarse otro buen día con las ofrendas del Santo Niño de Zongolica.

—Elzevir Almonte —repitió en un trance Laura, recordando la pregunta del cura a la hora de la confesión, "¿te gustaría ver el sexo de tu padre, niña?"

—Fue a refugiarse a Tabasco. Pasaba por civil, claro está, y nadie sabía de dónde sacaba el dinero. Iba a Villahermosa una vez al mes y pagaba de un golpe todas sus deudas al día siguiente. El día que murió mi madre no había cura en toda la zona de Macuspana. Yo corrí por las calles gritando, mi madre quiere confesarse, quiere irse al cielo, ¿no hay un padre que la bendiga? Es cuando Almonte se reveló como sacerdote y le dio los últimos auxilios a mi madre. No olvidaré nunca la cara de paz que puso mi viejecita. Se murió agradeciéndome que la mandara al cielo. ¿Por qué se escondía, le pregunté al padre Elzevir? Me contó y le dije, es hora de que usted se redima. Me lo llevé a la huelga de Río Blanco. Atendió a los heridos por los rurales. Hubo doscientos muertos por el ejército, Almonte bendijo a todos y cada uno. No se lo podían negar, aunque tenían prisa en cargar los cadáveres en trenes descubiertos y echarlos al mar en Veracruz. Pero el cura Elzevir eran incorregible. Se unió a Margarita Ramírez, una valiente trabajadora que le prendió fuego a la tienda de raya. Entonces se hizo reo por partida doble. La iglesia lo buscaba por su robo en Catemaco. El gobierno, por su rebelión en

Río Blanco, yo acabé por preguntarme, ¿para qué sirve el clero? Todo lo que hizo el padre Elzevir pudo hacerse sin la iglesia. Mi madre se moriría con o sin bendición. El ejército de Porfirio Díaz mató a los trabajadores de Río Blanco y los mandó arrojar al mar con o sin la venia del señor cura, y Margarita Ramírez no tenía necesidad del cura para pegarle candela a la tienda. Me pregunté, con toda buena fe, para qué chingados servía la Iglesia. Como si quisiera confirmar mis dudas, Elzevir luego luego mostró el cobre. Se fue a Veracruz y declaró que todo lo de Río Blanco, era una "conspiración anarquista" y apareció en los periódicos con el Cónsul de los E.E. U.U. felicitando al gobierno por su "acción decisiva". Todo por hacerse perdonar su ratería y su fuga de Catemaco. Traía la traición en las venas. Me usó cuando creyó que íbamos a ganar, nos traicionó apenas perdimos. No sabía que íbamos a ganar a la larga. Le agarré un desprecio y un odio profundos a la iglesia. Aprobé por eso la persecución de Calles y entregué a la monja Soriano. Son una plaga y hay que ser implacables con ellos.

—¿Entonces no les debes nada?

—A Elzevir Almonte sí. Me contó de tu familia. Te describió como la niña más bonita de Veracruz. Creo que te deseaba. Me contó cómo te confesabas con él. Me inflamó a mí mismo. Decidí conocerte, Laura. Fui a Xalapa a conocerte.

Juan Francisco dobló cuidadosamente el mapa. Ya tenía puesto el pijama y se acostó sin decir palabra.

Ella no pudo dormir pero pensó mucho en la inmensa impunidad que puede sentir un carácter fundado en viejos sentimientos, como si habiendo bebido toda la cicuta de la vida, ya no le quedase más que sentarse a esperar la muerte. ¿Hay que adquirir el sufrimiento para ser alguien? ¿Recibirlo, o buscarlo? La historia del padre Almonte, a quien ella había visto refugiado, una sombra más que un hombre, en la casa de huéspedes de la

Mutti Leticia en Xalapa, acaso era asumida más que como un pecado, como un dolor por Juan Francisco, sin que él mismo se apercibiese. Quién sabe qué hondas raíces religiosas había en cada individuo y en cada familia de este país, que rebelarse contra la religión era sólo una manera más de ser religioso. Y la Revolución misma, sus ceremonias patrias, sus santos civiles y sus mártires guerreros, ¿no eran una iglesia paralela, laica, pero tan confiada en ser la depositaria y dispensadora de la salud como la Apostólica y la Romana que había educado, protegido y explotado a los mexicanos —todo revuelto— desde la Conquista? Pero nada de esto explicaba o justificaba, finalmente, la delación de una mujer acogida al asilo de un hogar, el suyo, el de Laura Díaz.

Juan Francisco era imperdonable. Se moriría —Laura cerró los ojos para dormirse— sin el perdón de su mujer. Se sintió, en esa noche, más la hermana de Gloria Soriano que la mujer de Juan Francisco López Greene. Más la hermana que la esposa, más la her...

Es que ella no quería atribuir —continuó cavilando en la mañana— el cambio en la vida de su marido —aquel enérgico y generoso tribuno obrero de la Revolución, ahora este político y operador de segunda— en términos de pura supervivencia. Quizás el juego de padre e hijo con el mapa guardaba la clave de Juan Francisco, más allá de la pobre saga del padre Almonte, y Dantón, que podía ser secretero, también podía ser hablador, hasta echador, si ello le convenía a la estima de sí mismo, a su fama y oportunidad. No, ella no iba a disfrazar simpatías y diferencias en esta casa, aquí se iba a hablar con la verdad de ahora en adelante, como lo había hecho ella, dando el ejemplo enfrente de todos, se había confesado ante su familia y en vez de perder respeto, lo ganó.

Eso le dijo a Dantón ese fin de semana. —Fui muy franca, hijo.

—Te confiesas ante un marido impotente, un hijo marica, otro borracho y una tía nacida en un burdel. ¡Ay sí, qué valiente!

Ya le había pegado una vez. Juró no hacerlo más.

—¿Qué quieres que te cuente yo de mi padre? Si te acostaras con él, le podrías sacar todos sus secretos. Ten más valor, mamá. Te lo digo bonito.

—Eres un pequeño miserable.

—No, espero graduarme de gran miserable, ya tú verás, chico, como dice Kiko Mendive, ¡guachacha-charachá!

Hizo un pasito de baile, se ajustó la corbata de rayas azules y amarillas y le dijo no te preocupes, mamacita, ante el mundo, cada uno a su modo, mi hermano y yo nos bastamos. Me cae de a veinte. No vamos a ser una carga para ti.

Laura se guardó su duda. Dantón iba a necesitar toda la ayuda del mundo, y como el mundo no ayuda gratuitamente a nadie, iba a tener que pagar. La anegó un sentimiento de repulsión profunda hacia su hijo menor, se hizo las preguntas inútiles, ¿de donde salió así?, ¿qué hay en la sangre de Juan Francisco?, porque en la mía…

Santiago entró a una etapa febril de su vida. Descuidó el trabajo con Rivera en el Palacio, convirtió la recámara de la Avenida Sonora en un estudio de agresivos olores de óleo y trementina; entrar a ese espacio era como internarse en un bosque bárbaro de abetos, pinos, alerces y terebintos. Las paredes estaban embadurnadas como una extensión cóncava del lienzo, la cama estaba cubierta por una sábana que ocultase el cuerpo yacente de otro Santiago, el que dormía mientras su gemelo el artista pintaba. La ventana estaba oscurecida por un vuelo de pájaros atraídos a una cita tan irresistible como el llamado del Sur durante un equinoccio de otoño, y Santiago recitaba en voz alta mientras pintaba, atraído él mismo por una manera de gravedad austral,

una rama nació como una isla,
una hoja fue forma de la espada,
un racimo redondeó su resumen
una raíz descendió a las tinieblas…
Era el crepúsculo de la iguana…

Luego decía cosas inconexas mientras pintaba, "todo artista es un animal domado, yo soy un animal salvaje" y era cierto, era un hombre, con una melena larga y una barba pueril pero dispersa y una frente alta, clara, afiebrada y los ojos llenos de un amor tan intenso que asustaron a Laura, encontrando en su hijo a un ser perfectamente nuevo, en él "las iniciales de la tierra estaban escritas" porque Santiago su hijo era el "joven guerrero de tiniebla y cobre" del Canto General que acababa de publicar en México el poeta más grande de América, Pablo Neruda, madre e hijo lo leían juntos y ella recordaba las noches de fuego en Madrid evocadas por Jorge Maura, Neruda en un techo en llamas bajo las bombas de la aviación fascista, en un mundo europeo regresado a la oda elemental de nuestra América en perpetua destrucción y recreación, "mil años de aire, meses, semanas de aire", "el alto sitio de la aurora humana: la más alta vasija que contuvo el silencio de una vida de piedra después de tantas vidas". Esas palabras alimentaban la vida y la obra de su hijo.

Quiso ser justa. Sus dos hijos la habían desbordado por los extremos, tanto Santiago como Dantón se formaban en los lugares de la aurora y eran ambos "altas vasijas" para el prometedor silencio de dos vidas nacientes. Hasta entonces ella había creído en las personas, mayores que ella o contemporáneas a ella, como seres inteligibles. Sus hijos eran, prodigiosa, aventuradamente, un misterio. Se preguntó si ella misma, en algún momento de los años con Laura Díaz, había resultado tan indescifrable para sus parientes como ahora sus hijos le resultaban a ella. Buscaba en vano una explicación de quienes podían entenderla, María de la O, que sí había vivido en un extremo de la vida, la frontera sin noche o día del abandono, o su propio marido Juan Francisco, de quien sólo conocía, primero, una leyenda, luego un mito desvirtuado y al cabo, un rencor antiguo conviviendo con una resignación razonada.

Las alianzas entre padres y hijos se fortalecieron, a pesar de todo, de manera natural; en cada hogar hay gravitaciones tan incontenibles como las de los astros que no caen, le explicó Maura un día, precisamente porque gravitan los unos hacia los otros, se apoyan, se mantienen íntegros a pesar de la fuerza tenaz, incontenible, de un universo en expansión permanente, desde su inicio (si es que lo hubo) hasta su final (si es que lo tendrá).

—Gravedad no es caída, como se cree vulgarmente, Laura. Es atracción. La atracción que no sólo nos une. Nos engrandece.

Laura y Santiago se apoyaban mutuamente: el proyecto artístico del hijo encontraba una resonancia en la franqueza moral de la madre, y el regreso de Laura a un matrimonio frustrado se justificaba plenamente gracias a la unión creadora con el hijo; Santiago veía en su madre una decisión de ser libre que se correspondía con el propio impulso del hijo, pintar. El acercamiento entre Juan Francisco y Dantón, en cambio, se apoyaba primero en cierto orgullo masculino del padre, éste era el hijo parrandero, libre, bravucón, enamorado, como en las películas muy populares de Jorge Negrete que los dos iban a ver juntos a cines del centro, como el recién estrenado Palacio Chino en la calle de Iturbide, un mausoleo de pagodas de papier-maché, Budas sonrientes y cielos estrellados —sine qua non— para una "catedral fílmica" de la época, el Alameda y el Colonial con sus remembranzas virreinales churriguerescas, el Lindavista y el Lido con su pretensión hollywoodesca, "streamlined" como decían las señoras de sociedad de sus ajuares, sus coches y sus cocinas. Le gustaba al padre invitar al hijo a darse una empapada de desafíos al honor, proezas a caballo, pleitos de cantina y serenatas a la noviecita santa —los dos se derretían con la mirada de noche líquida de Gloria Marín— quien antes le había rezado a la Virgencita para que el macho "cayera". Porque un charro de Jalisco, aunque creyera que él hacía rendirse a la mujer, era siempre, gracias a las artes de la mujer, el que se rendía, pasando por las horcas de la virginidad devoradora de una legión de señoritas tapatías llamadas Esther Fernández, María Luisa Zea o Consuelito Frank.

Dantón sabía que su padre iba a gozar las historias de cantinas, desafíos y serenatas que, a nivel suburbano, repetían las hazañas del Charro Cantor. En la Prepa, lo castigaban por estas escapadas. Juan Francisco, en cambio, se las celebraba y el hijo se hacía cruces imaginando si su padre añoraba aventuras de su propia juventud o si, gracias al hijo, por primera vez, tenía la juventud que le faltó. De su pasado más íntimo, Juan Francisco nunca hablaba. Si Laura apostaba a que con su hijo menor el marido revelara el secreto de un origen, nunca fue así, había una zona reservada de la jornada vital de López Greene, y era el despertar mismo de su personalidad: ¿había sido siempre el líder atractivo, elocuente y bravo que ella conoció en el Casino de Xalapa cuando era una muchacha de diecisiete años, o había algo antes y detrás de la gloria, una censura que explicase al hombre parco, indiferente y miedoso que ahora vivía con ella?

Al hijo mimado lo instruía Juan Francisco en la historia gloriosa del movimiento obrero contra la dictadura de Porfirio Díaz. Desde 1867, cuando cayó el imperio de Maximiliano —mira nomás, hace apenitas más de medio siglo— Juárez se encontró en la capital con grupos bien organizados de anarquistas entrados subrepticiamente con las tropas húngaras, austriacas, checas y francesas que apoyaban al archiduque Habsburgo. Se quedaron aquí cuando los franceses se fueron y Juárez mandó fusilar a Maximiliano. Se habían reunido en "Sociedades de Resistencia", formadas por artesanos. Desde 1870 se constituyó el Gran Círculo de Obreros de México, luego el grupo secreto bakunista La Social celebró, en 1876, el primer congreso general obrero de la República Mexicana.

—Ya ves, hijo, que el obrerismo mexicano no nació apenas ayer, aunque tuvo que luchar contra añejos prejuicios coloniales. Había una delegada anarquista, Soledad Soria. Quisieron vetarla porque la presencia de una mujer violaba los antecedentes, dijeron. El Congreso llegó a tener ochenta mil miembros, te das cuenta. De qué enorgullecerse. Con razón Díaz empezó a reprimir, culminando con la terrible represión contra los miembros de Cananea. Don Porfirio comenzó a reprimir allí porque los grupos americanos que dominaban a la compañía de cobre enviaron desde Arizona casi cien hombres armados, los rangers, a proteger la vida y la propiedad americana. Es la cantinela de siempre de los gringos. Invaden un país para proteger la vida y la propiedad. Los mineros también querían lo de siempre, jornada de ocho horas, salarios, techo, escuelas. Ellos también querían tener vida y propiedad. Los masacraron. Pero la dictadura se cuarteó allí mismo para siempre. No calcularon que una sola cuarteadura puede derrumbar todo un edificio.

A Juan Francisco le encantaba tener un escucha atento, su propio hijo, para rememorar estas historias heroicas del obrerismo mexicano, culminando con la huelga textil de Río Blanco en 1907, donde el ministro de Hacienda de Díaz, Yves Limantour, apoyó a los patrones franceses a fin de prohibir libros no censurados y requerir pasaportes de entrada y salida de la fábrica, como si fuera otro país, consignando en ellos la historia rebelde de cada obrero.

—Otra vez fue una mujer, de nombre Margarita Romero, la que encabezó la marcha a la tienda de raya y le prendió fuego. El ejército entró y asesinó a doscientos trabajadores. La tropa se concentró en Veracruz y es entonces cuando yo llegué a organizar la resistencia...

—¿Y antes, papá?

—Yo creo que mi historia empieza con la Revolución. Antes no tengo biografía, hijo.

Llevó a Dantón a las oficinas de la CTM, un cubículo donde Juan Francisco recibía llamadas que terminaban siempre con un "sí señor", "como usted diga", "usted manda, señor", antes de que Juan Francisco se marchase al Congreso para pasarle las consignas de la Presidencia y las Secretarías de Estado a los diputados obreristas.

En esto se le iba el día. Pero en el trayecto de las oficinas de la central obrera a la Cámara y de vuelta a la oficina, Dantón vio un mundo que no le gustaba. Todo parecía una gran feria de complicidades, una pavana de acuerdos dictados desde arriba por los verdaderos poderes y repetida acá abajo, en el Congreso y los sindicatos, de manera mecánica, sin discutir o dudar, sino en un círculo interminable de abrazos, palmadas en los hombros, secretos al oído, sobres lacrados, risotadas ocasionales, leperadas que tenían la obvia intención de rescatar la hombría maltrecha de los líderes y diputados, citas constantes para grandes comilonas que podían culminar a la medianoche en casa de La Bandida, guiños de tú-me-entiendes para cuestiones de sexo y de lana, y Juan Francisco circulando a su vez entre todos.

—Son instrucciones...

—Es lo más conveniente...

—Claro que son tierras comunales, pero los hoteles en la playa le van a dar chamba a toda la comunidad...

—El hospital, la escuela, la carretera, todo integra mejor su región, señor diputado, sobre todo la carretera que va a pasar junto a su propiedad...

—Bueno, ya sé que es un capricho de la señora, vamos dándole gusto, ¿qué perdemos?, el señor secretario nos lo va a agradecer de por vida…

—No, hay interés superior en detener esta huelga. Eso se acabó, ¿me entiende usted? Todo se puede obtener mediante las leyes y la conciliación, sin pleitos. Dese cuenta, señor diputado, que la razón de ser del gobierno es que en México haya estabilidad y paz social. Eso es lo revolucionario hoy.

—Yo sé que el presidente Cárdenas les prometió una cooperativa, compañeros. Y la vamos a tener. Sólo que las condiciones de producción requieren una gerencia fuerte y ligada nacionalmente a la CTM y al Partido de la Revolución Mexicana. Si no, camaradas, se los vuelven a tragar los curas y los latifundistas, como siempre.

—Tengan fe.

¿No iba a pedir una oficina, pues, un poco más chicha?

No, le contestó Juan Francisco a Dantón, me conviene un lugar así, modesto, desde donde operar mejor. Así no ofendo a nadie.

Pero yo creo que la lana es para lucirla.

Hazte contratista o empresario entonces, a ésos se les perdona todo.

¿Por qué?

Crean fuentes de trabajo. Es la fórmula.

¿Y tú?

Todos tenemos que desempeñar un papel. Es la ley del mundo. ¿Cuál te agrada, hijo? Político, empresario, periodista, militar…

Ninguno, padre.

¿Entonces qué vas a hacer?

Lo que más me convenga.

XVI. Chapultepec-Polanco: 1947

La inauguración del presidente Miguel Alemán en diciembre de 1946 coincidió con un hecho asombroso en la casa de la Avenida Sonora. La tía María de la O volvió a hablar. "Es jarocho. Es veracruzano", dijo del nuevo, joven y apuesto mandatario, el primer presidente civil después de la sucesión de militares en el poder.

Todos —Laura Díaz y Juan Francisco, Santiago y Dantón— se maravillaron, mas no terminaron allí las sorpresas de la tiíta que se dio a bailar sin ton ni son *La Bamba* a cualquier hora, a pesar de los tobillos hinchados.

—A la vejez, viruelas —dijo con sorna Dantón.

Finalmente, a principios del año nuevo, María de la O hizo su anuncio sensacional.

—Se acabaron las tristezas. Me voy a vivir a Veracruz. Un viejo novio del puerto me ha propuesto que nos casemos. Es un hombre de mi edad, aunque yo no sé cuál es mi edad porque mi mamá no me registró. Quería que creciera pronto para seguirla en la vida alegre. Vieja pendeja, ojalá se achicharre en el infierno. Lo único que me consta es que Matías Matadamas —es el nombre de mi galán— baila danzón como un ángel y me ha prometido sacarme a bailar dos veces por semana a la Plaza de Armas y entre el público y la gente.

—Nadie se llama "Matías Matadamas" —dijo el aguafiestas de Dantón—.

—Baboso —le replicó la tiíta—. San Matías es el último apóstol, el que sustituyó a Judas el traidor después de la crucifixión para tener completita la docena. Pa' que lo sepas.

—Apóstol y novio de última hora —se rió Dantón—. Como si Jesucristo fuera un abonero que vende santos más barato por docena.

—Ya tú verás si la última hora no es a veces la primera, descreído —lo regañó María de la O, quien en realidad no estaba para regaños, sino para bulerías—. Ya me veo pegada a él —continuó con su mejor aire de ensoñación—, de cachetito, bailando sobre un ladrillo, como se debe bailar el danzón, sin mover apenas el cuerpo, sólo los pies, los pies llevando en ritmo lento, sabroso, cachondo. Ey familia, ¡Voy a vivir!

Nadie pudo explicarse el milagro de la tía María de la O, nadie pudo impedir su voluntad ni acompañarla siquiera al tren y menos a Veracruz.

—Es mi novio. Es mi vida. Es mi hora. Ya me cansé de ser la arrimada. De aquí a la tumba, pura alegría caribeña y noches de jarana. ¡Una viejita se murió barajando! ¡A la chingada! ¡Yo no!

Con esas palabras, prueba nada insólita de cómo liberan su lenguaje los viejos cuando ya no tienen nada que perder, María de la O abordó el Tren Interoceánico casi con alivio, renovada, un milagro.

Aunque con la silla vacía de la tiíta, Laura Díaz insistió en continuar la ceremonia vespertina de sentarse en el balcón y ver el paso de la ciudad físicamente poco cambiada entre la toma de posesión del general Ávila Camacho y la del licenciado Alemán, aunque durante la guerra México se convirtió en una Lisboa latinoamericana (una Casablanca con nopales, diría el irreprimible Orlando), puerto de refugio para muchos hombres y mujeres que huían del conflicto europeo. Los republicanos españoles llegaron en número de doscientos mil y Laura se dijo que no había sido en vano el trabajo de Jorge Maura. Esto era lo mejor de la inteligencia española, una sangría terrible para la oprobiosa dictadura franquista pero una transfusión magnífica para la vida universitaria, literaria, artística y científica de México. A cambio del techo hospitalario, los republicanos españoles le dieron a México la renovación cultural, el universalismo que nos salva de los virus nacionalistas en la cultura.

Aquí vivía con modestia, en un pequeño apartamento de la calle de Lerma, el gran poeta Emilio Prados con sus anteojos de ciego y su melena entrecana y revuelta. Prados ya había previsto "la huida" y "la llegada" en sus bellos poemas del "cuerpo perseguido", que Laura se aprendió de memoria y le leyó en voz alta a Santiago. El poeta quería huir, dijo, "cansado de ocultarme en las ramas... cansado de esta herida. Hay límites", leía Laura en voz alta y escuchaba la voz de Jorge Maura llegando desde lejos, como si la poesía fuese la única forma de verdadera actualidad permitida por el Dios de la eternidad a sus pobres criaturas mortales. Emilio Prados, Jorge Maura, Laura Díaz y acaso Santiago López-Díaz que la escuchaba leer al poeta, querían todos llegar "con mi cuerpo yerto... que va como un río sin agua, andando en pie por un sueño con cinco llamas agudas clavadas sobre el pecho".

Aquí iba y venía, atildado como un paseante inglés, Luis Cernuda con sus sacos hound's tooth y sus corbatas Duque de Windsor y su pelo aplacado y su bigotillo de galán del cine francés, dejando por las calles de México los más bellos poemas eróticos de la lengua española. Ahora era Santiago quien se los leía a su madre, corriendo febrilmente de un poema a otro, sin terminar ninguno, detectando la línea perfecta, las palabras inolvidables,

Qué ruido tan triste hacen dos cuerpos cuando se aman.
Pudiera derrumbar su cuerpo, dejando sólo la verdad de su amor...
Libertad no conozco sino la libertad de estar preso en alguien...
Besé su huella...

Aquí llegó Luis Buñuel con cuarenta dólares en el bolsillo expulsado de Nueva York por los chismes y calumnias de su antiguo compañero Salvador Dalí convertido en Avida Dollars, y Laura Díaz sabía de Buñuel por Jorge Maura que le mostró una copia de una película de dolor y abandono insoportables sobre la región de Las Hurdes en España, que la propia República censuró. Aquí vivía en la calle de Amazonas don Manuel Pedroso, antiguo rector de la Universidad de Sevilla, rodeado de ediciones primas de Hobbes, Maquiavelo y Rousseau, los alumnos a sus pies y Dantón llevado a una de las tertulias por un condiscípulo de la Facultad de Derecho, diciéndole después a éste, mientras caminaban por el Paseo de la Reforma a cenar en el Bellinghausen de la calle de Londres:

—Es un viejo encantador. Pero sus ideas son utópicas. Por allí no camino yo.

En la mesa de al lado del Bellinghausen comía Max Aub con otros escritores del exilio. Era un hombre de aspecto concentrado, bajo, de pelo ensortijado y frente inmensa, ojos perdidos en el fondo de una piscina de vidrio y un gesto que no era posible separar, como las caras de una moneda, de su águila que era el enojo y su sol que era la sonrisa. Aub había sido compañero de aventuras de André Malraux durante la guerra y le pronosticaba a Franco una "muerte verdadera" que no coincidiría con ninguna fecha del calendario porque sería, más que una sorpresa una ignorancia de la propia muerte del dictador por el dictador.

—Mi mamá lo conoce —le dijo Dantón a su compañero—. Ella se lleva muy fuerte con los intelectuales porque trabaja con Diego Rivera y Frida Kahlo.

—Y porque era novia de un espía español comunista —dijo el compañero de Dantón y fue lo último que dijo porque el hijo de Laura Díaz le rompió de un golpe la nariz, se voltearon las sillas, se mancharon los manteles y Dantón se zafó encabronado de los meseros, marchándose del restorán.

Pero en México llenaba también las plazas Manolete, franquista él, pero en realidad invento póstumo de El Greco, flaco, triste, estilizado, Manuel Rodríguez "Manolete" era el diestro del hieratismo. Inmutable, toreaba derecho, vertical como una vela. Se disputaba los triunfos con Pepe Luis Vázquez, le contaba Juan Francisco a Dantón cuando padre e hijo concurrían a la nueva Plaza Monumental México, en medio de sesenta mil aficionados, sólo para ver a Manolete, pero Pepe Luis era el sevillano ortodoxo y Manolete el cordobés heterodoxo, el que violaba las leyes clásicas y no adelantaba la muleta para templar y mandar, el que no cargaba la suerte para que el toro entrase a los terrenos de la lidia, el que paraba, templaba y mandaba sin moverse de su sitio, expuesto a que el toro lo toreara a él. Y cuando el toro embestía al torero inmóvil, la plaza entera gritaba de angustia, aguantaba la respiración, y estallaba en un olé de victoria cuando el maravilloso Manolete resolvía la tensión con un volapié lentísimo y hundía el estoque en el cuerpo del toro, ¿te fijaste, le decía Juan Francisco a su hijo al salir, apretujados, de la Plaza, por largos corredores que la recorrían como un panal—, ¿te fijaste?, toreó todo el tiempo por la cara, sin quiebro, dominando por bajo al toro, ¡a todos se nos paró el corazón viéndolo torear!, pero Dantón no retenía más que una lección: el toro y el torero se vieron las caras. Eran dos caras de la muerte. Sólo en apariencia moría el toro y sobrevivía el torero. La verdad es que el torero era mortal y el toro inmortal, el toro seguía y seguía y seguía, salía y salía y salía, una y otra vez, cegado por el sol, a la arena manchada por la sangre de un solo toro inmortal que veía pasar a generación tras generación de toreros mortales, ¿cuándo moriría Manolete, en qué plaza encontraría a la muerte que sólo en apariencia le daba a cada toro, cómo se llamaría el toro que le daría su muerte a Manuel Rodríguez "Manolete", dónde lo esperaba?

—Manolete embruja al toro —dijo, melancólico, Juan Francisco cenando solo con su hijo Dantón en El Parador después de la corrida.

El hijo quería guardarse en secreto la lección de esa tarde en que vio torear a Manolete: el triunfo, la gloria, son pasajeras, hay que matar a un toro tras otro para aplazar nuestra propia derrota final, el día que nuestro toro nos mate, hay que cortar oreja y rabo y salir en triunfo todos los días que nos dure la vida…

—Dicen que la gente hasta vende sus coches y colchones para comprar entradas a la Plaza y ver a Manolete, ¿será cierto? —preguntó Dantón.

—Por primera vez, hay tres corridas por semana en la Plaza —sentenció Juan Francisco—. Por algo será.

El torero galán se paseaba por los nuevos centros nocturnos de la nueva ciudad cosmopolita —Casanova, Minuit, Sans Souci— con Fernanda Montel, una mujer tamaño valkiria que compensaba la hondura de sus escotes con la altura de sus peinados, verdaderas torres teñidas de azul, verde, color de rosa. En Coyoacán paseaba sus poodles el destronado rey Carol de Rumania, bigote de aguacero, ojos de ostra y mentón en retirada, con su amante Magda Lupescu, más atenta a sus zorros plateados que a su rey exiliado y desde una mesa del Ciro's del hotel Reforma Carmen Cortina hacía planes de batalla con sus viejos aliados, la actriz Andrea Negrete, el Nalgón del Rosal y la pintora inglesa Felicity Smith para reclutar a toda la fauna internacional llegada a México con la marea de la guerra ¡Dios te bendiga, Adolfo Hitler!, suspiraba la hostess Cortina a su grupo sentado no lejos del patrón del Ciro's, un enano de fistol llamado A.C. Blumenthal, testaferro del gángster hollywoodense "Bugsy" Siegel, cuya amante desechada, Virginia Hill, dueña en el mentón tembloroso y el pelo desteñido de esa tristeza repentina que ataca a algunas mujeres de la ciudad de Los Ángeles, bebía martini tras martini que el novelista John Steinbeck, con sus ojos de Gordon's Gin llenos de batallas perdidas, y venido a México para la filmación de su novela *La Perla*, le servía en biberón a su cocodrilo amaestrado, superando las audacias bravuconas del director de la película, Emilio "El Indio" Fernández, amigo de amenazar a mano armada a quienes discrepasen de sus ideas argumentales y enamorado de la actriz Olivia de Havilland, en cuyo honor mandó bautizar con el nombre de "Dulce Olivia" la calle donde se encontraba el castillo que "El Indio" se mandó hacer con los salarios del éxito, *Flor Silvestre*, *María Candelaria*, *Enamorada*...

Laura Díaz tuvo que ir al Ciro's porque Diego Rivera estaba pintando una serie de desnudos femeninos para decorar el lugar, inspirados en el propio amor estelar de Rivera, la actriz Paulette Godard, una mujer inteligente y ambiciosa que sólo le habló a Laura para no hacerle caso a Diego y picarlo mientras Laura, a su vez, miraba con una ironía tan dulce como la calle donde vivía El Indio, a la concurrencia de gente que no había vuelto a ver en quince años, el grupo de Carmen Cortina y los satélites que iban y venían por su mesa, el pintor tapatío Tizoc Ambriz empeñado en vestirse de rielero a pesar de sus cincuenta años, la huella imborrable del tiempo impresa en cada rostro invulnerable en su pretensión, comido en su realidad como un panteón de figuras de cera, la "Berrenda" Andrea muy gorda, el otrora gordo y chapeteado gachupín Onomástico Galán desinflado y arrugado como un condón usado, el pintor británico James Saxon cada vez más parecido a la Casa de Windsor en su conjunto, y su vieja compañera de Xalapa, Elizabeth Dupont ex-de-Caraza, flaca como una momia, con un temblorín en una mano y la otra apretada a la de un hombre joven, moreno, bigotón, e imperturbable padrote.

Una mano tocó el hombro de Laura Díaz. Reconoció a Laura Rivière, la amante de Artemio Cruz, vencedora de los quince años pasados gracias a una belleza elegante, perlada, concentrada en el cariño melancólico de una mirada que no se hacía vieja.

—Búscame cuando quieras. ¿Por qué no me has buscado?

Y entró, con sombrero homburg en mano, Orlando, Orlando Ximénez, y Laura no pudo darle medida al tiempo, sólo pudo regalarle a Orlando la misma cara juvenil de los bailes en la Hacienda de San Cayetano, hacía ya treinta años. La mareó la imagen de aquel muchacho que la enamoró en las terrazas olorosas a naranjo nocturno y cafetales dormidos, pidió permiso y se fue.

Gravitar no es caer, es acercar, acercarse, le dijo Laura a su hijo Dantón, quien desde el día que pasó con su padre entre la CTM y la Cámara de Diputados, pensó esto no es para mí, pero mi papá tiene razón, ¿qué es lo mío? Él también miraba desde el balcón con vista al Bosque de Chapultepec y sabía que detrás del parque estaban Las Lomas de Chapultepec y allí vivían los ricos, nuevos o viejos, no le importaba, pero allí se estaban construyendo las nuevas mansiones con piscinas y pelusas para garden parties y "sonadas bodas", garajes para tres coches, decorados encargados a Pani y Paco el de La Granja, vestuarios de Valdés Peza y sombreritos de Henri de Chatillon, flores encargadas a Matsumoto y banquetes a Mayita.

¿Cómo iba a entrar a esos lugares un simple pobre, ni viejo ni nuevo, como él? Porque eso se propuso Dantón López Díaz, dado a escoger entre las proposiciones modestas de su padre, ¿ser político, empresario, periodista, militar? Dantón se propuso ser el artífice de su propio destino, es decir, de su propia fortuna, y puesto que en México era difícil adquirir clase sin lana, el joven estudiante de Derecho discurrió que no le quedaba otra que adquirir lana con clase. Le bastaba hojear las revistas de sociedad para darse cuenta de la diferencia. Había la nueva sociedad revolucionaria, la rica, la que vivía en Las Lomas, insegura pero audaz, morena, pero polveada, lucidora impertinente de sus bienes mal o bien, pero recién adquiridos: hombres oscuros —militares, políticos, empresarios— casados con mujeres claras —criollas, necesitadas, sufridas—; los revolucionarios, en su descenso armado desde el Norte, habían ido recogiendo los más lindos capullos virginales de Hermosillo y Culiacán, de Torreón y San Luis, de Zacatecas y El Bajío. Las madres de sus hijos. Las vestales de sus hogares. Las resignadas a los amoríos de sus poderosos sultanes.

Y había la vieja sociedad aristocrática, la pobre, la que vivía en las calles con nombres de ciudades europeas entre Insurgentes y Reforma. Habitaban casas pequeñas pero elegantes construidas hacia 1918 o 1920, casas de dos pisos y fachadas de piedra, balcón y cochera, planta noble con vista a la calle, desde donde se podían atisbar mementos del pasado, cuadros y retratos, medallas enmarcadas sobre fondo de terciopelo, bibelots y espejos patinados y, detrás de la recepción, el misterio de las recámaras, la incógnita sobre la vida cotidiana de antiguos dueños de haciendas tan grandes como Bélgica, despojados por Zapata, Villa y Cárdenas; ¿dónde se bañaban, cómo cocinaban, cómo sobrevivían a la catástrofe de su mundo…?

Cómo oraban. Eso era visible. Todos los domingos, poco antes de la una, los muchachos y muchachas de la buena sociedad se juntaban para la misa de la iglesia de La Votiva en la esquina de Génova y Reforma. Después de la ceremonia, los jóvenes permanecían en el tramo arbolado del Paseo, conversando, coqueteando, haciendo planes para ir a comer, ¿a dónde?, ¿al Parador de José Luis aquí a la vuelta en Niza?, ¿al 1-2-3 de Luisito Muñoz en la calle de Liverpool?, o ¿al Jockey

Club del Hipódromo de las Américas? ¿A casa de uno de esos personajes con nombres pintorescamente íntimos, el Regalito, la Bebesa, la Bola, la Nena, la Rana, el Palillo, el Chapetes, el Buzo, el Gato? En México, sólo los aristócratas y los hampones eran conocidos por sus apodos, ¿cómo se llamaba el asaltante que le cortó los dedos de un machetazo a la bisabuela de Dantón? ¿El Guapo de dónde?

Dantón exploró, calculó, y decidió empezar por allí: la misa de una en La Votiva blanca y azul, morisca como una mezquita arrepentida.

La primera vez, nadie volteó a verlo. La segunda, lo miraron con extrañeza. La tercera, un joven alto, rubio y espigado se acercó a preguntarle quién era.

—Soy López.

—¿López?

—Sí, López, el nombre más conocido del directorio telefónico.

Esto provocó la risa del muchacho alto que arrojó hacia atrás la cabeza ondulada y el largo cuello, haciendo bailar agitadamente su nuez de Adán.

—¡López! ¡López! ¿López qué?

—Díaz.

—¿Y, y?

—Y Greene. Y Kelsen.

—Oigan, muchachos, un tipo con más apellidos que todos nosotros juntos. Vente a comer al Jockey. Me pareces pintoresco.

—No, gracias, ya tengo cita. El domingo entrante, quizás.

—¿Quizás, quizás, quizás? Hablas como bolero. Jajá. No quiero decir limpiabotas, sino Agustín Lara, jajá. O quién sabe, tú. ¡País del bolero!

—¿Y tú? ¿Cómo te llamas, güero?

—¡Güero! ¡Me dice güero! N'hombre, todos me llaman el Cura.

—¿Por qué?

—No sé. Será porque mi papá es doctor. Mi segundo nombre es Landa, desciendo del último gobernador de esta ciudad durante el ancien régime. Es el
nombre de mi 'amá.

—¿Y el de tu 'apá?

—Jajá, no te rías.

—No, si el que se ríe eres tú, güey.

—¡Güey! ¡Me llamó grey! Jajajá, no, me llaman
el Cura, mi padre se llama López también, como el
tuyo. ¡Qué divertido, qué requete divertido! ¡Somos
tocayos por detrás! ¡Jajá, no es albur, tú! Anastasio
López Landa. No faltes el domingo. Me caes bien.
Cómprate una corbata de mejor gusto. Ésa que traes
parece bandera.

¿Qué era una corbata de buen gusto? ¿A quién
le iba a preguntar? El domingo siguiente se presentó
a la iglesia con atuendo de montar, pantalones ecues-
tres y botas, un saco café y camisa abierta. Y un fuete en
la mano.

— ¿Dónde montas, este… cómo te llamas?

—López como tú. Dantón.

—¡La guillotina, jajajá! ¡Qué papás más originales debes tener!

—Sí, son el chiste en persona. El Circo Atayde
los contrata cuando bajan las entradas.

—¡Jajajajá, Dantón! You're a real scream, you
know.

—Yeah, I'm the cat's pijamas — repitió Dantón
de una comedia de cine americano.

—Oigan, muchachos, éste se las sabe todas. He's
the bee's knees! ¡Es la mamá de Tarzán!

—Cómo no, Yo Colón.

—Y mis hijos Cristobalitos, jajajá. Vivo aquí a
la vuelta en Amberes. Pasa y te presto una corbata,
old sport.

Convirtió La Votiva y el Jockey en sus deberes
dominicales, más sagrados que recibir, para quedar bien

con sus nuevos conocidos, la comunión sin beneficio de confesionario.

Primero causó extrañeza. Estudiaba intensamente la manera de vestir de los muchachos. No se dejaba impresionar por las maneras distantes de las muchachas, aunque nunca había visto, él que venía de los lutos eternos y de los trajes de seda floreados de la provincia, a tanta jovencita de traje sastre, o de falda escocesa con suéter, cardigan encima del suéter y collar de perlas encima de todo. Una chica española, María Luisa Elío, llamaba la atención por su belleza y elegancia; era rubia ceniza, espigada como un torerito, usaba beret negro como Michèle Morgan en las películas francesas que todos iban a ver al Trans Lux Prado, saco de cuadritos, falda plisada y se apoyaba sobre un paraguas.

Dantón confiaba en su potencia, su virilidad, su extrañeza misma. Era moreno agitanado y sus pestañas de niño no las había perdido, sombreaban más que nunca sus ojos verdes, sus mejillas olivas, su nariz corta y sus labios llenos, femeninos. Medía uno setenta y tendía a ser cuadrado, deportivo pero con manos —le habían dicho— de pianista, como la tía Virginia que tocaba Chopin en Catemaco. Dantón se decía con vulgaridad, "estas yeguas finas lo que necesitan es quien les arrime el fierro a las ancas" y le pedía dinero a Juan Francisco, no podía ir de gorrón cada domingo, a él también le correspondía disparar, tengo nuevos amigos, papá, gente de mucha clase, ¿no quieres que los haga quedar mal a ti, a toda la familia?, ya ves que cumplo toda la semana, nunca falto a clase de ocho, presento exámenes a título, pero con puros nueves y dieces, tengo buena cabeza para las leyes, te lo juro padre, lo que me prestes te lo devuelvo con interés compuesto, te lo juro por ésta… ¿cuándo te he fallado?

Los primeros palcos del Hipódromo los ocupaban generales nostálgicos de sus propias, ahora valetu-

dinarias, cabalgatas, luego seguían algunos empresarios de cuño aún más reciente que el de los militares, enriquecidos, paradójicamente, con las reformas
radicales del presidente Lázaro Cárdenas gracias a
las cuales el peón encasillado salió de las haciendas
y se mudó a trabajar barato en las nuevas fábricas de
Monterrey, Guadalajara y la ciudad de México. Menos
paradójicamente, las fortunas nuevas se hicieron con
la demanda de guerra, el acaparamiento, las exportaciones de materiales estratégicos, el encarecimiento
de alimentos...

Entre todos los grupos se desplazaba un italiano pequeñito, sonriente y atildado, Bruno Pagliai, gerente del Hipódromo y dueño de una irresistible furbería
que dominaba, desplazaba y ruborizaba la malicia rús-
tica del más colmilludo general o millonario mexicano. Había, de todos modos, una discriminación evidente. El mundo de La Votiva, del "Cura" López Landa
y sus amigos, acaparaba la barra, los sillones, la pista
de baile del Club, dejando a los ricos a la sana intemperie del Hipódromo. Los hijos de los generales y empresarios se quedaban también al margen, no eran bien
vistos, eran —decía la niña Chatis Larrazábal— "pelusa". Pero entre la "pelusa", Dantón descubrió un día a
la muchacha más linda que sus ojos habían visto jamás,
un sueño.

"El sueño" era una belleza de otra parte, levantina
u oriental, de esa parte del mundo que los libritos de
historia universal de Malet e Isaac llamaban "el Asia anterior". El "Asia anterior" de Magdalena Ayub Longoria
convertía sus aparentes defectos —las cejas sin cesura, la
nariz prominente, la quijada cuadrada— en contrapunto o marco de unos ojos de princesa árabe, soñadores y
aterciopelados, elocuentes bajo párpados aceitados e
incitantes como un sexo oculto. Su sonrisa era tan cálida, dulce e ingenua que justificaba el velo en un serra-
llo que la ocultase de todos, salvo su amo. Su talle era

alto, esbelto, pero, de nuevo, anunciaba aquí y allá redondeces apenas imaginables: así, con estas palabras, se la describió Dantón a sí mismo.

Su imaginación acertó.

La vio por primera vez sorbiendo un "Shirley Temple" y así la llamó de ahí en adelante y para siempre, "mi sueño": este "sueño" tenía nombre, se llamaba Magdalena Ayub, era hija de un mercader siriolibanés —un "turco" les decían en México— Simón Ayub, llegado al país hacía apenas veinte años y dueño ya de una fortuna colosal y la casa neobarroca más cursi de la Colonia Polanco. ¿Que cómo hizo la lana? Con acaparamientos desde la época de Obregón y Calles, aumentados durante la guerra con precios artificialmente elevados, exportaciones de henequén esencial para la causa aliada comprado barato a los ejidos yucatecos y vendido caro a las compañías gringas; exportando legumbres en invierno para las tropas yanquis, creando fábricas farmacéuticas cuando todas las medicinas gringas dejaron de llegar y se produjeron más baratas en México, introduciendo aquí las sulfas, la penicilina. ¡Él era el inventor del hilo negro y, quizás, hasta de la aspirina! Por eso le decían el Aspirina Ayub, recordando acaso al general revolucionario que le curaba los dolores de cabeza a sus soldados con un tiro bien dado en la sien. Y si era más feo que pegarle a Dios, se había casado con una linda norteña de algún pueblo de la frontera, una de esas hembras que pueden tentar al Papa y hacer bígamo a San José. Doña Magdalena Longoria de Ayub. Dantón la revisó, porque decían que la novia, con el tiempo, se iba a parecer a la suegra: todas las novias todas las suegras. Magdalena la grande lo era, pero pasaba la prueba. Estaba, le dijo Dantón al "Cura" López Landa, "buenota". No cabía en sus satines.

—Palabra, Dan, ve ahí en su palco a la madre y a la hija y dime a cuál le vas.

—Con suerte, a las dos dijo Dantón con un manhattan en la mano derecha y un Pall Mall en la izquierda.

Le fue a la hija y tuvo éxito. La invitó a bailar. La sacó del aislamiento de lo nuevo y la llevó a la comunidad de lo viejo. Él mismo se asombró de ser él, Dantón López Díaz (y Greene y Kelsen) quien condujo de la mano a la princesita afortunada hasta el círculo exclusivo de los reyes de la ruina.

—Es Magdalena Ayub. Nos vamos a casar.

Ella abrió la boca con el asombro de sus diecinueve años. El muchacho bromeaba. Se acababan de conocer.

—Óyeme preciosa. ¿Quieres regresar al palco con tus papás a ver correr yeguas? ¿O quieres tú misma ser yegua fina, como les dicen aquí a estas niñas popof? ¿Alguien más que yo se atrevió a acercarse a tu palco, saludar a tus jefes, pedirte que bailáramos? ¿Ahora qué sigue? Yo ya te presenté en sociedad, yo que no soy de sociedad, para que veas con quién te vas a casar, mi sueño, yo consigo lo que quiero, ¿ves?, y no te veo los ovarios —perdonando la expresión, pero así soy yo y más vale que te vayas acostumbrando— para seguir sola y abandonada en este mundo sin mí. ¿Qué hubo? ¿Te hago falta o te hago falta, mi cuero?

Fueron a los bailes, bailaron de cachetito, ella le fue permitiendo "libertades", que la acariciara la espalda, el cuello, la axila bien rasurada, que le mordiera el lóbulo de la oreja, vino el primer beso, el segundo, miles de besos, el ruego, por fuera, mi sueño, no Dan, tengo mi regla, entre tus muslos, mi sueño, uso mi pañuelo, no te asustes, sí mi amor, ay mi sueño, me gustas demasiado, no sabía nada de estas cosas, no había conocido a nadie como tú, qué fuerte eres, qué seguro, qué ambicioso…

—Tengo una debilidad, Magdalena…

—¿Cuál, mi amor?

—Hago lo que sea con tal de ser admirado. ¿Te das cuenta de lo que te digo?

—Yo te haré sentir eso. Te lo juro. No te va a hacer falta nada más.

Blue moon, I saw you shining along

La familia de Magdalena lo miró de pies a cabeza. Él hizo lo mismo, insolente, con ellos.

—Esta casa necesita un buen redecorado —pronunció, mirando con desprecio el alarde churrigueresco de emplomados, falsos altares y rejas garigoleadas de la mansión de Polanco—. Menos mal que vas a vivir conmigo en un lugar de buen gusto, mi sueño.

—¿Ah sí? —tronó furioso Ayub—. ¿Y quién va a pagarle sus lujos, caballerito?

—Usted, mi generoso suegro.

—Mi hija no requiere generosidad, requiere comodidad —emitió con altanería boba la madre norteña.

—Lo que su hija necesita es un hombre que la respete, la defienda y no le haga sentirse inferior y aislada que ésa ha sido la obra de ustedes, malos padres —martilló muy sonado Dantón y se fue dando un portazo que por poco quiebra los vitrales con la efigie del Papa Pío XII bendiciendo a la ciudad, al orbe y a la familia Ayub Longoria.

Que regresara. Que Malenita no salía de su recámara. Que no probaba bocado. Que lloraba el día entero, pues, como una Magdalena.

—Yo no pido nada regalado, don Simón. Déjenme contarle y no me mire con esa cara de impaciencia, porque me impacienta a mí. Contrólese. No me hace usted el gran favor, yo se lo hago a usted y le voy a decir por qué, perdóneme... yo le ofrezco a su hija lo que ella no es y quisiera ser. Ya es rica. Le falta ser aceptada.

—Es el colmo. Tú no eres nadie, pobre diablo.

—¿Nos tuteamos?, OK, don Aspirina, yo soy algo que tú ya no puedes ser. Eso mero. Yo soy lo que va a ser. Lo que viene. Tú has sido muy chingón durante veinte años. Pero te das cuenta, suegro de mi alma, que llegaste a este país cuando Caruso cantó en El Toreo. Se acabó tu época. La guerra se acabó. Ahora viene otro mundo. Ahora ya no vamos a acaparar. Ahora va a sobrar todo en los Estados Unidos. Ya no vamos a ser indispensables aliados, vamos a ser otra vez dispensables mendigos. ¿Te digo algo, mi Aspirina?

—De usted, señor Dantón, de usted... por favor.

—Le digo algo, pues. Ahora vamos a vivir del mercado interno o no vamos a vivir. Ahora tenemos que crear riqueza aquí adentro y gente que compre lo que producimos nosotros.

—Nosotros. Abusa usted del plural, Dantón.

—Nosotros que tanto nos quisimos, sí mi señor don Simón. Usted y yo, si se pone abusado, si en vez de andar acaparando henequén y explotando a los pobres mayas, le entra a las cadenas de restaurantes, a las tiendas de al por mayor, a las cosas que la gente consume, a las gaseosas baratas en un país tropical lleno de sedientos, a las aspiradoras para ahorrarle trabajo a las amas de casa, a los refrigeradores para que la comida no se eche a perder, en vez de esas hieleras incómodas y derretibles, a los radios que le llevan entretenimiento hasta a los más amolados... vamos a ser un país de clase media, ¿no se da cuenta? Éntrele, mi jefe, no se me achicopale.

—Es usted muy elocuente, Dantón. Sígale.

—¿Le sigo? Muebles, conservas, ropa barata y de buen gusto en vez de manta y huarache, restaurantes decentes, estilo gringo, con fuente de sodas y todo, ya no fondas y cafés de chinos, coches baratos para todos, ya no camiones para los pobres y Cadillacs para los ricos. ¿Sabe que mi bisabuelo era alemán? Pues grábese este nombre. Volkswagen, el auto del pueblo. Deje que vuelvan a funcionar las fábricas alemanas, usted agarre ya la licencia de los VW para México, deme a mí la mitad de las acciones y de ahí p'al real, mi señor don Aspirina. Ni un dolor de cabeza más. ¡Se lo juro por ésta!

Todos se conocían, le explicó a Laura, a Juan Francisco y a Santiago. Pero es lo único que conocían. Ellos, ellos, ellos. Yo los voy a presentar con el mundo de hoy, pinches momias porfiristas. He aprendido a imitar, tonos de voz, saben, maneras de vestir, apoyos verbales como decir "chao" y "Jesús me ampare" y "voiturette". He trabajado a la sociedad como se "trabaja" una carne asada en un restaurante. ¿Saben? Descubrí con el chico López Landa que un joven admira en otro joven lo que él no es. Yo lo supe y le ofrecí a los del Jockey lo que ellos no son para hacerme interesante. Lo mismo le ofrezco a Magdalena, le ofrezco lo que ella no es pero quisiera ser, rica pero glamorosa. Se lo doy a entender: no eres todo lo que podrías ser, mi sueño, pero yo te lo haré real. Creían los Ayub que me hacían el gran favor y que me podían poner toda clase de dificultades. Chiles. Las dificultades en esta vida hay que endosárselas a los demás como si fueran un regalo, ése es el chiste.

—Tus papis no me quieren, mi sueño.

—Yo haré que te quieran, Dantón.

—No quiero darte esa dificultad.

—No es dificultad. Es mi regalo para ti, mi amor, mi Dan…

Son de una cruel riqueza, se rió Dantón hablándole a sus padres y a su hermano. Se la han vivido atesorando para un día que nunca llegará. Han perdido las razones que tuvieron para hacerse ricos. Voy para reanimarlos. Ahora las razones son mías. Mamá, papá, la boda es el mes entrante, apenas me reciba de abogado. Soy un éxito, ¿por qué no me felicitan?

Mi hermano me ataranta, le dijo Santiago a Laura, me hace sentirme inferior, tonto, él tiene todas las respuestas de antemano, a mí sólo se me ocurren muy tarde cuando todo ya pasó, ¿por qué seré así?

Ella le contestaba diciéndole que los dos eran muy distintos, Dantón estaba hecho para el mundo de fuera, tú para el mundo interior donde las respuestas, Santiago, no tienen que ser rápidas o graciosas porque lo que cuenta son las preguntas.

—No, a veces ni siquiera hay respuesta —sonrió desde la cama Santiago—. Sólo hay preguntas. Tienes razón.

—Si, hijo. Pero yo creo en ti.

Se incorporaba con dificultad del lecho y se acercaba a su caballete; era difícil distinguir el temblor de la fiebre y el de la anticipación creativa. Sentado frente al lienzo, transmitía esa fiebre, esa duda; Laura lo miraba y lo sentía en su propia piel. Es normal, así ha sido desde que descubrió su vocación de pintar; todos los días se sorprende a sí mismo, se siente transformado, descubre al otro que está en él.

—Yo lo descubro también, Juan Francisco, pero no se lo digo. Acércate un poco a él.

Juan Francisco negaba con la cabeza. No quería admitirlo, Santiago vivía en un mundo que él no entendía, no sabía qué decirle a su propio hijo, nunca estuvieron cerca el uno del otro, ¿no era un engaño acercarse ahora porque estaba enfermo?

—Es más que eso, Juan Francisco. Santiago no sólo está enfermo.

Juan Francisco no entendía esa sinonimia, ser artista y estar enfermo. Era como imaginar un espejo doble que siendo el mismo tiene dos caras, cada uno reflejando una realidad distinta, la enfermedad y el arte, no realidades necesariamente gemelas pero a veces, sí, hermanas. ¿Qué precedía, qué alimentaba los pesarosos días de Santiago, el arte o la enfermedad?

Laura miraba dormir a su hijo. Le gustaba estar sentada junto a la cama cuando Santiago despertaba.

Vio eso: despertaba sorprendido, pero no era posible saber si era la sorpresa de amanecer vivo o el asombro de contar con un día más para pintar.

Ella se sintió excluida de esa diaria elección, confesó que le hubiera gustado ser parte de lo que Santiago escogía cada día, Laura, mi madre, Laura Díaz es parte de mi día. Lo pasaba con él, a su lado, había dejado todo para atender al joven, pero Santiago no externaba su reconocimiento de esa compañía, sólo estaba en la compañía, decía Laura, la admitía sin agradecerla.

—Quizás no tiene nada que agradecer y yo debo entender esto y respetarlo.

Una tarde él se sintió fuerte y le pidió a su mamá que lo llevase al balcón de las reuniones vespertinas en la sala. Había perdido tanto peso que Laura hubiese podido cargarlo, como no llegó a hacerlo de chiquito, educado lejos de ella con la Mutti y las tías en Xalapa. Ahora la madre podría recriminarse el abandono de entonces, las espurias razones, Juan Francisco empezaba su carrera política, no había tiempo para los niños y peor aún, Laura Díaz iba a vivir su vida independiente, le sobraban los hijos y hasta el marido, era una muchacha provinciana, casada a los veintidós años con un hombre dieciséis años mayor que ella, era su turno de vivir, arriesgarse, aprender, ¿fue la monja Gloria Soriano sólo un pretexto para dejar el hogar?; era el tiempo de Orlando Ximénez y Carmen Cortina, de Diego y Frida en Detroit, no era el tiempo de un niño cargado en brazos y cargado de promesas, este Santiago con una frente tan despejada que en ella podían leerse la gloria, la creación y la belleza. Nunca, se juró a sí misma, nunca más dejaría de atender a un niño que siempre, siempre, contenía toda la promesa, toda la hermosura, todo el cariño y la creación del mundo.

Ahora ese tiempo perdido se presentaba de golpe con el rostro de la culpa, ¿por eso no expresaba

Santiago gratitud hacia un cuidado materno que llegaba demasiado tarde? Ser madre excluía toda apuesta de gratitud o reconocimiento. Debía bastarse sin argumentos o expectativas, como el instante de la ternura suficiente.

Laura se sentó con su hijo frente al paisaje urbano que ahora sí se transformaba como un bosque de hongos proliferantes. Los rascacielos aparecían por todas partes, los viejos "libres" eran sustituidos por taxímetros al principio incomprensibles y sospechosos para los usuarios, los camiones destartalados por autobuses gigantescos que escupían humo negro como el vaho de un murciélago y los tranvías amarillos con sus bancas de madera barnizada y sus "planillas" por trolebuses amenazantes como bestias prehistóricas. La gente ya no regresaba a comer a su casa a las dos de la tarde y a su trabajo a las cinco; se vivía la novedad gringa de las "horas corridas". Iban desapareciendo los cilindreros, los ropavejeros, los afiladores de cuchillos y tijeras. Iban muriendo los abarrotes, los estanquillos y las misceláneas en cada esquina y las compañías de teléfonos rivales se unificaron al fin, Laura recordó a Jorge (ya casi nunca pensaba en él) y se distrajo de lo que decía Santiago sentado en el balcón, vestido de bata y con los pies desnudos, te quiero, ciudad, mi ciudad, te quiero porque te atreves a mostrar el alma en tu cuerpo, te amo porque piensas con la piel, porque no me permites verte si antes no te he soñado como los conquistadores, porque aunque te quedaste seca, ciudad laguna, tienes compasión y me llenas las manos de agua cuando necesito aguantarme el llanto, porque me dejas nombrarte sólo con verte y verte sólo con nombrarte, gracias por inventarme a mí para que yo te pudiera inventar de nuevo a ti, ciudad de México, gracias por dejarme hablarte sin guitarras y colores y balazos, sino cantarte con promesas de polvo, promesas de viento, promesas de no olvidarte, promesas de resucitarte aunque yo mismo

desaparezca, promesas de nombrarte, promesas de
verte a oscuras, ciudad de México, a cambio de un solo regalo de tu parte: sígueme viendo cuando ya no
esté aquí, sentado en el balcón, con mi madre al lado...

—¿A quién le hablas, hijo?

—A tus manos tan bellas, mamá...

...A la infancia que es mi segunda madre, a la
juventud que sólo es una, a las noches que ya no veré,
a los sueños que les dejo aquí para que me los cuide
la ciudad, a la ciudad de México que me seguirá esperando siempre...

—Te quiero, ciudad, te amo.

Laura, conduciéndolo de regreso a la cama, entendió que todo lo que su hijo le decía al mundo también se lo decía a ella. No necesitaba ser explícito; podría traicionarse con la palabra. Sacado al aire, podría
secarse un amor que vivía sin palabras en el terreno
hondo y húmedo de la diaria compañía. El silencio entre los dos podía ser elocuente.

—No quiero ser un guerroso, no quiero dar lata.

Silencio. Quietud. Soledad. Es lo que nos une,
pensaba Laura con la mano ardiente de Santiago entre
las suyas. No hay respeto y cariño más grande que estar
juntos y callados, viviendo juntos pero viviendo el uno
para el otro, sin decirlo nunca. Sin necesidad de decirlo. Ser explícito podía ser una traición a ese cariño tan
hondo que sólo se revelaba mediante un silencio comparable a una madeja de complicidades, adivinaciones
y acciones de gracia.

Todo esto vivieron Laura y Santiago mientras
el hijo se moría, sabiendo los dos que se moría, pero
cómplices ambos, adivinos y agradecidos el uno del
otro porque lo único que decidieron desterrar, sin palabras, fue la compasión. La mirada brillante del muchacho en cuencas cada día más hondas le decía al
mundo y a la madre, identificados para siempre en
el espíritu del hijo, ¿quién está autorizado para compa-

decerse de mí?, no me traicionen con la piedad... seré un hombre hasta el fin.

A ella le costó mucho no sentir pena por su hijo, no sólo por mostrar la pena, sino desterrarla de su ánimo y de su mirada misma. No sólo disimularla, sino no tenerla, porque el disimulo lo captaban enseguida los sentidos despiertos, eléctricos, de Santiago. Se puede traicionar con la compasión; eran palabras que Laura repetía al quedarse dormida, ahora ya todas las noches, en un catre al lado de su hijo afiebrado y demacrado, el hijo de la promesa, el niño adorado al fin.

—Hijo, ¿qué te hace falta, qué puedo hacer por ti?

—No mamá, ¿qué puedo yo hacer por ti?

—Sabes, quisiera robarle al mundo todas sus glorias y virtudes para regalártelas.

—Gracias. Ya lo hiciste, ¿no lo sabías?

— Qué más. Algo más.

¿Qué más? ¿Algo más? Sentada al filo de la cama de Santiago enfermo, Laura Díaz recordó súbitamente una conversación entre los dos hermanos que una noche ella escuchó sin querer y sólo porque Santiago, que siempre dejaba la puerta de su recámara abierta, había recibido en ella, extraordinariamente, a Dantón.

Papá y mamá andan confusos por nosotros, adivinó Dantón, imaginan demasiados caminos para cada uno... qué bueno que nuestras ambiciones no se interfieren, replicó Santiago, no nos hacemos cortocircuito... ¿Tú crees sin embargo que tu ambición es buena y la mía es mala, verdad?, persistió Dantón... No, aproximó Santiago, no es que la tuya sea mala y la mía buena o al revés; estamos condenados a cumplirlas, o por menos a tratar de... ¿Condenados?, rió Dantón, ¿condenados?

Ahora, Dantón ya estaba casado con Magdalena Ayub Longoria y vivía, como lo quiso siempre, en la Avenida de los Virreyes en Las Lomas de Chapultepec, se salvó de los horrores neobarrocos de Polanco pero no porque fuera el gusto de su familia política, aunque también soñara con habitar una casa de líneas rectas y geometrías que no distraían. Laura veía cada vez menos a su segundo hijo. Se daba como pretexto que él tampoco la buscaba pero admitía, en cambio, que ella buscaba afanosamente a Santiago. Más que buscarlo, lo tenía, debilitado por enfermedades recurrentes, en la casa familiar. No era su prisionero. Santiago era un joven artista iniciando un destino que nadie podía deshacer porque era el destino del arte, de obras que al cabo sobrevivirían al artista.

Tocando la frente afiebrada de Santiago, Laura se preguntaba, sin embargo, si este joven artista que era su hijo no hermanaba demasiado la iniciación y el destino. Las figuras torturadas y eróticas de sus cuadros no eran una promesa, eran una conclusión. No eran un principio, eran, irremisiblemente, un fin. Estaban todas terminadas. Entender esto la angustiaba porque Laura Díaz quería ver en su hijo la realización completa de una personalidad cuya alegría dependía de su creatividad. No era justo que el cuerpo lo traicionase y que el cuerpo, calamitosamente, no dependiese de la voluntad —la de Santiago, la de su madre.

Ella no estaba dispuesta a resignarse. Miraba trabajar a su hijo, abstraído, fascinado, pintando solo y sólo para él, como debe ser, cualquiera que sea el destino del cuadro, mi hijo va a revelar sus dones, pero no tendrá tiempo para sus conquistas, va a trabajar, va a imaginar, pero no va a tener tiempo para producir: su pintura es inevitable, ése es el premio, mi hijo no puede sustituir o ser sustituido en lo que sólo él hace, no importa por cuánto tiempo, no hay frustración en su obra, aunque su vida quede trunca, su progreso es asombroso, consagrarse al arte es una revelación tras otra, al ir de asombro en asombro.

—Todo lo bueno es trabajo —solía decir el joven Santiago mientras pintaba—. El artista no existe.

—Tú eres un artista —se atrevió a decirle Laura—. Tu hermano es un mercenario. Ésa es la diferencia.

Santiago se rió, casi acusándola de ser vulgarmente obvia.

—No, mamá, qué bueno que somos distintos, en vez de estar divididos por dentro.

Ella se arrepintió de su banalidad. No quería hacer comparaciones ni odiosas ni disminuyentes. Quería decirle ha sido maravilloso verte crecer, cambiar, generar nueva vida, no quiero preguntarme nunca, ¿pudo ser grande mi hijo?, porque ya lo eres, te miro pintar y te veo como si fueses a vivir cien años, mi adorado hijo, yo te escuché desde el primer momento, desde que me pediste sin decir palabra, madre, padre, hermano mío, ayúdenme a sacar lo que traigo adentro, permítanme presentarme…

No acababa de entender este ruego, sobre todo cuando recordaba otra conversación sorprendida entre los hermanos, cuando Dantón le dijo a Santiago lo bueno del cuerpo es que nos puede satisfacer en cualquier momento y Santiago le dijo también nos puede traicionar en cualquier momento y por eso hay que pescar el gusto al vuelo, le replicó Dantón y Santiago:

—Otras satisfacciones cuestan, hay que trabajar por ellas, y los dos al unísono: —Se nos escapan… seguido de la risa fraternal, compartida…

Dantón no le tenía miedo a nada, salvo a la enfermedad y la muerte. Esto le pasa a muchos hombres. Son capaces de luchar cuerpo a cuerpo en una trinchera, pero incapaces de tolerar el dolor de un parto. Buscó, y encontró, pretextos para ir cada vez con menos frecuencia a la casa paterna de la Avenida Sonora. Prefería llamar por teléfono, preguntar por Santiago, aunque Santiago odiaba los teléfonos, eran la distracción más espantosa inventada para torturar a un artista, qué bueno cuando era niño y había los dos sistemas, Ericsson y Mexicana, y costaba mucho comunicarse.

Miró a Laura.

Eso era antes de que las enfermedades se sucediesen cada vez con mayor rapidez y los doctores no alcanzaran a explicarse la debilidad creciente del muchacho, su poca resistencia ante las infecciones, el desgaste incomprensible de su sistema inmunológico, y lo que no decían los médicos, lo que decía sólo Laura Díaz, mi hijo tiene que cumplir su vida, de eso me encargo yo, no me importa nada, la enfermedad, las medicinas inútiles, los consejos médicos, lo que yo debo darle a mi hijo es todo lo que mi hijo debería tener si viviera cien años, yo le voy a dar a mi hijo el amor, la satisfacción, la convicción de que no le faltó nada en los años de su vida, nada, nada, nada…

Lo vigilaba de noche, mientras dormía, preguntándose, ¿qué puedo salvar yo misma de mi hijo el artista que perdure más allá del eco de la muerte? Admitió con un sobresalto en el pecho que no quería solamente que su hijo tuviera todo lo que merecía, sino que ella, Laura Díaz, tuviese también lo que su hijo podía darle. Él necesitaba recibir. Ella también. Ella quería dar. ¿Él también?

Como todos los pintores, Santiago el Menor, cuando aún se movía con libertad, gustaba de alejarse de sus cuadros, verlos con cierta distancia.

—Los busco como amantes, pero los recreo como fantasmas —intentaba reír el muchacho.

Ella contestó en silencio a esas palabras más tarde, cuando Santiago ya no podía moverse de la cama y ella tenía que recostarse junto a él para consolarlo, estar realmente a su lado, apoyarlo… —No quiero ser privada de ti.

No quería privarse, quería decir, de esa parte de ella misma que era su hijo.

—Cuéntame tus planes, tus ideas.

—Me hablas como si fuese a vivir cien años.

—Cien años caben en un día de éxito —murmuró Laura sin temor a la banalidad.

Santiago nada más se rió —¿Vale la pena tener éxito?

—No —ella lo adivino—. A veces la ausencia, el silencio, es mejor…

Laura no iba a hacer la lista de lo que un muchacho de gran talento, moribundo a los veintisiete años, no iba a hacer, no iba a conocer, ni iba a disfrutar… El joven pintor era como un marco sin cuadro que ella hubiese deseado llenar con experiencias propias y con promesas compartidas, le hubiese gustado llevar a su hijo a Detroit a ver el mural de Diego en el Instituto de Artes, le hubiese gustado ir, los dos juntos, a los museos legendarios, el Ufizzi, el Louvre, el Mauritshuis, el Prado…

Le hubiese gustado…

Dormir contigo, entrar a tu lecho, extraer de la cercanía y el sueño formas, visiones, desafíos, la fuerza propia que quisiera darte cuando te toco, cuando te murmuro al oído tu debilidad final me amenaza a mí más que a ti y quiero probarte tu fuerza, decirte que tu fuerza y la mía dependen la una de la otra, que mis caricias, Santiago, son tus caricias, las que no tuviste ni tendrás, acepta así mi cercanía, acepta el cuerpo de tu madre, tú no hagas nada, hijo mío, yo te parí, te traje adentro, yo soy tú y tú eres yo, lo que yo haga es lo que tú harías, tu calor es mi calor, mi cuerpo es tu cuerpo, no hagas nada, yo lo hago por ti, no digas nada, yo lo digo por ti, olvida esta noche, yo la recordaré siempre por ti…

—Hijo, ¿qué te hace falta, qué puedo hacer por ti?

—No, mamá, ¿qué puedo yo hacer por ti?

—Sabes, quisiera robarle al mundo todas sus glorias y virtudes para regalártelas.

—Gracias. Ya lo hiciste, ¿no lo sabías?

No lo dirían nunca. Santiago amó como si soñara. Laura soñó como si amara. Los cuerpos volvieron a ser como al principio, semilla de cada uno dentro del vientre del otro. Ella renació en él. Él la mató una sola noche. Ella no quiso pensar en nada. Dejó que por su mente pasaran, fugaces y huracanadas, miles de imágenes perdidas, el perfume de la lluvia en Xalapa, el árbol del humo en Catemaco, la diosa enjoyada de El Zapotal, las manos ensangrentadas lavándose en el río, el palo verde en el desierto, la araucaria en Veracruz, el río desembocando con un alarido en el Golfo, las cinco sillas del balcón frente a Chapultepec, los seis cubiertos y las servilletas enrolladas dentro de anillos de plata, la muñeca Li Po, Santiago, su hermano, hundiéndose muerto en el mar, los dedos cortados de la abuela Cósima, los dedos artríticos de la tía Hilda tratando de tocar el piano, los dedos manchados de tinta de la tía poeta, Virginia, los dedos urgidos y hacendosos de la Mutti Leticia aderezando un huachinango en las cocinas de Catemaco, Veracruz, Xalapa, los pies hinchados de la tiíta bailando danzones en la Plaza de Armas, los brazos abiertos de Orlando invitándola al vals en la hacienda, el amor de Jorge, el amor, el amor...

—Gracias. ¿No lo sabías?

—Qué más. Algo más.

—No dejes las jaulas abiertas.

—Regresarían. Son pájaros buenos y querenciosos.

—Pero los gatos no.

La abrazó muy fuerte. Ella no cerró los ojos, abrazada a su hijo. Miró, alrededor, los bastidores blancos, los cuadros ya terminados recostados de pie unos contra otros como una infantería dormida, un ejército de colores, un desfile de miradas posibles que podrían, o nunca podrían, darle su vida momentánea al lienzo, dueña cada tela de una doble existencia, la de ser mirada y no serlo.

—Soñé en lo que les pasa a los cuadros cuando cierran los museos y se quedan solos toda la noche.

Era el tema de Santiago el Menor. Las parejas desnudas que se miran y no se tocan, como si se supieran, pudorosamente, vistas. Los cuerpos de sus cuadros no eran bellos, no eran clásicos, tenían algo demacrado y hasta demoniaco. Eran una tentación, pero no la de acoplarse, sino la de ser vistos, sorprendidos en el momento de constituirse como pareja. Ésta era su belleza, expuesta en tonos grises pálidos o de un rosa muy tenue, donde la carne resaltaba como una intrusión imprevista por Dios, como si en el mundo artístico de Santiago Dios no hubiese concebido nunca a ese intruso, su rival, el ser humano...

—No creas que no me resigno a vivir. No me resignó a ya no trabajar. No sé, desde hace días ya no me da el sol en la cabeza cada mañana, como antes. ¿No abres las cortinas, mamá?

Después de apartar las cortinas para que entrara la luz, Laura se volvió a mirar la cama de Santiago. Su hijo ya no estaba allí. Quedaba flotando un lamento silencioso.

XVII. Lanzarote: 1949

— 1 —

No debiste venir aquí. Esta isla no existe. Es un espejismo de los desiertos africanos. Es una balsa de piedra desprendida de España. Es un volcán que se olvidó de irrumpir en México. Vas a creer lo que ves y cuando te vayas te darás cuenta de que nada está allí. Vas a acercarte en el vapor a una fortaleza negra que surge del Atlántico como un fantasma lejano de Europa. Lanzarote es la nave de piedra anclada precariamente frente a las arenas de África; pero la piedra de la isla es más ardiente que el sol del desierto.

Todo lo que ves es falso, es el cataclismo nuestro de cada día, sucedió anoche, no ha tenido tiempo de hacerse historia, y va a desaparecer en cualquier momento, como llegó, de la noche a la mañana. Miras las montañas de fuego que dominan el paisaje y recuerdas que hace apenas dos siglos no existían. Las cumbres más altas y fuertes de la isla acaban de nacer y nacieron destruyendo, sepultaron en lava ardiente las humildes viñas, y apenas se calmó la primera erupción, hace cien años, otra vez, el volcán volvió a bostezar y con su hálito quemó todas las plantas y cubrió todos los techos.

No debiste venir aquí. ¿Qué te trajo de nuevo hasta mí? Nada de esto es cierto. ¿Cómo van a caber dentro de un cráter debajo del mar una cordillera de arena y un lago de un azul más fuerte que el del mar y el del cielo? Qué ganas de darte cita allá abajo de las olas, donde tú y yo nos volvamos a ver como dos espectros del mar océano que siempre debió separarnos. ¿Vamos a reunirnos ahora tú y yo en una isla trémula donde el fuego está enterrado en vida?

Mira: basta plantar un árbol a menos de un metro de hondura para que sus raíces ardan. Basta verter un cántaro en un hoyo cualquiera para que su agua hierva. Y si yo me hubiese podido refugiar en el dédalo de lava que es la colmena subterránea de Lanzarote, lo hubiese hecho y nunca me habrías encontrado. ¿Por qué me has buscado? ¿Cómo me encontraste? Nadie debe saber que estoy aquí. Has llegado y no me atrevo a mirarte. Ésta es una mentira; has llegado y no quiero que me mires. No quiero que me compares con el hombre que viste por primera vez en México hace diez años —unos diez siglos entre aquel encuentro y éste, si es que el infierno tiene historia y el diablo lleva la cuenta del tiempo: también él es parte de la eternidad. Ahora no es hace diez años, cuando te dije,

—*Quédate un rato más*, ya no puedes recordar nuestras discusiones con Basilio Baltazar y Gregorio Vidal y te vas a reír, Laura, nuestras razones se volvieron todas sinrazones, pérdida, muerte, crueldad inexplicable, atentado a la vida, ¿qué queda de nosotros, Laura, sólo mi mirada de hace diez años, cuando nuestros ojos se anclaron yo en los tuyos y tú en los míos y tú te preguntaste por qué era yo distinto de todos los demás y yo te contesté en silencio "porque sólo te miro a ti"?

¿Queda la verdad que ves ahora, ves a tu antiguo amante refugiado en una isla frente a la costa de África y la última vez que lo viste fue en México, en tus brazos, en un hotel escondido junto a un parque de pinos y eucaliptos? ¿Es éste el mismo hombre que aquél? ¿Sabes qué cosa buscaba aquel hombre y qué cosa busca éste? ¿Será la misma cosa o dos cosas diferentes? Porque

este hombre busca, Laura, sólo a ti me atrevo a decírtelo, este hombre que te amó está buscando algo. ¿Te
atreves a mirarme y decirme la verdad: qué ves?

Diez años separados y el derecho a falsificar
nuestra vidas para explicar nuestros amores y justificar lo que le ha sucedido a nuestros rostros. Podría mentirte como me mentí durante años a mí mismo. No llegué a tiempo, aquel día que nos separamos. El Prinz
Eugen ya había zarpado de regreso a Alemania cuando
llegué a Cuba. No pude hacer nada. El gobierno americano se negó a darle asilo a los pasajeros, todos ellos
judíos que huían de Alemania. El gobierno cubano siguió, si no las instrucciones, sí el ejemplo de los Estados
Unidos. Quizás la situación de los judíos bajo Hitler aún
no calaba en la conciencia pública norteamericana. Los
políticos más derechistas predicaban el aislacionismo,
hacerle frente a Hitler era una ilusión peligrosa, una trampa izquierdista, Hitler le había devuelto el orden y la
prosperidad a Alemania, Hitler era un peligro inventado por la pérfida Albión para embarcar a los yanquis en
otra fatal guerra europea, Roosevelt era un sinvergüenza
que buscaba la crisis internacional para volverse indispensable y ganar una reelección tras otra. Que Europa
se suicide sola. Salvar judíos no era una propuesta popular en un país donde a los hebreos se les negaba
entrada a los clubes de golf, a los hoteles caros y a las
piscinas públicas, como si fueran portadores de la peste
del Calvario. Roosevelt era un presidente pragmático.
No contaba con apoyo para aumentar el número de inmigrantes aprobado por el Congreso. Cedió. Fuck you.

Podría mentirte. Llegué a Cuba aquella semana
en que te abandoné y obtuve permiso para subir al barco. Tenía pasaporte diplomático español y el capitán
era un hombre decente, un marino de la vieja escuela
perturbado por la presencia en su barco de agentes de
la Gestapo. Éstos, al oír el nombre de España, levantaron el brazo con el saludo fascista. Daban por ganada la

guerra. Yo los saludé igual. Qué me importaban los símbolos. Quería salvar a Raquel.

Me llamó la atención la extrema belleza juvenil de uno de los agentes, un Sigfrido de no más de veinticinco años, rubio y candoroso —no había frontera en su rostro entre la quijada muy rasurada y las mejillas cubiertas de rubio bozo— mientras que su compañero, un hombre pequeño de unos sesenta años, pudo haber sido, despojado del uniforme negro, las botas y el brazalete nazi, un contador de banco o conductor de tranvías o vendedor de conservas. Sus anteojillos pince-nez, su bigotillo mínimo brotando como dos alas de mosca a uno y otro lado de la hendidura labial que la espada del Dios de Israel abrió de un golpe encima de la boca de los recién nacidos para que olvidasen su inmensa memoria genitiva, prenatal. Los ojos del hombrecito se perdían como dos arenques muertos en el fondo de la cacerola de su cabeza rapada. Personificaba todo menos un policía, un verdugo.

Me saludaron con el brazo en alto, el hombrecito gritó viva Franco. Yo le devolví el saludo.

La encontré acuclillada en la proa, junto al astabandera donde colgaba la enseña roja con la suástica negra. No miraba hacia el castillo del Morro y la ciudad. Miraba al mar, de vuelta al mar, como si su mirada alcanzase a regresar a Friburgo, a nuestra universidad y a nuestra juventud.

La toqué suavemente en el hombro y no tuvo necesidad de verme, se abrazó con los ojos cerrados a mis piernas, apretó la cara contra mis rodillas, lanzó un sollozo penitente, casi un grito que ya no le pertenecía a ella y que retumbaba en el cielo de La Habana como un coro que no salía de las voces de Raquel, sino que ella era la receptora de un himno llegado desde Europa para aposentarse en la voz de la mujer que yo había venido a salvar.

Al precio de mi amor por ti por/

—Nuestro amor nues/

—¿Por qué nadie nos ayuda? —me dijo sollozando—, ¿por qué los americanos no nos permiten entrar, por qué los cubanos no nos dan asilo, por qué no responde el Papa a la súplica de su pueblo y el mío, Eli, Eli, lamma sabachtani!, por qué nos has abandonado, no soy yo una de los cuatrocientos millones de fieles que el Santo Padre puede movilizar para salvarme a mí, sólo a mí, una judía conversa al catolicismo...?

Le dije acariciándole la cabellera que yo había venido a salvarla. La cabellera revuelta por el viento huracanado y frío de esta mañana de febrero en Cuba. Vi el pelo revuelto de Raquel, la fuerza del viento y sin embargo la bandera del Reich en la proa colgaba inmóvil, sin ondear, como lastrada por plomo.

—¿Tú?

Raquel levantó la mirada oscura, las cejas negras y unidas, la morena piel sefardí, los labios entreabiertos por la oración, el llanto y la semejanza a la fruta, la nariz larga y temblorosa y pude ver otra vez sus ojos.

Le dije que estaba allí para sacarla del barco, había venido a casarme con ella, era la única manera de que se quedara en América, casada conmigo sería ciudadana española, ya no la podrían tocar, las autoridades cubanas estaban de acuerdo, un juez cubano subiría para la ceremonia...

—¿Y el capitán? ¿El capitán no tiene derecho a casarnos?

—Estamos en aguas cubanas, no tiene...

—Me mientes. Sí tiene derecho. Pero tiene más miedo. Todos tenemos miedo. Estos animales han logrado meterle miedo al mundo entero.

La tomé de los brazos; el barco iba a zarpar de regreso en un par de horas y nadie volvería a ver a los judíos regresados al Reich, nadie, Raquel, sobre todo tú y los pasajeros de este barco, ustedes son culpables de haberse ido y de no haber encontrado refugio, oye la gran carcajada del Führer, si nadie los quiere, ¿para qué los quiero yo?

—¿Por qué el sucesor de San Pedro que era un pescador judío no habla contra los que persiguen a sus descendientes los judíos?

Que no pensara en eso, ella iba a ser mi mujer y entonces lucharíamos juntos contra el mal, porque habíamos conocido al fin el rostro del mal, entre todo el sufrimiento de este tiempo, le dije, por lo menos hemos ganado eso, ya sabes qué cara tiene Satanás, Hitler ha traicionado a Satanás dándole el rostro que Dios le quitó al lanzarlo al abismo: entre el cielo y el infierno, un huracán como éste que se avecina a Cuba le borró el rostro a Luzbel, lo dejó con una cara en blanco como una sábana y la sábana cayó en medio del cráter del infierno cubriendo el cuerpo del diablo, esperando el día de su reaparición tal y como lo anunció San Juan: vi cómo salía del mar una Bestia que tenía diez cuernos y siete cabezas y el pueblo adoró a la Bestia, ¿quién podría guerrear contra ella? Y de su boca salían palabras llenas de arrogancia y de blasfemia y fuele otorgado hacer la guerra a los santos y vencerlos... Ahora ya sabemos quién es la Bestia imaginada por San Juan. Vamos a combatir a la Bestia. Es una mancha de mierda sobre la bandera de Dios.

—Mi amor.

—Yo rezaré como católica por el pueblo judío, que fue el portador de la revelación hasta la llegada del Cristo.

—Cristo también tuvo rostro.

—Quieres decir que Cristo sí tuvo rostro. Escogió a la Magdalena para dejar la única prueba de su efigie.

—Entonces tú conoces la cara del bien pero también la cara del mal, la cara de Jesús y la cara de Hitler...

—No quiero conocer la cara del bien. Si pudiera ver a Dios, allí mismo me quedaría ciega. Dios nunca

debe ser visto. Se acabaría la fe. Dios no se deja ver para
que creamos en Él.

— 2 —

Tuvo que recibirla fuera del monasterio porque los hermanos no admitían la presencia de mujeres y aunque a
él le daban una celda desnuda, también le arreglaron
una cabaña cerca del pueblo de San Bartolomé. Allí so-
plaba un viento cálido que traía desde África el polvo
del desierto y obligaba a los campesinos a proteger sus
pobres siembras con bardas.

—Toda la isla está cercada por muros de piedra
para defender las cosechas y la tierra misma está cubierta con una capa de lapillo para que crezca la vid, reteniendo la humedad de cada noche.

Ella miró alrededor de la cabaña de piedra. Adentro sólo había un catre, una mesa con una sola silla, una
estantería muy pobre con un par de platos, cubiertos
de estaño para una sola persona y media docena de libros.

Le dieron la cabaña para que no se sintiese parte integral del monasterio pero también para poder decirle a las autoridades, si preguntaban algo, que él no
vivía allí, era un empleado, un jardinero… Cuando lo
recibieron, hicieron una excepción de su propia regla,
pero a condición de que él corriese el riesgo de salir y
entrar, de no sentirse totalmente fuera de peligro.

Jorge Maura entendió el ofrecimiento de los
monjes. En caso de problema, ellos siempre podrían
decir que Maura no vivía con ellos, hacía devociones en
la capilla y trabajos domésticos y jardinería, sí, una jardinería invisible, escultura de piedra, siembra de roca
volcánica, pero no estaba bajo la protección de la orden. La prueba es que vivía afuera, en el pueblo de San
Bartolomé, expuesto a respirar la arena viajera que parece andar en busca de su clepsidra, su huso de vidrio

para medir un tiempo que sin recipiente se perdería como la arena misma: la diáspora del desierto...

No se lo dijeron así, crudamente, aunque sí se lo dijeron así, insistente, medrosamente. Tenían una deuda con la familia de Maura, cuya donación había permitido construir el monasterio en Lanzarote. Bastante era que le hubiesen ofrecido protección porque durante la guerra trabajó con las agencias de ayuda que llevaron cobijas, medicinas, comidas a los más necesitados, las víctimas de los bombardeos aéreos, los prisioneros de guerra, los internados en campos de concentración, entre ellos muchos católicos opuestos al nazismo. Hitler se reía de la devoción católica de los franquistas, para él los católicos eran tan enemigos como los comunistas o los judíos, basura, y además Pío XII no decía una palabra en defensa de católicos o de judíos... El Santo Padre era un cobarde despreciable.

Jorge Maura se había instalado en Estocolmo como ciudadano desplazado y desde allí colaboró con las agencias de ayuda organizadas por el gobierno sueco y por la Cruz Roja. Pero después de la guerra vivió en Londres y se hizo ciudadano británico. Inglaterra había pagado heroicamente su abandono de la República en España, en donde pudo haber parado a Hitler. Ahora, durante el "Blitz", los ingleses resistieron el bombardeo diario de la Luftwaffe sin ayuda de nadie. Los viajeros británicos regresaron a España después de la guerra. Pero Jorge Maura no buscaba sol y exotismo. Había sido combatiente de la República y la sed de venganza del franquismo aún no se saciaba. ¿Respetarían a un súbdito de S.M. Jorge VI? ¿O verían la manera de reclamar a un rojo que se les fue de las manos?

Los monjes entendían todo esto. ¿Querían, a pesar de todo, darle la oportunidad del riesgo, salir del monasterio, toparse con la Guardia Civil, ser reconocido o delatado? ¿O él mismo, Maura, buscaba este riesgo? ¿Por qué lo buscaba? ¿Para salvar de cualquier responsabilidad a los monjes? ¿O para exponerse, para probarse él mismo y sobre todo para negarse a sí mismo la seguridad inmerecida, le dijo ese día del encuentro a Laura, el día que ella llegó a verlo a Lanzarote? La seguridad a la que ni él ni nadie tenía derecho.

—Para qué te miento, mi amor. He venido por ti. Te pido que regreses conmigo a México. Quiero que estés seguro.

Quería entenderlo. Con gran franqueza, aunque quién sabe si con igual sabiduría, le había dicho te sigo queriendo, te necesito más que nunca, vuelve conmigo, perdóname que sea tan de a tiro ofrecida pero me haces mucha falta. No he querido a nadie como te sigo queriendo a ti.

Entonces él la miraba con algo que ella tomaba por tristeza, pero que poco a poco fue reconociendo como lejanía.

Sin embargo, ella sintió un movimiento de rechazo en sí misma cuando él dijo que quería estar en un lugar donde estuviese en peligro y al mismo tiempo necesitase protección para no sentirse fuerte… El peligro no lo despojaba de poder, pero le daba el poder de resistir, de nunca sentirse cómodo.

El rechazo de Laura fue involuntario. Estaba sentada en la única silla de la cabaña mientras él permanecía de pie apoyado contra un muro desnudo. ¿De qué se sorprendía si en Jorge Maura siempre había habido algo monacal y severo, con ocasionales lapsos prácticos? Pero la vida práctica y la vida espiritual de este hombre que ella amaba estaba siempre envuelta, como la tierra por la atmósfera, por la piel de la sensualidad. Ella no lo conocía sin su sexo. Él la miró y la adivinó.

—No creas que soy un santo. Soy un narcisista arruinado, que es diferente. Esta isla es mi prisión y es mi refugio.

—Pareces un rey resentido porque el mundo no te comprendió —dijo ella jugueteando con la cajita de fósforos indispensables en este espacio abandonado donde no llegaba la luz eléctrica.

—Un rey herido, en todo caso.

¿Estaba aquí por convicción, por conversión, porque ella se hizo católica y ahora él también buscaba la manera de regresar a la Iglesia, de creer en Dios? Raquel y Jorge, la otra pareja.

Jorge rió; no había perdido la risa, no era el santo mártir de alguna pintura de Zurbarán que es exactamente lo que parecía en este recinto de claroscuros que la sugestionaba y la introducía en un mundo pictórico donde la figura central personificaba la pérdida del orgullo como manera de redimirse. Pero al mismo tiempo, en esa figura se puede ver que la redención es su orgullo. ¿Tolera Dios la soberbia del santo? ¿Puede haber un santo heroico? Si Dios es invisible, ¿puede en Santo mostrarse?

Levantó la mirada y encontró la de Maura. El rostro del hombre había cambiado mucho en diez años. Siempre tuvo la cabellera blanca, desde que tenía veinte años. No tenía ojos tan hundidos, tan enamorados del cerebro; el rostro tan adelgazado, la barba blanca acentuando un tiempo usado que antes, en la juventud prolongada, era puro tiempo prometido. El rostro había cambiado, pero como lo reconoció, era el mismo; no había cambiado, no era otro, aunque fuese distinto.

—Puedo distanciarme de mí mismo, pero no de mi cuerpo —él la miró como si la adivinase.

—Recuerda que nuestros cuerpos se gustaban mucho. Me gustaría estar otra vez contigo.

Él le dijo que ella era el mundo y ella le preguntó, ¿dime tú por qué tú no puedes estar en el mundo?

El silencio de Jorge Maura no fue elocuente pero ella continuó adivinándolo porque él no le estaba dando otra oportunidad sino ésa: la conjetura. ¿Andaba en busca de la soledad, de la fe, o de ambas?, ¿huía del mundo, por qué huía?

—Estás y no estás en el monasterio.

—Así es.

—¿Estás o no estás en la religión?

Ella creía que él podía explicarle un poco. Se lo debía, después de tanto tiempo.

—Siempre nos entendimos tú y yo.

Él le contestó muy indirectamente y con una sonrisa lejana. Le recordó lo que ella ya sabía. Fue uno de los discípulos privilegiados de la universidad española y europea, cuando España —sonrió— salía del Escorial y entraba a Europa, lamiéndose las heridas de la guerra perdida con los Estados Unidos, de la pérdida final del imperio español en las Américas, Cuba y Puerto Rico, siempre las últimas colonias. España se unió a Europa gracias al genio de Ortega, y Maura era su discípulo. Eso lo marcó para siempre. Luego con Husserl en Friburgo, en compañía de Raquel... Fue un privilegiado. Tuvo que insistir para que lo dejaran luchar contra los enemigos de la cultura, Franco y la Falange que profanaban con sus botas embarradas de mierda las aulas universitarias al grito de "¡Muerte a la inteligencia!". No lo dejaron. Le dieron el sabor acre y la veloz metralla en el Jarama y luego le dijeron eres más útil como diplomático, hombre que convence, correo fidedigno... era un republicano de origen aristocrático. Estaba del buen lado. El mundo era suyo. Aunque lo perdiera, siempre sería suyo. Se sentía más cerca del pueblo que luchó en Madrid y el Ebro y el Jarama que de los burgueses crueles y los lumpen vulgares del fascismo. Odiaba a Franco, a Millan Astray y su famoso grito "muerte a la inteligencia", a Queipo de Llano y sus programas de radio desde Sevilla y su desafío a las mujeres españolas para que se dejaran por única vez fornicar por moros en Andalucía, donde los hombres sí eran hombres.

—Y ahora no tienes nada —lo miró Laura sin emoción, cansada de la historia política de Jorge.

Quiso decirle que él se quedó sin el mundo pero ella no creía, no sentía que Jorge Maura había venido a Lanzarote a ganar a Dios con su sacrificio.

—Porque éste es un sacrificio, lo estoy viendo, ¿no es cierto?

—¿Quieres decir que al terminar la guerra debí retomar mi vocación intelectual, recordar a mis maestros Ortega y Husserl, escribir?

—¿Por qué no?

Él se rió. —Porque es de la puta madre ser creativo a sabiendas de que no eres ni Mozart ni Keats. Coño, ya me cansé de escarbar en mi pasado. No hay nada en mí que justifique la pretensión de crear. Eso por principio de cuentas, antes que nada, antes que tú, antes que Raquel, está mi propio vacío, la conciencia de mis propios límites, casi de mi esterilidad. ¿Te parece mal esto que te digo? ¿Ahora quieres venir tú a venderme una ilusión en la que yo no creo pero me hace creer que eres pendeja, como dicen ustedes, o que subestimas mi propia inteligencia? ¿Por qué no me dejas solo, llenando el vacío a mi manera? Déjame ver las cosas por mí mismo, saber si algo puede crecer todavía en mi alma, una idea, una fe, porque te juro, Laura, que mi alma está más desolada que este paisaje de roca que ves allá afuera... ¿por qué?

Ella lo abrazó, se hincó y le abrazó las piernas, apoyó la cabeza contra las rodillas, la ruborizó la humedad del pantalón de mezclilla gris, como si lavado hasta el desgaste, ya no tuviera tiempo de secarse y aun así retuviese el olor del orín y la camisa igual, lavada rápido y puesta de vuelta porque era la única y ni así se iban los olores malos, el olor de cuerpo terreno, cuerpo de animal, cansado de expulsar humores, mierda, semen. Jorge, mi amor, mi Jorge, ya no sé cómo besarte...

—Ya no tengo fuerzas para seguir escarbando mis raíces. El mal español e hispanoamericano. ¿Quiénes somos?

Le pidió perdón por haberlo provocado.

—No, está bien. Levántate. Déjame mirarte bien. Te ves tan limpia, tan limpia…

—¿Qué me quieres decir?

Laura ya no recuerda la postura de su amante, con su ropa húmeda pero recién lavada, vieja y con un olor a derrota que ningún jabón podía expulsar. No recuerda ya si el hombre estaba de pie o sentado en el catre, con la cabeza baja o mirando hacia afuera. Al techo. O a los ojos de Laura.

—¿Qué te quiero decir? ¿Qué sabes?

—Sé tu biografía. De la aristocracia a la República a la derrota al exilio y al orgullo. El orgullo de Lanzarote.

—El pecado de Luzbel —rió Jorge—. Dejas muchos huecos, ¿sabes?

—Lo sé. ¿El orgullo en Lanzarote? Eso no es un hueco. Es aquí. Es hoy.

—Limpio las letrinas de los monjes y veo dibujos imposibles en los muros. Como si un pintor arrepentido hubiese empezado algo que nunca terminó y sabiéndolo, escogió el lugar más humilde y humillante del monasterio para iniciar un enigma. Porque eso que yo veo o imagino es un misterio y el sitio del misterio es el lugar donde los buenos hermanos, lo quieran o no, cagan y mean, son cuerpo y su cuerpo les recuerda que nunca podrán ser totalmente, como lo quisieran, espíritu. Totalmente.

—¿Crees que lo saben? ¿Son tan ingenuos?

—Tienen la fe.

Dios encarnó, dijo Maura con una suerte de exaltación domeñada, Dios se despojó de su impunidad sagrada haciéndose hombre en Cristo. Eso volvió a Dios tan frágil que los seres humanos se pudieron reconocer en él.

—¿Por eso lo matamos?

—Cristo encarnó para que nos reconociéramos en Él.

Pero para ser dignos de Cristo, tuvimos que rebajarnos aún más para no ser más que Él.

—Eso debe pensar un monje cuando caga. Lo mismo hizo Jesús pero yo lo hago con más vergüenza. Esa es la fe. Dios anda entre los pucheros, dijo Santa Teresa.

¿Él la andaba buscando?, le preguntó Laura, ¿la fe?

—Cristo tuvo que abandonar una santidad invisible para poder encarnar. ¿Por qué me piden que yo me haga santo para que encarne un poco de la santidad de Jesús?

—¿Sabes lo que pensé cuando murió mi hijo Santiago? ¿Es el dolor más grande de mi vida?

—¿Eso pensaste? ¿O sólo te lo preguntaste? —Lo siento, Laura.

—No. Pensé que si Dios nos quita algo, es porque Él renunció a todo.

—¿A su propio hijo, Jesús?

—Sí. No puedo dejar de pensarlo desde que Santiago se me fue. Fue el segundo, ¿sabes? Mi hermano y mi hijo. Los dos. Santiago el Mayor y Santiago el Menor. Los dos. ¿Tú lo sientes? ¡Imagíname!

—Ve más lejos. Dios renunció a todo. Tuvo que renunciar a su propia creación, el mundo, para dejarnos libres.

Dios se hizo ausente en nombre de nuestra libertad, dijo Jorge, y como nosotros usamos la libertad para el mal y no sólo para el bien, Dios tuvo que encarnar en Cristo para demostrarnos que Dios podía ser hombre y a pesar de serlo, evitar el mal.

—Ése es nuestro conflicto —continuó Maura—. Ser libres para hacer el mal o el bien y saber que si hago el mal ofendo la libertad que Dios me dio, pero si hago el bien ofendo también a Dios porque me atrevo a imitarlo, a ser como Él, a pecar de orgullo como Luzbel; tú misma acabas de decirlo.

Era horrible oír esto: Laura tomó la mano de Jorge.

—¿Qué cosa digo que es tan terrible, dime?

—Que Dios nos pide hacer lo que no permite. No he oído nada más cruel.

—¿Tú no lo has oído? Yo lo he visto.

— 3 —

¿Sabes por qué me resisto a creer en Dios? Porque temo verlo un día. Temo que si pudiera ver a Dios, allí mismo me quedaría ciego. Sólo puedo acercarme a Dios en la medida en que Él se aleja de mí. Dios necesita ser invisible para que yo pueda empeñarme en una fe verosímil, pero al mismo tiempo temo la invisibilidad de Dios porque en ese instante yo ya no tendría fe, sino evidencia. Toma, lee la *Subida al Monte Carmelo* de San Juan de la Cruz, entra conmigo, Laura, a la noche más oscura del tiempo, la noche en que salí disfrazado a buscar a la amada para transformarnos, amada en el amado transformada, mis sentidos suspendidos, y mi cuello herido por una mano serena que me dice: Mira y no olvides… ¿Quién me separó de la amada, Dios o el Demonio?

La vi fugazmente a la amada, menos de diez segundos, cuando pasaba nuestro camión de la Cruz Roja Sueca frente a la alambrada de Buchenwald y en ese instante pasajero vi a Raquel perdida entre la multitud de los prisioneros.

Era muy difícil distinguir entre esa masa de seres demacrados, hambrientos, vestidos con uniformes a rayas y la estrella de David prendida al pecho, cubiertos por mantas vulneradas por el frío de febrero, abrazados los unos a los otros. Salvo ella.

¿Si esto es lo que nos permitían ver, qué habría detrás de lo visible, qué nos ocultaban, no se daban cuenta de que al presentarnos su mejor cara nos obligaban a imaginar la cara verdadera que era la cara oculta? Pero al ofrecernos esta terrible cara como su mejor cara, ¿no nos estaban diciendo que si ésta era la mejor cara, la peor no existía —ya no existía—; era la cara de la muerte?

Vi a Raquel.

A ella la sostenía un hombre uniformado, un guardia nazi que le prestaba apoyo, no sé si porque le ordenaron que mostrara la compasión de sostener a un ser desvalido; no sé si para que Raquel no se derrumbara como un montón de trapos; no sé si porque entre los dos, Raquel y el guardia, había una relación de entrega agradecida, de favores mínimos que a ella le debieron parecer enormes —una ración extra, una noche en la cama del enemigo, quizás una simple, humana porción de piedad o acaso teatro, pantomima de humanidad para impresionar a los visitantes— o quizás un amor nuevo, imprevisible, entre víctima y verdugo, tan dañado el uno como el otro, pero capaces ambos de soportar el daño sólo en la compañía inesperada del uno con el otro, identificado el verdugo por el dolor de su obediencia con la víctima por el dolor de la suya: eran dos seres obedientes, cada uno a las órdenes de alguien más fuerte, Hitler lo había dicho, Raquel me lo había repetido, hay sólo dos pueblos frente a frente, los alemanes y los judíos.

Quizás me estaba diciendo: ¿Ves por qué no bajé del barco contigo en La Habana? Quería que me pasara esto que me está pasando. No quería evadir mi destino.

Entonces Raquel se soltó del brazo del guardia nazi y agarró con las manos en alambrado de púas; entre su verdugo o amante o protector o mimo y yo, Jorge Maura su joven amante universitario con el que un día entró a la catedral de Friburgo y los dos nos hincamos lado a lado sin temor al ridículo y rezamos en voz alta,

vamos a regresar a nosotros mismos
vamos a pensar como si fundáramos el mundo
vamos a ser sujetos vivos de la historia
vamos a vivir el mundo de la vida

esas palabras que entonces dijimos con profunda emoción intelectual, regresan ahora, Laura, como realidad aplastante, hecho intolerable, no porque se hubiesen realizado, sino precisamente porque no fueron posibles, el horror del tiempo las expulsó, pero de una manera misteriosa y maravillosa las hizo posibles, eran la verdad final de mi encuentro veloz y terrible con una mujer que amé y me amó...

Raquel clavó las manos en el alambrado y luego las arrancó del cerco de espinas de fierro y me las mostró sangrantes como... no sé cómo, porque no sé ni quiero saber ni quiero comparar a nada las bellas manos de Raquel Mendes-Alemán, hechas para tocar mi cuerpo como tocaba las páginas de un libro como tocaba un impromptu de Schubert como tocaba mi brazo para calentarse cuando caminábamos juntos en invierno por las calles universitarias: ahora sus manos sangraban como las llagas de Cristo y eso era lo que ella me enseñaba, no mires mi rostro, mira mis manos, no sientas pena por mi cuerpo, ten compasión de mis manos, George, ten piedad, amigo... Gracias por mi destino. Gracias por La Habana.

El comandante nazi que nos acompañaba, ocultando con una sonrisa la alarma y el enojo que le causaron el acto de Raquel, dijo frívolamente:

—Ya ven, no es cierto ese cuento de que las alambradas de Buchenwald están electrificadas.

—Cúrenle las manos. Mire cómo sangran, Herr Kommandant.

—Ella tocó el alambre porque quiso.

—¿Porque es libre?

—Así es. Así es. Usted lo ha dicho.

— 4 —

—Soy débil. Sólo me quedas tú. Por eso vine a Lanzarote.

—Soy débil.

Caminaron de regreso al monasterio al caer la noche. Esta noche, sobre todas, Jorge quería regresar a la comunidad religiosa y confesar su debilidad carnal. Laura, en el reencuentro con el cuerpo de Jorge, sintió la novedad del hombre, como si nunca hubiesen unido sus cuerpos antes, como si esta vez Laura hubiese encarnado, excepcionalmente, sólo para parecerse a ella, y él sólo para mostrarse desnudo ante ella.

—¿En qué piensas?

—En que Dios aconseja lo que no permite. ¡Imitar a Cristo!

—No es que no lo permita. Lo vuelve difícil.

—Yo imagino que Dios me está diciendo todo el tiempo, "Odio en ti lo mismo que tú has odiado en los demás".

—¿Qué es?

Vivía aquí, protegido a medias, indeciso, sin entender si quería una salvación física y espiritual completa y segura o un riesgo que le diera valor a la seguridad. Por eso caminaba todos los días del monasterio a la cabaña y de vuelta cada atardecer, de la intemperie al refugio, mirando a la cara, sin pestañear, a los de la Guardia Civil que ya se habían acostumbrado a él, lo saludaban, trabajaba con los hermanos, era un sirviente, un hombrecillo sin importancia.

Viajaba de una casa de piedra a otra entre un pasaje de piedra. Se imaginaba un cielo de piedra y un mar de piedra, en Lanzarote.

—Te has pasado el día preguntándome si creo en Dios o no, si he recuperado la fe de mi cultura católica, mi fe de niño...

—Y tú no me has contestado.

—¿Por qué me volví republicano y anticlerical? Por la hipocresía y los crímenes de la Iglesia Católica, su apoyo a los ricos y poderosos, su alianza contra Jesús y con los fariseos, su desprecio hacia los humildes y los indefensos, mientras predicaba todo lo contrario. ¿Viste los libros que tengo en la cabaña?

—San Juan de la Cruz y ese volumen de Sor Juana Inés de la Cruz que compramos juntos en una librería de viejo en la calle de Tacuba, México... Parecen hermanos, pero él es santo y ella no. A ella la humillaron y le taparon la boca, le arrebataron sus libros y sus poemas. Hasta el papel, la tinta y la pluma le quitaron.

—Mira un libro que acaba de publicarse en Francia y que me entregó uno de los hermanos. *La gravedad y la gracia* de Simone Weil, una judía conversa al cristianismo. Léelo. Es una filósofa extraordinaria capaz de decirnos que nunca debemos pensar en un ser al que amamos y del cual estamos separados sin imaginar que quizás esa persona ha muerto... Hace una lectura increíble de Homero. Dice que *La Iliada* contiene tres lecciones. Nunca admires el poder. Nunca desprecies a los que sufren. Y no odies a tus enemigos. Nada está a salvo del destino. Ella murió durante la guerra. De tuberculosis y de hambre, sobre todo de hambre, porque se negó a comer más que la ración que le daban a sus hermanos judíos en los campos nazis. Pero lo hizo como cristiana, en nombre de Jesús.

Jorge Maura se detuvo un momento ante la tierra negra y sembrada de alvéolos, a la vista del Timanfaya. La montaña era de un color rojo ardiente, como un evangelio de fuego.

— 5 —

Perdoné todos los crímenes de la historia porque eran pecados veniales al lado de este crimen: hacer el mal imposible. Eso hicieron los nazis. Demostraron que el mal inimaginable era no sólo imaginable sino posible. Ante ellos, huyeron de mi memoria todos los siglos de crimen del poder político, de las iglesias, de los ejércitos, de los príncipes. Cuanto ellos hicieron se podía imaginar. Esto que hicieron los nazis, no. Hasta entonces yo creía que el mal existía pero no se dejaba ver, trataba de esconderse. O se presentaba como un medio necesario para alcanzar un fin bueno. Recuerdas que así presentaba Gregorio Vidal los crímenes de Stalin. Eran medios para un fin bueno. Además, se fundaban en una teoría del bien colectivo, el marxismo. Y Basilio Baltazar sólo buscaba la libertad del ser humano por todos los medios, aboliendo el poder, el jefe, la jerarquía.

Esto no. El nazismo era el mal proclamado en voz alta, anunciado con orgullo, "Yo soy el Mal. Soy el Mal perfecto. Soy el Mal visible. Soy el Mal orgulloso de serlo. No justifico nada sino el exterminio a nombre del Mal. La muerte del Mal a manos del Mal. La muerte como violencia y sólo violencia y nada más que violencia, sin redención alguna y sin la debilidad de una justificación".

Quiero ver a esa mujer, le dije al comandante de Buchenwald.

No, usted se equivoca, la mujer que dice no está aquí, nunca ha estado aquí.

Raquel Mendes-Alemán. Así se llama. Acabo de verla, tras la alambrada.

No, esa mujer no existe.

¿Ya la mataron?

Tenga cuidado. No sea temerario.

¿Se dejó ver por mí y por eso la mataron? ¿Porque me vio y me reconoció?

No. No existe. No hay récord de ella. No complique usted las cosas. Después de todo, ustedes están aquí por graciosa concesión del Reich. Para que vean el buen trato que reciben los prisioneros. No es el hotel Adlon, de acuerdo, pero si hubieran venido en domingo, habrían oído a la orquesta de los presos. Tocaron la obertura de Parsifal. Una ópera cristiana, ¿saben ustedes?

Exijo ver el registro de presos.

¿El registro?

No se haga el idiota. Ustedes son muy precisos. Quiero ver el registro.

Había una página arrancada con prisa de la "M", Laura. Ellos tan precisos, tan bien organizados, habían permitido que el encuadernado izquierdo de la página perdida mostrara sus bordes agudos y desiguales como el risco de las montañas de Lanzarote.

No supe más del destino de Raquel Mendes-Alemán.

Cuando terminó la guerra, regresé a Buchenwald pero los cadáveres enterrados en fosas comunes ya no eran quienes fueron y los incinerados se convirtieron en polvo para las pelucas de Goethe y Schiller dándose la mano en Weimar, la Atenas del Norte donde trabajaron Cranach y Bach y Franz Liszt. A ninguno se le hubiese ocurrido inventar el lema colocado por los nazis a la entrada del campo de concentración. No el consabido Arbeit Macht Frei, Libres por el Trabajo, sino algo infinitamente peor, Jedem das Seine, Tengan su Merecido. Raquel. Quiero recordarla en la proa del Prinz Eugen atracado en La Habana, ofreciéndole casarme con ella para salvarla del holocausto. Quiero recordar a Raquel.

No, me miró con sus ojos hondos como una noche de presagios, ¿por qué he de ser yo la excepción, la privilegiada?

Me bastaron sus palabras para sumar toda mi propia experiencia en este medio siglo que iba a ser el paraíso del progreso y fue el infierno de la degradación. No sólo el siglo del horror fascista y estalinista; siglo de horror del que no se salvaron los que lucharon contra el mal, ¡nadie se salvó, Laura!, no se salvaron los ingleses que le escondieron el arroz a los bengalíes para que no tuvieran la voluntad de rebelarse y unirse a Japón durante la guerra, ni los mercaderes musulmanes que colaboraron con ellos; no se salvaron los ingleses que en la India le quebraron las piernas a los rebeldes que querían la independencia de su patria y no permitieron que los curaran; no se salvaron los franceses que colaboraron con el genocidio nazi o que clamaron contra la ocupación alemana de su patria pero consideraron derecho divino de Francia ocupar Argelia, Indochina, Senegal; no se salvaron los americanos que mantuvieron en el poder a todos los dictadores del Caribe y Centroamérica con sus cárceles repletas y sus mendigos en la calle, con tal de que apoyaran a los Estados Unidos; ¿quién se salva, los linchadores de negros, los negros ejecutados, encarcelados, vedados de beber u orinar junto a un blanco en Mississipi, la tierra de Faulkner?

—A partir de nuestro tiempo el mal dejó de ser una posibilidad para convertirse en un deber.

—No quiero ser compadecida, Jorge. Prefiero ser perseguida.

Son las últimas palabras que le escuché a Raquel. No sé si sufro por no haberla salvado o por el sufrimiento de ella. Pero la manera como miró a su verdugo en el campo, más que la manera como me miró a mí, me dijeron que hasta el último minuto, Raquel afirmó su humanidad y me dejó una pregunta para que viviese siempre con ella. ¿Cuál es la virtud de tu virtud, mi amor, el amor de mi amor, la justicia de mi justicia, la compasión de mi compasión?

—Quiero compartir el sufrimiento tuyo, como tú compartiste el de tu pueblo. Ése es el amor de mi amor.

— 6 —

Laura dejó a Jorge en la isla. Tomó el vaporcito sabiendo que no regresaría nunca. Jorge Maura no sería nunca más una figura precisa, sino una nebulosa, surgida de un pasado siempre presente cuya identificación sería la última prueba de que él estaba pero él ya no era.

Anda, le dijo, sé un santo, sé un estilita, encará-
mate solo a tu columna en el desierto, sé un cómodo mártir sin martirio.

Él le dijo que era muy dura con él.

Ella le contestó, porque te quiero. —¿Para qué
te escondes en una isla? Mejor te hubieras quedado en
México. No hay mejor escondite que el DF.

—Ya no tengo fuerzas. Perdóname.

—Bueno, eres español. Puedes confiar en que
la muerte te llegue con retraso.

¿Tanto le dolía el reencuentro?

—No, es que he aprendido a tenerle miedo a
los que me deforman con su amor, no a los que me
odian. Cuando te fuiste a Cuba, me pregunté mil veces,
¿puedo vivir sin él, puedo vivir sin su apoyo? Necesitaba mucho tu apoyo para crearme un mundo propio que
no sacrificase a ninguna persona querida. Tú me lo diste, sabes, tú me apoyaste para que regresara a mi casa y
le dijera la verdad a mi familia, pasara lo que pasara. Sin
tu amor apoyándome, jamás me habría atrevido. Sin tu
recuerdo, habría sido una adúltera más. Contigo, nadie
se atrevió a tirarme la primera piedra. Me siento libre
porque tú me acompañas.

—Laura, ya pasó lo más terrible. Serénate. Piensa que me quedo solo aquí por mi propia voluntad.

—¿Solo? Palabra que no te entiendo. ¿Cómo vas a
ser religioso sin el mundo, cómo vas a llegar a Dios sin salir
de ti? Ya ves cómo vives a medias, entre el monasterio y el
mundo. ¿Crees que los monjes encerrados que prohiben
la presencia de las mujeres ya encontraron a Dios, crees
que lo pueden encontrar sin el mundo? ¡Qué pretencioso eres, cabrón pretencioso! ¿Vas a purgar los pecados
del siglo veinte escondiéndote en esta isla de piedra?
Eres el mismo orgullo que detestas. Eres tu propio Luzbel.
¿Cómo vas a hacerte perdonar tu soberbia, cabrón Jorge?

—Imaginando que Dios me dice: odio en ti lo
mismo que tú has odiado en los demás.

—¿Imaginando? ¿Sólo eso?

—Oyendo, Laura.

—¿Sabes una cosa? Me voy a ir de aquí admirando tu indiferencia y tu serena sabiduría. Yo no.

—Raquel está enterrada en una tumba sin nombre, revuelta con centenares de cadáveres desnudos. ¿Seremos más que ella? No soy mejor. Soy distinto. Igual que tú.

—¿Por qué te crees liberado? —le preguntó ella con incredulidad.

—Porque llegaste tú a hablarme con incredulidad. Tú eres la verdadera incrédula. Yo era el incrédulo anterior. Encuentro la salud viendo que hay un ser humano con menos fe que yo. Qué poquita cosa somos, Laura.

Le pidió permiso para contestar la pregunta que ella le estaba haciendo desde que llegó a Lanzarote ("No debiste venir aquí, esta isla no existe, vas a creer lo que ves y cuando te vayas te darás cuenta de que nada está allí"): ¿Crees o no crees?

—Que es como preguntar, ¿el cristianismo es verdad o es mentira? Y yo te contesto que tu pregunta no tiene importancia. Lo que yo quiero averiguar aquí en Lanzarote, a caballo entre la vida monástica y la vida como tú la entiendes (entre la seguridad y el peligro) es si la fe puede darle sentido a la locura de estar aquí en la tierra.

¿Qué había descubierto?

—Que la vida de Cristo siempre es posible para un cristiano, pero nadie se atreve a imitarla.

—¿No se atreven o no pueden?

—Es que creen que ser como Cristo es hacer como Cristo, resucitar muertos, multiplicar panes… Convierten a Cristo en ideología activa. Laura, Cristo sólo nos busca si no creemos en él. Cristo nos encuentra si no lo buscamos. Es la verdad de Pascal: me encontraste porque no me buscaste. Ésa es hoy mi verdad.

Vete, Laura. Piensa que no tengo alegría. Cada atardecer en esta isla es muy triste.

"Vine porque tu lugar estaba vacío —se dijo Laura alejándose de la costa nocturna de Lanzarote con destino a Tenerife, a medida que la noche se hacía negra y la isla roja—. Ya no lo soportaba. Es peligroso vivir en un lugar vacío, añorando la vida que mi hijo no tuvo y el amor que tú me arrebataste. Pero yo perdí a mi hijo y tú perdiste a Raquel. Los dos dimos algo precioso. Quizás Dios, si existe, reconozca esta pérdida y se dé cuenta de cada una de nuestras penas. Ahora ya no quiero pensar en ti. Pensar en ti me consuela demasiado y eleva mi imaginación. Quiero renunciar completamente a ti. Nunca te conocí".

Cuando se separaron a la entrada del monasterio, Laura esperó un momento, confusa. ¿Por qué no le permitían a una mujer entrar allí? Vio que nada le impedía entrar, buscar por última vez a Jorge, sentir sus labios calientes por última vez y decirle las palabras que siempre se le iban a quedar calladas.

—Te quiero mucho.

Él estaba en cuatro patas en el refectorio solitario, lamiendo el piso con la lengua, tenaz, disciplinadamente, losa tras losa.

XVIII. Avenida Sonora: 1950

Llega un momento de la vida en que nada tiene importancia salvo amar a los muertos. Hay que hacerlo todo por los muertos. Podemos, tú y yo, sufrir porque el muerto está ausente. La presencia del muerto no es cierta. Su ausencia es lo único cierto. Pero el deseo que tenemos del muerto no es presencia ni ausencia. En mi casa ya no hay nadie, Jorge. Si quieres pensar que mi soledad es lo que me devolvió a ti, te doy permiso.

Murió mi marido Juan Francisco.

Murió la tiíta María de la O.

Pero la muerte de mi adorado hijo Santiago es la única muerte real para mí, las abarca todas, les da sentido.

La muerte de la tiíta hasta me da alegría. Se murió a gusto, en su Veracruz querido, bailando danzones con un hombre diminuto llamado Matías Matadamas que se vestía todo él de azul polvo para sacar a mi tía a bailar el danzón sobre el espacio de un ladrillo en la plaza pública dos veces por semana.

La muerte verdadera de Juan Francisco ya había ocurrido hace mucho tiempo. Su cuerpo inánime la confirmó. Llegó a la muerte arrastrando los pies, diciéndome "ya no me ocurre nada", preguntándome, "¿Debimos casarnos tú y yo?" Porque el día de la muerte le pedí que ya no nos recrimináramos más.

—He perdido demasiado tiempo odiándote.

—Y yo, olvidándote.

¿Quiénes dijimos esto, Jorge, él o yo? Ya no sé. Ya no sé cuál de los dos dijo "No me digas si yo merecía tu odio y yo no te diré si tú merecías mi olvido".

Quiero creer que no lo quería cuando murió. Siempre, desde mi regreso cuando tú te fuiste a Cuba, me pregunté, ¿por qué me acepta de vuelta?, los machos mexicanos repudian, no toleran; ¿era Juan Francisco algo más de lo que yo imaginaba o creía saber sobre él?

De mis hijos pude decir son fuertes, son más grandes de lo que yo misma sabía, pero de él sólo supe preguntar, ¿es débil, o es perverso?, ¿hace una profesión de su fracaso a fin de solicitar la única forma de amor que le queda: la compasión ajena? ¿Cómo podría yo abandonar a un hombre tan débil?

Mi hijo Santiago me hace pensar todos los días que todo lo que quiero ha muerto.

Me consuelo como lo hacemos todos. Pasará el tiempo. Llegaré a soportar la ausencia.

Entonces reacciono con violencia, quiero que mi dolor no pase nunca, quiero que la ausencia de mi hijo sea siempre, para siempre, intolerable.

Entonces me avasalla mi propio orgullo. Me pregunto si un amor que no tiene más apoyo que el recuerdo no se vuelve al cabo tolerable, me pregunto si un amor que quiere ser siempre un dolor, debe vencer la caricia de la memoria y reclamar un vacío, un gran vacío en el que no quepan el recuerdo, la ternura, sino la ausencia, saberlo ausente, no admitir consolación alguna…

Llegó de donde menos la esperaba. La piedad.

Fueron las lágrimas de Juan Francisco sobre el cadáver de Santiago. El padre lloró la muerte del hijo como si nadie en el mundo lo hubiese querido más, más secretamente, con menos ostentación. ¿Por eso se mantenía lejos de él y cerca de Dantón? ¿Para sufrir menos cuando se fuera Santiago? ¿Lloró porque no estuvo nunca cerca de él o lloró porque lo quiso más que a nadie y sólo la muerte le permitió desnudar su sentimiento?

Ver al padre llorar sobre el cadáver del hijo le devolvió a la memoria de Laura una bofetada verbal tras otra, como si todo lo que su marido y ella se dijeron para herirse a lo largo de los años se estuviese repitiendo, con más saña, en ese momento, casarme contigo fue como darle la otra cara al destino, no me hables como el santo a la tentadora, dirígete a mí, mírame la cara, ¿por qué no me juzgaste por mi voluntad de amarte, Juan Francisco, en vez de condenarme por engañarte?, no sé por qué te imaginé como un hombre excitante y valiente, es lo que decían de ti, siempre fuiste un "dicen de él", un murmullo, nunca una realidad, entre tú y yo nunca hubo amor, hubo ilusión, espejismo, no amor basado en respeto y admiración, que nunca duran, la vida contigo me ha vencido, me ha dejado perpleja y enferma, no te odio, me fatigas, me quieres demasiado, un amante verdadero no debe querernos demasiado, no debe empalagarnos, Juan Francisco, nuestro matrimonio ha muerto, lo ha matado todo o lo ha matado nada, quién sabe, pero vamos enterrándolo, querido, apesta, apesta…

Y ahora podría decirle, gracias, gracias a tu adoración demasiado fácil pude ascender a algo mejor, a esa expectativa constante que requiere la pasión, gracias a ti llegué a Jorge Maura, el contraste contigo me permitió entender y querer a Jorge como jamás pude quererte a ti…

—Creí tener más fuerza de la que tengo, Laura. Perdóname.

—No puedo condenar lo mejor de mí misma a la tumba de la memoria. Perdóname tú.

Y ahora lo vio llorar sobre el cadáver del hijo exhausto y hubiese querido, ella, pedirle perdón a él, a Juan Francisco, por no haber podido, durante treinta años, penetrar más allá de las apariencias, las leyendas, la ignorancia de su origen, el mito de su pasado, la traición de su presente…

Fue terrible poderse hablar al fin gracias a la muerte del hijo.

Fue terrible identificarse los dos, Laura y Juan Francisco, revelando que ambos, en secreto, miraban con parejo amor a Santiago el Menor pensando lo mismo, lo tiene todo, belleza, talento, generosidad, todo menos salud, todo menos vida y tiempo para vivirla. Sólo ahora descubrieron padre y madre que ambos se rehusaron la compasión hacia Santiago porque nadie estaba autorizado para compadecer a nadie en esta casa. Se puede traicionar a un ser amado con la piedad.

—¿Por eso te volcaste, tan ostentosamente, Juan Francisco, hacia Dantón?

Laura se había vanagloriado de la elocuencia del silencio entre madre e hijo. La soledad y la quietud los habían unido. ¿Era esto cierto también de la relación entre Juan Francisco y Santiago? ¿Ser explícito sobre lo que ocurría era más que una ofensa? ¿Era una traición? Madre e hijo vivieron una madeja de complicidades, adivinaciones, actos de gracias, todo menos la compasión, la maldita, la prohibida compasión…? ¿Vivió y sintió lo mismo, desde lejos, celebrando al otro hijo, el padre de ambos?

Cada madre sabe que hay hijos que se cuidan solos. Tratar de protegerlos es una impertinencia. Así era Dantón. La cercanía del padre le parecía un abuso; Juan Francisco no entendía nada, se lo daba todo al hijo que no requería nada, ese Dantón que desde pequeñín retozaba el día entero, inconsciente de lo que ocurría en la sombra y el silencio del hogar donde habitaba su hermano. Pero Laura sabía instintivamente que aunque Dantón no necesitaba cuidados y Santiago sí, al chico débil le hubiese resultado más ofensivo y dañino que al fuerte una muestra excesiva de cuidados. No era ése el problema. Un hijo, Dantón, se movía en el mundo asimilándolo todo a su ventaja. El otro, Santiago, lo eliminaba todo salvo lo que le parecía esencial para su pintura, su música, su poesía, su Van Gogh y su Egon Schiele, su Baudelaire y su Rimbaud, su Schubert...

Ahora, viendo llorar a ambos, padre e hijo, Juan Francisco y Dantón, sobre el cadáver hermoso y asceta del joven Santiago, Laura se dio cuenta de que los hermanos se querían pero tenían el pudor de no amelcocharse el uno al otro, la fraternidad es viril de otra manera, la fraternidad a veces debe esperar hasta el instante de la muerte para demostrarse como amor, cariño, ternura... Ahora ella se culpó a sí misma. ¿Laura Díaz le había robado todas sus glorias al mundo para dárselas sólo a Santiago? ¿Sólo para el débil toda la virtud; no merecía nada el fuerte? ¿Había perdido, en realidad, a dos hijos?

—¿Sabes? —le dijo Juan Francisco después del entierro—. Una noche los sorprendí hablándose como hombres. Los dos decían "nos bastamos". Estaban declarándose independientes de ti y de mí, Laura. Qué cosa sorprender a tus muchachos en el momento de la declaración de independencia. Sólo que Santiago lo dijo en serio. Se bastaba a sí mismo. Dantón no. Dantón necesita el éxito, el dinero, la sociedad. No se basta; se engaña. Por eso nos necesita más que nunca.

¿Iba a haber tiempo de enmendar los errores de treinta años de vida en común y dos hijos crecidos, uno muerto ya? Santiago escribió un poema antes de morir que Laura le mostró a Juan Francisco, sobre todo una línea que decía,

Somos vidas traducidas

¿Qué quería decir? ¿Qué significaban estas frases cotidianas del muchacho, no dejes la jaula abierta, los pájaros son querenciosos y no se van, los gatos no, se van y regresan a dañar... "No siempre me da el sol en la cabeza...". Acaso querían decir que Santiago sabía desprenderse de sí mismo, transformarse, descubrir al otro que estaba en él. Ella lo descubrió también pero no se lo dijo. ¿Y tú, Juan Francisco?

—Mis hijos son mi biografía, Laura. No tengo otra.

—¿Y yo?

—Tú también, mi vieja.

¿Era ése el secreto de Juan Francisco, que su vida no tenía secreto porque no tenía pasado, que su vida era sólo externa, era la fama de Juan Francisco el orador, el líder, el revolucionario? ¿Y atrás, qué habría atrás? ¿Nada?

—Había una niña en Villahermosa con mongolismo. Amenazaba, pegaba y escupía violentamente. Su madre tuvo que ponerle orejeras como a una yegua para que no viera al mundo y se calmara.

—¿Era tu vecina en Tabasco?

No, él no tuvo vecinos, dijo con un movimiento de cabeza.

—¿Quién eres? ¿De dónde vienes? ¿Nunca me lo vas a decir?

Volvió a negar.

—¿Sabes que eso nos separa, Juan Francisco, cuando estamos a punto de entendernos, me niegas la historia de tu vida una vez más?

Esta vez afirmó.

—¿Qué hiciste, Juan Francisco? ¿Fuiste heroico y te fatigaste? ¿Fue una mentira tu heroísmo? ¿Sabes que he llegado a creerlo? ¿Qué mito le vas a transmitir a tus hijos, al vivo y al muerto también, te has puesto a pensar? ¿Qué nos vas a heredar? ¿La verdad completa? ¿La verdad a medias? ¿La parte buena? ¿La parte mala? ¿Cuál parte a Dantón que está vivo? ¿Cuál a Santiago que está muerto?

Ella sabía que sólo el tiempo, disipado como humo, revelaría el celoso misterio de su marido Juan Francisco López Greene. ¿Cuántas veces, de hecho, se habían invitado a rendirse, el uno y el otro? ¿Nunca serían capaces de decir te lo entrego todo, hoy mismo?

—Más tarde entenderás... —decía el hombre cada vez más vencido.

—¿Sabes a lo que me obligas? Me obligas a preguntarte, ¿qué tengo que darte, qué quieres de mí, Juan Francisco, quieres que te vuelva a decir "mi cariño, mi amor", cuando sabes muy bien que esas palabras se les reservo a otro hombre y a mis hijos, no son tus palabras, tú eres mi marido, Juan Francisco, no mi ternura, mi cariño, mi amor (mi hidalgo, mi gachupincito adorado...)?

Temía —o sólo quería creer— que en algún momento Juan Francisco iba a saltar de su letargo y a tocarla con otra voz, la voz nueva y vieja al mismo tiempo, del final. Se armó de paciencia para ese final que iba a llegar, que se acercaba visiblemente en el vencimiento físico de aquel hombre grandulón, de espaldas altas y manos inmensas, torso largo y piernas cortas como algunos de su casta —su casta, algo quería atribuirle Laura a Juan Francisco, por lo menos raza, casta, ascendencia, familia, padre y madre, amantes, primera esposa, hijos bastardos o legítimos, ¿qué más daba? Estuvo a punto, un día, de tomar el Interoceánico de regreso a Veracruz y de allí por lancha y carretera a Tabasco, a consultar registros pero se sintió una fisgona despreciable y siguió su vida diaria ayudando a Frida Kahlo, más doliente que nunca, con una pierna amputada, prisionera del lecho y de la silla de ruedas, asistiendo a las reuniones de los Rivera en honor de los nuevos exiliados, los norteamericanos perseguidos por el Comité de Actividades Antiamericanas del Congreso...

Había comenzado una nueva guerra, la guerra fría, Churchill la había consagrado con un discurso célebre: "Una cortina de hierro ha descendido sobre Europa, de Stettin al Báltico". Stalin le daba la razón a las democracias. La paranoia del viejo dictador alcanzaba cimas delirantes, encarcelaba y mandaba matar no a sus enemigos inexistentes, sino a sus amigos por el temor de que algún día fuesen enemigos; practicaba el asesinato y el encarcelamiento preventivo, cruel, horrorosamente innecesario... Pero Picasso pintaba el retrato "realista" de Stalin y una paloma para acompañarlo, porque este extraño monstruo tan discutido en aquellas tertulias de Domingo Vidal, Basilio Baltazar y Jorge Maura en el Café París durante la guerra de España, resultaba ahora el campeón de la paz y contra los imperialistas norteamericanos que, ni cortos ni perezosos, se inventaban su propia paranoia anticomunista y veían agentes estalinistas debajo de cada tapete, en cada escenario de Nueva York y en cada película de Hollywood. Estos nuevos exiliados comenzaron a reunirse en casa de los Rivera. Muchos no volvieron, cansados de la verborrea marxista de Diego o indignados por la devoción de Frida al padrecito Stalin, a quien le dedicó retrato y elogios desmesurados, a pesar (o quizás porque) Stalin mandó asesinar al amante de Frida, León Trotsky.

Laura Díaz recordaba las palabras de Jorge Maura, no hay que cambiar la vida, no hay que transformar al mundo. Hay que diversificar la vida. Hay que perder la ilusión de la unidad recobrada como llave de un nuevo paraíso. Hay que darle valor a la diferencia. La diferencia fortalece la identidad. Jorge Maura dijo encontrarse entre dos verdades. Una, que el mundo va a salvarse. Otra, que el mundo está condenado. Ambas son ciertas. La sociedad corrupta del capitalismo está condenada. Pero la sociedad idealista de la revolución también lo está.

—Cree en las oportunidades de la libertad —le dijo una voz cálida al oído a Laura Díaz, imponiéndose a los debates profundos y a las conversaciones planas de la reunión en casa de los Rivera—. Recuerda que la política es secundaria a la integridad personal, porque sin ésta no vale la pena vivir en sociedad...

—¡Jorge! —exclamó Laura con una conmoción incomparable, volteándose a darle la cara al hombre joven aún, de cabellera plena pero ya no negra como antes, sino salpicada, igual que las cejas, de copos blancos:

—No. Siento desilusionarte. Basilio. Basilio Baltazar. ¿Me recuerdas?

Se abrazaron con una emoción comparable a un nuevo parto, en verdad como si de alguna manera los dos volviesen a nacer en ese momento y pudiesen allí mismo, en la emoción del encuentro, enamorarse y volver a ser los jóvenes de quince años atrás sólo que ahora los dos venían acompañados. Ya y para siempre. Laura Díaz acompañada de Jorge Maura. Basilio Baltazar acompañado de Pilar Méndez. Y Jorge, en su isla, acompañado para siempre de la otra Mendes, Raquel.

Se miraron con inmensa ternura, incapaces de hablar durante varios segundos.

—¿Ya ves? —sonrió Basilio detrás de sus ojos húmedos—. Nunca salimos de los problemas. Nunca dejamos de perseguir o ser perseguidos.

—Ya veo —dijo con la voz quebrada ella.

—Hay gente muy maja entre estos "gringos". Casi todos son directores de cine y teatro, escritores, uno que otro veterano de nuestra guerra y de la Brigada Lincoln, ¿te acuerdas?

—¿Cómo me voy a olvidar, Basilio?

—Casi todos viven en Cuernavaca. ¿Por qué no vamos juntos un fin de semana a charlar con ellos?

Laura Díaz sólo pudo plantarle un beso en la mejilla a su viejo amigo el anarquista español, como si besara otra vez a Jorge Maura, como si viese por primera vez el rostro siempre escondido de Armonía Aznar, como si surgiese del fondo del mar la efigie de su adorado hermano el primer Santiago... Basilio Baltazar fue el catalizador de un pasado que Laura Díaz añoraba pero consideraba perdido para siempre.

—Y no. Tú haces presente nuestro pasado, Basilio. Gracias.

Ir a Cuernavaca a discutir política, pero esta vez con norteamericanos, no con españoles ni con dirigentes obreros mexicanos traicionados por la Revolución, por Calles y Morones… La idea le fatigó y la ensombreció, de regreso esa noche a la casa familiar de la Avenida Sonora, tan solitaria ya, sin María de la O y Santiago, muertos, Dantón casado y viviendo en un horrendo pastel churrigueresco de Las Lomas en el que Laura, por pura estética, juró nunca poner pie.

—Dijiste que les ibas a cambiar el gusto a tus suegros, Dantón.

—Espérate tantito, mamá. Es un ajuste, un acomodo. Tengo que darle gusto a mi suegro don Aspirina para luego dominarlo. Está medio gagá, no te preocupes, su azotea ya no tiene alcantarillas…

—¿Y tu mujer?

—Jefecita, te juro que la pobre Magda no sabía nada, ni por dónde eructar.

—Eres un vulgar bien hecho —Laura no pudo dejar de reír.

—Bah, la tengo convencida de que el niño viene de París.

—¿El niño? —dijo Laura abrazando a su hijo.

A los cincuenta y dos años, voy a ser abuela, se iba diciendo Laura de regreso de la fiesta en Coyoacán donde reencontró a su amigo Basilio Baltazar. Tenía cuarenta cuando conoció a Jorge Maura. Ahora vivo sola con Juan Francisco pero voy a ser abuela.

La mera apariencia de Juan Francisco en bata y pantuflas abriéndole la puerta le recordó que aún era esposa, le gustase o no. Rechazó con repugnancia una idea demasiado noble que en ese instante le pasó por la cabeza. Sólo en el hogar se sobrevive. Sólo los que permanecen en el hogar, duran. En el mundo, buscando las luces, las luciérnagas se queman y perecen. Esto era, seguramente, lo que pensaba su abuelo el viejo alemán don Felipe Kelsen, que cruzó el océano para encerrarse en el beneficio cafetalero de Catemaco para ya no salir más de allí. ¿Fue más feliz que su descendencia? No se deberían juzgar a los hijos por los padres, y mucho menos a los nietos. La idea de que nunca, como ahora, ha sido tan grande la separación entre generaciones, es falsa. El mundo está hecho de generaciones separadas entre sí, por abismos. De parejas divididas, a veces, por clamorosos silencios, como el que separó al propio abuelo Felipe de su bella y mutilada esposa doña Cósima, de cuya mirada ensimismada nunca huyó —esto lo sabía Laura desde que era niña— la figura peligrosa y gallarda de El Guapo de Papantla. Mirando a Juan Francisco abrirle la puerta en bata y pantuflas —chanclas con un hoyo para airear el dedo gordo del pie derecho, bata de aquellas de peluche, de rayas chillonas como un sarape convertido en toalla— le entró un ataque de risa pensando que su marido podía ser el hijo secreto de aquel asaltante de caminos de la época de Juárez, El Guapo de Papantla.

—¿De qué te ríes, mujer?

—De que vamos a ser abuelos, viejo —dijo ella con carcajadas histéricas.

De una manera inconsciente, la noticia de la preñez de su nuera la muchachita Ayub Longoria enterró de una buena vez a Juan Francisco. Era como si el anuncio de un parto próximo exigiese el sacrificio de una muerte apresurada, para que el recién nacido tomase el lugar ocupado, inútilmente, por el viejo que ya iba arriba de los sesenta y cinco. A ojo de buen cubero, se dijo sonriendo Laura, porque nadie ha visto nunca su acta de nacimiento. Lo vio muerto a partir de esa noche en la que abrió la puerta del hogar solitario. Es decir, le quitó el tiempo que le quedaba.

Ya no habría tiempo para unas cuantas caricias tristes.

Lo vio cerrar la puerta y echarle doble llave y candado, como si hubiese algo digno de ser robado en este triste y pobre lugar.

Ya no habría tiempo para decir que tuvo, al final de todo, una vida feliz.

Se fue chancleteando a la cocina a prepararse el café que simultáneamente lo adormilaba y le daba la sensación de hacer algo útil, algo propio, sin ayuda de Laura.

Ya no habría tiempo para cambiar esa sonrisa invernal.

Sorbió lentamente el café, mojó los restos de una telera en el brebaje.

Ya no habría tiempo de rejuvenecer un alma que se volvió vieja, ni creyendo en la inmortalidad del alma podría concebirse que la de Juan Francisco sobreviviese.

Se escarbó los dientes con un palillo.

Ya no habría tiempo para dar marcha atrás, recuperar los ideales de la juventud, crear un sindicalismo independiente.

Se puso de pie y dejó los trastes sucios en la mesa para que la criada los lavara.

Ya no habría tiempo para una nueva y primera mirada del amor, jamás buscada o prevista, sino asombrosa.

Salió de la cocina y le echó una ojeada a los periódicos viejos destinados al bóiler de agua caliente.

Ya no habría tiempo para la piedad que merecen los viejos aun cuando han perdido el amor y el respeto ajenos.

Atravesó la sala de muebles aterciopelados donde tuvieron lugar hace años las largas esperas de Laura mientras su marido discutía la política obrera en el comedor.

Ya no habría tiempo de indignarse cuando le pidiesen resultados, no palabras.

Dio media vuelta y regresó al comedor, como si hubiese dejado perdido algo, un recuerdo, una promesa.

Ya no habría tiempo para justificarse diciendo que entró al partido oficial para convencer a los gobernantes de sus errores.

Se agarró tambaleando del pasamanos de la escalera.

Ya no habría tiempo para tratar de cambiar las cosas desde adentro del gobierno y el partido.

Cada escalón le duró un siglo.

Ya no habría tiempo de sentirse juzgado por ella.

Cada escalón se volvió de piedra.

Ya no habría tiempo para sentirse condenado o satisfecho de que sólo ella le juzgara, nadie más.

Logró llegar al segundo piso.

Ya no habría tiempo de que su propia conciencia lo condenara.

Se sintió desorientado, ¿a dónde quedaba la recámara, cuál puerta daba al baño?

Ya no habría tiempo para recuperar el prestigio acumulado durante años y perdido en un solo instante, como si nada contase sino ese instante en que el mundo te da la espalda.

Ah sí, éste era el baño.

Ya no habría tiempo de oírla decir qué hiciste hoy y contestar lo de siempre ya sabes.

Tocó pudorosamente con los nudillos.

Ya no habría tiempo de vigilarla cada segundo, ponerle detectives, humillarla un poco porque la quería demasiado.

Entró al baño.

Ya no habría tiempo de que ella pasara del tedio y el desprecio al amor y la ternura. Ya no.

Se miró al espejo.

Ya no habría tiempo de que los trabajadores lo amaran, de que él se sintiese amado por los trabajadores.

Tomó la navaja, la jabonera y la brocha.

Ya no habría tiempo de revivir las jornadas históricas de las huelgas de Río Blanco.

Formó lentamente espuma con la brocha húmeda y el jabón de rasurar.

Ya no habría tiempo de formar otra vez los Batallones Rojos de la Revolución.

Se embarró el jabón espumoso en las mejillas, el labio superior y el cuello.

Ya no habría tiempo de reanimar la Casa del Obrero Mundial.

Se rasuró lentamente.

Ya no habría tiempo de que le reconociesen sus méritos revolucionarios, ya nadie se acordaba.

Acostumbraba rasurarse de noche antes de acostarse, así ganaba tiempo en la mañana para salir a trabajar.

Ya no habría tiempo de que le dieran su lugar, chingada madre, él era alguien, él hizo cosas, él merecía un lugar.

Terminó de rasurarse.

Ya no habría tiempo sino para admitir el fracaso.

Se secó la cara con un paño.

Ya no habría tiempo de preguntarse, ¿dónde estuvo la falla?

Se rió largamente en el espejo.

Ya no habría tiempo de abrirle una puerta al amor.

Miró a un viejo desconocido, otro hombre que era él mismo avanzando desde el fondo del espejo a encontrarse con él ahora.

Ya no habría tiempo de decir te quiero.

Miró las arrugas de las mejillas, el mentón vencido, las orejas curiosamente alargadas, las bolsas de la mirada, las canas saliéndole por todas partes, por las orejas, por la cabeza, por los labios, como heno helado, viejo ahuehuete.

Sintió una ganas inmensas, dolorosas y placenteras a la vez, de sentarse a cagar.

Ya no habría tiempo de cumplir la promesa de un destino admirable, glorioso, heredable.

Se bajó el pantalón del pijama a rayas que su hijo Dantón le regaló de cumpleaños y se sentó en el excusado.

Ya no habría tiempo…

Pujó muy fuerte y cayó hacia adelante, se descargó su vientre y se detuvo su corazón.

Pinche viejo ahuehuete.

En el velorio de Juan Francisco, Laura se dispuso a olvidar a su marido, es decir, a borrar todos los recuerdos que le pesaban como una lápida prematura, la tumba de su matrimonio, pero en vez del duelo por Juan Francisco, cerró los ojos, detenida al lado del féretro, y pensó en el dolor del parto, pensó en cómo nacieron sus hijos, con tanto dolor y eternidades entre contracción y contracción el hijo mayor, suave como quien traga un dulce de leche el nacimiento del segundo, líquido y suave como mantequilla derretida… Pero con la mano sobre el féretro de su marido ella decidió vivir el dolor del parto, no el de la muerte, dándose cuenta de que el dolor ajeno, la muerte de otro, acaba por ser ajeno a nuestra mente, ni Dantón ni Santiago sintieron los dolores del parto de su madre, para ellos entrar al mundo fue un grito ni de felicidad ni de tristeza, el grito de victoria del recién nacido, su ¡aquí estoy!, mientras la madre era la que sufría y quizás como ella al nacer con traumas terribles y Santiago, gritaba sin importarle que la oyeran el médico y las enfermeras, "¡maldita sea! ¿para qué tuve un hijo? ¡qué horror es éste! ¿por qué no me avisaron? ¡no aguanto, no aguanto, mejor mátenme, me quiero morir, maldito escuincle, que se muera él también!"…

Y ahora, Juan Francisco estaba muerto y no lo sabía. No sentía dolor alguno.

Ella tampoco. Por eso prefería recordar el dolor del parto, para que en su rostro los que acudieron al velorio —antiguos camaradas, sindicalistas, funcionarios menores del gobierno, uno que otro diputado y, en brutal contraste, la familia y los amigos adinerados de

Dantón— vieran las huellas de un dolor compartido, pero que era falso porque el dolor, el verdadero dolor, sólo lo siente el que lo siente, la mujer al parir, ni el doctor que la asiste ni el niño que nace, sólo lo siente el fusilado cuando le penetran las balas, no el pelotón ni el oficial que da la orden, sólo lo siente el enfermo, no las enfermeras...

Quién sabe por qué, Laura recordó la imagen de la española Pilar Méndez a las puertas de la villa de Santa Fe de Palencia, gritando a la mitad de la noche para que no le ofreciera piedad su padre, sino la justicia como la concebía el fanatismo político, el fusilamiento al amanecer por traicionar la República y favorecer a la causa. Como ella, Laura hubiese querido gritar, pero no por su marido, ni por sus hijos, sino por ella misma recordando, banal y terriblemente, sus propios dolores de parturienta, indescriptibles e incompatibles. Dicen que el dolor destruye el lenguaje. Sólo puede ser un grito, un gemido, una voz desarticulada. Hablan del dolor quienes no lo sienten. Poseen el lenguaje del dolor quienes describen el dolor ajeno. El dolor verdadero no tiene palabras pero Laura Díaz, la noche del velorio de su marido, no quería gritar.

Con los ojos cerrados, recordó otros cadáveres, los de los dos Santiagos, Santiago Díaz Obregón su medio hermano fusilado en Veracruz a los veintiún años de edad y su hijo Santiago López Díaz, muerto de su propia muerte a los veintisiete años en la ciudad de México. Dos muertos bellos, igualmente hermosos. A ellos les dedicó su luto. Sus dos Santiagos, el Mayor y el Menor, reunieron esa noche la dispersión del mundo regado a lo largo de los años, sin concierto, para darle forma propia, la forma de dos cuerpos jóvenes y hermosos. Porque una cosa es ser cuerpo y otra distinta, ser bello.

Los compañeros obreros quisieron colocar la bandera roja con la hoz y el martillo sobre el ataúd de Juan Francisco. Laura los rechazó. Los símbolos sobraban. No había derecho de identificar a su marido con un trapo rojo que mejor estaría en la plaza de toros.

Los camaradas se retiraron, ofendidos pero callados.

El sacerdote de la capilla ardiente ofreció sus servicios para un rosario.

—Mi marido no era creyente.

—Dios nos recibe a todos en su misericordia.

Laura Díaz arrancó el crucifijo que adornaba la tapa del féretro y se lo entregó al cura.

—Mi marido era anticlerical.

—Señora, no nos ofenda. La cruz es sagrada.

—Tómela. La cruz es un potro de tormento, ¿por qué mejor no le ponen una horca en miniatura, o una guillotina? En Francia hubieran guillotinado a Jesucristo, ¿sabe?

El murmullo de horror y desaprobación surgido de las filas de los familiares y amigos de Dantón su hijo satisfizo a Laura. Sabía que había hecho algo innecesario, una provocación. Le salió natural. No pudo impedirlo. Le dio gusto. Le pareció, de repente, algo así como un acto de emancipación, el comienzo de algo nuevo. Después de todo, ¿quién era ella desde ahora sino una mujer solitaria, una viuda, sin compañía, sin más familia que un hijo lejano capturado en un mundo que a Laura Díaz le parecía detestable?

La gente se iba retirando, humillada u ofendida: Laura cruzó miradas con la única persona que la miraba con simpatía. Era Basilio Baltazar. Pero antes de que cruzaran palabras, un hombre pequeñito y decrépito, encogido como un suéter mal lavado, arropado en una capa que le quedaba demasiado grande, un hombrecito de facciones a la vez afiladas y deslavadas por el tiempo, con sendas matitas de pelos blancos como pasto helado encima de las orejas, le entregó una carta y le dijo con una voz llegada del fondo del tiempo, léela, Laura, es sobre tu marido...

No tenía fecha pero era una escritura antigua, eclesiástica, más propia para registrar bautizos y defunciones, alfas y omegas de la vida, que para comunicarse con un semejante. Ella la leyó esa noche.

"Querida Laura, ¿puedo llamarla así?, después de todo, la conozco desde niña y aunque nos separen mil años de edad, mi memoria de usted permanece siempre fresca. Yo sé que su marido Juan Francisco murió guardándose los secretos de su origen, como si fuesen algo desdeñable o vergonzoso. Pero, ¿se da usted cuenta de que murió de la misma manera, anónimamente, sin hacer ruido? Usted misma, si yo se lo pidiese hoy, ¿podría darme cuenta de lo que fue la vida de su marido durante los pasados veinte años? Estaría usted, mi querida Laura, en la misma situación que él. No habría nada que contar. ¿Cree usted que la inmensa mayoría de los seres que vienen a este mundo tienen algo muy extraordinario que contar sobre sus vidas? ¿Son por ello menos importantes y dignos de respeto y, a veces, de amor? Yo le escribo, mi querida amiga, a la que conozco desde que era niña, para pedirle que deje de atormentarse pensando en lo que Juan Francisco López Greene fue antes de conocerla y casarse con usted. Lo que fue antes de darse a conocer como un luchador por la justicia en las huelgas de Veracruz y la formación de los Batallones Rojos durante la Revolución. Ésa fue la vida de su marido. Esos veinte años de gloria, de elocuencia, de arrojo, eso fue su vida. No tuvo vida ni antes ni después de su momento de gloria, si me permite llamarlo así. Con usted buscó el remanso para un héroe fatigado. ¿Le dio usted la paz que en silencio le pedía? ¿O le exigió usted lo que ya no estaba en condiciones de dar? Un héroe cansado, que había vivido lo que no se vive dos veces, su momento de gloria. Venía de lejos y de abajo, Laura. Cuando lo conocí jovencito en la Macuspana erraba como un animalito sin dueño, sin familia, robando comida aquí y allá cuando no le bastaban los plátanos que Tabasco le regala al más hambriento de los pobres. Yo lo acogí. Lo vestí. Le enseñé las primeras letras. Ya sabe usted que esto es un caso corriente en México. El cura jovencito le enseña a un niño humilde a leer y a escribir la lengua que de grande ese muchacho va a emplear contra nuestra Santa Madre Iglesia. Así fue Juárez y así fue López Greene. Ese apellido. ¿De dónde lo sacó, si no tenía padre ni madre ni perrito que le ladre, como dice un pintoresco dicho nuestro. "De oídas, padre...". López es un apellido muy común de la genealogía hispánica y Greene un nombre bastante usado por familias tabasqueñas que descienden de los piratas ingleses de la época colonial, cuando el mismísimo sir Henry Morgan atacó las costas del Golfo de Campeche y saqueó los puertos por donde salían a España el oro y la plata de México. ¿Y Juan? Otra vez, el gentilicio más común de la lengua española. Pero Francisco, porque yo le enseñé las virtudes del más admirable santo de la Cristiandad, el varón de Asís... Ah, mi querida niña Laura, San Francisco dejó una vida de lujos y placeres para convertirse en el juglar de Dios. A mí, usted lo sabe, me pasó lo contrario. La fe a veces flaquea. No sería fe si no hubiera duda. Yo era joven aún cuando llegué a Catemaco a sustituir a un párroco muy querido, usted lo recuerda, el padre Jesús Morales. Le confieso varias cosas. Me irritó el aura de santidad que coronaba al párroco Morales. Yo era muy joven, imaginativo, hasta perverso. Si San Francisco pasó del pecado a la santidad, yo haría lo mismo, quizás en reversa, sería un párroco perverso, pecador, ¿qué horrores no le dije a usted a la oreja, Laura, desafiando el mandato mayor de Nuestro Señor Jesucristo, no escandalizar a los niños? ¿Qué crimen mayor cometí que huir del pueblo con el tesoro de los más humildes, las ofrendas del Santo Niño de Zongolica? Créame, Laura, pequé para poder ser santo. Ése era mi proyecto, mi franciscanismo pervertido, si usted quiere. Fui despojado de mi ministerio y así me

encontró usted, sobreviviendo con mis dineros robados, como huésped de su mamacita que Dios tenga en
su gloria, en Xalapa. Debió usted comentarle algo a su
marido. Me recordó. Fue a buscarme. Me agradeció mis
enseñanzas. Conocía mi pecado. Me confesó el suyo.
Entregó a la monja que decía llamarse "Carmela", la
madre Gloria Soriano implicada en el asesinato del presidente electo Álvaro Obregón. Lo hizo por convicción
revolucionaria, me dijo. La política entonces era acabar
con el clericalismo que en México había explotado a los
pobres y apoyado a los explotadores. No dudó en en-
tregarla: era su deber. Nunca pensó que usted, Laura,
que ni siquiera era creyente, iba a tomarlo a pecho. Qué
curioso, pero qué mal. No medimos las consecuencias
morales de nuestros actos. Creemos cumplir con la ideología, revolucionarios, clericales, liberales, conservadores, cristeros, y se nos va entre las manos el líquido
precioso que llamamos, a falta de palabra mejor, "el
alma". El brutal rechazo de usted a la entrega de la madre Soriano acabó por hundir a Juan Francisco en el desconcierto primero y el desaliento después. Fue como la
lápida sobre su carrera. Había terminado. Hizo cosas
ridículas, como ponerle un investigador pagado para vigilarla. Se arrepintió de su tontería, se lo aseguro. Pero
una vez sacerdote, siempre sacerdote, sabe usted; ni
aunque me rebanen las yemas de los dedos puedo dejar de oír y absolver. Laura: Juan Francisco me pidió
perdón por haber entregado a la madre Gloria Soriano.
Era su manera de agradecerme que yo hubiese recogido a un niño descalzo e ignorante para darle educación
hace ya sesenta y ocho años, figúrese nomás. Pero hizo
algo más. Restituyó el tesoro del Santo Niño de Zongolica. Una tarde, al entrar en vísperas, los lugareños encontraron las joyas, las ofrendas, todo lo que habían
heredado y acumulado, de vuelta en su lugar. Usted no
lo supo porque las noticias de Catemaco se quedaban
en Catemaco. Pero el pueblo maravillado lo atribuyó a

un milagro del propio Santo Niño, capaz de recrear su propio tesoro y devolverlo al sitio donde debería estar. Era como si les hubiera dicho, "si los hice esperar fue para que sintieran la ausencia de mis ofrendas y se alegraran aún más al recuperarlas". ¿Con qué pagaste todo esto?, le pregunté a Juan Francisco. Con las cuotas de los trabajadores, me confesó. ¿Ellos lo sabían? No, les dije que era para las víctimas de una epidemia causada por un desbordamiento del río Usumacinta. Ni quien llevara las cuentas. Laura, ojalá regreses un día a tu pueblo de origen y veas qué chulo está el altar, gracias a Juan Francisco. Perdona, Laura, a los hombres que no tienen más que dar que aquello que traen dentro. O como dicen en mi pueblo, este cuero ya no da para más correas, ni este cura para más obleas. No creo que nos volvamos a ver. No quiero que nos volvamos a ver. Me costó mucho mostrarme ante ti hoy en la agencia fúnebre. Que bueno que no me reconociste, ¡Puta madre! ¡Ni yo mismo me reconozco ya, ah qué caray!

Recuerda con un poco de cariño a
ELZEVIR ALMONTE"

El fin de semana, Basilio Baltazar pidió un coche prestado y salieron juntos a Cuernavaca los dos, Laura y su viejo amigo el anarquista español.

XIX. Cuernavaca: 1952

Laura se zambulló en la alberca cuajada de bugambilias y sacó la cabeza del agua al borde mismo de la piscina. A los lados, conversaba un grupo grande de hombres y mujeres extranjeros, la mayoría norteamericanos, unos pocos en traje de baño, casi todos vestidos, ellas, de faldas amplias y blusas "mexicanas" de manga corta y escote floreado, ellos, con camisa de manga corta y pantalones de verano, casi todos adaptando sus pies al huarache, todos sin excepción con una copa en la mano, todos huéspedes del espléndido comunista inglés Fredric Bell, cuya casa en Cuernavaca se había convertido en refugio de las víctimas de la persecución macartista en los Estados Unidos.

La mujer de Bell, Ruth, era norteamericana y compensaba la ironía alta y esbelta de su marido británico con una rudeza terrena, cercana al suelo, como si caminara arrastrando sus raíces desde los barrios de Chicago donde nació. Era una mujer de los grandes lagos y las inmensas praderas, nacida por casualidad en medio del asfalto de la "ciudad de hombres anchos", como llamó a Chicago el poeta Carl Sandburg. Los hombros de Ruth cargaban con ligereza a su marido Fredric y a los amigos de su marido, ella era el Sancho Panza de Fredric, el británico alto, esbelto, de ojos azules, frente despejada, pelo totalmente blanco y escaso alrededor de un casco de piel pecosa.

—Un Quijote de causas perdidas —le dijo Basilio Baltazar a Laura.

Ruth tenía la fuerza de un dado de acero, desde la punta de los pies descalzos sobre el césped hasta la cabellera naturalmente rizada, corta y encanecida.

—Casi todos son directores y guionistas de cine —continuó Basilio manejando por la recién inaugurada supercarretera México-Cuernavaca, que ahora permitía hacer el recorrido en cuarenta y cinco minutos—, uno que otro profesor, pero sobre todo gente del espectáculo...

—Te salvaste, eres minoría —sonrió Laura, el pañuelo amarrado a la cabeza para dominar la carrera del viento en el MG descubierto que el poeta republicano exiliado en México, García Ascot, le prestó a su amigo Basilio.

—¿Me imaginas de profesor, enseñándole literatura española a señoritas norteamericanas de sociedad en Vassar College? —preguntó con malicia alegre Basilio, que libraba hábilmente las curvas de la carretera.

—¿Allí conociste a esa bola de rojos?

—No. Soy lo que se llama un "moonlighter", es decir, hago trabajo extra, sin paga, en el New School for Social Research de Nueva York los fines de semana. Allí asisten trabajadores, gente madura que no tuvo tiempo de educarse. Allí conocí a mucha gente que hoy tú vas a conocer.

Quería pedirle una cosa a Basilio, que no la tratara con compasión, que asumiera el pasado que ambos conocían con una memoria tranquila, acallada, cuyos daños y alegrías ya habían dejado sus marcas en nuestros cuerpos.

—Tú sigues siendo una bella mujer.

—Ya pasé de los cincuenta. Un poquito.

—Pues aquí hay mujeres veinte años menores que tú que no se pondrían un traje de baño de una pieza.

—Me gusta nadar. Nací junto a un lago y crecí a orillas del mar.

Por educación, no se fijaron en ella, cuando se clavó en la piscina pero al emerger entre las bugambilias, Laura vio las miradas curiosas, aprobatorias, sonrientes de los "gringos" reunidos a comer este sábado en Cuernavaca en casa del rojo Fredric Bell y vio como en un mural de Diego Rivera o una película de King Vidor, a "the crowd", el conjunto a un tiempo colectivo y singular, Laura apreció este hecho, sabía que a este grupo lo unía una misma cosa, la persecución, pero cada uno había logrado salvar su individualidad, no eran "masa" por más que creyeran en ella; había orgullo en sus miradas, en la manera de estar de pie o de sostener una copa o levantar un mentón, de ser de él o ella mismos, eso impresionó a Laura, la conciencia visible de la dignidad dañada y del tiempo necesario para recobrarla. Éste era un asilo de convalecientes políticos.

Conocía algo de sus historias. Basilio le contó más en la carretera, tenían que creer en su propia individualidad porque la persecución quiso hacerles grey, manada roja, borregos del comunismo, arrebatarles su singularidad para convertirlos en enemigos.

—¿Asistió usted al homenaje a Dimitri Shostakovich en el Waldorf Astoria?

—Sí.

—¿Sabía usted que se trata de una figura prominente de la propaganda soviética?

—Sólo sé que es un gran músico.

—Aquí no estamos hablando de música, sino de subversión.

—¿Quiere usted decir, senador, que la música de Shostakovich convierte en comunista al que la escucha?

—Exactamente. Eso me dice mi convicción de patriota americano. Es obvio para este Comité que usted no comparte esa convicción.

—Soy tan americano como usted.

—Pero su corazón está en Moscú.

(Lo sentimos mucho. No puede trabajar más con nosotros. Nuestra compañía no puede verse involucrada en controversias.)

—¿Es cierto que usted ha programado un festival de películas de Charlie Chaplin en su estación de televisión?

—Así es. Chaplin es un gran artista cómico.

—Es un pobre artista trágico, dirá usted. Es un comunista.

—Es posible. Pero eso no tiene nada que ver con sus películas.

—No se haga el tonto. El mensaje rojo se filtra sin que nadie se dé cuenta.

—Pero, senador, éstas son películas mudas hechas por Chaplin antes de 1917.

—¿Qué pasó en 1917?

—La Revolución soviética.

—Ah, entonces Charlie Chaplin no sólo es comunista, sino que preparó la revolución rusa, eso es lo que usted quiere exhibir, un manual de insurrección disfrazado de comedia…

(Lo sentimos mucho. La compañía no puede pasar su programación. Los anunciantes han amenazado con retirar su apoyo si usted sigue programando películas subversivas.)

—¿Es usted o ha sido miembro del Partido Comunista?

—Sí. También lo son o han sido los catorce veteranos que me acompañan ante este Comité y que son todos mutilados de guerra.

—La brigada roja, ja ja.

—Luchamos en el Pacífico por los Estados Unidos.

—Lucharon por los rusos.

—Eran nuestros aliados, senador. Pero sólo matamos japoneses.

—La guerra se acabó. Pueden ustedes irse a vivir a Moscú y ser felices.

—Somos americanos leales, senador.

—Demuéstrenlo. Denle al Comité los nombres de otros comunistas…

(…en las fuerzas armadas, en el Departamento de Estado, pero sobre todo en el cine, la radio, la televisión naciente: los inquisidores del Congreso amaban sobre todas las cosas investigar a la gente del espectáculo, codearse con ellos, salir retratados con Robert Taylor, Gary Cooper, Adolph Menjou, Ronald Reagan, todos delatores, o con Lauren Bacall, Humphrey Bogart, Fredric March, Lilian Hellman, Arthur Miller, los que tuvieron el coraje de denunciar a los inquisidores…)

—Esa fue la opción: arrebatarnos nuestra singularidad para hacernos enemigos o colaboradores, chivatos, delatores, ese fue el crimen del macartismo.

Emergió del agua la cabeza de Laura y vio al conjunto alrededor de la piscina y pensó todo lo que pensó y por eso le llamó la atención que le llamara la atención un hombre pequeño de hombros estrechos y mirada melancólica, el pelo ralo y un rostro tan esmeradamente rasurado que parecía borrado, como si la navaja le privase, cada mañana, de las facciones que se pasarían el resto del día pugnando por renacer y reconocerse. Una camisa sin mangas, floja, color caqui, y los pantalones flojos también, del mismo color pero ceñidos por un cinturón de piel de serpiente, de ésos que venden en los mercados tropicales, donde todo sirve. No usaba zapatos. Sus pies desnudos acariciaban el césped.

Salió sin dejar de mirarlo aunque él no la miró a ella, él no miraba a nadie… Laura salió del agua. Todos se desentendieron de su desnudez de matrona cincuentona pero apetecible. Laura, alta y fabricada de ángulos rectos, desde niña tuvo ese perfil de caballete nasal audaz y retador, no una naricita infantil de botón de rosa; desde niña tuvo esos ojos casi dorados sumidos en un velo de ojeras, como si la edad fuese ella misma un velo con el que a veces se nace, aunque casi siempre se adquiere; con los labios delgados de las madonas de Memling, como si jamás la hubiese visitado un ángel con la espada que parte el labio superior y destierra el olvido al nacer...

—Ésa es una vieja leyenda judía —dijo Ruth mezclando una nueva jarra de martinis—. Al nacer, un ángel desciende del cielo con su espada, nos golpea entre la punta de la nariz y el labio superior, nos hace esta hendidura inexplicable de otro modo —Ruth se raspó con la uña sin pintar un bigotillo imaginario, como el del protocomunista Chaplin— pero que, según la leyenda, nos hace olvidar todo lo que supimos antes de nacer, toda la memoria instantánea e intrauterina, incluyendo los secretos de nuestros padres y las glorias de nuestros abuelos, "¡salud!" dijo en español la gran madre de la tribu de Cuernavaca, así la bautizó Laura en el acto y se lo dijo, riendo, a Basilio. El español le dio la razón. Ni ella puede impedirlo, ni ellos quieren admitir que la necesitan. ¿Quién no necesita una mamá?, sonrió Basilio, sobre todo si cada fin de semana prepara un platón sin fondo de espagueti.

—Los cazadores de brujas publicaban un pasquín llamado *Red Channels*. Para justificarse, invocaban su patriotismo y su anticomunismo igualmente vigilantes. Pero sin denuncias, ni ellos ni su publicación prosperarían. Iniciaron una búsqueda febril de personas implicables, a veces por razones tan extravagantes como oír a Shostakovich o ver a Chaplin. Ser denunciado por *Red Channels* era el principio de una persecución en cadena que se continuaría con cartas a quien empleaba al sospechoso, anuncios amenazantes contra la compañía culpable, llamadas telefónicas de intimidación a la víctima, hasta culminar con la cita en el Congreso por el Comité de Actividades Antiamericanas.

—Me ibas a hablar de una madre, Basilio...

—Pregúntales a cualquiera de ellos por Mady Christians.

—Mady Christians era una actriz austriaca, que protagonizó una obra de teatro muy famosa, *I Remember Mamma* —dijo un hombre alto con pesados anteojos de carey—. Era profesora de drama en la Universidad de Nueva York, pero su obsesión era proteger al refugiado político y a las personas desplazadas por la guerra.

—Nos ofreció protección a los exiliados españoles —recordó Basilio—. Por eso la conocí. Era una mujer muy bella, de unos cuarenta años, muy rubia, con un perfil de diosa nórdica y una mirada que decía, "Yo no me doy por vencida".

—También nos protegió a los escritores alemanes expulsados del Reich por los nazis —añadió un hombre de quijada cuadrada y ojos apagados—. Creó un Comité para la Protección de los Nacidos en el Extranjero. Éstos fueron los crímenes que le bastaron a *Red Channels* para exponerla como agente soviética.

—Mady Christians —sonrió con cariño Basilio Baltazar—. La vi antes de morir. La visitaban detectives que se negaban a identificarse. Recibía llamadas anónimas. Dejaron de ofrecerle papeles. Alguien se atrevió a llamarla para un papel, los inquisidores hicieron su trabajo y la compañía de TV retiró la oferta aunque ofreció pagarle su sueldo. ¿Cómo puede vivirse con este miedo, esta incertidumbre? La defensora de los exiliados se convirtió en la exiliada interna, "Esto es increíble", logró decir antes de morir de un derrame cerebral, a los cincuenta años de edad. Elmer Rice, el dramaturgo, dijo en el entierro de Mady que ella representaba la generosidad de América y en cambio recibió la calumnia, el acoso, el desempleo y la enfermedad. "No sirve de nada hacer un llamado a la conciencia de los macartistas, porque carecen de ella".

Había muchos pasados reunidos en la casa de Fredric Bell y a medida que fue regresando, primero con Basilio, luego sola cuando el profesor anarquista regresó al orden virginal de Vassar College, Laura empezó a agrupar las historias que escuchaba, tratando de separar la experiencia verdadera de la justificación herida, innecesaria o urgida. Todo eso.

Decir que había muchos pasados era decir que había muchos orígenes y entre los invitados a los fines de semana, muchos de ellos residentes en Cuernavaca, era notable la presencia de judíos de la Europa Central —eran los más viejos, y sus esposas, que se juntaban en círculo a contarse historias de un pasado que parecía histórico pero que no tenía más de medio siglo de vida (así de rápida era la historia norteamericana, dijo Basilio) estas parejas se reían recordando que habían nacido, a veces, en aldeas vecinas de Polonia, o a pocas millas de la frontera entre Hungría y Besarrabia.

Un viejecito de mano temblorosa y ojo alegre se lo explicó a Laura, éramos sastres, buhoneros, tenderos, discriminados como judíos, emigrados a América pero en Nueva York también éramos extranjeros, discriminados, excluidos, por eso nos fuimos todos a California, donde no había nada más que sol y mar y desierto, California donde se acaba el continente, Miss Laura, nos fuimos todos a esa ciudad con nombre angelical, muchos ángeles, el sindicato con alas que parecía estarnos esperando a los judíos de la Europa Central para hacer nuestras fortunas, Los Ángeles donde como cuenta nuestra anfitriona Ruth, un ser alado desciende del cielo y nos priva con su espada de la memoria de lo que fuimos y ya no queríamos ser, es cierto, los judíos no sólo inventamos Hollywood, inventamos a los Estados Unidos como nosotros queríamos que fuesen, soñamos el Sueño Americano mejor que nadie, Miss Laura, lo poblamos de buenos y malos inmediatamente identificables, le dimos el triunfo siempre al bueno, asociamos al bueno con la inocencia, le dimos al héroe una novia inocente, creamos una América inexistente, rural, pueblerina, libre, donde la justicia siempre triunfa y resulta que esto era lo que los americanos querían ver, o más bien era como querían verse, en un espejo de inocencia y bondad en el que siempre triunfan el amor y la justicia, eso le dimos al público americano nosotros, los judíos perseguidos de la Mitteleuropa, ¿por qué nos persiguen ahora a nosotros?, ¿comunistas nosotros?, ¿nosotros los idealistas?

—Fuera de orden —le gritó de vuelta McCarthy.

—Usted, senador, usted es el rojo —dijo el hombre pequeño y calvo.

—El testigo está cayendo en el delito de desacato al Congreso.

—Usted, senador, está a sueldo de Moscú.

—Retiren al testigo.

—Usted es la mejor propaganda inventada por el Kremlin, senador McCarthy.

—¡Sáquenlo! ¡A la fuerza!

—¿Cree usted que actuando como Stalin va a defender la democracia americana? ¿Cree usted que la democracia se defiende imitando al enemigo? —gritó Harry Jaffe, así lo llamó Basilio Baltazar, eran compañeros del frente del Jarama, Vidal, Maura, Harry, Basilio y Jim. Eran camaradas.

—Orden, orden, el testigo es reo de desacato —gritó McCarthy con su voz de robachicos plañidero, la boca torcida en una eterna sonrisa de desprecio, la barba creciente a las dos horas de rasurarse, los ojos de animal acosado por sí mismo: Joe McCarthy era como un animal consciente de ser hombre que añora su libertad anterior, la libertad de la bestia en la jungla.

La culpa de todo la tuvieron los Hermanos Warner, intervino otro anciano, ellos metieron la política al cine, los temas sociales, la delincuencia, el desempleo, los niños abandonados al crimen, la crueldad de las prisiones, un cine que le dijo a América, ya no eres inocente, ya no eres rural, vives en ciudades plagadas de miseria, explotación, crimen organizado y criminales que van del gángster al banquero.

—Como dijo Brecht, ¿qué es peor, asaltar un banco o fundar un banco?

—Yo te lo digo —contestó el primer viejo, el confidente de Laura—. Una película es una obra colectiva. Un escritor, por muy astuto que sea, no le puede tomar el pelo a L.B. Mayer o a Jack Warner y darle gato rojo por liebre blanca. No ha nacido quien engañe a Mayer diciéndole, mira, esta película sobre el noble campesinado ruso es en realidad una loa disfrazada al comunismo, Mayer no se traga ningún engaño porque él los inventó todos; por eso fue el primero en denunciar a sus propios colaboradores. El lobo engañado por los corderos. El lobo haciéndose perdonar porque entregó a los borreguitos al matadero a fin de salvarse él mismo del cuchillo. ¡Qué furia debió sentir de que McCarthy se bebiese la sangre de todos los actores y escritores contratados por Mayer, y no Mayer mismo…!

—La venganza es dulce, Theodore…

—Al contrario. Es una dieta amarga si no eres tú el que bebe la sangre del crucificado por tu delación. Es la hiel de la delación, tener que callarse, no poder vanagloriarse íntimamente, vivir con la vergüenza…

Harry Jaffe se levantó y prendiendo un cigarrillo se alejó por el jardín. Laura Díaz siguió la estela de su luciérnaga, un Camel encendido en un jardín oscuro.

—Todos somos responsables de una película —continuó el viejo productor llamado Theodore—. Paul Muni no es responsable de Al Capone porque protagonizó *Caracortada*, ni Edward Arnold del fascismo plutocrático porque lo encarnó en *Meet John Doe*. Todos, desde el productor hasta el distribuidor, fuimos responsables de nuestras películas.

—Fuenteovejuna, todos a una —dijo sonriendo, sin temor a ser comprendido por un solo gringo, Basilio Baltazar.

—Bueno —dijo con inocencia Elsa, la mujer del viejo productor—. Quién sabe si no tenían razón diciendo que una cosa era abordar temas sociales en la época del Nuevo Trato y otra exaltar a Rusia durante la guerra...

—¡Eran nuestros aliados! —exclamó Bell—. ¡Había que hacer simpáticos a los rusos!

—Nos pidieron levantar la moral pro-soviética —intervino Ruth—. Nos lo pidieron Roosevelt y Churchill.

—Y un buen día alguien toca a tu puerta y te citan ante el Comité de Actividades Antiamericanas por haber presentado a Stalin como el buen Tío Joe, con su pipa y sabiduría campesina, defendiéndonos contra Hitler —dijo el hombre alto disfrazado de lechuza por sus pesados anteojos de carey.

—¿Y no fue cierto? —le contestó con una sonrisa un hombre pequeño de cabellera rizada y revuelta que culminaba con un copete natural altísimo—. ¿No nos salvaron los rusos de los nazis? ¿Te acuerdas de Stalingrado? ¿Ya nos olvidamos de Stalingrado?

—Albert —le contestó el hombre alto y miope—. Yo nunca discutiré contigo. Yo siempre estaré de acuerdo con un hombre que caminó conmigo, a mi lado, esposados los dos por habernos negado a denunciar a nuestros camaradas ante el Comité McCarthy. Tú y yo.

Había algo más, le dijo Harry a Laura una noche ruidosa de cicadas en el jardín de los Bell. Era una época. Era la miseria de una época, pero también su gloria.

—Antes de irme a España, colaboré en el Proyecto de Teatro Negro con la WPA de Roosevelt que provocó los motines de Harlem en el año 35. Luego Orson Welles montó un Macbeth negro que causó furor y fue ferozmente atacado por el crítico teatral del *New York Times*. El crítico murió de pulmonía a la semana de haber escrito lo que te digo. Era el vudú, Laura —se rió Harry, pidiéndole permiso de llamarla por su nombre de pila.

—Laura. Sí —dijo ella.

—Harry. Harry Jaffe.

—Sí, Basilio me ha hablado de usted... de ti.

—De Jim. De Jorge.

—Jorge Maura me contó la historia.

—Sabes, la historia completa nunca se conoce —dijo Harry con desafío y melancolía y vergüenza, todo junto, pensó Laura.

—¿Tú conoces toda la historia, Harry?

—No claro que no —el hombre trató de recuperar un semblante ordinario—. Un escritor no debe conocer nunca la historia completa. Imagina una parte y le pide al lector que la continúe. Un libro no debe cerrarse nunca. El lector debe continuarlo.

—¿No que lo complete, sólo que lo continúe?

Harry asintió con su cabeza rala y sus manos inmóviles pero expresivas. Basilio lo había descrito en el frente del Jarama en 1937. Compensaba su debilidad física con una energía de gallo de pelea. "Necesito hacerme de un curriculum que compense mis complejos sociales", había dicho entonces Harry. Su fe en el comunismo lo expiaba de todas sus inferioridades. Discutía mucho, recordó Jorge Maura, se había leído toda la literatura del marxismo, la repetía como una Biblia y terminaba sus oraciones con la misma frase siempre, veremos mañana, we'll see tomorrow. Los errores de Stalin eran un accidente de ruta. El futuro era glorioso, pero Harry Jaffe en España era un hombre pequeño, inquieto, intelectualmente fuerte, físicamente débil y moralmente indeciso —comentó Maura— porque no conocía la debilidad de una convicción política sin crítica.

—Quiero salvar mi alma —decía Harry en el frente de la guerra de España.

—Quiero conocer el miedo —decía su inseparable amigo Jim, el neoyorquino alto y desgarbado que formaba con Harry —Jorge Maura sonreía— la pareja clásica del Quijote y Sancho; o de Mutt y Jeff, decía ahora Basilio, añadiendo su sonrisa a la del amigo ausente.

—Adiós a las corbatas —dijeron juntos Jim y Harry cuando Vincent Sheean y Ernest Hemingway se largaron a reportear la guerra, discutiendo sobre cuál de los dos tendría el privilegio de escribir la nota necrológica del otro...

El pequeño judío de saco y corbata.

Si la descripción del Harry Jaffe de hace quince años era exacta, entonces tres lustros habían sido tres siglos para este hombre que no podía ocultar su tristeza, que acaso quería ocultarla; pero la tristeza lograba escaparse por la mirada infinitamente lejana, por la boca temblorosamente triste, por la barbilla inquieta y las manos sobrenaturalmente inertes, controladas con esfuerzo para no mostrar entusiasmo o interés verdaderos. Se sentaba encima de sus manos. Las hacía un puño. Las unía desesperadamente bajo el mentón. En las manos de Harry estaba el testigo ofendido, humillado, por la saña del macartismo. Joe McCarthy le había paralizado las manos a Harry Jaffe.

—Nunca ganamos, no es verdad que en algún momento hayamos triunfado —dijo con su voz neutra como el polvo Harry—. Hubo excitación, excitement, eso sí. Mucha excitación. A los americanos nos gusta creer en lo que hacemos y excitarnos haciéndolo. ¿Cómo no iba a unir el gusto, la fe, y el excitement un evento como el estreno de *The Cradle Will Rock* de Clifford Odets, con su referencia audaz y directa a los eventos del día, la huelga automotriz, los motines, la brutalidad de la policía, los obreros muertos a tiros por la espalda? ¿Cómo no nos iba a excitar hasta la indignación que nuestro escenario provocara el fin del subsidio oficial al teatro obrero? Los decorados nos fueron confiscados. Los tramoyistas fueron suspendidos. ¿Y qué? Nos quedamos sin teatro. Entonces tuvimos la idea genial de llevar la obra al lugar de los hechos, a la fábrica metalúrgica. Íbamos a hacer el teatro obrero en la fábrica obrera.

Qué difícil me está resultando esa mirada de derrota cuando abre los ojos, esa mirada de reproche cuando los cierra, Laura mirando intensamente, como lo hacía siempre, a este hombre pequeño y desvalido sentado en un equipal de cuero en la pequeña colina del jardín con vista a la ciudad del refugio, Cuernavaca donde Hernán Cortés se mandó construir un palacio de piedra protegido por torreones y artillería para huir de la altura de la ciudad azteca conquistada, arrasada y vuelta a fundar por él como una ciudad renacentista, a escuadra, una ciudad-parrilla.

—¿Qué sentiría Cortés si regresa a su palacio y se encuentra pintado en los murales de Rivera como un conquistador despiadado con mirada de reptil? —le dijo Harry a Laura.

—Diego compensa esas cosas pintando caballos blancos, heroicos, relucientes como las armaduras. No puede evitar cierta admiración por la epopeya. Nos pasa a todos los mexicanos —Laura acercó sus dedos a los de Harry.

—Tuve una pequeña beca después de la guerra. Fui a Italia. Así pintaba Ucello las batallas medievales. ¿Dónde me llevas mañana para seguir conociendo Cuernavaca?

Fueron juntos al jardín Borda, donde Maximiliano de Austria vino a refugiar sus placeres en los jardines escondidos, lujuriosos y húmedos, lejos de la corte imperial de Chapultepec y la ambición insomne de su mujer, Carlota.

—A la que no tocaba porque no quería contagiarla de sífilis —dijeron riendo al unísono los dos, limpiándose los labios espumosos de cerveza en la plaza de Cuernavaca, Cuauhnáhuac, el lugar junto a los árboles donde Laura Díaz escuchaba a Harry Jaffe y trataba de penetrar el misterio que se escondía en el fondo del relato aliviado por la ironía ocasional.

—La cultura de mi juventud era la cultura de la radio, el espectáculo ciego, por eso pudo Orson Welles espantar a todo el mundo haciendo creer que una mera adaptación de otro Wells, H.G., estaba sucediendo realmente en New Jersey.

Laura rió mucho pidiéndole a Harry que escuchara el chachachá de moda en México que provenía de una sinfonola en la cantina,

> Los marcianos llegaron ya
> Y llegaron bailando el ricachá

—You know?

Llevaron la obra clausurada al lugar de los hechos, la fábrica de acero. Por eso, la gerencia de la siderúrgica decidió ofrecer un picnic ese día. Los obreros prefirieron el día de campo a la jornada de teatro político.

—¿Sabes? Cuando la obra se repuso, el director distribuyó a los actores entre el público. Las luces nos buscaban. Súbitamente, nos descubrían. Me descubrían a mí, la luz me pegaba en la cara, me cegaba pero me hacía hablar. "La justicia. Queremos la justicia". Era mi único parlamento, desde la sala. Luego todo se apagaba y regresábamos a casa a oír la verdad invisible de la radio. Hitler usaba la radio, Roosevelt, Churchill. ¿Cómo iba a negarme a hablar por radio cuando el propio gobierno de los Estados Unidos, el ejército americano, me pidió, ésta es la Voz de América, tenemos que derrotar al fascismo, Rusia es nuestro aliado, hay que exaltar a la URSS?, ¿qué iba a hacer yo?, ¿propaganda antisoviética? Imagínate, Laura, yo haciendo propaganda anticomunista en medio de la guerra. Me mandan fusilar por traidor. Pero hoy, haberla hecho, también me condena como subversivo antiamericano. Damned if you do and damned if you don't.

No rió al decir esto. Más tarde, a la hora de la cena, el grupo de una docena de invitados escuchó con atención al viejo productor Theodore que repitió la historia de la migración judía a Hollywood, la creación judía de Hollywood, pero un guionista más joven, que nunca se quitaba la corbata de moño, le dijo rudamente que se callara, cada generación tenía sus problemas y los sufría a su manera, él no iba a sentir nostalgia por la depresión, el desempleo, las colas de hombres ateridos esperando turno para obtener una taza de sopa caliente y aguada, no había seguridad, no había esperanza, sólo había el comunismo, el partido comunista, ¿cómo no iba a unirse al partido?, ¿cómo iba a renegar jamás de su comunismo, si el partido le dio la única seguridad, la única esperanza de su juventud?

—Negar que fui comunista hubiese sido negar que fui joven.

—Lástima que nos negamos a nosotros mismos —dijo otro comensal, un hombre de facciones distinguidas (parecía anuncio de las camisas Arrow, comentó con sorna Harry).

—¿Qué quieres decir? —preguntó Theodore.

—Que no estábamos hechos para el éxito.

—Nosotros sí —refunfuñaron al unísono el viejo y su esposa—. Elsa y yo sí. Nosotros sí.

—Nosotros no —retomó el hombre bien parecido, portando bien sus canas, orgulloso de ellas—. Los comunistas no. Tener éxito era un pecado, una suerte de pecado, en todo caso. Y el pecado exige retribución.

—A ti te fue muy bien —se rió el viejo.

—Ése fue el problema. Vino la retribución. Primero el trabajo comercial, desganado. Guiones para putas y perros amaestrados. Luego vino la disipación compensatoria. Las putas en el lecho, el whisky menos amaestrado que Rin Tin Tin. Y finalmente vino el pánico, Theodore. La realización de que no estábamos hechos para el comunismo. Estábamos hechos para el placer y la disipación. Obviamente, llegó el castigo. Denunciados y sin trabajo por haber sido comunistas, Theodore.

McCarthy es nuestro ángel exterminador, era inevitable. Lo merecemos, fuck the dirty weasel.

—¿Y los que no fueron comunistas, los que fueron acusados sin razón, los calumniados?

Todos voltearon a ver quién había dicho esto. Pero esas preguntas parecían no tener origen. Parecían dichas por un fantasma. Era la voz de la ausencia. Sólo Laura se dio cuenta, sentada frente a Harry, que el ex combatiente de España lo había pensado y quizás lo había dicho y nadie se había dado cuenta, porque la señora de la casa, Ruth, ya había cambiado el tono de la conversación, sirviendo su pasta sin fondo y canturreando,

> You're gonna get me into trouble
> If you keep looking at me like that

Harry había dicho que la radio era el espectáculo invisible, el llamado a la imaginación... y el teatro, ¿qué era?

—Algo que desaparece con el aplauso.

—¿Y el cine?

—Es el fantasma que nos sobrevive a todos, el retrato con voz y movimiento que dejamos para seguir viviendo...

—¿Por eso te fuiste a Hollywood a escribir cine?

Contestó afirmando pero sin mirarla, le costaba mirar a nadie y todos evitaban mirarlo a él. Laura, poco a poco, se dio cuenta de este hecho, tan flagrante que era un misterio, invisible como un programa de radio.

Laura sintió que ella podía ser objeto de la mirada de Harry porque era nueva, distinta, inocente, no sabía lo que sabían los demás. Pero la cortesía de todos los exiliados hacia Harry era impecable. Harry estaba todos los fines de semana en casa de los Bell. Se sentaba a cenar con los demás exiliados todos los domingos. Sólo que nadie lo miraba. Y cuando Harry hablaba era en silencio, se dio cuenta Laura con alarma, nadie le escuchaba, por eso daba la impresión de no hablar, porque nadie lo oye, sólo ella, sólo yo, Laura Díaz, le presto atención y por eso sólo ella escuchaba lo que el hombre solitario decía sin necesidad de abrir la boca.

Antes, ¿a quién le hablaría? La naturaleza de Cuernavaca era tan pródiga, aunque tan distinta, como la de los parajes veracruzanos de la infancia de Laura Díaz.

Era una naturaleza perturbada, olorosa a bugambilia y verbena, a piña recién cortada y a sandía sangrante, olores de azafrán pero también de mierda y basura acumulada en los barrancos hondos que rodeaban cada vergel, cada barrio, cada casa… ¿A esa naturaleza le hablaría el pequeño judío neoyorquino Harry Jaffe, peregrino de Manhattan a España y de España a Hollywood y de Hollywood a México?

Laura era esta vez la extranjera en su propia tierra, la otra a la que, quizás, este hombre extrañamente quieto y solitario le podría hablar, no en voz alta, sino con el susurro que ella aprendió a leer en sus labios a medida que se hicieron amigos y se desplazaron del feudo rojo de los Bell al silencio del jardín Borda al bullicio de la plaza de armas a la ebriedad leve e inconsciente del café al aire libre del Hotel Marik a la soledad recoleta de la catedral.

Allí, Harry le hizo notar que los murales del siglo pasado, píos y sansulpicanos, escondían otra pintura al fresco que había sido recubierta por el mal gusto y la hipocresía clericales como algo primitivo, cruel y poco devoto.

—¿Sabes qué es, tú sabes? —preguntó Laura sin ocultar su curiosidad y su sorpresa.

—Sí, un cura enojado —muy enojado— me lo contó. ¿Tú qué ves aquí?

—El Sagrado Corazón, la Virgen María, los Reyes Magos —dijo Laura pero pensó en el padre Elzevir Almonte y las joyas del Santo Niño de Zongolica.

—¿Sabes qué hay debajo?

—No.

—La expedición evangelizadora del único santo mexicano, San Felipe de Jesús, de quien su nana decía, el día que florezca la higuera, Felipillo será santo. —Esa historia me la contó de niña un sirviente al que quise mucho, Zampayita.

—Felipe fue a evangelizar el Japón en el siglo XVII. Aquí están pintadas, pero ocultas, escenas de peligro y de terror. Mares agitados. Naves zozobrantes. La prédica heroica y solitaria del santo. Finalmente, su crucifixión por los infieles. Su lenta agonía. Un gran film.

Todo eso estaba cubierto. Por la piedad. Por la mentira.

—¿Un pentimento, Harry?

—No, no es una obra arrepentida, sino soberbiamente superpuesta a la verdad, es un triunfo de la simulación. Una película, te digo.

La invitó por primera vez a la pequeña casa que alquilaba en medio de un manglar no lejos de la plaza. En Cuernavaca, basta internarse unos metros más allá de las avenidas para descubrir casas que casi son guaridas, ocultas detrás de altos muros de azul añil, verdaderos oasis silenciosos donde se alternan las pelusas verdes, las tejas rojas, las fachadas ocre y las selvas despeñándose hacia barrancas negras... Olía a humedad y a selva podrida. La casa de Harry consistía del jardín, la terraza de ladrillos calientes de día y helados de noche, el techo de tejas rotas, una cocina donde se sentaba inmóvil una anciana silenciosa con un abanico de palma entre las manos, y una sala-recámara de espacios divididos por cortinas que convertían en un secreto la cama de sábanas cuidadosamente extendidas, como si alguien fuese a castigar a Harry si dejaba el lecho revuelto.

Había tres maletas abiertas y llenas de ropa, papeles y libros, contrastando con el orden escrupuloso del lecho.

—¿Por qué no has sacado tus cosas de la maleta?

Él se tardó en contestar.

—¿Por qué?

—Voy a irme en cualquier momento.

—¿A dónde te vas a ir?

—Home.

—¿Tu casa? Pero si ya no tienes casa, Harry, ésta es tu casa, ¿no te has enterado?, ésta es tu casa, lo demás ya lo perdiste —exclamó Laura con irritación sospechosa.

—No, Laura, no, no sabes en qué momento...

—¿Por qué no te sientas a trabajar?

—No sé qué hacer, Laura. Espero.

—Trabaja —dijo, queriendo decir, "quédate".

—Estoy esperando. En cualquier momento. Any moment now.

Ella se entregó a Harry por muchas razones, por su edad, porque no hacía el amor desde la noche en que Basilio se despidió antes de regresar a Vassar y ella no tuvo que pedirlo ni Baltazar tampoco, era un acto de humildad y memoria, un homenaje a Jorge Maura y a Pilar Méndez, sólo ella y él, Laura y Basilio presentes, podían representar con ternura y respeto a los amantes ausentes, pero ese acto de amor entre ellos por amor a otros, despertó en Laura Díaz un apetito que comenzó a crecer, un deseo erótico que ella creía, si no perdido, seguramente dominado por la edad, la decencia íntima, la memoria de los muertos, la superstición de ser vigilada desde alguna tierra oscura por los dos Santiagos, por Jorge Maura y por Juan Francisco —los muertos o desaparecidos que vivían en un territorio donde la única ocupación era vigilar a la que se quedó en el mundo, Laura Díaz.

—No quiero hacer nada que atente contra el respeto a mí misma.

—Self respect, Laura?

—Self respect, Harry.

Ahora la cercanía de Harry en Cuernavaca le despertó una ternura nueva, que al principio no supo identificar. Quizás nacía del juego de miradas en las reuniones de fin de semana, nadie lo miraba a él, él no miraba a nadie, hasta que llegó Laura y los dos se miraron. ¿No se inició así su amor con Jorge Maura, cruzando miradas en una fiesta en casa de Diego Rivera y Frida Kahlo? Qué distinto, el poder de aquella mirada del amante español, de la debilidad no sólo en la mirada sino en el cuerpo entero de este norteamericano triste, desorientado, herido, humillado y requerido de cariño.

Laura primero lo abrazó, sentados los dos en la cama de la casita en la barranca, lo abrazó como a un niño, rodeándole la espalda con el brazo, tomándole una mano, arrullándolo casi, pidiéndole que levantara la cabeza, que la mirara, quería ver la mirada verdadera de Harry Jaffe, no la máscara del exilio y la derrota y la compasión de sí mismo.

—Déjame acomodarte tus cosas en los cajones.

—Don't mother me, fuck you.

Tenía razón. Lo estaba tratando como a un niño débil y pusilánime. Tenía que hacerle sentir que eres un hombre, que quiero sacarte el fuego que te queda, Harry, cuando ya no sientes pasión por el éxito, el trabajo o la política o los demás seres humanos, quizás queda agazapado, burlón, como un duende, el sexo incapaz siempre de decir no, la única parte de tu vida, Harry, que acaso sigue diciendo que sí, por animalidad pura, quizás, o quizás porque tu alma, mi alma, ya no tienen más reducto que el sexo, pero lo ignoraban.

—A veces me imagino a los sexos como dos enanitos que asoman las narices entre nuestras piernas, burlándose de nosotros, desafiándonos a que los arranquemos de su nicho tragicómico y los tiremos a la basura, sabiendo que por más que nos torturen, siempre viviremos con ellos, los enanitos.

No quiso compararlo a nada. Se resistió a cualquier comparación. Allí estaba. Lo que ella imaginaba. Lo que él había olvidado. Una entrega apasionada, diferida, ruidosa, inesperadamente dicha y gritada por los dos, como si ambos salieran de una cárcel que los retuvo demasiado tiempo y allí mismo, a la salida del penal, del otro lado de la reja, estuviesen Laura esperando a Harry y Harry esperando a Laura.

—My baby, my baby.

—We'll see tomorrow.

—Soy un viejo productor judío y rico que no tiene por qué estar aquí, sino porque quiero compartir la suerte de los jóvenes judíos citadinos contra los que va dirigida la persecución macartista.

—¿Sabes lo que es iniciar cada mañana diciéndote a ti mismo, "Éste es el último día en que voy a vivir en paz"?

—Cuando oyes que tocan a tu puerta, no sabes si son ladrones, mendigos, policías, lobos, o simple comején...

—¿Cómo vas a enterarte si la persona que te visita y que se dice tu amigo desde siempre, no se ha convertido ya en tu delator, cómo lo sabes?

—Estoy en Cuernavaca exiliado porque no podría soportar la idea de una segunda interrogación.

—Hay algo más duro que aguantar la persecución en carne propia y es mirar la traición en carne ajena.

—Laura, ¿cómo vamos a reconciliar nuestros dolores y nuestras vergüenzas?

—My baby, my baby.

XX. Tepoztlán: 1954

— 1 —

—Debo guardar silencio para siempre.

Ella quiso llevarlo a México, a un hospital. Él quería permanecer en Cuernavaca. Transaron por pasar un tiempo en Tepoztlán. Laura imaginó que la belleza y soledad del lugar, un valle subtropical extenso pero ceñido por imponentes montañas piramidales, moles verticales, cortadas a pico, sin laderas o colinas circundantes, rectas y desafiantes como grandes muros de piedra levantados para proteger los campos de azúcar y brezo, de arroz y naranjos, les serviría de refugio a ambos, quizás Harry se decidiría a escribir de nuevo, ella lo cuidaba, era su papel, lo asumió sin pensarlo dos veces, la liga creada entre los dos durante los pasados dos años era inquebrantable, se necesitaban...

Tepoztlán le devolvería la salud a su tierno, amado Harry, lejos de la repetición incesante de los actos trágicos de Cuernavaca. La casita que alquilaron existía protegida pero ensombrecida por dos grandes moles, la de la montaña y la de la inmensa iglesia, monasterio y fortaleza construido por los dominicos en competencia con la naturaleza, como tantas veces sucede en México. Harry le hacía notar esto, la tendencia mexicana a hacer una arquitectura que rivalizara con la naturaleza, imitaciones de montañas, de precipicios, de desiertos... La casita de Tepoztlán no competía con nada, por eso la escogió Laura Díaz, por su sencillez de adobes desnudos dando a una calle sin pavimentar por la que pasaban más perros sueltos que seres humanos, y adentro esa otra capacidad mexicana para pasar de un poblado pobre y descuidado a un oasis de verdor, plantas color sandía, fuentes limpias, patios serenos y corredores frescos que parecían venir desde muy lejos y no terminar nunca.

Sólo tenían una recámara con un camastro antiguo, un baño mínimo decorado por azulejos quebradizos y una cocina como las de la niñez de Laura, sin aparatos eléctricos, con sólo estufas de carbón que pedían un abanico para animarse y una hielera que requería la diaria visita del repartidor para mantener frías las botellas de Dos Equis que eran el placer de Harry. La vida de la casa ocurría alrededor del patio, allí estaban los equipales y la mesa de cuero, difícil para escribir sobre ella, blanda y manchada por demasiados círculos mojados de fondo de cerveza. Los cuadernos, las plumas, permanecían en un cajón del dormitorio. Cuando Harry empezó a escribir de nuevo, Laura leyó en secreto las páginas de los cuadernos escolares de mala calidad por los que se escurría la tinta de la Esterbrook de Harry. Él sabía que ella leía, ella sabía que él sabía, de eso no se hablaba.

"Jacob Julius Garfinkle, ése era su nombre original. Crecimos juntos en Nueva York. Si eres un chico judío del Lower East Side de Manhattan, naces con ojos, narices, boca, orejas, pies y manos, todo un cuerpo más algo sólo nuestro: un pedruzco en el hombro, a chip on the shoulder, desafiando al extraño (y quién no es un extraño si naces en un barrio como el nuestro) a que te quite de un manotazo brutal o de un delicado y desdeñoso dedazo, la piedrecita que todos traemos en el hombro, a sabiendas de que esa piedrecita no está puesta allí, nacimos con ella, es una excrecencia de nuestra carne humillada, pobre, inmigrante, italiana, irlandesa o judía (polaca, rusa, húngara, pero judía siempre), se nota más cuando nos desnudamos para darnos una ducha o hacer el amor o dormir desvelados pero hasta cuando nos vestimos la astilla del hombro rompe la tela de la camisa, o de la chamarra, sale, se muestra, le dice al mundo atrévete a molestarme, atrévete a insultarme, a pegarme, a humillarme, atrévete nada más. Jacob Julius Garfinkle, lo conocí desde niño, tenía la piedrecita en el hombro más grande que nadie, era pequeño, moreno, un judío oscuro de nariz roma y labios sonrientes pero crueles, burlones y peligrosos como sus ojos, como su postura de gallito de pelea, con su hablar de ametralladora, como su constante alerta porque el desafío estaba a la vuelta de cada esquina, en el quicio de cada puerta, la mala suerte podía caerle desde una azotea, a la salida de un bar, en el filo carcomido de un muelle junto al río... Julie Garfinkle llevó las calles malditas y los drenajes oscuros de Nueva York a la escena, se mostró desnudo y vulnerable pero armado de coraje para resistir la injusticia y salir en defensa de todos los que nacieron como él, en los inmensos ghettos, las juderías eternas de la 'civilización occidental'. Lo conocí en el teatro. Fue el 'niño dorado', de la obra de Clifford Odets, *Golden Boy*, el joven violinista que cambia su talento por el éxito en el ring y se queda sin manos, sin dedos, sin puños ni para atacar a Joe Lewis (que también era judío) ni a Felix Mendelssohn (que también era negro). Lo firmaba todo. Si le decían mira Julie, la injusticia que se está cometiendo contra los judíos, contra los negros, contra los mexicanos, contra los comunistas, contra Rusia la patria del proletariado, contra los niños pobres, contra los enfermos de oncocercosis en Nueva Guinea, Julie firmaba, lo firmaba todo y la letra de su firma era fuerte, quebrada, rotunda, era una caricia como un puñetazo, era un sudor como una lágrima, así era mi amigo Julie Garfinkle. Cuando lo llevaron a Hollywood después de su éxito en el Group Theater, no dejó de ser el quijote callejero de siempre, se interpretó a sí mismo y fascinó al público. No era ni guapo ni elegante ni cortés ni irónico, no era Cary Grant o Gary Cooper, era John Garfield, el chico peleonero de las calles malignas de Nueva York vuelto a nacer en Beverly Hills para entrar con los zapatos llenos de lodo a las mansiones rodeadas de rosales y meter las patas sucias en las piscinas cristalinas. Por eso su mejor papel fue al lado de Joan Crawford en *Humoresque*. Él volvía a ser, como el principio de su carrera, el muchacho pobre con talento para el violín. Pero ella que era igual que él, parecía una aristócrata rica, la mecenas del joven genio surgido de la ciudad invisible pero en realidad era otra humillada como él, una evadida de los márgenes como él, fingiendo ser una mujer rica y culta y elegante para disfrazar que era como él, una chica de la calle, una arribista de uñas duras y nalgas suaves. Por eso fueron una pareja explosiva, por ser iguales pero distintos. Joan Crawford y John Garfield, ella fingía, él no. Cuando salió de las atarjeas de América la inundación macartista, Julie Garfinkle parecía un personaje perfecto para la investigación en el Congreso. Tenía el tipo antiamericano, sospechoso, moreno, ajeno, semita. Y no era culpable de nada. Eso era lo esencial para McCarthy: aterrar al inocente. No era culpable de nada. Pero lo acusaron de todo, de firmar apoyos a Stalin durante las purgas de Moscú, de pedir el Segundo Frente durante la guerra, de ser un cripto-comunista, de financiar al partido con el dinero patriota y americano con que Hollywood le pagó, de manifestarse a favor de los pobres y los desposeídos (esto último bastaba para ser sospechoso, mejor hubiera pedido justicia para los ricos y los poderosos…). La última vez que lo vi, su apartamento en Manhattan era un batidillo, cajones abiertos, papeles regados, su mujer desesperada, mirándolo como a un loco y Julie Garfield buscando en chequeras, portafolios, clasificadores, entre libros viejos o en carteras deshechas las pruebas de los cheques que le imputaban, gritando, '¿por qué no me dejan en paz?' Tuvo el valor pero cometió el error de aceptar la invitación del Comité de Actividades Antiamericanas del Congreso a las personas que se consideraban falsamente acusadas. Presentarse ante el Comité le bastaba al Comité como prueba de culpa. En seguida, todos los ultra reaccionarios de Hollywood, Ronald Reagan, Adolph Menjou o la mamá de Ginger Rogers, corroboraban las sospechas y entonces los congresistas le pasaban la información a los columnistas de chismes de Hollywood. Hedda Hopper, Walter Winchell, George Sokolsky, todos ellos vivieron de la sangre de los sacrificados, como Dráculas de papel y tinta. En seguida, la Legión Americana se encargaba de movilizar a sus huestes de veteranos para picketear, impedir el paso del público a las películas donde aparecía el sospechoso, John Garfield, por ejemplo. Entonces el estudio productor de las películas podía decir lo que le dijeron a Garfield: eres un riesgo. Pones en peligro la seguridad del estudio. Y despedirlo. 'Pide perdón, Julie, confiesa y vive en paz'. 'Nombra nombres, Julie, o te vas a quedar sin carrera'. Entonces el chico callejero de los barrios pobres de Nueva York renacía desnudo y romo con los puños apretados y la voz ronca. 'Sólo un imbécil se defiende de imbéciles como McCarthy. ¿Crees que yo voy a ser un prisionero de lo que diga un pobre diablo como Ronald Reagan? Déjame seguir creyendo en mi humanidad, Harry, déjame seguir creyendo que tengo un alma…'. No podemos protegerte, le dijo primero Hollywood; en seguida, No podemos emplearte más; al fin, vamos a dar pruebas contra ti. La compañía, el estudio, era primero. 'Tú entiendes, Julie, tú eres una sola persona. Nosotros empleamos a miles de personas. ¿Quieres que ellos se mueran de hambre?'. Julie Garfinkle se murió de un ataque cardiaco a los treinta y nueve años de edad. Puede que sea cierto. Tenía el corazón tirante, a punto de estallar. Pero el hecho es que lo encontraron muerto en la cama de una de sus múltiples amantes. Yo sostengo que John Garfield se murió fornicando y que ésta es una muerte envidiable. Cuando lo enterraron, el rabino dijo que Julie llegó como un meteoro y como un meteoro se fue. Abraham Polonsky, que dirigió una de las últimas y quizás la más grande película de Julie, *Force of Evil*, dijo 'Defendió su honor de muchacho callejero y lo mataron por ello'. Lo mataron. Se murió. Diez mil personas pasaron junto a su féretro para despedirlo. ¿Comunistas? ¿Agentes enviados por Stalin? Allí estaba llorando Clifford Odets, el autor de *Golden Boy*, la gloria de la izquierda literaria, convertido en delator por el Comité del Congreso, primero delator de los muertos porque creía que ya no podía dañarlos, luego delator de los vivos para salvarse a sí mismo, luego delator de sí mismo al decir como tantos otros, 'No nombré a nadie que no hubiese sido nombrado antes'. Cuando Odets salió llorando del funeral de John Garfield, hubo una pelea a puñetazos. Hasta el final, Jacob Julius Garfinkle vivió a trompadas en las calles de Nueva York".

Cuando las lluvias del verano empaparon el jardín y se colaron por las paredes de la casa, dejando medallones oscuros en la piel del adobe, Harry Jaffe sintió que se ahogaba y le dijo a Laura Díaz que por favor leyera las cuartillas sobre John Garfield.

—Pero también hubo acusados que ni delataron ni se dejaron angustiar o deprimir, ¿no es cierto, Harry?

—Tú los conociste en Cuernavaca. Algunos pertenecieron a los Diez de Hollywood. Es cierto, tuvieron el valor de no hablar y no dejarse amedrentar, pero sobre todo el valor de no angustiarse, no suicidarse, no morir. ¿Son por ello más ejemplares? Otro de mis camaradas del Group Theater, el actor J. Edward Bromberg, pidió excusas ante el Comité para no presentarse a causa de sus recientes ataques cardiacos. El congresista Francis E. Walker, uno de los peores inquisidores, le dijo que los comunistas eran muy hábiles en presentar excusas firmadas por sus doctores —que sin duda también eran, por lo menos, simpatizantes de los rojos. Eddie Bromberg acaba de morir en Londres este año, Laura. A veces me llamaba, después de que lo pusieron en la Lista Negra de Hollywood, para decirme, Harry, hay unos tipos parados siempre frente a mi casa, de día y de noche, toman turnos, pero siempre hay dos tipos parados visiblemente, junto al farol, mientras yo los espío espiándome y esperando la llamada telefónica, ya no puedo apartarme nunca del teléfono, Harry, pueden citarme de nuevo en el Comité, pueden llamarme para decirme que el papel que me prometieron ya se lo dieron a otro, o por el contrario pueden llamarme para tentarme con un papel en una película pero a condición de que coopere, es decir, de que delate, Harry, esto ocurre cinco o seis veces por día, me paso el día junto al teléfono, tentado, desgarrándome, debo hablar o no, debo pensar en mi carrera o no, debo cuidar de mi mujer y mis hijos o no, y siempre acabo diciendo no, no hablaré Harry, no, no quería dañar a nadie, Harry, pero sobre todo, Harry, no quería dañarme a mí mismo, mi lealtad a mis camaradas era lealtad a mí mismo. Ni los salvé a ellos ni me salvé a mí mismo...

—¿Y tú, Harry, vas a escribir sobre ti mismo?

—Me siento muy mal, Laura, dame una cerveza, sé buena...

Otra mañana, cuando los loros chillaron bajo el sol y desplegaron sus crestas y sus alas como si anunciaran una nueva, buena o mala, Harry, mientras desayunaban, le contestó a Laura.

—Sólo me hablaste de los que fueron destruidos por no hablar. Pero me dijiste que otros se salvaron, salieron fortalecidos por callarse la boca —persistió Laura.

"¿Cómo puede haber inocencia cuando no hay culpa?" —citó Harry—. Esto dijo Dalton Trumbo al principio de la cacería de brujas. En medio, se burló de los inquisidores, escribió guiones bajo seudónimos, ganó un Óscar con seudónimo y la Academia por poco se caga del coraje cuando Trumbo reveló que el autor era él. Y cuando todo termine, sospecho que será Trumbo quien diga que no hubo héroes ni villanos, santos ni demonios, sólo hubo víctimas, Laura. Vendrá un día en que todos los acusados serán rehabilitados y celebrados como héroes culturales y los acusadores serán acusados a su vez y degradados como se lo merecen. Pero Trumbo tenía razón. Todos habremos sido víctimas.

—¿Hasta los inquisidores, Harry?

—Sí. Hasta sus hijos se cambian de nombre, no quieren admitir que son hijos de unos hombres mediocres que mandaron a la miseria, a la enfermedad y al suicidio a cientos de inocentes.

—¿Hasta los delatores, Harry?

—Han sido las peores víctimas. Traen el signo de Caín herrado en la frente.

Harry tomó un cuchillo del frutero y se cortó la frente.

Y Laura lo miró con terror pero no le impidió hacerlo.

—Tienen que cortarse la mano y la lengua.

Y Harry se metió el cuchillo en la boca y Laura gritó y lo detuvo, le arrancó el cuchillo de la mano y lo abrazó sollozando.

—Y están condenados al exilio y la muerte —le dijo Harry casi en silencio al oído de Laura.

Desde muy pronto, Laura aprendió a leer el pensamiento de Harry y éste, el pensamiento de Laura. Los ayudaba la ronda puntual de la sonoridad tropical. Ella la conocía desde niña, en Veracruz, pero la había olvidado en la capital, donde los ruidos son accidentales, imprevistos, intrusos, chillantes como un par de uñas malvadas arañando un pizarrón en la escuela. En el trópico, en cambio, los trinos de los pájaros anuncian el amanecer y su vuelo simétrico el crepúsculo, la naturaleza fraterniza con las campanadas de maitines y vísperas, los cultivos de vainilla perfuman con la intermitencia de nuestra propia atención el ambiente, y sus mazos cosechados le dan un aire a la vez primigenio y refinado a las alacenas donde son guardados. Cuando Harry espolvoreaba la pimienta sobre el plato de huevos rancheros en el desayuno, Laura miraba la pimienta en flor en el jardín, joyas amarillas incrustadas en una frágil y aérea corona color de atardecer. No había hiatos en el trópico. Se pasaba del jardín a la mesa matando alacranes dentro de la casa primero, buscándolos preventivamente en el jardín, bajo las piedras, más tarde. Eran insectos blancos y Harry se rió pisoteándolos.

—Mi mujer me decía que me asoleara de vez en cuando. Tienes el vientre blanco como un filete de pescado antes de freír. Así son estos alacranes.

—Panza de huachinango —rió Laura.

—Salte de esto, me decía ella, no es lo tuyo, no crees en ello, tus amigos no valen tanto. Y luego volvía con su cantinela, tu problema no es que seas comunista, es que perdiste el talento, Harry.

Y a pesar de todo, se sentaba a escribir, finalmente, cuando todo estaba dicho y hecho, le faltaba escribir y en Tepoztlán comenzó a hacerlo con más regularidad, a partir de sus minibiografías de víctimas como Garfield y Bromberg que habían sido sus amigos. ¿Por qué no escribía sobre sus enemigos, los inquisidores? Viéndolo bien, ¿por qué sólo escribía sobre las víctimas heridas y destrozadas, como Garfield y Bromberg, pero no sobre los tipos íntegros que se sobrepusieron al drama, no lloraron, combatieron, resistieron y sobre todo, se burlaron de la estupidez monstruosa de todo el proceso? Dalton Trumbo, Albert Maltz, Herbert Biberman... Los que llegaron a México, pasaron por Cuernavaca o se instalaron allí. ¿Por qué de ellos casi no hablaba Harry Jaffe? ¿Por qué no los incluía en sus biografías que estaba escribiendo en Tepoztlán? Y sobre todo, ¿por qué nunca mencionaba a los peores de todos, los que sí delataron, los que sí dieron nombres, Edward Dmytrik, Elia Kazan, Lee J. Cobb, Clifford Odets, Larry Parks?

Harry mató de un zapatazo a una alacrán.

—Los insectos malignos se acomodan en el lugar más hostil y viven donde parece que no hay vida. Eso lo dijo Tom Paine para describir al prejuicio.

Laura se empeñó en imaginar lo que pensaba Harry, todas las cosas que no le decía pero que pasaban por su mirada febril. No sabía que Harry hacía lo mismo, creía leer los pensamientos de Laura, la miraba desde la cama cuando se arreglaba frente al espejo cada mañana y contrastaba a la mujer aún joven que conoció dos años antes emergiendo de una alberca cuajada de bugambilias a la señora de cincuenta y seis años con el pelo cada vez más canoso, la simplicidad del arreglo de la cabellera larga y entrecana recogida en un chongo en la nuca, despejando aún más la frente límpida y subrayando las facciones angulares, la nariz fina y grande montada sobre un caballete, los labios delgados de estatua gótica. Y todo salvado por la inteligencia y el fulgor de los ojos amarillentos al fondo de las cuencas sombrías.

La miraba también en los quehaceres de la casa, la cocina, hacer la cama, lavar los trastes, preparar las comidas, darse duchas prolongadas, sentarse en el excusado, dejar de usar las toallas sanitarias, sufrir de calores relampagueantes, acurrucarse a dormir en posición fetal mientras él, Harry, reposaba estirado como una tabla, hasta el día en que, inexplicablemente, las posiciones se invirtieron y él se acostó como feto y ella se estiró rígida, como un niño y su gobernanta...

Se dijo que pensaba lo que ella pensaba al verse en el espejo, al separarse del abrazo nocturno, cariñoso, de los amantes: una cosa es ser cuerpo, otra cosa es ser bella... Qué cálido y tierno era abrazarse y quererse, pero sobre todo qué saludable... La salvación del amor era ignorar el cuerpo propio y fundirse en el cuerpo ajeno y dejar que el otro absorbiera el cuerpo mío para no pensar en la belleza, no contemplarse aparte el uno del otro, sino ciegos, unidos, puro tacto, puro placer, sin las sanciones de la fealdad o la belleza que ya no concurren a oscuras, en el abrazo íntimo, cuando los cuerpos se funden el uno en el otro y dejan de contemplarse fuera de sí, dejan de juzgarse fuera de la pareja que copula hasta hacer de dos uno y perder toda noción de fealdad o belleza, de juventud o de vejez... Lo dijo Harry para sí pensando que Laura se lo decía a él, sólo miro en ti la belleza interna...

Era fácil en el caso de él, cada vez más emaciado, blanco como la panza de un huachinango, dijo Laura, ni siquiera un calvo distinguido sino un ralo pelón de mechoncitos abruptos y resistentes a la alopecia digna, total. Pelos como brotes de pasto seco en la coronilla, encima de las orejas, en la nuca desangelada. Era más difícil en el caso de ella, la belleza de Laura Díaz era inteligible, trató de decirle Harry, se parecía a la belleza clásica que no era más que la idea de la belleza impuesta desde tiempos de los griegos pero que pudo ser otra norma de belleza, la de una deidad azteca, por ejemplo, la Coatlicue en vez de la Venus de Milo.

—Sócrates era un hombre feo, Laura. Rezaba todas las noches para ver así su propia belleza interna. Era el don de los dioses. El pensamiento, la imaginación. Ésa era la belleza de Sócrates.

—¿No quería que la vieran también los demás?

—Creo que su discurso era el de un hombre vanidoso. Tan vanidoso que prefirió beber la cicuta a admitir que estaba equivocado. Y no lo estaba. Se mantuvo firme.

Siempre acababan hablando de lo mismo pero nunca llegaban al fondo de "lo mismo". Sócrates murió

antes que rencantar. Igual que las víctimas del macartismo. Lo contrario de los soplones del macartismo. Y ahora
Harry la miraba mirándose al espejo y se preguntaba si
ella veía lo mismo que él, un cuerpo externo que iba
perdiendo su belleza, o un cuerpo interno que iba ganando otra belleza. Sólo en el amor, sólo en la unión
sexual la pregunta dejaba de tener sentido, el cuerpo
desaparecía para ser sólo placer y el placer superaba
cualquier belleza posible.

Ella, en cambio, no parecía juzgarlo a él. Lo aceptaba tal como era y él se sentía tentado de ser desagradable, de decirle a ella que por qué no te tiñes el pelo, por
qué no te peinas con más estilo, por qué había abandonado toda coquetería, él me está mirando como si fuera
su enfermera o su nana, quisiera que me volviera una
sirena pero mi pobre Odiseo está barrenado, inmóvil,
consumiéndose en un mar de ceniza, ahogado por el
humo, desapareciendo poco a poco en la bruma de sus
cuatro cajetillas diarias de Camel cuando le regala un
cartón Fredric Bell o sus cinco cajetillas de Raleigh
sin boquilla, que saben a jabón, dice, cuando se atiene
a lo mejor que le ofrece el estanquillo de la esquina.

—Lo mejor a veces es a veces lo único. Aquí lo
único es casi siempre lo peor.

Fueron al mercado sabatino y él decidió comprar un árbol de la vida. Ella no tenía por qué oponerse
a la compra, pero lo hizo. No sé por qué me opuse,
pensó más tarde, cuando dejaron de hablarse toda una
semana, en realidad esos candelabros de barro pintados de mil colores no son feos, no ofenden a nadie,
aunque tampoco son esa maravilla de audacia y sensibilidad folclóricas que él dice, no sé por qué le dije son
cosas chabacanas, cursis, que sólo compran los extranjeros, ¿por qué no compras unos títeres con medias color de rosa, o un balero multicolor, o de plano un sarape
para ti y un rebozo para mí? Nos sentaremos al atardecer guarecidos contra ese frío repentino que cae

de la montaña, envueltos en folclor mexicano, ¿a eso quieres rebajarme?, ¿no le basta con mirarme insistentemente mientras me arreglo frente al espejo, dejándome pensar lo que él piensa, se hace vieja, descuidada, va a cumplir cincuenta y siete años, ya no necesita kótex?, ¿además quiere llenarme la casa de cachivaches turísticos, árboles de la vida, baleros, marionetas de mercado? ¿Por qué de plano no te compras un machete, Harry, de esos con inscripciones chistosas inscritas en el lomo, yo soy como el chile verde picante pero sabroso, para que la próxima vez que quieras cortarte los dedos y la lengua, lo logres, logres compadecerte a ti mismo por lo que fuiste y lo que no fuiste, por lo que eres y por lo que pudiste ser?

Harry no tenía fuerzas para pegarle. Fue ella la que sintió compasión por él cuando Harry le levantó la mano y ella hizo añicos el árbol de la vida arrojándolo contra el piso de ladrillo y al día siguiente barrió los pedazos dispersos y los tiró a la basura y sólo una semana después regresó sola del mercado y colocó el nuevo árbol de la vida en la repisa frente a la mesa y los equipales donde los dos acostumbraban comer.

Entonces quiso compensar su odio inexplicable hacia la figura multicolor de ángeles, frutas, hojas y troncos, aspirando intensamente el olor del follaje del jardín, el brillo de la lluvia sobre las hojas de plátano, y más allá, en su memoria, los árboles de sombra del café, los simétricos campos del limón y la naranja, las higueras, el lirio rojo, la copa redonda del árbol del mango, el trueno de flor amarilla menuda que lo mismo resiste el huracán o la sequía; toda la flora de Catemaco… Y en el final de la selva, la ceiba. Tachonada de clavos. Las espinas puntiagudas que la ceiba genera para protegerse a sí misma. Un tronco lleno de espadas, defendiéndose, para que nadie se le acerque… La ceiba al final del camino. La ceiba tachonada de dedos cortados a machetazo limpio por un asaltante de los caminos de Veracruz.

Siempre se sentaban lado a lado en el jardín cuando caía la tarde. Decían cosas de la vida diaria, el precio de la comida en el mercado, el menú del siguiente día, la tardanza con que llegaban las revistas americanas a Tepoztlán (si es que llegaban), la gentileza del grupo de Cuernavaca de hacerles llegar recortes, siempre recortes, nunca diarios o publicaciones enteras, la bendición del radio de onda corta, ir o no a Cuernavaca al Cine Ocampo a ver tal o cual película de vaqueros o los melodramas mexicanos que hacían reír a Laura y llorar a Harry, pero nunca una visita a casa de los Bell, la Academia de Aristóteles, la llamaba Harry, le aburría la discusión eterna, siempre lo mismo, una tragicomedia en tres actos.

—El primer acto es la razón. La convicción que nos llevó al comunismo y a simpatizar con la izquierda, la causa obrera, la fe en los argumentos de Marx y en la Unión Soviética como el primer Estado obrero y revolucionario. Con esa fe le contestábamos a la realidad de la depresión, el paro, la ruina del capitalismo americano.

Había luciérnagas en el jardín, pero no tantas como la luz intermitente de los cigarrillos que Harry encendía sucesivamente, el siguiente con la colilla del anterior.

—El segundo acto es la heroicidad. Primero la lucha contra la depresión económica en América, segundo la guerra contra el fascismo.

Lo interrumpía un acceso de tos brutal, una tos tan honda y fuerte que parecía ajena al cuerpo cada día más delgado y pálido de Harry, incapaz de contener un huracán tan hondo en su pecho.

—El tercer acto es la victimación de los hombres y mujeres de buena fe, comunistas o simplemente humanistas. McCarthy era el mismo tipo humano que Beria el policía de Stalin, o Himmler el policía de Hitler. Los movía la ambición política, la facilidad de obtener ventajas sumándose al coro anticomunista cuando terminó la guerra caliente y empezó la guerra fría. El frío cálculo de adquirir poder sobre las reputaciones arruinadas. La delación, la angustia, la muerte... Y el epílogo —Harry abría las manos, mostraba las palmas abiertas, los dedos amarillos, se encogía de hombros, tosía levemente.

Era ella la que decía, le decía, se decía a sí misma, sin saber en qué orden y de qué manera comunicárselo mejor a Harry, el epílogo tenía que ser la reflexión, el esfuerzo de la inteligencia para entender qué había sucedido, por qué había sucedido.

—¿Por qué nos comportamos en América igual que en Rusia? ¿Por qué nos volvimos igual a lo que decíamos combatir? ¿Por qué se dan los Beria y los McCarthy, todos esos Torquemadas modernos?

Laura escuchaba a Harry pero quería decirle que los tres actos y el epílogo de los dramas políticos nunca se presentan así, bien ordenados y aristotélicos, decía Harry burlándose un poco de la "Academia" de Cuernavaca, sino enmarañados, lo sabían los dos, mezcladas las razones con las sinrazones, la esperanza con el desaliento, la justificación con la crítica, la compasión con el desprecio.

—Ojalá pudiera volver al momento de España y quedarme allí —le decía Harry a veces. Y volviéndose brutalmente a Laura, febrilmente, continuaba con la voz cada vez más apagada pero más ronca, "¿por qué no me dejas, por qué sigues conmigo?"

Era el momento de la tentación. Era el momento en que ella dudaba. Podía empacar e irse. Era posible. Podía quedarse y aguantarlo todo. También era posible. Pero ni podía irse sin más, ni quedarse pasivamente. Oía a Harry y tomaba, una y otra vez, la misma decisión, me quedaré, pero haré algo, no sólo lo cuidaré, no trataré solamente de darle aliento, trataré de entenderlo, de saber qué le pasó a él, por qué conoce todas las historias de esa era de infamias y desconoce la suya, por qué a mí, que lo quiero, no me dice su propia historia, por qué…

Es como si él la adivinase. Pasa con todas las parejas unidas por la pasión más que por la costumbre, nos adivinamos, Harry, basta una mirada, un gesto de la mano, una distracción fingida, un sueño penetrado igual que se penetra un cuerpo sexualmente, para saber qué piensa el otro, piensas en España, piensas en Jim, piensas que al morir tan joven se salvó, no tuvo tiempo de ser víctima de la historia, fue víctima de la guerra, eso es noble, eso es heroico; pero ser víctima de la historia, no prever, no apartarse a tiempo del golpe de la historia, o no asumirlo con entereza si llega a pegarnos, eso es triste, Harry, eso es terrible.

—Todo ha sido una farsa, un error…

—Yo te quiero, Harry, eso no es ni una farsa ni un error…

—¿Por qué te he de creer?

—Yo no te engaño.

—Todos me han engañado.

—No sé qué quieres decir.

—Todos.

—¿Por qué no me lo cuentas?

—¿Por qué no lo averiguas por tu cuenta?

—No, yo no haría nada a espaldas tuyas.

—No seas tonta. Te autorizo. Ve, regresa a Cuernavaca, pregúntales por mí, diles que yo te di permiso, que te digan la verdad.

—¿La verdad, Harry?

(La verdad es que yo te amo, Harry, te amo de una manera distinta a como amé en su momento a mi marido, a Orlando Ximénez o al propio Jorge Maura, te amo como los amé a ellos, como una mujer que vive y se acuesta con un hombre, pero contigo es diferente, Harry, además de amarte como amé a los hombres, te amo como amé a mi hermano Santiago el Mayor y a mi hijo Santiago el Menor, te amo como si te hubiera visto

morir ya, Harry, como a mi hermano muerto y sepultado bajo las olas en Veracruz, te amo como vi morir a mi
hijo Santiago, fulgurante en su promesa incumplida, resignado y bello mi hijo, así te quiero a ti Harry, como a
un hijo, a un hermano y a un amante, pero con una diferencia, mi amor, que a ellos los quise como mujer, como
madre, como amante, y a ti te quiero como perra, sé
que ni tú ni nadie me va a entender, te quiero como
perra, quisiera parirte yo misma y luego desangrarme
hasta morir, ésa es la imagen que te hace a ti distinto de
mi marido, mi amante o mis hijos, mi amor por ti es un
amor de animal que quisiera ponerse en tu lugar y morir en vez de ti, pero sólo al precio de convertirme en tu
perra, cosa que nunca sentí antes y que quisiera expli-
carme y no sé cómo pero así es, y es así, Harry, porque
sólo ahora, a tu lado, me hago preguntas que antes no
me hice nunca, me pregunto si merecemos el amor, me
pregunto si es el amor lo que existe, no tú y yo y por eso
quisiera ser animal, tu perra sangrante y moribunda, para
decir que sí existe el amor como existen un perro y una
perra, quiero sacar el amor tuyo y mío de cualquier
idealidad romántica, Harry, quiero darle la última oportunidad a tu cuerpo y al mío arraigándolos en la tierra
más baja pero más concreta y cierta, la tierra en la que
un perro y una perra olfatean, comen, se traban sexualmente, se separan, se olvidan, porque voy a tener que
vivir con tu memoria cuando te mueras, Harry, y mi
memoria de ti nunca será completa porque no sé qué
hiciste durante el terror, no me lo dices, quizás fuiste un
héroe y tu humildad se disfraza de honor peleonero,
como John Garfield, para no contarme sus hazañas y
rendir tu corazón al sentimentalismo, tú que lloras con
una película de Libertad Lamarque, pero acaso fuiste un
traidor, Harry, un delator, y eso es lo que te avergüenza
y por eso quisieras regresar a España, ser joven, morir al
lado de tu joven amigo Jim en la guerra y tener guerra y
muerte en vez de historia y deshonor, ¿cuál es la ver-

dad?, creo que es la primera, porque si no no te aceptarían en el círculo de los victimados en Cuernavaca, pero puede ser la segunda porque ellos nunca te miran ni te dirigen la palabra, te invitan y te tienen sentado allí, sin hablarte pero sin atacarte, hasta que tu silla se convierte en el banquillo de los acusados y me conoces a mí y ya no estás solo y debemos salir de Cuernavaca, dejar atrás a tus camaradas, no oír más esos argumentos repetidos hasta la saciedad…)

—Debimos denunciar los crímenes de Stalin desde antes de la guerra.

—No te engañes. Te habrían expulsado del Partido. Además, contra el enemigo, los olvidos que sean necesarios.

—Eso no quita que por lo menos entre nosotros debimos discutir los errores de la URSS, habríamos sido más humanos, nos habríamos defendido mejor contra el asalto macartista.

¿Cómo íbamos a imaginar lo que iba a pasar?, le dijo Harry una noche a Laura, bebiendo cerveza al caer la noche en el jardincillo de espaldas a la montaña y los aromas de flor naciente y árbol moribundo, los comunistas americanos luchamos primero en España, luego en la guerra contra el Eje, los comunistas franceses organizaron de veras la resistencia, los comunistas rusos nos salvaron a todos en Stalingrado, ¿quién iba a pensar que cuando se acabó la guerra ser comunista sería un pecado y que los comunistas iríamos todos a la hoguera?, ¿quién?

Otro cigarrillo. Otra Dos Equis.

—La fidelidad a lo imposible. Ese fue nuestro pecado.

Laura le había preguntado si estaba casado y Harry le dijo que sí, pero prefería no hablar de eso.

—Todo pasó ya —quiso concluir.

—Tú sabes que no. Tienes que contármelo todo. Tenemos que vivirlo juntos. Si es que vamos a seguir viviendo juntos, Harry.

—¿Los enojos, las peleas, los sermones, la inquietud por las reuniones secretas, la sospecha de que los acusadores tenían razón? "Me casé con una comunista". Parece el título de una de esas malas películas que hacen para justificar al macartismo como patriotismo. Así lavan los magnates de los estudios sus culpas rojillas. Fuck them. We'll see tomorrow.

—¿Fuiste honesto con tu esposa?

—Fui débil. Me abrí ante ella. Me abrí de capa. Le conté mis dudas. ¿Vale lo que escribí para el cine o sólo me hicieron creer que era bueno porque servía a una causa —*la* causa, la única causa buena? ¿Estamos pagando un precio altísimo por algo que no valía la pena? Y ella me dijo, Harry, lo que escribes es una mierda. Pero no porque seas comunista, mi amor. Es que se te apagó el foquito. Ve las cosas como son. Tenías talento. Hollywood te lo robó. Era un talento chiquitito, pero talento al fin. Perdiste lo poco que tenías. Eso me dijo, Laura.

—Conmigo será diferente.

—No puedo, no puedo. Ya no puedo.

—Quiero vivir contigo (en nombre de mi hermano Santiago y mi hijo Santiago, y cuidarte ahora a ti como no supe o no pude cuidarlos a ellos, tú lo entiendes, te enojas, me pides que no te trate como un niño, y yo te demuestro que no soy tu madre Harry, soy tu perra, a una madre no la usas como un animal, tampoco a una amante, no lo admite la sensiblería romántica de Hollywood, Harry, pero en mi caso, yo te lo pido, déjame ser tu perra, aunque a veces te ladre, no soy ni tu madre y tu esposa ni tu hermana…)

—Be my bitch.

Él fumaba y bebía atentando con cada bocanada contra sus pulmones y su sangre, ella fingía beber con él, bebía sidral fingiendo que era whisky, se sentía como una de esas putas de cabaret que beben agua pintada y le hacen creer al cliente que es coñac francés, se avergonzaba del engaño pero no quería enfermarse ella misma porque en ese caso quién se haría cargo de Harry. Amaneció un día en Cuernavaca en 1952 y vio a su lado al hombre débil y enfermo dormido y allí mismo decidió que de ahora en adelante su vida sólo tendría sentido si la dedicaba a cuidar a este hombre, hacerse cargo de él, porque la vida de Laura Díaz cuando rebasó los cincuenta años se redujo a esa convicción, mi vida sólo tiene sentido si la dedico a la vida de alguien que me necesita, cuidar al necesitado, darle mi amor a mi amor, totalmente, sin condiciones ni arrière-pensées, como diría Orlando, ése es ahora el sentido de mi vida, aunque haya pleitos, incomprensiones, irritaciones de parte suya o de parte mía, platos rotos, días enteros sin dirigirnos la palabra, mejor así, sin esas rispideces nos convertiríamos en melcocha, voy a darle libertad a mis irritaciones contra él, no las voy a controlar, voy a darle la última oportunidad al amor, voy a amar a Harry en nombre de lo que ya no puede esperar más, voy a encarnar ese momento de mi vida y ya llegó: sé que él está pensando lo mismo, Laura, this is the last chance, esto entre tú y yo es lo que no puede esperar más, y es lo que estaba anunciado, es lo que ya pasó y sin embargo está pasando, estamos viviendo un anticipo de la muerte porque ante nuestras miradas, Laura, se despliega el porvenir como si ya hubiera ocurrido.

—Y eso sólo lo saben los muertos.

—Les hago una pregunta —Fredric Bell se dirigió a los comensales habituales de los weekends en Cuernavaca—. Todos sabíamos que durante la guerra las industrias hicieron ganancias enormes, gracias a la guerra. Yo les pregunto, ¿debimos ir a la huelga contra los explotadores del trabajo? No lo hicimos. Fuimos "patriotas", fuimos "nacionalistas", no fuimos "revolucionarios".

—¿Y si los nazis ganan la guerra porque los obreros americanos se fueron a la huelga contra los capitalistas americanos? —preguntó el epicúreo que no se quitaba la corbata de moño a pesar del calor.

—¿Me estás diciendo que escoja entre suicidarme esta noche o ser fusilado mañana al amanecer? ¿Como Rommel? —intervino el hombre de la quijada cuadrada y los ojos apagados.

—Te estoy diciendo que estamos en guerra, la guerra no ha terminado ni terminará nunca, las alianzas cambiarán, un día ganan ellos, otro ganamos nosotros, lo importante es no perder de vista la meta, y lo curioso es que la meta es el origen, ¿se dan cuenta?, la meta es la libertad original del hombre —concluyó el anuncio vivo de las camisas Arrow.

No, le dijo Harry a Laura, el origen no fue la libertad, el origen fue el terror, la lucha contra las fieras, la desconfianza entre hermanos, la lucha por la mujer, la madre, el patriarcado, mantener el fuego, que no se apague, sacrificar al niño para ahuyentar a la muerte, la plaga, el huracán, ése fue el origen. Nunca hubo edad de oro. Nunca la habrá. Lo que pasa es que no puedes ser un buen revolucionario si no crees esto.

—¿Y McCarthy? ¿Y Beria?

—Ésos fueron los cínicos. Esos nunca creyeron en nada.

—Respeto tu drama, Harry. Palabra que te respeto mucho.

—No pierdas el tiempo, Laura. Ven, dame un beso.

Cuando Harry murió, Laura Díaz regresó a Cuernavaca a darle la noticia al grupo de exiliados. Estaban reunidos como siempre los sábados en la noche y Ruth les servía grandes cantidades de pasta. Vio que el reparto cambiaba, pero los papeles eran los mismos y las ausencias eran suplidas por nuevos reclutas. McCarthy no se cansaba de encontrar víctimas, la mancha de la persecución se extendía como un derrame de aceite en el mar, como un pus inyectado a la fuerza en el pene. Theodore el viejo productor murió y Elsa su mujer no soportó la vida mucho tiempo sin él, el hombre alto y miope que usaba anteojos de carey obtuvo la posibilidad de filmar en Francia y el hombre pequeño con la cabellera rizada y el copete muy alto pudo escribir guiones para Hollywood nuevamente, pero con seudónimo, usando un "frente", un prestanombres.

Otros siguieron viviendo en México, en torno a Fredric Bell, protegidos por gente de la izquierda mexicana como los Rivera o el fotógrafo Gabriel Figueroa en la capital, pero fieles siempre a los argumentos que les permitirían vivir, recordar, discutirse, amortiguar el dolor de la lista creciente de perseguidos, excluidos, encarcelados, exiliados, suicidados, desaparecidos, haciéndose sordos a los pasos de la vejez, disimulando los cambios ciegos, ciertos y minuciosos en el espejo. Ahora Laura Díaz fue el espejo de los exiliados en Cuernavaca. Les dijo Harry ha muerto y todos se hicieron más viejos de repente. Pero al mismo tiempo, Laura sintió con emoción visible que todos y cada uno brillaban como chispas del mismo fuego. Por un segundo, al darles la sencilla noticia Harry ha muerto, el miedo que les perseguía a todos, hasta los más valientes, el miedo que era el sabueso mejor entrenado por Joe McCarthy para morderle los talones a los "rojos", se disipó en una especie de suspiro, de alivio final. Sin decir palabra, todos estaban diciéndole a Laura que Harry ya no se atormentaría más. Y ya no los atormentaba a ellos.

Le bastaron a ella las miradas de los americanos refugiados en Cuernavaca contra la persecución macartista para que se precipitara en su propia alma el recuerdo intolerable de todo lo que fue Harry Jaffe, su ternura y su cólera, su valor y su miedo, su dolor político transferido al dolor físico. Su dolencia, Harry su amante como un ser doliente, nada más.

Bell el británico dijo que cuando una persona era citada ante el Comité de Actividades Anti Americanas del Congreso podía hacer una de cuatro cosas.

Podía invocar la Primera Enmienda de la Constitución que garantiza la libertad de expresión y de asociación. El riesgo de esta actitud era ser considerado en desacato del Congreso e ir a la cárcel. Es lo que le pasó a los Diez de Hollywood.

La segunda opción era invocar la Quinta Enmienda de la Constitución que concede a todo ciudadano el privilegio de no incriminarse a sí mismo. Quienes optaron por "tomar la Quinta" se exponían a perder su trabajo y caer en la lista negra. Es lo que le pasó a la mayoría de los exiliados en Cuernavaca.

Y la tercera posibilidad era delatar, nombrar nombres y confiar en que los estudios volverían a darles trabajo.

Entonces sucedió algo extraordinario. Todos, los diecisiete invitados más Bell, su mujer y Laura, tomaron la carretera para ir al pequeño cementerio de Tepoztlán donde estaba enterrado Harry Jaffe. Había luna y las tumbas humildes pero engalanadas de flores se extendían bajo la altura impresionante del Tepozteco y su pirámide de tres pisos descendiendo hasta las cruces azules y color de rosa, blancas y verdes, como si no fuesen sepulturas, sino una floración más del trópico mexicano. Un frío siempre prematuro caía sobre Tepoztlán al anochecer y los gringos venían todos con chamarras, chales y hasta parkas.

Tenían razón. A pesar del claro de luna, las montañas arrojaban una sombra inmensa sobre el valle y ellos mismos, los perseguidos, los exiliados, se movían como un reflejo, eran como alas oscuras de un águila distante, un ave que se mira un día al espejo y ya no se reconoce porque se imaginaba de una manera y el espejo le demostró que no era así.

Entonces, en la noche tepozteca, a la luz de la luna, como en la obra de teatro final del Group Theater (el telón anterior a la clausura ante una sala vacía), cada uno de los exiliados dijo algo sobre la tumba de

Harry Jaffe, el hombre admitido en el grupo pero al que nadie miraba, salvo Laura que llegó un día, se zambulló en una alberca llena de bugambilias y salió a ver de frente a su pobre, desgraciado, enfermo amor.

—Nombraste sólo a los que ya habían sido nombrados.

—Todos los que nombraste ya estaban en la lista negra.

—Entre delatar a tus amigos y traicionar a tu patria, te fuiste con la patria.

—Te dijiste que si seguías en el Partido se te iban a secar las fuentes de inspiración.

—El Partido te dijo cómo escribir, cómo pensar, y tú te rebelaste.

—Te rebelaste primero contra el Partido.

—Te horrorizó pensar que el estalinismo pudiese gobernar a los USA como gobernaba a la URSS.

—Fuiste a hablar ante el Comité y temblaste de horror. Aquí estaba ya, en América, lo mismo que tenías. El estalinismo te estaba interrogando pero aquí se llamaba macartismo.

—No diste un solo nombre.

—Te enfrentaste a McCarthy.

—¿Por qué lo hiciste si sabías que ellos ya lo sabían? Para delatar a los delatores, Harry, para infamar al infamante, Harry.

—Para volver a trabajar, Harry. Hasta que te diste cuenta que daba lo mismo delatar o no delatar. Los estudios no le daban trabajo a los rojos. Pero tampoco le daban trabajo a los que admitían ser rojos y delataban a sus compañeros.

—No había salida, Harry.

—Sabías que el anticomunismo se había convertido en el refugio de los canallas americanos.

—No nombraste a los vivos. Pero tampoco nombraste a los muertos.

—No nombrarse a los que nunca fueron nombrados. Tampoco nombraste sólo a los que ya habían sido nombrados.

—Ni siquiera nombraste a los que te nombraron a ti, Harry.

—El Partido te pidió conformidad. Tú dijiste que aunque detestaras al Partido, no ibas a someterte al Comité. El Partido en su mejor momento era siempre mejor que el Comité en cualquier momento.

—Mi peor momento fue no poderle decir lo que pasaba a mi mujer. La sospecha arruinó nuestro matrimonio.

—Mi peor momento fue vivir escondido en una casa de luz apagada para evitar que me citaran los agentes del Comité.

—Mi peor momento fue saber que a mis pequeños hijos les aplicaron la ley del hielo en su escuela.

—Mi peor momento fue no contarle a mis hijos lo que ocurría sabiendo que ellos ya lo sabían todo.

—Mi peor momento fue tenerme que decidir entre mi ideal socialista y la realidad soviética.

—Mi peor momento fue tener que escoger entre la calidad literaria de mi trabajo y las demandas dogmáticas del Partido.

—Mi peor momento fue escoger entre escribir bien o escribir comercialmente, como lo quería el estudio.

—Mi peor momento fue mirarle la cara a McCarthy y saber que la democracia americana estaba perdida.

—Mi peor momento fue cuando el congresista John Rankin me dijo, usted no se llama Melvin Ross, en realidad su nombres en Emmanuel Rosenberg, eso demuestra que usted es un falsario, un mentiroso, un traidor, un judío vergonzante…

—Mi peor momento fue encontrarme al que me delató y verle cubrirse la cara con las manos de pura vergüenza.

—Mi peor momento fue que mi delator viniera llorando a pedirme perdón.

—Mi peor momento fue ser mencionado por los asquerosos columnistas de sociedad, Sokolsky, Winchell, Hedda Hopper. Al mencionarme me mancharon más que McCarthy. Su tinta olía a mierda.

—Mi peor momento fue tener que fingir mi voz por teléfono para hablarle a mi familia y mis amigos sin comprometerlos.

—Le dijeron a mi hija: tu padre es un traidor. No tengas nada que ver con él.

—Le dijeron los amigos a mi hijo: ¿Sabes quién es tu padre?

—Le dijeron a mis vecinos: dejen de hablarle a la familia de los rojos.

—¿Tú qué les dijiste, Harry Jaffe?

—Harry Jaffe, descansa en paz.

Todos regresaron a Cuernavaca. Laura Díaz, aturdida, emocionada, perpleja, se fue a recoger las pertenencias de la casita de Tepoztlán. Recuperó también su propio dolor y el de Harry. Los recogió y se recogió. Sola con el espíritu de Harry, se preguntó si el dolor que sentía era compartible, su inteligencia le dijo que no, sólo hay dolor propio, intransferible. Aunque veía tu dolor, Harry, no podía sentirlo como tú lo sentías. Tu dolor sólo tenía sentido a través del mío. Es mi dolor, el dolor de Laura Díaz, ése es el único dolor que siento. Pero puedo hablar en nombre de tu dolor, eso sí. El dolor imaginado de un hombre llamado Harry Jaffe que murió de enfisema pulmonar, ahogado en sí mismo, mutilado del aire, con las alas caídas…

—Además de las tres posibilidades de respuesta al Comité macartista —vino a decirle una tarde Fredric Bell, la víspera del regreso de Laura Díaz a la ciudad de México— había una cuarta. Se llamaba el Testimonio Ejecutivo, Executive Testimony. Los testigos que denunciaban en público antes pasaban por un ensayo privado. La audiencia pública se volvía entonces puramente protocolaria. Lo que quería el Comité era saber nombres. Su sed de nombres era insaciable, la sed non satiata. Generalmente, el testigo era citado en un cuarto de hotel y allí delataba en secreto. El Comité ya tenía los nombres desde antes, pero no bastaba. El testigo tenía que repetirlos en público para gloria del Comité pero también para infamar al delator. Había confusiones. Se le hacía creer al delator que con la confesión secreta bastaba. Era tal el ambiente de miedo y persecución, que el delator se pescaba a esa tabla de salvación, se engañaba a sí mismo, creía "yo seré la excepción, a mí sí me mantendrán en secreto". Y a veces tenían razón, Laura. Es inexplicable por qué a ciertas personas que hablaron en la sesión secreta se les convocó enseguida a la sesión pública, y a otras no.

—Pero Harry fue valiente ante el Comité, le dijo a McCarthy, "Usted es el comunista, senador".

—Sí, fue valiente ante el Comité.

—¿Pero no lo fue en el Testimonio Ejecutivo? ¿Delató primero y se recantó después, denunció primero a sus amigos y atacó enseguida al Comité?

—Laura, las víctimas de la delación no delatamos. Sólo te digo que hay hombres de buena fe que pensaron, "si hablo de una persona insospechada, una persona a la que jamás podrían probarle nada, quedo bien con el Comité y salvo mi propio pellejo, pero no le hago daño a mis amigos."

Bell se puso de pie y le dio la mano a Laura Díaz.

—Mi amiga, si puedes llevarle flores a las tumbas de Mady Christians y John Garfield, por favor, hazlo.

Lo último que Laura Díaz le dijo a Harry Jaffe fue, "Prefiero tocar tu mano muerta que la de cualquier hombre vivo".

No sabe si Harry la escuchó. No supo si Harry estaba vivo o muerto.

— 2 —

Siempre tuvo la tentación de decirle, no sé quiénes fueron tus víctimas, déjame que yo lo sea. Siempre supo lo que él le habría contestado, no quiero tablas de salvación... pero yo soy tu perra.

Harry había dicho que si había culpas, él las asumía totalmente.

—¿Quiero salvarme yo? —decía con aire lejano—. ¿Quiero salvarme contigo? Lo tenemos que descubrir los dos juntos.

Ella admitía que le costaba mucho vivir adivinando, sin que él le dijera claramente qué había ocurrido. Pero en seguida se arrepentía de su propia franqueza. Entendía desde hace años que la verdad de Harry Jaffe sería siempre un cheque sin fecha y sin números, pero firmado al calce. Amaba a un hombre oblicuo, engarzado a una doble percepción, la del grupo de exiliados hacia Harry y la de Harry hacia el grupo.

Laura Díaz se preguntaba el porqué de la distancia de los exiliados hacia Harry. ¿Y por qué, al mismo tiempo, lo aceptaban como parte del grupo? Laura deseaba que fuese él quien le dijera la verdad, se negaba a aceptar versiones de terceros, pero él le dijo sin sonreír que si bien era cierto que la derrota es huérfana y la victoria tiene cien padres, la mentira, en cambio, tiene muchos hijos, pero la verdad carece de descendencia. La verdad existe solitaria y célibe, por eso la gente prefiere la mentira; nos comunica, nos alegra, nos hace partícipes y cómplices. La verdad, en cambio, nos aísla y nos convierte en islas rodeadas de sospecha y envidia. Por eso jugamos tantos juegos mentirosos. Para no soportar las soledades de la verdad.

—Entonces, Harry, ¿qué sabemos tú y yo, qué sabemos el uno del otro?

—Te respeto, me respetas. Tú y yo nos bastamos.

—Pero no le bastamos al mundo.

—Es cierto, no.

Lo cierto era que Harry estaba exiliado en México, igual que los Diez de Hollywood y los otros perseguidos por el Comité del Congreso primero, por el senador McCarthy después. Comunistas o no, ésa no era la
cuestión. Había casos singulares, como el del viejo productor judío Theodore y su mujer Elsa, que no habían
sido acusados de nada y se auto-exiliaron por solidaridad, porque las películas —decían— se hicieron en co-
laboración, con los ojos bien abiertos, y si uno solo era
culpable de algo o víctima de alguien, entonces deberían serlo todos, sin excepción.

—Fuenteovejuna, todos a una —sonrió Laura
Díaz recordando a Basilio Baltazar.

Había fieles recalcitrantes de Stalin y la URSS, pero
también desilusionados del estalinismo que sin embargo no querían comportarse como estalinistas en su propia tierra americana.

—Si los comunistas llegáramos al poder en los USA,
también calumniaríamos, exiliaríamos y mataríamos a
los escritores disidentes —decía el hombre del copete.

—Entonces no seríamos verdaderos comunistas,
seríamos estalinistas rusos, producto de una cultura religiosa y autoritaria que no tiene nada que ver con el
humanismo de Marx, o con la democracia de Jefferson
—le contestaba su compañero alto y cegatón.

—Stalin ha corrompido para siempre la idea
comunista, no te engañes.

—Yo voy a mantener la esperanza de un socialismo democrático.

Laura no les daba ni rostro ni nombre a estas
voces y se culpaba de ello, pero la justificaba la ronda
de argumentos similares dichos por voces variables de
hombres y mujeres que iban y venían, estaban allí y luego desaparecían para siempre, dejando sólo sus voces,
no su apariencia física, entre las bugambilias del jardín
de los Bell en Cuernavaca.

Había ex comunistas que temían acabar, como Ethel y Julius Rosemberg, ejecutados en la silla eléctrica por crímenes imaginarios. O por crímenes ajenos. O por crímenes surgidos de la simple escalada de la sospecha. Había americanos de izquierda, socialistas sinceros o simplemente "liberales", a los que preocupaba el clima de persecución y delación desatado por una legión de oportunistas despreciables. Había amigos y parientes de víctimas del macartismo que se fueron de los Estados Unidos por solidaridad con ellos.

Lo que no había en Cuernavaca era un solo delator.

Laura se preguntaba en cuál de todas estas categorías cabría el hombre pequeño, calvo, flaco, mal vestido, enfermo de enfisema pulmonar, plagado de contradicciones, al cual ella llegó a amar con un amor distinto del que había sentido por los otros hombres, por Orlando, por Juan Francisco, y sobre todo por Jorge Maura.

Contradicciones: Harry se estaba muriendo de enfisema pero no dejaba de fumar cuatro cajetillas diarias porque decía que las necesitaba para escribir, era un hábito insuperable, sólo que no escribía nada y seguía fumando, mientras miraba con una especie de pasión resignada los grandes atardeceres del valle de Morelos cuando el perfume del laurel de Indias vencía la respiración extinta de Harry Jaffe.

Respiraba con dificultad y el aire del valle invadía sus pulmones, destruyéndolos: el oxígeno ya no le cabía en la sangre, pero un día su propia respiración, el aire de un hombre llamado Harry Jaffe, se le escaparía de los pulmones como se escapa el agua de un caño averiado y le invadiría la garganta hasta sofocarlo con lo mismo que necesitaba: aire.

—Si escuchas con atención —esbozaba una mueca el enfermo— puedes oír el rumor de mis pulmones, como el snap-crackle-pop de los cereales... soy una taza de Rice Krispies —reía con dificultad— soy el desayuno de los campeones.

Contradicciones: ¿él cree que ellos no saben y ellos saben pero no lo dicen?, ¿él sabe que ellos saben y ellos creen que él no lo sabe?

—¿Cómo escribirías sobre ti mismo, Harry?

—Tendría que contar la historia con palabras que detesto.

—¿La historia o tu historia?

—Hay que olvidar las historias personales para que aparezca la historia verdadera.

—¿Y no es "la historia verdadera" sólo la suma de las historias personales?

—No sé qué contestarte. Vuelve a preguntármelo otro día.

Ella pensaba en la suma de sus amores carnales, Orlando, Juan Francisco, Jorge y Harry, de sus amores familiares, su padre Fernando y la Mutti Leticia, las tías María de la O, Virginia e Hilda; de sus pasiones espirituales, los dos Santiagos. Se detenía, turbada y fría a la vez. Su otro hijo, Dantón, no aparecía en ninguno de estos altares personales de Laura Díaz.

Otras veces ella le decía, no sé quiénes fueron tus víctimas, si es que las hubo, Harry, quizás no tuviste víctimas, pero si las tuviste, ahora déjame que yo lo sea… una más.

Él la miraba con incredulidad y la obligaba a verse a sí misma de igual manera. Laura Díaz nunca se había sacrificado por nadie. Laura Díaz no era víctima de nadie. Por eso podía serlo de Harry, limpia, gratuitamente.

—¿Por qué no escribes?

—Mejor pregúntame qué significa escribir…

—Está bien. ¿Qué significa?

—Significa descender adentro de uno mismo, como si uno mismo fuese una mina, para luego ascender de nuevo, Laura. Ascender al aire puro con las manos llenas de mí mismo…

—¿Qué traes de la mina, oro, plata, plomo?

—¿La memoria? ¿El lodo de la memoria?

—La memoria nuestra de cada día.

—Dánosla hoy. Es pura mierda.

Le hubiera gustado morir en España.

—¿Por qué?

—Por simetría. Mi vida y la historia hubiesen coincidido.

—He conocido mucha gente que piensa como tú. La historia debió detenerse en España, cuando todos eran jóvenes y todos eran héroes.

—España era la salvación. Ya no quiero tablas de salvación, ya te lo dije.

—Entonces debes hacerte cargo de lo que siguió a la guerra de España. ¿Siguió la culpa, entonces?

—Hubo muchos inocentes, allá y acá. No puedo salvar a los mártires. Mi amigo Jim murió en el Jarama. Hubiera muerto por él. Era inocente. Nadie más lo ha sido después.

—¿Por qué, Harry?

—Porque yo no lo fui y no dejé que nadie volviese a serlo.

—¿No te quieres salvar a ti mismo?

—Sí.

—¿Conmigo?

—Sí.

Pero Harry estaba destruido, no se había salvado, no iba a morir nunca más en el frente del Jarama, iba a morir de enfisema, no de una bala franquista o nazi, una bala con dedicatoria política, iba a morir de implosión por bala que traía adentro, física o moral o física y moral. Laura quería darle un nombre a la destrucción que, al cabo, la unía inexorablemente a un hombre que no tenía más compañía, aun para seguirse destruyendo, con un cigarrillo o con un arrepentimiento, que ella misma, Laura Díaz.

Salieron de Cuernavaca porque los hechos persistían y Harry dijo que detestaba las persistencias. En

Cuernavaca aceptaban que estuviera allí pero no le dirigían la palabra ni la mirada. Laura se preguntó, asumiendo la voz de Harry, ¿por qué la fría distancia de los otros exiliados, como si él, de alguna manera, no fuese uno de ellos?, y más, ¿por qué me aceptan al mismo tiempo que me rechazan?, ¿no quieren darme el trato discriminatorio que ellos mismos sufrieron?, porque si delaté en secreto —dijo Laura con la voz de Harry— ellos no me van a recriminar en público; porque si actué en secreto, ellos no pueden tratarme como enemigo pero yo no puedo revelar la verdad...

—¿Y vivir tranquilo?

—No sé quiénes fueron tus víctimas, Harry. Déjame que yo lo sea.

Si estaba refugiado en México, era porque lo seguían persiguiendo en los Estados Unidos. ¿Por qué lo seguían acusando, si tal era el caso, los cazadores de brujas? ¿Porque no delató? ¿O, precisamente, porque delató? Pero, ¿qué clase de delación fue la suya, una delación que me permite vivir entre mis víctimas? ¿Debió denunciarse a sí mismo como delator ante los demás perseguidos? ¿Ganaría con ello? ¿Qué ganaría con ello? ¿Penitencia y credibilidad? ¿Haría penitencia y entonces creerían en él, lo mirarían y le dirigirían la palabra? ¿Se habían equivocado todos, ellos y él?

En Cuernavaca, en el exilio, ¿se pusieron de acuerdo en creer que él no delató, que era uno de ellos?

—Entonces, ¿por qué a él no lo persiguen más y a nosotros nos siguen persiguiendo?

(Laura, el delator es inexpugnable, atacar la credibilidad del delator es minar en sus fundamentos el sistema mismo de la delación.

(¿Tú delataste?

(Suponte que sí. Pero que no se sepa que delaté. Que se me crea un héroe. ¿No conviene más para la causa?)

—Se los aseguro. Él podría regresar y nadie lo molestaría.

—No. Los inquisidores siempre encuentran nuevos motivos para perseguir.

—Judíos, conversos, musulmanes, maricas, raza impura, falta de fe, herejía —le recordó durante una de sus visitas esporádicas Basilio—. Al inquisidor nunca le faltan motivos para acusar. Y si falla o envejece un motivo, Torquemada se saca de la manga otro nuevo e inesperado. Es el cuento de nunca acabar.

Abrazados de noche, haciendo el amor con la luz apagada, Harry reteniendo la tos, Laura con camisón para esconder un cuerpo que ya no le agradaba, podían decirse cosas, podían hablar con caricias, podía decirle él a ella está es la última oportunidad para el amor the last chance for love, y ella a él lo que está pasando ya estaba anunciado y él, ya pasó, lo que está pasando, tú y yo es lo que ya pasó entre tú y yo, Laura Díaz, Harry Jaffe, ella debía suponer, ella debía imaginar. A la hora del desayuno, a la hora del cóctel crepuscular cuando sólo un diáfano martini se defendía de la noche, y en la noche misma, a la hora del amor, ella podía imaginar respuestas a sus preguntas, ¿por qué no habló?, o ¿por qué habló, si habló, en secreto?

—¿Pero tú no hablaste, ¿verdad?

—No, pero me tratan como si hubiera hablado.

—Es cierto. Te están insultando. Te están tratando como si no importaras. Vámonos de aquí, los dos solos.

—¿Por qué dices esto?

—Porque si tienes un secreto y lo respetan es porque no les pareces importante.

—Puta, bitch, crees que con tus trampas me obligas a hablar…

—A las putas los hombres les cuentan sus cuitas. Déjame ser tu puta, Harry, habla…

—Old bitch —rió sarcástico Harry—, puta vieja.

Ella ya no tenía capacidad para sentirse insultada. Ella misma se lo había pedido, déjame ser tu perra.

—Bueno, perra, imagina que hablé en testimonio secreto. Pero imagina, sólo mencioné a los inocentes, a Mady, a Julie. ¿Sigues mi lógica? Imaginé que por ser inocentes no los tocarían. Los tocaron. Los mataron. Yo imaginaba que sólo tocarían a los comunistas y por eso no los nombré. Me juraron que sólo andaban detrás de los rojos. Por eso imaginé a los inocentes. No los tocarían. No cumplieron con lo prometido. No imaginaron lo mismo que yo. Por eso pasé del testimonio secreto a la sesión abierta y ataqué a McCarthy.

(¿Es o ha sido usted miembro del Partido Comunista?

(Usted es el comunista, senador, usted es el agente rojo, a usted le paga Moscú, senador McCarthy, usted es el mejor propagandista del comunismo, senador

(Punto de orden, desacato, el testigo es reo de desacato al Congreso de los Estados Unidos)

—¿Por eso pasé un año en la cárcel? ¿Por eso no tienen más remedio que respetarme y aceptarme como uno de ellos? ¿Por eso soy un héroe? Pero, ¿también soy un delator? ¿Imaginan que delaté porque creí que nadie iba a probar lo improbable, que Mady Christians o John Garfield eran comunistas? ¿Imaginan que nombré a los inocentes para salvar a los culpables? ¿Imaginan que no entendí la lógica de la persecución, que era convertir al inocente en víctima? ¿Imaginan que pude haber nombrado a otro amigo mío, J. Edward Bromberg, o a Maltz, a Trumbo, a Dmytrik, porque ellos sí fueron comunistas? ¿Imaginan que por eso no los nombré en la sesión secreta? ¿Imaginan que nombré sólo a los inocentes porque yo mismo pequé de inocencia? ¿Imaginan que pensé que no les podría comprobar nada a los inocentes por serlo? ¿Por eso el Comité se encargó de probarles todo lo que no eran mediante el uso del terror? ¿Era más fácil atemorizar al inocente que al culpable? ¿El culpable podía decir fui o soy comunista y pagar con honor las consecuencias? ¿Pero el inocente sólo podía negar y pagar peor que el culpable las consecuencias? ¿Es esa la lógica del terror? Sí, el terror es como una tenaza invisible que te va acogotando como el enfisema me ahoga a mí mismo. No puedes hacer nada y acabas agotado, muerto, enfermo o suicida. El terror consiste en matar de miedo al inocente. Es el arma más poderosa del inquisidor. Dime que fui un estúpido, que no supe prever eso. Imagina que cuando me decidí a atacar al Comité, mis delaciones ya habían surtido efecto. Nadie puede desandar lo andado, Laura.

—¿Y por qué no te delataron a ti los inquisidores, por qué no revelaron que en la sesión secreta habías dicho lo contrario que en la sesión pública?

—Porque para ellos era peor el silencio del héroe que la palabra del delator. Si revelaban mi doble juego, también revelaban el suyo y perdían un as de su baraja. Se callaron sobre mi delación, al fin y al cabo martirizaron a la gente que nombré, ése no era problema, ellos ya tenían su lista de víctimas preparada de antemano, el delator sólo confirmaba públicamente lo que ellos querían que se dijera. Muchos más denunciaron públicamente a Mady Christians y a John Garfield. Por eso se callaron sobre mi delación, me condenaron por mi rebeldía, me enviaron a la cárcel, y cuando salí me tuve que exiliar... De todos modos, me derrotaron, me hicieron imposible para mí mismo...

—¿Todo esto lo saben tus amigos de Cuernavaca?

—No lo sé, Laura. Pero lo imagino. Están divididos. Les conviene tenerme entre ellos como mártir. Les conviene más que expulsarme como delator. Pero no me hablan ni me miran a la cara.

Ella le rogó que se fueran de Cuernavaca, los dos solos en otra parte se darían lo que podían otorgarse dos seres solitarios, dos perdedores, juntos podemos ser lo que somos siendo lo que no somos. Vámonos antes de que nos trague un inmenso vacío, mi amor, vamos a morir en secreto, con todos nuestros secretos, ven, mi amor.

—Te juro que guardaré silencio para siempre.

XXI. Colonia Roma: 1957

— 1 —

Cuando el terremoto de julio del 57 sacudió a la ciudad de México, Laura Díaz estaba mirando la noche desde la azotea de su vieja casa en la Avenida Sonora. Excepcionalmente fumaba un cigarrillo. En honor de Harry. Muerto tres años atrás, su piadoso amor la había dejado llena de preguntas sin respuestas y cargada de horizontes encerrados en la mente y el corazón de ella que seguía viva y no tenía un hombre porque había perdido al que amaba y ahora ella acababa de cumplir cincuenta y nueve años.

El recuerdo llenaba sus días y a veces, como ésta, sus noches. Dormía menos que antes, desde la muerte de Harry y el regreso a la ciudad de México. El destino de su amante americano la obsesionaba. No quería clasificar a Harry Jaffe como un "fracasado" porque no quería atribuir la culpa del fracaso ni a la persecución macartista ni a un vencimiento, propio, interno, de Harry. No quería admitir que, con o sin la persecución, Harry ya no escribía porque no tenía nada que decir; se refugiaba en la cacería de brujas. La destrucción sistemática de los inocentes y, lo que fue peor, de los que pensaban diferente, ocupó la vida del exiliado.

La duda persistía. ¿Coincidió la persecución con el agotamiento de las facultades de Harry, o éstas ya las había perdido y la persecución macartista fue sólo un pretexto para convertir la esterilidad en heroicidad? Él no tenía la culpa; quiso morir en España, en el Jarama, con su buddy Jim, cuando las ideas y la vida eran idénticas, cuando nada las separaba, cuando no había, Laura, esta maldita enajenación...

Desde la azotea, pensando en su pobre Harry, Laura Díaz podía contemplar, a su izquierda, la marea oscura del bosque dormido, las copas ondulantes como la respiración de un monarca anciano dormido en su trono de árboles y coronado por su castillo de piedra.

A la derecha, muy lejos, el dorado Ángel de la Independencia añadía a su brillo pintado la luz de los reflectores que destacaba la silueta aérea de la áurea damisela porfirista disfrazada de diosa griega pero representando, travestí celestial, al ángel macho de una gesta femenina, la Independencia... El-l Ángel-a levantaba un laurel con la mano derecha y desplegaba las alas para iniciar un vuelo que no era éste, catastrófico, brutal, abrupto, desde lo alto de la aérea columna al aire mismo, hasta chocar y hacerse pedazos en la base misma del pedestal, caída como la de Luzbel, arruinada/arruinado el Ángel-Ángeles aéreo vencido por la tierra trémula.

Laura Díaz vio la caída del Ángel y quién sabe por qué, pensó que no era tal Ángel, era la señorita Antonieta Rivas Mercado, que míticamente posó para el escultor Enrique Alciati sin imaginar que un día su bella efigie, su cuerpo entero, iban a caer hechos pedazos al pie de la esbelta columna conmemorativa. Miró la marea del bosque y la caída del Ángel pero sintió sobre todo que su propia casa crujía, se quebraba como las alas del Ángel, se cuarteaba en tres como una tortilla frita entre los dientes de la monstruosa ciudad que una noche recorrió con Orlando Ximénez para ver el rostro de la verdadera miseria de México, la miseria invisible, la más horrible de todas, la que no se atreve a mostrarse porque no tiene nada que pedir y nadie le dará, de todas maneras, nada.

Esperó a que el terremoto se cansara.

Lo mejor que podía hacer era no moverse. No había otro modo de combatir a esa fuerza telúrica, resignarse pero vencerla con su figura opuesta, la inmovilidad.

Sólo había conocido otro gran temblor, en el año 42, cuando la ciudad se cimbró debido a un hecho insólito: mientras un campesino michoacano araba la tierra, empezó a salir humo de un hoyo y del hoyo emergió, en unas cuantas horas, como si la tierra en verdad pariera, un volcán-niño, el Paricutín, vomitando roca, lava, centellas. Su fulgor podía verse desde muy lejos todas las noches. El fenómeno "Paricutín" era divertido, asombroso, asimilable por extravagante, aunque el nombre real del lugar fuese impronunciablemente purépecha: Paranguaricutiro, abreviado a "Paricutín". Un país en el que un volcán aparece de la noche a la mañana, salido de la nada, es un país donde puede ocurrir cualquier cosa...

El temblor del 57 fue más cruel, más rápido, seco y tajante como un machetazo en el cuerpo dormido de la ciudad. Cuando se calmó, Laura bajó con cautela por la escalerilla circular de fierro al piso de la recámara y lo encontró todo regado, armarios y cajones, cepillos de dientes, vasos y jabones, piedra pómez y zacates, y en la planta baja, los cuadros chuecos de la sala, las lámparas apagadas, los platos rotos, el perejil regado, las botellas de electropura cuarteadas.

Era peor afuera. Al salir a la avenida, Laura pudo darse cuenta de las salvajes averías que sufrió la casa. La fachada estaba menos cuarteada que herida a puñalazos, desgajada como una naranja, inhabitable...

El temblor despertó a los fantasmas. Los teléfonos funcionaban; mientras Laura comía una torta de frijol con sardina y bebía una chaparrita de uva, recibió una llamada de Dantón y otra de Orlando.

A su hijo menor no lo veía desde el velorio de Juan Francisco, cuando Laura escandalizó a la familia de la mujer de Dantón y sobre todo a su nuera, la niña Ayub Longoria.

—Me importan madre esa punta de apretados —le dijo Laura a su hijo.

—Está bien —le contestó Dantón—. El agua y el aceite, sabes... no te preocupes. No te faltará nada.

—Gracias. Ojalá nos veamos.

—Ojalá.

El escándalo interno de la familia política creció cuando Laura se fue a vivir a Cuernavaca con un comunista gringo, pero el dinero, puntual y abundante, de Dantón, nunca le faltó a Laura. Era trato hecho, no había más que decir. Hasta el día del temblor.

—¿Estás bien, mamá?

—Yo sí. La casa está arruinada.

—Mandaré a unos arquitectos a verla. Múdate a un hotel y avísame para arreglártelo todo.

—Gracias. Me iré a casa de Diego Rivera.

Hubo un silencio incómodo y luego Dantón dijo con voz alegre:

—Las cosas que pasan. El techo se le cayó encima a doña Carmen Cortina. Mientras dormía. ¿La conociste? Imagínate. Sepultada en su propia cama, aplastada como un hot-cake. ¡México lindo y querido! Dicen que fue the life of the party, allá por los años treinta.

Poco después, el teléfono volvió a sonar y Laura tuvo un sobresalto. Recordó el tiempo en que dos empresas diferentes, Ericsson y Mexicana, se dividían las líneas y los números, complicándole la vida a todo el mundo. Ella tenía Mexicana, Jorge Maura, Ericsson. Ahora había una sola compañía telefónica y a los amantes les haría falta la excitación del juego, el teléfono como disfraz, pensó Laura con nostalgia.

Como para aplazar la llamada insistente, Laura se puso a recordar todo lo que había aparecido en el mundo desde que su abuelo Philip Kelsen salió de Alemania en 1867, el cine, la radio, el automóvil, el avión, el teléfono, el telégrafo, la televisión, la penicilina, el mimeógrafo, los plásticos, la Coca Cola, los discos LP, las medias de nylon...

Quizás el ambiente de catástrofe le recordó a Jorge Maura, acabó por asociar el ring-ring del teléfono con el latido del corazón y dudó durante algunos instantes. Sintió miedo de tomar la bocina. Trató de reconocer la voz de barítono, aflautada a propósito para sonar más inglesa, que la saludó inquiriendo.

—¿Laura? Te habla Orlando Ximénez. Sabes la tragedia de Carmen Cortina. Murió aplastada. Mientras dormía. El techo se le vino encima. La velamos en el Gayosso de Sullivan. Pensé que, for old time's sake...

El hombre que bajó del taxi a las siete de la tarde la saludó desde el filo de la banqueta y luego caminó hacia ella con un paso inseguro y una sonrisa móvil, como si su boca fuese un cuadrante de radio buscando la estación correcta.

—Laura. Soy yo, Orlando. ¿No me reconoces? Mira —rió mostrando el puño y el anillo de oro con las iniciales OX. No le quedaba otra seña de identidad. La calvicie era total y él no pretendía asimilarla. Lo extraño —lo grave, se dijo Laura— era que la lisura extrema del cráneo desnudo como un trasero de bebé contrastaba tan brutalmente con el rostro infinitamente cuadriculado, cruzado por rayas minúsculas en todas las direcciones. Un rostro que era una rosa de los vientos enloquecida, con sus puntos cardinales disparados en todas direcciones; una tela de araña sin simetría.

La tez blanca, el rubio talante de Orlando Ximénez, habían resistido mal el paso de los años; las arrugas de su rostro eran tan incontables como los surcos de un campo trillado durante siglos para rendir cosechas cada vez más exiguas. Mantenía, sin embargo, la distinción de un cuerpo esbelto y bien trajeado, un Príncipe de Gales cruzado pero con corbata negra propia de la ocasión y la coquetería, inmortal en él, de un pañuelo Liberty asomando, displicentemente, por la bolsa del pecho. "Sólo los cursis y los toluqueños usan corbata y pañuelo idénticos", le había dicho hace años, en San Cayetano, en el Hotel Regis... Orlando.

—Laura querida —dijo primero viendo que al principio no fue reconocido, y tras de plantarle dos besitos fugitivos en las mejillas se apartó para verla, tomado siempre de las manos de la mujer.

—Déjame verte.

Era el Orlando de siempre, no le devolvía el juego, lo anticipaba, le decía sin palabras "cómo has cambiado, Laura", antes de que ella pudiese decir "cómo has cambiado, Orlando".

En el trayecto a la calle de Sullivan (¿quién sería Sullivan?, ¿un autor de operetas inglesas, sólo que éste siempre iba unido como siamés a su partenaire Gilbert, como Ortega a Gasset, bromeó el irreprimible, Orlando) el viejo novio de Laura comentó la horrible muerte de Carmen Cortina y el misterio que la rodearía siempre. La famosa anfitriona de los años treinta, la mujer que con su energía rescató a la sociedad mexicana de la convulsión aletargada —si tal cosa podría decirse, es un oxímoron, de acuerdo, sonrió Orlando— llevaba años encamada, afectada de una flebitis que le impedía el movimiento... La cuestión era ¿pudo Carmen Cortina levantarse y salvarse del desplome, o la condenó su prisión física a mirar un techo que se le venía encima y la aplastaba, pues, ¿para qué andar con remilgos?, como la proverbial cucaracha...

—But I am a chatterbox, estoy hecho un hablantín, perdón —dijo riendo Orlando y acarició, con su mano enguantada, los dedos desnudos de Laura Díaz.

Sólo al descender del taxi en Sullivan, Orlando la tomó del brazo y le dijo al oído, no te asustes, Laura querida, vas a encontrar a todos nuestros amigos de hace veintiocho años pero no los vas a reconocer; si tienes dudas, apriétame el brazo —no te descuelgues de mí, je t'en prie— y te diré al oído quién es quién.

—¿Has leído *El tiempo recobrado* de Proust? ¿No? Pues es la misma situación. El narrador regresa a un salón parisino treinta años después y ya no reconoce a los amigos íntimos de su juventud. Frente a "los viejos fantoches", dice el narrador de Proust, había que usar no sólo los ojos, sino la memoria. La vejez, añade, es como la muerte. Algunos la afrontan con indiferencia, no porque sean más valientes que los demás, sino porque tienen menos imaginación.

Orlando buscó ostentosamente el nombre de CARMEN CORTINA en el tablero de las defunciones para ubicar la capilla ardiente.

—Claro, la diferencia con Proust es que él encuentra la vejez y el paso del tiempo en un elegante salón de la sociedad francesa, mientras que tú y yo, orgullosamente mexicanos, la encontramos en una agencia de pompas fúnebres.

No había el olor de flores intrusas que provoca náuseas en los velatorios. Por ello los perfumes de las mujeres presentes se dejaban sentir con más ofensa. Eran como nubes finales de un cielo a punto de apagarse para siempre y una por una ellas pasaban frente al féretro abierto de Carmen Cortina, minuciosamente reconstruida por el embalsamador hasta parecerse ni a sí misma ni a ningún ser previamente vivo. Era un maniquí de aparador, como si toda su agitada vida de anfitriona social la hubiese preparado para este momento final, el acto último de lo que en vida fue una representación permanente: un maniquí recostado entre colchonetas de seda blanca, bajo vitrina de plástico, con el pelo cuidadosamente pintado de caoba, las mejillas lisas y coloreadas, la boca obscenamente hinchada y entreabierta en una sonrisa que parecía lamer la muerte como si fuese un caramelo, la nariz retacada de algodones porque por allí se podía escapar lo que quedaba del jugo vital

de Carmen y los ojos cerrados —pero sin los anteojos que la hostess manejaba con la sabiduría de los
cegatones elegantes, como si fueran un rehilete a veces,
un dedo de repuesto en otras, un pendiente exhausto
o un stiletto amenazante. En todo caso, la batuta con
que Carmen Cortina conducía su brillante opereta social.

Despojada de los anteojos, Laura no la reconoció. Estuvo a punto de sugerirle a Orlando, contagiada
del inconmovible tono festivo de su primer novio, que
un alma caritativa le colocase las gafas al cadáver de
Carmen. Era capaz de abrir los ojos. De resucitar. Aunque tampoco reconoció a la mujer desbordada de carnes pero con perseverante cutis de nácar que era em-
pujada en silla de ruedas por el pintor Tizoc Ambriz, él
sí reconocible por sus frecuentes apariciones en las páginas de cultura y sociedad de los periódicos, convertido, por el color, el tamaño y la textura de su piel, en una
escamada, negra y plateada sardina. Flaco y pequeño,
vestido como siempre de mezclilla azul —pantalones,
camisa y chamarra, como para singularizarse al mismo
tiempo que, contradictoriamente, imponía una moda.

Empujaba con devoción la silla de ruedas de la
mujer con ojos adormilados, cejas invisibles pero ¡ay!,
exclamó Orlando, ya no la simetría facial de aquella eterna madurez que presumía de eterna juventud, situada,
como estaba hace treinta años, en el filo mismo de una
opulencia que el amigo de Laura había comparado a
una fruta en plenitud. Recién cortada de la rama.

—Es Andrea Negrete. ¿Recuerdas el vernissage de
su cuadro por Tizoc en el flatsín de Carmen? Estaba desnuda —en el cuadro, por supuesto—, tenía dos mechones blancos en las sienes y el pubis pintado de blanco
también, alardeando de tener canas en el mono, hazme
tú el favor. Ay, ahora ya no tiene que pintarse nada.

—Cómeme —le susurró Andrea a Orlando cuan-
do pasaron junto a la sala donde un cura conducía el res-
ponso ante una docena de amigos de Carmen Cortina.

—Cómeme.

—Pélame.

—Lépero —se rió la actriz, mientras el murmullo del Lux perpetua luceat eis se imponía vagamente
a los comentarios y al chismorreo propios de la ocasión.

El pintor Tizoc Ambriz había perdido, en cambio, toda expresión facial. Era un tótem indio, un diminuto Tezcatlipoca, el Puck azteca destinado a rondar
como fantasma las noches endemoniadas de México-
Tenochtitlan.

Tizoc desvió los ojos hacia la entrada donde un
joven alto, moreno y de cabellera rizada, entraba dándole el brazo a una mujer hinchada en cada llanta de
su obesidad y rehecha en cada centímetro de su epidermis. Avanzaba orgullosa y hasta impertinentemente
del brazo del efebo, haciendo alarde de la ligereza de
su paso a pesar del volumen de su peso. Navegaba como un galeón de la Invencible Armada sobre las aguas
procelosas de la vida. Sus pies diminutos sostenían un
macizo glóbo carnal, coronado por una cabecita de
bucles rubios que eran el marco de su rostro esculpido, retocado, restaurado, compuesto, repuesto y dispuesto hasta estirarse como un globo a punto de estallar aunque ayuno de expresión, una pura máscara
detenida invisiblemente por alfileres invisibles alrededor de las orejas y costuras debajo de la barbilla que
habían eliminado una papada que pugnaba, a ojos vistas, por renacer.

—¡Laura, Laura querida! —exclamó la aparición
esperpéntica envuelta en velos negros cuajados de pedrería. Laura se preguntó, ¿quién será, Dios mío?, ¡no la
recuerdo, no la recuerdo!, hasta darse cuenta que el globo cicatrizado no la saludaba a ella, avanzaba ligera hacia
alguien detrás de Laura Díaz, quien giró para seguir ese
anuncio viviente del lifting y verla besar en las mejillas
a una mujer que era su opuesto, una señora delgada y
menuda, vestida con un traje sastre negro, collar de per-

las un sombrerito pillbox del cual colgaba un velo negro tan cercano a la piel que parecía parte integral del rostro.

—Laura Rivière, felices los ojos —exclamó la gorda cicatrizada.

—Qué gusto, Elizabeth —contestó Laura Rivière apartando discretamente a la exuberante Elizabeth García-Dupont ex de Caraza, se dijo con asombro Laura Díaz, su compañera de adolescencia en Xalapa, a quien su mamá doña Lucía Dupont les decía, niñas no vayan a enseñar las pechugas mientras enfundaba a Elizabeth en su vestidito de baile anticuado, color de rosa y lleno de holanes y vuelos sin fin...

(Laura no tiene problemas porque es plana, mamá, pero yo...

(Elizabeth, hijita, me pones mal...

(Ni modo, así me hizo Dios, con tu ayuda...)

No había reconocido a Laura, como Laura no la había reconocido a ella, porque Laura —se miró de reojo en el espejo de la sala mortuoria— había cambiado tanto como Elizabeth, o porque Elizabeth sí reconoció a Laura pero no quiso saludarla por rencores aunque viejos, vivos o, quizás, para evitar, exactamente, las comparaciones, las mentiras, no has cambiado nada, ¿cómo le haces? ¿tienes pacto con el diablo? La última vez, en el Ciro's del Hotel Reforma, Elizabeth parecía una momia anoréxica.

Laura Díaz esperó a que Elizabeth García se separara de Laura Rivière para acercarse a ésta, tenderle la mano, recibir en cambio una diestra seca y fina, buscar el reconocimiento en el fondo del velo negro, en el pelo blanco muy bien arreglado que asomaba bajo el sombrero cilíndrico y bajo en vez del lánguido corte rubio de su juventud.

—Soy Laura Díaz.

—Te esperé siempre. Prometiste llamarme.

—Lo siento. Tú me dijiste que me salvara.

—¿Creíste que yo no podía ayudarte?

—Tú misma me lo dijiste, ¿recuerdas? "Yo ya no puedo. Estoy capturada. Mi cuerpo está capturado por la rutina...".

—"Pero si pudiera separarme de mi propio cuerpo...".

Laura Rivière sonrió. —"Lo detesto". Eso te dije, lo recordarás...

—Me arrepiento de no haberte buscado.

—Yo también.

—¿Sabes?, pudimos ser amigas.

—Hélas —Laura Rivière suspiró y le dio la espalda a Laura Díaz, no sin antes sonreírle melancólicamente.

—Amó realmente a Artemio Cruz —le confió Orlando Ximénez cuando la condujo de regreso a la Avenida Sonora, en medio de los escombros diseminados de la ciudad—. Era una mujer obsesionada por la luz, las lámparas, la luz de los interiores, sí, la buena disposición de las lámparas, el voltaje exacto, cómo se iluminaban los rostros... Eso la obsesionó siempre. Fue —es— una pintora de su propia efigie. Es su propio autorretrato.

(Ya no puedo más, mi amor. Tienes que escoger.

(Ten paciencia, Laura. Date cuenta... No me obligues...

(¿A qué? ¿Me tienes miedo?

(¿No estamos bien así? ¿Hace falta algo?

(Quién sabe, Artemio. Puede que no haga falta nada.

(No te engañé. No te obligué.

(No te transformé, que es distinto. No estás dispuesto. Y yo me estoy cansando.

(Te quiero. Como el primer día.

(Ya no es el primer día. Ya no. Pon más alto la música)

Al bajar del taxi, Orlando quiso besar a Laura. Ella lo rechazó con asco y asombro. Sintió el roce de

esos labios arrugados, la cercanía del rostro cuadriculado como una débil parrillada de carne color de rosa, y
sintió repulsión.

—Te quiero, Laura, como el primer día.

—Ya no es el primer día. Ahora nos conocemos.
Demasiado. Adiós, Orlando.

¿Y el misterio? ¿Se morirían ambos sin que Orlando Ximénez, el amigo íntimo del primer Santiago en
Veracruz, el seductor de Laura por ese mismo hecho, el
misterioso correo entre la invisible anarquista Armonía
Aznar y el mundo, Orlando su amante y su Virgilio por
los círculos infernales de la ciudad de México, revelase
sus secretos? Era imposible atribuirle misterio alguno a
este "lagartijo" pasado de moda, momificado y banal,
que la acompañó, al velar a Carmen Cortina, al entierro
de toda una época de la ciudad de México.

Prefería quedarse con el misterio.

El homenaje a los "otros tiempos", sin embargo,
le dejó a Laura un amargo sabor. La luz había regresado
a la casa. Ella empezó a recoger los objetos caídos, los
trastes de la cocina, el arreglo del comedor, sobre todo
la sala y el balcón desde donde, cuando la familia se
reconcilió después de la pasión de Laura Díaz por Jorge
Maura, se reunían ella y su marido Juan Francisco, los
hijos Santiago y Dantón y la vieja tiíta veracruzana,
María de la O, a mirar los atardeceres del bosque de
Chapultepec.

Acomodó los libros caídos por la fuerza del terremoto y de entre las páginas de la biografía de Diego
Rivera por Bertram D. Wolfe cayó la foto de Frida Kahlo
que Laura Díaz le tomó el día de su muerte, el 13 de
julio de 1954, cuando Laura dejó solo a Harry Jaffe
en Tepoztlán y se apresuró a la casa de los Rivera en
Coyoacán.

—Toma —le dijo Harry entregándole una Lei-
ca—. La usaba para fotofijas en Hollywood. No dejes de
traerme a Frida Kahlo muerta.

Dominó la crueldad que en ocasiones le provocaba Harry. Frida había muerto amputada y enferma pero pintando hasta el último momento desde su lecho agónico. Harry agonizaba en un valle tropical sin el valor de tomar pluma y papel. Laura tomó la foto del cadáver de Frida, más que nada, para enseñársela a Harry y decirle, "No dejó de crear ni el día de su muerte".

Pero Harry también estaba muerto. Lo estaba Carmen Cortina y la crueldad que Laura sentía hacia Harry, así como el ridículo que sentía al ver el cuerpo embalsamado de Carmen con minúscula cortina, se transformaron ahora, mirando la foto de Frida muerta, en algo más que amor y admiración.

Tendida en su féretro, Frida Kahlo lucía su cabellera negra trenzada con listones de colores. Sus manos llenas de anillos y brazaletes reposaban sobre un pecho dormido pero engalanado, para el último viaje, por collares suntuosos de oro delgado y plata moreliana. Las arracadas de turquesa verde ya no colgaban de sus lóbulos, ahora reposaban como ella, reteniendo misteriosamente el calor final de la mujer muerta.

La cara de Frida Kahlo no había cambiado con la muerte. Los ojos cerrados se mantenían, sin embargo, alertas gracias a la vivacidad inquisitiva de las espesas cejas sin cesura, ese azotador peligroso y fascinante encima de los ojos, que fue santo y seña de la mujer. La espesura de las cejas pretendía, pero no lograba, disimular el bigote de Frida, el bozo notorio y notable que cubría su labio superior y hacía pensar que entre sus piernas un pene gemelo del de Diego pugnaba por brotar hasta completar en Frida la probabilidad, más que la ilusión, del ser hermafrodita, y, más aún, partenogenético, capaz de fecundarse a sí misma y generar, con su propio semen, el nuevo ser que ella misma, su parte femenina, pariría gracias al vigor de su parte masculina.

Así la fotografió Laura Díaz para Laura Díaz, creyendo que retrataba un cuerpo inerte, sin darse cuenta de que Frida Kahlo había emprendido ya el viaje a Mictlan, el averno indígena a donde sólo se llega guiada por trescientos perros ixcuintles, los perros pelones que Frida coleccionaba y que ahora aullaban desconsolados en los patios, las azoteas y las cocinas de la casa fúnebre, huérfanos de madre.

La posición yacente de Frida Kahlo era un engaño. Ella ya caminaba rumbo a un infierno indígena que parecía una pintura de Frida Kahlo, pero sin la sangre, sin las espinas, sin el martirio, sin los quirófanos, sin los bisturís, sin los corsets de fierro, sin las amputaciones, sin los fetos, un infierno de flores solamente, de lluvias cálidas y perros pelones, un infierno colmado de piñas, fresas, naranjas, mangos, guanábanas, mameyes, limones, papayas, zapotes, a donde ella llegaría de pie, humilde y altiva a la vez, completa, curada, anterior a los hospitales, virgen de todo accidente, saludando a El Señor Xólotl, Embajador de la República Universal de Mictlan, Canciller y Ministro Plenipotenciario de la Muerte, es decir, de AQUÍ. How do you do, Mr Xólotl?, estaría diciendo Frida al entrar al Infierno.

Entró al Infierno. De su casa de Coyoacán la llevaron muerta al Palacio de Bellas Artes y la cubrieron con la bandera comunista, provocando la destitución del director del Instituto. Luego la llevaron al horno crematorio, la introdujeron como era ella, engalanada, vestida, enjoyada, peluda para arder mejor. Y al prenderse las llamas, el cadáver de Frida Kahlo se incorporó, se sentó como si fuese a platicar con sus más viejos amigos, el grupo de Los Cachuchas cuyas bromas escandalizaban a la Escuela Preparatoria en los años veinte; como si se dispusiese a conversar otra vez con Diego; así se incorporó el cadáver de Frida, animado por las llamas del horno crematorio. La cabellera se le incendió como una aureola. Le sonrió por última vez a sus amigos y se disolvió.

A Laura Díaz sólo le quedaba la foto tomada por Laura Díaz del cadáver de Frida Kahlo. En ella, la muerte para Kahlo era una manera de apartarse de todo lo feo de este mundo sólo para verlo mejor, no para evitarlo; para descubrir la afinidad de Frida la mujer y la artista, no con la belleza, sino con la verdad.

Estaba muerta pero por sus ojos cerrados pasaba todo el dolor de sus cuadros, el horror más que el dolor, según algunos observadores. No, en la foto del Laura Díaz, Frida Kahlo era el conducto del dolor y la fealdad del mundo de los hospitales, los abortos, la gangrena, la amputación, las drogas, las pesadillas inmóviles, la compañía del diablo, el pasaje herido a una verdad que se vuelve hermosa porque identifica nuestro ser con nuestras cualidades, no con nuestras apariencias.

Frida le da forma al cuerpo: Laura lo fotografió.

Frida reúne lo disperso: Laura fotografió esa integridad.

Frida, como un Fénix demasiado infrecuente, se incorporó al ser tocada por el fuego.

Renació para irse con sus perros sin pelo al otro barrio, a la patria de la pelona, la mera dientona, la tostada, la catrina, la tía de las muchachas.

Se fue vestida para una pachanga en el Paraíso.

— 2 —

Con la foto de Frida muerta en una mano y la cámara que le obsequió Harry en la otra, Laura se miró al espejo en su nuevo apartamento de la Plaza Río de Janeiro, donde se instaló después de que el terremoto volvió irreparable la vieja casa de la Avenida Sonora y Dantón, que era dueño del predio, decidió derruirla y construir, en el lugar, un condominio de doce pisos.

—Creí que tu padre y yo éramos los dueños de nuestro hogar —dijo Laura con asombro pero sin desengaño el día en que la visitó Dantón para explicarle el nuevo orden de las cosas.

—Hace tiempo que la propiedad es mía —contestó el hijo menor de Laura.

El asombro de la madre era fingido; la verdadera sorpresa era el cambio físico en el hombre de treinta y seis años al cual no veía desde que enterraron a Juan Francisco y Laura fue condenada al ostracismo por su familia política.

No eran las escasas canas en las sienes ni el vientre un poco más abultado lo que cambiaba a Dantón, sino un desplante, un alarde de poder que no podía ocultar ni siquiera frente a su madre aunque, acaso, precisamente, lo exageraba ante ella. Todo, desde el corte de pelo a lo Marlon Brando en *Julio César* hasta el traje charcoal-grey y la estrecha corbata de regimiento inglés hasta los mocasines negros de Gucci, afirmaban poder, seguridad en sí mismo, costumbre de ser obedecido.

Con nervioso aplomo, Dantón alargaba los brazos para mostrar sus mancuernas color rubí.

—Te tengo visto un lindo apartamento en Polanco, madre.

No, insistió ella, quiero quedarme en la Colonia Roma.

—Se está contaminando muy rápido. La congestión del tráfico va a ser terrible. Además, no está de moda. Y es donde suelen pegar más duro los temblores.

Por todo eso, repitió ella, por eso mismo.

—¿Sabes lo que es un condominio? El que estoy construyendo es el primero en México. Se van a poner de moda. La propiedad horizontal es el futuro de esta ciudad, te lo aseguro. Éntrale a tiempo. Además, esos apartamentos que te gustan en la Plaza no están a la venta. Se alquilan.

Precisamente, ella quería pagar de ahora en adelante su propia renta, sin ayuda de él.

—¿De qué vas a vivir?

—¿Tan vieja me ves?

—No seas terca, madre.

—Creí que mi casa era mía. ¿Lo tienes que comprar todo para ser feliz? Déjame serlo a mi manera.

—¿Muerta de hambre?

—Independiente.

—Llámame si me necesitas, pues.

—Igual aquí.

Con la Leica en las manos, Laura Díaz reaccionó a las muertes disímbolas de Frida Kahlo y Carmen Cortina en el año del terremoto con una voluntad única. Orlando la hizo recordar la ciudad invisible, perdida, de una miseria y degradación asfixiantes, que la llevó a conocer, una noche del año treinta y tantos, después de una fiesta en el penthouse del Paseo de la Reforma. Ahora, cámara en mano, Laura caminó por las calles del centro y lo descubrió, a un tiempo, populoso y abandonado. No sólo no acertó a ubicar aquella ciudad perdida, verdadera corte de los milagros, a donde la condujo Orlando para convencerla de que no había remedio, sino que la ciudad visible de los años treinta era, ahora, la verdadera ciudad invisible, o por lo menos, abandonada, dejada atrás por la expansión incesante de las zonas urbanas. El primer cuadro en torno al Zócalo, gran centro de las efemérides citadinas desde tiempos de los aztecas, no se quedó vacío, porque no había huecos en la ciudad de México, pero dejó de ser su centro, se convirtió en un barrio más, el más antiguo y en cierto modo el más prestigioso por su historia y su arquitectura; ahora se gestaba un nuevo centro en torno al caído Ángel de la Independencia, en las dos riberas de la Reforma, las de nombres de ríos y la de nombres de ciudades extranjeras. Urbana Colonia Juárez y fluvial Colonia Cuauhtémoc.

A la ciudad de México entraban diariamente dos mil personas, sesenta mil habitantes por mes, huyendo del hambre, la tierra seca, la injusticia, el crimen impune, los cacicazgos brutales, la indiferencia y, también, el atractivo de la ciudad que se anunciaba llena de promesas de bienestar y hasta belleza. ¿No prometían los carteles de cerveza a rubias de categoría, y no eran todos los personajes de las cada vez más populares telenovelas, güeritos, criollos ricos y bien vestidos?

Para Laura nada de esto desvanecía las preguntas del imparable flujo migratorio, ¿de dónde venían?, ¿a dónde llegaban?, ¿cómo vivían?, ¿quiénes eran?

Ése fue el primer gran reportaje gráfico de Laura Díaz; resumió toda su experiencia vital, su origen provinciano, su vida de joven casada, su doble maternidad, sus amores y lo que sus amores trajeron —el mundo español de Maura, la terrible memoria del martirio de Raquel en Buchenwald, el fusilamiento sin misericordia de Pilar frente a los muros de Santa Fe de Palencia, la persecución macartista contra Harry, la muerte doble de Frida Kahlo, muerte inmóvil primero y resucitada por el fuego después— todo ello lo reunió Laura en una sola imagen tomada en una de las ciudades sin nombre que iban surgiendo como hilachas y remiendos del gran sayal bordado de la ciudad de México.

Ciudades perdidas, ciudades anónimas levantadas en los eriales del valle seco, entre pedregales y mesquites, con casas claveteadas de cualquier manera, cuevas de cartón y lámina, pisos de tierra, aguas envenenadas y velas moribundas hasta que el ingenio popular descubrió la manera de robarle electricidad a los postes del alumbrado público y a las torres de la fuerza motriz.

Por ello la primera foto que tomó Laura Díaz, después del cadáver de Frida Kahlo, fue la del Ángel caído, la estatua hecha pedazos al pie de la esbelta columna, las alas sin cuerpo y el rostro partido y ciego de la modelo para la estatua, la señorita Antonieta Rivas Mercado, que años más tarde fue a suicidarse en el altar mayor de Notre Dame de París por amor al filósofo y primer ministro de Educación, José Vasconcelos. La memoria de Vasconcelos, *Ulises Criollo*, causó sensación por su franqueza cuando apareció en 1935 y Orlando, en una de sus frases más felices, dijo: —Es un libro que hay que leer de pie...

Cuando fotografió la figura rota del Ángel que fue amante del filósofo, Laura Díaz se obligó a medir los tiempos de una ciudad de "primavera inmortal", que parecía no tenerla. Se dio cuenta de que no se había dado cuenta de cómo pasaron los años. La ciudad no tiene estaciones. Enero es frío. Tolvaneras en febrero. Marzo arde. Llueve en verano. En octubre el cordonazo de San Francisco recuerda que las apariencias engañan. Diciembre es transparente. Enero es frío.

Pensó en los años vividos en esta ciudad y a ellos se iba superponiendo el rostro de Vasconcelos, del joven y romántico estudiante al bizarro guerrillero intelectual de la Revolución al noble educador de frente interminable que le dio los murales a Diego Rivera, al filósofo bergsoniano del ímpetu vital al americanista de la raza cósmica, al candidato presidencial opositor del jefe Máximo Calles y su bufón de corte Luis Napoleón Morones que corrompió a Juan Francisco, al resentido exiliado que acabó, viejo y berrinchudo, elogiando a Franco y al fascismo y mandando expurgar sus propios libros.

Vasconcelos era una imagen móvil y dramática del México revolucionario y su amante caída, Antonieta Rivas Mercado, el ángel de la independencia, era la imagen fija, simbólica, sobrenatural, de la Patria en cuyo nombre habían luchado los héroes que la veneraron pero también la chingaron. Ambos —el filósofo y su ángel— estaban hoy en ruinas en una ciudad que ellos ya no reconocían y que Laura salió a fotografiar.

El primer gran reportaje gráfico de Laura Díaz resumía su experiencia vital, su origen provinciano, su vida de joven casada, su doble maternidad, sus amores y lo que sus amores le trajeron.

Se dio cuenta de que entre la muerte de Harry Jaffe en Cuernavaca y la muerte de Carmen Cortina en la ciudad de México, Laura Díaz empezó a preguntarse, ¿qué haré el año entrante?, y antes, de joven, todo era imprevisible, natural, necesario y a pesar de todo, placentero. La muerte de Frida, sobre todo, la hizo recordar su propio pasado como una fotografía borrada. El temblor, el encuentro con Orlando, la muerte de Carmen, la obligaron a pensar, ¿puedo darle su foco perdido al pasado, su nitidez ausente?

Dormía distinto. Antes, soñaba sin reflexionar pero con preocupación. Ahora, ni reflexionaba ni se preocupaba. Dormía como si todo hubiese ocurrido ya. Dormía como una anciana.

Reaccionó. Quería dormir otra vez como si nada hubiese ocurrido, como si empezara apenas su vida al despertar, como si el amor fuese todavía un dolor desconocido. Quería despertar con voluntad de ver cada mañana y archivar lo que veía en el lugar más exacto de sus sentimientos, allí donde el corazón y la cabeza se alían. Antes, había visto sin ver. No sabía qué hacer con sus imágenes cotidianas, que eran las monedas que el día iba poniendo en sus manos vacías.

La ciudad y la muerte la despertaron. México la rodeaba como una gran serpiente dormida. Laura despertó junto a la respiración pesada de la serpiente que la envolvía sin sofocarla. Despertó y fotografió a la serpiente.

Primero había retratado a Frida muerta. Ahora fotografió la casa familiar de la Avenida Sonora antes de que la demolición ordenada por su hijo ocurriese. Fotografió el exterior cuarteado pero también los interiores condenados, el garaje donde Juan Francisco estacionó el coche que le regaló la CROM, el comedor donde su marido se reunía con los líderes obreros, la sala donde ella esperaba paciente como una Penélope criolla el momento de gracia y soledad con su esposo retornado al hogar, el umbral donde buscó refugio la monja perseguida, Gloria Soriano, y la cocina donde la tiíta María de la O mantuvo las tradiciones de los platillos veracruzanos —aún permeaban las paredes los aromas de chile chipotle, de verdolaga y comino—, el bóiler de agua caliente alimentado por los periódicos amarillentos donde se fueron consumiendo todas las figuras del poder, el crimen y el entretenimiento: las llamas devoraron a Calles y a Morones, a Lombardo y a Ávila Camacho, a Trotsky y a Ramón Mercader, a la asesinada Chinta Aznar y al violador, loco y asesino Sobera de la Flor, al panzón Roberto Soto y a Cantinflas, a la rumbera Meche Barba y al charro cantor Jorge Negrete, a las baratas del Puerto de Liverpool y a los anuncios de Mejor Mejora Mejoral y Veinte Millones de Mexicanos No Pueden Estar Equivocados, a las faenas de Manolete y Arruza, a las hazañas urbanistas del regente Ernesto Uruchurtu y a la medalla olímpica de Joaquín Capilla, todo se lo devoró el fuego así como la muerte devoró la recámara que Santiago su hijo convirtió en espacio sagrado, surtidor de imágenes, caverna donde las sombras eran realidad, y los cuadros y dibujos se amontonaron, y el cuarto secreto de Dantón, a donde nadie podía entrar, cuarto imaginario que lo mismo podía lucir mujeres desnudas arrancadas de la revista *Vea* que mantener desnudas las paredes como penitencia hasta encontrar, como la encontró, su fortuna propia, y la recámara matrimonial donde a Laura se le venían encima las imágenes de los hombres que quiso, por qué los quiso, cómo los quiso...

Salió a fotografiar las ciudades perdidas de la gran miseria urbana y se encontró a sí misma en el acto mismo de fotografiar lo más ajeno a su propia vida, porque no negó el miedo que le produjo penetrar sola, con una Leica, a un mundo que existía en la miseria pero se manifestaba en el crimen, primero un muerto a cuchilladas en una calle de polvo inquieto; miedo a las ambulancias con el ruido ululante y ensordecedor de sus sirenas a la orilla misma del territorio del crimen; las mujeres matadas a patadas por sus maridos ebrios; los bebés arrojados, recién nacidos, a los basureros; los viejos abandonados y encontrados muertos sobre los petates que les servirían de mortajas, clamando por un hoyo en la tierra una semana después de morir, tan secos ya que ni hedor despedían; esto fotografió Laura Díaz y le agradeció a Juan Francisco haberla salvado, a pesar de todo, de un destino así, el destino de la violencia y la miseria circundantes.

Entrar a una fonda de la ciudad perdida y encontrar todos los hombres muertos a balazos, asesinados entre sí, inexplicablemente como en una carambola de crímenes, anónimos todos ellos pero ahora salvados del olvido por la fotografía de Laura, agradecida de que Jorge Maura la hubiese salvado de la violencia de las ideologías, del miedo de una mujer al mundo del pensamiento en que Jorge le introdujo: ella guardaba en su memoria una foto imposible, la foto de Jorge lamiendo los pisos monacales en Lanzarote, limpiando de ideologías su propio espíritu y el del sangriento siglo veinte.

Jorge Maura era el contraveneno de la violencia en la que vivían los niños que ella fotografió en atarjeas y túneles, sorprendiendo la belleza inexpugnable de la niñez abandonada como si la cámara de Laura limpiase a los niños como Jorge limpiaba los pisos del monasterio, niños limpios de mocos, lagañas, pelo emplastado, brazos raquíticos, cráneos rapados por la sarna, manos teñidas por el mal del pinto, los pies desnudos con su pastel de lodo como calzado único y al fotografiarlos también le agradeció a Harry la debilidad de las lealtades y la nostalgia del momento único e irrepetible del heroísmo. Pensó en la gran foto del miliciano caído tomada por Robert Capa en la guerra de España.

Acudió a las delegaciones de policía y a los hospitales. A una señora vieja, canosa, de faldas amplias y sandalias rotas (era ella), no le hacían caso, la dejaban fotografiar a otra mujer con una botella de Coca Cola vacía ensartada sin respiración entre los muslos, a un drogadicto retorciéndose en su celda, arañando las paredes y metiéndose por las narices el caliche de los muros, a los hombres y mujeres golpeados en sus casas o en las crujías, daba igual, sangrantes, cegados por la desorientación más que por los párpados hinchados a puñetazos, a macanazos, la llegada de las "julias", la entrada a la comisaría de putas y maricones, travestís y traficantes, la cosecha nocturna de padrotillos...

Las vidas arrojadas a las puertas de las cantinas, por las ventanas de las casas, bajo las ruedas de un camión. Las vidas destripadas, sin más mirada posible que la cámara de Laura Díaz, Laura ella, Laura cargada de todos sus recuerdos, amores y lealtades, pero ya nunca más Laura solitaria sino Laura sola, sin depender de nadie, devolviéndole los cheques filiales a Dantón, pagando puntualmente las rentas del apartamento de la Plaza Río de Janeiro, vendiendo sus fotos aisladas y sus reportajes a periódicos y revistas primero, y compradores individuales cuando realizó su primera exposición de fotografías en la Galería Juan Martín en la calle de Génova, finalmente contratada como una estrella más de la Agencia Magnum, la agencia de Cartier-Bresson, Inge Morath y Robert Capa.

La artista de los dolores de la ciudad, pero también de sus alegrías, Laura y el niño recién parido vestido por los ojos de su madre como si fuera Diosito mismo, Jesús vuelto a nacer; Laura y el hombre de rostro charrasqueado y violencia domeñada besando piadosamente la imagen de la Virgen de Guadalupe; Laura y los pequeños placeres más las trágicas premoniciones de un baile de presentación en sociedad, una boda, un bautizo: la cámara de Laura, al retratar el instante, lograba retratar el porvenir del instante, ésta era la fuerza de su arte, una instantaneidad con descendencia, un ojo plástico que devolvía su ternura y respeto a la cursilería y su vulnerabilidad amorosa a la más cruda violencia, no lo dijeron sólo los críticos, lo sintieron sus admiradores, Laura Díaz, a los sesenta años, es una gran artista mexicana de la fotografía, la mejor después de Álvarez Bravo, la sacerdotisa de lo invisible (la llamaron), la poeta que escribe con luz, la mujer que supo fotografiar lo que Posada pudo grabar.

Cuando alcanzó la independencia y la fama, Laura Díaz se guardó para sí la foto de Frida muerta, ésa jamás la daría a la publicidad, esa foto era parte de la riquísima memoria de Laura, el archivo emocional de una vida que súbitamente, a la edad madura, había florecido como una mata de flor tardana pero perenne. La foto de Frida era el testimonio de las fotos que no tomó durante los años de su vida con otros, era un talismán. Al lado de Diego y Frida, sin percatarse, había acumulado, como en un sueño, la sensibilidad artística que tardó la mitad de los años con Laura Díaz en aflorar.

No se quejaba de ese tiempo ni lo condenaba como un calendario de sujeciones al mundo de los hombres, cómo iba a hacerlo si en sus hojas habitaban los dos Santiagos, sus amantes Jorge Maura, Orlando Ximénez y Harry Jaffe, sus padres, sus tías, el alegre barrendero negro Zampayita y su pobre pero compadecible, piadoso (para ella) marido Juan Francisco. Cómo olvidarlos, pero cómo conmiserarse de no haberlos fotografiado. Imaginó su propio ojo como una cámara capaz de captar todo lo visto y sentido a lo largo de las seis décadas de su vida y sintió un calosfrío de horror. El arte era selección. El arte era pérdida de casi todo a cambio de salvación de muy poco.

No era posible tener el arte y la vida al mismo tiempo y Laura Díaz acabó por agradecer que la vida precediese al arte porque éste, prematuro o incluso pródigo, pudo haber matado a aquél.

Fue cuando descubrió una cosa que debió ser evidente, cuando recobró las pinturas y los dibujos de su hijo Santiago el Menor entre los escombros de la casa familiar en la Avenida Sonora para llevarlos al nuevo alojamiento de la Plaza Río de Janeiro. Fue cuando, entre la masa de dibujos a lápiz, al pastel, los croquis, y las dos docenas de pinturas al óleo, descubrió la del hombre y la mujer desnudos mirándose, sin tocarse, sólo deseándose, pero bastándose con el deseo.

En la prisa por abandonar la casa familiar caída, instalarse en su apartamento propio en la Plaza Río de Janeiro e inaugurar su nueva vida independiente, salir a fotografiar la ciudad y sus vidas, siguiendo, se decía, la inspiración de Diego Rivera y Frida Kahlo, Laura no se había detenido a observar de cerca las pinturas de su propio hijo. Quizás sentía tanto amor hacia Santiago el Menor que prefería alejarse de las pruebas físicas de la existencia del hijo para mantenerlo vivo, tan sólo, en el alma de la madre. Quizás tuvo que descubrir ella misma su vocación para redescubrir la de su hijo. Puesta a ordenar las fotos de Laura Díaz, pasó a ordenar las pinturas y dibujos de Santiago López-Díaz y entre el par de docenas de óleos, retuvo su atención éste que ahora miraba: la pareja desnuda que se miraba sin tocarse.

Primero se mostró crítica de la obra. El trazo angular y destacado, retorcido y cruel, de las figuras, provenía de la admiración de Santiago hacia Egon Schiele y del largo estudio de los álbumes vieneses llegados por milagro a la Librería Alemana de la Colonia Hipódromo. La diferencia, notó en seguida Laura, comparando álbumes y pintura, era que las figuras de Schiele eran casi siempre únicas, solitarias o, rara vez, enlazadas diabólica e inocentemente en un encuentro físico helado, fisiológico, y siempre —soledad o comunidad— sin aire, las figuras sin referencia a paisaje, habitación o espacio algunos, como en un regreso irónico del artista más moderno al arte más antiguo, Schiele el expresionista de vuelta en la pintura bizantina en la que la figura del Dios creador de todo es fijada antes de la creación de nada, en el vacío absoluto de la majestad solitaria.

Este cuadro del joven Santiago tomaba, sin duda, las torturadas figuras de Egon pero les devolvía, como en un renacimiento del renacimiento, lo mismo que Giotto y Masaccio le dieron a la antigua iconografía de Bizancio: aire, paisaje, sitio. El hombre desnudo en el cuadro de Santiago, emaciado, atravesado por espinas invisibles, joven, lampiño, pero con el rostro de un mal invencible, una enfermedad corrosiva corriéndole por el cuerpo sin heridas pero vencido desde adentro por haber sido creado sin antes ser consultado, fijaba la mirada ardiente en el vientre de la mujer desnuda, preñada, rubia —Laura consultó en seguida el parecido en los libros coleccionados por Santiago—: idéntica a las Evas de Holbein y Cranach, resignadas a vencer pasivamente al hombre con una costilla de menos, pero esta vez deformadas por el deseo. Las Evas anteriores eran impasibles, fatales, y ésta, la nueva Eva de Santiago el Menor, participaba de la angustia del Adán convulso, joven y condenado, que miraba intensamente el vientre de la mujer mientras ella, Eva, miraba intensamente los ojos del hombre y ambos —sólo ahora notó Laura este detalle, sin embargo, notorio— no posaban los pies sobre la tierra.

No levitaban. Ascendían. Laura sintió una emoción profunda cuando entendió el cuadro de su hijo Santiago. Este Adán y está Eva no caían. Ascendían. A sus pies, se confundían en una sola forma la cáscara de la manzana y la piel de la serpiente. Adán y Eva se alejaban del jardín de las delicias pero no caían en el infierno del dolor y del trabajo. Su pecado era otro. Ascendían. Se rebelaban contra la condena divina —no comerás este fruto— y en vez de caer, subían. Gracias al sexo, la rebelión y el amor, Adán y Eva eran los protagonistas del Ascenso de la Humanidad, no de la Caída. El mal del mundo era creer que el primer hombre y la primera mujer cayeron y nos condenaron a una heredad viciosa. Para Santiago el Menor, en cambio, la culpa de Adán y

Eva no era hereditaria, no era culpa siquiera, el drama del Paraíso Terrestre era un triunfo de la libertad humana contra la tiranía de Dios. No era drama. Era historia.

Al fondo del paisaje en el cuadro de su hijo, vio Laura pintado, diminuto, como en el Ícaro de Brueghel, un barco de velamen negro que se alejaba de las costas del Edén con un solitario pasajero, una diminuta figura singularmente dividida, la mitad de su rostro era angelical, la otra mitad diabólica, rubia una mitad, roja la otra, pero el cuerpo mismo, envuelto en una capa larga como la vela del barco, era común a ángel y demonio, y ambos, adivinó Laura, eran Dios, con una cruz en una mano y un trinche en la otra: dos instrumentos de tortura y muerte. Ascendían los amantes. El que caía era Dios y la caída de Dios era lo que Santiago pintó: un alejamiento, una distancia, un asombro en la cara del Creador que abandona el Edén perplejo porque sus criaturas se rebelaron, decidieron ascender en vez de caer, se burlaron del perverso designio divino que era crear al mundo sólo para condenar su propia creación al pecado transmitido de generación en generación a fin de que, por los siglos de los siglos, el hombre y la mujer se sintiesen inferiores a Dios, dependientes de Dios, condenados por Él pero sólo absueltos —antes de volver a caer— por la caprichosa gracia de Dios.

Atrás del cuadro, en la tela, Santiago había escrito: "El arte no es moderno. El arte es eterno. Egon Schiele."

La línea dominaba al color. Por eso los colores eran tan fuertes. El barco negro. La roja mitad del Creador. El verdirrojo de la cáscara de manzana que era la piel mudable de la serpiente. Pero la piel de Eva era translúcida como la de una virgen de Memling, en tanto que la de Adán era maculada, verde, amarilla y enferma, como la de un adolescente de Schiele.

El hombre miraba a la mujer. La mujer miraba al cielo. Pero ninguno de los dos caía. Porque ambos se deseaban. Había esa equivalencia entre la diferencia que Laura hizo suya, equiparando su propia emoción a la de su hijo el joven artista muerto.

Colgó el cuadro de Santiago el Menor en la sala del apartamento y supo para siempre que el hijo era el padre de la madre, que Laura Díaz la fotógrafa le debía más, sin saberlo, a su propio hijo que a cualquier otro artista. Al principio, no lo supo y por eso la identificación, secreta e ignorada, fue tan poderosa.

Ahora no importaba nada sino la equivalencia de la emoción.

— 3 —

Se sucedieron las exposiciones de fotografías primero vendidas a diarios y revistas y luego publicadas en forma de libros.

Bendiciones de animales y pájaros.

Ancianos bigotones reunidos cantando corridos de la Revolución.

Vendedores de flores.

Las albercas repletas del Día de San Juan.

La vida de un obrero metalúrgico.

La vida de una enfermera en un hospital.

Su célebre foto de una gitana muerta sin líneas en la mano abierta bajo sus senos, una gitana con el destino borrado.

Y ahora algo que le debía a Jorge Maura: un reportaje sobre el exilio republicano español en México.

Laura se dio cuenta de que la guerra de España había sido, durante muchos años, el epicentro de su vida histórica más que la Revolución Mexicana, que de manera tan suave y tangencial pasó por el estado de Veracruz, como si morir en el Golfo fuese un privilegio único, conmovedor e intocable reservado para el hermano mayor de Laura, Santiago Díaz, protagonista solitario, para ella, de la insurrección de 1910.

En España, en cambio, lucharon Jorge Maura, Basilio Baltazar y Domingo Vidal; en España murió el gringo joven, Jim, y sobrevivió el gringo triste, Harry; en España fue fusilada la bella y joven Pilar Méndez por orden de su padre el alcalde comunista Álvaro Méndez frente a la puerta latina de Santa Fe de Palencia.

Con toda esa carga afectiva detrás de ella empezó Laura a fotografiar los rostros del exilio español en México. El presidente Cárdenas le dio asilo a un cuarto de millón de republicanos. Cada vez que fotografiaba a uno de ellos, Laura recordaba con emoción el viaje de Jorge a La Habana para rescatar a Raquel del Prinz Eugen anclado frente al Morro.

Cada uno de sus modelos pudo sufrir esa suerte: cárcel, tortura, ejecución. Ella lo supo.

Retrató los milagros de la supervivencia. Ella lo sabía.

El filósofo José Gaos, él mismo discípulo de Husserl como Jorge Maura y Raquel Mendes-Alemán, reclinado en el barandal de fierro sobre el patio de la Escuela de Mascarones, el filósofo con cabeza de patricio romano, calva y fuerte, tan fuerte como su quijada, tan firme como sus labios de lápiz, tan escéptico como su mirada miope detrás de los espejuelos pequeños y redondos como para servirle a un Franz Schubert de la filosofía. Gaos se apoyaba en el barandal y desde el hermoso patio colonial los muchachos y muchachas de la Facultad de Filosofía levantaban los rostros para mirar al maestro con sonrisas de admiración y gratitud.

Luis Buñuel le dio cita en el bar del Parador, donde el cineasta ordenaba martinis perfectos a su barman favorito, Córdoba, mientras dejaba correr por su memoria la película de un ciclo cultural, de la Residencia de Estudiantes en Madrid a la filmación de *Un perro andaluz*, donde Buñuel y Dalí utilizaron un ojo de pescado muerto rodeado de pestañas para simular el ojo de la heroína rebanado por una navaja de afeitar, a la de *La edad de oro* y su imagen de la jerarquía eclesiástica convertida en una roca petrificada en la costa de Mallorca, a la participación en el surrealismo parisino al exilio en Nueva York, a la delación por Dalí ("Buñuel es comunista, ateo, blasfemo y anarquista, ¿cómo pueden emplearlo en el Museo de Arte Moderno?"), a la llegada, con cuarenta dólares en la bolsa, a México.

El humor, la cólera y la ensoñación pasaban sin cesar, simultáneamente, por la mirada verde de Buñuel, la mirada se detenía en un punto fijo del pasado y Laura fotografiaba a un niño del pueblo aragonés de Calanda tocando tambores el Viernes Santo hasta que las manos le sangraban para liberarse del encanto sensual de la imagen de la Virgen del Pilar que cobijó el lecho onanista de su infancia.

En un modesto apartamento de la calle de Lerma, Laura fotografió gracias a la intervención del escritor vasco Carlos Blanco Aguinaga, al maravilloso poeta malagueño Emilio Prados, a quien ya había conocido con Jorge Maura, escondido en un par de piezas entre montones de libros y papeles, marcado en cada línea de su rostro por la enfermedad y el exilio, pero capaz de transformar el sufrimiento en dos cosas que Laura consiguió fotografiar. Una era la dulzura infinita de su rostro de irredento santo andaluz velado por una cascada de mechones blancos y los gruesos anteojos de acuario, como si el poeta, ruborizado por su inocencia, quisiese velarla.

Otra era la fuerza lírica detrás del sufrimiento, la pobreza, el desengaño, la vejez y el exilio.

> Si yo pudiera darte
> toda la luz del alba…
> Yo cruzaría despacio,
> como el sol, por tu pecho,

hasta salir sin sangre
ni dolor por la noche...

Manuel Pedroso era un viejo y sabio andaluz, antiguo rector de la Universidad de Sevilla, adorado por el pequeño grupo de sus jóvenes discípulos que todos los días lo acompañaban en el recorrido de la Facultad de Derecho junto al Zócalo hasta su pequeño apartamento en la calle de Amazonas. Laura dejó el testimonio gráfico de este recorrido cotidiano, así como de las tertulias en la biblioteca del maestro, retacada de ediciones antiguas que olían a tabaco tropical. Los franquistas habían quemado su biblioteca en Sevilla, pero Pedroso recuperó joya tras joya en las librerías de viejo de La Lagunilla, el mercado de ladrones de la ciudad de México.

Lo robaron a él, otros robaron a otros, pero los libros regresaron siempre, como amantes nostálgicos e irrenunciables, a las manos delgadas y largas de Pedroso, el caballero pintado por El Greco, manos siempre a punto de tensar, advertir, convocar como para una ceremonia del pensamiento. Laura captó al maestro Pedroso en el instante en que adelantaba las manos de dedos largos y hermosos para pedirle un poco de luz al mundo, aplacar los fuegos de la intolerancia y afirmar la fe en sus alumnos mexicanos.

Fotografió Laura a un grupo bullicioso, alegre, discutidor y entrañable de jóvenes exiliados que se adaptaron a México pero nunca abandonaron a España, ceceando siempre y dejando que por las miradas se les escapara el cariño a todo lo que, explícitamente, rechazaban: el chocolate con el señor cura, las novelas de Pérez Galdós, las tertulias de café, las viejas vestidas de negro, los cotilleos sabrosos como churros calientes, el cante jondo y los toros, la puntualidad de las campanas y de los entierros, la locura de las familias que se metían para siempre a sus camas para evadir las tentaciones del Demonio, el Mundo y la Carne. Laura los fo-

tografió discutiendo siempre y para siempre, eternamente, como irlandeses que se desconocían porque
venían de Madrid y de Navarra, de Galicia y de Barcelona y porque se llamaban Oteyza, Serra Puig, Muñoz de
Baena, García Ascot, Xirau, Durán, Segovia y Blanco
Aguinaga.

Pero la exiliada preferida de Laura Díaz fue una
mujer joven que Dantón mencionaba como la más interesante presencia femenina en el Jockey Club de los años
cuarenta. Vivía con su marido el poeta y cineasta García Ascot en un extraño edificio en cuchilla de la calle
Villalongín y su belleza era tan perfecta que Laura se
desesperaba de no encontrarle un lado malo o de no
poder agotar en una o mil fotografías el encanto de la
mujer frágil, esbelta y elegante que en su casa caminaba
descalza, como un gato, seguida por otro gato que posaba como el doble de su ama deseada y envidiada a la
vez por toda la raza felina a causa de su perfil agresivo y
su débil mentón, sus ojos de melancolía y su risa
abarcadora, incontenible.

María Luisa Elío tenía un secreto. Su padre, desde 1939, vivía escondido en un tapanco de un pueblo de
Navarra, condenado a muerte por la Falange. Ella no podía hablar de esto, pero su padre habitaba en la mirada
de la hija, unos ojos fabulosamente claros gracias al dolor, el secreto, la espera del fantasma que finalmente, algún día, podría escapar de España y mostrarse en México ante su hija como lo que era: un espectro encarnado
y un olvido rememorado desde un balcón vacío.

Otro fantasma, carnal, demasiado carnal éste
sí, pero resuelto al cabo en el espectro sensual de sus
palabras, era Luis Cernuda, un poeta elegante, atildado, homosexual, que aparecía en México de tarde en
tarde, era recibido siempre por su colega Octavio Paz,
se peleaban porque la arrogancia de Cernuda era descarada y la de Paz engañosa, pero acababan siempre
reconciliados por su fervor poético compartido. El con-

senso se iba haciendo: Luis Cernuda era el más grande poeta español de su generación. Laura Díaz quiso alejarlo para verlo mejor, despojado de la apariencia o disfraz de dandy madrileño afectada por Cernuda, pidiéndole que leyera,

Quiero vivir cuando el amor muere...
Así tu muerte despierta en mí el deseo de la muerte
Como tu vida despertaba en mí el deseo de la vida

Le faltaba Basilio Baltazar, pero las líneas se cruzaron, los tiempos de la exposición de Laura no coincidieron con los de las vacaciones universitarias de Basilio y sin embargo, Laura colocó un marco vacío en el centro de la galería, con el nombre de su viejo amigo al lado.

Esa invisibilidad era al mismo tiempo un homenaje a la ausencia de Jorge Maura, cuya lejanía y anonimato Laura decidió respetar porque éste era el deseo del hombre al que ella más amó. Acaso Basilio no podía aparecer en la galería de retratos del exilio español sin su compañero, Jorge.

¿Y Vidal? No era el único que había desaparecido.

Malú Block, la directora de la Galería, le dijo a Laura que pasaba algo raro; todas las tardes, hacia las seis, una mujer vestida de negro entraba al salón y se detenía durante una hora entera —ni un minuto más, ni un minuto menos, aunque nunca consultaba el reloj— frente al marco vacío del retrato en blanco de Basilio Baltazar.

Casi inmóvil, a veces cambiaba el peso del cuerpo de un pie al otro, o se apartaba un centímetro, o ladeaba la cabeza, como para apreciar mejor lo que no estaba allí: la efigie de Basilio.

Laura dudó entre sucumbir a una natural curiosidad o guardar discreción. Una tarde, entró a la galería y vio a la mujer de negro detenida frente al retrato en blanco del hombre ausente. No se atrevió a acercarse pero fue ella misma, la visitante misteriosa, quien se dio media vuelta, como si la atrajese el imán de la mirada de Laura y se dejó ver, una mujer de unos cuarenta años con los ojos azules y la melena de un amarillo parecido a la arena.

Miró a Laura pero no le sonrío y Laura agradeció la imperturbable seriedad de la mujer porque temió lo que podía ver si la visitante misteriosa apartase los labios. Tal era el gesto frío y nervioso a la vez con que la visitante a la Galería disimulaba la emoción de su mirada y no lo lograba. Lo sabía y trasladaba el enigma a su boca cerrada con pena, sellada con una dificultad visible para no mostrar… ¿los dientes?, se preguntó Laura, ¿esta mujer quiere esconder de mi vista sus dientes? Si sólo le quedaban los ojos para identificarse, en ellos Laura Díaz, acostumbrada a descubrir miradas y convertirlas en símiles, vio en los ojos de la mujer lunas instantáneas, antorchas de paja y leña, luces en la sierra y se detuvo, mordiéndose el labio inferior como para frenar su propio recuerdo, para no recordar que esas palabras las había pronunciado Maura, Jorge Maura, en el Café de París, veinte años atrás, en compañía de Gregorio Vidal y Basilio Baltazar, protegidos los tres por el ambiente bohemio del café en la Avenida del Cinco de Mayo pero desguarnecidos, a la intemperie más brutal, como las hienas y los bueyes y el viento y las luces en la sierra, cuando abrían la boca.

—Soy Laura Díaz, la fotógrafa. ¿Puedo ayudarla en algo?

La mujer vestida de negro se volteó a mirar el cuadro vacío de Basilio Baltazar y le dijo Laura, si conoces a este hombre, avísale que he vuelto.

Sonrió al fin y mostró los dientes salvajemente arruinados.

XXII. Plaza Río de Janeiro: 1965

Santiago López-Ayub, el nieto de Laura Díaz, junto con su joven compañera, Lourdes Alfaro, se vinieron a vivir a casa de la abuela en la Navidad del año 1965. El apartamento era viejo pero espacioso, el edificio una reliquia del siglo pasado que sobrevivió a la implacable transformación de la ciudad de colores pastel y casas de dos pisos que Laura conoció al llegar aquí, joven casada, en 1922. Ahora, como un gigante ciego, México DF crecía quebrando todo lo que encontraba a su paso, derrumbando la arquitectura francesa del siglo XIX, la arquitectura neoclásica del siglo XVIII y la arquitectura barroca del siglo XVII. Como en una gran cuenta regresiva, el pasado iba siendo inmolado hasta encontrar, latiendo como una llaga de olvido, miseria y dolor insoportables, el sedimento mismo de la ciudad azteca.

Laura no sólo pasó por alto las impertinencias de su dadivoso aunque nada desinteresado hijo Dantón cuando rechazó su ayuda y se instaló en el viejo edificio de la Plaza Río de Janeiro, adaptando el piso a las necesidades de su trabajo —espacio vital pero también cuarto oscuro, cuarto de archivos, estanterías de referencias gráficas—. Se encontró, por primera vez en su vida, con una habitación propia, de ella, el famoso "room of one's own" que Virginia Woolf había pedido para que las mujeres fuesen dueñas de su zona sagrada, su reducto mínimo de independencia: la isla de su soberanía.

Acostumbrada desde que dejó la casa familiar de la Avenida Sonora a vivir sola y libre mientras pasaba de los cincuenta y ocho a los sesenta y siete años, dueña de una profesión y un medio de vida, mujer halagada por el éxito y la fama, Laura no se sintió invadida por la juventud renovada que le ofrecían Santiago y Lourdes y por la naturalidad con que los trabajos del hogar se repartieron entre los tres, por la riqueza explicable pero inesperada que las conversaciones de sobremesa adquirieron, por el desplazamiento admirable de experiencias, anhelos y solidaridades que la vida en común les deparó a partir del momento en que el tercer Santiago se presentó a la puerta de Laura y le dijo, Abuela, no puedo vivir más con mi padre y no tengo dinero para vivir solo y mantener a mi novia.

—Hola. Me presento. Soy tu nieto Santiago, esta es mi novia Lourdes y venimos a pedirte posada —sonrió Santiago con la dentadura fuerte y blanca de Dantón, pero con los ojos dulces y melancólicos de su tío, el segundo Santiago, y con un gesto elegante y hasta sobrado del cuerpo que a Laura le recordó al falso fifí, el Pimpinela Escarlata de la revolución en Veracruz, Santiago el Mayor...

Lourdes Alfaro, en cambio, era bella y modesta, vestía como acostumbraban ahora los jóvenes, con pantalón y una playera con la efigie del Che Guevara un día, de Mick Jagger el siguiente, una larga melena negra y cero maquillaje. Era pequeña y bien formada, una "dueña chica que virtudes ha", según recordaba Jorge Maura citando el *Libro de Buen Amor* y burlándose cariñosamente del tamaño teutón de Laura Díaz.

Bastaba la presencia de los jóvenes amantes en su casa para alegrar el corazón de Laura Díaz y abrirle los brazos a una pareja que tenía derecho a la felicidad ahora, ya, no después de veinte años de violencia e infelicidad como Laura y Jorge, o como Basilio Baltazar y Pilar Méndez, reunidos éstos al fin como Jorge y Laura jamás lo podrían soñar, pues el destino no acierta dos veces a transformar la tragedia en final feliz.

El tercer Santiago y su novia Lourdes tenían, por todo ello, todos los derechos del mundo a los ojos de Laura Díaz. El muchacho, al cual ella no había conocido debido a la discolería de Dantón y su arrogante esposa, la conocía sin embargo a ella, a la abuela, la conocía y la admiraba porque, dijo, él entraba al primer año de Derecho y no tenía el talento artístico ni de su abuela ni de su tío Santiago, muerto tan joven...

—Ese cuadro de la pareja que se mira, ¿es de él?

—Sí.

—Qué gran talento, abuela.

—Sí.

No cantó sus propias virtudes, él mismo tenía apenas veinte años, pero Lourdes le dijo una noche a Laura mientras preparaban la cena de arroz con azafrán y patas de pollo, Santiago es muy macho, muy hombre para su edad, doña Laura, no se deja asustar con el petate del muerto... Yo pensé en un momento dado que podría ser algo así como un peso para él, para su carrera y sobre todo para su relación con sus padres, pero viera usted, doña Laura, con qué decisión se enfrentó Santiago a sus papás y me hizo sentir que yo le hacía falta, que no era una carga sino un apoyo, que me respetaba...

Se habían conocido en los bailes de los jóvenes preparatorianos a los que Santiago gustaba asistir, más que a las fiestas organizadas por sus padres y los amigos de sus padres. En éstas reinaba la exclusividad; sólo eran invitados hijos de "familias conocidas". En aquéllas, en cambio, caían las barreras sociales y se daban cita los camaradas que seguían la misma carrera, independientemente de sus fortunas o relaciones familiares, junto con sus novias, hermanas y una que otra tía soltera, pues la costumbre de la "chaperona" se resistía a morir.

Dantón aprobaba estas reuniones. Las amistades duraderas se hacían en la escuela, y aunque tu madre preferiría que sólo fueras a reuniones con gente de nuestra clase, si te das cuenta, hijo, quienes nos gobiernan no vienen nunca de las clases altas, se forman abajo o en la clase media, y a ti te conviene conocerlos cuando tú les puedes dar más a ellos porque un día, te lo aseguro, ellos te darán más a ti. Los amigos pobres, a los ojos de Dantón, podían ser una buena inversión.

—México es un país abierto al talento, Santiago. No lo olvides.

En el primer año de Leyes, Santiago conoció a Lourdes. Ella estudiaba enfermería y venía de Puerto Escondido, una playa en la costa de Oaxaca donde sus padres tenían un hotel modesto pero con el mejor temazcal de la región, le dijo ella.

—¿Qué es eso?

—Un baño de vapor y hierbas de olor que te limpia de todas las toxinas.

—Creo que me está haciendo falta. ¿Me invitas?

—Cuando gustes.

—Qué buena onda.

Fueron juntos a Puerto Escondido y se enamoraron frente al Pacífico que allí se acerca a una costa precipitada, engañosamente arenosa y dulce, pero que en realidad es un abrupto abismo en que se pierde pie en seguida, sin apoyo para combatir las corrientes bruscas que atraparon a Santiago, y lo arrastraron con más angustia que peligro, hasta que Lourdes se lanzó al agua, rodeó con un brazo el cuello del muchacho, con el brazo libre lo ayudó a nadar hasta la playa y allí, exhaustos pero excitados, los dos jóvenes se dieron el primer beso.

—Me cuentas esto con la voz temblándote —le dijo Laura a Lourdes.

—Es que tengo miedo, doña Laura.

—Quítame lo de doña, me envejeces.

—Okey Laura.

—¿Miedo de qué?

—El papá de Santiago es un hombre muy duro, Laura, no tolera ninguna cosa que no sea lo que él manda, se injerta en pantera y es algo espantoso.

—No es tan fiero ese leoncito como lo pintan. Ruge y espanta hasta que le ruges de vuelta y lo pones en su sitio.

—Yo no sé cómo.

—Yo sí, m'ijita. Yo sí. No te preocupes.

Fue el muy desgraciado hasta Puerto Escondido, abuela, generalmente manda achichincles suyos a asustar a los demás, pero esta vez fue él mismo en su avión privado a ver a los papás de Lourdes y decirles que no se hicieran ilusiones, lo de su hijo era una aventura de muchachito rebelde y malcriado, les pedía que se lo explicaran a su hija, que no la engañara Santiago, que tuviera cuidado, podía embarazarla y abandonarla, pero con o sin embarazo, la iba a abandonar.

—Su hijo no nos ha dicho eso —dijo el padre de Lourdes.

—Se los digo yo, que soy quien manda.

—Quiero oírselo decir a su hijo.

—Ése no tiene voz propia. Es un niño atarantado.

—De todos modos.

—No sea terco, señor Alfaro. No sea terco. Yo no juego. ¿Cuánto quiere?

A Santiago, Dantón no lo trató de "niño atarantado". Simplemente, le presentó "la realidad". Era hijo único, por desgracia su madre no pudo volver a concebir, le hubiese costado la vida, Santiago era toda su ilusión y el amor de su madre, pero él, Dantón, como padre, tenía que ser más severo y objetivo, no podía darse lujos sentimentales.

—Tú heredarás mi fortuna. Qué bueno que estudias leyes, aunque te recomiendo un posgrado en economía y administración de negocios en los Estados Unidos. Es natural que un padre quiera encargarle la continuidad de sus asuntos a su hijo y estoy seguro que tú no me defraudarás. A mí y a tu madre, que te adora.

Era una mujer de belleza evaporada, "como el rocío", acostumbraba decir ella misma. Magdalena Ayub de López-Díaz mantuvo hasta el mediodía de su existencia los atractivos que tanto sedujeron a Dantón en los domingos del Jockey Club. Los aparentes defectos, las cejas sin cesura, la nariz prominente, la quijada cuadrada —en contrapunto con unos ojos de princesa árabe, soñadores y aterciopelados, elocuentes bajo párpados aceitados e incitantes como un sexo oculto. En cambio, la mayoría de las señoritas casaderas de aquella época, bonitas pero demasiado "decentes", salían de la escuela de monjas como si les hubiesen puesto un nihil obstat en alguna parte secreta del cuerpo, elevándolo a la categoría pública de "rostro". Una rodilla, un codo, un tobillo, pudieron servir de modelos a las caras monas, aceptables pero insulsas de las muchachas llamadas "yeguas finas" como corrupción de "jeunes filles", egresadas del Colegio Francés del Sagrado Corazón. Sus facciones, se burlaba el joven Dantón, eran útiles pero deslavadas.

Magdalena Ayub, "mi sueño" como le decía Dantón al enamorarla, era distinta. Era la madre, además, del tercer Santiago, cuyo nacimiento borró de un golpe y para siempre los restos del atractivo juvenil de la señora esposa de don Dantón, agobiada por la sentencia médica: un hijo más la mataría, señora. Mantuvo, eso sí, las cejas espesas y ganó, eso también, las caderas anchas.

Santiago creció con ese estigma: pude haber matado a mi madre al nacer, y he anulado la posible vida de mis posibles hermanos, pero Dantón convertía la culpa en obligación. Santiago, por ser el hijo único, por haberle, por poco, arrebatado la vida a su madre para tener la suya, tenía ahora, al cumplir los veinte años, que cumplir también con deberes claros pero norma-

les. Dantón no le pedía a su hijo nada fuera de lo común: estudiar, recibirse, casarse con una chica de su clase, sumar fortunas, prolongar la especie.

—Y darme, hijo, una vejez tranquila y satisfecha. Creo que lo merezco, después de tantos años de
trabajo.

Lo decía con una mano en el bolsillo del traje
azul a rayas cruzado y la otra acariciándose la solapa. Su cara era como su traje: abotonada, cruzada, a
rayas, azulada por el bigote y las cejas y el pelo negro
aún. Era un hombre, todo él, color azul medianoche.
Nunca se miraba los zapatos. Tenían que estar lustro-
sos. No hacía falta.

El tercer Santiago no disputó el mapa de ruta
trazado para él por su padre, hasta que se enamoró
de Lourdes y Dantón reaccionó con la brutalidad y falta de
elegancia que el hijo, a partir de ese momento, empezó
a atribuir a un padre al cual quería y agradecía todo lo
que le daba, la mesada, el Renault cuatro puertas, la novedad de la tarjeta American Express (aunque con límite de gasto), la libertad de hacerse trajes con Macazaga
(aunque Santiago prefería chamarras de cuero y pantalones vaqueros), sin poner en tela de juicio los móviles,
las acciones, las justificaciones o las fatalidades de un
"así son las cosas" que animaba las palabras de su padre, un hombre anclado en la seguridad de su posición
económica y su moralidad personal, con las cuales, armado, podía decirle a su hijo "seguirás mi camino" y a
la novia de su hijo, "no eres más que una piedra en el
camino, apártate o te aparto a puntapiés".

La actitud de su padre enchiló al joven Santiago, le dio mucha muina primero pero luego lo llevó a
hacer cosas que nunca se le hubieran ocurrido antes. El
joven se dio cuenta de su propia naturaleza moral y se
dio cuenta de que Lourdes se daba cuenta; no se iban
a acostar juntos hasta aclarar bien la situación, no iban a
"chantajear" a nadie ni con un bebé por equivocación

ni con un sexo de puro desafío. Santiago, mejor, se puso a pensar, ¿quién es mi padre, qué hace mi padre que tiene ese poder absoluto sobre los demás y esa confianza en sí mismo?

Le dijo a Lourdes, vamos a ser más listos que él, mi amor, vamos a dejar de vernos diario, sólo en secreto los viernes en la noche, para que el viejo no se las huela.

Santiago le dijo a Dantón que estaba bien, estudiaría Leyes pero quería práctica y deseaba trabajar en las oficinas de su padre. La satisfacción de Dantón lo cegó. No imaginó peligro alguno en darle cabida a su propio hijo en las oficinas del Bufete Unido de Factores Asociados (BUFA), un edificio relumbrante de vidrios y metales inoxidables en el Paseo de la Reforma, a escasos metros de la estatua de Cristóbal Colón y del Monumento a la Revolución. Allí había estado la casa parisina, con todo y mansardas esperando la nevada en México, del Nalgón del Rosal, el viejo aristócrata porfirista cuya gracia era deglutir su propio monóculo (de gelatina) en las soirées de Carmen Cortina. Pero La Reforma, el paseo trazado por la emperatriz Carlota para unir su residencia en el Castillo de Chapultepec al centro de la ciudad y concebido por la consorte de Maximiliano como una reproducción de la Avenue Louise de su nativa Bruselas, se parecía cada vez más a una avenida de Houston o Dallas, sembrada de rascacielos, estacionamientos y expendios de fast-food.

Allí, Santiago se iba a entrenar, que recorriese todos los pisos, se enterará de todos los asuntos, era el hijo del patrón...

Se hizo amigo del archivista, un aficionado taurino, regalándole boletos para la temporada dominada ese año por Joselito Huerta y Manuel Capetillo. Se hizo amigo de las telefonistas, consiguiéndoles pases a los Estudios Churubusco para ver filmar a Libertad Lamarque, la misma tanguista argentina que en los cines de Cuernavaca le arrancaba las lágrimas sentimentales a Harry Jaffe.

¿Quién era la señorita Artemisa que llamaba diario a don Dantón, por qué la trataban con tanta deferencia cuando Santiago no andaba por ahí y con tanto secreteo apenas se acercaba el hijo del jefe? ¿A quién consideraba su padre, por teléfono, con un respeto casi abyecto de sí, señor, aquí estamos para servirle señor, lo que usted mande señor, en contraste con los que sólo recibían órdenes rápidas, implacables y sin adornos, lo necesito ahoritita mismo, Gutierritos, no se me duerma, aquí no hay lugar para güevones y a usted se me hace que le cuelgan hasta las rodillas, qué le pasa, Fonseca, se le pegaron las sábanas o qué, lo espero en quince segundos o vaya pensando en otra chamba, que a su vez contrastaban con los que recibían amenazas más graves, si estima usted a su mujer y a sus hijos, le recomiendo hacer lo que le digo, no si no le doy órdenes, le mando, a los mandaderos se les manda y usted, Reynoso, nomás recuerde que los papeles están en mi poder y me bastaría dárselos al *Excélsior* para que a usted se lo lleve la puritita chingada?

—Como usted mande, señor.

—Súbame el expediente volando.

—No se meta en lo que no le concierne, cabrón, o va a amanecer un día con la lengua cortada y los cojones en la boca.

A medida que penetraba el laberinto de metal y vidrio dominado por su padre, Santiago buscaba con ternura y voracidad parejas —eran dos nombres de la necesidad, pero también del amor— el cariño de Lourdes. Se tomaban de las manos en el cine, se miraban muy hondo a los ojos en las cafeterías, se besaban en el coche de Santiago, se tocaban sexualmente en la oscuridad, pero esperaban el momento de vivir juntos para unirse de verdad. Estaban de acuerdo en esto, por más extraño y hasta ridículo, a veces, que pudiera parecerle, a veces a uno, a veces, al otro, a veces a los dos. Tenían algo en común. Les excitaba aplazar el acto. Imaginarse.

¿Quién era la señorita Artemisa?

Tenía una voz grave pero azucarada y la remataba diciéndole por teléfono a Dantón, "te quedo, mi Toncito, te quedo, cadamedo". Santiago se murió de la risa cuando escuchó, sin derecho alguno, este diálogo acaramelado por la extensión telefónica de su padre, y más cuando el severo don Dantón le dijo a su caramelo, "¿qué dice mi tetoncita, qué siente mi güevona, qué come mi Michita que la trompita le sabe a pichita?", "es que como camotito cada jueves" contestó esa voz ronca y profesionalmente cariñosa: Lourdes, le dijo Santiago a su novia, esto se pone muy bueno, vamos a averiguar quién es la tal Micha o Artemisa y a qué sabe de veras, ¡palabra que mi jefe se las trae!

No pensó en traiciones a la arrumbada doña Magdalena, Santiago no era un puritano, pero sí soy curioso, Lourdes, y yo también, rió la fresca y núbil oaxaqueña, mientras los dos esperaban la salida de Dantón de la oficina un jueves en la noche, cuando el papá tomaba el poco conspicuo Chevrolet él solo, sin chofer, y se dirigía a la calle Darwin en la colonia Nueva Anzures, seguido por Santiago y Lourdes en un Ford alquilado para despistar.

Dantón estacionó el coche y entró a una casa adornada por estatuas de yeso de Apolo y Venus a la entrada. La puerta se cerró y reinó el misterio. Al rato, se escucharon música y risas. Las luces se prendían y apagaban caprichosamente.

Regresaron una mañana cuando un jardinero podaba los setos de la entrada y una criada espolvoreaba las estatuas eróticas. La puerta de entrada estaba entreabierta. Lourdes y Santiago entrevieron un salón burgués normal, con sillones de brocado y floreros llenos de alcatraces, pisos de mármol y una escalera de película mexicana.

Al instante, apareció en lo alto de la escalera un hombre joven y arrogante, con el pelo cortado muy corto, una bata de seda, gazné al cuello y, extravagante, poniéndose unos guantes blancos.

—¿Qué quieren? —les dijo con una ceja muy arqueada y muy depilada que contrastaba con la voz ronca—. ¿Quiénes son?

—Perdón, nos equivocamos de casa —dijo Lourdes.

—Nacos —murmuró el hombre de los guantes.

Supongo que sí, le dijo a Santiago el archivista del BUFA, si es el hijo del patrón, pásele nomás.

Todas las tardes, mientras su padre prolongaba las comidas en el Focolare, el Rívoli y el Ambassadeurs, Santiago filtraba minuciosamente los papeles de la firma como por un cedazo en el que la repugnancia y el amor se reunían, a pesar de todo, dolorosamente, porque el joven pasante de Derecho se repetía sin cesar, es mi padre, con este dinero he vivido, este dinero me educó, estos negocios son el techo y el piso de mi casa, manejo un Renault último modelo gracias a los negocios de mi padre...

—Vamos a comportarnos como amantes secretos —le dijo Santiago a Lourdes—. Haz de cuenta que no queremos ser vistos.

—¿Más?

—Hasta ahí nomás. ¡Mi amor! No, te lo digo en serio. ¿A dónde iríamos si no quisiéramos ser vistos?

—Santiago, no te hagas. Mejor sigue el coche de tu papá —rió ella.

El Chez Soi era un lugar amplio pero oscuro en la Avenida Insurgentes; las mesas estaban muy separadas entre sí, no había iluminación general, cada mesita tenía una lámpara pequeña y baja, la penumbra reinaba. Los manteles eran todos de cuadros rojos y blancos, para dar el toque francés.

Lourdes y Santiago siguieron a Dantón y lo vieron entrar tres semanas seguidas, puntualmente, a las nueve de la noche cada martes. Pero entraba y salía solo.

Una noche, Santiago y Lourdes llegaron a las ocho y media, tomaron asiento y ordenaron dos cubas. El mesero francés los miró con desdén. Había parejas en todas las mesas menos una. Una mujer de escote descarado, mostrando con alarde la mitad de los senos, levantó un brazo para arreglarse la abundante cabellera rojiza, mostró otra vez con alarde una axila perfectamente rasurada, sacó una polvera y se arregló la cara abundantemente blanqueada en torno a las cejas depiladas, la mirada arrogante y los labios exageradamente gruesos, como una Joan Crawford declinada. Lo llamativo era que hacía todo esto sin quitarse los guantes blancos.

Cuando Dantón entró, le besó la boca y se sentó junto a ella, Lourdes y Santiago ya estaban en un rincón oscuro y habían pagado la cuenta. Esa noche, los jóvenes salieron en el Renault rumbo a la costa oaxaqueña. Santiago manejó toda la noche, sin decir palabra, muy despierto, librando la sierpe interminable de curvas entre la ciudad de México, Oaxaca y Puerto Escondido. Lourdes iba dormida sobre el hombro de su novio; Santiago sólo tenía ojos para las formas oscuras del paisaje, los grandes lomos de la sierra, el cuerpo arisco y abundante del país contrastado, bosques de pinos y desiertos de tepalcate, muros de basalto y coronas de nieve, inmensos cactos de órgano, floraciones súbitas de jacaranda. La geografía solitaria, sin poblados ni habitantes. El país por hacerse empeñado en deshacerse primero.

El mar apareció a las ocho de la mañana, no había nadie en la playa, Lourdes despertó con una exclamación de alegría, ésta es la mejor playa de la costa, dijo, se desnudó para entrar al mar, Santiago también se despojó de la ropa, entraron juntos, desnudos, al mar, el Pacífico fue su sábana, se besaron más hondo que las aguas verdes y plácidas, sintieron sus cuerpos levantados sobre el fondo de arena, excitados por el vigor salino, Lourdes levantó las piernas cuando sintió la punta del pene de Santiago rozándole el clítoris, le rodeó la cintura con las piernas, él la abrazó y le introdujo la verga en el mar, pegando fuerte contra el mono de Lourdes para que ella sintiera por fuera cómo les gusta a las mujeres mientras él sentía por dentro cómo les gusta a los hombres y se derramaron y lavaron y espantaron a las gaviotas.

Aprende cuanto antes las reglas del juego, le había dicho Dantón a Santiago cuando su hijo entró a trabajar con él al BUFA. Los que quieren ascender entran al PRI y se contentan con lo que les cae. Tienen razón. Son ajonjolí de todos los moles. Lo que les ofrecen, lo toman. Un día pueden ser oficial mayor, al siguiente Secretario de Estado y pasado mañana administrador de puentes y caminos. No importa. Tienen que tragárselo todo. La disciplina reditúa. O no reditúa. Pero ellos no tienen otra alternativa. Nomás que allí es donde comienza el código común para todos, los que ascienden y los que ya estamos arriba. No te enemistes con nadie que tenga poder o pueda tenerlo, hijo. Cuando haya enfrentamientos, que sean en serio, no por un quítame allá esos pelos. No hagas olas, hijo. Este país sólo avanza en un mar de sargazos. Mientras más calma chicha, más creemos que progresamos. Es un secreto y una paradoja, de acuerdo. No digas nunca nada en público que se preste a controversias. Aquí no hay problemas, México progresa en paz. Hay unidad nacional y quien se alebresta y rompe la tranquilidad, lo paga caro. Vivimos el milagro mexicano. Queremos algo más que un pollo en cada olla, como dicen los gringos. Queremos un refrigerador repleto en cada hogar y si es posible, con puros productos de los supermercados de tu abuelo don Aspirina, que Dios tenga a su vera y al que convencí que el comercio se hacía en grande. Ah que don Aspirina, tenía alma de abarrotero.

Se sirvió dos dedos de Chivas Regal en un pesado vaso de cristal cortado, sorbió y prosiguió.

—Voy a relacionarte bien, Santiago, pierde cuidado. Hay que empezar joven pero lo duro es durar. Los políticos, ya ves, empiezan jóvenes pero salvo excepciones, duran poco. Los hombres de negocios empezamos jóvenes pero duramos toda la vida. Nadie nos elige y mientras no digamos nada en público, no somos ni vistos ni criticados. A ti no te hace falta hacerte notar. La publicidad y el autobombo son formas de rebeldía en nuestro sistema. Olvídalas. No te expongas nunca a decir algo de lo que luego te arrepientas. Tus pensamientos, guárdatelos para ti nomás. Que no haya testigos.

Santiago aceptó la copa que le ofreció su padre y se la bebió de un golpe.

—Así me gusta —rió Dantón—. Lo tienes todo. Sé discreto. No te expongas. Apuéstale a todos pero arrímate al bueno, cuando viene la grande, la sucesión presidencial. Las lealtades no valen, las obsecuencias sí. Aprovecha los primeros tres años del sexenio para hacer negocios. Luego vienen los declives, las locuras, los sueños de ser reelectos o ganar el Premio Nobel. Y a los presidentes se les bota la canica. Hay que acomodarse con el sucesor, que aunque lo escoja el presidente en turno, una vez en la silla va a hacer pedazos al antecesor que lo nombró, a su familia y a sus amigos. Navega en silencio, Santiago. Nosotros somos continuidad callada. Ellos son fragmentación ruidosa. Y a veces, ruinosa, cómo no.

Que invitara a bailar a Mengana y a cenar a Zutana. El papá de Perengana era socio de don Dantón y tenía una fortuna modesta de cincuenta millones de dólares, pero el papá de Loli Parada andaba por los doscientos millones y aunque era menos manipulable que el socio, adoraba a su hija y le daría todo lo que…

¿Todo?, le dijo Santiago a su padre, ¿qué llamas todo, padre? Carajo, no sigues tus propios consejos, cabrón papacito, dejas demasiados papeles, aunque los escondas muy bien, tus archivos están llenos de pruebas que has ido guardando para poder chantajear a quienes te hicieron favores y refrescar la memoria a quienes les debes favores, en los dos casos fuiste corrupto, cabrón viejo, no me mires así, no voy a medirme, chingada madre, tengo fotocopias de todas tus pinches movidas, me sé de memoria cada mordida que recibiste de un Secretario de Estado por manejarle un asunto público como si fuera privado, cada comisión que te dieron por servir de intermediario y hombre de paja en una compraventa ilegal de terrenos en Acapulco, cada cheque que te pasaron por servirles de frente a inversionistas gringos en actividades vedadas a extranjeros, cada peso que te dieron por asumir la responsabilidad de terrenos ejidales desalojados aun a costa del asesinato de campesinos para que un presidente y sus socios desarrollaran ahí el turismo, me sé las muertes de líderes sindicales independientes y de líderes agrarios rejegos, por todo te pagaron y a todos les pagaste, padre mío e hijo de la chingada, no has cometido un acto lícito en tu puta vida, vives del sistema y el sistema vive de ti, te condenan las pruebas porque las necesitas para condenar a quienes te sirvieron o a los que serviste, pero el secreto se acabó, pinche viejo, yo tengo copia de todo, no te preocupes, no voy a darle nada a los periódicos, ¿qué gano con eso?, no voy a decir palabra, salvo que te vuelvas más loco de lo que estás, ojete, y me mandes matar, y en ese caso ya dispuse que todo salga a la luz y no aquí, donde le pagas a los periodistas, corruptor de mierda, sino en los Estados Unidos, allí donde te duele, donde te arruinas, cabrón papacito, porque les lavas dinero a los criminales yanquis y mexicanos, porque violas las leyes sagradas de la sagrada democracia americana, sobornas a sus funcionarios bancarios, les pasas regalitos

a sus congressmen, chinga tu madre, si hasta has creado tu pequeño lobby personal en Washington, palabra
que te admiro, viejo, eres mejor que Willy Mays, tocas
todas las bases, palabra que más que a ti desprecio
a todo el jodido sistema que has contribuido a crear, ustedes están podridos de los pies a la cabeza y de la cabeza
a los pies, del presidente al último gendarme están más
podridos que una plasta de mierda seca que lleva cuarenta años repartiéndose entre todos y dándonos de
comer a todos, ¡a la chingada, don Dantón López-Díaz,
a la puritita chingada!, no quiero comer mierda, no quiero un centavo tuyo, no quiero verte el puto hocico ni
una vez más en mi vida, no quiero volver a mirar a un
solo socio tuyo, a un solo líder de la CTM, a un solo redentor de la CNC, a un solo banquero salvado de la
ruina por el gobierno, a un solo… me lleva la puta
madre, lo que voy a hacer es luchar contra todos ustedes y si me pasa algo a mí, algo peor te va a suceder a ti,
papacito lindo.

Santiago le arrojó las copias de los papeles a la
cara a su padre mudo, tembloroso, con los dedos aca-
lambrados puestos por reflejo sobre los timbres de auxilio pero incapaz al fin de hacer nada, reducido a la impotencia brutal en que su hijo quiso colocarlo.

—Recuerda. Cada papel de esos tiene copias.
En México. En los Estados Unidos. En lugar seguro. Pro-
tégeme, papá, porque no tienes más protección que la
de tu hijo desobediente. ¡A la chingada!

Y Santiago abrazó a su padre, se abrazó de su
padre y le dijo al oído, te quiero viejo, tú sabes que
a pesar de todo yo te quiero viejo cabrón.

Laura Díaz presidió la mesa aquella noche de
Navidad del año 65. Ella a la cabeza, las dos parejas a
sus lados. Se sintió segura, perfeccionada de algún modo por la simetría del amor entre sus nietos y sus amigos. Ya no estaba sola. A su derecha, su nieto Santiago y
su novia Lourdes le anunciaron que se casarían el últi-

mo día del año, ella esperaba un bebé en julio, él bus-
caría chamba y mientras tanto...

—No —lo interrumpió Laura—. Ésta es tu casa,
Santiago. Tú y tu mujer se quedan aquí y le alegran la
existencia a una vieja...

Porque tener al tercer Santiago con ella era como tener presentes a los otros dos, el Mayor y el Menor,
el hermano y el hijo. Que tuvieran al niño, que Santiago
terminara la carrera. Para ella era una fiesta llenar la casa
de amor, bullicio...

—Tu tío Santiago nunca cerró la puerta de su
recámara.

Llenar la casa de un amor feliz. Laura quería proteger desde la raíz a una pareja joven y bella, acaso porque a
su derecha, en la cena navideña, tenía a una pareja que
tardó treinta años en reunirse y ser feliz.

Basilio Baltazar había encanecido, pero mantenía el perfil gitano, moreno y bien recortado, de su
juventud. Pilar Méndez, en cambio, mostraba los es-
tragos de una vida de azares y privaciones. No de ca-
rencias físicas, no había pasado hambres, su desolación era interna, en el rostro sólo estaban dibujadas las
dudas, las lealtades desgarradas, la obligación constante de escoger, de reparar con amor las heridas de
la crueldad familiar, facciosa y, como no, fantástica. La
mujer de pelo rubio ceniza y dientes maltratados, bella
aún en su perfil ibérico, mezcla de todos los encuen-
tros, musulmán y godo, judío y romano, como si trajera un mapa de su patria pintado en la cara, arrastraba
también palabras duras, declamadas como en una tragedia antigua frente al escenario clásico de la puerta
latina de Santa Fe.

—La mayor fidelidad consiste en desobedecer
las órdenes injustas.

—Sálvela en nombre del honor.

—Ten compasión.

—El cielo está lleno de mentiras.

—Muero para que mi padre y mi madre se odien siempre.

—Ella debe morir en nombre de la justicia.

—¿Qué parte del dolor no viene de Dios?

Laura le dijo a Pilar que los nietos, Santiago y Lourdes, tenían derecho a escuchar la historia del drama ocurrido en Santa Fe en 1937.

—Es una historia muy vieja —dijo Pilar.

—No hay historia que no se repita en nuestro tiempo —Laura le acarició la mano a la mujer española—. Te lo digo yo.

Dijo Pilar que no se quejó frente a la muerte entonces, y no lo iba a hacer ahora. La queja sólo aumenta el dolor. Sale sobrando.

—Creímos que ella fue fusilada aquella madrugada frente a los muros de la ciudad —dijo Basilio—. Lo creímos durante treinta años.

—¿Por qué lo creíste? —preguntó Pilar.

—Porque nos lo contó tu padre. Era de los nuestros, era el alcalde comunista de Santa Fe, por supuesto que lo creímos.

—No hay mejor destino que morir desconocida —dijo Pilar mirando al joven Santiago.

—¿Por qué, señora?

—Porque si te conocen, Santiago, tienes que justificar a unos y condenar a otros y acabas por traicionar a todos.

Basilio quiso decirles a los jóvenes lo que ya le había contado a Laura cuando pidió licencia y regresó volando a México para ver a su mujer, a su Pilar. Don Álvaro Méndez, el padre de Pilar, fingió la ejecución de su hija aquella madrugada y ocultó a la muchacha en una casa arruinada de la Sierra de Gredos, donde no le faltaría nada mientras durase la guerra; los dueños de la granja vecina eran imparciales, y amigos tanto de don Álvaro como de doña Clemencia. No traicionarían a nadie. Sin embargo, el padre de Pilar no le dijo nada a su mujer Clemencia. La madre de la muchacha quedó convencida de que su hija era mártir del Movimiento. Así lo proclamó cuando triunfó Franco. Don Álvaro fue pasado por las armas en el mismo sitio donde debió morir su hija. La madre cultivó la devoción a su hija mártir, consagró el sitio donde Pilar debió caer muerta, el cuerpo nunca se halló porque los rojos lo arrojaron por allí, seguramente, en una fosa común...

Pilar Méndez la heroína, la mártir ejecutada por los rojos entró al santoral de la Falange y la verdadera Pilar, escondida en la sierra, no pudo mostrarse, vivió invisiblemente, primero escindida entre mostrarse y decir la verdad o esconderse y mantener el mito, pero convencida, cuando conoció la muerte de su padre, que en España la historia es triste y siempre acaba mal. Era mejor seguir en la invisibilidad que protegía la memoria fiel de su padre y la santa hipocresía de su madre. Se acostumbró, acogida a la misericordia de los amigos de sus padres y más tarde, cuando éstos se sintieron en peligro por el cerco vengativo de Franco, protegida por la caridad de un convento de Carmelitas Descalzas, la orden fundada por Santa Teresa de Ávila y sometida desde entonces a los rigores en los que Pilar Méndez encontró, siempre amparada por la caridad cristiana pero ansiosa de unirse a las reglas de las hermanas, una disciplina por acostumbrada, salvadora: pobreza, hábito carmelita de lana, sandalias rudas, abstinencia de la carne; barrer, hilar, orar y leer, porque Santa Teresa dijo que nada le parecía más detestable que "una monja estúpida".

Las monjas pronto descubrieron las aptitudes de Pilar, era una muchacha que sabía leer y escribir, pusieron en sus manos los libros de la Santa y con el paso de los años, la identificaron de tal modo con los usos del convento (y aun con ciertas rispideces personales que les recordaron a su Santa Fundadora, esa "mujer errante" como la llamó el Rey Felipe II) que las autoridades no pusieron reparos cuando la Madre Superiora pidió un salvoconducto para la humilde e inteligente trabajadora del convento, Úrsula Sánchez, que deseaba visitar a unos parientes en Francia y no tenía documentos, pues los comunistas quemaron los archivos de su pueblo natal.

—Salí cegada, pero con una memoria tan intensa de mi pasado, que no me costó demasiado trabajo recordarlo en París, hacerme la voluntad de recuperar lo que pudo ser mi destino si no me paso toda una vida en pueblos de aguas malas donde los ríos caen de las montañas blanqueándolas de cal. Las madres me recomendaron con unas teresianas de París, empecé a pasearme por los bulevares, recuperé el gusto femenino, sentí envidia por la ropa elegante, tenía treinta y cuatro años, quería verme guapa y bien vestida, me hice de amigos en el cuerpo diplomático, obtuve un puesto en la Casa de México de la Ciudad Universitaria, conocí a un mexicano rico cuyo hijo estudiaba allí, nos liamos, me trajo a México, era celoso, ahora vivía encerrada en una jaula tropical de Acapulco llena de loros, me regaló joyas, sentí que he vivido en jaulas toda mi vida, jaulas de aldea, de convento y de oro, pero siempre prisionera, encarcelada sobre todo por mí misma, para no delatar a mi padre primero, para no robarle a mi madre su rencor satisfecho en seguida, ni la santidad que me adjudicó creyéndome muerta para sentirse ella misma santa, me acostumbré demasiado a vivir en secreto, a ser otra, a no romper el silencio que me imponían mis padres, la guerra, España, los aldeanos que me protegieron, las monjas que me dieron refugio, el mexicano que me trajo a América.

Se detuvo un momento, rodeada del silencio atento de todos. El mundo la creía inmolada. Ella tuvo que inmolarse para el mundo. ¿Qué parte del dolor nos viene de los demás y qué parte proviene de nosotros mismos?

Miró a Basilio. Lo tomó de la mano.

—A ti te quise siempre. Creí que mi muerte conservaría nuestro amor. Mi orgullo consistía en creer que no hay mejor destino que morir desconocido. ¿Cómo iba a despreciar lo que más agradecía en mi vida, tu amor, la camaradería de Jorge Maura y Gregorio Vidal, dispuestos a morir conmigo si era necesario?

—¿Recuerdas? —interrumpió Basilio—. Los españoles somos mastines de la muerte. La olemos y la seguimos hasta que nos maten a nosotros mismos.

—Daría cualquier cosa por desandar lo andado —dijo con tristeza Pilar—. Preferí mi estúpida militancia política al cariño de tres hombres maravillosos. Ojalá me perdonen.

—A la violencia le gusta procrear —sonrió Laura—. Por fortuna, al amor también. Salimos parejos, por lo general.

Tomó las manos de Lourdes a su derecha y de Pilar a su izquierda.

—Por eso, cuando vi anunciada la exposición de fotos de los exiliados españoles, volé desde Acapulco y encontré el marco vacío de Basilio.

Miró a Laura.

—Pero si tú no estás allí, jamás nos habríamos reunido.

—¿Cuándo le avisó a su amante mexicano que ya no volvería con él? —preguntó Santiago.

—Apenas vi el marco vacío.

—Fue valiente de su parte. Quizás Basilio estaba muerto.

—No —se sonrojó Pilar—. Todos los retratos traían fecha de nacimiento y de muerte, dado el caso. La de Basilio no. Yo sabía. Perdón.

Los jóvenes no hablaron mucho. Prestaban toda su atención a la historia de Pilar y Basilio. Santiago, sin embargo, cruzó una mirada de amor con su abuela y allí, en los ojos de Laura Díaz, encontró algo maravilloso, algo que le quería decir más tarde a Lourdes, que no

se le olvidara, no lo decía él, lo decía la mirada, la actitud toda de Laura Díaz aquella Navidad de 1965, y esa
mirada de Laura abarcaba a los presentes pero también
se abría a ellos, les daba voz, los invitaba a verse y leerse
entre sí, revelándose amorosamente.

Pero ella era el punto de equilibrio del mundo.

Laura Díaz había aprendido a amar sin pedir
explicaciones porque había aprendido a ver a los demás, con su cámara y con sus ojos, como ellos mismos,
quizás, jamás se verían.

Les leyó, al terminar la cena, una breve nota
de felicitación de Jorge Maura, fechada en Lanzarote.
Laura no pudo resistir; le comunicó la noticia de la maravillosa e inesperada reunión de Pilar Méndez y Basilio Baltazar.

La nota de Jorge sólo preguntaba, "¿Qué parte
de la felicidad no viene de Dios?"

La noche de San Silvestre, se casaron Lourdes
Alfaro y Santiago Díaz-Pérez. Los testigos fueron Laura
Díaz, Pilar Méndez y Basilio Baltazar.

Laura pensó en un cuarto testigo. Jorge Maura.
No se verían nunca más.

XXIII. Tlatelolco: 1968

—Nadie tiene derecho a reconocer un cadáver. Nadie tiene derecho a llevarse a un muerto. No va a haber en esta ciudad quinientos cortejos fúnebres mañana. Arrójenlos a la fosa común. Que nadie los reconozca.

Desaparézcanlos.

Laura Díaz fotografió a su nieto Santiago la noche del 2 de octubre de 1968. Ella llegó caminando desde la Calzada de la Estrella para ver la entrada de la marcha a la Plaza de las Tres Culturas. Había venido fotografiando todos los sucesos del movimiento estudiantil, desde las primeras manifestaciones a la creciente presencia de los cuerpos de policía al bazukazo contra la puerta de la Preparatoria a la toma de la Ciudad Universitaria por el Ejército a la destrucción arbitraria de laboratorios y bibliotecas por los sardos a la marcha universitaria de protesta encabezada por el rector Javier Barros Sierra seguido por toda la comunidad universitaria a las concentraciones en el Zócalo gritándole al presidente Gustavo Díaz Ordaz "sal al balcón hocicón" a la marcha del silencio con cien mil ciudadanos amordazados.

Laura grabó las noches de discusión con Santiago y Lourdes y la docena o más de jóvenes hombres y mujeres apasionados por los acontecimientos. El niño de dos años, el Santiago IV, estaba dormido en la pieza que la abuela le preparó en el apartamento de la Plaza Río de Janeiro, desalojando archivos viejos, deshaciéndose de cachivaches inservibles que en realidad eran recuerdos preciosos, pero Laura le dijo a Lourdes que si a los setenta años ella no había archivado en la memoria lo que resultaba digno de recuerdo, iba a hundirse bajo el peso del pasado indiscriminado. El pasado tenía muchas formas. Para Laura, era un océano de papel.

¿Qué era una fotografía, después de todo, sino un instante convertido en eternidad? El flujo del tiempo era imparable y conservarlo en su totalidad sería la fórmula de la locura misma, el tiempo que ocurre bajo el sol y las estrellas seguiría transcurriendo, con o sin nosotros, en un mundo deshabitado, lunar. El tiempo humano era un sacrificio de la totalidad para privilegiar el instante y darle, al instante, el prestigio de la eternidad. Todo lo decía el cuadro de su hijo Santiago el Menor en la sala del apartamento: no caímos, ascendimos.

Laura barajó con nostalgia las hojas de contacto, tiró a la basura lo que le pareció inservible y desalojó el cuarto para que lo ocupara su biznieto. ¿Lo pintamos de azul o de rosa?, rió Lourdes y Laura se rió con ella; mujer u hombre, el bebé dormiría en una cuna rodeada de olores de película, los muros estaban impregnados del inconfundible perfume de la fotografía húmeda, el revelado y las copias colgadas, como ropa recién lavada, de ganchos de madera más propios de un tendedero.

Vio el entusiasmo creciente de su nieto y hubiera querido prevenirlo, no te dejes arrastrar por el entusiasmo, en México la desilusión castiga muy pronto al que tiene fe y la lleva a la calle: lo que nos enseñaron en la escuela, le repetía Santiago a sus compañeros, muchachos entre los diecisiete y los veinticinco años, morenos y rubios, como es México, un país arcoiris, dijo una linda muchacha de melena hasta la cintura, tez muy oscura y ojos muy verdes, un país de rodillas al que hay que poner de pie, dijo un chico moreno, alto pero con ojos muy pequeños, un país democrático, dijo un

muchacho blanco y bajito, musculoso y sereno pero con
anteojos que le resbalaban continuamente por la nariz,
un país unido a la gran revuelta de Berkeley, Tokio y
París, un país en el que no sea prohibido prohibir y la
imaginación tome el poder, dijo un chico rubio, muy
español, de barba cerrada y mirada intensa, un país en
que no nos olvidemos de los demás, dijo otro muchacho de aspecto indígena, muy serio y escondido detrás
de espejuelos gruesos, un país en que nos podamos
querer todos, dijo Lourdes, un país sin explotadores, dijo
Santiago, no hacemos más que llevar a la calle lo que
nos enseñaron en la escuela, nos educaron con ideas
llamadas democracia, justicia, libertad, revolución; nos
pidieron creer en todo esto, doña Laura, te imaginas,
abuela, un alumno o un maestro defendiendo dictadura, opresión, injusticia, reacción?, pero se expusieron a
que les viéramos las caras, dijo el trigueño alto, y les
reclamásemos, dijo el chico indígena de gruesos anteojos, oigan, ¿dónde está lo que nos enseñaron en las
escuelas?, oigan, añadió su voz al coro la muchacha
morena de ojos verdes, ¿a quiénes creen que engañan?,
miren, dijo el muchacho de barba cerrada y mirada intensa, atrévanse a mirarnos, somos millones, treinta millones de mexicanos menores de veinticinco años, ¿creen
que nos van a seguir engañando?, saltó el intenso chico
alto y de ojos pequeños, ¿dónde está la democracia, en
elecciones de farsa organizadas por el PRI con urnas
retacadas de antemano?, ¿dónde está la justicia —continuó Santiago— en un país donde sesenta personas
tienen más dinero que sesenta millones de ciudadanos?, ¿dónde está la libertad, preguntó la muchacha de
melena hasta la cintura, en los sindicatos maniatados
por líderes corruptos, en los periódicos vendidos al gobierno, añadió Lourdes, en la televisión que oculta la
verdad?, ¿dónde está la revolución? concluyó el chico
blanco y bajito, musculoso y sereno, ¿en los nombres
dorados de Villa y Zapata inscritos en la Cámara de Dipu-

tados, concluyó Santiago, en las estatuas cagadas por los pájaros nocturnos y por los jilgueros madrugadores que hacen los discursos del PRI?

No serviría de nada prevenirlo. Había roto con sus padres, se había identificado con su abuela, ella y él, Laura y Santiago, se habían hincado juntos una noche en pleno Zócalo y juntos pegaron las orejas al suelo y oyeron juntos lo mismo, el tumulto ciego de la ciudad y del país, a punto de estallar...

—El infierno de México —dijo entonces Santiago—. ¿Es fatal el crimen, la violencia, la corrupción, la pobreza?

—No hables, hijo. Escucha. Antes de fotografiar, yo siempre escucho... Y ella que quisiera heredarles a sus descendientes una libertad luminosa. Los dos levantaron las caras de la piedra helada y se miraron con una interrogante llena de cariño. Laura supo entonces que Santiago iba a actuar como actuó, ella no iba a decirle tienes mujer, tienes hijo, no te comprometas. Ella no era Dantón, no era Juan Francisco, ella era Jorge Maura, ella era el gringo Jim en el frente del Jarama, el joven Santiago el Mayor fusilado en Veracruz. Ella era los que podrían dudar de todo pero no dejaban de actuar por nada.

Santiago su nieto, en cada marcha, en cada discurso, en cada asamblea universitaria, encarnaba el cambio y su abuela lo seguía, lo fotografiaba, él era insensible al hecho de ser fotografiado y Laura lo veía con cariño de camarada: ella grabó con su cámara todos los momentos del cambio, a veces cambio por la incertidumbre, a veces cambio por la certeza, pero al final toda certeza —en los actos, en las palabras— era menos cierta que la duda. Lo más incierto era la certeza.

Laura sintió en las jornadas de la rebelión estudiantil, a la luz del sol o de las antorchas, que el cambio era cierto porque era incierto. Por su memoria pasaron los dogmas que había escuchado durante su vida, desde las posiciones antagónicas, casi prehistóricas, entre los aliados franco-británicos y los poderes centrales en la guerra de 1914, la fe comunista de Vidal y la fe anarquista de Basilio, la fe republicana de Maura y la fe franquista de Pilar, la fe judeo-cristiana de Raquel y también la confusión de Harry, el oportunismo de Juan Francisco, el cinismo voraz de Dantón y la plenitud espiritual del segundo Santiago, su otro hijo.

Este nuevo Santiago era, a través de su abuela Laura Díaz, el heredero de todos ellos, lo supiera o no. Los años con Laura Díaz habían formado los días de Santiago el Nuevo, así lo llamó, como si fuese el nuevo apóstol de la línea larga de homónimos del hijo de Zebedeo que fue testigo de Getsemané de la noche de la transfiguración de Cristo. Los Santiagos, "hijos del trueno", todos muertos con violencia. Santiago el Mayor atravesado por las espadas de Herodes. Santiago el Menor muerto a garrotazos por órdenes del Sanedrín.

Santos Santiagos la historia tenía dos; ella, Laura, tenía ya cuatro del mismo nombre y un nombre, se dijo la abuela, es la manifestación de nuestra naturaleza más íntima. Laura, Lourdes, Santiago.

Ahora la fe de los amigos y amantes de todos los años con Laura Díaz era la fe del nieto de Laura Díaz que entraba con centenares de jóvenes mexicanos, hombres y mujeres, a la Plaza de las Tres Culturas, el antiguo centro ceremonial azteca de Tlatelolco sin más iluminación que la agonía del atardecer en el antiguo valle de Anáhuac, todo era viejo aquí, pensó Laura Díaz, la pirámide indígena, la iglesia de Santiago, el convento y colegio franciscanos, pero también los edificios modernos, la Secretaría de Relaciones Exteriores, los apartamentos multifamiliares; quizás lo más reciente era lo más viejo, porque era lo que resistía menos, era ya lo cuarteado, lo despintado, los vidrios rotos, la ropa tendida, el llanto de demasiadas lluvias arrepentidas y sollozos derramados por los muros: iban encendiéndose los faroles de la plaza, los reflectores de los edificios prestigiosos, los interiores visibles de cocinas, terrazas, salas y recámaras; iban entrando centenares de jóvenes por un lado, los iban cercando docenas de soldados por los otros lados, aparecieron sombras agitadas en las azoteas, puños de guante blanco se levantaron y Laura fotografió la figura de su nieto Santiago, su camisa blanca, su estúpida camisa blanca como si pidiera él mismo ser blanco de las balas y su voz diciéndole abuela, no cabemos en el futuro, queremos un futuro que nos dé cabida a los jóvenes, yo no quepo en el futuro inventado por mi padre y Laura le dijo que sí, al lado de su nieto ella también había entendido que toda su vida los mexicanos habían soñado un país distinto, un país mejor, lo soñó el abuelo Felipe que emigró de Alemania a Catemaco y el abuelo Díaz que salió de Tenerife rumbo a Veracruz, soñaron con un país de trabajo y honradez, como el primer Santiago soñó con un país de justicia y el segundo Santiago con un país de serenidad creativa y el tercer Santiago, éste que entraba entre la multitud de estudiantes a la Plaza de Tlatelolco la noche del 2 de octubre de 1968, continuaba el sueño de sus homónimos, sus "tocayos", y viéndolo entrar a la plaza, fotografiándolo, Laura dijo hoy el hombre al que amo es mi nieto.

Disparaba su cámara, la cámara era su arma disponible y disparaba sólo hacia su nieto, se dio cuenta de la injusticia de su actitud, entraban a la plaza centenares de hombres y mujeres jóvenes pidiendo un país nuevo, un país mejor, un país fiel a sí mismo y ella, Laura Díaz, sólo tenía ojos para la carne de su carne, para el protagonista de su descendencia, un muchacho de veintitrés años, despeinado, con camisa blanca y tez morena y ojos verde-miel y dientes de sol y músculo terreno.

Soy tu compañera, le dijo de lejos Laura a Santiago, ya no soy la mujer que fui, ahora soy tuya, esta noche te entiendo, entiendo a mi amor Jorge Maura y al Dios que él adora y por el que lame con la lengua los pisos de un monasterio en Lanzarote, yo le digo,

Dios mío, quítame todo lo que he sido, dame enfermedad, dame muerte, dame fiebre, chancros, cáncer, tisis, dame ceguera y sordera, arráncame la lengua y córtame las orejas, Dios mío, si eso es lo que hace falta para que se salve mi nieto y se salve mi país, mátame de males para que tengan salud mi patria y mis hijos, gracias, Santiago, por enseñarnos a todos que aún había cosas por las que luchar en este México dormido y satisfecho y engañoso y engañador de 1968 Año de las Olimpiadas, gracias hijo mío por enseñarme la diferencia entre lo vivo y lo muerto, entonces la conmoción en la plaza fue como el terremoto que derrumbó al Ángel de la Reforma, la cámara de Laura Díaz subió a las estrellas y no vio nada, bajó temblando y se encontró el ojo de un soldado mirándola como una cicatriz, disparó la cámara y dispararon los fusiles, apagando los cantos, los lemas, las voces de los jóvenes, y luego vino el silencio espantoso y sólo se escucharon los gemidos de los jóvenes heridos y moribundos, Laura buscando la figura de Santiago y encontrando sólo los guantes blancos en el firmamento que se iba cerrando en puños insolentes, "deber cumplido", y la impotencia de las estrellas para narrar nada de lo ocurrido.

A culatazos sacaron a Laura de la plaza, la sacaron no por ser Laura, la fotógrafa, la abuela de Santiago, sacaron a los testigos, no querían testigos, Laura se ocultó bajo las amplias faldas su rollo de película dentro del calzón, junto al sexo, pero ella ya no pudo fotografiar el olor de muerte que asciende de la plaza empapada de sangre joven, ella ya no puede captar el cielo cegado de la noche de Tlatelolco, ella ya no puede imprimir el miedo difuso del gran cementerio urbano, los gemidos, los gritos, los ecos de la muerte… La ciudad se oscurece.

¿Ni siquiera Dantón Pérez-Díaz, el poderoso don Dantón, tiene derecho a recuperar el cadáver de su hijo? No, ni siquiera él.

¿A qué tienen derecho la joven viuda y la abuela de Santiago el joven líder rebelde? Si quieren, pueden recorrer la morgue e identificar el cadáver. Como una concesión al señor licenciado don Dantón, amigo personal del señor presidente don Gustavo Díaz Ordaz. Podían verlo pero no recogerlo y enterrarlo. No habría excepciones. No habría quinientos cortejos fúnebres el día tres de octubre de 1968 en la ciudad de México. El tránsito se haría imposible. Se violarían los reglamentos.

Entraron Laura y Lourdes al galerón helado donde una extraña luz de perla iluminaba los cadáveres desnudos tendidos sobre planchas de madera montadas en potros.

Laura temió que la muerte desnudase de personalidad a las víctimas desnudas de la sedicia de un presidente enloquecido por la vanidad, la prepotencia, el miedo y la crueldad. Ésa sería su victoria final.

—Yo no he matado a nadie. ¿Dónde están los muertos? A ver, que digan algo. Que hablen. ¡Muertitos a mí!

No eran muertos para el presidente. Eran alborotadores, subversivos, comunistas, ideólogos de la destrucción, enemigos de la Patria encarnada en la banda presidencial. Sólo que el águila, la noche de Tlatelolco, huyó de la banda presidencial, se fue volando lejos y la serpiente, avergonzada, mejor mudó de piel, y el nopal se agusanó y el agua del lago volvió a incendiarse. Lago de Tlatelolco, trono de sacrificios, desde lo alto de la pirámide fue arrojado el rey tlatilca en 1473 para consolidar el poder azteca, desde lo alto de la pirámide fueron derribados los ídolos para consolidar el poder español, por los cuatro costados Tlatelolco era sitiado por la muerte, el tzompantli, el muro de las calaveras contiguas, superpuestas, unidas unas a otras en un inmenso collar fúnebre, miles de calaveras formando la defensa y la advertencia del poder en México, levantado, una y otra vez, sobre la muerte.

Pero los muertos eran singulares, no había un rostro igual a otro, ni un cuerpo idéntico a otro, ni posturas uniformes. Cada bala dejaba un florón distinto en el pecho, la cabeza, el muslo, del joven asesinado, cada sexo de hombre era un reposo diferente, cada sexo de mujer una herida singular, esa diferencia era el triunfo de los jóvenes sacrificados derrotando una violencia impune que se sabía absuelta de antemano. La prueba era que dos semanas más tarde, el presidente Gustavo Díaz Ordaz inauguraría los Juegos Olímpicos con un vuelo de pichones de la paz y una sonrisa de satisfacción tan amplia como su hocico sangriento. En el palco presidencial, con sonrisas de orgullo nacional, estaban sentados los padres de Santiago, don Dantón y doña Magdalena. El país había vuelto al orden gracias a la energía sin complacencias del Señor Presidente.

Cuando reconocieron el cadáver de Santiago en la morgue improvisada, Lourdes se arrojó llorando sobre el cuerpo desnudo de su joven marido pero Laura acarició los pies de su nieto y colgó una etiqueta del pie derecho de Santiago:

SANTIAGO EL TERCERO
1944 - 1968
UN MUNDO POR HACER

Abrazadas, la vieja y la joven miraron por última vez a Santiago y salieron compartiendo un miedo difuso, ilocalizable. Santiago había muerto con una mueca de dolor. Laura vivió deseando que la sonrisa del muerto le devolviera la paz al cadáver y a ella.

—Es un pecado olvidar, es un pecado —se repetía sin cesar, diciéndole a Lourdes, no tengas miedo, pero la joven viuda lo sentía, cada vez que tocaban a la puerta se preguntaba, ¿será él, será un fantasma, un asesino, un ratón, una cucaracha?

—Laura, si tuvieras el chance de meter en una jaula a alguien como un escorpión y dejarlo colgado allí, sin pan ni agua…

—No lo pienses, hija. No lo merece.

—¿En qué piensas, Laura, aparte; aparte de él?

—Pienso que hay quienes sufren y son insustituibles por su sufrimiento.

—Pero, ¿quién asume el dolor de los demás, quién está disculpado de esta obligación?

—Nadie, hija, nadie.

Habían entregado la ciudad a la muerte.

La ciudad era un campamento de bárbaros.

Tocaron a la puerta.

XXIV. Zona Rosa: 1970

— 1 —

Laura, que lo había visto todo con su cámara, se detuvo este día de agosto de 1970 ante el espejo de su cuarto de baño y se preguntó, ¿cómo soy vista?

Guardaba, acaso, esa memoria de una memoria que es nuestro rostro pasado, no la simple acumulación de los años sobre la piel, ni siquiera su superposición, sino una especie de transparencia: soy así, como me veo en este momento, así fui siempre. El momento puede cambiar, pero siempre es uno solo, aunque tenga yo presente en mi cabeza todo lo que le pertenece a mi cabeza; siempre intuí, pero ahora lo sé, que lo que pertenece a la mente nunca se va de la mente, nunca dice "adiós"; todo perece, salvo lo que vive para siempre en mi mente.

Soy la niña de Catemaco, la debutante de San Cayetano, la novia de Xalapa, la joven esposa de la ciudad de México, la madre amorosa y la casada infiel, la aferrada compañera de Harry Jaffe, el refugio de mi nieto Santiago, pero soy sobre todas las cosas la amante de Jorge Maura; entre todos los rostros de mi existencia, ése es el que retengo en mi imaginación como el rostro de mis rostros, la faz que las contiene todas, la semblanza de mi pasión feliz, la cara que sostiene las máscaras de mi vida, el hueso final de mis facciones, el que permanece cuando la carne haya sido devorada por la muerte…

Pero el espejo no le devolvió el rostro de la Laura Díaz de los años treinta, el que ella, sabiéndolo transitorio, imaginaba eterno. Leía mucha antropología e historia antigua de México para entender mejor el presente que fotografiaba. Los antiguos mexicanos tenían derecho a escoger una máscara para la muerte, ponerse un rostro ideal para el viaje a Mictlan, la ultratumba de los indios, infierno y paraíso a la vez. Si fuese india, Laura escogería la máscara de sus días de amor con Jorge para sobreponerla a todas las demás, las de su infancia, su adolescencia, su edad madura y su vejez. Sólo la máscara agónica de Santiago su hijo competiría con la de la pasión amorosa de Maura, pero ésta rendía el deseo de felicidad. Ésta era su fotografía mental de sí misma. Eso quería ver en el espejo esta mañana de agosto de 1970. Pero el espejo, esta mañana, era más fiel a la mujer que la mujer misma.

Había sido muy cuidadosa con su apariencia. Descubrió muy temprano, observando los ridículos cambios de peinado de Elizabeth García-Dupont, que debía escoger de una vez por todas un estilo de cabellera y nunca abandonarlo; el círculo de Orlando se lo confirmó, primero te cambias de pelo, en seguida te sientes satisfecha y renovada, pero finalmente la gente lo que nota primero es que lo que ha cambiado es tu cara, miren las patas de gallo, miren la frente plisada, ayayay, ya dio el viejazo, ya se hizo ruca. Por eso Laura Díaz, después de jugar con dejarse el fleco que usó de niña para cubrirse una frente demasiado alta y ancha y reducir un rostro demasiado largo, decidió, desde que conoció a Jorge Maura, rechazar el corte a la garçon de las Clara Bow mexicanas seguido por el rubio platino impuesto por la sedosa Jean Harlow seguido por el ondulado marcel de las Irene Dunne locales; se restiró la cabellera hacia atrás, revelando la frente despejada, la nariz "italiana" que decía Orlando, prominente y aristocrática, saliente, fina y nerviosa, como si no cesara nunca de inquirir sobre todas las cosas. Rechazó primero la boquita picada de abeja de Mae Murray la viuda alegre de Von Stroheim y luego la boca inmensamente ancha de Joan Crawford, pintada como un temible ingreso al infierno del sexo, quedándose con los labios delgados, sin pintura, que acentuaban la escultura gótica de la cabeza de Laura Díaz, descendiente de renanos y canarios, montañeses y murcianos, apostándolo todo a la belleza de los ojos, los ojos de un color castaño casi dorado, verdoso al atardecer, plateado en el orgasmo de ojos abiertos que le exigía Jorge Maura, me corro con tu mirada, Laura mi amor, déjame ver tus ojos abiertos cuando me vengo, me excitan tus ojos, y era cierto, los sexos no son bellos, son incluso grotescos, le dice Laura Díaz a su espejo esta mañana de agosto de 1970, lo que nos excita es la mirada, es la piel, es el reflejo del sexo en la mirada ardiente y la piel dulce lo que nos acerca a la maraña inevitable del sexo, la guarida del gran arácnido del placer y de la muerte...

Ya no miraba su cuerpo al bañarse. Ya no le preocupaba más. Y Frida Kahlo, por supuesto. Frida obligaba a su amiga Laura a dar gracias por su cuerpo viejo pero entero. Antes de Jorge Maura, estuvo Frida Kahlo, el mejor ejemplo de un estilo invariable, impuesto de una vez por todas, inimitable, imperial y único. No era el de su amiga y ocasional secretaria Laura Díaz, quien obedecía los cambios de la moda en el vestir —ahora iba repasando con una mano los atuendos de ayer colgados en un clóset, los breves vestidos de flapper de los veinte, las largas blancuras satinadas de los treinta, el traje sastre de los cuarenta, el New Look de Christian Dior cuando la falda amplia regresó venciendo las penurias textiles de la guerra; pero después de su viaje a Lanzarote, Laura también adoptó un traje cómodo, casi una túnica, sin botones ni zippers ni cinturón, sin estorbo alguno, un largo blusón monacal que se podía poner y quitar sin ceremonias y que le resultó ideal para vivir en el valle tropical de Morelos primero y para recorrer volando, como si la sencilla tela de acogedor algodón le diese alas, todos los escalones de la Roma de las Américas, la ciudad de México, la urbe de cuatro, cinco, siete capas superpuestas, altas como los volcanes adormilados, hondas como el reflejo de un espejo humeante.

Pero este día de agosto de 1970, mientras llovía afuera y las gotas gordas golpeaban contra el vidrio corrugado de la sala de baño, el espejo me devolvía sólo una cara, ya no la cara preferida, la de mis treinta años, sino la cara de hoy, la de mis setenta y dos años, inmisericorde, veraz, cruel, sin disimulo, la alta frente plisada, los ojos de miel oscura perdidos ya entre ojeras abultadas y párpados caídos como cortinas usadas, la nariz crecida más allá de lo que ella jamás recordaría, los labios sin pintar y agrietados, todas las comisuras de la boca y los planos de las mejillas gastados como un papel de china usado demasiadas veces para envolver demasiados regalos inútiles, y la revelación que nada puede disfrazar, el cuello delator de la edad.

—¡Pinche moco de guajolote! —decidió Laura reír ante el espejo y seguir queriéndose, queriendo su cuerpo y peinando su cabellera entrecana.

Luego unió los brazos sobre los pechos y los sintió helados. Vio el reflejo de sus manos picoteadas de tiempo y recordó su cuerpo de mujer joven, tan deseado, tan bien exhibido o escondido según lo decidía el gran apuntador escénico de la vanidad, el placer, la pulcritud y la seducción.

Se seguía queriendo.

—Rembrandt se pintó a sí mismo a todas las edades, desde la adolescencia hasta la vejez —dijo Orlando Ximénez cuando la invitó, por enésima vez, al Bar Escocés del Hotel Presidente en la Zona Rosa y ella, for old time's sake, como insistía el propio Orlando, aceptó por una vez verlo un rato a las seis de la tarde, cuando el bar estaba vacío—. No hay documento pictórico

más conmovedor que el de este gran artista capaz de
verse sin el menor idealismo a lo largo de su vida, para culminar con un retrato de anciano que contiene en
la mirada todas las edades previas, todas sin excepción, como si sólo la vejez revelara, no sólo la totalidad de una vida, sino cada una de las múltiples vidas
que fuimos.

—Sigues siendo todo un esteta —rió Laura.

—No, óyeme. Rembrandt tiene los ojos casi cerrados entre los viejos párpados. Los ojos lagrimean, no
por emoción, sino porque la edad vuelve aguada nuestra mirada. Mira la mía, Laura, ¡a cada rato tengo que
secarme!, ¡parezco un acatarrado perpetuo! —rió a su
vez Orlando tomando con la mano trémula su vaso de
escocés con soda.

—Te ves muy bien, muy girito —adelantó Laura,
admirando en efecto la seca esbeltez de su antiguo novio,
tieso y vestido con una elegancia demodé, como si aún
rifaran las modas del duque de Windsor, el saco a cuadros
grises cruzado, la corbata de nudo ancho, los pantalones
aguados y con valenciana, los zapatos Church de suela
gruesa.

Orlando se había convertido en una escoba bien
vestida y coronada por una calavera de escaso pelo gris
bien untado a las sienes hasta desaparecer, escrupulosa
aunque débilmente tejido, en la nunca. La figura un poco
doblada quería indicar cortesía, pero revelaba edad.

—No, déjame decirte, lo prodigioso de ese último
retrato del viejo Rembrandt es que el artista, sin parpadear ante el estrago del tiempo, nos permite recordar
no sólo todas sus edades, sino las nuestras, para que-
darnos con la imagen más profunda que sus ojillos de
anciano resignado pero astuto atesoran.

—¿Qué es?

—La imagen de una juventud eterna, Laura, porque es la imagen del poder artístico que creó la obra entera, la de la juventud, la madurez y la ancianidad. Ésa es

la verdadera imagen que nos regala el último retrato de Rembrandt: soy eternamente joven porque soy eternamente creativo.

—Qué poco te cuesta todo —volvió a reír, esta vez defensivamente, Laura—. Ser frívolo, cruel, encantador, inocente, perverso. Y a veces, hasta inteligente.

—Laura, soy una luciérnaga, me enciendo y me apago sin quererlo —Orlando le devolvió la risa—. Es mi naturaleza. ¿La apruebas?

—La conozco —brilló la propia Laura.

—¿Recuerdas que la primera vez te pregunté, "¿me aprueba tu cuerpo, paso con diez"?

—Me maravilla tu pregunta.

—¿Por qué?

—Hablas del pasado como si pudiera repetirse. Hablas del pasado para hacerme una proposición ahorita, en el presente. —Laura adelantó la mano y acarició la de Orlando; notó que el viejo anillo de oro con las iniciales OX le quedaba grande para el dedo adelgazado.

—Para mí —dijo el eterno suspirante— tú y yo estamos siempre en la terraza de la Hacienda de San Cayetano en 1915...

Laura bebió con más rapidez que la debida su martini seco preferido —No, estamos en un bar de la Zona Rosa en el año de 1970 y resulta ridículo que evoques, qué sé yo, el lirismo romántico de nuestro primer encuentro, mi pobre Orlando.

—¿No entiendes? —frunció el ceño el viejo—. No quise que nuestra relación se enfriase con la costumbre.

—Mi pobre Orlando, la edad lo enfrió todo.

Orlando miró al fondo del vaso de whisky.

—No quise que la poesía se convirtiese en prosa.

Laura permaneció en silencio unos segundos. Quería decir la verdad sin herir a su viejo amigo. No quería abusar de su propia edad —los setenta y dos años de Laura Díaz— para juzgar a los demás desde una altura injusta. Esa era una de las tentaciones de la vejez, emitir juicios impunes. Pero Orlando se le adelantó, precipitadamente.

—Laura, ¿quieres ser mi esposa?

Más que responder, Laura se dijo a sí misma tres verdades al hilo, las repitió varias veces, la ausencia simplifica las cosas, la prolongación las corrompe, la profundidad las mata. Con Orlando, la tentación era simplificar: ausentarse. Laura sintió, sin embargo, que alejarse rápidamente de un hombre y una situación que rozaban el ridículo era una especie de traición, quería evitarla a todo precio, no me traiciono a mí misma, ni a mi pasado, si en este momento no huyo, no simplifico, ni me río, si en este momento prolongo aunque vaya al desastre y profundizo aunque vaya a la muerte…

—Orlando —se aproximó Laura—. Nos conocimos en San Cayetano. Nos hicimos amantes en México. Me abandonaste con una nota en la que me decías que no eras ni lo que decías ni lo que parecías ser. Te estás acercando demasiado a mi misterio, me reprochaste…

—No, te advertí…

—Me lo echaste en cara, Orlando. "Prefiero guardar mi secreto", me escribiste entonces. Y sin misterio, añadiste, nuestro amor carecería de interés…

—También te dije, "te quiero siempre…".

—Orlando, Orlando, mi pobre Orlando. Ahora me dices que llegó el tiempo de unirnos. ¿Se acabó el misterio?

Le acarició la mano nervuda y fría con verdadero cariño.

—Orlando, sé fiel a ti mismo, hasta el final. Sigue huyendo de toda decisión fatal. Aléjate de toda conclusión definitiva. Sé Orlando Ximénez, déjalo todo en el aire, todo abierto, todo inconcluso. Es tu naturaleza, ¿no te has dado cuenta? Incluso es lo que más admiro en ti, mi pobre Orlando.

El vaso de Orlando se convertía por momentos en una bola de cristal. El viejo quería adivinar.

—Debí pedirte que nos casáramos, Laura.

—¿Cuándo? —ella sintió que se desgastaba.

—¿Quieres decirme que he sido la víctima de mi propia perversidad? ¿Te he perdido para siempre?

Entonces él no sabía que ese "para siempre" ya había ocurrido medio siglo antes, en el baile de la hacienda tropical, no se había enterado que allí mismo, al conocerse, Orlando le había dicho "nunca" a Laura Díaz cuando quería decir "para siempre", confundiendo el aplazamiento con eso que acaba de decir: nunca quise que nuestra relación se enfriase en la costumbre, no quiero que te acerques demasiado a mi misterio.

Laura tembló de frío. Orlando le estaba proponiendo un matrimonio para la muerte. Una aceptación de que, ahora, ya no había más juegos que jugar, más ironías que exhibir, más paradojas que explorar. ¿Se daba cuenta Orlando de que al hablar de esta manera estaba negando su propia vida, la vocación misteriosa e inconclusa de toda su existencia?

—¿Sabes? —sonrió Laura Díaz—. Recuerdo toda nuestra relación como una ficción. ¿Quieres escribirle un final feliz?

—No —balbuceó Orlando—. Quiero que no termine. Quiero recomenzar.

Se llevó el vaso a la boca hasta ocultar los ojos.

—No quiero morir solo.

—Cuidado. No quieres morirte sin saber lo que pudo haber sido.

—That's right. What could have been.

El registro de la voz de Laura se hizo muy difícil. ¿Martilló, pronunció, resumió o reasumió, pero todo ello con toda la ternura de la que fue capaz?

—Lo que pudo ser ya fue, Orlando. Todo sucedió exactamente como debió ocurrir.

—¿Resignarnos?

—No, puede que no. Llevarnos algunos misterios a la tumba.

—Claro. Pero ¿dónde entierras tus demonios?

—Orlando se mordió automáticamente el dedo adelgazado donde bailaba el anillo de oro pesado—. Todos traemos adentro un diablito que no nos abandona ni a la hora de la muerte. Nunca estaremos satisfechos.

Al salir del bar, Laura caminó largo rato por la Zona Rosa, el nuevo barrio de moda al cual acudía, en masa, la nueva juventud, la que sobrevivió a la matanza de Tlatelolco y fue a dar a la cárcel o al café, ambas prisiones, ambos encierros, pero que, en el perímetro entre la Avenida Chapultepec, el Paseo de la Reforma e Insurgentes, había inventado un oasis de cafeterías, restaurantes, pasajes, espejos donde detenerse, mirarse y admirarse, lucir las nuevas modas de la minifalda y el macrocinturón, las botas federicas de charol negro, los pantalones de anchura marinera y el corte de pelo beatle. La mitad de los diez millones de habitantes de la ciudad nómada eran menores de veinte años y en la Zona Rosa podían abrevar, exhibirse, ligar, ver y ser vistos, volver a creer que el mundo era vivible, conquistable, sin sangre derramada, sin pasado insomne.

Aquí, en estas mismas calles de Génova, Londres, Hamburgo y Amberes, habían vivido los aristócratas venidos a menos del Porfiriato, aquí se habían abierto las primeras boîtes nocturnas elegantes, durante la Segunda Guerra que transformó a la capital cosmopolita, el Casanova, el Minuit, el Sans Souci; aquí mismo, en la iglesia de La Votiva, había iniciado Dantón, audazmente, su carrera hacia la cumbre; aquí mismo, por la Reforma, habían marchado a la muerte los jóvenes de Tlatelolco, aquí se habían establecido los cafés que eran como cofradías de la juventud literaria, el Kineret, el Tirol y el Perro Andaluz, aquí estaban los restaurantes frecuentados por los pudientes, el Focolare, el Rívoli y el Estoril, y el restaurant preferido de todos, el Bellinghausen con sus gusanos de maguey, sus sopas de fideo, sus escamoles y sus filetes chemita, sus deliciosos flanes de rompope y sus tarros de cerveza más frías que en cualquier otro sitio. Y aquí mismo, al inaugurarse el Metro, comenzaban a aparecer, vomitados por los trenes, los gandallas, los onderos, la chaviza de los barrios perdidos expedidos desde los desiertos urbanos al lugar donde los camellos beben y las caravanas reposan: la Zona Rosa, bautizada por el artista José Luis Cuevas.

Laura, que lo había fotografiado todo, se sintió sin fuerzas para retratar este nuevo fenómeno: la ciudad se le escapaba de los ojos. El epicentro de la capital se había desplazado demasiadas veces durante la vida de Laura, del Zócalo, Madero y la Avenida Juárez, a Las Lomas y Polanco, a la Reforma transformada de avenida residencial parecida a París a avenida comercial parecida a Dallas, y ahora a la Zona Rosa: sus días, también, estaban contados. En el aire olía, en las miradas miraba, en la piel sentía, Laura Díaz, tiempos de crimen, inseguridad y hambre, aires de asfixia, invisibilidad de las montañas, fugacidad de las estrellas, opacidad del sol, grisú mortal de una ciudad convertida en mina sin fondo pero sin tesoros, barrancas sin luz pero con muerte...

¿Cómo separar la pasión de la violencia?

La pregunta del país, la pregunta de la capital, era la respuesta de Laura: sí, al fin y al cabo, alejándose de la cita final con Orlando Ximénez, Laura Díaz dijo:

—Sí, creo que logré separar la pasión de la violencia.

Lo que no logré, se dijo caminando tranquilamente de la calle de Niza a la Plaza Río de Janeiro por la calle de Orizaba y los sitios familiares, casi totémicos de su vida diaria —el templo de la Sagrada Familia, la nevería Chiandoni, la miscelánea, la papelería, la farmacia, el puesto de periódicos en la esquina con la calle de Puebla—, lo que no logré fue aclarar demasiados misterios, salvo el de Orlando, que por fin dilucidé esta tarde: él se quedó esperando algo que nunca llegó, esperar lo inesperable fue su destino, quiso romperlo esta tarde al proponerme matrimonio, pero el destino —la experiencia convertida en fatalidad— volvió a imponerse. Era lo fatal, murmuró Laura cobijada por el súbito esplendor de un atardecer prolongado, agónico pero enamorado de su propia belleza, un atardecer narcisista del Valle de México, repitiendo uno de los poemas favoritos de Jorge Maura,

Dichoso el árbol que es apenas sensitivo,
y más la piedra dura, porque ésta ya no siente,
pues no hay dolor más grande que el dolor de ser vivo,
ni mayor pesadumbre que la vida consciente...

Ese "canto de vida y esperanza" del maravilloso poeta de Nicaragua, Rubén Darío, envolvía con sus palabras a Laura esta tarde de agosto, limpia y aclarada por la lluvia vespertina, en la que la ciudad de México recobraba por unos instantes la promesa perdida de su belleza diáfana...

El aguacero había cumplido su puntual tarea, y, como se decía en México, "había escampado" y Laura, caminando de regreso al hogar, se entretuvo repasando los misterios sin respuesta, uno tras otro. ¿Existió realmente Armonía Aznar, ocupó esa mujer invisible el altillo de la casa de Xalapa, o fue el pretexto para disfrazar las conspiraciones de los anarcosindicalistas catalanes y veracruzanos? ¿Fue Armonía Aznar un figmento de la joven, traviesa, indomable imaginación de Orlando Ximénez? Nunca vi el cadáver de Armonía Aznar, se sorprendió Laura Díaz; pensándolo bien, nomás me lo contaron. "No apestaba", me lo dijeron. ¿Estuvo realmente enamorada su abuela Cósima Reiter del chinaco bello y brutal, el Guapo de Papantla que le cortó los dedos y la dejó ensimismada para el resto de sus días? ¿Añoró al-

guna vez su abuelo Felipe Kelsen la perdida juventud
rebelde en Alemania, llegó a conformarse del todo
con su destino de próspero cafetalero en Catemaco?
¿Pudieron ser las tías Hilda y Virginia más de lo que
fueron? Educadas en Alemania, sin el pretexto del aislamiento en un rincón oscuro de la selva mexicana,
hubieran sido en Düsseldorf, concertista reconocida
una, escritora famosa la otra? No era un misterio el destino de la tiíta María de la O si la abuela Cósima, enér-
gicamente, no la aleja de su madre la negra prostituta
y la integra al hogar de los Kelsen. No era un misterio la
bondad y rectitud de su propio padre don Fernando Díaz,
ni el dolor portado por la muerte del joven prometedor,
el primer Santiago, fusilado por los soldados de Porfirio
Díaz en el Golfo. Pero Santiago en sí era un misterio,
su política por necesidad y su vida privada por voluntad. Quizás ésta, al cabo, era un mito más inventado
por Orlando Ximénez para seducir, inquietándola, ex-
citando su imaginación, a Laura Díaz. ¿Qué ocurrió en
el origen de la vida de Juan Francisco su marido, que
con tanta gloria brilló en la plaza pública durante veinte años para luego apagarse hasta morir defecando?
¿Nada, nada antes y nada después del intermedio de la
gloria? ¿Nació de la mierda y murió de la mierda? ¿Podía el intermedio ser la obra entera, no un simple en-
treacto? ¿Nada? Misterios infinitamente dolorosos: si
Santiago su hijo hubiese vivido, si las promesas de su
talento estuviesen a la vista, cumplidas; si Dantón no
hubiese tenido el genio ambicioso que lo llevó a la riqueza y a la corrupción. Y si el tercer Santiago, el muerto en Tlatelolco, se hubiera sometido al destino trazado
por el padre, ¿estaría vivo el día de hoy? ¿Y su madre,
Magdalena Ayub Longoria, qué pensaba de todo esto,
de estas vidas que eran suyas y compartidas con la de
Laura Díaz?

       ¿Delató Harry a sus compañeros de izquierda
ante el Comité de Actividades Antiamericanas?

Y sobre todo, finalmente, ¿qué era de Jorge Maura, vivía, moría, había muerto? ¿Había encontrado a Dios? ¿Dios lo había encontrado a él? ¿Tanto buscó Jorge Maura su bien espiritual sólo porque ya lo había encontrado?

Ante este misterio final, el destino de Jorge Maura, Laura Díaz se detenía, otorgándole a su amante un privilegio que no tardó en extenderle a todos los demás protagonistas de los años con Laura Díaz: el derecho de llevarse un secreto a la tumba.

— 2 —

Cuando el tercer Santiago cayó asesinado en la Plaza de las Tres Culturas, Laura dio por supuesto que la joven viuda, Lourdes Alfaro, se quedaría a vivir con ella junto con el niño. Santiago, el cuarto homónimo del Apóstol Mayor, testigo de la agonía y transfiguración de las víctimas: los Santiagos, "hijos de las tormentas", descendientes del primer discípulo de Cristo ejecutado por el poder de Herodes y salvados por el amor y el hogar y el recuerdo de Laura Díaz.

Lourdes Alfaro cumplió como madre mientras organizaba manifestaciones para liberar a los presos políticos del 68, prestaba servicios a las jóvenes viudas de Tlatelolco, como ella, que tenían hijos pequeños y requerían guarderías, medicinas, atención y crecer —le dijo Lourdes a Laura— con la memoria viva del sacrificio de sus padres. Aunque a veces la ecuación se invertía y los viudos eran padres cuyas mujeres, jóvenes estudiantes, también habían caído en Tlatelolco.

Se formó así una cofradía de sobrevivientes del 2 de octubre y entre ellos, como era de esperarse, Lourdes encontró, se identificó y se enamoró de un muchacho de veintiséis años, Jesús Aníbal Pliego, que se iniciaba como cineasta y que había logrado filmar escenas entrecortadas, campos de sombra y luz, filtros de sangre, ecos de metralla, de la noche de Tlatelolco. En esa noche murió, manifestando, la joven esposa de Jesús Aníbal, y el viudo —un joven alto, moreno, rizado, de sonrisa y mirada claras— se quedó con una niña de meses, Enedina, que también acudió a la guardería donde Lourdes llevaba a su hijo el cuarto Santiago de la línea de Laura Díaz.

—Tengo algo que decirte, Laura —dejó caer al cabo Lourdes después de varias semanas de rondar a la abuela de su hombre, quien ya se lo imaginaba todo.

—No tienes nada que decirme, mi amor. Eres como mi hija y lo entiendo todo. No me imagino mejor pareja que tú y Jesús Aníbal. Los une todo. Si fuera mocha, les daría mi bendición.

Los unía algo más que el amor: el trabajo. Lourdes, que había aprendido mucho al lado de Laura, pudo acompañar cada vez más a Jesús Aníbal como ayudante de fotografía y lo que sí tuvo que decirle Lourdes a la abuela Laura es que ella, su marido, y los dos niños —Enedina y Santiago el cuarto— se iban a vivir a Los Ángeles, Jesús Aníbal tenía un excelente ofrecimiento del cine americano, en México había pocas oportunidades, el gobierno de Díaz Ordaz le había secuestrado las películas de Tlatelolco a Jesús Aníbal…

—No me expliques nada, mi amor. Imagínate nomás si yo no entiendo de estas cosas.

El apartamento de la Plaza Río de Janeiro se quedó solo.

El cuarto Santiago apenas dejó una huella en la memoria de su bisabuela, pronunciar esa designación me llena de orgullo, satisfacción, consuelo y desconsuelo, me da miedo y me da tristeza, me convence alegremente de que he logrado, al fin, matar la vanidad —¡Soy bisabuela!— pero también que he logrado revivir a la muerte, la mía acompañando para siempre la de cada Santiago, el fusilado en Veracruz, el muerto en

México, el asesinado en Tlatelolco y ahora el emigrado a Los Ángeles, mi bracerito —me voy a reír— mi espaldita mojada a la que ya nunca voy a poder secar con las toallas que mi madre Leticia me regaló cuando me casé, ¡Cómo duran ciertas cosas!…

Para Laura Díaz no era problema vivir sola. Se mantenía ágil, hacendosa, derivaba placer de minucias como hacer la cama, lavar y tender la ropa, mantenerse "girita" como le dijo a Orlando, ir de mandado al nuevo supermercado Aurrerá como antes había ido, joven esposa, al viejo Parián de la Avenida Álvaro Obregón. Heredó tardíamente de su madre Leticia el gusto por la cocina, rescató viejas recetas jarochas, los moros con cristianos, la ropa vieja, el tamal costeño, las jaibas rellenas, los pulpos en su tinta, el huachinango nadando en un mar de cebolla, aceituna y jitomates, el café fuerte y caliente, como lo servían en La Parroquia, café caliente para ahuyentar el calor, como aconsejaba doña Leticia Kelsen de Díaz. Y como si acabara de llegar de otro célebre café, el del Parque Almendares de La Habana, el empalagoso tocinillo del cielo, junto con la variedad de la dulcería mexicana que Laura iba a comprar a la casa Celaya de la Avenida Cinco de Mayo, los jamoncillos de dos colores, los mazapanes y los camotes; los duraznos, piñas, higos, cerezas y chabacanos cristalizados, y para sus desayunos, chilaquiles en salsa verde, huevos rancheros, tostadas de pollo, lechuga y queso fresco, huevos divorciados y, nuevamente, la variedad de los panes mexicanos, el bolillo y la telera, pero también la cemita, el polvorón, la concha y la chilindrina.

Clasificaba sus negativos, atendía las solicitudes de compra de fotos clásicas suyas, preparaba libros y se atrevía a pedirles prólogos a escritores nuevos, Salvador Elizondo, Sergio Pitol, Elena Poniatowska, Margo Glantz y los jóvenes de La Onda, José Agustín y Gustavo Saínz. Diego Rivera había muerto en 1957, Rodríguez Lozano, María Izquierdo, Alfonso Michel, artistas que conoció y que la inspiraron plásticamente (los negros, blancos y grises puros y brutales del primero, la falsa ingenuidad de la segunda, el sabio asombro en cada color del tercero) habían muerto y sólo sobrevivirían, antagónicos pero enormes, Siqueiros el Coronelazo de puños levantados y cerrados contra la velocidad celebratoria del mundo en movimiento, y Tamayo bello, taimado y silencioso, con su cabeza igualita al volcán Popocatépetl. No había mucho de dónde agarrarse. Como no fuese el recuerdo y la voluntad. Iban desapareciendo, uno tras otro, los guardianes de las memorias compartidas...

Otra tarde seca, ya no lluviosa, del bello otoño mexicano, alguien tocó a la puerta de Laura. Ella abrió y le costó identificar a la mujer vestida de negro —es lo primero que notó, el tailleur oscuro de buen gusto y alto precio, como para llamar la atención hacia una figura sin atención llamativa, tal era el aspecto casi deslavado del rostro sin facciones memorables, sin la memoria, siquiera, de una belleza perdida. La belleza ínsita en toda mujer joven. Hasta en las feas. Había, a cambio de facciones notables, un orgullo evidente, concentrado, doloroso, sometido, esa palabra salía de los ojos de la señora, ojos incómodos, inciertos y accidentados bajo las cejas espesas, porque la visitante desconocida emitió un ¡ay! tan sumiso como el resto de su persona y miró al piso, alarmada.

—Se me cayó el pupilente —dijo la desconocida.

—Pues a encontrarlo —rió Laura Díaz.

Las dos, en cuatro patas cada una, tantearon el piso de la entrada hasta que Laura dio con la yema del dedo índice sobre el pedacito de plástico húmedo y extraviado. Pero con la otra mano tocó una carne lejana pero familiar y le ofreció el pupilente salvado a Magdalena Ayub Longoria, soy la mujer de Dantón, la nuera de Laura Díaz, explicó, incorporándose, pero sin atreverse a implantar el pupilente en su lugar mientras Laura la invitaba a pasar.

—Ay, con esta contaminación los pupilentes se ponen color café enseguida —dijo la recién llegada, metiendo el pedacito de plástico en su bolsa Chanel.

—¿Le sucede algo a Dantón? —previó Laura.

Magdalena esbozó una sonrisa seguida de una extraña carcajada final, casi una rúbrica involuntaria—. A su hijo... bueno, a mi marido... nunca le pasa nada, señora, en el sentido de algo grave. Pero eso usted lo sabe. Él nació para triunfar.

Laura no dijo nada, pero inquirió con la mirada, ¿qué quieres?, anda, dilo ya.

—Tengo miedo, señora.

—Llámame Laura. No seas cursi.

Todo en su visitante era aproximación, duda, gasto innecesario pero perfectamente previsto para cubrir las apariencias, desde el peinado hasta los zapatos. Había que adelantarse a ella, decirle miedo de qué, de su marido, de Laura misma, del recuerdo, el recuerdo del hijo rebelde, del hijo muerto, del nieto emigrado ya, lejos del país en el que la violencia imperaba sobre la razón y, lo que es peor, sobre la pasión misma...

—¿Miedo de qué? —repitió Laura.

Las dos se sentaron en el sofá de terciopelo azul que Laura venía arrastrando desde la Avenida Sonora pero Magdalena miraba alrededor de la estancia desordenada, la acumulación de revistas, libros, papeles, recortes y fotos pegadas con chinches a espacios de corcho. Laura entendió que la mujer miraba por primera vez el lugar de donde su hijo salió a morir. Miró largamente el cuadro de Adán y Eva pintado por Santiago el Menor.

—Tiene usted que saber, doña Laura.

—Laura, de tú, por Dios —fingió exasperación Laura Díaz.

—Está bien. Tienes que saber que no soy lo que parezco. No soy lo que tú crees. Te admiro.

—Mejor hubieras querido y admirado un poco más a tu hijo —dijo con mucha tranquilidad Laura.

—Eso es lo que debes saber.

—¿Saber? —dudó Laura.

—Tienes razón en dudar de mí. No importa. Si no comparto contigo mi verdad, ya no me queda con quién.

Laura no habló pero miró a su nuera con atención y respeto.

—¿Te imaginas lo que sentí cuando mataron a Santiago? —preguntó Magda.

Laura sintió un relámpago cruzándole la cara. —Los vi a ti y a Dantón sentados en el palco presidencial en la Olimpiada con la sangre de tu hijo fresca aún.

La mirada de Magdalena era una súplica.

—Imagínate por favor mi dolor, Laura, mi vergüenza, mi furia y cómo tuve que contenerla, la manera como la costumbre de servir a mi marido venció a mi dolor, mi coraje, cómo acabé igual que siempre, sometida a mi marido…

Miró directamente a Laura.

—Tienes que saber.

—Siempre traté de imaginar qué pasó realmente entre tú y Dantón cuando murió Santiago —adivinó Laura.

—Eso es lo malo. No pasó nada. Él siguió su vida como si nada.

—Tu hijo estaba muerto. Tú estabas viva.

—Yo estaba muerta desde antes de que muriera mi hijo. Para Dantón no cambió nada. Por lo menos, cuando se le rebeló Santiago lo desilusionó. Cuando murió, a Dantón sólo le faltó decir "él mismo se lo buscó".

La mujer de Dantón movió las manos como si rasgara un velo.

—Laura, he venido a exponerme ante ti. No tengo a nadie más. No aguanto más. Necesito abrirme ante ti. Sólo me quedas tú. Sólo tú puedes entenderlo todo, el daño que siento, toda la desilusión y el dolor que se me pudren por dentro desde hace años.

—Te has aguantado.

—No creas que sin orgullo, por más sumisa que me creas, créeme que nunca perdí el orgullo de mi persona, soy mujer, soy esposa, soy madre, siento orgullo de serlo, aunque Dantón no me visite en el lecho desde hace años, Laura, acepta que por eso mismo siento furia y tengo orgullo al lado de la sumisión y las intimidades de mi vida.

Se detuvo un instante.

—No soy lo que parezco —reasumió—. Creí que sólo tú me entenderías.

—¿Por qué, hija? —Laura acarició la mano de Magda.

—Porque tú has vivido tu vida con libertad. Por eso puedes entenderme. Es muy sencillo.

Laura estuvo a punto de decirle, de decirte, ¿qué puedo hacer por ti, ahora que el telón va a caer, igual que con Orlando, por qué todos esperan de mí que les escriba la última escena de la obra?

Más bien, tomó de la barbilla a Magdalena y preguntó: —¿Tú crees que hay un solo momento de la vida en que asumiste tú sola, sólo tú y totalmente, la responsabilidad de tu vida?

—Yo no —se precipitó Magdalena—. Tú sí, Laura. Todos lo sabemos.

Sonrió Laura Díaz. —No lo digo por ti, Magda. Lo digo por mí. Te ruego que me hagas una pregunta. Pregúntame, Magdalena. ¿Tú misma, siempre, estuviste a la altura de tus propias exigencias?

—No, yo no —balbuceó Magdalena—. Claro que no.

—No, no me entiendes —replicó Laura—. Pregúntamelo a mí. Por favor.

Magdalena emitió unas palabras confundidas, tú misma, Laura Díaz, siempre estuviste a la altura de tus propias demandas…

—Y las de los otros —extendió Laura.

—Y las de los otros —brilló la mirada de Magda, levantando su propio vuelo.

—¿No sentiste nunca la tentación? ¿Nunca quisiste ser vista sólo como señora decente? ¿Nunca se te ocurrió que las dos cosas podían ir juntas, ser señora decente y por eso mismo, ser señora corrupta? —continuó Laura.

Se detuvo un instante.

—Tu marido, mi hijo, representa el triunfo del fraude.

Laura quiso ser implacable. Magda hizo un gesto de asco. —Siempre ha creído que la vida de los demás depende de él. Te juro que lo detesto y lo desprecio. Perdón.

Laura apretó la cabeza de Magda contra su propio pecho. —¿Y no se te ha ocurrido que el sacrificio de tu hijo redime al propio Dantón de todas sus culpas?

Ahora Magdalena se apartó del brazo de Laura y la miró desconcertada.

—Tienes que entender eso, m'ija. Si no lo entiendes, entonces tu hijo murió en vano.

Santiago, el hijo, redimió a Dantón el padre. Magda levantó la mirada y la unió con una mezcla de desfallecimiento, horror y rechazo, a la de Laura, pero la mujer de setenta y dos años, no la viuda, ni la madre, ni la abuela, simplemente la mujer llamada Laura Díaz, vio desde la ventana alejarse por la calle a su nuera Magdalena Ayub, detener un taxi y levantar la mirada de regreso a la ventana donde Laura la despedía con infinito cariño, rogándole: entiende lo que te he dicho, no te pido resignación sino coraje, valentía, el triunfo inesperado sobre un hombre que lo espera todo de su mujer sumisa, menos la generosidad del perdón.

Laura recibió la mirada sonriente de Magda antes de que ésta abordara el taxi. Quizás la próxima vez vendría en su propio coche, con su propio chofer, sin esconderse de su marido.

XXV. Catemaco: 1972

Tomó el Tren Interoceánico que tantas veces la llevó de regreso a Veracruz. Como tantas cosas del pasado, el lujoso tren de antaño entre la capital de México, Xalapa y el puerto, se había hecho más chiquito, pero también, obviamente, más viejo. Telas gastadas, poltronas hundidas, resortes al descubierto, ventanas opacas, respaldos manchados, lavabos atascados. Laura decidió tomar el compartimento privado del pullman, una pieza aislada del resto del carro-dormitorio que de día regresaba a su condición de mero transporte y de noche, milagrosamente, dejaba caer una cama superior ya preparada con blancas almohadas y sábanas recién lavadas, cubiertas por una frazada verde. Asimismo, los asientos se convertían en camas y las ocultaban, para la hora del sueño, unas pesadas cortinas de lona con botonadura de cobre.

El dormitorio que tomó Laura, en cambio, mantenía una elegancia fané, como diría Orlando Ximénez, con espejos patinados, lavamanos con grifos bañados en oro, un cierto trompe l'oeil (Orlando) y, como anacronismo invencible, una escupidera de plata, como las de su hogar matrimonial primero, cuando Juan Francisco se juntaba con los líderes obreros. Los jabones eran Palmolive. Las toallas, meros velos de su antigua novedad. Y sin embargo, permeaba el cuarto privado una nostalgia de la gloria pasada. Éste era el tren que conectaba a la capital del país y a su puerto principal y que esa noche conectaba a Laura con la emoción de demostrar que sí se puede regresar a casa. El precio del retorno, ése era el problema, y el boleto de los Ferrocarriles Nacionales de México no lo señalaba.

Durmió toda la noche. Xalapa pasó sin dejarse sentir, el camino a la hacienda de San Cayetano estaba cubierto de hierba. En cambio, el puerto mañanero la recibió con esa mezcla de frescura temprana que ya abriga —es su delicia— el calor de un día de sol espléndido. Ella no quería, sin embargo, detenerse demasiado en la nostalgia de un lugar que le devolvía memorias intensas de su pubertad, de sus paseos por el malecón de la mano del primer Santiago, y de la muerte del hermano sepultado bajo las olas.

Gozó, más bien, alojada en el alto palomar del Hotel Imperial, del latente desafío del horizonte del Golfo, donde el día más brillante oculta la sorpresa de una tempestad, un "norte", lluvia, viento... y al descender de noche a la plaza, se sentó sola en una mesita de los portales, sintiéndose más acompañada que nunca —tal era el goce que, cada vez, nos suscita la noche en la plaza de Veracruz— en medio del bullicio, el gentío, el ir y venir de mozos con charolas cargadas de cervezas, cubas, mojitos y el mint-julep veracruzano, con su tupé de hierbabuena remojándose en ron.

Los conjuntos de todas las músicas del país —tamboras del norte, mariachis de occidente, tríos de boleros de la capital, jaranas yucatecas, marimbas chiapanecas y sones veracruzanos de arpa y vihuela— competían con una cacofonía exaltante a la que sólo imponía respeto, y reposo, la sesión de baile frente al Palacio Municipal, cuando el danzón convocaba a las parejas más respetables a bailar con ese movimiento que sólo compromete a los pies y le impone al resto del cuerpo una seriedad erótica incomparable, como si el mínimo ritmo de la rodilla para abajo dejase libre a la atracción sensual de la rodilla hacia arriba.

Aquí vino a bailar sus últimos días la tiíta María de la O, casada con el mentado Matías Matadamas, seguramente un hombrecillo tan enteco, frío y azuloso todo él —pelo y piel, saco y corbata, zapatos y calcetines— como el que viéndola sola, invitó a Laura a unirse al compás del himno de los danzones, *Nereidas*, la invitó sin decir palabra, no dijo nada mientras bailaba pero ella, en el danzón, se preguntó en secreto ¿qué perdí, qué gané?, ¿ya no tengo nada que perder?, ¿cómo mido la distancia de mi vida?, ¿sólo por las voces que surgen del pasado y me hablan como si estuviesen aquí? ¿Debo dar gracias porque no quede nadie que me llore? ¿Debo sufrir porque no tengo nadie más a quién perder? ¿El sólo hecho de pensar esto es suficiente para certificarlo: Laura Díaz, eres una mujer vieja? ¿Qué perdí? ¿Que gané?

El viejecillo color azul polvo la regresó respetuosamente a su mesa. Un ojo le lagrimeaba y nunca sonreía, pero al bailar sabía una manera de acariciar el cuerpo de la mujer con la mirada, el ritmo y el contacto intenso de una mano con la otra y la otra mano con la cintura. El hombre y la mujer. El danzón seguía siendo el baile más sensual porque era el que convertía la lejanía en cercanía, sin perder la distancia.

¿Volvería Laura a escuchar y bailar el danzón *Nereidas* más allá de esa noche previa a su viaje por carretera a Catemaco? Se fue en un taxi del Hotel Imperial y al llegar a la laguna descendió y le pidió al chofer que se regresara a Veracruz.

—¿No quiere que la espere?

—Gracias. No hace falta.

—¿Y sus maletas, señora? ¿Qué les digo en el hotel?

—Que me las guarden. Adiós.

Desde lejos, la casa de Catemaco volvió a parecerle distinta, como si la ausencia lo volviese todo más pequeño pero también más largo y más estrecho. Nuevamente, regresar al pasado era entrar a un corredor vacío e interminable donde ya no se encontrarían ni las cosas ni las personas acostumbradas que deseábamos volver a ver. Como si jugasen así con nuestra memoria como con nuestra imaginación, las personas y las cosas del pasado nos desafiaban a situarlas en el presente sin olvidar que tuvieron un pasado y tendrían un porvenir aunque éste, al cabo, sólo fuese el del recuerdo reencarnado, otra vez, en el presente.

Pero cuando se trataba de acompañar a la muerte, ¿cuál sería el tiempo válido para la vida? Ah, suspiró Laura Díaz, seguramente había que recorrer todos y cada uno de los años de su existencia, recordar, imaginar, acaso suplir lo que nunca ocurrió, incluso lo inimaginable, con la mera presencia de un ser que representase todo lo que no fue, lo que fue, o lo que pudo ser y lo que jamás pudo ocurrir.

Hoy, ese ser era ella, Laura Díaz.

Desde que el doctor Teodoro Césarman le confirmó que el cáncer sólo le dejaría, con los mejores cuidados, no más de un año de vida, Laura Díaz decidió viajar cuanto antes al lugar donde nació y por eso, esta mañana radiante de mayo de 1972, ascendió por la pequeña colina que conducía a la vieja casa familiar de los Kelsen, abandonada desde hace cuarenta años, cuando murió don Felipe el abuelo y con la renta del casco y los terrenos pudieron sobrevivir las tres hermanas solteras y, al enfermarse Fernando Díaz, la familia de éste en Xalapa, ayudada por los ingresos procurados por las hacendosa madre de Laura Díaz, doña Leticia Kelsen, cuando las tierras de "La Peregrina" fueron expropiadas y la Mutti decidió vencer los pudores de toda la familia y rentar cuartos de la casa a huéspedes, "a condición de que fuesen gente conocida".

Sonrió Laura recordando aquel prurito de decencia de sus padres y preparándose, con la sonrisa, a mirar de cara la ruina de la vieja plantación cafetalera de un solo piso, con sus cuatro costados enjalbegados alrededor del patio central donde Laura jugueteaba de niña, rodeada de puertas que se abrían y cerraban sobre los lugares vivientes del hogar, las recámaras, la sala, el comedor, pues afuera, lo vio ahora desde lejos, los muros externos eran todos ciegos. Un pudor inexplicable detuvo a Laura en su caminata hacia el hogar de sus orígenes, como si antes de entrar a la casa arruinada su espíritu requiriese un contacto renovado con la naturaleza florida que conducía al hogar, las higueras y el tulipán de Indias, el lirio colorado, el palo rojo y la copa redonda del árbol del mango.

Abrió con prevención el portón de entrada a la casa y cerró los ojos, avanzando a ciegas por un corredor imaginario, esperando el gemido del aire por los pasillos, el gemido de las puertas vencidas, el rechinar de goznes enfermos, el reposo del polvo olvidado... ¿Para qué ver de cara la ruina de su casa familiar, que era como mirar de cara el abandono de su propia infancia, por más que, con los ojos cerrados, Laura Díaz, a los setenta y cuatro años, pudiese escuchar la escoba del negro Zampayita barriendo el patio y cantando "el baile del negro Zampayita es un baile que quita que quita que quita el hipo ya", recordándose a sí misma el día de su cumpleaños, cuando daba saltitos alrededor del patio, muy de mañana, aún en camisón, cantando "el 12 de mayo la virgen salió vestida de blanco con su paletó", oyendo las notas melancólicas de un Nocturno de Chopin que ahora mismo le llegaba desde la sala donde la tía Hilda soñaba con ser una gran concertista en Alemania, escuchando la voz de la tía Virginia recitando los versos de Rubén Darío y soñando, a su vez, con ser una gran poeta publicada en la ciudad de México, oliendo los guisos sabrosos que llegaban desde la cocina regenteada sin añoranzas por su madre Leticia, esperando el regreso de don Felipe de las faenas del campo, trabajador y disciplinado, olvidados para siempre sus sueños de exaltado joven socialista alemán y la abuela

Cósima, en su mecedora, ensimismada, soñando acaso con el bravo Guapo de Papantla...

Así, a ciegas, avanzó Laura Díaz por su casa familiar, segura de que la orientación no le fallaría para llegar a su propia recámara de niña, abrir la puerta que daba sobre el patio, acercarse a la cama, tocar el filo del lecho, sentarse y alargar la mano para encontrar a la muñeca rodeada de almohadones, feliz en su reposo de princesa oriental, Li Po, su muñequita adorada, la muñeca de cabeza, manos y pies de porcelana, con su cuerpecito de algodón cubierto por un atuendo mandarín de seda roja y las cejas pintadas cerca del fleco de seda que Laura, al abrir los ojos, encontró allí, realmente, recostada entre almohadones, esperando que Laura la tomase en brazos, la arrullase, le permitiese, como antes, como siempre, mover la cabeza de porcelana, abrir y cerrar los ojos, sin mover las cejas muy finas pintadas encima de los párpados serenos pero expectantes. Li Po no se hacía vieja.

Laura Díaz sofocó un grito de emoción al tomar en brazos a Li Po, mirar alrededor de su recámara de niña y encontrarla perfectamente limpia, con el aguamanil de siempre, el ropero de su infancia, la puerta de visillos de gasa blanca sostenida por varillas de cobre. Pero Li Po se había quedado en casa de Frida Kahlo. ¿Quién la devolvió a Catemaco?

Abrió la puerta de su recámara, salió al patio perfectamente limpio, rebosante de geranios, corrió a la sala y encontró los muebles de mimbre de los abuelos, las mesas de caoba con tapa de mármol, los lampadarios traídos de Nueva Orleans, las vitrinas con pastorcillas de porcelana, y los dos cuadros gemelos del pícaro mozalbete que en el primer cuadro molesta con una vara a un perro dormido y en el segundo es mordido en "las posaderas" por el mismo perro despierto, mientras el niño travieso llora de dolor...

Caminó de prisa al comedor, esperando ya lo que encontró allí, la mesa puesta, el gran mantel blanco almidonado, las sillas derechitas, tres de cada lado del sillón principal que siempre ocupó el viejo don Felipe, pero cada sitio con un servicio de losa de Dresden bien dispuesto, los cuchillos, los tenedores, las cucharas en orden, y a la derecha de cada plato, la tiesa servilleta enrollada dentro de un anillo de plata con el nombre del comensal, Felipe, Cósima, Hilda, Virginia, Leticia, María de la O, Laura...

Y sobre el plato de Cósima la abuela, cuatro joyas, una banda de oro, un anillo de zafiro y un anular de perlas...

—Sueño —se dijo Laura Díaz—. Esto lo estoy soñando. O quizás ya estoy muerta y no lo sé.

La interrumpió la puerta del comedor abierta bruscamente y la figura hosca de un hombre moreno, bigotón, vestido con botas, pantalones de dril y camisa sudada. Llevaba una escopeta en la mano y un pañuelo rojo amarrado a la cabeza, para absorber el sudor.

—Perdone, señora —dijo con una voz dulce, jarocha, sin eses—. Pero ésta es casa privada, hay que pedir permiso...

—Perdóneme a mí —contestó Laura Díaz—. Es que crecí aquí. Quería ver la casa antes de...

—El patrón no quiere que nadie entre sin permiso, con su perdón, señora.

—¿El patrón?

—Cómo no. Viera usted, señora, con qué cuidado ha restaurado la casa, si era una ruina, después de que según dicen fue la hacienda más importante de Catemaco. Luego vino el patrón y la dejó como nuevecita. Se tardó como cinco años en reunir las cosas, dijo que quería ver la casa exactito como era hace cien años, o algo así.

—¿El patrón? —insistió Laura.

—Claro, mi seño. Don Dantón que es el dueño de esta casa y de las tierras de aquí hasta la laguna...

Laura dudó un instante entre llevarse a Li Po o dejarla cómodamente instalada en la cama, rodeada de almohadones. La vio tan contenta, tan a gusto en el lecho de siempre… Repasó una vez más los recuerdos, la sala, el comedor, los anillos de plata…

—Descansa, Li Po, duerme, vive feliz. Yo te cuidaré siempre.

En el patio, le dirigió una larga mirada el joven cuidador, como si la conociese de siempre. Luego salió al campo, se dijo que por más ancho que fuese sería siempre la pobre pulgada de tierra que al fin nos corresponde a cada uno para siempre por haber pasado una temporada en la tierra. Pero esta tarde de mayo, más que nunca, agradeció la perfecta simetría de la araucaria, que en el brote de cada una de sus ramas engendra en seguida su doble inmediato, ¿yo misma me voy a reproducir así, yo misma seré otra Laura Díaz, una segunda Laura Díaz, no en mí misma, sino en mi descendencia y en mi ascendencia, en la gente de donde provengo y en la gente que dejé en el mundo, la gente hacia donde voy y la gente que dejé atrás, el mundo entero será como una araucaria que engendra en cada flor el doble de la flor; que no la destruya la tormenta, que la proteja del trueno el propio trueno de flor amarilla, el maravilloso árbol que lo mismo resiste al huracán que a la sequía…?

Se internó en la selva. Los pensamientos se precipitaban como la selva se abría. Iba cargada de vida, la suya y la de los que la acompañaron para vivirla bien o mal; por ello no terminaba su vida, la vida de Laura Díaz, porque mi vida no soy yo sola, son muchas líneas, muchas generaciones, la historia verdadera, que es la vida pero sobre todo la imaginada; ¿soy sólo la llorona, la doliente, la enlutada?, no, me niego a serlo, siempre caminé erguida, nunca supliqué, camino y trato de medir la distancia de mi vida, la mido por las voces que surgen del pasado y me hablan como si estuviese aquí, los nombres de los siete anillos de plata de las servilletas, los nombres de los cuatro Santiagos y de los cuatro hombres de mi vida, Orlando y Juan Francisco, Jorge y

Harry, no sería la doliente, no sería la llorona, caminaría erguida, aunque aceptase con humildad que nunca sería la dueña de la naturaleza, pues la naturaleza nos sobrevive y nos pide no ser dueños sino parte de ella, regresar a ella, dejar atrás la historia, el tiempo y el dolor del tiempo, no ilusionarse más pensando que fuimos dueños de nada ni de nadie, ni siquiera de nuestros hijos, ni siquiera de nuestros amores, Laura Díaz dueña sólo de nuestro arte, de lo que pudimos entregarle a otros a partir de nuestro propio cuerpo, el cuerpo de Laura Díaz, transitorio y limitado...

Recordó el deseo de su hermano el primer Santiago de perderse en la selva como, al cabo, se perdió en el mar.

Ella cumpliría el deseo de Santiago el Mayor. Se haría selva como él se hizo mar.

Ella entraría a la selva como se entra a un vacío del cual ningún mensaje iba a regresar.

La acompañaban las vidas incumplidas de un hermano, un hijo y un nieto.

La acompañaban la mirada y las palabras del abuelo Felipe Kelsen, ¿había una sola vida realmente terminada, una sola vida que no fuese promesa trunca, posibilidad latente...?

Recordó el día de la muerte del abuelo, cuando Laura le tomó la mano de venas gruesas y pecas antiguas, le acarició la piel desgastada hasta la transparencia y ella tuvo la sensación de que cada uno de nosotros vive para otros: nuestra existencia no tiene otro sentido que completar los destinos inacabados...

—¿No te lo dije, niña? Un día se me juntaron todos los achaques y aquí me tienes... pero quiero darte la razón antes de irme. Sí hay una estatua de mujer, llena de joyas, en medio de la selva. Te mentí a propósito. No quería que cayeras en supersticiones y brujerías, Laurita. Te llevé a ver una ceiba para que aprendieras a vivir con la razón, no con la fantasía y los entusiasmos que tanto me costaron cuando era joven. Tenle prevención a todo. La ceiba está llena de espinas, filosas como puñales, ¿te acuerdas?

—Claro que sí, abuelo…

La selva surge como su propia respiración alta, su propio latido profundo.

Los caminos de la selva se separan.

De un lado se va hacia la mujer de piedra, la estatua indígena aderezada con cinturones de caracol y serpiente, tocada con una corona teñida de verde por la naturaleza mimética, adornada de collares y anillos y aretes en brazos, nariz, orejas…

Del otro lado, se llega a la ceiba, la reina de la selva virgen, cuya corona son las espinas desparramadas como puñales hirientes a largo y ancho de su gran cuerpo pardo, sin edad, inmóvil pero añorante, con las ramas abiertas como brazos que esperan el cariño mortal que el gran cuerpo de dagas hirientes puede y quiere dar.

Laura Díaz se abrazó con todas las fuerzas que le quedaban a la ceiba madre, protectora, reina de un vacío del cual ningún mensaje iba a regresar.

XXVI. Los Ángeles: 2000

Un año después del ataque en Detroit, fui comisionado para llevar a cabo un reportaje gráfico sobre Los Ángeles. Esta vez, mi vocación y mi profesión se aliaron milagrosamente: se trataba de "cubrir" la develación del mural restaurado que en 1930 pintó David Alfaro Siqueiros en la calle Olvera.

Esta calle "típica" fue inventada por los angloamericanos para rendirle homenaje al pasado hispanoamericano de La Puebla de Nuestra Señora de Los Ángeles de Porciúncula fundada en 1769 por una expedición de españoles en busca de sitios donde establecer misiones cristianas, y para darse a sí mismos —me dijo Enedina Pliego mientras rodábamos a doce kilómetros por hora por la autopista de Pomona— un pasado romántico y una buena conciencia presente respecto a los mexicanos que no vivían en la pintoresca calle Olvera sino, con o sin documentos y en número de más de un millón, en los barrios de East L.A., de donde se transportaban, en autobús o en chevies a West L.A. y sus céspedes y rosales atendidos por mexicanos.

—Mi abuelo cabalgó con Zapata en Morelos —nos dijo el viejo jardinero al que Enedina y yo le dimos aventón desde Pomona—. Ahora yo cabalgo en autobús de Whittier a Wilshire.

El viejo se rió en grande, dijo que ahora Los Ángeles California era su lugar de trabajo y Ocotepec

Morelos su lugar de vacaciones, a donde mandaba sus dólares y regresaba a descansar y ver a su gente.

Enedina y yo nos miramos el uno al otro y nos unimos a la risa del viejo. Los tres éramos angelinos, pero hablábamos como si fuéramos extranjeros a la ciudad, inmigrantes tan recientes como los que en este momento evadían a la guardia fronteriza en el muro levantado entre San Diego y Tijuana, entre las dos Californias. Me había bastado estar fuera de la ciudad un año para que todos, hasta mi novia Enedina, pensaran que me había ido para siempre, porque ésa era la regla aquí, acababas de llegar y ya te estabas yendo o acababas de irte, estabas siempre de paso y no era cierto, nos decíamos Enedina y yo, los indios, los españoles y los mexicanos estuvimos aquí antes que nadie, y en vez de desaparecer somos cada vez más, ola tras ola de migraciones mexicanas han llegado a Los Ángeles como si regresaran a Los Ángeles... En el siglo que se acabó nomás, aquí llegaron los que huían de la dictadura de Porfirio Díaz primero y de la Revolución más tarde, luego los Cristeros, los enemigos de Calles el Jefe Máximo, luego Calles mismo expulsado por Cárdenas, luego los braceros para ayudar al esfuerzo bélico, luego los pachucos que gritaron here we are, y siempre los pobres, los pobres que hicieron la riqueza y el arte de la ciudad, los pobres mexicanos que aquí trabajaron y fundaron pequeñas empresas y luego se hicieron ricos, los iletrados que aquí fueron a la escuela y pudieron traducir lo que traían adentro, danza, poesía, música, novela: pasamos junto a un gigantesco mural de grafitos y símbolos machacados, irremplazables, la Virgen de Guadalupe, Emiliano Zapata, la Calavera Catrina, Marcos el enmascarado de hoy y Zorro el enmascarado de ayer, Joaquín Murrieta el bandolero y Fray Junípero Serra el misionero...

—No lograron borrar a Siqueiros —reí conduciendo lentamente, convencido de que manejar un auto en Los Ángeles equivalía a "leer la ciudad en el original".

—¿Te imaginas el coraje de su "benefactora" si ve lo que vamos a ver tú y yo? —adivinó Enedina, la niña llegada a Los Ángeles a los tres años de edad acompañando a su padre viudo, el camarógrafo Jesús Aníbal Pliego, casado con Lourdes Alfaro de López, ambos viudos de sus parejas muertas en Tlatelolco y ambos padres de niños huérfanos, compañeros, amigos y ahora amantes, Enedina y yo.

Los Ángeles convertida en un gigantesco mural mexicano, levantado como un dique de colores para que California entera, vista por el trío de los jóvenes amantes y el viejo jardinero desde las colinas de Puente para que California entera no se derramara de las montañas al mar en una sacudida final... Irse. Regresar. O llegar por vez primera. Desde las colinas, se divisaba el Océano Pacífico, disipado por un velo de polución, y a los pies de las montañas, se desparramaba, bajo el smog, la ciudad sin centro, mestiza, políglota, la Babel Migratoria, la Constantinopla del Pacífico, la zona del gran deslizamiento continental hacia la nada...

No habría nada más allá. Aquí terminaba el continente. Empezaba en Nueva York la primera ciudad y acababa en Los Ángeles, la segunda, quizás la última, ciudad. Ya no había más espacio para conquistar el espacio. Ahora había que largarse a la Luna o a Nicaragua, a Marte o a Vietnam. Se acabó la tierra conquistada por los pioneros, se consumió la épica de la expansión, la voracidad, el destino manifiesto, la filantropía, la urgencia de salvar al mundo, de negarles a los demás su destino propio e imponerles en cambio, y por su propio bien, un futuro americano...

Yo pensaba todo esto avanzando como tortuga por carreteras diseñadas para las liebres del mundo moderno. Veía asfalto y concreto, pero también desarrollo, construcción, lotes puestos a la venta, gasolineras, ex-

pendios de comida rápida, complejos de salas cinema-
tográficas, la variedad barrocanrolera de la gran ciudad de
Los Ángeles, y sin embargo, en la mente del joven fotógrafo biznieto de Laura Díaz, que soy yo, se sobrepo-
nían a la visión de la ciudad imágenes ajenas a ella, un
río tropical desembocando en un grito huracanado, aves
de relámpago cruzando las selvas de México, estrellas de
polvo desintegrándose en siglos que son instantes, un
mundo descuidado y pobre y la muerte lavándose las
manos ensangrentadas en un hondo temazcal de Puerto Escondido, donde fui engendrado por mi padre el
tercer Santiago y mi madre, viva aún, Lourdes Alfaro...
Una ceiba en la selva.

Yo sacudía la cabeza para ahuyentar todas esas
imágenes y centrarme en mi propio proyecto, el que me
traía de regreso a Los Ángeles, dándole continuidad inteligible a la catarata impresionista del Bizancio californiano. Estaba preparando un libro de fotos sobre los
muralistas mexicanos en los E.E. U.U., ya había retratado los murales de Orozco en Dartmouth y en Pomona,
había descubierto en las dársenas de Nueva York los
murales prohibidos del Rockefeller Center y del New
School por Diego Rivera y ahora regresaba a Los Ángeles, la ciudad donde crecí cuando mi madre y su nuevo
marido, Jesús Aníbal, y Enedina, la hija de éste, dejaron
México en 1970, después de otra herida llamada Tlatelolco, para fotografiar, setenta años después de que fue
pintado, el mural de Siqueiros en la Calle Olvera.

—Olvera Street —exclamó con falsa seriedad
Enedina—. La Disneylandia del típico trópico totonaca.

Lo que me llamaba la atención era la constancia
con que los murales mexicanos en los E.E. U.U. eran objeto de censura, controversia y obliteración. ¿Los artistas
eran simplemente unos provocadores, los patrocinadores eran unos cobardes, cómo podían ser tan ingenuos
en pensar que Rivera, Orozco o Siqueiros no pintarían
obras convencionales, decorativas, al gusto de quienes

las pagaban? Los Médicis gringos, ciegos, generosos y ruines a la vez, de Nueva York, Detroit y Los Ángeles, quizás pensaban —era la idea de Enedina— que ordenar y pagar una obra de arte era suficiente para anular su intención crítica, hacerla inocua, e incorporarla, castrada, al patrimonio de una especie de beneficencia puritana libre de impuestos.

El viejo jardinero dio las gracias por el aventón y se bajó en Wilshire en busca de un segundo hitch-hike a Brentwood. Enedina y yo le deseamos suerte.

—Ya saben —nos sonrió el anciano vecino de Ocotepec—, si saben de un jardín que haga falta atender, avisan y con gusto lo atiendo. ¿Ustedes no tienen jardín propio?

Seguimos a Olvera Street.

Miramos durante unos minutos el mural al fresco de Siqueiros, pintado sobre la alta pared exterior de un edificio de tres pisos. La obra fue restaurada después de setenta años de ceguera y de silencio. En 1930 lo comisionó una rica dama californiana que había oído hablar del "Mexican Renaissance" y, ocupados Rivera en Detroit y Orozco en Dartmouth, contrató a Siqueiros y le preguntó cuál sería el tema de la obra.

—La América tropical —contestó sin inmutarse el muralista de negra cabellera rizada y alborotada, fulgurantes ojos verdes, inmensas aletas nasales y, curiosamente, un habla entrecortada por hesitaciones y muletillas, por "pueses" y "estes" y "¿nos?".

La patrocinadora tuvo una visión maravillosa, oyendo a Siqueiros, de palmeras y puestas de sol, rumberas cimbrantes y gallardos charros, techos de tejas coloradas y decorativos nopales. Firmó el cheque y dio el visto bueno.

El día en la inauguración, con la vieja plaza repleta de autoridades y gente de sociedad, se corrió el velo de *América tropical* y apareció el mural de una América Latina representada por un Cristo moreno, es-

clavizado y crucificado. Una América Latina crucificada, desnuda, agónica, colgando de una cruz sobre la
cual rampaba, con ánimo feroz, el águila del escudo
norteamericano…

La patrocinadora sufrió un desmayo, las autoridades pusieron el grito en el cielo, Siqueiros había puesto
a Los Ángeles en el infierno, y al día siguiente el mural
amaneció totalmente cubierto de cal, ciego y segado,
invisible para el mundo, como si nunca hubiera existido. *Nothing*. Nada.

Verlo restaurado, en su sitio, esta tarde del primer año del nuevo milenio, conmovió a Enedina más
que a mí. Mi muchacha de ojos verdes y piel oliva, levantó los brazos y se restiró el pelo largo hacia la nuca, enrollándolo en una trenza tensa que descargaba su
emoción como un pararrayos. La restauración de la obra
era una restauración de ella misma, de Enedina, me lo
diría más tarde, era el diploma de una total pertenencia
a la personalidad chicana, tanto a México como a los
Estados Unidos. No había nada que esconder, nada que
disimular, esta tierra era de todos, de todas las razas, de
todas las lenguas, de todas las historias. Ése era su destino, porque ése era su origen.

Estuve demasiado ocupado fotografiando el
mural, contento de que por una vez una comisión de
trabajo coincidiese con un proyecto propio, un libro
sobre el muralismo mexicano en edificios norteamericanos, virtualmente interrumpido en Detroit cuando fui
asaltado y golpeado al salir del Instituto de Artes donde,
al fotografiar el mural de Rivera sobre la industria, descubrí el rostro de una mujer que era mía, de mi sangre, de
mi memoria, Laura Díaz, la abuela de mi padre, asesinado en Tlatelolco, la madre de otro Santiago que no pudo
cumplir su promesa pero que acaso le transmitió a su
sobrino la continuidad de la imagen artística, la hermana de un primer Santiago fusilado en Veracruz y entregado a las olas del Golfo de México.

Ahora, aquí, en Los Ángeles, en la Babel americana, el Bizancio del Pacífico, la utopía del siglo que se iniciaba, acaso yo cerraba el capítulo de mi ascendencia artística y familiar, la crónica que Enedina y yo decidimos llamar "Los años con Laura Díaz".

—¿Hay algo más que decir? —me preguntó Enedina esa noche, abrazados los dos, desnudos, en nuestro apartamento de Santa Mónica, cerca del rumor del mar.

Sí, sin duda siempre había algo más, pero entre los dos, Enedina y yo, casi hermanos desde niños, pero amantes absolutos, entregados el uno al otro, sin explicaciones, desde que llegamos en la infancia a California y luego crecimos juntos, juntos fuimos a la escuela, juntos estudiamos en UCLA y nos apasionamos por sus cursos de filosofía y de historia, la Revolución Mexicana, la historia del socialismo y del anarcosindicalismo, el movimiento obrero en América Latina, la guerra de España, el Holocausto, el Macartismo en los Estados Unidos, el estudio de los textos de Ortega y Gasset, Edmundo Husserl, Karl Marx y Ferdinand de Lasalle, la visión de las películas de Eisenstein sobre México y Leni Riefenstahl sobre la gloria hitleriana y Alain Resnais sobre Auschwitz, "noche y niebla", la revisión de las obras fotográficas de Robert Capa, Cartier-Bresson, Wegee, André Kertesz, Rodtchenko y Álvarez Bravo, la suma de estos aprendizajes y curiosidades y disciplinas compartidas cimentó nuestro amor y ella voló a Detroit apenas supo del asalto que sufrí y pasó las horas junto a mí en el hospital.

Hablando.

Yo había sufrido una contusión cerebral, tuve sueños absolutos, debí guardar cama para recuperar el uso de una pierna rota, pero no perdí la memoria de los sueños, aunque recuperé lentamente el uso de la pierna.

Hablando.

Hablando con Enedina, recordando todo lo posible, inventando lo imposible, mezclando libremente la memoria y la imaginación, lo que sabíamos, lo que nos contaron, lo que las generaciones de Laura Díaz conocieron y soñaron, lo factible, pero también lo probable, de nuestras vidas, la genealogía de Felipe Kelsen y Cósima Reiter, las hermanas Hilda, Virginia y María de la O, Leticia la Mutti y su marido Fernando Díaz, el primer Santiago hijo de Fernando, el primer baile de Laura en la Hacienda de San Cayetano, el matrimonio con Juan Francisco, el nacimiento de Dantón y el segundo Santiago, los amores con Orlando Ximénez y Jorge Maura, la devoción por Harry Jaffe, la muerte del tercer Santiago en Tlatelolco, la liberación, el dolor, la gloria de Laura Díaz, la hija, la esposa, la amante, la madre, la artista, la vieja, la joven: todo lo recordamos Enedina y yo, y lo que no recordamos lo imaginamos y lo que no imaginamos lo descartamos como indigno de una vida vivida para la posibilidad inseparable de ser y no ser, de cumplir una parte de la existencia sacrificando otra parte y sabiendo siempre que nada se posee totalmente, ni la verdad ni el error ni el conocimiento ni el recuerdo, porque descendemos de amores incompletos aunque intensos, de memorias intensas aunque incompletas, y no podemos heredar sino lo mismo que nuestros antepasados nos legaron, la comunidad del pasado y la voluntad del porvenir, unidos en el presente por la memoria, por el deseo y por la sabiduría de que todo acto de amor hoy cumple, al fin, el acto de amor iniciado ayer. La memoria actual consagraba, aunque la deformase, la memoria de ayer. La imaginación de hoy era la verdad de ayer y de mañana.

—¿Por eso pusiste en la tarjeta amarrada al pie de tu padre muerto, tu propio nombre, SANTIAGO EL TERCERO, 1944-1968?

—Sí. Creo que morí con ellos para que ellos siguieran viviendo en mí.

Desde el lecho, Enedina y Santiago miraron largo rato la pintura de Adán y Eva ascendiendo desde el paraíso en vez de caer del paraíso, la pintura de los primeros amantes desnudos y dueños de su sensualidad, realizada por el segundo Santiago, Santiago el Menor, antes de morir. Laura Díaz, en su testamento, la había legado a la última pareja, Santiago y Enedina.

—Te quiero, Santiago.

—Y yo a ti, Enedina.

—Quiero mucho a Laura Díaz.

—Qué bueno que entre los dos pudimos recrear su vida.

—Sus años. Los años con Laura Díaz.

F I N

Reconocimientos

Las mejores novelistas del mundo son nuestras abuelas y a ellas, en primer lugar, les debo la memoria en que se funda esta novela. Son mi abuela materna, Emilia Rivas Gil de Macías, viuda de Manuel Macías Gutiérrez, ella nacida en Álamos, Sonora, y él en Guadalajara, Jalisco; ella descendiente de inmigrantes montañeses de Santander, España y, según rumores que he recogido, de yaquis sonorenses. Mi abuelo Macías murió trágicamente, en 1919, dejando a mi abuela con cuatro jóvenes hijas, María Emilia, Sélika, Carmen y mi madre, Berta Macías de Fuentes.

Mi abuela paterna, Emilia Boettiger de Fuentes, nació en Catemaco, Veracruz, de Philip Boettiger Keller, inmigrante alemán de Darmstadt en la Renania y casado con una joven de origen español, Ana María Murcia de Boettiger, con quien tuvo tres hijas, Luisa (Boettiger de Salgado), María (Boettiger de Álvarez) y Emilia (Boettiger de Fuentes), casada con Rafael Fuentes Vélez, gerente del Banco Nacional de México en Veracruz e hijo de Carlos Fuentes Benítez y de Clotilde Vélez, que es quien fue asaltada y mutilada en la diligencia entre México y Veracruz. Una cuarta hermana Boettiger, Anita, era mulata y producto de un amor nunca confesado de mi bisabuelo. Ella siempre formó parte, segura y cariñosa, de la familia Boettiger.

Mis abuelos paternos tuvieron tres hijos, Carlos Fuentes Boettiger, mi joven tío, poeta primerizo, discípulo de Salvador Díaz Mirón y editor de la revista xalapeña *Musa Bohemia*. Murió en la ciudad de México, a donde se fue a estudiar, a los veintiún años de edad, de fiebre tifoidea. Mi tía, Emilia Fuentes Boettiger, permaneció largo tiempo soltera, cuidando a mi abuelo don Rafael, afectado de parálisis progresiva. Mis padres, Rafael Fuentes Boettiger y Berta Macías Rivas, contrajeron matrimonio en enero de 1928. Yo nací en noviembre del mismo año y heredé la constelación de historias transmitidas por mi parentalia.

Pero muchas otras historias me fueron contadas por dos magníficas sobrevivientes de "los años con Laura Díaz", doña Julieta Olivier de Fernández Landero y doña Ana Guido de Icaza, viuda la primera del industrial orizabeño Manuel Fernández Landero y la segunda del abogado y escritor Xavier Icaza López-Negrete quien aparece como personaje en esta novela. Para ellas, un recuerdo emocionado y agradecido.

Finalmente, inicié *Los años con Laura Díaz* durante un recorrido minucioso, informativo y sobre todo afectivo con mi amigo Federico Reyes Heroles, por comarcas que son de nuestra ascendencia compartida: el puerto de Veracruz, Xalapa, Coatepec, Catemaco, Tlacotalpan y los Tuxtlas, Santiago y San Andrés. Mi agradecimiento muy especial a Federico y a su mujer, Beatriz Scharrer, profunda conocedora de la vida agraria y la migración alemana al estado de Veracruz.

Londres, agosto de 1998.

Los años con Laura Díaz terminó de imprimirse en
febrero de 1999, en Litográfica Ingramex, S.A. de C.V.
Centeno 162, Col. Granjas Esmeralda, C.P. 09810,
México D.F. Colaboraron en la edición: Alberto Cué,
Rodrigo Fernández de Gortari, Marisol Schulz, Astrid
Velasco y Gonzalo Vélez.

LA OBRA NARRATIVA DE CARLOS FUENTES
La edad del tiempo

I. EL MAL DEL TIEMPO
        Tomo I
        1) Aura
        2) Cumpleaños
        3) Una familia lejana
        Tomo II
        1) Constancia

II. TERRA NOSTRA (Tiempo de fundaciones)

III. EL TIEMPO ROMÁNTICO
        1) La campaña
        2) La novia muerta
        3) El baile del Centenario

IV. EL TIEMPO REVOLUCIONARIO
        1) Gringo viejo
        2) Emiliano en Chinameca

V. LA REGIÓN MÁS TRANSPARENTE

VI. LA MUERTE DE ARTEMIO CRUZ

VII. LOS AÑOS CON LAURA DÍAZ

VIII. DOS EDUCACIONES
        1) Las buenas conciencias
        2) Zona sagrada

IX. LOS DÍAS ENMASCARADOS
        1) Los días enmascarados
        2) Cantar de ciegos
        3) Agua quemada
        4) La frontera de cristal